SCHERZ

PETER PRANGE

DIE ROSE DER WELT

ROMAN

FISCHER | SCHERZ

Erschienen bei FISCHER Scherz

© 2016 S. Fischer Verlag GmbH,
Hedderichstr. 114, D-60596 Frankfurt am Main

Vorsatzkarte: Abbildung von Paris 1223, bpk/adoc-photos
Satz: Dörlemann Satz, Lemförde
Druck und Bindung: CPI books GmbH, Leck
Printed in Germany
ISBN 978-3-651-02264-5

IN MEMORIAM PATER DR. GERHARD SUK OP.
ER HAT MIR DIE ERSTEN PHILOSOPHISCHEN TEXTE
ZU LESEN GEGEBEN.

MEINEN GYMNASIALLEHRERN
ARNO HOHAGE UND HORST KAMPS
SOWIE MEINEM DOKTORVATER KURT KLOOCKE
ZUM DANK.

*»Nam et ipsa scientia potestas est –
denn auch die Wissenschaft selbst ist Macht.«*

FRANCIS BACON, MEDITATIONES SACRAE

PROLOG

Sorbon / In den Ardennen 1223

EPIPHANIAS

»Mache dich auf, werde licht.«

JES 60,1

I

aris«, flüsterte Robert, als spräche er ein verbotenes Wort aus. »Glaubst du, dass wir es wirklich je dorthin schaffen?«

»Das schwöre ich dir bei der Ziege von Père Joseph!«, erwiderte Paul. »Und wenn Paris auf dem Mond läge!«

»Aber wir waren bis jetzt noch nicht mal in Mézières.«

»Weil Monsieur Valmont mich auspeitschen würde, wenn ich einen ganzen Tag lang verschwinde.«

»Aber Paris ist hundertmal weiter weg als Mézières, sagt Abbé Lejeune.«

»Ja, und? Wenn wir erst in Paris sind, kommen wir sowieso nie wieder zurück!«

Seit Jahren hatte es keinen so milden Winter mehr gegeben wie in diesem Jahr. Die Vögel zwitscherten wie im Frühling, und die Luft war so warm und weich, dass Robert und Paul ohne zu frieren auf ihrem »Thron« sitzen konnten, einem Felsvorsprung des Galgenbergs, von wo aus man das ganze Tal überblickte. Die Dorfbewohner mieden den Ort wie die Pest, sie glaubten, dass auf dem Hügel die Geister der Gehenkten spukten, die hier hingerichtet wurden und die der Gemeindeküster Père Joseph am Rande der Richtstätte verscharrte, weil ihre Leichname nicht in geweihter Erde ruhen durften. Paul glaubte nicht an solchen Hokuspokus, und auch Robert fürchtete sich eigentlich nicht vor Geistern, obwohl ihm manchmal schon etwas unheimlich war. Doch die Anziehungskraft des Ortes war größer als jede Angst. Denn im Wurzelwerk der Eiche, an deren Ast die Verurteilten aufgeknüpft wurden und so lange hängen blieben, bis Vögel ihnen die Augen aushackten, bewahrten sie ihren kostbarsten Schatz auf: eine in Wachstuch eingeschlagene Zeichnung von Paris, die Paul auf der letzten Kirchweih von einem betrunkenen Hausierer beim Würfelspiel gewonnen hatte. Das Bild zeigte eine Welt, die sie beide noch nie mit eigenen Augen gesehen hatten, aber nach der sie sich mit einer Inbrunst sehnten, als wäre sie ihre wahre und wirkliche Heimat: eine Stadt, die sich von Horizont zu Horizont erstreckte, ein scheinbar grenzenloses, unüberschaubares Gewimmel von Häusern, Straßen und Plätzen, wo Tausende von Menschen lebten, mit einem breiten, mächtigen Fluss, der eine so riesige Insel umströmte, dass sich darauf inmitten von Burgen und Klöstern eine Kathedrale erhob, deren Türme so hoch in den Himmel ragten, dass sie die Wolken zu berühren schienen ... Wann immer Robert sich aus der Werkstatt seines Vaters und Paul vom Frondienst auf dem Gutshof der Valmonts davonstehlen konnte, kamen die zwei hierher, um zusammen das Bild zu betrachten und von ihrem künftigen Leben in der großen, fernen Stadt zu träumen, die sie anzog wie das heilige Jerusalem einen erlösungsuchenden Pilger und die ihnen doch zugleich so unwirklich schien, als läge sie tatsächlich auf dem Mond.

Paul drückte Robert die Zeichnung in die Hand und stand auf. »Allein schon wegen der Weiber will ich dahin«, sagte er und öffnete den Hosenlatz, um sein Wasser abzuschlagen. »Angeblich sind die Pariserinnen so hübsch, dass Gott rot wird, wenn sie zu ihm beten.«

Auch Robert hätte gern seine Blase entleert, um ohne Not die Predigt von Abbé Lejeune zu überstehen, dem sie gleich beim Hochamt ministrieren würden. Doch da er Pauls Neigung kannte, aus jeder Verrichtung einen Wettbewerb zu machen, unterdrückte er seinen Harndrang.

»Kannst du immer nur an Weiber denken?«, fragte er. »Ich dachte, wir wollen nach Paris, um zu studieren!«

»Natürlich«, grinste Paul. »Aber nicht nur die gelehrten Schriften. *Primum vivere, deinde philosophari*«, zitierte er seinen lateinischen Lieblingsspruch. »Erst leben, dann philosophieren!«

Robert beschloss, das Thema zu wechseln. »Weißt du, wie viel der Grundherr heute für die Messe bezahlt? Drei Écu! Ich war selbst dabei, wie Monsieur Valmont dem Abbé das Geld versprochen hat.«

Paul war so beeindruckt, dass sein Strahl mit einem Schlag versiegte. »Drei Écu? Für eine einzige Messe? So reich möchte ich auch mal sein!«

»Die Messe ist für die Seelen seiner Vorfahren«, erwiderte Robert.

»Ach so!« Paul zuckte die Schultern. »Dann ist es kein Wunder. Die Valmonts waren allesamt Hühnerdiebe und Rosstäuscher. Ohne die Fürbitte der Heiligen würden sie bis zum Jüngsten Tag im Fegefeuer schmoren.«

Robert schaute zu seinem Freund auf. »Was meinst du – kommt man wohl wirklich leichter in den Himmel, wenn jemand eine Messe für einen bezahlt?«

Paul lachte. »Daran glaube ich so fest wie an die unsterbliche Seele der Katze von Mère Moulin.« Er ging kurz in die Knie, um seinen Hosenlatz wieder zu verschließen. »Ach, Robert, ich kann dir gar nicht sagen, wie sehr ich dich beneide.«

»Du – mich? Warum denn das?«

»Dein Vater ist Flickschuster, du kannst gehen, wohin du willst, er wird dich nicht daran hindern. Wahrscheinlich ist er sogar froh, wenn er dich los ist, dann hat er ein Maul weniger zu stopfen. Ich dagegen ...«

Ohne dass Paul den Satz zu Ende sprach, wusste Robert, was sein Freund meinte. Seit Abbé Lejeune zum ersten Mal von Paris erzählt hatte, träumten sie davon, in die Hauptstadt zu ziehen, um dort die große Schule zu besuchen, die sich *Universität* nannte und an der angeblich die klügsten Männer der Welt unterrichteten. Im Gegensatz zu dem Abbé, der nach nur einem Jahr das Studium hatte abbrechen müssen, weil ihm das Geld ausgegangen war, wollten Robert und Paul die sieben freien Künste bis zum Ende studieren, damit sie später nicht das armselige Leben ihrer Väter und Großväter führen mussten. Wer in Paris studiert hatte, dem standen Tore offen, zu denen sonst nur weit höher Geborene als sie Zutritt hatten. Abbé Lejeune hatte in der Hauptstadt Söhne von Bauern und Krämern kennengelernt, die Kanzleischreiber,

Ärzte oder Notar geworden waren – einer hatte es sogar zum Sekretär eines königlichen Ministers gebracht! Lesen und Schreiben konnten Robert und Paul seit der Erstkommunion, sowohl Französisch wie Latein, Abbé Lejeune hatte es ihnen beigebracht, wie allen Ministranten, die ausreichend Begabung zeigten. Der Unterschied zwischen ihnen beiden war nur, dass, wenn Robert das Dorf verließ, kein Hahn danach krähen würde – sein Vater war zwar arm wie eine Kirchenmaus, doch ein freier Mann. Paul hingegen musste sich vom Leibherrn seines Vaters erst freikaufen, um nach Paris ziehen zu können – zwei Écu verlangte Monsieur Valmont für die Freisprechung eines jeden Bauernjungen, zum Ausgleich für den verminderten Frondienst der Familie.

Vom Kirchturm begann es zu läuten. Die beiden versteckten ihren Schatz wieder im Wurzelwerk der Eiche und machten sich auf den Weg. Abbé Lejeune mochte es gar nicht, wenn seine Ministranten zu spät zum Gottesdienst kamen.

»Vielleicht könnte ich ja erst mal allein nach Paris vorausgehen«, sagte Robert, als sie den Hügel hinab zum Dorfanger liefen.

»Warum zum Teufel das?«

»Um das nötige Geld aufzutreiben.«

»Du?«, fragte Paul verwundert. »Allein? Ohne mich? Wie willst du das denn schaffen?«

Robert genoss es, wenn sein Freund ausnahmsweise mal nicht der Überlegene war. »Erinnerst du dich an die Kopisten, von denen Abbé Lejeune erzählt hat?«

Paul runzelte die Stirn. »Du meinst die armen Teufel, die, statt zu studieren, Bücher abschreiben und die Kopien an reiche Studenten verkaufen oder ausleihen?«

»Abbé Lejeune sagt, das wäre ein einträgliches Geschäft. In ein, zwei Jahren hätte ich das Geld zusammen, und dann kommst du nach.«

»Kommt gar nicht in Frage!« Paul schüttelte den Kopf. »Wenn wir nach Paris gehen, dann nur zusammen. Außerdem, du und ich, wir kopieren keine Bücher – wir schreiben selber welche!«

Die wenigen Worte genügten, und Roberts kurzes Hochgefühl wich wieder jener allzu vertrauten Verzagtheit, die ihn so oft überkam, wenn er und Paul von der Zukunft sprachen. »Du vielleicht«, sagte er leise. »Du wirst später mal Bücher schreiben und ein berühmter Gelehrter werden, wenn Gott will. Aber ich?«

Paul klopfte ihm auf die Schulter. »Du auch, mein Bester. Warum sollen die Klugscheißer in Paris mehr können als du? Verlass dich nur auf mich, dann kannst du alles schaffen – egal, was du willst, sogar Bücher schreiben! Mit mir zusammen brauchst du dafür nicht mal den lieben Gott.« Er stieß ihn in die Seite. »Wer weiß, vielleicht wirst eines Tages auch du ein Magister?«

»Hör auf! Solche Reden bringen Unglück!«

»Warte nur ab, ich werde schon dafür sorgen. Weil, wenn ich erst Universitätskanzler bin, bestimme nämlich ich, wer in Paris unterrichten darf und wer nicht ...«

Robert blieb die Luft weg. »Kanzler? Der Universität? Du?«

»Warum nicht?« Paul zuckte die Achseln. »Dem Mutigen gehört die Welt! Und was das Geld angeht, habe ich eine Idee, mit der wir dir die stumpfsinnige Kopiererei ersparen können.« Er schaute sich um, als habe er Angst, dass man sie belausche. »Du weißt doch«, sagte er so leise, dass Robert ihn kaum verstand, »die steinerne Kirche, die sie in Mézières bauen – angeblich wird die zum Christkönigsfest eingeweiht. Bis dahin brauchen sie dringend Reliquien, um Pilger anzulocken.«

»Ja und?«

»Begreifst du nicht? *Wir* werden ihnen die Reliquien verschaffen!«

»Wie das denn?« Robert verstand überhaupt nichts mehr. »Sollen wir unter die Kreuzritter gehen?«

»Natürlich nicht.« Paul zog sein Verschwörergesicht. »Du weißt doch, wenn mein Vater und ich für die Valmonts schlachten, müssen wir das Gerippe der Schlachttiere auskochen. Bis kein Fitzelchen Fleisch mehr an den Knochen ist.« Er schaute Robert bedeutungsvoll an.

Der brauchte einen Moment, um zu kapieren. »Du meinst, du willst die Knochen ...?«

»Ist der Groschen endlich gefallen?« Paul grinste. »Ein Knochen ist ein Knochen. Wer will unterscheiden, ob er von einer geschlachteten Sau oder von einem Märtyrer stammt?«

Paul war sechzehn, also zwei Jahre älter als Robert und einen halben Kopf größer, und er hatte schon so breite Schultern, dass nicht nur junge Mädchen ihm schöne Augen machten, sondern manchmal sogar erwachsene Frauen. Was Robert jedoch viel mehr an seinem Freund bewunderte, war sein Mut. Paul traute sich Dinge zu, an die Robert nicht einmal zu denken wagte, und er scheute auch nicht davor zurück, seine hochfliegenden Ziele zu benennen, obwohl er damit Gefahr lief, dass Gott ihn irgendwann für seinen Hochmut strafte.

»Aber wem willst du die Knochen verkaufen?« Wie so oft fiel Robert zu Pauls großartigen Plänen nur ein lahmer Einwand ein. »Ich meine – als Reliquien? Dass du im Morgenland warst und sie von dort mitgebracht hast, wird dir kaum jemand glauben.«

»Meinst du, das juckt die? Hauptsache, die Pilger strömen herbei und spenden.« Paul schaute ihn verächtlich an. Doch Robert kannte ihn gut genug, um zu wissen, dass er sich seiner Sache längst nicht so sicher war, wie er tat.

Sie hatten gerade den Dorfanger erreicht, als die Glocken verstummten. »Wir müssen uns beeilen«, sagte Robert. »Abbé Lejeune wartet bestimmt schon in der Sakristei.«

»Ach was«, erwiderte Paul. »Wahrscheinlich legt Père Joseph nur eine Pause ein. Je älter er wird, umso schneller erlahmen ihm die Kräfte.«

»Nur nicht im Ziegenstall«, sagte Robert.

»Nein«, bestätigte Paul, »da ist er unermüdlich!«

Lachend setzten sie ihren Weg fort. Während die Bauern und Tagelöhner zu Fuß mit ihren Familien zur Messe strebten, kam Monsieur Valmont, der Leibherr von Pauls Vater, auf seinem Rappen ins Dorf galoppiert. Vor der Kirche sprang er aus dem Sattel und warf einem Bauern die Zügel zu. Bevor er das hölzerne Gotteshaus betrat, zückte er seine Geldkatze.

»Ich hab's!«, sagte Paul. »*Er* wird mir das Geld geben!«

»Wer – er?«

»Monsieur Valmont!«

»Bist du noch bei Trost? Er ist doch derjenige, der von *dir* das Geld verlangt!«

Paul strahlte, das Gesicht strotzend vor Zuversicht. »Warte nach der Vesper hinter der Sakristei! Dann wirst du schon sehen.«

2

Père Joseph liebte zwei Wesen in Gottes weitem Weltall – Jesus Christus im Himmel und seine Ziege auf Erden. Jesus Christus, weil der für ihn am Kreuz gestorben war, und seine Ziege, weil sie ihn täglich mit Milch und Käse versorgte und ihm außerdem sein verstorbenes Eheweib ersetzte.

Obwohl er das Amt des Mesners schon länger versah, als er zurückdenken konnte, lief ihm immer noch ein Schauer über den Rücken, wenn er am Abend nach der Vesper die einsame dunkle Kirche abschloss, damit bei Nacht keine bösen Geister darin ihr Wesen trieben. Doch täglich überwand er seinen Kleinmut, um der Gemeinde und dem Heiland zu dienen. Wie konnte er sich fürchten, wenn der Gekreuzigte bei ihm war? Mit einem Rülpser, in dem ihm der saure Messwein aufstieß, zusammen mit der Bärlauchwurst, von der er vor dem Hochamt einen Zipfel gegessen hatte, beugte er sein Knie vor dem Altar. Im blakenden Schein des ewigen Lichts zog die Jungfrau Maria Grimassen wie eine Hexe. Père Joseph schlug eilig das Kreuzzeichen und schlurfte in seinen Holzpantinen den dunklen Gang hinunter, um erst das Portal zu verschließen und dann den Opferstock zu leeren.

Mit noch vom Läuten schmerzenden Armen zog er die schwere Flügeltür zu und überprüfte den Sitz des Riegels, um sicherzugehen, dass die böse Nacht bis zum Morgengrauen aus dem Gotteshaus ausgesperrt blieb. Dann wandte er sich seiner zweiten Aufgabe zu. Wie viel Geld wohl heute im Opferstock lag? Als er den Schlüssel in das Schloss des Gotteskastens steckte, grummelte es schon wieder in seinem Unterleib. Wenn er wenigstens ein paar Winde lassen könnte, aber die Fürze steckten in seinen Gedärmen fest wie Dämonen, die nicht ausfahren wollten. Das hatte er Abbé Lejeune zu verdanken. Beim Hochamt hatte Père Joseph sich so sehr über den jungen Pfarrer geärgert, dass er bis zur Vesper dreimal den Ziegenstall hatte aufsuchen müssen, um sich zu beruhigen. Abbé Lejeune verdarb die ganze Jugend im Dorf, vor allem die beiden Rotzlöffel, die heute ministriert hatten, Paul Dubois und Robert Savetier. Während des Gottesdienstes hatten die zwei unentwegt die Köpfe zusammengesteckt und miteinander getuschelt, ohne dass Abbé Lejeune sie auch nur einmal zur Ordnung gerufen hätte. Das kam dabei heraus, wenn man den Söhnen von Flickschustern und Leibeigenen Lesen und Schreiben beibrachte!

Mit leisem Knarren öffnete sich das Schloss des Opferstocks. Als Père Joseph den Inhalt sah, traute er seinen Augen nicht. In der Dunkelheit glänzten zwischen ein paar Kupferlappen drei goldene Taler! Ungläubig nahm er die Münzen aus dem Kasten und biss in jede hinein. Kein Zweifel, sie waren echt! Wieder musste Père Joseph rülpsen. Wer hätte gedacht, dass er je einen solchen Schatz für seinen Heiland bergen würde! Mit vor Aufregung zitternden Händen verschloss er den Opferstock und eilte zurück zur Sakristei.

Was würde Abbé Lejeune mit dem vielen Geld tun?

Vor dem Altar grüßte Père Joseph die Jungfrau Maria und schlurfte zurück in die Sakristei. Dort gab er die Münzen in einen kleinen Beutel, damit sie auf dem Weg zum Pfarrhaus nicht verlorengingen. Auch wenn Abbé Lejeune die Jugend im Dorf verdarb, betrachtete Père Joseph es als seine Pflicht, ihm alles Geld, das er im Gotteskasten fand, getreulich auszuhändigen. *Gebt dem Kaiser, was des Kaisers ist,* so stand es geschrieben, und Père Joseph war ein frommer Mann, der das Wort des Herrn befolgte, gleichgültig, wie sauer ihm sein Gehorsam fiel.

Mit einem Seufzer öffnete er die Tür der Sakristei, um in die Nacht hinauszutreten. Doch er hatte seinen Fuß noch nicht über die Schwelle gesetzt, da sprang ihm aus der Dunkelheit ein fauchendes Ungeheuer entgegen.

Gütiger Himmel – was war das?

Vor Schreck wollte Père Joseph zurück in die Sakristei, doch ein Ziegenbock versperrte ihm den Weg und stieß ihn meckernd in den Unterleib. Heulend entwichen die Dämonen aus seinem Gedärm. Im selben Moment verbreitete sich ein höllischer Gestank, eine Wolke aus schwefligem Dampf stieg auf, darin zwei glühende Augen, die ihn aus einem pechschwarzen Gesicht anstarrten.

Père Joseph zitterte am ganzen Leib.

Vor ihm stand der Gehörnte. Knurrend fletschte er die Zähne.

3

»Damit bin ich ein freier Mann«, sagte Paul, als er und Robert sich am nächsten Morgen auf dem Galgenberg trafen, und ließ die zwei Goldmünzen in seiner Hand klimpern. »Jetzt kann uns niemand mehr aufhalten.«

»Glaubst du?«, fragte Robert.

»Hast du immer noch Angst, dass etwas schiefgehen kann?«

Robert zupfte sich am Ohr. »Ich weiß nicht, ich hab so ein komisches Gefühl, schließlich stammt das Geld aus dem Opferstock.«

Paul lachte. »Und jetzt glaubst du, wir kommen in die Hölle? Du hast ja noch mehr Schiss als Père Joseph!« Dann wurde er wieder ernst. »Mach dir keine Sorgen. Wir geben Monsieur Valmont ja nur sein eigenes Geld zurück, daran kann nichts Böses sein. Den dritten Écu haben wir Père Joseph ja gelassen.«

Robert staunte immer noch, wie leicht alles gegangen war.

Mère Moulins Katze und Père Josephs Ziege, die sie mit ein paar Ästen in einen gehörnten Bock verwandelt hatten, sowie ein bisschen Ruß in den Gesichtern hatten genügt, um den Mesner in Höllenangst zu versetzen. In seiner Not hatte er alle seine Sünden bekannt: dass er mit einem Zipfel Wurst im Magen zur Kommunion gegangen war, dass er nach dem Hochamt den Messwein ausgetrunken hatte – und dass er täglich seine Ziege begattete. Als Paul ihm fauchend und knurrend wie ein Teufel einen Ablassbrief zur Tilgung seiner Sünden vor die Nase gehalten hatte, war er vor Erleichterung in Tränen ausgebrochen und hatte ohne zu zögern die geforderten zwei Écu herausgerückt, um seine Seele zu retten.

»Und wie geht es jetzt weiter?«, fragte Robert.

»Ganz einfach«, erwiderte Paul, »ich gebe meinem Vater das Geld, damit er mich auslösen kann, und bevor Monsieur Valmont herausfindet, woher es stammt, sind wir schon über alle Berge.«

»Wann brechen wir auf?«

»Samstag oder Sonntag«, sagte Paul. »Je früher, desto besser!«

Bei dem Gedanken wurde es Robert ein bisschen mulmig. »Ich ... ich wollte, ich hätte es meinen Eltern schon gesagt ...«

»Das wird nicht nötig sein«, sagte plötzlich eine Stimme.

Als hätte man sie beim Äpfelstehlen erwischt, fuhren Robert und Paul herum. Vor ihnen stand Abbé Lejeune.

»Hier habt ihr euch also versteckt«, sagte er. »Hat euch das schlechte Gewissen hergetrieben?«

»Wa... warum sollten wir ein schlechtes Gewissen haben?« Von dem Schrecken geriet sogar Paul ins Stottern.

Der Pfarrer funkelte ihn zornig an. »Glaubst du, ich könnte nicht eins und eins zusammenzählen? Erst behauptet Père Joseph, der Teufel wäre ihm erschienen, und als ich ihn frage, warum nur ein Écu im Opferstock war, obwohl Monsieur Valmont doch drei versprochen hatte, sagt er, dass er das übrige Geld dem Leibhaftigen gegeben habe. Zwei Écu – genau so viel, wie Monsieur Valmont für deine Freilassung verlangt.« Er drehte sich zu Robert herum.«Und du hast bei dem abscheulichen Spektakel mitgeholfen. Schäm dich!«

Robert spürte, wie er rot anlief, und schaute zu Boden. Abbé Lejeune war der feinste Mensch, den er kannte – nicht nur, weil er noch reinlichere Kleider als der Grundherr trug, sondern vor allem, weil er noch nie irgendjemand ungerecht behandelt hatte. Ihn zu enttäuschen, tat ihm in der Seele weh.

»Wir haben nicht gestohlen«, sagte er leise. »Wir wollten Monsieur Valmont ja nur sein eigenes Geld zurückgeben.«

»Um damit Paul freizukaufen«, ergänzte der Pfarrer. »Aber das Geld gehörte ja gar nicht mehr Monsieur Valmont, sondern der Gemeinde. Und darum verlange ich, dass ihr es zurückgebt.«

Paul hielt die zwei Münzen in seiner Faust fest umschlossen. Ohne sich zu rühren, erwiderte er Abbé Lejeunes Blick. »Und was, wenn nicht?«, fragte er. »Zeigt Ihr uns dann dem Grundherrn an?«

»Nein«, erwiderte der Pfarrer. »Eure Strafe wird viel schlimmer sein. Ihr werdet euch euer Leben lang vor der ewigen Verdammnis fürchten. Weil ihr wisst, wer einen Opferstock plündert, der bestiehlt den Herrgott selbst.«

Robert sah, wie Paul blass wurde. Angesichts der ewigen Verdammnis verließ auch ihn der Mut. Mit zusammengepressten Lippen drehte sein Freund sich zu ihm um und warf ihm einen fragenden Blick zu. Als Robert nickte, trat Paul vor den Pfarrer und gab ihm die zwei Écu zurück.

»*In deo te absolvo*«, sagte Abbé Lejeune.

»*Deo gratiam*«, antworteten Paul und Robert wie aus einem Mund, um sich so schnell wie möglich aus dem Staub zu machen.

»Halt«, rief der Pfarrer. »Wir sind noch nicht fertig!«

»Was ... was ist denn noch, Hochwürden?«, fragte Paul mit sichtlicher Angst.

Abbé Lejeune lächelte sein feines Lächeln. »Jetzt, da das Recht wieder hergestellt ist, werde ich Monsieur Valmont die zwei Écu geben.«

»Ihr wollt – *was?*«, fragte Robert.

»Ja, ich werde deinen Freund freikaufen. Es kann nicht Gottes Wille sein, dass ein Mensch einem anderen Menschen gehört – vor Gott sind nämlich alle Menschen gleich.«

»Gelobt sei Jesus Christus«, sagte Paul und schlug das Kreuzzeichen.

»Allerdings«, erklärte der Pfarrer, »heißt das nicht, dass ich euch das Geld schenke. Das kann ich auch gar nicht, schließlich gehört es ja nicht mir. Aber ich werde es euch leihen. Vorausgesetzt, ihr seid bereit, eure Schuld zu begleichen.«

»Das sind wir, Hochwürden«, sagte Robert.

»Bei allen Erzengeln und Heiligen«, fügte Paul hinzu.

Abbé Lejeune musterte sie mit strenger Miene. »Bevor ihr euch mit einem voreiligen Schwur versündigt, sagt mir lieber, wie ihr das anstellen wollt.«

Wieder schlug Robert den Blick nieder. Darauf hatte er keine Antwort.

»Ich weiß, wie«, sagte Paul.

Der Pfarrer hob die Brauen. »So?«

»Wir können in Paris Bücher kopieren. Ihr habt selbst gesagt, das ist ein einträgliches Geschäft. Sobald wir die zwei Écu haben, zahlen wir unsere Schulden zurück.«

Abbé Lejeune dachte eine Weile nach. »*Der Geist ist willig, aber das Fleisch ist schwach*«, zitierte er das Evangelium. »Die gute Absicht will ich euch gern glauben, doch um sicherzugehen, dass sie euch nicht verlässt und der Herrgott und die Gemeinde das Geld auch wirklich zurückbekommen, bleibt Robert hier, bis eure Schuld beglichen ist. Das ist meine Bedingung.«

»Wir werden tun, was Ihr verlangt«, versicherte Paul.

»Und du, Robert?«, fragte der Priester. »Gilt das auch für dich?«

Robert musste schlucken. Bei der Aussicht, dass sein Freund allein nach Paris zog und er selbst in Sorbon zurückbleiben würde, schnürte es ihm die Kehle zu. Aber was blieb ihm anderes übrig?

Wenn er sich weigerte, würde sich ihr Traum niemals erfüllen. Also nickte er, um sein Einverständnis zu bekunden.

»Gut«, sagte Abbé Lejeune. »Dann habe ich also euer Wort.« Er wandte sich wieder an Paul. »Geh nach Hause und pack dein Bündel. Am besten jetzt gleich. Bevor ich es mir anders überlege.«

»Ich ... ich danke Euch, Hochwürden«, sagte Paul.

»Dank nicht mir, sondern der Vorsehung. Ich bin nur ihr Werkzeug. – Der Herr möge deine Schritte segnen.« Damit wandte der Pfarrer sich ab und ließ die beiden stehen.

Stumm vor Verblüffung schauten sie ihm nach, bis er den Weg von der Anhöhe hinunter zum Dorfanger verschwand.

»Was meinst du«, sagte Robert, »ob Abbé Lejeune wohl mal heiliggesprochen wird?«

»Keine Ahnung«, erwiderte Paul. »Aber eins kannst du mir glauben – sobald ich in Paris bin, werde ich der fleißigste Kopist sein, den es in der Stadt je gegeben hat.«

»Das musst du auch«, sagte Robert. »Weil, wenn du mich hier im Stich lässt ...«

»Niemals!«, fiel Paul ihm ins Wort. »Eher würde ich mir die rechte Hand abhacken.« Er fasste Robert bei den Schultern und schaute ihn an. »Glaubst du jetzt, dass wir es schaffen?«

Robert erwiderte seinen Blick und grinste. »Solange ich mich auf dich verlasse, kann ja nichts schiefgehen.«

Paul drückte ihn an sich und küsste ihn auf beide Wangen. »Auf Wiedersehen in Paris, mein Bester!«

Robert erwiderte seine Umarmung. »Auf Wiedersehen in Paris!«

ERSTER TEIL

Paris, 1229

Carne Vale

»*Tore, hebt euch nach oben, hebt euch, ihr uralten Pforten.*«

PS 24,7

I

Eine neue Wallstatt, so hieß es, sei im Herzen Frankreichs entstanden, wie ein Lauffeuer verbreitete sich die Kunde, erst im Königreich, dann in ganz Europa, und bald schon machten sich Pilger aus allen Ecken und Enden des Kontinents auf den Weg, um dort ihr Heil zu suchen – PARIS! Aus Lothringen und den Niederlanden, aus Luxemburg und der Lombardei, aus allen deutschen und italienischen Ländern, ja sogar aus England, Spanien und dem fernen Portugal strömten sie herbei, in solchen Scharen wie sonst nur zu den heiligen Stätten in Rom, Jerusalem oder Santiago. Doch keine Kirche des Glaubens lockte sie an, kein Heiligenschrein und keine wundertätige Reliquie, sondern eine Wallstatt völlig neuer Art, wie die Welt noch keine je zuvor gesehen hatte: eine Hochburg der Gelehrsamkeit, eine Kathedrale des Wissens – die *Universitas magistrorum et scholiarum Parisiensis*.

Seit die Pariser Magister und Scholaren im Jahre 1200 die verschiedenen Ordens- und Laienschulen, die im Schatten der Kathedrale von Notre-Dame sowie auf dem Hügel von Sainte-Geneviève im Laufe der Zeit entstanden waren, zu einer einzigen, universalen Schule vereint hatten, war die noch junge Hauptstadt der Franzosen zu einer Kapitale geistlicher und weltlicher Bildung aufgestiegen, mit der kein anderer Ort des Abendlandes sich messen konnte. Rom hatte den Papst, Deutschland den Kaiser – doch Paris hatte die Universität! Nirgendwo gab es berühmtere Lehrer als hier, nirgendwo mehr nach Wissen dürstende Studenten, die die Lehren der Professoren aufsogen wie Schwämme. Junge Männer aus aller Herren Länder, die in so vielen Zungen redeten wie einst die Völker Babylons, vereinten sich hier in der Suche nach der einen, unteilbaren Wahrheit, die allem himmlischen und irdischen Geschehen zugrunde lag. Nicht nur die *Artes liberales*, die sieben freien Künste, wurden hier unterrichtet – nein, wer die Weihen des Trivium und Quadrivium empfangen hatte, war im

Anschluss berechtigt, Theologie, Medizin und Jurisprudenz zu studieren, um so in die erhabensten Geheimnisse der Erkenntnis vorzudringen: in das Wesen Gottes, des Menschen und des Rechts.

War es da ein Wunder, dass manch einer in der Universität die Leiter Jakobs zu erblicken wähnte, die Himmel und Erde, Gott und die Menschen miteinander verband? Und Paris pries als neuen Garten Eden, Rose der Welt, Balsam des Universums?

Doch wehe, so wie der Mensch selbst seinem Wesen nach gespalten ist: halb Engel und halb Tier –, so war die junge Wallstatt im Herzen Frankreichs nicht nur Hochburg geistigen Strebens, sondern auch Niederung fleischlicher Laster. So zahlreich die Schüler der Erkenntnis auch waren, die in der Schule Christi nach den Lehren des Heils trachteten – noch größer an Zahl waren die Jünger der Ausschweifung, die in die Schule des Teufels gingen, um sich den Verlockungen des Leibes zu ergeben. Ermutigt von Professoren, die ihnen Bummelei und Spiel erlaubten, frönten sie der Völlerei und Wollust. Überall in den Straßen des lateinischen Viertels, wo die Magister und die Scholaren lebten, wurde getrunken und gelacht, Tavernen waren bis spät in die Nacht geöffnet, und es gab Häuser, in deren Obergeschoss Doctores der Theologie Vorlesungen über die Dreifaltigkeit Gottes hielten, während im Erdgeschoss zur selben Stunde spärlich bekleidete Liebesdienerinnen um die Gunst ihrer Freier buhlten: Flüsterzungen der Unzucht, die junge, unbedarfte Seelen verführten, um sie in den Höllenschlund zu locken, auf dessen Grund der Teufel sie schon lachend erwartete.

Schlimmer aber noch als alle Verfehlungen des Fleisches waren die Sünden des Geistes, die im Schatten von Notre-Dame und am linken Ufer der Seine eine neue Heimstatt gefunden hatten. In den Kollegien der Universität bereitete der Teufel gleichsam sein Feingebäck zu, um die Seelen der Studenten zu vergiften. Hier wurden Dinge gelehrt, die wie Zündhölzer die Herzen entfachten, um darin christliche Demut in luziferischen Hochmut zu verwandeln. Die Worte der Heiligen Schrift, die doch ewige Gültigkeit besaßen, wurden durch neue, unerhörte Auslegungen in Frage gestellt. Schriften griechischer Heiden, die im Dunkel der Geschichte verschwunden waren, wurden wiederentdeckt, um sie den Lehren der Offenbarung gegenüberzustellen. Und als wäre all dies des Unheils nicht genug, war die Universität ein Ort, an dem die gottgewollte Ordnung der Dinge außer Kraft gesetzt wurde. Standesgrenzen lösten sich ebenso auf wie jahrhundertealte Vorrechte: Während in der Kirche des Glaubens seit jeher nur eine kleine Schar Auserwählter in den Genuss der letzten Erkenntnisse gelangte, eröffnete sich in der neuen Kathedrale des Wissens nun jedermann Zugang zum Altar der Wahrheit – gleichgültig, ob er arm war oder reich, Bauer, Bürger oder Edelmann.

Denn hier galt nicht der Adel der Geburt, sondern allein der Adel des Geistes.

2

Es war ein eisig kalter Februarmorgen des Jahres 1229, als Robert zusammen mit seinem Freund Henri den Hügel von Sainte-Geneviève hinunterging, um an einer öffentlichen Disputation teilzunehmen, die Victor d'Alsace, Doktor der Theologie und berühmtester Professor von ganz Paris, an diesem Vormittag im Kapitelsaal der benediktinischen Ordensbruderschaft abhalten würde. Während Henri unentwegt von einem Schimmelhengst redete, den er zu kaufen gedachte, empfand Robert den Anblick der vor ihnen liegenden Île de la Cité mit der Kathedrale von Notre-Dame plötzlich wie in einem Traum. War das wirklich er, Robert Savetier aus Sorbon, Sohn eines Flickschusters, der in dieser Stadt lebte, der hier studierte und sich in nur wenigen Wochen anschickte, sein Magisterexamen in den sieben freien Künsten abzulegen? Obwohl inzwischen fünf Jahre seit seiner Ankunft in Paris vergangen waren, holten ihn solche Anwandlungen immer noch ein. Aber es war kein Traum, den er träumte, er lebte wirklich und wahrhaftig in dieser Stadt, die sich von Horizont zu Horizont erstreckte, in diesem grenzenlosen, unüberschaubaren Gewimmel von Häusern, Straßen und Plätzen, und in der gewaltigen Kathedrale, die sich auf der Flussinsel in den Himmel erhob, besuchte er regelmäßig die heilige Messe. Vor allem aber war er wirklich und wahrhaftig ein eingeschriebener Student der Artistenfakultät und somit ordentliches Mitglied der *Universitas magistrorum et scholiarum Parisiensis*, der bei den klügsten und gelehrtesten Männern der Welt zur Schule ging.

»Wirst du ihm deine Frage stellen?«, wollte Henri wissen.

»Welche Frage?«, erwiderte Robert zerstreut.

»Die, wegen der du seit dem Beschneidungsfest nicht mehr schlafen kannst und mich verrückt machst.«

»Ach so, *die* Frage meinst du. Natürlich – ja.« *Vorausgesetzt, dass ich den Mut dazu habe*, fügte Robert im Geiste hinzu.

Der Kapitelsaal des Benediktinerklosters war bei ihrer Ankunft bereits bis auf den letzten Platz gefüllt. Das hatten sie Henri zu verdanken – Roberts Freund hatte am Morgen mal wieder nicht aus dem Bett gefunden, nachdem er die halbe Nacht in einer Taverne verbracht hatte. In den ersten Reihen saßen die Professoren und Magister und harrten mit ernsten Gesichtern des Beginns der Disputation, dahinter drängten sich lärmend die Studenten. Victor d'Alsace war ein Gelehrter, an dem die Geister sich schieden: Von seinen Kollegen mit Argwohn beäugt, verehrten ihn die Studenten. Als einziger Professor in Paris unterrichtete er nicht nur die Schriften des Aristoteles zur Logik und Rhetorik, die vom Papst in Rom kanonisiert worden waren, sondern auch die Traktate des heidnischen Philosophen zur Ethik, Metaphysik und Naturlehre, obwohl Bischof Wilhelm sie unter den Verdacht gestellt hatte, die Vorherrschaft des Glaubens über die Vernunft zu untergraben.

Während Henri zwei ärmlich aussehenden Kommilitonen ein paar Münzen in die Hand drückte, damit sie ihre Plätze frei machten, verstummte plötzlich der Lärm im Saal. Wie ein Ritter, der den Turnierplatz betritt, um sich mit seinen Rivalen zu messen, trat Victor, ein hochgewachsener Mann von knapp vierzig Jahren, in die unsichtbaren Schranken der Universitas, um nach den Regeln der scholastischen Argumentationskunst seinem Publikum Rede und Antwort zu stehen.

»*Cum deo!*«, rief er dem Auditorium zu, »mit Gott!«

Das war das Zeichen zum Beginn. Obwohl es das Vorrecht der promovierten Zuhörer war, die ersten Fragen zu stellen, meldete Robert sich ohne abzuwarten zu Wort. Er hatte Angst, sein Mut könnte ihn sonst verlassen.

»Euer Name und Eure Fakultät?«, fragte Victor.

Begleitet vom vorwurfsvollen Gemurmel der Doctores erhob Robert sich von seinem Platz. Es war das erste Mal, dass er dem berühmten Gelehrten so nahe gegenüberstand, keine fünf Schritte trennten sie voneinander. Victor war das Inbild eines Gelehrten. Aus seinen hellen grauen Augen sprach ein überragender Verstand, die scharfen Falten auf Stirn und Schläfen zeugten von der Anstrengung des Denkens, und um die schmalen Lippen des Mundes, über dem sich eine gleichfalls schmale, leicht gekrümmte Nase wölbte, spielte ein kaum wahrnehmbares Lächeln. Obwohl er von kaum durchschnittlicher Körpergröße war, hatte Robert das Gefühl, dass der Magister ihn um Haupteslänge überragte, und nur mit Mühe hielt er dem prüfenden Blick der wachen, hellen Augen stand.

»Robert Savetier«, sagte er. »Artist.«

Victor hob die Brauen. »Ah, der Student, der nach nur fünf Jahren Studium zu Ostern sein Examen ablegen will.«

»Mit ... mit Gottes Hilfe«, stammelte Robert und lief rot an. Nie und nimmer hätte er gedacht, dass der große Victor d'Alsace überhaupt Kenntnis von seiner Existenz hatte. Wenn er sich als Gaststudent der Artistenfakultät in dessen Vorlesungen schlich, verharrte er stets in der letzten Reihe der Zuhörerschaft, um aus respektvoller Ferne dem Vortrag zu folgen.

»Es freut mich, Eure Bekanntschaft zu machen. Zumal ich jetzt begreife, wie Ihr das Artistenstudium, für das weniger Begabte als

Ihr in der Regel sechs Jahre brauchen, in solcher Eile absolvieren konntet. Eure Wissbegier muss der Grund dafür sein, ist sie doch größer als jede Zurückhaltung.« Die Doctores lachten befriedigt. »Aber da Ihr nun schon mal so voreilig das Wort ergriffen habt, stellt Eure Frage!«

Robert wäre am liebsten im Boden versunken. Wie sollte er nach diesem Tadel den Mund aufbekommen? Nächtelang hatte er gegrübelt, wie er seine Frage formulieren sollte, damit sie einerseits möglichst präzise, andererseits möglichst umfassend ausfiel. Jetzt war er so durcheinander, dass er sich kaum noch an den Wortlaut erinnern konnte. Verlegen zupfte er sich am Ohr. »Ist ... ist Wissen ein Gut, mit dem man für Geld Handel treiben darf?«, brachte er schließlich hervor.

»Eine interessante Frage«, erwiderte Victor. »Daraus, dass Ihr sie stellt, schließe ich, dass Ihr die Predigten in Notre-Dame im Gegensatz zu manchen Eurer Kommilitonen nicht für ein Nickerchen nutzt, sondern ihnen mit derselben Aufmerksamkeit folgt wie den Vorlesungen Eurer akademischen Lehrer.«

Unbeeindruckt von den vielen Augenpaaren, die voller Erwartung auf ihn gerichtet waren, verharrte Victor schweigend eine Weile, um seine Gedanken zu ordnen. Während er sich über die sauber ausrasierte Tonsur strich, spürte Robert, wie ihm der Mund austrocknete. Obwohl er unter seinem geflickten Talar vor Kälte zitterte und ihm vor Hunger der Magen knurrte, weil er in seiner Aufregung am Morgen keinen Bissen herunterbekommen hatte, fieberte er mit allen Sinnen der Antwort des Magisters entgegen. Nein, Henri hatte nicht übertrieben – keine Frage brannte ihm so sehr auf der Seele wie diese. Er studierte ja nicht zum Zeitvertreib, wie viele junge Adlige es taten – ein armer Teufel wie er musste von den Kenntnissen, die er im Studium erwarb, später sein Leben bestreiten. Doch die Möglichkeiten dazu waren an den Fingern einer Hand abzulesen. Um nach dem Abschluss des Artistenstudiums an einer der weiterführenden Fakultäten – der Theologie, der Jurisprudenz oder der Medizin – zu promovieren, fehlte es ihm an sämtlichen Voraussetzungen, vor allem aber an der nötigen Begabung, und als Sekretär in einer Kanzlei sein Dasein zu fristen, wie es die meisten Artisten niedriger Herkunft nach dem Examen taten, wäre ihm wie Verrat an seinen Träumen erschienen. Also war er auf den Ausweg verfallen, seine Kenntnisse jungen Edelleuten anzubieten, die wie sein Freund Henri nach Paris kamen, um zu studieren. Doch war es überhaupt mit der Lehre der Kirche vereinbar, auf diese Weise sein Geld zu verdienen? Zweifel waren ihm bei der Predigt des Ortsbischofs Wilhelm von Auvergne zum Fest der Beschneidung des Herrn gekommen, in welcher der oberste Geistliche von Paris fahrende Wandergelehrte, die über Land zogen und Bezahlung für ihren Unterricht verlangten, der Sünde wider das zehnte Gebot geziehen hatte.

Die öffentlichen Disputationen, die wie alle Lehrveranstaltungen der Universität an keinen festen Ort gebunden waren, sondern mal in einer Kirche, mal in einem Kloster oder, wenn die Witterung es erlaubte, auch unter freiem Himmel stattfanden, waren die Hochfeste im jährlichen Lehrbetrieb und so spannend wie ein Ritterturnier – nur mit dem Unterschied, dass die Wettkämpfe zwischen den Schranken der Universität nicht mit Lanze oder Schwert entschieden wurden, sondern mit der Waffe des Geistes: dem Wort. Um darin zu bestehen, war höchste Geistesgegenwart erforderlich. Denn der befragte Magister kannte die Themen, zu denen er in freier Rede seine Lehrmeinung formulieren sollte, vorab so wenig wie sein Auditorium. Ob hochgelehrter Doktor oder einfacher Scholar, Theologe oder Mediziner, Artist oder Jurist: Alle Mitglieder der Universitätsgemeinschaft, ja sogar interessierte Laien durften hier »*quod libet*« Fragen stellen, »wie es gefiel« – Hauptsache, sie erforderten den ganzen Scharfsinn des Geprüften!

Nachdem Victor einen Moment nachgedacht hatte, warf er mit großer Geste die Falten seines Talars hinter sich. »*Videtur*«, sagte er und hob den Daumen, um mit der Argumentation zu beginnen, »alles Wissen kommt von Gott. Dies ist gemeint, wenn es im Brief des Jakobus heißt: ›Jede gute Gabe und jedes gute Geschenk kommt von oben, dem Vater des Lichts.‹ *Praeterea videtur*«, seinem Daumen fügte Victor den Zeigefinger hinzu, »jeder Mensch hat vermittels seines Verstandes teil am göttlichen Funken der Erkenntnis. ›Glaubet an das Licht, solange ihr's habt‹, spricht der Herr, ›auf dass ihr des Lichtes Kinder werdet.‹ *Praeterea*«, jetzt streckte Victor auch den Mittelfinger in die Höhe, »nichts kann einem Menschen allein gehören, was er durch Gott mit allen anderen Menschen teilt. ›Denn wie wir an dem einen Leib viele Glieder haben‹, schreibt Paulus an die Römer, ›so sind wir, die vielen, *ein* Leib in Christus.‹«

Es entsprach den Regeln der Rhetorik, dass der Magister die Erörterung einer Frage mit dem Vortrag möglicher Einwände begann, um diese später als Scheingründe zu widerlegen. Doch die Einwände, die Victor gerade vorgetragen hatte, waren keine Scheingründe, sondern unwiderlegbare Wahrheiten der göttlichen Offenbarung. Welche Argumente konnte es geben, um ihre Gültigkeit zu entkräften? Robert fühlte sich, als hätte ihm gerade jemand den Boden unter den Füßen weggezogen. Das Ziel, nach dem er strebte, versank am Horizont vor seinen Augen, noch bevor er sich richtig auf den Weg gemacht hatte. Obwohl es Brauch war, sich erst wieder zu Wort zu melden, wenn der Magister alle Argumente vorgetragen hatte, die er zur vollständigen und abschließenden Beantwortung brauchte, konnte er sich nicht beherrschen.

»Müssen wir daraus schließen«, fragte er mit rauer Kehle, »dass Wissen keine Ware ist, mit der wir Handel treiben dürfen?«

»Nur so kann die Schlussfolgerung lauten!«, schnarrte an Victors Stelle Pater Orlando, ein junger, glaubensstrenger Dominikaner aus Cremona, der aufgrund der asketischen Lebensweise, zu der das Armutsgelübde seines Bettelordens ihn verpflichtete, bei manchen Professoren ebenso unbeliebt war wie bei den Studenten. »Alles Wissen fließt aus dem Heiligen Geist und ist allein dessen Besitz. Wer Geld für seine Verbreitung verlangt, ist ein Dieb und versündigt sich vor Gott.«

»Soll das heißen, dass Ihr, sofern die Vorsehung Euch dermaleinst auf den Lehrstuhl führt, nach dem Ihr so sehnlich trachtet, Eure Vorlesungen allein um Gotteslohn halten werdet, ohne Kolleggelder von Euren Hörern zu verlangen?«

Während sich Gelächter ausbreitete, drehte Robert sich um. Die Frage hatte LeBœuf gestellt, ein stadtbekannter Versemacher und Spötter, der sich keine öffentliche Disputation entgehen ließ, obwohl er wegen seiner Spiel- und Trunksucht das Studium längst abgebrochen hatte und sich in seinem buntscheckigen Wams mit frivolen Darbietungen auf Jahrmärkten durchs Leben schlug. War die Verhöhnung des Dominikaners schon ein Vorgeschmack auf die Eselsmesse, die er heute zum Abschluss des Karnevals in Saint-Marcel zelebrieren wollte? Henri, der darauf hoffte, dem Narrenbischof ministrieren zu dürfen, sprach seit Tagen von kaum etwas anderem und wollte unbedingt, dass Robert ihn begleitete.

Bevor der sichtlich erboste Dominikaner etwas erwidern konnte, hob Victor die Arme, um für Ruhe zu sorgen. »*Sed contra*«, setzte er zur Gegenthese an, wie die Dialektik es verlangte. »Aristoteles hat im zwölften Buch der Metaphysik bewiesen, dass Gott allein in seiner Vernunfttätigkeit ›wirkliche Tätigkeit‹ ist, menschliches Denken hingegen nur ›Verwirklichung der Vernunft‹. Das aber heißt: Das Wissen Gottes, das im Heiligen Geist Ursprung und Quelle hat, existiert für den Menschen nur *in potentia* – als eine Möglichkeit, die gleichsam in der Ewigkeit schlummert. Um es jedoch zu erkennen, bedarf es einer Anstrengung, die wir geistige Arbeit nennen und durch die allein wir seiner *in actu* teilhaftig werden.«

»Und was folgt Ihr anderes daraus«, unterbrach Orlando, »als dass jede Bezahlung einer Lehrtätigkeit Diebstahl an Gottes Eigentum ist?«

Victor holte tief Luft. »*Respondeo*«, setzte er zur Schlussantwort an, als er sich der vollen Aufmerksamkeit seiner Zuhörer sicher war. »Nicht für das Wissen selbst darf der, der es verbreitet,

Geld verlangen, wohl aber für die Arbeit des Denkens, die er aufwenden muss, um vom Dunkel der Unwissenheit ins Licht der Erkenntnis zu treten. Darin gleicht der Gelehrte dem Geldleiher, der seine Zinsen auch nicht nach Maßgabe der Zeit erheben darf, da diese ja Gott allein gehört, wohl aber als Lohn für die Gefahr, sein ausgeliehenes Geld, das er im Schweiße seines Angesichts erworben hat, an einen ehrlosen Schuldner zu verlieren.«

Mit beifälligem Raunen quittierte das Auditorium die Auskunft. Orlando aber sprang mit hochrotem Kopf von seinem Stuhl.

»Verflucht sei Euer Aristoteles! Das ist Ketzerei! Heidnische Irrlehre!«

Ein Bein nachziehend, doch mit rauschendem Talar hinkte der Dominikaner aus dem Saal. Während Victors Miene sich beim Abgang des Mönchs für einen Moment umwölkte, fiel Robert ein Stein vom Herzen. Die Antwort des Magisters löste ebenso große Erleichterung wie Bewunderung in ihm aus. Victor erschien ihm wie ein Wagenlenker, der vor seinen Karren die unterschiedlichsten Rösser spannte. Und mit derselben Kunstfertigkeit, mit der ein Wagenlenker das Temperament seiner Pferde zügelt, auch wenn diese noch so wilde Sprünge vollführen oder sogar auszubrechen drohen, bändigte Victor die Gedanken, bis sie sich seinem Regiment unterwarfen, um auch scheinbar unwiderlegbare Einwände zu widerlegen.

Ob Robert wohl je imstande sein würde, so kunstvoll zu argumentieren?

»Sag mal«, flüsterte Henri an seiner Seite. »Lehrt Victor eigentlich auch Kirchenrecht?«

»Ja. Warum?«

»In ein paar Wochen machen wir Examen, dann hat der Kinderkram der freien Künste ein Ende, und ich muss mir einen Lehrer für die Zeit danach suchen. Ich denke, Victor wäre genau der richtige, um meinem Großvater Eindruck zu machen.«

Robert runzelte die Stirn. »Es heißt aber, Victor nimmt nur

einen von drei Dutzend Schülern an, die sich bei ihm bewerben. Traust du dir das zu?«

Henri hob indigniert eine Braue, und sein vornehmes Pferdegesicht, das er dem blauen Blut seiner Vorfahren verdankte, wurde noch ein bisschen länger. »Na hör mal, ich bin schließlich der Enkel eines königlichen Ministers! Außerdem *liebe* ich die Wissenschaft.«

Fast hätte Robert laut gelacht. Sein Freund – mit vollem Namen Pierre Henri Bernard, Vicomte de Joinville – galt als der faulste Student der Artistenfakultät, wenn nicht der gesamten Universität, und nur wenn ein Wunder geschah, würde er sein Examen in den *Artes liberales* bestehen und ein Aufbaustudium anschließen können. Er stammte aus einem uralten Adelsgeschlecht, das angeblich auf Karl den Großen zurückging, und studierte nur, weil seine Familie es so wollte – als jüngster von drei Brüdern sollte er später an einem Bischofshof zu Amt und Würden gelangen. Doch statt dem Studium der Bücher widmete er sich lieber dem Studium der Vergnügungen, die Paris in solcher Fülle bot, dass er vor jeder Prüfung auf Roberts Hilfe angewiesen war, um nicht von der Universität verwiesen zu werden. Zum Dank dafür beherbergte er Robert unter dem Dach seines großen Hauses, das er mit einem Dutzend Dienstboten im lateinischen Viertel bewohnte, und zahlte ihm seine Kolleggelder und Prüfungsgebühren.

»Wenn du es ernst meinst«, raunte Robert ihm zu, »musst du Victor auf dich aufmerksam machen.«

»Nichts lieber als das. Wenn ich nur wüsste, wie.«

»Stell ihm auch eine Frage! Damit er deinen Eifer erkennt.«

Henri runzelte die Stirn. Der Vorschlag roch nach Anstrengung, und Anstrengungen waren nicht nach seinem Geschmack. »Meinst du?«

»Ganz bestimmt!«

Henri zögerte, dann gab er sich einen Ruck. »Gut«, sagte er, »aber nur unter einer Bedingung.«

»Nämlich?«

Henri grinste. »Dass du mit nach Saint-Marcel kommst.«

»Zur Eselsmesse?« Robert schüttelte den Kopf. »Das geht nicht, ich habe schon eine Verabredung.«

»Oh, mit einem Mädchen? Das wäre ja mal was wirklich Neues!« Henri war plötzlich ganz aufgekratzt. »Aber sag! Ist sie hübsch? Wie heißt sie? Kenne ich sie?«

»Nein«, erwiderte Robert. »Kein Mädchen, ich rede von meinen Büchern. Oder willst du, dass ich eines Tages so ende wie dein Freund LeBœuf?« Er deutete mit dem Kinn auf den Versemacher, der gerade verstohlen einen Schluck aus einer Flasche nahm.

Henri schüttelte nur den Kopf. »Was bist du doch für ein langweiliger Mensch, Robert Savetier.« Mitleidig blickte er auf ihn herab. »Kein Wunder, dass sich kein Mädchen für dich interessiert.«

Das konnte Robert nicht auf sich sitzen lassen. »Also gut«, willigte er ein, »ich komme mit.«

»Dein Wort drauf?« Henri streckte ihm die Hand entgegen. Robert schlug ein. »Mein Wort drauf!

»Na also!« Henri strahlte über sein ganzes Pferdegesicht. »Du wirst sehen, das wird ein Mordsspaß!«

3

Kalt und weiß schien das Licht der Wintersonne durchs Fenster herein, als Marie mit dem Nähzeug die Bücherstube betrat. Obwohl die Schulden für das Haus noch längst nicht bezahlt waren, hatte Paul letzten Herbst als erster Hausbesitzer in der Rue des Pailles die alten Fensterfüllungen aus Pergament durch sündhaft teure Glasscheiben ersetzen lassen, die für einen gewöhnlichen Handwerker unerschwinglich waren. Manche Nachbarn fragten sich darum, woher er das Geld dafür genommen hatte, und einige argwöhnten sogar, dass es bei dem zur Schau gestellten Wohlstand nicht mit rechten Dingen zugehen könne. Tatsächlich aber war kein Geheimnis dabei, außer, dass Paul bei den Lombarden von Saint-Sépulcre scheinbar grenzenlosen Kredit genoss, und diese Tatsache hatte er allein seiner Tüchtigkeit zu verdanken. Denn mit der Kopieranstalt, die er in seinem Haus betrieb, hatte er bei den Professoren und Studenten der Universität so großen Erfolg, dass die italienischen Geldverleiher ihm die Kredite beinahe aufdrängten, um mit den Zinsen ihr Geschäft zu machen.

Auch Marie arbeitete im Skriptorium ihres Mannes, doch nur an den Nachmittagen. Die Vormittage gehörten zu ihrem Leidwesen der Hausarbeit. Ginge es nach ihr, würde sie den ganzen Tag in der Schreibstube verbringen. Obwohl sie sich mit dem Lateinischen, das Paul ihr nach der Trauung beigebracht hatte, manchmal noch schwertat, bereitete ihr das Kopieren der Texte weitaus größere Freude als Kochen oder Waschen und Nähen. Mit jeder Abschrift lernte sie etwas Neues hinzu, und immer, wenn sie bei der Arbeit auf einen neuen Gedanken stieß, freute sie sich wie früher als Kind, wenn sie im Apothekergarten ihres Vaters ein ihr unbekanntes Kraut entdeckte. Auf diese Weise konnte sie nicht nur an den Lehrveranstaltungen aller vier Fakultäten der Pariser Universität teilnehmen, sondern auch an den öffentlichen Disputationen, die in der Stadt abgehalten wurden, zu denen sie als Frau jedoch so wenig Zugang hatte wie zum regulären Unterricht der Professoren. Um in der Schreibstube den ganzen Tag lang zu arbeiten, würde sie deshalb die Führung des Haushalts am liebsten einer Magd überlassen. Doch davon wollte Paul nichts wissen – obwohl der Gewinn, den sie durch das vermehrte Kopieren für die gemeinsame Kasse erwirtschaften würde, den Lohn einer Magd gewiss um ein Mehrfaches überstieg.

Warum nur verweigerte er ihr die Erfüllung ihres Wunsches? Er schaute doch sonst auf seinen Vorteil. Vielleicht, weil er nicht wollte, dass sie sich auf sein Geschäft so gut verstand wie er selbst?

Sie wollte gerade auf der Kaminbank Platz nehmen, um mit der Näharbeit zu beginnen, da fiel ihr Blick auf den Schlüssel, der in dem Schloss von Pauls großer Truhe steckte. Überrascht runzelte sie die Stirn. Das war noch nie passiert, dass ihr Mann vergessen hatte, den Schlüssel abzuziehen! Denn in der Truhe bewahrte er seinen wertvollsten Besitz auf: die Originale aller Schriften, die in seiner Kopieranstalt vervielfältigt wurden und die er darum so sorgsam hütete wie seinen Augapfel.

Marie legte ihr Nähzeug beiseite und trat an die Truhe. Wie oft hatte sie sich gewünscht, sie einmal öffnen zu dürfen, um nach Herzenslust darin zu stöbern. Doch nie und nimmer hätte sie geglaubt, dass sich ihr die Möglichkeit dazu so unverhofft bieten würde. Aus Gründen, die sie nicht verstand, erlaubte Paul niemandem Einblick in diese Truhe – nicht einmal ihr, seiner Frau. Jeder Schreiber bekam morgens zu Beginn der Arbeit daraus stets nur die wenigen Bögen zugeteilt, die er im Verlauf eines Tages kopieren konnte, und jeder musste die Originale zum Feierabend vollständig abgeben, um am nächsten Morgen Partien aus einem gänzlichen anderen Werk zur Abschrift zu bekommen. Auf diese Weise gelangte niemand außer Paul in den Genuss eines ganzen Textes, auch nicht durch Lektüre der Kopien. Denn diese legte er, nach den einzelnen Partien der Abschriften voneinander getrennt und angeordnet nach einem System, das nur er selber kannte, in den Wandregalen ab, die überall im Raum bis zur Decke reichten, um sie erst beim Verkauf oder Verleih eines Manuskripts wieder zu einem vollständigen Text zu bündeln.

Plötzlich fing Maries Herz so heftig an zu pochen, dass sie der Versuchung nicht widerstehen konnte. Leise, um nicht von ihrem Mann überrascht zu werden, drehte sie den Schlüssel im Schloss herum und klappte den Deckel der Truhe auf. Im nächsten Moment lagen Pauls Schätze vor ihr, paketweise übereinandergeschichtet, durch Lederstreifen verschnürt, vor allem aber zum Greifen nahe: Bücher von Philosophen und Kirchenvätern, die Evangelien des Neuen Testaments, das Hohelied Salomos, Mitschriften von Vorlesungen Pariser Professoren und fahrender Wandergelehrter, Abhandlungen und Traktate zur Medizin, zur

Heil- und zur Pflanzenkunde ... Voller Andacht las Marie die Titel der Manuskripte und die Namen ihrer Verfasser: Augustinus, Boëtius, Hieronymus ... Cicero und Mark Aurel ... Averroës und Avicenna ... Vergil und Horaz ... Alcuin ... Galenos und Hippokrates ... Unwillkürlich streckte sie die Hand nach den Texten aus, tastete mit den Fingern über die Bündel, berührte das Papier, die Schnürung, die Knoten ...

Warum war ihr das alles verwehrt?

Vorsichtig, nur wie zur Probe, zupfte sie an einem Riemen, mit dem eines der zuoberst liegenden Manuskripte zusammengehalten wurde. Der Text stammte von einem Autor namens Seneca, wie das Deckblatt verriet: *De vita beata*. »Vom glückseligen Leben« – was für ein verheißungsvoller Titel ... Der Knoten saß ganz locker, sie brauchte nur einmal daran zu zupfen, gar nicht mal fest, und er würde sich lösen und wie von allein sämtliche Geheimnisse preisgeben, die er vor Marie und der Welt verborgen hielt. Ihre Finger zitterten, unentschlossen schwebten sie über dem Bündel.

Da krähte draußen irgendwo ein Hahn.

Als wäre plötzlich jemand in die Kammer gedrungen, schrak Marie zusammen. Was tat sie da? Paul hatte vergessen, den Schlüssel abzuziehen, und sie wollte seine Nachlässigkeit hinter seinem Rücken ausnützen wie ein gemeiner Dieb?

Nein, es war falsch, sich ungefragt seine Schätze anzueignen. Sie hatte dazu kein Recht. Die Texte gehörten Paul, nur ihm allein. Niemand außer ihm konnte ihr Zugang zu dem Wissen verschaffen, das sie enthielten.

In der Gewissheit, das Richtige zu tun, schloss Marie den Deckel der Truhe und ließ den Schlüssel stecken, als wäre dieser kurze Moment des Zweifels nie gewesen.

4

Henri brauchte eine Weile, um seinen überlangen Leib aus dem Gestühl zu winden. Als er sich endlich zu voller Höhe erhoben hatte, nahm er den federgeschmückten Hut vom Kopf und verbeugte sich vor Victor d'Alsace, als wären sie nicht bei einer gelehrten Disputation im Kapitelsaal der Benediktiner, sondern bei einer Audienz am Hofe.

»Vicomte de Joinville?« Der Magister runzelte verwundert die Brauen. »Was begehrt Ihr zu wissen? Ich hoffe, Ihr habt keine Frage zur Reitkunst, denn darin bin ich kaum beschlagen.«

»Mitnichten«, erwiderte Henri, ohne sich im Geringsten darüber zu wundern, dass der berühmte Professor ihn kannte. »Meine Frage betrifft die Theologie.«

»Und dürfen wir erfahren, wie sie lautet?«

»Gewiss.« Henri straffte sich, und mit der feierlichen Würde, die ihn bei den seltenen Malen, da er sich in einer Lehrveranstaltung zu Wort meldete, stets überkam, sagte er: »Ist es überhaupt Gottes Wille, dass der Mensch arbeitet?«

Im Publikum machte sich Heiterkeit breit. »Die Frage kommt aus berufenem Mund«, erklärte Victor mit kaum verhohlenem Lächeln, »doch da sie schwieriger zu beantworten ist, als es vielleicht den Anschein hat, will ich mir alle Mühe geben.« Er hielt für einen kurzen Moment inne. »*Videtur*«, hob er an. »Alles, was geschieht, ist Gottes Wille. ›Sehet die Vögel des Himmels‹, spricht der Herr. ›Sie säen nicht, sie ernten nicht, aber der himmlische Vater nähret sie doch.‹ Ebenso sagt Aristoteles, dass der wahrhaft freie Bürger frei ist von körperlicher Tätigkeit, und nennt darum all jene, die mit der Beschaffung des Lebensunterhaltes besorgt sind, ›Banausen‹. *Praeterea videtur*: Angesichts der göttlichen Vorsehung ist jegliches menschliche Tun nichtig und eitel. Allein in der Erfüllung des Heilsplans ist menschliches Handeln begründet. ›Wenn der Herr nicht das Haus baut‹, heißt es im

Psalm, ›arbeiten all jene, die daran bauen, umsonst.‹ *Praeterea*: Arbeit ist kein Zweck in sich selbst, sondern nur ein Mittel, das auf ein höheres Gut abzielt. ›Selig sind die Toten, die im Herrn sterben‹, verkündet die Offenbarung. ›Denn sie ruhen von ihrer Arbeit.‹«

»Hörst du?«, flüsterte Henri. »Sogar Aristoteles hat er zitiert!« Er warf Robert einen triumphierenden Blick zu. Wie oft hatte er seinen eigenen Müßiggang damit verteidigt, dass Arbeit sich für einen Edelmann wie ihn nicht gehöre! Bekam er nun die philosophische Rechtfertigung für seine Faulenzerei? Wenn er darauf spekulierte, freute er sich jedoch vermutlich zu früh. Robert wusste, dass Victor die bisherigen Einwände ja nur aufgeführt hatte, um sie als Scheingründe zu widerlegen, und wartete auf das fällige Gegenargument.

»*Sed contra*«, erhob Victor folgerichtig wieder die Stimme. »So nichtig und eitel menschliches Tun sein mag, entbindet uns diese Erkenntnis nicht von der Pflicht, zum Gelingen des fortgesetzten Akts der Schöpfung beizutragen, so weit es in unseren Kräften steht. ›Seid fruchtbar und mehret euch und füllet die Erde und machet sie euch untertan‹, gebietet der Herr den ersten Menschen, auf dass sie nach der Vertreibung aus dem Paradies ihr Brot im Schweiße ihres Angesichts essen. Aus diesem Grund mahnt der Apostel Paulus die Thessaloniker: ›Wer nicht arbeiten will, soll auch nicht essen.‹« Die meisten Zuhörer nickten, nur Henri runzelte die Stirn. »Aus all dem Gesagten aber ziehe ich folgenden Schluss«, fuhr Victor fort. »*Respondeo*: Wer nicht essen mag, der soll es den Vögeln des Himmels gleichtun oder aber ruhen im Tode und auf die göttliche Gnade hoffen. Wer hingegen das Leben, das der Herr ihm geschenkt hat, nicht nur erhalten, sondern auch seinen Auftrag erfüllen will, das ist: sich die Erde untertan zu machen –, der wird durch Arbeit sowohl die dazu erforderlichen Mittel erlangen als auch das Wohlgefallen des Schöpfers.« Mit einer angedeuteten Verbeugung wandte er sich an Henri. »Ich hoffe, dass ich damit Eure Wissbegier stillen konnte, Vicomte, und danke Euch noch einmal für die ausnehmend kluge Frage.«

»Es war mir ein Vergnügen«, erwiderte Henri, sichtlich geschmeichelt.

»Dann hoffe ich«, fügte Victor hinzu, »dass Ihr auch persönlich daraus den richtigen Schluss zieht, nämlich in Zukunft beim Studium Eurer Bücher ähnlichen Eifer an den Tag zu legen wie beim Studium nächtlicher Vergnügungen.«

Henri zog ein Gesicht, als hätte ihn jemand unverhofft aus dem Sattel gehoben. »Aber ... aber ...«, stammelte er, »habt Ihr nicht eben gesagt, Aristoteles hätte die Arbeit dem freien Bürger verboten?«

»Nur die körperliche Tätigkeit«, korrigierte Victor. »Damit er frei ist für die Tätigkeiten des Geistes, die ihn von Banausen wie Euch unterscheidet.«

Die Zuhörer lachten. Mit hochrotem Kopf sank Henri zurück auf seine Bank. »Da hast du mir aber einen Bärendienst erwiesen«, zischte er Robert zu.

Der konnte eine klammheimliche Freude nicht unterdrücken. Hätte sein Freund nicht so oft den Unterricht geschwänzt, hätte ihn die Wendung der Argumentation, die doch nur den Regeln der Dialektik folgte, nicht überrascht. Während die Professoren leise murmelnd Victors Antwort erörterten, griffen die Studenten zum Schreibzeug. Nur Henri machte sich keine Notizen.

»Ich würde an deiner Stelle lieber mitschreiben«, sagte Robert. »Vielleicht kommt das Thema ja im Examen dran.«

Henri zuckte die Schultern. »Wofür gibt es Kopisten?« Abschätzig deutete er mit dem Kopf auf den Stationarius, den fest bestallten Universitätsbuchhändler, der an seinem Stehpult die offizielle Mitschrift der Disputation besorgte.

Ob sich unter den Zuhörern wohl auch einer von Pauls Kopisten befand? Robert schaute sich um. Paul, der sich, seit er in Paris lebte, nicht mehr Paul Dubois nannte, sondern nach dem Leibherrn seines Vaters Paul Valmont, betrieb eine Schreibstube in der

Rue de Pailles, die jeder Student im lateinischen Viertel kannte und die dem Stationarius gehörig Konkurrenz machte.

Doch kaum kam ihm die Erinnerung an seinen Jugendfreund, schob Robert sie wieder beiseite. Der Stachel saß zu tief und schmerzte zu sehr.

»Kommt heute nach Mittag in mein Haus.«

Robert fuhr herum. Ohne dass er es bemerkt hatte, war Victor d'Alsace zwischen die Reihen seiner Zuhörer getreten.

Henri war entzückt. »Oh, Ihr wollt uns zu Euch laden?«

»Nicht Euch, Vicomte«, sagte Victor. »Nur Euren Freund, Robert Savetier.«

»Aber warum ihn allein?«

Statt Henri zu antworten, wandte Victor sich an Robert. »Ihr wisst, wo ich wohne?«

»Ja, in der Rue St.-Jacques, natürlich ... gewiss.«

»Gut. Dann erwarte ich Euch nach dem Angelus.«

Während Robert versuchte zu begreifen, was gerade geschehen war, wandte Victor sich wieder dem Auditorium zu, wo sich soeben der Versemacher LeBœuf in seinem buntgescheckten Wams erhob.

»Ich bitte um die nächste Frage!«

5

»Warum ist Lachen eigentlich Sünde?«

»Pssst«, machte Paul und warf Marie, die ihm gegenüber in der ersten Reihe der Schreiber am Pult stand, einen strengen Blick zu. Er duldete es nicht, wenn bei der Arbeit geredet wurde, und was für die übrigen Kopisten galt, galt auch für seine Frau. Beim Reden schlichen sich Fehler ein, und Pauls Schreibstube galt unter den Magistern und Studenten von Paris nicht zuletzt darum als beste Kopieranstalt zwischen Notre-Dame und Sainte-Geneviève, weil die Abschriften, die er und seine Angestellten anfertigten, mit den Originaltexten in nahezu vollkommener Weise übereinstimmten.

Während Marie die Feder in die Tinte tauchte, um ihre Arbeit fortzusetzen, blies Paul sich in die Hände, um die steifen Finger anzuwärmen. In der Schreibstube war es so kalt, dass man Mütze und Schal tragen musste. In der eisigen Stille, die nach der kurzen Unterbrechung wieder eingekehrt war, war nur das kratzende Geräusch der eilig über das Papier huschenden Gänsekiele zu hören sowie hin und wieder ein Räuspern oder Hüsteln der vermummten Schreiber, die, zwei Dutzend an der Zahl, mit triefenden Nasen ihre Abschriften besorgten. Paul wusste, die rastlose Emsigkeit, die sie zur Schau stellten, war mehr Schein als Sein – in Wahrheit lauerten sie nur auf den Feierabend. Er hatte versprochen, sie in den Faubourg Saint-Marcel auszuführen, wo der Versemacher LeBœuf als Narrenbischof eine Eselsmesse zelebrieren würde, bevor für sechs endlos lange Wochen die freudlose Fastenzeit das Leben bestimmte.

Wieder sprach Marie in die Stille hinein. »Vielleicht ist es ja, weil Jesus nie gelacht hat?«

Paul, dessen Pult mit dem Rücken zur Wand stand, damit er das kleine Heer seiner Angestellten jederzeit überschauen konnte wie ein Offizier seine Soldaten beim Exerzieren, hob unwillig den Blick. Jeden anderen Schreiber, der es gewagt hätte, trotz seiner Ermahnung ein zweites Mal das Schweigen zu brechen, hätte er kurzerhand aus der Kammer geworfen. Doch Marie war seine Frau, und er wollte seinen Angestellten kein Spektakel bieten, das seine Autorität untergrub.

»Wer behauptet, dass Jesus nicht gelacht hat?«, fragte er unwillig.

»Die Bibel«, sagte Marie. »In den Evangelien lacht er kein einziges Mal.«

»Das hat nichts zu bedeuten. In den Evangelien steht auch nicht, dass Jesus je seine Notdurft verrichtet hat. Aber ist damit bewiesen, dass er kein einziges Mal pinkeln musste?« Wenn Paul die Arbeit schon unterbrach, sollten seine Leute wenigstens etwas lernen. Ein paar Kopisten lugten von ihren Abschriften auf und riskierten ein vorsichtiges Kichern. »Außerdem«, fügte er hinzu, »bei dem Leben, das Jesus führte, wäre mir auch das Lachen vergangen. Immer nur Nächstenliebe – aber kein einziges Mädchen.« Jetzt johlte der ganze Saal. Zufrieden schaute Paul in die Runde. Ja, ein kleiner Scherz hin und wieder hob die Stimmung und war der Arbeit sogar förderlich. Nur Marie verweigerte ihm den Beifall. Statt mitzulachen warf sie ihm einen traurigen Blick zu.

»Warum gibst du mir keine Antwort auf meine Frage?«

Während die Schreiber sich eilig über ihre Pulte beugten, wurde es plötzlich so still im Raum, dass wieder nur das Kratzen der Gänsekiele zu hören war. Auch Paul tauchte seine Feder in die Tinte, doch statt mit der Arbeit fortzufahren, zögerte er. Sollte er versuchen, ihr eine Antwort zu geben? Marie liebte solche Dispute wie andere Frauen kandierte Früchte oder goldene Gürtelschnallen, und der traurige Blick ihrer grünen Augen schmerzte ihn mehr, als er sich eingestehen mochte. In der ersten Zeit ihrer Ehe, bevor sie in das neue Haus gezogen waren, da hatten diese Augen immer Funken gesprüht, wenn sie ihn anschauten ... Aber verflucht, er war kein Gelehrter, und wenn er beim Versuch einer Antwort ins Stammeln geriet, blamierte er sich nicht nur vor Marie, sondern auch vor seinen Angestellten.

»Ist mir doch egal, was die Pfaffen predigen«, sagte er darum nur und zuckte die Schultern. »Ich lache, wann es mir passt! Oder glaubst du, ich lasse mir von ihren Ammenmärchen Angst einjagen?«

6

Mit bangen Gefühlen blickte Robert an der Fassade des zweigeschossigen Hauses in der Rue St.-Jacques hinauf, bevor er an das große schwarze Tor pochte. Warum hatte Victor d'Alsace ihn zu sich bestellt? Dafür konnte es nur einen Grund geben: Der Magister wollte ihn für das ungebührliche Betragen tadeln, dessen er sich mit seiner vorlauten Frage während der Disputation schuldig gemacht hatte.

Eine pauswangige Magd, die den Duft von frisch gewaschener Wäsche verströmte, ließ ihn eintreten. Die Stirnwand in der dunklen Halle zierte kein Kreuz, wie in den Häusern der meisten Geistlichen, sondern ein von einem dreieckigen Strahlenkranz umgebenes Auge: Sinnbild des alle Geheimnisse durchdringenden, allsehenden Auge Gottes.

Robert traute sich kaum zu atmen.

»Bitte folgt mir.«

Die Magd führte ihn die Treppe hinauf in einen hohen lichten Raum, der den Eindruck wunderbarer Klarheit und Ordnung vermittelte. Die weiß gekalkten Wände erhoben sich aus einem dunkel glänzenden, frisch gewachsten Holzboden, zwei Fenster mit ebenfalls dunkel gestrichenen Rahmen teilten die Längswand in zwei gleiche Hälften, während zur Linken wie zur Rechten je eine Tür in die angrenzenden Kammern führte. Die einzigen Möbel im Raum waren ein Tisch und zwei Stühle sowie ein mit Schreibzeug bestücktes Stehpult, auf dem ein in Arbeit befindliches Manuskript lag. Zwischen den beiden Fenstern empfing auch hier ein goldstrahlendes Auge Gottes den Besucher.

»Wartet bitte einen Moment.«

Während die Magd sich entfernte, sah Robert sich um. Das also war der Ort, wo der berühmteste Gelehrte von ganz Paris seine Gedanken entwickelte.

»Gelobt sei Jesus Christus.« Angetan mit einer schlichten Priesterrobe, betrat Victor den Raum.

»In Ewigkeit amen.«

»Wie ich sehe, seid Ihr pünktlich. Schön. Bitte setzt Euch.« Er zeigte auf einen Stuhl und wartete, bis Robert Platz genommen hatte, bevor er sich selbst niederließ. »Ich denke, Ihr ahnt, warum ich Euch zu mir gerufen habe?«

Robert nickte. »Bitte verzeiht mir mein ungebührliches Betragen heute Morgen, Domine Magister. Ich habe Euren Tadel verdient.«

»Nur weil ein paar Doctores sich um ein Vorrecht betrogen sahen, das die meisten von Ihnen gar nicht verdienen?« Victor schüttelte lächelnd den Kopf. »Offen gestanden ist mir eine kluge Frage aus dem Mund eines wissbegierigen Studenten lieber als eine dumme Frage aus dem Mund einer promovierten Schlafmütze. Eure Frage hat mir gefallen. Sie zeugte gleichermaßen von Verstand und Gottesfurcht. Allerdings würde ich gern erfahren, warum Ihr sie mir zur Prüfung vorgelegt habt. Tragt Ihr Sorge, dass Euer Studium Euch nicht nähren wird?«

Robert, der auf der vordersten Kante seines Stuhls saß, ohne mit dem Rücken die Lehne zu berühren, spürte, wie ihm das Blut ins Gesicht schoss. Was sollte er erwidern? Wenn er die Frage bejahte, musste Victor glauben, dass er allein um des Geldes willen, das er vielleicht eines Tages mit seinen Kenntnissen verdienen würde, studierte. Würde er sie aber verneinen, müsste er lügen.

»Ich bin der Sohn eines Flickschusters, Domine Magister«, sagte er. »Wenn ich zu Hause geblieben wäre, wäre ich Flickschuster geworden wie mein Vater.«

Victor strich sich über das Kinn. »Dann habt Ihr also in der Hoffnung auf ein besseres Leben das Studium begonnen? Und fürchtet nun, aufgrund der Predigt von Bischof Wilhelm, um diese Hoffnung betrogen zu werden?«

Robert schaute auf seine Hände. »Abbé Lejeune, der Pfarrer, der mir Latein beigebracht hat, hat immer gesagt, mit einem Universitätsexamen könne einer wie ich Berufe ergreifen, die ihm sonst verwehrt blieben.«

»Abbé Lejeune muss ein kluger Mann gewesen sein«, erwiderte Victor. »Ja, die Wissenschaft kennt keine Standesgrenzen, vor ihr sind alle Menschen gleich wie sonst nur vor Gott, und das Studium öffnet manches Tor. Darum freue ich mich, dass Ihr dem Rat Eures Pfarrers gefolgt seid. Doch ebenso sehr freue ich mich darüber, dass Ihr mir aufrichtig Antwort gegeben habt. Hättet Ihr behauptet, die Aussicht auf irdische Güter ließe Euch gleichgültig, hätte ich Euch nicht geglaubt. Diese lassen nur den gleichgültig, der sie bereits im Übermaß genießt.«

Robert hob den Blick. »Dann verübelt Ihr mir also meine Frage heute Morgen nicht?«

»So wenig wie Eure Wissbegier. Zumal ich recht zuversichtlich bin, dass die Aussicht auf ein gesichertes Auskommen nicht der einzige Grund ist, weshalb Ihr die Anstrengungen des Denkens auf Euch nehmt. Zu Wohlstand kann ein Mann, selbst wenn er von geringer Herkunft ist, auch auf bequemere Weise gelangen, etwa als Tavernenwirt oder, sofern er lesen und schreiben kann, als Kopist – nicht wenige Studenten haben dafür ihr Studium abgebrochen und verdienen mehr Geld als mancher Gelehrter.« Er hielt für einen Moment inne, dann sagte er: »Ihr werdet nach Ostern Euer Examen ablegen. Was sind Eure weiteren Pläne?«

»So Gott will«, erwiderte Robert, »würde ich gern unterrichten.«

Victor runzelte die Stirn. »Hat die Artistenfakultät Euch bereits ein Angebot gemacht? Davon hat man mir gar nichts gesagt.«

»Was für ein Angebot? Ich weiß nicht, was Ihr meint.«

»Nicht? Umso besser. Aber wenn es das nicht ist, was ist es dann? Wollt Ihr wie die Wandergelehrten, von denen der Bischof sprach, über Land ziehen und Eure Kenntnisse für Geld anbieten?«

»Nein«, entgegnete Robert. »Ich würde gern eine kleine Schule betreiben, hier in Paris. Seit der König in der Stadt seinen Hauptsitz genommen hat, folgen ihm immer mehr Adelsleute an den Hof, und viele ihrer zweit- und drittgeborenen Söhne nehmen das Studium auf, statt bei einem Ritter in die Lehre zu gehen. Doch weil es ihnen dazu oft an den nötigen Kenntnissen fehlt, dachte ich, dass man ihnen bei der Vorbereitung helfen könnte. Indem man ihnen das Lateinische beibringt und außerdem die Grundbegriffe des Triviums und vielleicht auch des Quadriviums, wobei ich zugeben muss, dass ich mich auf Musik, Sternenkunde, Arithmetik und Geometrie weniger verstehe als auf Grammatik, Rhetorik und Dialektik.«

»Eine interessante Idee«, unterbrach Victor. »Und ich kann mir vorstellen, dass sie einen Mann nährt. Allerdings – würde die Gründung einer solchen Schule nicht bedeuten, dass Ihr der Universität den Rücken kehrt? Ich hatte angenommen, dass Ihr nach dem Examen Eure Studien fortsetzen würdet. Die *Artes*, die Ihr bislang getrieben habt, bilden doch nur das Fundament der wirklichen Wissenschaft.«

»Für jemanden wie mich«, sagte Robert, »ist der Abschluss der *Artes* weit mehr, als er sich erhoffen darf.«

»Weil Ihr der Sohn eines Flickschusters seid?«, erwiderte Victor. »Sagt, aus welchem Ort seid Ihr gebürtig? Eurer Sprache nach stammt Ihr nicht aus Paris.«

»Ich wurde in Sorbon geboren«, antwortete Robert, »einem kleinen Dorf in den Ardennen.«

»Dann habt Ihr also schon einen sehr weiten Weg hinter Euch gebracht«, sagte Victor. »Doch umso mehr, denke ich, seid Ihr es Euch schuldig, Euren Weg weiter zu gehen und ihn erst dann zu beenden, wenn Ihr an Euer Ziel gelangt seid, statt auf halber Strecke stehenzubleiben.« Er beugte sich auf seinem Stuhl vor und sah Robert an. »Falls es Euer Wunsch sein sollte, nach Abschluss Eures Grundstudiums in die theologische Fakultät einzutreten, wäre ich bereit, Euch als Schüler anzunehmen.«

Das Angebot traf Robert so unverhofft, dass es ihm die Sprache verschlug. Studenten aller Fakultäten wetteiferten um die Gunst dieses Mannes, und wer es schaffte, in die Schar seiner Adepten aufgenommen zu werden, dem war der Neid seiner Kommilitonen sicher. Plötzlich fühlte Robert sich wie früher in Sorbon, wenn er und Paul auf dem Felsenthron saßen, hoch oben in den Lüften über ihrem Dorf, und sie sich die Zukunft ausmalten und er umso verzagter wurde, je kühner die Pläne waren, die sein Freund entwarf. Fast meinte er, Pauls Stimme zu hören. *Du und ich, wir kopieren keine Bücher – wir schreiben selber welche!*

»Nun?«, fragte Victor. »Ist Euch die Vorstellung, mein Schüler zu sein, so fürchterlich, dass Ihr verstummt?« Um seine Lippen spielte wieder jenes feine Lächeln, das Robert bereits bei der Disputation aufgefallen war und das ihn irgendwie an Abbé Lejeune erinnerte.

»Nein, nein, Domine Magister«, beeilte er sich zu erwidern. »Natürlich nicht, im Gegenteil ... Es ist nur so, dass ...« Wieder gingen ihm die Worte aus.

»Heraus mit der Sprache!«

»Ich weiß nicht, wie ich es sagen soll«, antwortete Robert. »Als ich Sorbon verließ, musste ich Abbé Lejeune ein Versprechen geben. Dafür, dass er mir den Weg geebnet hatte, verlangte er als einzigen Lohn, dass ich die sieben freien Künste bis zum Ende studierte. Das war der Preis, auf dem er für seine Hilfe bestand, und ich habe ihm darauf mein Wort gegeben.«

Victor dachte einen Moment nach. »Warum hat der Abbé Euch dieses Versprechen abgenommen?«, wollte er schließlich wissen. »Hatte er in jungen Jahren selber studiert?«

»Ja, aber nur ein Jahr lang. Dann war ihm das Geld ausgegangen.«

Victor nickte. »Ich verstehe. Abbé Lejeune war Euer Vorbild. Aus diesem Grund habt Ihr nie weiter denken können als bis zu dem Examen, das er selbst nie geschafft hat. Doch statt Euch Grenzen zu setzen, die vielleicht gar nicht die Euren sind, solltet Ihr lieber eine andere Lehre aus dem Scheitern Eures klugen Abbés ziehen. Nämlich die, dass, wenn wir anderen folgen, wir oft sehr viel weiter gehen müssen, als unsere Vorbilder selber je gegangen sind. – Kennt Ihr das Lukasevangelium, Kapitel neunzehn, Vers zwölf bis achtundzwanzig?«

»Ihr meint das Gleichnis von den Talenten?«

Victor schloss die Augen, und als würde er die Verse von einer unsichtbaren Tafel in seinem Innern ablesen, zitierte er den Text: »›Es war ein reicher Mann, der ließ zehn seiner Knechte zu sich rufen, verteilte unter ihnen sein Vermögen, welches zehn Talente betrug, und sprach: Handelt damit, bis ich wiederkomme. Und siehe, als er wiederkam, hieß er dieselben Knechte abermals zu sich rufen. Auf dass ein jeglicher von ihnen Rechenschaft ablegte, was er mit seinen Talenten erhandelt hätte.‹« Victor öffnete wieder die Augen. »Erinnert Ihr Euch, wie der Herr seine Knechte belohnte?«, fragte er, um, ohne die Antwort abzuwarten, sich diese selber zu geben. »Jedem, der mit seinem Pfund gewuchert hatte, gab er Macht und Geld. Dem einen Knecht aber, den Jesus den ›bösen Knecht‹ nennt, weil er aus Angst, das ihm anvertraute Pfund zu verlieren, es in einem Schweißtuch vergrub, ohne dass es Zinsen tragen konnte, den tadelte der Herr und nahm ihm auch das eine Pfund fort, um es dem seiner Knechte zuzuschlagen, der schon zehn besaß.«

Wer hat, dem wird gegeben ... Robert kannte die Lehre, die Jesus im Evangelium selbst aus dem Gleichnis gezogen hatte, und glaubte auch zu wissen, warum Victor zu ihm davon sprach. Doch enthielt die Bibelstelle die ganze Wahrheit?

»In dem Gleichnis«, sagte er, »ist nur die Rede von jenen zehn Knechten, an die der Herr sein Vermögen verteilte. Doch es sagt nichts aus über die anderen Knechte auf seinem Hof, die bei der Verteilung der Talente leer ausgingen.«

Victor hob die Brauen. »Was wollt Ihr damit sagen?«

Robert erwiderte seinen Blick. »Zeugt es nicht von Hochmut, mit Pfunden wuchern zu wollen, die man vielleicht gar nicht besitzt?«

»Jetzt begreife ich, was Ihr meint«, sagte Victor. »Ihr zweifelt an Euren Talenten, obwohl man Euch, als einzigem Studenten der ganzen Artistenfakultät, nach nur fünf statt wie sonst üblich erst nach sechs Jahren zum Examen zugelassen hat?« Lachend schüttelte er den Kopf. »Alle Professoren, mit denen ich über Euch sprach, preisen Euren Fleiß und Eure Gaben, und kein einziger von ihnen hegt auch nur den geringsten Zweifel an Eurer Eignung für die Wissenschaft. Nein«, sagte er, als Robert widersprechen wollte, »ich will nicht glauben, dass es Eure Bestimmung ist, adligen Rotznasen das Alphabet beizubringen. Ich glaube vielmehr, es ist Gottes Wille, dass Ihr die Talente, die er Euch so reichlich gab, in seinem Auftrag vermehrt und mit Euren Pfunden wuchert, so gut Ihr es nur vermögt. Und wenn Ihr den Mut habt, in Euer Herz zu blicken, werdet Ihr mir recht geben. Oder wollt Ihr im Ernst behaupten, Ihr hättet nie daran gedacht, Euch nach dem Artistenexamen an einer weiterführenden Fakultät einzuschreiben?«

Robert wusste, es war zwecklos zu leugnen. Der Blick des Magisters ruhte auf ihm wie das Auge Gottes an der Wand. »Um aufrichtig zu sein«, sagte er, »ja, einige Male habe ich tatsächlich daran gedacht, aber meine Zweifel waren stets größer als meine Zuversicht. Und wenn überhaupt, dann dachte ich nicht an die Theologie, sondern höchstens an die Heilkunde oder die Rechtswissenschaften ...«

»Warum seid Ihr nicht ehrlich mit Euch selbst?«, fiel Victor ihm ins Wort. »Nur um den bequemeren Weg zu gehen? Der Theologie gilt doch Euer Interesse! Warum sonst besucht Ihr seit Jahren meine Vorlesungen, obwohl Ihr doch gar nicht in meiner Fakultät eingeschrieben seid?«

»Das habt Ihr bemerkt?«

»Wisst Ihr, was mir an Euch besonders gefällt?«, fragte Victor. »Eure Zweifel! Sie sind nicht nur der beste Schutz vor der Sünde des Hochmuts, vor der Ihr Euch offenbar so sehr fürchtet, sie befähigen Euch auch mehr als jede andere Eigenschaft zur Wissenschaft. Wissbegier, eine gute Auffassungsgabe, ein sicheres und verlässliches Gedächtnis, all das ist wichtig, um in der Wissenschaft voranzuschreiten – viel wichtiger aber noch sind die Zweifel. Sie stehen am Anfang jeder Erkenntnis. Nur wenn wir zweifeln, auch an scheinbar ewigen Wahrheiten, können wir der wirklichen Wahrheit näherkommen, der Wahrheit Gottes und der Vorsehung.« Victor erhob sich von seinem Stuhl und begann, beim Reden auf und ab zu schreiten. »Gewiss, die Gotteswissenschaft erfordert den längsten und steinigsten Weg, um ans Ziel zu gelangen. Es werden fünfzehn Jahre vergehen, bis man Euch zur Promotion zulässt – mehr als doppelt so viele Jahre, wie die Medizin oder die Jurisprudenz erfordern. Auch werdet Ihr mancherlei Anfechtungen ausgesetzt sein. Wenn Ihr den Weg wirklich zu Ende geht und Euch zum Priester weihen lasst, als Voraussetzung dafür, dass man Euch auf einen Lehrstuhl beruft, werdet Ihr den Rest Eurer Tage ein einsames Leben führen, ohne Weib und Kinder, allein in Gesellschaft Eurer Bücher. Darüber hinaus wird man Euch als meinen Schüler anfeinden wie mich selbst und Euch anklagen, heidnischen Lehren zu folgen – Ihr habt gesehen, mit welcher Empörung Pater Orlando heute den Hörsaal verließ, nur weil ich Aristoteles zitierte. Doch so groß die Beschwernisse auch sein mögen, die Ihr für das Studium der Theologie auf Euch nehmt, noch größer ist der Lohn, der Euch winkt. Die Gotteswissenschaft ist Inbegriff und Königin aller anderen Wissenschaften. Sie liegt jedweder anderer Erkenntnis zugrunde – sowohl der des Menschen wie der des Rechts!« Victor blieb stehen. »Sagt, Robert Savetier, Sohn eines Flickschusters aus Sorbon, was ist im Vergleich dazu die Aussicht auf ein Leben in Wohlstand und Sicherheit? Ist nicht vielmehr das Dasein im Dienste Gottes und der Wissenschaft erst das wirklich und wahrhaft gute Leben, nach dem Eure Seele dürstet wie der Hirsch nach der Quelle?«

Robert saß da wie betäubt. Victors lange Rede löste in ihm die widersprüchlichsten Gefühle aus. Die Vorstellung, eines Tages vielleicht als Magister der Theologie zu lehren, berauschte ihn. Zugleich fühlte er sich wie am Fuße eines überhohen Berges, den zu besteigen es ihm sowohl an Mut wie an der nötigen Kraft fehlte.

In seiner Verlegenheit fiel ihm nur ein Bibelvers ein.»›Viele sind berufen, doch nur wenige sind auserwählt.‹«

»Das heilige Evangelium nach Matthäus«, erwiderte Victor. »Eure Bedenken ehren Euch, vorausgesetzt, dass Ihr sie nicht nur vor Euch hertragt, um Euch dahinter zu verstecken. Doch keine Sorge, ich verlange nicht, dass Ihr mir hier und jetzt Eure Antwort gebt. Nehmt Euch die Zeit, die Ihr braucht, um eine Entscheidung zu treffen. Niemand kann wissen, was Gott mit Euch vorhat, auch ich weiß es nicht, so wenig wie Ihr selbst. Unser Leben ist die Verwirklichung der göttlichen Vernunft, sagt Aristoteles. Unsere Aufgabe ist es darum, sie in den Zeichen, die Gott uns zu erkennen gibt, zu deuten und dem Weg der Vorsehung zu folgen. Vielleicht irre ich mich ja, und es ist tatsächlich Gottes Wille, dass Ihr die Schule eröffnet, von der Ihr eben spracht, vielleicht ist Euch auch die Liebe zu einer Frau bestimmt, die Gott vor Anbeginn aller Zeiten für Euch ausersehen hat und die jetzt schon irgendwo auf Euch wartet – wir wissen es nicht. ›Zur Heiligkeit‹, lehrt Augustinus, ›gelangt nicht, wer sein Leben lang von der Sünde unberührt bleibt – heilig kann nur werden, wer die Sünde kennt, sie aber überwindet ...‹« Wieder blieb Victor stehen und ordnete die Falten seiner Ärmel. »Was meint Ihr, seid Ihr imstande, mit Abschluss Eures Examens eine Entscheidung zu treffen?«

Robert nickte. »Mit Eurer Erlaubnis werde ich mich bei Euch melden, sobald ich meine Prüfungen abgelegt habe.«

»Tut das«, erwiderte Victor und ging zur Tür.

»Ich ... ich danke Euch«, sagte Robert und beeilte sich, aufzustehen.

»Dankt Gott für die Talente, die er Euch gab.« Victor öffnete die Tür. »Mein Beitrag ist es nur, sie zu fördern – vorausgesetzt, Ihr entschließt Euch, mein Schüler zu sein. Zwar kann ich Euch nicht garantieren, dass Ihr es mit meiner Hilfe eines Tages zum ordentlichen Magister der Theologie schafft, das liegt letztlich in Gottes Hand, doch kann ich Euch reinen Herzens versprechen, dass ich, sofern Ihr mir folgt, alles daransetzen werde, was in meiner Macht steht, damit Ihr an dieses Ziel gelangt. – Gelobt sei Jesus Christus.«

»In Ewigkeit amen«, sagte Robert und trat auf den Flur hinaus.

7

Marie sah ihren Mann eine lange Weile schweigend an. Paul war ihr die Antwort schuldig geblieben. Nachdem er sie mit seiner Bemerkung über die Pfaffen und ihre Ammenmärchen abgespeist hatte, um vor seinen Schreibern das Gesicht zu wahren, hatte er sich über sein Pult gebeugt, um mit geradezu verbissenem Eifer den vor ihm liegenden Text zu kopieren. Wahrscheinlich hatte er schon vergessen, was sie ihn gefragt hatte, auf jeden Fall interessierte es ihn nicht. *Ach, Paul,* dachte sie voller Wehmut, *hattest du mir nicht mal versprochen, alle Fragen zu beantworten, die ich dir stellen würde? Oder es wenigstens zu versuchen? Ein Leben lang?*

Als er die Feder ins Tintenfass tauchte, schaute er für einen Moment auf. Mit zusammengekniffenen Augen wie ein Jäger, der sein Wild beobachtet, erwiderte er ihren Blick. Ahnte er, was in ihr vorging? Oder wollte er nur demonstrieren, dass er sich nicht einschüchtern ließ? Nein, Angst hatte Paul nicht, hatte er noch nie gehabt, seit Marie ihn kannte – weder vor den Pfaffen noch vor irgendjemand sonst. Während er die breiten Schultern straffte, wirkten seine blauen Augen, die so oft der ganzen Welt zu spotten schienen, plötzlich so müde und erschöpft, als wäre er doppelt so alt, wie er mit seinen zweiundzwanzig Jahren in Wirklichkeit war. Nur die blonden Locken, die unter seiner wollenen Mütze hervorquollen, erinnerten noch an die übermütige Lebenslust, die ihn früher so unwiderstehlich gemacht hatte. Über seiner Nase, die wie ein Keil in seinem Gesicht saß, zeichnete sich eine scharfe Falte ab, während sein kräftiger Unterkiefer leicht zitterte. Marie wusste, die Kälte war dafür nicht der Grund – er ärgerte sich, weil sie ihm widersprochen hatte. Als ihr Blick auf die dunkelrote Narbe fiel, die, halb verdeckt von dem blonden Bart, quer über seine linke Wange lief, spürte sie wieder einen Anflug jener Gefühle, die vor noch nicht allzu langer Zeit ihr ganzes Glück bedeutet hatten.

»Worauf wartest du?«, fragte er. »Dass dir die Tinte in der Feder eintrocknet?«

Ohne eine Antwort abzuwarten, beugte er sich wieder über sein Pult. Mit einem Seufzer nahm auch Marie ihre Arbeit wieder auf, aber es fiel ihr schwer, sich auf ihren Text zu konzentrieren. Sie musste daran denken, wie sie Paul kennengelernt hatte. Es war auf dem Jahrmarkt von Saint-Sépulcre gewesen, an der Straße nach Saint-Denis, wo lombardische Kaufleute mit Waren aus ihrer italienischen Heimat handelten und ihr Vater, ein Apotheker aus Argenteuil, für seine Rezepturen all jene Kräuter und Gewürze fand, die es sonst nirgendwo zu kaufen gab. Marie schaute gerade einem Feuerschlucker zu, der eine lodernde Flamme in seinem Schlund verschwinden ließ, als plötzlich ein Tumult ausbrach. Ein Tanzbär hatte sich von der Kette seines Führers losgerissen und tappte herrenlos zwischen den Buden umher. Kreischend suchten die Zuschauer das Weite, auch Marie wollte fliehen, doch bevor sie entkommen konnte, bäumte die Bestie sich vor ihr auf und versperrte ihr den Weg. Starr vor Angst sah sie die gelben Zähne, die kleinen, bösen Augen, roch den warmen, stinkenden Atem, der ihr ins Gesicht schlug. Niemand kam ihr zu Hilfe, auch nicht ihr Vater, der voller Entsetzen nur immer wieder ihren Namen rief. Der Bär sperrte das Maul auf, hob eine Tatze: Da löste sich ein Mann aus der Menge, entriss dem Feuerschlucker die brennende Fackel und stürzte sich damit zwischen Marie und die Bestie – gerade noch rechtzeitig, bevor das Tier sie mit seiner Pranke erwischte.

Keine vier Jahre war das her. Obwohl ihr Retter kein schöner Mann gewesen war, hatte Marie sich auf der Stelle in ihn verliebt. Er hatte sein Leben für sie riskiert – noch heute zeugte die Narbe auf seiner Wange davon. Das hatte keiner der Apothekergesellen, mit denen ihr Vater sie verheiraten wollte, je für sie getan. Doch Paul war nicht nur mutiger als alle anderen Männer gewesen, die sie kannte, noch mehr hatte er Marie mit seinem Witz erobert. Er sprudelte nur so vor Einfällen, wenn er sie in Argenteuil besuchte, und sagte die unerhörtesten Dinge, die sonst kein Mensch auszusprechen wagte. Vor nichts und niemandem schien er Respekt zu haben, mit blitzenden Augen spottete er über den Bischof oder die Königinmutter wie über einen Rosstäuscher oder ein Marktweib. *Primum vivere, deinde philosophari*: erst leben, dann philosophieren – so lautete sein Wahlspruch. Und weil er den nicht nur auf den Lippen führte, sondern auch nach ihm handelte, hatte es nur zwei Wochen gedauert, bis er um ihre Hand anhielt. Marie hatte keinen Herzschlag gebraucht, um sich zu entscheiden. Diesen Mann und keinen anderen wollte sie heiraten.

Seine Stimme riss sie aus ihren Gedanken. »Wie kommst du überhaupt auf den Unsinn?«

»Welchen Unsinn?«, fragte sie.

»Dass Lachen Sünde sei. Hast du dir das selber ausgedacht?«

»Nein«, erwiderte Marie, »das steht in Jacques' Mitschrift von heute Morgen, die Antwort auf eine Frage, die Victor d'Alsace in seiner Disputation erörtert hat.« Sie suchte mit dem Finger die Stelle, über die sie beim Abschreiben gestolpert war. »Hier steht es, ›Lachen ist des Teufels‹«, las sie vor. ›Den Christen ziemt nur heiliger Ernst.‹«

»Heiliger Ernst?« Mit einem spöttischen Grinsen hob Paul die Brauen. Wie immer, wenn er im Begriff stand, einen Witz zu reißen, wartete er, bis alle Blicke auf ihn gerichtet waren. »Von wegen! Ich selber habe Victor schon viele Male lachen sehen. Das letzte Mal vor nicht mal einer Woche – im Roten Hahn!«

Während die Schreiber in lautes Gebrüll ausbrachen, spürte Marie einen Stich. Der Rote Hahn war eine Schenke, die der Bruder von Pauls Oberkopisten Jacques am rechten Ufer der Seine betrieb – ein stadtbekanntes Hurenhaus.

»Dort hast du Victor gesehen?«, fragte sie. »Das heißt – dann bist du also auch im Roten Hahn gewesen?« Sie sah ihren Mann an. Fast immer, wenn Paul die Unwahrheit sagte, begann die Narbe auf seiner Wange zu zucken.

Mit gespielter Gleichgültigkeit zuckte er die Schultern. »Ja und?« Wie um zu vermeiden, dass sie die Narbe sah, strich er sich über den Bart.«Jacques' Bruder hatte zu seinem Namensfest eingeladen. Stimmt's, Jacques?«

Der rothaarige Schreiber, dessen Pult gleichfalls in der ersten Reihe stand, nickte beflissen.

Sollte Marie den Männern glauben? Sie konnte sich nicht erinnern, dass Paul oder Jacques von dem Namensfest erzählt hatte. Aber vielleicht war sie ja auch nur selbst unaufmerksam gewesen.

»Na gut«, sagte sie. »Aber was hat Victor in der Schenke gewollt?«

»Ich nehme an, sich amüsieren«, antwortete Paul. »Jedenfalls ist ihm das prächtig gelungen. Er hat nicht nur getrunken und lauthals gelacht, sondern ist auch mit einem der Mädchen aufs Zimmer verschwunden, der Pharisäer! Ja, ja, predigt Wasser und säuft selber Wein. Das hättest du wohl nicht gedacht von dem großen Mann, oder?«

»Nein«, sagte sie leise. »Obwohl – tust du das nicht auch?«

»Was?«

»Dinge predigen, an die du selber nicht glaubst?«

Die Schreiber grinsten sich an. Paul sah die spöttischen Blicke, doch statt aufzubrausen, wie Marie es erwartete, beherrschte er sich. Mit einem Lächeln legte er seine Feder ab und trat an ihr Pult. »Lass mich mal sehen. Vielleicht hast du ja auch nur etwas falsch verstanden.« Während er mit den Augen den Text überflog, nahm seine Miene wieder jenen ernsten, wachen Ausdruck an, den Marie früher so sehr an ihm gemocht hatte. »Ach ja, Latein müsste man können«, sagte er. »Das ist gar nicht Victors Meinung, sondern nur ein Zitat des heiligen Hieronymus, mit dem er ein Scheinargument einleitet.« Er tippte mit dem Finger auf die Seite. »Sieh, da steht es: ›*Videtur*‹ ... Das heißt: ›wie es scheint‹ oder ›wie es den Anschein hat‹.« Triumphierend legte er das Manuskript zurück auf das Pult. »Damit wäre der Herr Magister zwar nicht von allen seinen Sünden, zumindest aber vom Vorwurf des Pharisäertums reingewaschen. Zufrieden?«

Während Paul an seinen Platz zurückkehrte, hatte Marie das

Gefühl, als wolle ihr Mann gar nicht Victor, sondern vielmehr sich selbst verteidigen.

»Kommt es bei der Wahrheit denn darauf an, wer sie sagt?«, fragte sie. »Die Wahrheit ist und bleibt doch immer die Wahrheit, egal, aus welchem Mund sie stammt.«

Paul kniff wieder die Augen zusammen, und der Triumph verschwand aus seinem Gesicht. »Was zum Kuckuck soll die Fragerei?« Verärgert schüttelte er den Kopf. »Zu viel Denken schadet beim Kopieren. Schreib einfach ab, was da steht! Sonst wird die Arbeit nie fertig, und die Messe fängt ohne uns an.«

8

Als Robert nach Hause kam, wurde er von Henri schon ungeduldig erwartet.

»Was hat Victor von dir gewollt?«

Robert zögerte. Sein Freund hatte am Morgen seine Absicht erklärt, nach dem Artistenexamen bei Victor sein Studium fortzusetzen, und wenn er jetzt erfuhr, dass der Magister nicht ihn, den Enkel eines königlichen Ministers, sondern Robert, den Sohn eines Flickschusters, in den Kreis seiner Schüler aufnehmen würde, stand Schlimmes zu befürchten. Henri war normalerweise ein gutmütiger Esel, aber wenn es um seine Ehre ging, sah er oft aus heiterem Himmel rot und kannte weder Freund noch Feind. Erst vor drei Tagen hatte er einen Kommilitonen mit der Reitpeitsche aus einer Taverne gejagt, nur weil der es gewagt hatte, ihn mit einem Trinkspruch auf seine »Edelfäule« zu verspotten.

»Nun mach schon den Mund auf!«, drängte er. »Weiß Victor, welche Ehre ich ihm zugedacht habe?«

»Du meinst deinen Wunsch, Kirchenrecht bei ihm zu hören?« Robert wiegte den Kopf. »Damit er dich als Schüler überhaupt annimmt, musst du erst mal das Examen bestehen.«

»Das hat er gesagt? Aber das heißt ja, dass er einverstanden ist!« Henri strahlte. »Danke, dass du das für mich getan hast. Du bist ein wahrer Freund!«

Robert wollte widersprechen, doch Henri ließ ihn nicht zu Wort kommen. »Ich hab's ja gewusst, einen Vicomte de Joinville kann selbst ein Victor d'Alsace nicht abweisen. Wenn ich das meinem Großvater erzähle – er wird stolz auf mich sein! So legt man Ehre für seine Familie ein. Ich werde gleich morgen zu ihm gehen.«

»Aber ...«

»Ich weiß, was du sagen willst – erst das Examen! Doch mach dir darum keine Sorgen, mit deiner Hilfe werde ich es schon schaffen. Ich bin sicher, du wirst mich über alle Hürden tragen wie ein treues Pferd seinen Reiter.« Er klopfte Robert auf die Schulter. »Übrigens, bevor ich's vergesse«, wechselte er plötzlich das Thema, »LeBœuf kommt gleich, um uns abzuholen. Stell dir vor, ich darf bei der Messe ministrieren! Das hat er mir am Mittag versprochen.«

Robert gab es auf. »Dann können wir die Zeit, bis er kommt, ja nutzen, um noch mal die Lehre vom logischen Schluss durchzugehen«, schlug er vor. »Bis zu den Prüfungen sind es nur noch sechs Wochen.«

»Wenn es unbedingt sein muss.« Henri schien wenig begeistert. Die Aussicht, einem Narrenbischof zu ministrieren, beschäftigte ihn offenbar schon wieder viel mehr als sein Examen. »Also gut, frag mich ab.«

»Zuerst die Grundbegriffe«, sagte Robert. »Wie werden im *Organon* die drei Sätze genannt, aus denen ein Syllogismus gebildet wird?«

Sein Freund zog ein gequältes Gesicht. »Organon?«

»Das Buch, in dem Aristoteles die Lehre vom logischen Schluss entwickelt.«

»Ach so, *das* Organon«, sagte Henri, als kenne er nicht nur das eine. »Also, ich dachte, davon lasse ich lieber die Finger, weil – Aristoteles' Schriften sind doch verboten.«

Wenn es um eine faule Ausrede ging, glänzte Henri manchmal mit erstaunlichen Kenntnissen. Aber sie reichten nicht aus, dass Robert ihm auf den Leim ging.

»Verboten sind nur Aristoteles' Schriften zur Naturlehre, Ethik und Metaphysik. Nicht aber seine Schriften zur Logik. Die sind sogar Pflichtlektüre. Das *Organon* wird im Examen mit Sicherheit geprüft.«

Noch während er sprach, hellte sich plötzlich Henris Miene auf. »Ich hab's!«, rief er und schlug sich mit der Hand gegen die Stirn.

»Oh?«, staunte Robert. »Ist dir eingefallen, wie die Sätze heißen?«

»Viel besser! Seit heute Mittag zermartere ich mir das Gehirn, was für ein Kostüm ich bei der Messe tragen soll. Jetzt weiß ich's!« Er nahm Robert in den Arm und drückte ihn an sich. »Danke! Ohne dich wäre ich nie darauf gekommen!« Er öffnete eine Truhe, holte daraus ein weißes Laken hervor und drapierte es sich um den Leib wie eine Toga. »Na, was bin ich?«

»Lass mich raten – ein Philosoph?«

»Getroffen!« Henri war ganz aus dem Häuschen. »Ist das nicht eine großartige Idee? Fehlt nur der Lorbeerkranz!« Er nahm einen Kringel Wurst, der vom Frühstück noch auf dem Tisch lag, und setzte ihn sich auf den Kopf. »Wie sehe ich aus?«

Robert musste lachen. »Aristoteles und du – ihr könntet Zwillinge sein.«

»Nicht wahr?« Henri hielt sich die Hand ans Kinn wie ein Denker. »Bleibt allerdings noch ein Problem.«

»Nämlich?«

»*Dein* Kostüm! Als was wirst du dich verkleiden?«

»Ich?«, fragte Robert. »Um ehrlich zu sein – ich … ich würde lieber hierbleiben.«

Henri schüttelte den Kopf. »Kommt gar nicht in Frage! Du hast mir dein Wort gegeben! Wenn du das brichst, beleidigst du meine Ehre!«

»Ich weiß, dass ich es dir versprochen habe«, sagte Robert.

»Aber du tätest mir einen großen Gefallen, wenn du mich davon entbinden würdest.«

»Warum zum Teufel sollte ich das tun? Versprochen ist versprochen! Und wenn du dein Wort brichst, dann bist du kein Freund, sondern ein ganz gemeiner ...« Als käme ihm plötzlich ein Gedanke, hielt Henri mitten im Satz inne. »Victor hat mit dir gar nicht über mich gesprochen«, sagte er mit düsterer Stimme. »Stimmt's?«

»Wie ... wie kommst du darauf?«, fragte Robert und zupfte sich am Ohr.

»Weil ich dich kenne. Wenn du dein Wort zurücknimmst, gibt es dafür einen Grund. Und ich kann mir auch schon denken, welchen.« Er sah ihn mit unheilvoller Miene an. »Victor will *dich* zum Schüler nehmen, nicht mich. Darum hat er dich zu sich gerufen. – Nein«, sagte er und hob die Hand, bevor Robert den Mund aufmachen konnte, »es hat keinen Zweck zu leugnen. Ich weiß es. Du hast dich gerade am Ohrläppchen gezupft.«

Robert blieb keine andere Wahl, als seinem Freund reinen Wein einzuschenken. »Ja«, sagte er. »Victor hat mich gefragt, ob ich bei ihm studieren will. Er will sogar versuchen, einen Magister der Theologie aus mir zu machen.« Nur mit Mühe gelang es ihm, seinen Stolz zu unterdrücken und nicht zu zeigen, wie sehr er sich freute.

Henri nickte. »Und jetzt hast du Angst, dass dich heute Nacht jemand bei der Eselsmesse sehen könnte und dich an den Bischof verpfeift und du deshalb in was weiß ich wie vielen Jahren vielleicht keinen Lehrstuhl bekommst.«

»So ungefähr«, sagte Robert. »Bist du mir sehr böse?«

Henris Miene verfinsterte sich, und für einen Moment zog er ein Gesicht wie neulich in der Taverne, als er auf seinen Kommilitonen losgegangen war. Robert machte sich auf alles gefasst. Doch da lachte sein Freund schon wieder.

»Ach was, warum soll ich dir böse sein? Glaubst du, so ein Sesselfurzer von Magister könnte einen Vicomte de Joinville beleidigen? Für Victor wäre es eine Ehre gewesen, wenn ich ihn zum Lehrer genommen hätte – nicht umgekehrt! Hauptsache, LeBœuf gibt mir heute Abend keinen Korb.«

Robert war erleichtert.

»Aber wenn du glaubst, ich würde dich deshalb aus deinem Wort entlassen, hast du dich geschnitten«, fuhr Henri fort. »Selbst wenn ich es wollte, könnte ich es nicht. Die Logik verbietet es mir.«

»Die Logik?«

Henri nickte. »Ja, du hast richtig gehört, und ich werde es dir sogleich beweisen, mit Hilfe eines Syllogismus, wie ihn kein Aristoteles der Welt besser herleiten könnte.« Er warf eine Falte seiner Toga über die Schulter, und wie ein Professor vor seinen Studenten hob er einen Finger in die Luft. »*Hauptsatz*: Alle Freunde des Vicomte de Joinville besuchen heute die Eselsmesse in Saint-Marcel.« Er fügte einen zweiten Finger hinzu. »*Untersatz*: Robert Savetier ist der beste Freund des Vicomte de Joinville.« Er streckte den dritten Finger in die Höhe. »*Conclusio*: Ergo wird Robert Savetier seinen Freund Henri nach Saint-Marcel begleiten.«

Robert fiel vor Verblüffung der Kinnladen herunter. Ein vollständiger Syllogismus in korrekter Begrifflichkeit, aus dem Munde des Vicomte de Joinville ...

»Ja, da staunst du!«, rief Henri, glucksend vor Freude. »Aber ich bin noch nicht fertig.»*Sed contra*: Niemand darf Robert Savetier als Teilnehmer einer Eselsmesse erkennen, weil ihm sonst dermaleinst die *Universitas magistrorum et scholiarum Parisiensis* womöglich den verdienten Lehrstuhl verweigert.« Robert wollte protestieren, aber Henri hob so energisch die Stimme, dass er nicht zu Wort kam. »*Responsio*: Damit Robert Savetier Karneval feiern kann, ohne dass seine glorreiche Zukunft Schaden nimmt, braucht er ein Kostüm, in dem ihn niemand erkennt!«

9

Paul hatte seinen Leuten zum Karneval eine Stunde früher frei gegeben. Jetzt standen sie frierend auf der Straße und konnten es gar nicht erwarten, sich auf den Weg nach Saint-Marcel zu machen. Nur Marie fehlte noch.

Paul ging zurück ins Haus, um nach ihr zu schauen. Er fand sie in der Bücherstube, vor der Truhe mit den Originalhandschriften.

»Wo bleibst du denn? Die andern warten schon draußen und frieren sich den Hintern ab.«

Marie strich mit der Hand über die Truhe. »Du hast darin ein Buch, das ich gern lesen würde«, sagte sie. »*De vita beata* von Seneca.«

Paul schüttelte den Kopf. »Du kennst meine Prinzipien. Die Manuskripte werden nur zur Abschrift herausgegeben. Aber woher weißt du überhaupt, welche Bücher ich in der Truhe aufbewahre?«

»Du hast heute Morgen vergessen, den Schlüssel abzuziehen.«

Paul blickte auf das Schloss. Tatsächlich, der Schlüssel steckte noch. »Und das hast du ausgenützt, um zu schnüffeln?« Er trat an die Truhe und zog den Schlüssel ab.

»Nein«, sagte sie. »Ich habe nur einmal kurz hineingeschaut. Ohne etwas anzurühren.« Sie drehte sich zu ihm herum. »Bitte, Paul. Nur dieses eine Mal.«

Unschlüssig erwiderte er ihren Blick. Er konnte sich schon denken, warum sie so versessen auf das Buch war. Es war der Titel, der sie reizte – »Vom glückseligen Leben«. Aber wenn er dieses eine Mal eine Ausnahme machte, war es mit seinen Prinzipen vorbei. Und die durfte er nicht aufgeben, ohne sein Geschäft zu gefährden.

»Wozu willst du das lesen?«, fragte er. »Das glückselige Leben gibt es nicht, das ist nur leeres Philosophengeschwätz!« Er streckte die Hand nach ihr aus. »Komm, zieh dir lieber den Mantel an. Wir wollen uns amüsieren!«

Doch statt seine Hand zu nehmen, trat sie einen Schritt zurück. »Geh du allein nach Saint-Marcel. Ich komme nicht mit.«

»Warum zum Teufel das denn?«, fragte er. »Du hattest dich doch darauf gefreut! Nur weil du das verdammte Buch nicht kriegst, willst du jetzt hierbleiben und schmollen?«

»Nein, Paul, nicht darum«, sagte sie. »Zumindest nicht nur. Sondern eher ...« Sie sprach den Satz nicht zu Ende.

Paul biss sich auf die Lippe. Das war die Quittung für den Roten Hahn. Marie dachte, dass auch er bei einer Hure gewesen war, und wollte ihn jetzt dafür bestrafen. Dabei hatte er die ganze Geschichte nur erfunden, um sich über Victor d'Alsace, den sie verehrte, als wäre er ein Heiliger, ein bisschen lustig zu machen und den berühmten Magister von seinem hohen Podest herunterzustoßen. Victor war wie alle Professoren in Wahrheit nämlich nur ein eingebildetes Arschloch. Erst vor kurzem hatte er ein Geschäft, das Paul ihm angeboten hatte, in einer Weise ausgeschlagen, als wäre das Geld, das er dabei hätte verdienen können, eine Beleidigung seiner Würde. Aber bevor Paul zugeben würde, dass seine Geschichte erfunden und er selbst so wenig wie Victor d'Alsace im Roten Hahn gewesen war, würde er sich lieber die Zunge abbeißen. Sonst würde Marie sich noch einbilden, er müsse sie in Zukunft um Erlaubnis bitten, wenn er in ein Hurenhaus ging.

»Also gut«, sagte er und wandte sich zur Tür. »Dann feiere ich eben ohne dich.« Schon in der Halle, drehte er sich noch einmal um. »Besser, du wartest heute Nacht nicht auf mich, es wird bestimmt spät. Wahrscheinlich komme ich erst morgen früh zurück.«

10

So wie ein Weinfass platzen muss, wenn nicht hin und wieder das Spundloch geöffnet wird, um der Gärung Luft zu schaffen, so entluden sich zum Karneval all die im Verborgenen drängenden Triebkräfte der Menschen, die sich im Laufe eines überlangen Jahres in ihnen angestaut hatten. Die Sünde, sonst gebändigt durch Gebet und Kasteiung, brach sich mit solcher Macht ihre Bahn, dass in dieser kurzen Spanne Zeit auf den Straßen und Plätzen von Paris ein Tohuwabohu herrschte, als würde die Hölle selbst ihr Innerstes ausspeien. Doch nirgendwo trieben die Narren es toller als in der Stiftskirche von Saint-Marcel, im Norden der Stadt, um das ehrwürdige Haus Gottes in ein brodelndes Tollhaus zu verwandeln. Als Dirnen und Kuppler verkleidete Studenten, bockspringende Diakone und gehörnte Mönche, halbnackte Weiber, die kreischend ihre Brüste zeigten, zogen sie im Ringelreihen um das Altarkreuz herum, an den sie den jammernden Prior des Stiftskapitels, einen bis auf ein Lendentuch entblößten Greis, mit Fesseln angebunden hatten, blökten wie Vieh und grölten zotige Lieder, um ihrem Hohepriester LeBœuf zu huldigen, der mit dem Eselskopf des Narrenbischofs auf den Schultern vom Allerheiligsten aus das Inferno dirigierte, während ihm zu Füßen sich betrunkene Novizen beim Würfel- und Kartenspiel ergötzten oder sich grunzend wie Säue auf den Altarstufen wälzten.

»*Dominus vobiscum!*«, rief LeBœuf über den Lärm hinweg und breitete die Arme aus, um seine Jünger zu segnen, die ihre Kleider auf links trugen und die Psalmbücher verkehrt herum hielten, wie es sich in einer Eselsmesse gehörte. »Der Herr sei mit euch!«

»Iiii-aaaah!«, wieherte die Gemeinde, und ein jeder schlug mit der linken statt der rechten Hand das Kreuzzeichen.

»Du auch, Robert Savetier!«, brüllte LeBœuf. »Oder willst du zur Strafe in den Himmel kommen?«

»I-a«, machte Robert und zog sich die Kapuze der Kutte, die Henri einem betrunkenen Mönch zu seiner Verkleidung auf dem Hinweg abgekauft hatte, noch tiefer ins Gesicht. Er glaubte, Pater Orlando inmitten des Höllenspektakels gesehen zu haben, und aus Angst, von dem Dominikaner entdeckt zu werden, hatte er sich in einer Seitenkapelle versteckt, die nur von wenigen Kerzen erleuchtet war.

»Amen!« Der Narrenbischof hob den Messkelch in die Höhe.

»*Venite apotemus* – lasset uns trinken!«

Während LeBœuf den Kelch über sein Eselshaupt leerte, stießen seine Jünger johlend miteinander an. Seit sie zum Angelus das Gotteshaus gestürmt hatten, feierten sie, und da der Wirt einer benachbarten Taverne zusammen mit seinen Schankknechten ein Fass nach dem anderen herbeirollte, gab es außer Robert in der ganzen Kirche keinen nüchternen Menschen mehr. Auch Henri konnte sich kaum noch auf den Beinen halten. Während er in seinem Philosophengewand dem Narrenbischof als falscher Aristoteles ministrierte, rutschte ihm der Wurstkranz immer wieder über die Ohren. Jetzt griff er in einen Haufen Pferdescheiße, den bei Erstürmung des Gotteshauses ein Gaul im Chorraum hinterlassen hatte, stopfte ein paar Bollen in das Weihrauchfass und schwenkte das Gefäß, so dass sich der beißende, stinkende Qualm bald im ganzen Kirchenraum ausbreitete und die Gemeinde sich vor Husten und Lachen gleichzeitig krümmte.

»Warum feierst du nicht wie die anderen?«

Robert drehte sich um. Vor ihm stand Suzette, das junge, rosawangige Schankmädchen, das, wie jedermann wusste, schon seit einer Ewigkeit mit LeBœuf verlobt war.

»Weil ich kein Geld habe«, sagte Robert, um sich nicht rechtfertigen zu müssen. In Wahrheit hätte er zu gern mit den anderen gefeiert, aber wenn er sich betrank und nicht mehr wusste, was er tat, setzte er womöglich alles aufs Spiel, wovon Victor heute Nachmittag zu ihm gesprochen hatte.

»Nicht mal genug Geld für einen Schluck Wein? Du Ärmster!« Sie deutete mit dem Kopf auf das Fässchen, das sie an einem Schultergürtel trug, und zwinkerte ihm zu. »Und wenn ich dir trotzdem einen Becher einschenke?«

»Aber ich habe wirklich kein Geld – keinen einzigen Sou!«

»Muss man denn immer mit Geld bezahlen?«

Täuschte Robert sich, oder machte sie ihm schöne Augen? Henri behauptete zwar, dass Suzette außer ihrem Verlobten auch manchmal anderen Männern für eine Nacht das Jawort gab, um LeBœuf seine Treulosigkeit zu vergelten. Aber dass sie sich dafür heute ihn ausgeguckt haben sollte, konnte Robert nicht glauben. Er war keiner, auf den Mädchen wie Suzette flogen, dazu war er viel zu schüchtern. Umso mehr irritierte ihn, wie unverwandt sie ihn anschaute. Dabei klimperte sie so unschuldig mit den Wimpern, dass ihr Blick ihm wie ein Blitz in die Glieder fuhr und genau dort einschlug, wo es ihm am peinlichsten war.

»Oh, wirst du etwa rot?«, lachte sie. »Macht nichts! Mir gefällt ein Schüchterner viel mehr als einer, der immer nur das Maul aufreißt.« Robert wusste kaum noch, wohin mit seinen Augen. Wieder lächelte Suzette ihn an. »Ich glaube, du bist ein netter Kerl«, sagte sie. »Deshalb kann ich nicht länger zusehen, wie du als einziger hier verdurstest.« Nachdem sie sich mit einem Blick über die Schulter vergewissert hatte, dass der Wirt sie nicht im Visier hatte, drückte sie ihm einen Becher in die Hand und schenkte ihm ein.

»Danke«, sagte Robert, mehr brachte er nicht hervor. Wie gebannt starrte er auf den offenherzigen Ausschnitt ihrer Bluse.

»Willst du nicht auf mein Wohl trinken?«, fragte Suzette und zwinkerte ihm abermals zu.

Robert klopfte das Herz bis zum Hals. War Suzette vielleicht die Frau, von der Victor gesprochen hatte? Das weibliche Wesen, das von der Vorsehung für ihn bestimmt war? Der Gedanke machte ihn so aufgeregt, dass er sich nicht mal mehr traute, ihr zuzuprosten. Wenn er den Becher hob, würde sie sehen, wie sehr seine Hand zitterte, und dann würde sie ihn für den lächerlichsten Menschen in der ganzen Kirche halten, noch lächerlicher als Henri mit den Würsten über dem Ohr und seinem Philosophengewand.

LeBœufs Donnerstimme erlöste ihn. »Wo bleibt der Messwein?«, brüllte der Narrenbischof vom Altar herüber.

Suzette zuckte mit einem bedauernden Blick die Schultern. »Die Arbeit«, sagte sie. Doch bevor sie ging, beugte sie sich noch einmal zu ihm. »Vielleicht könnten wir zwei ja – ich meine, wenn die anderen fort sind ...«

Statt den Satz zu Ende zu sprechen, verstummte sie. Robert riss seine Augen von ihren Brüsten los und schaute in ihr Gesicht. Hatte er je ein solches Lächeln gesehen? »Suzette!« Wieder rief LeBœuf. »Du brauchst heute Nacht nicht zurück in die Stadt«, raunte sie ihm zu. »Ich habe eine eigene Kammer, über der Taverne, ganz für mich allein. Da wartet ein warmes, weiches Bett auf dich.« Sie formte die Lippen in der Luft zu einem Kuss, dann wandte sie sich ab und verschwand.

Während Robert ihr nachschaute, war ihm, als wäre ihm gerade ein Engel erschienen. Ja, das musste das Wesen sein, von dem Victor gesprochen hatte, ein solches Wunder war ohne die Vorsehung nicht möglich. Obwohl er schon seit fünf Jahren in Paris lebte, hatte er noch nie eine Freundin gehabt. Bis heute hatte er geglaubt, der Grund dafür sei seine Schüchternheit gewesen, die ihn in Gegenwart eines jeden Mädchens befiel. Doch jetzt wusste er es besser. Das alles gehörte zu einem großen Plan – wie anders war sonst zu erklären, dass ausgerechnet Suzette, die außer LeBœuf an jedem Finger ein Dutzend Verehrer hatte, ihm, dem langweiligen Robert Savetier, so unzweideutige Avancen machte? Er schloss die Augen, um sich vorzustellen, welche himmlischen Freuden ihn in ihrer Kammer erwarteten, vorausgesetzt, er traute sich, ihrer Einladung zu folgen ...

Aber ach, die Seligkeit war nur von kurzer Dauer. Als er die Augen wieder aufschlug, sah er, wie LeBœuf Suzette am Altar empfing. Mit beiden Händen umfasste er ihr Hinterteil, und während er aus Leibeskräften »Iiiii-aaaah, iiiii-aaaah« schrie, presste er sie an sich, als wolle er sie in aller Öffentlichkeit begatten. Doch schlimmer noch als LeBœufs Brunftgebaren war, wie Suzette es ihm dankte. Statt den Grobian von sich zu stoßen, schmiegte sie sich mit demselben Lächeln, das eben noch Robert den Himmel auf Erden versprochen hatte, an den Eselskopf ihres Verlobten und wieherte mit ihm um die Wette wie eine rossige Stute.

Es war, als hätte jemand Robert einen Eimer Wasser über den

Kopf geschüttet. Nein, nie und nimmer war Suzette das Wesen, von dem Victor gesprochen hatte. Suzette war nur LeBœufs kleines Hürchen, ein ganz gewöhnliches Schankmädchen, wie es Hunderte gab, und nicht die Vorsehung hatte sie zu ihm geschickt, sondern höchstens Père Gustave, der Tavernenwirt, um ihn zum Trinken zu animieren. Hätte Henri ihn bloß nicht hierhergeschleppt. Roberts Freund sank gerade auf allen vieren vor dem Altar zu Boden und schlug sein Hemd zurück, um sein behaartes Hinterteil LeBœuf entgegenzustrecken. Mit einem lauten »Iiiiiaaaah!« ließ der Versemacher Suzette stehen, um sich auf den Rücken des Philosophen zu schwingen und mit ihm durch den Chorraum zu galoppieren.

Während das Narrenvolk vor Vergnügen kreischte, blickte Robert sich um. Wo war Pater Orlando? Nicht auszudenken, wenn der Dominikaner tatsächlich hier herumspionierte. Eine Anzeige beim Kanzler genügte, um all die schönen Träume, die Victor in Robert geweckt hatte, zunichtezumachen. Es war, wie Henri sagte: Jeder Theologe, der an der Pariser Universität unterrichten wollte, wurde vor seiner Berufung auf seinen Lebenswandel überprüft, und kam dabei ans Licht, dass er irgendwann im Verlauf seines Studiums gegen die Gebote der Sittsamkeit verstoßen hatte, wurde ihm die Lehrerlaubnis verweigert.

»Bist du taub?«

Wie aus dem Nichts war LeBœuf vor Robert aufgetaucht. Der Narrenbischof hatte den Eselskopf von den Schultern genommen und blickte ihn mit sichtlicher Verärgerung an. Robert wurde noch mulmiger zumute. Hatte Suzette ihm etwas erzählt, was ihm nicht gefiel? Während LeBœuf sich den Eselskopf unter den Arm klemmte, zeichneten sich unter seinem bunten Wams bedrohlich starke Muskeln ab.

»Was glotzt du mich so dämlich an?«, fragte er. »Hast du Angst, meine Nachfolge anzutreten?«

»Deine Nachfolge?«, wiederholte Robert wie ein Idiot.

»Offenbar bist du nicht nur taub, sondern auch blind!«, erwiderte Le Bœuf. »Aristoteles hat mir eben ins Gesicht gefurzt, als ich ihn am Arsch lecken wollte. Zur Strafe hat die Gemeinde mich abgesetzt und dich zum neuen Bischof ernannt.« Mit schallendem Lachen klopfte er Robert auf die Schulter. »Vorwärts! Deine Jünger haben Hunger und Durst! Höchste Zeit, dass du Wein und Brot für sie wandelst!«

Bevor Robert wusste, wie ihm geschah, stülpte LeBœuf ihm die Eselskappe über den Kopf und stieß ihn zum Altar, wo sich ein paar Diakone gerade um die Würste von Henris Narrenkrone balgten wie Straßenhunde um einen Knochen. Irgendjemand drückte Robert einen Kanten Brot in die Hand.

»*Oremus*«, rief LeBœuf. »Lasset uns beten!«

»Iiiii-aaaah«, wieherte die Gemeinde.

Robert blieb nichts anderes übrig, als mitzumachen. Während er im Geiste zum Himmel betete, dass Pater Orlando gerade irgendwo auf Gottes weiter Welt war, nur nicht hier in dieser Kirche, hob er das Brot wie ein Priester in die Höhe.

»*Hoc est corpus!*«

»Hokuspokus!«, brüllte LeBœuf. Dabei riss er ihm den Kanten aus der Hand und ersetzte ihn durch ein Stück Wurst. »Seht nur, er kann's! Er hat Brot in Fleisch gewandelt! Kniet nieder und preiset das Wunder!«

»Iiii-aaaah! Iiii-aaaah! Iiii-aaaah! Iiii-aaaah!«, wiederholte die Gemeinde und sank zu Boden.

»Und jetzt den Wein!«, befahl LeBœuf. Er nahm den Messkelch vom Altar, öffnete seinen Hosenlatz, um in das Gefäß zu urinieren. »Jetzt müsst Ihr Eure ganze Kunst beweisen, Eminenz!« Mit einem Grinsen reichte er Robert den bis zum Rand gefüllten Kelch. »Wandelt dieses Nass in Wein. Aristoteles wird als Erster davon kosten!«

Vor Begeisterung stampfte die Gemeinde mit den Füßen. Heute war Karneval, heute war alles erlaubt – und wenn der Teufel auf den Altar scheißen würde! Nur Henri blickte voller Entsetzen auf das dampfende Gefäß. In seiner Verzweiflung fiel er auf die Knie, und mit einer Leidensmiene, die auch den strengsten Gott erweichen musste, reckte er die Hände zum Himmel: »Vater, Vater, lass diesen Kelch an mir vorübergehen!«

Als hätte der Allmächtige ihn erhört, flog im selben Moment das Portal auf, und eine Horde Fremder drang in das Gotteshaus. Als Robert das Gesicht ihres Anführers sah, fuhr er zusammen. Ausgerechnet!

Bevor der andere ihn erkannte, machte Robert kehrt, um durch die Sakristei ins Freie zu verschwinden. Doch er war noch keinen Schritt weit gekommen, da stolperte er über einen betrunkenen Novizen. Strauchelnd wollte er sich am Altar festhalten, aber er griff ins Leere, und während er mit den Armen in der Luft ruderte, fiel er rücklings die Stufen hinunter, mit solchem Schwung, dass der Eselskopf ihm von den Schultern flog.

»Iiii-aaaah! Iiii-aaaah! Iiii-aaaah!«

11

»Na, habe ich zu viel versprochen?«, fragte Paul seine Schreiber, die mit offenen Mündern das Treiben in dem Gotteshaus bestaunten.

»So stelle ich mir das Paradies vor«, sagte Jacques, der in jungen Jahren davon geträumt hatte, Theologie zu studieren.

»Mir nach!«, rief Paul. Während seine Männer ihm mit einer Begeisterung folgten, als ginge es in die Schlacht, drängte er in Richtung Altar, wo die Messe schon im vollen Gange war. Hier war er in seinem Element! Der Wein floss in Strömen, und die Weiber waren willig. Eine dralle Brünette, die er noch nie gesehen hatte, schlang ihm die Arme um den Hals und gab ihm einen Kuss. Ihr Atem schmeckte nach Wein, während sie ihm die Zunge so tief in den Hals steckte, dass er fast erstickte. Um ihr nichts schuldig zu bleiben, packte er ihre Brüste, die so schwer und prall waren wie das Euter einer Milchkuh, und presste seinen Hosenlatz gegen ihren Leib. Sollte Marie doch allein zu Hause versauern!

»Du bist ja ein ganz Wilder«, gurrte die Dicke an seinem Ohr.

»Lädst du mich zu einem Becher Wein ein?«

»Erst muss ich mir den Segen des Bischofs holen!«

Paul gab ihr einen Klaps auf den Hintern und ließ sie stehen. Auch wenn das Luder sein Blut schon so sehr in Wallung gebracht hatte, dass ihm die Hose eng wurde – so schön war sie nicht, dass er sich darum eine Eselsmesse entgehen ließ.

Mit beiden Armen sich Platz schaffend, bahnte er sich seinen Weg durch das Gewühl. Als er den Chorraum endlich erreichte, stutzte er. Hatte er das Beste schon verpasst? Vor den Stufen zum Altar rappelte sich gerade der Narrenbischof vom Boden auf. Neben ihm lag die Eselskappe. Offenbar war er so betrunken, dass er die Messe nicht fortsetzen konnte.

Enttäuscht wandte Paul sich ab, um zu der Brünetten zurückzukehren. Da traf ihn der Blick des Bischofs.

Als er die grünblauen Augen sah, erstarrte er.

»Robert – du?«

»Paul?«

Unwillkürlich machte er einen Schritt zurück. Seit sie in Sorbon voneinander Abschied genommen hatten, hatte er Robert nicht mehr aus solcher Nähe gesehen. Unfähig, auch nur einen Satz über die Lippen zu bringen, starrte er seinen alten Freund an. Auch Robert sagte kein Wort.

Vom Altar eilte LeBœuf herbei. »Verflucht«, lachte er, »ich glaube, wir brauchen schon wieder einen neuen Bischof!«

»Iiiii-aaaa!«, wieherte die Gemeinde.

Paul achtete weder auf den Versemacher noch auf irgendjemand sonst. Während der Lärm um ihn herum zu verstummen schien und das Gewusel zu undeutlichen Schemen verschwamm, gab es nur noch das Gesicht seines alten Freundes.

Warum zum Teufel sagte Robert nicht endlich was?

Ein Zucken spielte um seine Lippen, dann hob er die Hand und zupfte sich am Ohrläppchen. Beim Anblick der vertrauten kleinen Geste holte Paul die Vergangenheit mit solcher Macht ein, dass es ihn überwältigte.

»Wollt Ihr vielleicht für das Amt kandidieren?«, fragte LeBœuf.

»Was für ein Amt?«, erwiderte Paul abwesend, ohne den Blick von Robert zu wenden.

»Das Amt des Bischofs natürlich!«

»Iiiii-aaaa!«

Wie aus weiter Ferne hörte Paul die Stimmen, ohne dass sie zu ihm drangen. Er hatte in diesem Moment nur einen Wunsch: sich mit Robert zu versöhnen. Obwohl ihm die Arme schwer wie Blei von den Schultern hingen, streckte er ihm die Hand entgegen.

Würde Robert sie nehmen?

Paul musste schlucken, so trocken war sein Mund, und sein Herz begann wie wild zu schlagen. Doch Robert regte sich nicht. Voller Verachtung blickte er auf die ausgestreckte Hand und zog ein Gesicht, als fürchte er, sich an ihr zu beschmutzen.

Paul presste die Zähne zusammen. Was verlangte Robert denn noch, damit er ihm verzieh? Sollte er sich vor ihm in den Staub werfen und ihm die Füße küssen?

»Bitte«, flüsterte er.

Endlich machte sein Freund einen Schritt auf ihn zu. Gott sei Dank! Er konnte doch alles erklären, er hatte damals ja einen guten Grund gehabt, so zu handeln, wie er es getan hatte. Außerdem war das alles doch schon so lange her!

»Bitte«, wiederholte er, »schlag endlich ein.«

Statt seine Hand zu nehmen, maß Robert ihn mit einem Blick, der alle Hoffnung zunichtemachte. »Hast du nicht gesagt, du würdest dir eher die Hand abhacken, als mich im Stich zu lassen?« Er holte einmal kurz Luft und spuckte auf die ausgestreckte Hand.

Ohne ein weiteres Wort ließ er Paul stehen. Die anderen wichen zurück, um eine Gasse zu bilden.

»Dann leck mich doch am Arsch!«, platzte es aus Paul heraus.

LeBœuf frohlockte. »Heißt das, Ihr nehmt das Amt an?«

»Iiiii-aaaa!«, wieherte die Gemeinde.

Unsicher wischte Paul sich seine Hand an der Hose ab. Alle starrten ihn an, als hätte er etwas verbrochen, während Robert das Mittelschiff entlang zum Portal ging, ohne sich auch nur einmal umzudrehen. Am liebsten wäre Paul ihm hinterhergerannt, um ihn zu verprügeln oder ihn um Verzeihung zu bitten, er wusste es selbst nicht.

»Wo ist der Wirt?«, rief er, damit die anderen aufhörten, ihn anzustarren.

Ein Dickwanst mit Glatze und dreckiger Schürze eilte herbei.

»Zu Diensten!«

»Ein Fass vom besten Wein! Jeder soll trinken, so viel er will! Auf meine Kosten!«

»Es lebe Bischof Paul!«, rief LeBœuf.

»Es lebe Bischof Paul!« Die Gemeinde brach in solchen Jubel aus, dass die ganze Kirche bebte. »Iiiii-aaaa! Iiiii-aaaa! Iiiii-aaaa!«

»Damit seid Ihr im Amt bestätigt«, erklärte LeBœuf.

Paul gab sich einen Ruck. Zum Teufel mit Robert! Er war hierhergekommen, um sich zu amüsieren! Also nahm er die Eselskappe, die LeBœuf ihm reichte, und sagte: »Ich gelobe, Euch ein besserer Bischof zu sein als mein Vorgänger.«

»Wie lauten Eure Wünsche?«, fragte der Versemacher. »Als Bischof ist es Euer Vorrecht, die Liturgie zu bestimmen.«

Während Paul überlegte, wie er sein Pontifikat eröffnen konnte, fiel sein Blick auf das blonde Schankmädchen. Das war ja eine richtige Schönheit – warum bemerkte er das erst jetzt? Mit einem Lächeln, von dem einem Mann Hören und Sehen vergehen konnte, erwiderte sie seinen Blick.

Plötzlich hatte er eine Idee.

»Wo ist die Jauchegrube?«

»Gleich hinter der Kirche«, antwortete LeBœuf. »Aber bei meiner Seele – wozu wollt Ihr das wissen?«

Paul hob mit beiden Händen die Eselskappe über den Kopf. »Draußen wartet das Volk auf Unseren Segen!«

Der Dichter begriff. »Das heilige Evangelium nach Markus. ›Gehet hin in alle Welt und lehret alle Völker!‹«

12

In Sodom und Gomorrha konnte der Teufel nicht schlimmer gewütet haben als an diesem Abend in der Stiftskirche von Saint-Marcel. Immer wieder schlug Pater Orlando das Zeichen des Kreuzes, nicht mit der Linken wie all die gottlosen Narren um ihn herum, sondern mit der rechten, gottgefälligen Hand. Doch als hätten die Mächte der Unterwelt den himmlischen Segen außer Kraft gesetzt, wollte und wollte das Inferno kein Ende nehmen.

Jetzt verließ das Narrenvolk das geschändete Gotteshaus, um seinem falschen Bischof hinaus auf den Platz zu folgen. Als Robert Savetier, der neue Adept des Seelenfängers Victor d'Alsace, dem sündigen Treiben so plötzlich den Rücken gekehrt hatte, hatte Orlando die Regung verspürt, sich trotz seines verkürzten rechten Beins, das er beim Gehen schmerzend nachziehen musste, an die Fersen des Verwirrten zu heften. Der Student hatte auf ihn den Eindruck eines Mannes gemacht, der sich gegen seinen eigenen Willen an den widerwärtigen Handlungen, mit denen die heilige Messe und ihre Sakramente hier verspottet wurden, beteiligt hatte. War seine Seele womöglich noch zu retten? Doch Orlando hatte seinen Impuls unterdrückt. Heute galt es nicht, eine einzelne verirrte Seele auf den rechten Weg zurückzuführen, sondern Beweise dafür zu sammeln, dass unter der Herrschaft der Weltgeistlichen die *Universitas magistrorum et scholiarum Parisiensis* sich von einer Schule Christi in eine Schule des Teufels verwandelt hatte.

Und bei Gott – an solchen Beweisen fehlte es nicht. »Es segne Euch die allmächtige Sauflust«, rief gerade der neue Narrenbischof, der mit seiner Eselskappe auf einen Karren gestiegen war, dem grölenden Volk auf dem Platz zu.»Im Namen des Vaters, des Sohnes und des schweinischen Geistes!« Während er den gotteslästerlichen Segen sprach, tauchte er den silbernen Weihwassersprengel, den der Versemacher LeBœuf aus der Sakristei herbeigeschafft hatte, in ein Fass, um daraus Jauche über die Köpfe der Menge zu verspritzen.

»Iiiii-aaaa!«

Ohne sich von der stinkenden Brühe abschrecken zu lassen, scharten sich seine Jünger um das Weinfass, das der Wirt auf LeBœufs Geheiß in Reichweite des Segens angeschlagen hatte, wie um das Volk zu prüfen. Und siehe: Auch die Handwerker, Bauern und Tagelöhner aus der Nachbarschaft, die anfangs das Spektakel voller Misstrauen nur aus der Ferne verfolgt hatten, erlagen bald der Verlockung des Weins und folgten dem Beispiel der Studenten, die sich mit säuischer Wonne dem Trunke ergaben. Der offenkundige Sieg der Sauflust über den Ekel bewies in Orlandos Augen die Lehre des Dominikus, wonach jedwedes Streben nach irdischen Gütern den Menschen unweigerlich in die Abgründe des Lasters stürzte.

»Lasset die Kindlein zu mir kommen, denn ihrer ist das Himmelreich!«, rief der Narrenbischof ihnen zu, als wäre er ihr Erlöser, und obwohl er sie mit seinem Jauchesprengel empfing, stürzten sie sich zu dem Fass, um ihre viehische Gier zu befriedigen.

»Und was ist mit dem Prior?«, rief LeBœuf.»Soll der etwa verdursten?« Er zeigte hinauf zu dem Altarkreuz, das kräftige Diakone mitsamt dem daran hängenden, vor Angst und Kälte zähneklappernden Geistlichen draußen aufgerichtet hatten.

Der Narrenbischof wackelte mit seinem Eselskopf.»Ich bin gekommen, um die Hungernden zu speisen und den Dürstenden zu trinken zu geben!« Unter dem Gewieher seiner Jünger wickelte er einen Lumpen um die Spitze eines Besenstiels, tauchte ihn in das Jauchefass und reichte ihn seinem Ministranten Henri de Joinville.»Stille du in meinem Namen den Durst des Armen.«

»Iiiii-aaaa!«

Mit einem Eifer, den Orlando ihm nicht zugetraut hätte, nahm der Vicomte den Besenstiel und streckte die jauchegetränkte Spitze dem um Gnade winselnden Prior entgegen wie einst die Häscher Jesu dem Gekreuzigtem die Lanze mit dem Essigschwamm. Als der Lumpen über das Gesicht des gepeinigten Gottesmanns fuhr, erbrach dieser sich den Mageninhalt über den nackten Leib.

Orlando konnte nicht fassen, was er doch mit eigenen Augen sah. Die da ihre gottlosen Possen trieben, gehörten allesamt in irgendeiner Weiser der Pariser Universität an. Aber war das wirklich ein Wunder? Solange nur Weltgeistliche zu Professoren berufen wurden, die sich die Priesterweihe erschlichen hatten, ohne sich der Glaubenszucht eines Ordens zu unterwerfen, um nun in akademischem Hochmut nach ihrer eigenen Auslegung der Heiligen Schrift zu leben und zu lehren, würde die Sünde sich in der Lehranstalt ausbreiten wie eine bösartige Wucherung, von Lehrstuhl zu Lehrstuhl, von Fakultät zu Fakultät, bis die ganze Universitas davon befallen war. Konnte es da noch einen Zweifel geben, wie dringend notwendig es war, dass Kanzler Philipp endlich einen Mann, der den Regeln des Dominikus folgte, in das Kollegium der Professoren berief, damit dieser wie ein guter Arzt dem Geschwür Einhalt gebot? Im Sommer, so hieß es, würde ein Lehrstuhl an der theologischen Fakultät frei, und Orlando, der vor nunmehr zehn Jahren in die dominikanische Glaubensbruderschaft eingetreten war und noch in diesem Frühjahr sein Doktorexamen abzulegen hoffte, betete zu Gott um die Gnade, den Lehrstuhl besteigen zu dürfen, um die Schule des Teufels wieder in die Schule Christi zurückzuverwandeln, wo fleißige und gottesfürchtige Studenten sich der Armut und dem Verzicht auf irdische Güter verschrieben und in Werken der Barmherzigkeit übten.

»Der Wein ist aus, Eminenz«, rief der Wirt.
»Dann schaff ein neues Fass herbei!«, befahl der Narrenbischof.
»Iiiii-aaaa!«, wieherte die Gemeinde.

Doch der Wirt wollte davon nichts wissen. »Bevor ich ein neues Fass hole, müsst Ihr mir erst das alte bezahlen.«

»Was sagst du da?« LeBœuf packte ihn am Kragen »Willst du dich deinem Bischof widersetzen?«

»Und wenn er der Papst wäre, zuerst will ich mein Geld!« Statt einer Antwort empfing er einen so großzügig bemessenen Jauchesegen, dass auch seine Nachbarn reichlich davon abbekamen.

Der Wirt schnappte voller Empörung nach Luft. »Wollen wir uns das gefallen lassen?«, rief er den anderen zu. »Kommt, zahlen wir es ihnen heim!«

Die Bürger wischten sich die Jauche aus dem Gesicht, doch schienen sie unentschlossen, auf wessen Seite sie sich schlagen sollten.

»Wenn Ihr mir helft, geht das zweite Fass auf meine Rechnung!«

Das Versprechen verfehlte nicht seine Wirkung. Ein Gerber bückte sich und hob mit seinen braunen Händen einen Knüppel vom Boden. Ein Bauer tat es ihm nach und bewaffnete sich mit einer Handvoll Steine. Immer mehr bückten sich. Wer keine Steine oder Knüppel fand, hob Rossbollen und Kuhfladen auf.

»Aber nicht doch, meine Freunde«, rief LeBœuf, »es ist doch alles nur ein Spaß. Iaaah, iaaaah!«

Sein Gewieher blieb ohne Antwort.

»Ich will mein Geld«, erklärte der Wirt.

Der Narrenbischof nahm die Kappe vom Kopf. Orlando wusste, jetzt wurde es ernst. Das Gesicht gehörte dem Kopisten Paul Valmont, dem Betreiber der Schreibstube in der Rue des Pailles.

»Du bekommst dein Geld erst, wenn du das zweite Fass bringst.«

Der Wirt schüttelte den Kopf. »Erst das Geld, dann die Ware.«

»Du tust, was ich sage!«

»Seid Ihr da so sicher?«

Auf ein Zeichen des Wirtes rückten seine Nachbarn näher. Von überall her schienen sie plötzlich zu strömen, wuchsen bedrohlich an Zahl. Und jeder von ihnen war bewaffnet, manch einer sogar mit einer Mistgabel oder einem Ochsenziemer.

Während LeBœuf unsicher zu seinem Bischof blickte, trat aus der Schar der Studenten der falsche Aristoteles hervor.

»Ich werde den Wein bezahlen!«

Der Wirt musterte ihn mit sichtlichem Misstrauen. »Wer seid Ihr?«

»Pierre Henri Bernard, Vicomte de Joinville. Mein Großvater ist der Minister des Königs.«

»Euer Großvater ist mir gleich«, erwiderte der Wirt mit einem Achselzucken. »Ich will nur mein Geld.«

»Du sollst es morgen bekommen.«

»Erst morgen?«

»Ich trage kein Geld bei mir«, erklärte Henri. »Was wäre ich sonst für ein Edelmann?«

Das Misstrauen in der Miene des Wirtes schwand. »Gebt Ihr mir Euer Ehrenwort?«

Nun war es das Gesicht des Vicomte, das sich verfinsterte. »Du verlangst mein Ehrenwort für ein Fass Wein, du Lump? Willst du mich beleidigen?«

Auf dem Platz wurde es so still wie vor einem Gewitter. Niemand rührte sich, außer einem Straßenköter, der mit eingekniffenem Schwanz das Weite suchte.

Da ertönte vom Kreuz herab die meckernde Stimme des Priors. »Rächet den Heiland, Euern Herrn und Gott!«

Im selben Moment flog ein Kuhfladen durch die Luft, gleich darauf setzte ein Hagel Rossbollen ein. *Gottes Mühlen mahlen langsam, aber sicher*, dachte Orlando, als die Angreifer sich wie auf ein Kommando in Bewegung setzten, um den Studenten zu Leibe zu rücken. Voller Zuversicht schlug er das Zeichen des Kreuzes. Der Herr würde die Seinen schon erkennen!

13

Hätte Robert die Hand ergreifen sollen, die Paul ihm gereicht hatte, statt auf sie zu spucken? Wie ein Schatten, der mit jedem Schritt größer wurde, verfolgte ihn auf dem Heimweg die Frage, so dass er darüber sogar Pater Orlando vergaß. Bei dem unverhofften Wiedersehen war zuerst nur die Wut über die Vergangenheit in ihm hochgekommen. Paul hatte ihn damals im Stich gelassen, ihn auf übelste Weise verraten und sein Wort gebrochen, obwohl er hoch und heilig versprochen hatte, ihn auszulösen, nachdem Robert um seinetwillen in Sorbon zurückgeblieben war, als Pfand für die zwei Écu, die Paul Abbé Lejeune für seine Freilassung schuldete. Das alles war richtig und wahr. Und trotzdem, trotz allem, was geschehen war, war es nicht nur Wut, die das Wiedersehen in Robert ausgelöst hatte, je länger er lief, umso stärker regten sich ganz andere, längst vergessen geglaubte Gefühle in ihm. Solange er zurückdenken konnte, hatte es sie beide gegeben – Paul und Robert. Sie waren zusammen aufgewachsen, unzertrennlich wie zwei Brüder, hatten alles miteinander geteilt, nicht nur die wenigen Dinge, die sie besaßen, sondern, viel wichtiger, auch ihre Hoffnungen, Wünsche und Träume. Sie waren Freunde gewesen, wirkliche Freunde, vielleicht die besten Freunde, die es überhaupt geben konnte.

Die Straße von Saint-Marcel nach Paris war trotz der späten Stunde noch voller Narren. In der Gewissheit, dass ihnen in der letzten Nacht des Karnevals die Stadttore offen stehen würden, zogen sie mit Laternen umher und trieben ihre Späße, ohne sich um die Zeit zu kümmern, sangen unanständige Lieder oder wälzten sich betrunken im Graben. Robert fühlte sich ihnen so fern wie der Mond am nächtlichen Himmel, der manchmal zwischen den Wolken hervorlugte.

Was hätte Abbé Lejeune ihm wohl geraten? Die ausgestreckte Hand zu nehmen und Paul zu verzeihen?

Als wäre es gestern gewesen, erinnerte Robert sich an den Tag, an dem Pauls Brief in Sorbon eingetroffen war. Noch immer wusste er jede Zeile auswendig. Er solle sich noch eine Weile gedulden, hatte Paul geschrieben, vielleicht ein oder zwei Jahre, er habe das Geld, das er bislang in Paris verdient habe, für den Kauf eines Hauses gebraucht – anders hätte er das Mädchen, an das er sein Herz verloren hatte, nicht heiraten können ... Robert hatte den Brief zuerst für einen von Pauls Scherzen gehalten und jeden Tag damit gerechnet, dass sein Freund in Sorbon auftauchen würde, um ihn auszulösen. Doch nachdem Herbst und Winter vergangen waren, ohne dass Paul erschien, hatte er die Hoffnung aufgegeben und Abbé Lejeune den Brief gezeigt. Der Priester hatte ihn daraufhin ohne Begleichung der Schuld ziehen lassen – der Abbé wollte nicht, dass er für den Wortbruch seines Freundes büßen musste. Zum Dank hatte Robert dem Pfarrer die Zeichnung von Paris geschenkt. Der Abbé hatte ihn beim Abschied umarmt und ihm das Versprechen abgenommen, dass Robert, anders als er selbst in seiner Jugend, das Studium der sieben freien Künste zu Ende führen würde, was auch immer geschehen mochte. Doch ausgerechnet Paul, mit dem Robert diesen Traum geteilt hatte, hätte ihn beinahe zunichtegemacht.

Als er nach seiner Ankunft in Paris seinem ehemaligen Freund auf der Brücke zur Île de la Cité fast in die Arme gelaufen wäre, hatte er auf dem Absatz kehrtgemacht, um der Begegnung auszuweichen. Was würde es nützen, Paul zur Rede zu stellen? Robert kannte ihn gut genug, um zu wissen, dass er tausend Gründe finden würde, um seinen Wortbruch zu rechtfertigen. Wahrscheinlich würde er in Anschlag bringen, dass Abbé Lejeune Robert ja auch so, ohne das Lösegeld, hatte laufen lassen, damit er studieren konnte. Damit hätte er sogar recht gehabt. Doch darum ging es nicht, um Recht oder Unrecht, es ging um ihre Freundschaft. Was Paul getan hatte, war nicht mit Worten wiedergutzumachen. Vielleicht wusste Paul das sogar selbst. Auch er hatte es stets vermieden, dass sie einander begegneten. Wann immer sie sich zwischen

Notre-Dame und Sainte-Geneviève über den Weg liefen, wich derjenige von ihnen, der den anderen als Erster entdeckte, auf die andere Straßenseite aus, Paul nicht anders als Robert, als hätten sie ein stillschweigendes Abkommen geschlossen.

Waren sie beide vielleicht nur zu feige, um miteinander zu reden? Robert hatte das Stadttor fast erreicht, da sprang ihm aus der Dunkelheit ein Tier entgegen, ein großer Hund oder ein Pferd, das seinen Reiter abgeworfen hatte.

»Du wolltest, dass ich mir die Hand abhacke?«, sagte eine Stimme.

Im Schein des Mondes, der zwischen den Wolken hervortrat, erkannte Robert, dass kein Tier vor ihm stand, sondern ein Mann. Auf dem Kopf trug er die Eselskappe eines Narrenbischofs.

»Paul?«

Der andere machte einen Schritt auf ihn zu. »Da ist meine Hand. Na los, worauf wartest du? Sie gehört dir!«

Kein Zweifel, das war Pauls Stimme. Ohne nachzudenken, ergriff Robert die ausgestreckte Hand. Doch was war das? Früher hatte Paul einem fast die Finger zerquetscht, wenn man ihm die Hand gab, jetzt spürte Robert nur seltsam weiche, leblose Finger. Unwillkürlich machte er einen Schritt zurück. Im nächsten Moment löste sich Pauls Hand von seinem Arm, ohne jeden Widerstand, wie wenn man einen losen Pfropfen aus einem Flaschenhals zieht, und Robert hielt sie in der seinen. Entsetzt warf er die Hand zu Boden.

»Iiiii-aaaah!«, wieherte Paul und schlug sich die Eselskappe vom Kopf.

Robert schaute in das lachende Gesicht, dann auf den Fäustling am Boden. Aus der ledernen Hülle quollen fünf Wurstenden hervor.

»Was zum Teufel soll der Mist?«

Paul schaute ihn an, plötzlich todernst.

»Ich möchte dich um Verzeihung bitten«, sagte er. »Und wenn du es von mir verlangst, hacke ich mir wirklich die Hand ab, jetzt

gleich, auf der Stelle. Hauptsache, du bist wieder mein Freund.«
Noch während er sprach, zückte er ein Messer und hielt sich die Klinge an den Unterarm. »Soll ich?«

»Bist du verrückt?« Der Schreck fuhr Robert in die Glieder, als hätte Paul das Messer nicht gegen sich selbst, sondern gegen ihn gerichtet.

Silbern glänzte die Klinge im Mondschein.

»Wirklich«, sagte Paul. »Ein Wort von dir, und ich tu's! Weil – ich hab's verdient.«

Seine Stimme war so ernst wie sein Blick.

Robert musste schlucken. Paul, sein Freund Paul, der immer der Überlegene gewesen war, der Ältere, der Klügere, der Mutigere von ihnen beiden – er bat *ihn* um Verzeihung ... Robert spürte, wie ihm die Tränen kamen. Er wollte sie zurückhalten, aber er konnte es nicht, das Gefühl war zu stark.

Mein Gott, was waren sie für Idioten gewesen ...

Stumm nahm er Paul in den Arm. Der erwiderte die Umarmung, mit seiner ganzen Kraft, drückte ihn an sich, als wolle er ihn nie wieder loslassen.

»Heißt das, wir sind wieder Freunde?«

»Erst, wenn du das verfluchte Messer einsteckst!«

Paul tat, wie Robert gesagt hatte, und Seite an Seite setzten sie ihren Weg fort. Es war wie eine Erlösung. Endlich, endlich redeten sie wieder miteinander – als ob Panzerplatten von ihnen abgefallen wären, brach es aus ihnen hervor. All die Erlebnisse, all die Gefühle der vergangenen Jahre, die Tage des Leids ebenso wie die Stunden des Glücks, drängten aus ihren Herzen nach Worten, um das lange, unerträgliche Schweigen wegzuschwemmen. Was immer in der verlorenen Zeit ungesagt geblieben war, sprudelte nun über ihre Lippen, immer wieder fielen sie einander ins Wort, vor lauter Angst, dass womöglich noch einmal etwas unausgesprochen blieb, keiner konnte mehr warten, dem anderen mitzuteilen, ihm zu sagen und zu spüren zu geben, wie viel die Versöhnung ihm bedeutete.

Robert wusste nicht, wie viel Zeit vergangen war, als sich vor ihnen die Kathedrale von Notre-Dame aus der Dunkelheit erhob. Im Schatten des gewaltigen Gotteshauses blieb er stehen.

»Eins musst du mir erklären«, sagte er.

»Was?«, fragte Paul.

»Warum nennst du dich Paul Valmont? Und nicht mehr Dubois?«

Paul zuckte die Schultern. »Als ich nach Paris kam, fing für mich ein neues Leben an. Deshalb wollte ich einen neuen Namen.«

»Aber weshalb dann ausgerechnet Valmont? Wie der Leibherr deines Vaters? Der Mann hat dich für jeden geklauten faulen Apfel auspeitschen lassen.«

Paul dachte eine Weile nach. »Vielleicht gerade darum«, sagte er schließlich. »Um es ihm irgendwie heimzuzahlen.«

»Aber hast du keine Angst, dass der Name dir Unglück bringt? Dass du ... dass du selber so wirst wie er?«

»Nur wegen dem Namen?« Paul lachte. »Du hast schon immer an Gespenster geglaubt. Aber genug davon!« Er wurde wieder ernst. Ein Ausdruck von Bewunderung trat in sein Gesicht. »Du hast es also wirklich geschafft, die *Artes* zu Ende zu studieren ...«

»Wie ich Abbé Lejeune versprochen habe«, erwiderte Robert und hoffte, dass Paul ihm seinen Stolz nicht ansah.

»Und was hast du nach dem Magisterexamen vor?«, wollte sein Freund wissen.

Robert zögerte. Sollte er es sagen? Es war doch eigentlich Pauls Traum gewesen, viel mehr als sein eigener, und es musste für ihn schwer zu verkraften sein, wenn jetzt er, Robert, diesen Weg an seiner Stelle ging. Doch was hatte es für einen Sinn, wenn sie jetzt ihre Freundschaft erneuerten, aber weiter zu feige waren, einander die Wahrheit zu sagen?

»Vielleicht studiere ich ab dem Sommer Theologie«, gab Robert schließlich zur Antwort. »Victor will mich zum Schüler nehmen.«

Paul starrte ihn ungläubig an. »Victor d'Alsace? Der berühmteste Professor von ganz Paris?« Die Nachricht machte ihm so sehr zu schaffen, dass er eine lange Weile nur stumm den Kopf wiegte, als könne er nicht fassen, was er gerade vernommen hatte.

»Unser alter Traum ...« Robert tat es fast leid, dass er nicht den Mund gehalten hatte.

»Ich ... ich hätte das selber auch nie für möglich gehalten«, sagte er. »Und es steht ja auch noch gar nicht fest, dass wirklich etwas daraus wird. Bis zum Sommer kann noch viel passieren. Vor allem muss ich erst mal das Examen schaffen.«

»Du musst dich für dein Glück nicht entschuldigen«, erwiderte Paul. »Ich bin sicher, du hast es verdient. Sonst würde Victor dich nicht nehmen.« Er unterbrach sich und dachte nach. Dann sagte er: »Weißt du was? Ich werde dir helfen. Um wiedergutzumachen, was ich versaut habe.«

»Wovon redest du?«, fragte Robert. »Es ist doch kein Schaden entstanden. Im Gegenteil.«

Paul schüttelte den Kopf. »Du weißt, was ich meine ...« Er schaute Robert an. »Du sollst wissen, du kannst immer auf mich zählen. Und wenn du Geld brauchst, um zu studieren, oder du es bei deinem Vicomte nicht länger aushältst, sag mir Bescheid. Bei mir gibt es Arbeit genug. Ich halte ab jetzt immer einen Platz für dich frei.«

»In deiner Schreibstube?«

»Nein, in meiner Schlafkammer«, lachte Paul. »Natürlich in meiner Schreibstube, du Dummkopf!« Dann wurde er wieder ernst. »Glaub mir, ich werde dich unterstützen, wie ich nur kann. Damit wenigstens einer von uns beiden unseren alten Traum verwirklicht.«

»Ich ... ich weiß gar nicht, was ich sagen soll.«

»Dann halt einfach den Mund und nimm mein Angebot an«, sagte Paul. »Sonst bin ich beleidigt. Außerdem möchtest du ja vielleicht auch Marie kennenlernen.«

»Du meinst – deine Frau?« Robert wusste nicht, ob er das wirklich wollte. Pauls Frau war ja schuld daran, dass sie so lange nicht miteinander gesprochen hatten – er konnte sich nicht vorstellen, dass er sie mögen würde.

»Ich bin sicher, ihr werdet euch prächtig verstehen«, sagte Paul, als würde er seine Bedenken ahnen. »Marie interessiert sich für alles, was in Büchern steht, und fragt mir manchmal Löcher in den Bauch. Da kann ich einen Klugscheißer wie dich gut gebrauchen.« Er reichte ihm nochmals die Hand, doch diesmal die richtige. »Also, wenn es irgendetwas gibt, was ich für dich tun kann, wenn du Hilfe brauchst oder Geld, kommst du zu mir. Versprochen?«

Robert schlug ein. So kraftvoll wie früher schloss sich Pauls Hand um seine Finger. »Versprochen!«

14

Die Stundenkerze, die auf dem Nachtkasten stand, war fast vollständig heruntergebrannt, als Marie aufwachte. War Paul inzwischen zurückgekehrt? Sie blickte zur Seite, doch das Bett neben ihr war noch immer unberührt.

Lag er in diesem Augenblick vielleicht bei einer Hure?

Seit Tagen hatte sie sich darauf gefreut, in Saint-Marcel den Karneval zu feiern. Während die meisten anderen ehrbaren Frauen die Eselsmessen mieden, war Maries Neugier größer gewesen als ihre Angst vor möglichen derben Scherzen – allein schon wegen LeBœuf. Sie mochte den Spötter in seinem bunten Wams genauso wie sie den Karneval mochte, wenn die ganze Stadt auf den Beinen war und Menschen, die sich gar nicht kannten, miteinander tranken und sangen und tanzten. Doch Paul hatte ihr die Lust zu feiern genommen. Wenn er sich lieber im Roten Hahn vergnügte, als mit ihr die Zeit zu verbringen, wollte sie ihn auch nicht nach Saint-Marcel begleiten. Noch mehr aber als die Vorstellung, dass er womöglich zu den Huren ging, schmerzte es sie, wie falsch und verkehrt inzwischen alles zwischen ihnen war. Sein Besuch im Roten

Hahn war dafür nur der Beweis. Nicht mal ein Buch, um das sie ihn bat, wollte er ihr zu lesen geben.

Von Sainte-Geneviève schlug es zwei Uhr. An Schlaf war nicht mehr zu denken. Marie zog sich ein Wams über und verließ mit der Kerze in der Hand die Kammer. Im Haus war es so still, dass sie ihren eigenen Atem hörte, nur ab und zu drang von draußen das Lachen und Rufen noch umherirrender Narren herbei. Um ihrem Vater zu beweisen, dass er eine Familie ernähren konnte, hatte Paul das Haus gekauft und sich dafür bei den Lombarden in Saint-Sépulcre in solche Schulden gestürzt, dass er noch Jahre brauchen würde, um sie abzuzahlen.

Warum hatte er das getan? Sie hatte Paul doch wegen ganz anderer Dinge geheiratet, nicht wegen eines schönen Hauses, und erst recht nicht wegen gläserner Fensterscheiben! Sie wollte das Leben mit ihm teilen, um mit ihm die wunderbaren Träume zu verwirklichen, von denen er einst mit solcher Begeisterung gesprochen hatte. Studieren wollte er, die heiligen und die profanen Schriften, um sich im gelehrten Wettstreit mit den klügsten Männern von Paris zu messen. Damit auch Marie die Werke der Kirchenväter und Philosophen studieren konnte, hatte er ihr nicht nur Lesen und Schreiben beigebracht, sondern auch das Lateinische, weil alle bedeutenden Schriften in dieser Sprache abgefasst waren. Ihr Vater hatte ihr solche Künste früher verwehrt, weil diese sich für eine Frau nicht ziemten. Paul hatte darüber nur gelacht. Zusammen, so hatte er ihr versprochen, würden sie die süßesten Früchte vom Baum der Erkenntnis kosten, ohne sich um Gott oder den Teufel zu scheren. Wie hatte sie diesen Mann geliebt. Bis ans Ende der Welt wäre sie ihm gefolgt – ja, bis in die Hölle, wenn es hätte sein müssen ...

Doch jetzt?

Nie hätte sie gedacht, dass Paul sie so enttäuschen würde. In der kurzen Zeit ihrer Ehe hatte er sich so sehr verändert, dass sie sich in manchen Nächten fragte, ob sie nicht besser auf ihren Vater gehört und einen Gesellen seiner Zunft geheiratet hätte. Paul hatte

Wein gepredigt, um nun selber Wasser zu trinken. All die Träume, die ihr die Zukunft in einem so hellen und strahlenden Licht hatten erscheinen lassen – wo waren sie geblieben? Fast unmerklich hatten sie sich aus ihrem Leben verflüchtigt, wie die Düfte von Frühling und Sommer, wenn Herbst und Winter über das Land kamen. Nichts war von ihnen übrig geblieben als die Arbeit, die sie doch einst ermöglichen sollten. Was war der Grund? Marie wusste es nicht. Wenn sie Paul fragte, wann er die Schreibstube schließen würde, um endlich zu studieren, gab er ihr die Schuld für das Scheitern seiner Pläne: Das Haus, das er habe kaufen müssen, um die Einwilligung ihres Vaters zu erlangen, hinge ihm wie ein Mühlstein am Hals. Solange er dafür Zins und Zinseszins zahlen müsse, sei er dazu verdammt, weiter sein Handwerk zu betreiben, sonst lande er im Schuldturm. Ihren Vorschlag, sie könne das Skriptorium mit Jacques' Hilfe weiterführen, damit die Einkünfte nicht ausblieben, wenn er studierte, hatte er ohne eine Begründung zurückgewiesen.

Lag es daran, dass die zwei Kinder, die sie ihm geboren hatte, ein Junge und ein Mädchen, bereits gestorben waren, bevor sie das Wochenbett verlassen hatte?

Sie wollte gerade in die Küche gehen, um einen Becher Milch zu trinken, da hörte sie ein Geräusch an der Tür. Das musste Paul sein! Sie blies die Kerze aus und eilte die Stiege hinauf, zurück in ihre Kammer.

Hoffentlich war er betrunken und wollte nur noch schlafen.

15

Der Mond war gerade hinter den Wolken verschwunden, so dass Paul das Türschloss mit dem Schlüssel in der Dunkelheit ertasten musste. Hoffentlich hatte Marie nicht von innen den Riegel vorgeschoben. Er wollte sie nicht durch Rufen wecken – er wollte sie im Schlaf überraschen.

Als in Saint-Marcel die ersten Kuhfladen geflogen waren, hatte es ihn in den Fäusten gejuckt, wie immer bei der Aussicht auf eine Prügelei. Aber statt sich ins Getümmel zu werfen, hatte er das Durcheinander genutzt, um sich unauffällig aus dem Staub zu machen und Robert zu folgen. Er hatte ja gar nicht gewusst, wie sehr sein alter Freund ihm all die Jahre gefehlt hatte. Er hoffte nur, dass Robert nicht gemerkt hatte, wie sehr er ihn beneidete. Mit Victors Hilfe würde Robert vielleicht eines Tages wirklich und wahrhaftig einen Lehrstuhl besteigen! Doch so sehr die Vorstellung an ihm nagte – viel wichtiger war, dass sie sich wieder versöhnt hatten.

Gelang ihm jetzt vielleicht auch ein neuer Anfang mit Marie? Für sie hatte er doch auf seinen alten Traum verzichtet, weil sie ihm wie ein noch viel erstrebenswerterer Traum erschienen war. Auch wenn sie ihm keine gesunden Kinder gebar, konnten sie doch zusammen wieder glücklich werden!

Als er ihr auf dem Jahrmarkt von Saint-Sépulcre zum ersten Mal begegnet war, hatte er sich sofort in sie verliebt: in ihre grünen Augen, die hohe Stirn, die vornehme Blässe ihres Gesichts, die edel geformte Nase, das rötliche, wellige Haar, das unter ihrer Haube hervorschaute – vor allem aber in die Unnahbarkeit ihrer Erscheinung. Er hatte sie schon eine ganze Weile aus der Ferne beobachtet, wie sie zusammen mit ihrem Vater die Kräuter an den Ständen begutachtete. Wie sicher sie auftrat, wie selbstbewusst sie mit den Händlern redete, die dienstbeflissen vor ihrem Vater buckelten, der offenbar ein reicher und angesehener Apotheker war. Niemals hätte Paul gedacht, dass eine solche Frau jemanden wie ihn zum Mann nehmen würde. Doch dann hatte sich der Tanzbär losgerissen, und er hatte Marie aus der Gewalt der Bestie befreit. Die Narbe, die er davongetragen hatte, hatte sie früher das Mal seiner Liebe genannt. Wie lange war es her, dass sie das zum letzten Mal gesagt hatte?

Zum Glück hatte sie den Riegel nicht vorgeschoben. Leise öffnete Paul das Tor. In der Halle streifte er die Holzpantinen von den

Füßen und stieg auf Strümpfen die Treppe hinauf. Marie sollte erst aufwachen, wenn er neben ihr lag.

Als er die Schlafkammer betrat, kam der Mond wieder hinter den Wolken hervor und tauchte den Raum in sein sanftes Licht. Nein, sie hatte ihn nicht gehört, die Hände unter der Wange, lag sie mit dem Gesicht zur Wand und atmete mit halb geöffnetem Mund gleichmäßig ein und aus. Wie schön sie war – tausendmal schöner als die dralle Brünette in Saint-Marcel oder das rosawangige Schankmädchen von Père Gustave! Plötzlich war Paul so wach und klar, als hätte er den ganzen Abend keinen einzigen Schluck Wein getrunken. Jedes Geräusch vermeidend, zog er sich nackt aus und legte sich an die Seite seiner Frau. Als die kühle Hülle des Federbetts auf ihn herabsank, spürte er, wie erregt er war. So vorsichtig und behutsam, wie er nur konnte, schmiegte er sich an ihren Rücken.

»Marie«, flüsterte er.

Sie rührte sich nicht.

Er schob die Hand unter die Decke und suchte nach ihrer Brust. Als er gefunden hatte, wonach es ihn drängte, flüsterte er noch einmal ihren Namen: »Marie ...«

Ein Zucken ging durch ihren Leib. »Nicht, Paul«, murmelte sie.

»Warum nicht?«, fragte er, ohne sie loszulassen.

»Weil Aschermittwoch ist.«

Warm und weich lag ihr Busen in seiner Hand. »Aschermittwoch ist doch erst morgen früh.«

»Nein, Paul. Aschermittwoch beginnt um Mitternacht. Und es hat schon zwei geschlagen.«

Statt sich umzudrehen, rückte sie noch ein Stück weiter von ihm fort. Warum zum Kuckuck wollte sie nicht? Es wäre doch nicht das erste Mal, dass sie an einem Fastentag miteinander schliefen, früher hatten sie das oft getan, ohne Angst, sich zu versündigen ... Paul spürte, wie Maries Verweigerung ihn noch mehr erregte. Voller Ungeduld drängte er sich an sie. Sie sollte spüren, wie groß und stark seine Lust war.

Als er sie zwischen den Schenkeln berührte, fuhr sie im Bett auf. Mit funkelnden Augen sah sie ihn an. »Hast du bei den Huren nicht genug gekriegt?«

Paul biss sich auf die Lippe. Am liebsten hätte er ihr gestanden, dass er gar nicht im Roten Hahn gewesen war, aber das konnte er nicht – mit einem solchen Eingeständnis würde er sich in einer Weise vor ihr erniedrigen, wie kein Mann es vor seiner Frau durfte.

Den Blick voller Abwehr, zog Marie die Decke vor die Brust, bis hinauf unters Kinn, wie um sich vor ihm zu schützen. Als wäre er nicht ihr vor Gott und der Welt angetrauter Ehemann, sondern ein fremder Eindringling, der sich ungefragt in ihre Kammer geschlichen hatte.

Plötzlich verwandelte seine Erregung sich in Wut. Was nahm sie sich heraus? Bildete sie sich ein, etwas Besseres zu sein? Nur weil sie die Tochter eines Apothekers war, und er der Sohn eines leibeigenen Bauern? Und wenn er zehnmal bei den Huren gewesen wäre – er war der Herr im Haus und konnte tun und lassen, was er wollte!

»Du bist mein Weib, verflucht nochmal!«

Er riss ihr die Decke vom Leib, packte ihre Arme und warf sie rücklings aufs Bett. Sie wollte sich wehren, versuchte sich aus seinem Griff zu befreien, wand sich unter ihm und trat mit den Knien, doch sie kam nicht gegen ihn an.

Es war ein stummer, kurzer Kampf.

Als sie merkte, dass sie nichts ausrichten konnte, gab sie nach. Ohne Widerstand ließ sie geschehen, dass er ihr das Hemd über die Hüften schob und in sie eindrang.

Paul wollte sie küssen. Doch Marie wandte den Kopf zur Seite und schloss die Augen.

Tot und reglos wie ein Stück Holz lag sie in seinem Arm.

ZWEITER TEIL

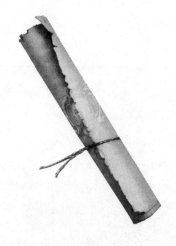

Paris, 1229

Dies Cinerum

»Zerreißt eure Herzen und nicht eure Kleider und bekehret euch zu dem Herrn, eurem Gott!«

JOEL 2,13

I

Memento homo, quia pulvis es et in pulverem reverteris.« Die Kathedrale von Notre-Dame war erfüllt von den leise gemurmelten Segensworten der Prälaten, Priester und Hilfsgeistlichen, zu denen die Gläubigen in endlosen Scharen an die Haupt- und Nebenaltäre strömten, um gesenkten Hauptes das Aschekreuz zu empfangen. »Bedenke Mensch, dass du Staub bist und zum Staube zurückkehren wirst.«

Drei Tage und drei Nächte hatte die Gärung, die in den Seelen der Menschen getrieben hatte wie junger Wein in allzu engen Schläuchen, sich Luft verschaffen dürfen. Jetzt war es an der Zeit, das geöffnete Spundloch wieder mit einem festen Pfropfen zu verschließen, um die Triebkräfte der Sünde zu bannen, bis ein weiteres Jahr vergangen war. Der Karneval war vorüber, und die Fastenzeit brach an, die Zeit der Entsagung und Buße, die den Menschen an seine Vergänglichkeit gemahnte, damit er zu Einkehr und Umkehr fand.

Ein Diakon, verborgen in einem Winkel des gewaltigen Gotteshauses, lieh den Herzen der Büßer seine Stimme. »*Gott sei mir gnädig nach deiner Güte.*« Engelsgleich erhob sich der Psalmgesang über die gemurmelten Gebete und schwebte im Rund der Kuppel. »*Tilge meine Sünden nach deiner großen Barmherzigkeit, und wasche mich rein von meiner Missetat ...*«

Auch Robert besuchte die Messe in der Kathedrale, um sich nach den Ausschweifungen des Karnevals die Asche verbrannter Palmzweige aufs Haupt streuen zu lassen. Doch bedurfte er des Segens nicht nur zur Läuterung seiner Schuld, sondern auch zur Stärkung seiner Willenskraft. Denn die bis zu seinem Examen verbleibende Zeit würde er von nun an mit knurrendem Magen über den Büchern verbringen, und er war nicht sicher, ob er ohne Gottes Hilfe die Fasten einhalten würde, sollten ihm vor Hunger die Geisteskräfte schwinden.

»*Siehe, ich bin als Sünder geboren, und meine Mutter hat mich in Sünden empfangen* ...«

An Roberts Seite kniete Henri. Sein Freund sah aus, als habe er für die Verfehlungen der letzten Tage bereits reichlich gebüßt. Doch war sein Gesicht weniger gezeichnet von der Zerknirschung eines reuigen Herzens, sondern viel mehr von den weit auffälligeren Wunden des Fleisches, die er in der vergangenen Nacht davongetragen hatte. Wutschnaubend hatte er am Morgen berichtet, wie die Prügelei mit den Einwohnern von Saint-Marcel zu einer regelrechten Schlacht ausgeartet war. Dem Tavernenwirt war es offenbar gelungen, die ganze Nachbarschaft gegen den Narrenbischof und seine Jünger zu mobilisieren, Bauern, Tagelöhner und Handwerker, alles Männer, die an harte Arbeit gewohnt waren und den Studenten gehörig das Fell gegerbt hatten. Henris Nase war geschwollen, als habe sie sich über Nacht in einen Blumenkohl verwandelt, um die Stirn trug er einen blutigen Verband, und sein rechtes Auge schillerte in allen Farben des Regenbogens.

Doch kaum hatte er das Aschekreuz empfangen, war er schon wieder des Teufels. »›Mein ist die Rache‹«, sprach er grimmig wie Gott Jahwe, als sie nach der Messe die Kathedrale verließen.

Robert schüttelte den Kopf. »Das halte ich für keine gute Idee.«

»Glaubst du, so etwas lässt ein Vicomte de Joinville auf sich sitzen?« Voller Empörung zeigte Henri auf seine Wundmale. »Ich werde noch heute eine Armee ausheben.«

»Eine Armee? Um Himmels willen! Wozu denn das?«

»Für einen Feldzug. Um die Schmach zu tilgen, die man mir zugefügt hat.«

»Bist du verrückt geworden?«

»Man hat meine Ehre besudelt!«

»Besudelt?« Obwohl Henri es wirklich ernst zu meinen schien, musste Robert lachen. »Was sollen da der Wirt und seine Leute sagen? Ihr habt ein ganzes Jauchefass über sie ausgeleert!«

Henri zuckte die Achseln. »Ja und? Das waren keine Ehrenmänner, nur Bauern und Tagelöhner.«

»Jauche stinkt in jeder Nase – egal, ob sie einem Vicomte oder einem Bettler gehört. Außerdem, jetzt haben wir Aschermittwoch, da sollte wieder Friede herrschen.«

»Das Pack hat uns verprügelt wie Bäckerjungen. Es ist meine Pflicht, die Ehre meiner Familie wiederherzustellen.«

Fast hätte Robert laut losgeprustet. Mit seinem Verband um den Kopf und der Blumenkohlnase sah Henri nicht gerade aus wie ein Mann, der seiner Familie Ehre macht. Aber weil er wusste, wie empfindlich sein Freund bei dem Thema war, beherrschte er sich.

»Mit einem guten Examen würdest du noch viel größere Ehre für deine Familie einlegen«, sagte er darum nur. »Komm, gehen wir nach Hause. Heute fallen die Vorlesungen aus. Nutzen wir die Zeit, um für die Prüfungen zu lernen.«

Doch Henri war viel zu sehr in Rage, um auf ihn zu hören. »Meine *Pflicht* – hörst du?«, wiederholte er so laut, dass sich ein paar Leute auf der Straße nach ihm umdrehten. »Und von dir erwarte ich, dass du mir hilfst.«

»Ich – dir? Wobei?«

»Bei meinem Rachefeldzug.«

Robert blieb stehen. »Nein, Henri. Das kannst du nicht von mir verlangen.«

»Warum nicht?« Sein Freund schaute ihn so verständnislos an, als rede er Arabisch. »Jeder Vasall steht seinem Herrn im Krieg zur Seite.«

»Aber wir sind nicht im Krieg!«

»Wie kannst du das behaupten? Du warst doch letzte Nacht gar nicht dabei!«

»Und ich bin auch nicht dein Vasall, sondern dein Freund.«

Robert wollte weitergehen, doch Henri hielt ihn am Arm zurück.

»Dann ist es eben deine Pflicht *als Freund*, mir zu helfen. Oder weiß man als Sohn eines Flickschusters nicht, was das Wort Pflicht bedeutet?«

»Willst du mich beleidigen?«

»Nein. Aber offenbar muss ich dich daran erinnern, was ich für dich getan habe! Aus der Gosse habe ich dich aufgelesen.«

»Glaubst du, das hätte ich vergessen?« Robert wusste, eine falsche Bemerkung, und Henri brach womöglich den schlimmsten Streit vom Zaun. Entsprechend sorgfältig wägte er seine Worte. »Ich bin dir aufrichtig dankbar, dass du mich in dein Haus aufgenommen hast. Ohne deine Großzügigkeit hätte ich die *Artes* nie und nimmer so schnell geschafft. Und hättest du mich letzte Woche um einen solchen Gefallen gebeten, wäre es etwas anderes gewesen. Aber du weißt, was für ein Angebot Victor mir gestern gemacht hat.«

»Ach *so* ist das!«, rief Henri. »Deine Ergebenheit zu dem berühmten Herrn Magister ist also jetzt schon größer als deine Treue zu einem alten Freund?«

»Aber darum geht es doch gar nicht!«

»Nein? Worum dann sonst?«

»Um meine Zukunft!«, erwiderte Robert. »Victors Angebot ist *die* Chance meines Lebens! Das kann ich doch nicht aufs Spiel setzen, nur weil du …«

»Nur weil ich was?«, fiel Henri ihm ins Wort. »Nur weil ich von dem Mann, den ich bis zu diesem Augenblick für meinen besten Freund gehalten hatte, mit Fug und Recht verlange, mir bei der Verteidigung meiner Ehre zu helfen?« Während er sprach, richtete er sich zu seiner vollen Größe auf. »Du musst dich entscheiden, Robert Savetier. Was willst du sein – der Freund eines Edelmanns oder der Sohn eines Flickschusters?«

2

Das vertraute, eintönige Kratzen von zwei Dutzend Gänsekielen drang durch die angelehnte Tür aus der Schreibstube, als Marie mit einer Schale Milch in die Halle kam. Trotz des Aschermittwochs hatte Paul seine Angestellten zur Arbeit befohlen. Die Lombarden von Saint-Sépulcre saßen ihm im Nacken, wegen der Anschaffung der teuren Glasfenster war er seit Januar in Verzug mit der Tilgung seiner Schulden, und wenn es ihm nicht gelang, bis Ostern die nächste Rate zu zahlen, drohten seine Gläubiger ihm mit dem Schuldturm. Fast hatte Marie ein schlechtes Gewissen, dass sie ihren Mann im Stich ließ. Doch es war ihr heute unmöglich, im Skriptorium zu arbeiten. Ihr Pult stand in der ersten Reihe, Paul direkt gegenüber, und nachdem er in der letzten Nacht sich mit so roher Gewalt sein Recht an ihr genommen hatte, wollte sie nicht die vielen, langen Stunden seiner Nähe und seinen Blicken ausgesetzt sein. Den ganzen Tag hatten die Bilder der Nacht sie verfolgt, sogar noch während der Bußmesse am Morgen.

Miau ...

Minou, ihre Katze, lugte mit krummem Rücken und hochgestelltem Schwanz unter einem Schemel hervor. Um das scheue Tier nicht zu verängstigen, stellte Marie die Milchschale vorsichtig auf dem Boden ab.»Miez, miez, miez ...«

Zögernd kam die Katze unter dem Schemel hervor, verharrte auf dem kurzen Weg mehrere Male, als laure überall Gefahr, und auch als sie endlich die Milch zu schlecken begann, schrak sie bei jedem Geräusch zusammen. Paul fand es falsch, dass Marie sie fütterte. Katzen, die man füttere, sagte er, würden keine Mäuse jagen, und Katzen, die keine Mäuse jagten, bräuchten auch nicht zu fressen. Aber was konnte Minou dafür, dass sie nicht zum Mäusejagen taugte? Marie hatte sie halbtot auf der Straße gefunden, ein Hund aus der Nachbarschaft, ein riesiges schwarzes Ungeheuer, hatte sie so zugerichtet, dass sie sich kaum noch rühren konnte. Marie hatte sie nach Hause getragen und ihr den Namen Minou gegeben.

Jemand klopfte an der Haustür. Während Minou verängstigt die Stiege hinaufhuschte, durchquerte Marie die Halle, um zu öffnen.

Der Mann, der auf der Straße stand, hielt den Kopf gesenkt, so dass sie statt eines Gesichts zuerst nur eine Tonsur und ein Aschekreuz sah. Ein Geistlicher? Dann musste er einer sehr armen Gemeinde vorstehen, denn sein Talar bestand aus lauter Flicken.

Als er den Kopf hob, blickte sie in ein grünblaues Augenpaar. »Wohnt hier Paul Dubois, ich meine, Valmont?«

Der Fremde musterte sie mit so strenger Miene, dass Marie für einen Moment glaubte, einer von Pauls Gläubigern stünde vor ihr. Doch die Lombarden von Saint-Sépulcre waren keine Geistlichen, und erst recht trugen sie keine geflickten Talare, sondern Mäntel aus Seide und Brokat. Wahrscheinlich war er nur ein Student, der eine Kopie ausleihen wollte. Studenten waren ja aufgrund eines königlichen Privilegs, das sie den Priestern gleichstellte, seit einiger Zeit verpflichtet, sich wie diese zu kleiden, auch wenn sich viele nicht daran hielten.

»Ja«, sagte Marie, »ich bin seine Frau.«

Das Gesicht des Fremden verfinsterte sich noch mehr, fast feindselig blickte er sie an. Warum tat er das? Sie kannten sich doch gar nicht ... Bevor Marie ihn fragen konnte, was er wünsche, hörte sie die Stimme ihres Mannes.

»Robert!«

Mit ausgebreiteten Armen kam Paul aus der Schreibstube. »Wie schön, dich so schnell wiederzusehen! Was gibt's? Was kann ich für dich tun?« Während er sprach, drückte er den Fremden an sich. »Das ist Robert, mein ältester Freund«, erklärte er, als er Maries überraschtes Gesicht sah. »Wir sind zusammen aufgewachsen.«

»In Sorbon?«, fragte sie. »Warum hast du mir nie davon erzählt?«

»Ach, das ist eine lange Geschichte ...« Ihr Mann wandte sich wieder an seinen Gast. »Na los, worauf wartest du? Willst du meine Frau nicht begrüßen?«

Pauls Freund blickte sie misstrauisch an. »Vielleicht komme ich besser ein anderes Mal«, sagte er. »Ich will nicht stören.«

»Aber bitte, tretet doch ein«, sagte Marie. »Ihr seid herzlich willkommen.«

»*Ihr* – hast du *Ihr* gesagt?«, rief Paul. »Ich hör wohl nicht richtig! Meine Frau und mein bester Freund müssen du zueinander sagen! Los, gebt euch die Hand!«

Nur zögernd kam Robert der Aufforderung nach. Während sie einander die Hände reichten, versuchte er, sie anzulächeln, doch dabei heraus kam nur ein schiefes Grinsen. Täuschte Marie sich, oder wurde er vor Verlegenheit rot? Was für ein seltsamer Freund ... Vom Aussehen her war er das Gegenteil ihres Mannes. Er hatte ein zartes, beinahe mädchenhaftes Gesicht. Die blaugrünen Augen saßen über einer feingeschnittenen, ein ganz klein wenig in die Höhe ragenden Stupsnase, die hellen, glatt rasierten Wangen mündeten in einem hübschen vollen Mund. Mit den verstrubbelten braunen Haaren wirkte er viel jünger als Paul, und seine schmächtige Statur war die eines Jünglings. Nur sein Händedruck war so fest und kräftig wie von einem erwachsenen Mann.

»Ich danke Euch«, sagte er. »Ich meine – ich danke *dir*.«

Erst jetzt fiel Marie auf, dass er denselben Akzent hatte wie ihr Mann. Beide rollten das R.

»Was steht ihr da wie die Ölgötzen?«, sagte Paul und zog Robert mit sich fort. »Komm, ich zeige dir mein Reich!«

3

Während Paul ihn durch die Halle führte, drehte Robert sich noch einmal um. Das also war Marie ... Hübsch war sie, das musste der Neid ihr lassen, und ihre grüne Tunika, zu der sie einen schmalen Brokatgürtel trug, zeugte von Geschmack. Jetzt bückte sie sich, um eine Katze vom Boden aufzuheben. Noch nie hatte Robert ein so hässliches Tier gesehen, das ganze Fell war zerrupft, überall an dem mageren Körper schimmerte die rosafarbene, schorfige Haut durch. Doch Marie nahm das scheußliche Wesen so behutsam und liebevoll auf den Arm wie eine Mutter ihren Säugling.

Als sie sich zur Treppe wandte, sah sie seinen Blick. Mit einem Lächeln nickte sie ihm zu. Dabei kräuselte sich ihre Nase, so dass die vielen kleinen Sommersprossen darauf zu tanzen schienen.

Robert kehrte ihr den Rücken zu. Egal, wie hübsch sie war und wie freundlich sie lächelte – er mochte sie nicht.

»Jetzt komm endlich«, sagte Paul, während Marie mit der Katze auf dem Arm die Treppe hinauf verschwand. Voller Ungeduld wartete er an der Tür zu einer Kammer, die an die Halle grenzte.

Als Robert zu ihm trat, stutzte er. »Was hast du da für eine Narbe im Gesicht?«

Paul strich sich über die Wange. »Die habe ich Marie zu verdanken. Ich habe sie mir bei unserer allerersten Begegnung eingehandelt, auf einem Jahrmarkt. Ein Bär hatte sich losgerissen und bedrohte Marie, ich bin mit einer Fackel dazwischengegangen. Dabei hat das Biest mich erwischt.« Er grinste. »Meine einzige Chance, eine solche Frau zu erobern.«

Robert nickte. »Du liebst sie sehr, nicht wahr?«

Pauls Miene verdunkelte sich, aber nur für einen Moment. »Natürlich liebe ich sie«, sagte er, »ich liebe alle Frauen! Wenn bloß diese Katze nicht wäre, ich hasse das Vieh wie die Pest!« Während er sprach, zuckte die Narbe unter seinem Bart. »Aber du willst doch sicher das Skriptorium sehen, oder?« Er öffnete die Tür. »Bitte sehr – klein, aber mein!«

Als Robert in die Kammer blickte, traute er seinen Augen nicht. Pauls Schreibstube war größer als die Hauptkanzlei der Pariser Universität! Dicht an dicht und in mehreren Reihen hintereinander standen die Pulte, an denen die Schreiber ihre Texte kopierten, in konzentrierter, arbeitsamer Stille.

»Weitermachen!«, rief Paul, als sich ein paar Köpfe nach ihnen umdrehten. »Wir sind in Verzug!«

»Sind das alles deine Leute?«

»Pssst.« Paul legte einen Finger auf die Lippen. »Ja«, flüsterte er. »Dreiundzwanzig Mann. Und sie arbeiten ausschließlich für mich. Das hättest du nicht gedacht, oder?«

»Unglaublich«, erwiderte Robert ebenso leise. »Wie hast du das geschafft?«

»Später.« Paul wies mit dem Kinn in die Kammer. »Siehst du da drüben die zwei leeren Plätze?«

»In der ersten Reihe?«

»Ja, direkt gegenüber von meinem. Das eine Pult gehört Marie, das andere habe ich für dich frei gemacht, wie ich dir versprochen habe. Damit du jederzeit anfangen kannst.« Er wartete, bis Robert genug gesehen hatte, dann trat er zurück in die Halle und zog die Tür wieder zu. »Die Frage ist nur, ob du willst. – Willst du?«

Robert zögerte. Tatsächlich war er gekommen, um Paul um Arbeit zu bitten, in der Hoffnung, als Kopist bei ihm genug Geld zu verdienen, um sich eine eigene Wohnung zu leisten, ohne dass die Vorbereitungen für sein Examen allzu sehr darunter litten. Nach dem Streit mit Henri wollte er nicht länger in dessen Haus bleiben. Doch jetzt, nachdem er Marie gesehen hatte, kamen ihm Zweifel. Die Vorstellung, Seite an Seite mit der Frau zu arbeiten, derentwegen Paul ihn verraten hatte, schien ihm alles andere als verlockend.

Unschlüssig zupfte er sich am Ohr. »Um ehrlich zu sein, ich … ich weiß es nicht.«

Paul musterte ihn mit einem aufmerksamen Blick. »Du brauchst Geld, nicht wahr?«

»Sieht man mir das so deutlich an?«

»Nur, wenn man dich so gut kennt wie ich. Aber warum zögerst du?«

Robert musste an früher denken. Damals, in Sorbon, hatten Paul und er immer offen über alles gesprochen und keine Geheimnisse voreinander gehabt. Doch damals hatte es noch keine Marie gegeben. Er konnte seinem Freund doch nicht sagen, dass er wegen seiner Frau nicht bei ihm arbeiten wollte.

»Ist dir die Zunge im Mund festgewachsen?«, fragte Pau. »Nun sag endlich, was los ist! Hat dein Vicomte dich rausgeschmissen?«

»Nein, das nicht. Aber …«

»Aber was?«

»Ich habe selber beschlossen, auszuziehen.«

»Warum zum Teufel das? Herrgott, jetzt lass dir nicht jedes Wort einzeln aus der Nase ziehen.«

Robert gab sich einen Ruck und erzählte von dem Streit am Morgen nach der Bußmesse.

Mit ernstem Gesicht hörte Paul ihm zu.

»Aristokratenpack!«, schnaubte er, als Robert fertig war. »Alles dasselbe Gesindel.«

»Ich war mir nicht sicher, ob Henri vielleicht im Recht ist und ich ihm hätte helfen müssen.«

»Du musst dich nicht rechtfertigen. Der Mistkerl hat versucht, dich zu erpressen. Aber wenn er auf Kreuzzug gehen will, nur weil er ein bisschen Prügel bezogen hat, ist das seine Sache, nicht deine.« Paul legte eine Hand auf Roberts Arm. »Sag mal, wovon hast du eigentlich gelebt, bevor du diesen Vicomte kanntest?«

Robert zuckte die Schultern. »Ich habe alles Mögliche gemacht, um mich durchzuschlagen. Ich war Laufbursche, Schankknecht, Hilfsküster. Und zwischendurch habe ich mir immer wieder als Flickschuster ein paar Sou hinzuverdient. Das ist ja das Einzige, was ich wirklich kann.«

»Bist du nie auf die Idee gekommen, es mal mit Kopieren zu versuchen? Das war doch schon unser Plan in Sorbon.«

»Sicher, aber – ich … ich wusste ja, dass du eine Schreibstube betreibst. Und ich wollte nicht dasselbe machen wie du. Ich wollte es auf meine eigene Weise schaffen, irgendwie, wenn du verstehst, was ich meine …«

»Ja, das verstehe ich.« Paul nickte. »Herrgott, wärst du doch nur damals schon zu mir gekommen! Wir hätten uns beide viel erspart! Aber erzähl weiter. Wo hast du gewohnt?«

»In Saint-Bartolomé, in einem dunklen, stinkigen Loch ohne Fenster. Der Platz reichte kaum für einen Strohsack. Im ganzen Haus wimmelte es von Ratten, die Wände waren voll Schimmel, und wenn es regnete, tropfte es durch die Decke. Vor der Tür floss ein Bach vorbei, in den die Nachbarn ihre Jauchekübel leerten.«

»Im Vergleich dazu lebst du jetzt wahrscheinlich wie in einem Palast?«

»Henris Haus *ist* ein Palast«, sagte Robert. »Die Stadtresidenz der Joinvilles, vier Stockwerke hoch und mit so vielen Zimmern, dass ein paar davon immer leerstehen. Darum muss ich auch nicht bei den Dienstboten schlafen, sondern habe eine eigene Kammer, ganz für mich allein, mit zwei Fenstern und einem Federbett, wo ich in Ruhe studieren kann. Und zweimal am Tag bekomme ich warm zu essen – das alles für ein bisschen Unterricht.«

»Ein Leben wie im Schlaraffenland.«

»Das kannst du laut sagen. Aber warum fragst du? Wozu willst du das alles wissen?«

»Weil ich stolz auf dich bin«, sagte Paul.

»Stolz?«, fragte Robert. »Du? Auf mich? Weshalb?«

»Weil du dich nicht hast erpressen lassen! Andere an deiner Stelle hätten vor Henri gekuscht, aus Angst, ihr Schlaraffenland zu verlieren. Du nicht. Statt ihm den Arsch zu lecken, ziehst du bei ihm aus. Das finde ich großartig.«

Robert konnte sich nicht erinnern, dass Paul je zuvor so etwas zu ihm gesagt hatte. Die unverhoffte Anerkennung machte ihn so verlegen, dass er keinen Ton hervorbrachte.

»Ich weiß, wovon ich rede«, fuhr sein Freund fort. »Als ich nach Paris kam, hatte ich am Anfang auch oft tagelang nichts zu fressen, und meine erste Wohnung war genauso ein Drecksloch wie deine. Aber wie du siehst«, fügte er hinzu, »hat sich das inzwischen ja geändert.«

Robert schaute sich um. Vor lauter Aufregung hatte er Pauls Haus gar keine Aufmerksamkeit geschenkt. Erst jetzt stellte er fest, dass es Henris Palast kaum nachstand. Zwar hatte es ein Stockwerk und sicher ein halbes Dutzend Zimmer weniger, doch auch hier gab es abschließbare Türen, und alles war so licht und sauber wie dort. An den Wänden hingen Teppiche und Bilder, die

Balken waren mit Kalk geweißt, und die Fenster hatten sogar gläserne Scheiben, wie es sie sonst nur in den Häusern von Adligen oder sehr reicher Kaufleute gab. Nicht mal Victor d'Alsace, der doch der berühmteste Magister von ganz Paris war, wohnte so herrschaftlich.

»Um so zu leben, muss man weder adlig geboren sein noch braucht man einen adligen Gönner«, sagte Paul, als erriete er seine Gedanken. »Man braucht nur zwei Hände und ein bisschen Verstand.«

»Das gilt vielleicht für dich«, sagte Robert. »Du hast schon immer mehr geschafft als andere.«

»Unsinn«, sagte Paul. »Was ich kann, kannst du auch, und wenn nicht, bringe ich es dir bei. Wetten?« Er forderte Robert mit einer Kopfbewegung auf, ihm zu folgen. »Komm, ich will dir noch etwas zeigen. Wenn du das gesehen hast, fällt dir die Entscheidung vielleicht ein bisschen leichter.«

4

Im Sattel seines Schimmelhengstes hatte Henri sich vor der Pfarrkirche von Sainte-Geneviève postiert, um die Studenten, die nach Beendigung einer Grammatikvorlesung auf den Platz hinausströmten, für seinen Feldzug zu gewinnen. Seit dem Morgen zog er schon durch das lateinische Viertel, vor jeder Kirche, vor jedem Kloster, in dem ein Professor unterrichtete, hielt er seine Rede, sobald die Studenten die Lehrveranstaltungen verließen. In schimmernder Rüstung wollte er seine Armee – die Armee der *Universitas magistrorum et scholiarum Parisiensis* – nach Saint-Marcel führen, um Rache an den Bauern und Tagelöhnern zu nehmen. Doch es war zum Verzweifeln – wo immer er zum Kampf aufrief, zeigte man ihm die kalte Schulter oder verlachte ihn gar.

In seiner Not nahm er Zuflucht zum Gott des Alten Testaments.

»›Mein ist die Rache!‹«, rief er seinen Kommilitonen zu.
»Dann behalt deine Rache doch für dich!«, rief aus der Menge jemand zurück.
»›Auge um Auge, Zahn um Zahn!‹ Wir müssen die Schande tilgen, die man uns zugefügt hat. Man hat uns beleidigt!«
»Mich hat keiner beleidigt. Dafür war ich viel zu betrunken!«
»Denkt an Eure Familien! Denkt an Eure Ahnen!«
»Ich denke an mein Examen!«
»Zum Teufel – habt Ihr keine Ehre im Leib?«
»Ein Stück Brot im Leib wäre mir lieber!«
Lachend liefen die Studenten weiter. Ohnmächtig blickte Henri ihnen nach, wie sie sich in den Gassen verloren. Er wusste nur zu gut, wer schuld an diesem Desaster war: Robert! Weil sein falscher Freund ihm die Gefolgschaft verweigert hatte, taten die anderen es ihm nun gleich. Noch nie hatte jemand Henri so enttäuscht wie dieser Verräter.

Als der letzte Student vom Kirchplatz verschwunden war, stieg er vom Pferd. Wo war das nächste Wirtshaus? Bevor er imstande war, ein weiteres Mal die Trommel zu rühren, brauchte er eine Stärkung.

»Der Köder muss dem Fisch schmecken, Euer Gnaden, nicht dem Angler.«
Henri drehte sich um. Vor ihm stand LeBœuf.
»Was redest du da? Bist du betrunken?«
»Leider nicht«, erwiderte der Versemacher. »Ich bin so nüchtern, dass es kaum auszuhalten ist. Aber vielleicht barmt es Euch ja, mich aus meiner Nüchternheit zu erlösen – vorausgesetzt, der Rat, den ich Euch gern geben würde, findet Euren Beifall.«
»Dann sprich! Aber so, dass ein Christenmensch dich versteht.«
»Gewiss, Euer Gnaden.« LeBœuf machte eine Verbeugung.
»Was ich zum Ausdruck bringen wollte, war, dass Ihr vielleicht mit dem falschen Köder für Eure Sache werbt. Was weiß solches Volk schon von Ehre? So wenig wie ich! Wenn Ihr es für Eure Sache gewinnen wollt, müsst Ihr es anders locken.«

»Und kannst du mir auch sagen, wie?«

»Man hat Euch die Antwort soeben zugerufen. Versprecht ihnen Brot, am besten dazu noch einen Schluck Wein, und schon werden sie Euch folgen wie die Lämmer.«

»Du meinst, Brot und Wein schätzen sie höher als Ruhm und Ehre?« Henri dachte nach. »Sollte ich ihnen vielleicht ein Gelage versprechen?«, fragte er dann. »Als Lohn, wenn wir den Sieg erringen?«

»Aus Euch spricht der Heilige Geist«, erwiderte LeBœuf. »Saufen und fressen, nichts schätzt solches Vieh mehr als das – ich weiß, wovon ich rede! Aber Eurem Gesicht sehe ich an, dass Ihr noch nicht ganz überzeugt seid. Sagt, was sind Eure Bedenken?«

»Die Fasten«, seufzte Henri. »Zwischen Aschermittwoch und Ostern haben selbst die Kriegsknechte Karls des Großen sich von Wasserbrei ernährt.«

Der Versemacher lachte. »Macht Euch darum keine Sorgen! Wozu taugen die Fasten, wenn nicht dafür, sie auf gottgefällige Weise zu brechen?«

5

Paul führte Robert in eine Kammer, die dem Skriptorium gegenüber auf der anderen Seite der Halle lag. An den Wänden waren bis zur Decke Regale angebracht, in denen sich Hunderte von gebündelten Handschriften stapelten.

»Mein Allerheiligstes«, sagte Paul und trat an eine schwere Eichentruhe, die mit einem Schloss gesichert war. »Darin hüte ich das Geheimnis meines Erfolgs.« Er zog einen Schlüssel aus der Tasche, öffnete das Schloss und klappte den Deckel hoch. »Weißt du, was das ist?«

Robert blickte auf Dutzende sorgfältig verschnürter Schriftpakete. »Bücher«, sagte er voller Ehrfurcht.

»Falsch«, erwiderte sein Freund. »Das ist Geld. Bares Geld.«

»Geld?«
»Allerdings.«
»Das musst du mir erklären.«
Paul tat nichts lieber als das. »Bücher«, sagte er, »enthalten Wissen, und Wissen ist in einer Stadt, in der dreihundertfünfzig Professoren und fünftausend Studenten leben, eine begehrtere Ware als jede andere. Doch solange es von einem Buch nur ein einziges Exemplar gibt, ist diese Ware für die meisten Käufer unerschwinglich. Selbst wenn man ein paar Kopien anfertigt, kann sich kaum jemand eine Abschrift leisten, weil jede einzelne ja monatelange Arbeit erfordert. Außerdem will niemand so lange warten, um in ihren Besitz zu gelangen. Die Professoren wollen möglichst schnell erfahren, welche Thesen ihre Kollegen vertreten, und die Studenten müssen ihr Examen machen. Darauf beruht mein Geschäft. Ich sorge dafür, dass meine Kunden das Wissen aller Magister, Kirchenväter oder Philosophen, die je ein Buch geschrieben oder eine Vorlesung gehalten haben, erwerben oder ausleihen können, und das zu niedrigeren Preisen und in viel kürzerer Zeit als in der Universitätsbuchhandlung. Dafür machen sie mich zum wohlhabenden Mann.«

»Wenn du glaubst, dass ich jetzt schlauer bin als vorher, irrst du dich«, sagte Robert. »Du und deine Schreiber – ihr könnt doch auch nur kopieren wie der Stationarius und seine Angestellten.«

»Wieder falsch«, entgegnete Paul. »Ich habe ein völlig neues System erfunden. Das ist einmalig, nicht nur in Paris, sondern in ganz Frankreich, wahrscheinlich sogar in ganz Europa. *Pecia* habe ich es getauft.«

»*Stückwerk?*«, übersetzte Robert.

Paul nickte. »Auch wenn ich nicht studiert habe, habe ich mein Latein nicht vergessen.« Er überlegte einen Moment, dann sagte er: »Ein Beispiel. Wenn der Stationarius eine Vorlesung mitschreibt und den Text in der Universitätsbuchhandlung auslegt, dann können seine Kunden ihn bündelweise für jeweils eine Woche ausleihen, um Kopien anzufertigen. Doch erstens dauert es unendlich lange, bis auf diese Weise alle in den Genuss des vollständigen Textes gelangen, und zweitens verlangt der Stationarius eine so hohe Gebühr für die Ausleihe, dass die meisten Studenten sie sich nicht leisten können. Darum habe ich mir ein besseres System überlegt. Es besteht darin, dass ich jeden Text in viele kleine Partien aufteile. Dann lasse ich mehrere Schreiber mehrere solcher Partien gleichzeitig kopieren, und sobald jede einzelne Abschrift fertig ist, wird diese sogleich wieder von weiteren Schreibern kopiert, und so immer weiter. Mit diesem System werden die Texte in meiner Werkstatt nicht einfach *kopiert*, sondern *vervielfältigt*. Begreifst du den Unterschied?«

»Ja, ich glaube zumindest.« Robert war tief beeindruckt. Die Idee war ebenso einfach wie zwingend. »Und dieses System hast du dir selber ausgedacht?«

Paul grinste. »Weißt du, wie ich darauf gekommen bin? Bei einer Hochzeitsfeier! Die Braut und der Bräutigam hatten gerade angefangen zu tanzen, da hörten die Musiker plötzlich auf zu spielen und forderten das Hochzeitspaar auf, sich zu trennen – Braut und Bräutigam mussten sich unter ihren Gästen neue Tänzer suchen. Als dann die Musiker zum zweiten Mal den Tanz unterbrachen, damit die neuen Paare sich abermals trennten, um wieder andere Gäste aufzufordern, ist bei mir der Groschen gefallen. So schnell, wie sich damals auf der Hochzeit der Tanzboden füllte, so schnell entstehen in meiner Kopieranstalt heute die Abschriften, auf genau dieselbe Art und Weise. Aber was ziehst du für ein Gesicht?«

Robert wusste nicht, was er sagen sollte. Angesichts von Pauls Einfallsreichtum fühlte er sich wieder wie früher in Sorbon, wenn ihm zu den kühnen Ideen seines Freundes nur lahme Einwände einfielen.

»Hast du keine Angst, dass einer von deinen Leuten auf die Idee kommt, dein System nachzuahmen?«

»Du hast recht«, sagte Paul. »Im Prinzip könnte sich jeder von ihnen mit meinem System selbständig machen und auf eigene

Rechnung arbeiten. Doch das traut sich keiner. Weil sie wissen, dass sie auf ihren Kopien sitzenbleiben würden.«

»Warum? Deine Kopien finden doch reißenden Absatz.«

»Ja, aber nur, weil ich noch ein drittes Problem gelöst habe, das genauso ins Gewicht fällt wie Schnelligkeit und Preis. Nur darum bin ich der einzige Kopist in ganz Paris, der es mit dem Stationarius und der Universitätsbuchhandlung aufnehmen kann.«

»Welches Problem meinst du?«, fragte Robert.

»Die Textgenauigkeit.« Paul kniff die Augen zusammen. »Der Stationarius hat allen anderen Kopisten einen großen Vorteil voraus: Seine Mitschriften werden von den Professoren, die die Vorlesungen halten, beglaubigt und autorisiert. Das heißt, seine Kunden können sich blind darauf verlassen, dass sie bei ihm für ihr Geld die offiziellen Lehrmeinungen bekommen. Dafür sind sie im Zweifel bereit, einen höheren Preis zu zahlen, als zu riskieren, dass sie die Katze im Sack kaufen.«

»Und wie hast du diesen Nachteil ausgeglichen?«

Paul zog sein altes Verschwörergesicht. »Indem ich dafür sorge, dass meine Schreiber die Texte nicht verstehen, die sie kopieren«, sagte er so leise, als habe er Angst, jemand könne sie belauschen.

»Wie bitte?«, fragte Robert. »Wenn man etwas abschreibt, muss man doch den Inhalt begreifen. Anders geht es doch gar nicht!«

»Genau das Gegenteil ist richtig!«, erwiderte Paul. »Nichts ist schlimmer als ein Kopist, der über das, was er schreibt, nachdenkt. Weil, wenn er das tut, bildet er sich unweigerlich eine eigene Meinung und fängt irgendwann an, seine Weisheiten in die Abschriften hineinzuschmuggeln.«

»Aber du kannst deinen Leuten doch nicht verbieten, beim Schreiben ihren Kopf zu gebrauchen!«

»Verbieten nicht, aber sie daran hindern. Indem ich ihnen nur kleine Häppchen zur Abschrift gebe, ohne jeden Zusammenhang. Ohne den aber können sie den Inhalt nicht begreifen. Sie stumpfen ab und hören auf, sich für den Inhalt und Sinn der Texte zu interessieren.«

Robert konnte sich nicht vorstellen, dass er sich, wenn er als Kopist arbeiten würde, auf diese Weise abspeisen ließe. »Und wenn sie von sich aus die übrigen Teile lesen?«, fragte er.

»Dazu haben sie keine Möglichkeit.« Paul klopfte auf die Truhe. »Die Originale eines jeden Manuskripts, das in meiner Werkstatt vervielfältigt wird, verschließe ich hier drin. Die Kopien der einzelnen Partien aber lege ich so ab, dass niemand außer mir die zusammengehörigen Teile einander zuordnen kann. Dafür habe ich die Fächer der Regale, die du an den Wänden siehst, in einer Weise angeordnet, die ich niemandem verrate, auch nicht Marie. Erst wenn die Abschriften zum Verkauf oder zur Ausleihe kommen, nehme ich die alle zu einem Werk gehörigen Abschriften und bündele sie wieder zu vollständigen Texten. So kann ich sicher sein, dass ich als Einziger das jeweils Ganze eines Buches oder Manuskripts kenne.«

»Und was ist mit den Vorlesungen?«

»Hervorragend mitgedacht!« Paul nickte ihm voller Anerkennung zu. »Du hast vollkommen recht – da ich nicht gleichzeitig hier im Skriptorium und irgendwo in einem Hörsaal sein kann, muss ich sie von jemand anderem mitschreiben lassen. Dafür habe ich Jacques, einen ehemaligen Studenten, der nach einem Semester das Studium abbrechen musste. Der ist so dumm, dass er brummt. Dafür hat er eine wieselflinke Handschrift. Mit der bringt er die Worte der Professoren schneller aufs Papier, als eine Taube dir auf den Kopf scheißen kann, Buchstabe für Buchstabe, ohne je einen Gedanken daran zu verschwenden, was er gerade schreibt. Der ideale Kopist!«

Robert hätte sich nie träumen lassen, dass sich hinter einer scheinbar so simplen Tätigkeit wie dem Abschreiben von Texten so komplizierte Überlegungen verbargen. »Aber wenn du Leute wie Jacques brauchst«, sagte er, »wozu brauchst du dann mich?«

»Wer sagt, dass ich dich *brauche*?« Paul schüttelte den Kopf. »Ich möchte dir helfen, das ist alles. Damit du nicht länger auf diesen Esel von Vicomte angewiesen bist.«

Robert war gerührt. Kein Zweifel, Paul hatte sich wirklich in den Kopf gesetzt, seinen alten Fehler wiedergutzumachen. Die Vorstellung, Henri den Rücken zu kehren, war so verlockend, dass Robert am liebsten laut ja gesagt hätte. Doch dann fiel ihm plötzlich Marie wieder ein.

»Worauf wartest du?«, fragte Paul, der sein Zögern nicht verstand. »Hast du Angst um dein Examen, wenn du für mich arbeitest? Keine Sorge, die kann ich dir nehmen.« Er nahm aus seiner Truhe eine Kassette, öffnete sie und holte daraus ein Säckchen hervor. »Das sind die zwei Écu, die ich dir schulde. Damit kannst du dir eine Wohnung leisten und dich ohne Sorgen um dein Brot auf die Prüfungen vorbereiten.«

Robert war so überrascht, dass er ins Stammeln geriet. »Das ... das kann ich unmöglich annehmen. Das Geld gehörte ja gar nicht mir, es gehörte doch Abbé Lejeune und der Gemeinde.«

»Natürlich kannst du es annehmen«, sagte Paul. »Und wenn du es nicht geschenkt haben willst, betrachte es als Vorschuss. Sobald du das Examen hinter dir hast, kannst du ihn ja bei mir abarbeiten.« Bevor Robert widersprechen konnte, drückte Paul ihm den Beutel in die Hand. »Ich kann dir gar nicht sagen, wie sehr ich mich freue, dass ich dir helfen kann.« Er fasste ihn bei den Schultern und nickte ihm zu. »Du weißt schon, warum.«

6

»Willst du meine Frau werden?«

Suzette, die gerade mit einem Korb voll schmutzigen Geschirrs aus der Stiftskirche von Saint-Marcel in die Taverne zurückkehrte, um die Becher und Krüge zu spülen, die bei der Eselsmesse heil geblieben waren, musste laut lachen. »Was sagt Ihr da, Père Gustave? Ihr haltet um meine Hand an?«

»Da gibt es gar nichts zu lachen«, erwiderte der Wirt. »Wenn du willst, können wir noch heute heiraten.«

Suzette hatte gedacht, der Patron mache Witze, doch jetzt erkannte sie, dass er es wirklich ernst meinte.

»Worauf wartest du? Sag einfach ja, und ich laufe auf der Stelle zum Abbé, um uns zur Trauung anzumelden.«

Als Tochter eines Dorfpfarrers glaubte Suzette weder an einen Herrgott im Himmel noch an die zehn Gebote. Selbst wenn es Gott wirklich geben sollte, war ihr eigener Vater der Beweis, dass er sich nicht darum scherte, ob die Menschen nach seinen Gesetzen lebten oder nicht. Aber so wenig sie an Gott glaubte, so sehr glaubte sie an die Liebe, mit der ganzen Inbrunst ihrer siebzehn Jahre. Und dass sie Père Gustave, für den sie als Schankmädchen arbeitete, seit sie zum ersten Mal zur Kommunion gegangen war, jemals lieben würde – nein, das konnte sie sich ganz und gar nicht vorstellen.

Wie aber sollte sie ihn zurückweisen, ohne zu riskieren, dass er ihr die Anstellung kündigte?

»Euer Antrag ehrt mich«, sagte sie. »Aber Ihr wisst doch, dass ich LeBœuf versprochen bin.«

Père Gustave schüttelte den Kopf. »Für den bist du viel zu schade. Der Lump wird dich ja doch nie heiraten. Das weißt du so gut wie ich.«

Die Bemerkung traf Suzette mitten ins Herz. Seit Jahr und Tag waren sie und LeBœuf verlobt. Doch jedes Mal, wenn sie von Heiraten sprach, machte er sich aus dem Staub, um tage- oder manchmal sogar wochenlang zu verschwinden, und wenn er irgendwann zu ihr zurückkehrte, konnte sie den Geruch der fremden Weiber in seinem Wams förmlich riechen. Sie hatte sich schon ein Dutzend Mal vorgenommen, ihn zum Teufel zu jagen, um frei zu sein für einen anderen, der es ehrlicher mit ihr meinte. So einen wie den Studenten gestern Abend, diesen Robert, der vor lauter Schüchternheit ganz rot geworden war, als sie ihm einen Becher Wein ausgegeben hatte. Aber sie schaffte es einfach nicht. Ihr Herz gehörte LeBœuf, und sie konnte nichts dagegen tun, außer ab und zu das Bett mit einem anderen zu teilen. In der Hoffnung, dass die

Eifersucht bei ihrem Verlobten vielleicht bewirkte, was die Treue nicht vermochte.

»Ich bin doch viel zu jung, Père Gustave«, sagte sie. »Ich könnte Eure Tochter sein.«

Der Wirt kratzte sich den kahlen Schädel. »Ich weiß«, sagte er, »meine Kinder sind sogar älter als du. Aber ich bin bei guter Gesundheit. Und wenn ich wirklich einmal sterbe, sollst du das Haus und die Taverne bekommen, mit allem, was dazu gehört – du ganz allein. Meine Kinder sind versorgt und brauchen nichts. Dann hast du für dein Lebtag genug.«

Bei der Aussicht auf ein Leben ohne Not wurde Suzette für einen Moment schwach. Doch ein Blick in das Gesicht des Patrons reichte, um sie zu kurieren. Nein, der Preis war zu hoch.

»Euer Weib ist erst zu Lichtmess gestorben«, sagte sie. »Das ist gerade zwei Monate her. Was werden Eure Kinder sagen, wenn Ihr Euch so schnell wieder verheiraten wollt?«

Bei der Erinnerung an seine Frau wischte Père Gustave sich eine Träne aus dem Augenwinkel. »Die gute Jeanne – Gott hab sie selig. Aber mach dir darum keine Sorgen. Sie hätte es selber so gewollt. Heirate Suzette, hat sie gesagt, noch auf dem Sterbebett. Heirate sie so bald wie möglich – das ist ein braves Mädchen, sie wird dir ein gutes Weib sein.«

Suzette war mit ihrem Latein am Ende. Welchen Einwand gab es noch, den sie vorbringen konnte? Jetzt blieb ihr nichts anderes übrig, als dem Patron reinen Wein einzuschenken.

Sie suchte noch nach den richtigen Worten, da ertönte von draußen plötzlich ein Lärm, als sei das halbe Dorf auf den Beinen, und eine Stimme rief:

»Mein ist die Rache!«

Erschrocken stellte sie den Geschirrkorb auf den Tresen und eilte zur Tür.

Als sie hinausblickte, traute sie ihren Augen nicht.

»Bei meiner Seele – was ist das?«

Eine Horde Studenten, bewaffnet mit Knüppeln und Steinen,

stürmte über den Platz, an ihrer Spitze ein Ritter in schimmernder Rüstung, der im Sattel eines mächtigen Schimmels herangesprengt kam. Beim Brunnen parierte er seinen Hengst so scharf, dass dieser sich aufbäumte. Während die Studenten mit lautem Gebrüll immer näher rückten, sprang der Ritter aus dem Sattel und zückte sein Schwert.

»Mir nach!«, rief er, die Spitze seiner blanken Wafffe auf die Taverne gerichtet. »Auge um Auge, Zahn um Zahn!«

6

Während draußen sich die Dämmerung über die Stadt senkte, ließ Robert einen letzten Blick durch die Kammer schweifen, die vier Jahre lang sein Zuhause gewesen war. Die Bilder von Henris Ahnen an den Wänden, die in würdevoller Strenge auf ihn herabschauten, der Tisch, an dem er so viele Stunden gearbeitet hatte, das warme Federbett, die zwei Fenster, durch deren gläserne Scheiben man in der Ferne die Seine und die Flussinsel mit der Kathedrale sah ... Der Abschied fiel ihm schwerer, als er gedacht hatte. In dieser Kammer hatte er sich so sicher und geborgen gefühlt wie in Abrahams Schoß. Trotzdem konnte er nicht länger hierbleiben.

Im Haus herrschte ungewohnte Stille. Sonst hallten die Wände oft bis spät in die Nacht vom Rufen und Lachen der Gäste wider. Jetzt war nur ein leises Klappern aus der Küche zu hören. Vom Gesinde war allein die Köchin zurückgeblieben, die Reitknechte und Diener waren mit Henri nach Saint-Marcel gezogen. Robert wollte aus dem Haus sein, bevor sie zurückkehrten.

Die zwei Kisten mit seinen Aufzeichnungen und Kleidern standen schon in der Halle zum Transport bereit. Als er die Tür der Kammer hinter sich zuzog, tastete er nach den zwei Écu, die er in einem Gürtelbeutel bei sich trug. Davon konnte er sich eine eigene Wohnung leisten, und bis er die gefunden hatte, würde er ein Zimmer in einer Herberge mieten. Pauls Angebot, zu ihm in die Rue des Pailles zu ziehen, hatte er ausgeschlagen. Er wollte nicht mit Marie unter einem Dach leben.

Er ging gerade die Treppe hinunter, als unten in der Halle plötzlich das Tor aufflog und Henri, noch im Brustpanzer, mit seinen Männern nach Hause kam.

Genau das hatte Robert vermeiden wollen ...

»Sieg! Sieg! Sieg!«, jubelte Henri wie im Rausch. »Die Schmach ist gesühnt, die Ehre der Joinvilles wiederhergestellt!« Aufgeregt nestelte er an der Schnürung der Blechplatten, um sich von der Rüstung zu befreien. »Das hättest du sehen sollen, Robert! Meine Männer haben gekämpft wie Löwen! Erst haben wir die Taverne erobert und dem Wirt eine Lektion erteilt, und als die Nachbarn kamen, um dem Fettsack zu helfen, haben wir ihnen Saures gegeben. Wie Karnickel sind sie davongerannt! Aber ein paar Dutzend haben wir trotzdem erwischt.«

Robert konnte es nicht glauben. Hatte Henri ihren Streit ganz vergessen?

»Grün und blau haben wir sie geprügelt!«, fuhr er fort, als wäre nichts geschehen. »Nie wieder wird das Bauernpack es wagen, einen Vicomte de Joinville mit Kuhfladen zu bewerfen! Zu schade, dass du nicht dabei warst!« Mitten in seinem Redeschwall hielt er plötzlich inne. Irritiert blickte er auf die Kisten. »Was zum Teufel ist das?«

»Meine Sachen«, erwiderte Robert.

»Bist du verrückt geworden?« Einen Moment stand Henri mit offenem Mund da, dann begriff er. »Um Gottes willen! Habe ich dich heute Morgen beleidigt?« Alle Freude wich aus seinem Gesicht. »Glaub mir, das habe ich nicht gewollt, wirklich nicht. Ich ... ich war nur aufgebracht, du weißt doch, wie viel mir die Ehre meiner Familie bedeutet. – Herrgott, was steht ihr da und glotzt?«, fuhr er seine Begleiter an, die sich in der Halle herumdrückten und nicht wussten, wohin sie schauen sollten. »Habt ihr nichts Besseres zu tun? Kümmert euch um die Pferde!«

Während die Männer sich entfernten, wandte Henri sich wieder Robert zu. »Wenn ich mir vorstelle, ich wäre zurückgekommen, und du wärest fort ...« Bei dem Gedanken zog er ein Gesicht, als müsse er mit den Tränen kämpfen. »Aber es wäre meine Schuld gewesen, ich hätte es verdient, dass du mit mir brichst, tausendfach. Was ich gesagt habe, war ehrlos. Bitte, nimm meine Entschuldigung an. Du kennst meinen Jähzorn. Da sage ich oft Dinge, die ich gar nicht meine. Und bitte kein Aber!«, rief er, als Robert etwas sagen wollte. »Ich verspreche dir auch, dass ich nie wieder jähzornig sein werde!«

Seine Zerknirschung war so groß, dass Robert ihm nicht länger böse sein konnte. Er sah einfach zu komisch aus mit seiner Rüstung und dem verrutschten Verband auf dem Kopf.

»Versprich nur, was du halten kannst«, sagte Robert lachend.

»Versprich, dir nicht die Nase abzubeißen.«

»Für dich würde ich sogar das fertigbringen! Soll ich es dir beweisen? Pass auf!« Er packte sich an die Nase und zog sie in die Länge, während er mit vorgeschobenem Unterkiefer in der Luft nach der Spitze schnappte.

»Hör auf!«, rief Robert. »Ich kann nicht mehr. Du hast gewonnen!«

»Soll das heißen, du bist mir wieder gut?«

»Ja – bevor du dich verstümmelst!«

»Gott sei Dank!« Henri atmete auf. Er warf seinen Brustpanzer in die Ecke und drückte Robert an sich. »Das müssen wir feiern! Morgen veranstalte ich an der Stätte unseres Triumphs ein Gelage, wie die Tölpel in Saint-Marcel noch keines gesehen haben. Kommst du mit? LeBœuf kümmert sich um alles. Er besorgt einen Mastochsen, und der Wein wird in Strömen fließen.«

»Mitten in der Fastenzeit?«

»Keine Angst.« Henri strahlte. »Wir werden die Fasten in so gottgefälliger Weise brechen, dass nicht mal Pater Orlando daran Anstoß nehmen kann.«

7

Seit die Herrscher des französischen Königreichs Paris zu ihrer Hauptstadt erkoren hatten, hatten sie die Île de la Cité, von der aus sie das Land und die Stadt regierten, in eine gewaltige Festung verwandelt, um sich vor Angriffen aufständischer Vasallen zu schützen, die immer wieder versuchten, den Kapetingern die Krone streitig zu machen. Diese Angriffe hatten zugenommen, als König Ludwig VIII. im Jahr 1226 beim Kreuzzug gegen die Katharer unter Führung des ketzerischen Grafen Raimund von Toulouse im Süden des Reichs gefallen war und einen nur zwölfjährigen Knaben, Ludwig IX., auf dem Thron hinterlassen hatte. Allein der Umsicht und Entschlossenheit der Königinwitwe Blanka von Kastilien, die bis zur Volljährigkeit ihres Sohnes als Regentin die Herrschaft ausübte, war es zu verdanken, dass die Vasallen seitdem niedergehalten werden konnten und sogar der Graf von Toulouse nach zwanzig Jahren Krieg seinen Widerstand aufgegeben hatte und nun um Frieden bat. Der junge Ludwig war sich bewusst, dass er ohne seine Mutter nicht nur den Thron, sondern vermutlich auch sein Leben verloren hätte, und hatte sich darum bislang ihrem Willen in fast allen Dingen gefügt. Doch nun, da er mit seinen fünfzehn Jahren an der Schwelle zur Mannbarkeit stand, geschah es immer öfter, dass er gegen ihre Entscheidungen aufbegehrte, insbesondere in Fragen, die seine Erziehung betrafen.

»Ein ungebildeter König ist ein gekrönter Esel!«, protestierte er.

»Wer behauptet das?«, fragte seine Mutter, die, gewandet in eine schwarze Tunika, mit dem Rücken zu ihm am Fenster des Wohnturms stand.

»Johannes von Salisbury.«

»Der Bischof von Chartres? Der ist doch längst tot!«

»Er hat es in einem seiner Bücher geschrieben.«

»Und wie heißt das Buch?«

»*Policraticus*.«

Eine Braue spöttisch erhoben, drehte die Königinwitwe sich herum. »Da könnt Ihr mal sehen, wie gebildet Ihr bereits seid.« Ihr schwarzes Leinengebende, das sie straff um Kinn und Ohren geschlungen hatte, rahmte zusammen mit dem Stirnband ihr weißes Gesicht mit den schwarzen Augen wie ein Gemälde ein.

»Ich bin sicher, mein Großvater hätte mir die Erlaubnis gegeben«, erwiderte Ludwig, der seit dem Mittagsmahl mit seiner Mutter um die Erlaubnis rang, sich an der Artistenfakultät einzuschreiben, um die sieben freien Künste zu studieren.

Doch Blanka wollte nichts davon wissen, dass der König von Frankreich die Universität besuchte wie ein gewöhnlicher Student. »Unsinn! Das hätte König Philipp-August nie gewollt.«

»Wie könnt Ihr das behaupten? Mein Großvater hat die Universität von Beginn an gefördert. Er hat die Magister und Studenten mit denselben Privilegien ausgestattet wie Priester und Mönche. Ihr selbst habt mich erst im letzten Jahr angewiesen, sie zu erneuern.«

Blankas Miene wurde noch strenger. »Eure Bestimmung ist es nicht, Gelehrter zu werden, sondern ein *Prud'homme*. Tapferkeit, Vernunft, ritterliche Höflichkeit und vor allem Mäßigung sind für einen König wichtigere Tugenden als Gelehrsamkeit. Was Ihr darin braucht, bringt Wilhelm von Auvergne Euch bei. Es gibt keinen besseren Lehrer für Euch als den Bischof von Paris.«

»Man sagt, Victor d'Alsace übertreffe Wilhelm sowohl an Scharfsinn als auch an Kenntnis der Philosophen.«

»Dieser Victor steht in dem Ruf, Irrlehren zu verbreiten, die im Widerspruch zu den heiligen Schriften stehen. Davon abgesehen«, fuhr sie fort, als Ludwig widersprechen wollte, »ein König kann nicht wie der Sohn eines Tagelöhners einfach tun, wonach ihm der Sinn steht. Was sollen Eure Untertanen denken, wenn Ihr zusammen mit ihnen die Schulbank drückt?« Mit ihren dunklen, spanischen Augen funkelte sie ihn an. »Was glaubt Ihr, womit habe ich Euch die Macht gesichert?«

»Durch die Niederwerfung der Barone«, antwortete Ludwig.
»Richtig! Und wie habe ich das geschafft? Mit Rhetorik oder Grammatik oder Astronomie?« Sie winkte ihn zu sich. »Werft einen Blick aus dem Fenster und sagt, was Ihr seht.« Ludwig schaute hinaus auf die Seineinsel. In den engen, dunklen Gassen zwischen den Klostermauern und Befestigungsanlagen herrschte ein solches Gewimmel von Fußgängern und Reitern, Bauern, Händlern und Pilgern, Ochsenfuhrwerken, Pferde- und Eselskarren, dass es kaum ein Fortkommen gab.

»Der Verkehr nimmt immer mehr zu«, sagte Ludwig. »Vielleicht sollten wir eine weitere Brücke bauen, damit die Leute schneller über den Fluss gelangen.«

»Ja, vielleicht sollten wir das, es würde dem Handel zugutekommen«, pflichtete seine Mutter ihm bei. »Aber das meine ich nicht. Ihr seht nur die Menschen vor Euren Augen, nicht jedoch die Mächte, die sie regieren.«

»Was meint Ihr damit?«

»Diese zwei Gebäude«, sie zeigte erst auf die Kathedrale von Notre-Dame, dann auf die zum Palast gehörige Sainte-Chapelle, »sind die Wahrzeichen der bischöflichen und der königlichen Macht. Kirche und Krone, vereint wie hier auf dieser Insel, haben Euch die Herrschaft gesichert. Sie sind die Säulen Eurer Regierung, nicht die Wissenschaft. Nur weil der Bischof und der päpstliche Legat die Legitimität meiner Regentschaft bestätigt haben, konnte ich die aufständischen Barone in die Schranken weisen.«

»Aber wollt Ihr die Wissenschaften darum leugnen?«, fragte Ludwig. »Dann könnten sie uns eines Tages so gefährlich werden wie heute die Vasallen. Die Universität wird immer größer, schon jetzt gehören ihr Tausende von Menschen an. Sie bildet eine eigene Macht in unserer Hauptstadt, die vielleicht schon bald …«

Ein Hüsteln unterbrach ihn. »Ewige Majestät?«

Ludwig drehte sich um. Ohne dass er oder seine Mutter es bemerkt hätten, hatte sein Erzieher Wilhelm von Auvergne den Saal betreten, ein schwerer, breitschultriger Mann, der auch bei Hofe stets die violette Bischofsrobe trug, die seiner massigen Erscheinung noch mehr Nachdruck verlieh.

Sein Gesicht drückte Besorgnis aus.

»Ist etwas passiert, Eminenz?«, fragte Ludwig.

»Allerdings, Sire. Es hat einen Aufstand gegeben.«

»Schon wieder die verfluchten Barone?«, fragte Blanka. »Nennt mir die Namen! Raimund von Toulouse?«

»Nein, Hoheit«, erwiderte Wilhelm. »Diesmal nicht. Eine Horde Studenten. Sie haben in Saint-Marcel eine Taverne überfallen und auf der Straße jeden angegriffen, der ihnen in den Weg kam.«

Die Königinmutter schaute ihn verwundert an. »Und darum bemüht Ihr Euch zu Eurem König? Wegen einer Prügelei in einem Faubourg?«

»Es ist nicht der erste Vorfall dieser Art«, erklärte Wilhelm. »Man hat mir berichtet, dass es bereits am Vorabend in demselben Faubourg zu schweren Ausschreitungen kam. Studenten hatten den Prior des Stiftskapitels ans Kreuz geheftet – eine Verhöhnung unseres Heilands! Und bei dem heutigen Überfall waren offenbar nicht wenige Studenten mit Schlagstöcken bewaffnet, manche sogar mit Schwertern, obwohl ihnen das Tragen von Waffen bei Strafe verboten ist. Wenn wir nicht einschreiten, kommt es zu einem Krieg zwischen den Studenten und dem Volk, der die Ruhe und Ordnung in der ganzen Stadt gefährdet.« Der Bischof legte die Fingerspitzen zusammen, wie er es oft bei seinen Predigten tat. »Es heißt übrigens, der Anführer des Überfalls sei Henri de Joinville gewesen.«

»Der Enkel Unseres Ministers?«, fragte Ludwig.

»Sehr wohl, Majestät.«

Blanka runzelte die Stirn. »Sollten wir dann die Sache nicht lieber auf sich beruhen lassen? Solche Dinge sind geeignet, im Volk böses Blut zu schüren.«

»Verzeiht, Hoheit, wenn ich widerspreche«, sagte Wilhelm. »Aber ich fürchte, das Gegenteil ist der Fall. Die Bevölkerung beschwert sich schon seit langem über die Studenten, überall in der Stadt, nicht nur in den Faubourgs, treiben sie ihr Unwesen. Vor allem im lateinischen Viertel kommt es immer wieder zu Krawallen und Prügeleien, sogar von Raubüberfällen ist die Rede. Und wenn sich nun auch noch Edelleute an solchen Übergriffen beteiligen oder sie gar anführen, bewaffnet mit Schlagstöcken und Schwertern ...« Statt den Satz zu Ende zu sprechen, ließ er einen unheilvollen Blick zwischen Ludwig und seiner Mutter hin und her wandern.

»Was schlagt Ihr vor, Eminenz?«, wollte Blanka wissen.

»Mit Euer Gnaden Erlaubnis – ich denke, wir sollten ein Exempel statuieren.«

8

Über Nacht hatte der Frühling den Winter besiegt. Warm schien die Sonne von einem blauen, wolkenlosen Himmel auf den Kirchplatz von Saint-Marcel herab, wohin der Vicomte de Joinville zur Feier seines Triumphs über die Dörfler geladen hatte. Die Nachricht von dem Gelage hatte sich in solcher Windeseile verbreitet, dass Studenten aller Fakultäten gekommen waren – sogar Pater Orlando war unter den Gästen. Als wäre die Zeit der Fasten schon vorbei, brieten unter LeBœufs Aufsicht ein halbes Dutzend Lämmer sowie ein ganzer Mastochse am Feuer, während der Schankwirt, dem Henri nach gewonnener Schlacht großmütig wie ein siegreicher Feldherr vergeben hatte, Weinfässer ins Freie rollte, damit niemand durstig blieb. Robert, der den ganzen Tag noch keinen Bissen gegessen hatte, knurrte vor Hunger der Magen, als hause darin eine Ratte, und vom Duft des gebratenen Fleischs lief ihm das Wasser im Mund zusammen. Doch da Pater Orlando ihm nicht von der Seite wich, beherrschte er sich.

Mit einem frischen Verband um den Kopf, mit dem er aussah

wie ein Muselmane, spazierte Henri zwischen seinen Gästen umher, um jeden einzeln willkommen zu heißen. Als er Pater Orlando erblickte, eilte er freudestrahlend herbei, um ihm ein Stück Hammelkeule zu bringen.

Der Dominikaner lehnte empört ab. »Fleisch? Am Tag nach Aschermittwoch? Wollt Ihr mich zur Sünde verleiten?«

»Erlaubt mir, dass ich Eure Bedenken mit Hilfe der Logik auflöse«, erwiderte Henri. »*Hauptsatz*: Auf Reisen darf jeder Mensch zur Stärkung die Fasten brechen. *Untersatz*: Um von Paris nach Saint-Marcel zu gelangen, muss man eine Reise unternehmen. *Conclusio*: Dem Genuss dieser Hammelkeule steht ebenso wenig im Wege wie dem Genuss des Weins, zu dem ich Euch hiermit gleichfalls einlade.«

»Sophisterei! Ihr habt Euch doch nur hierherbegeben, um der Völlerei zu frönen. Keinen anderen Zweck hat Eure sogenannte Reise.«

»Fragt meinen Lehrer!« Henri wandte sich an Robert. »War dies ein korrekt gebildeter Syllogismus oder nicht?«

»Nach der Lehre vom logischen Schluss kann dir niemand widersprechen.«

»Seht Ihr? Und das sagt kein Geringerer als Robert Savetier, der aufgehende Stern am Himmel der Pariser Universität. Ich nehme an, Ihr wisst, dass Victor d'Alsace ihn zum Schüler nehmen will?«

Orlando verzog verächtlich das Gesicht. »Gebt Ihr lieber acht, dass Euer Stern nicht in der Hölle untergeht«, knurrte er. »Und was Eure Lockspeisen betrifft, so könnt Ihr sie meinethalben den Säuen zum Fraß vorwerfen. Ich rühre sie nicht an!«

»Ich strecke die Waffen.« Mit einem Seufzer reichte Henri das Fleisch seinem Freund. »Dann nimm du das Stück.«

Robert zögerte, aber nur einen Moment. Henris Logik erschien ihm mit seinem knurrenden Magen weitaus überzeugender als die Bedenken des Dominikaners. Mit beiden Händen nahm er die Keule und grub seine Zähne so tief in das Fleisch, dass ihm der Saft vom Kinn troff. Pater Orlando bekreuzigte sich.

»Aber vergiss nicht, auch deinen Durst zu löschen.« Henri wies mit dem Kopf zur Seite.
Als Robert über die Schulter blickte, sah er Suzette. An ihrem Schultergürtel hing ein Fässchen.
»Möchtet Ihr einen Schluck Wein?«
Er hatte den Mund so voll, dass er nur stumm mit dem Kopf nicken konnte. Während er sich die Hände an der Hose abwischte, reichte Suzette ihm einen Becher. Dabei lächelte sie ihn wieder mit diesem Lächeln an, das ihm wie ein Schlag in die Glieder fuhr. Doch diesmal fiel er nicht auf sie herein. Er hatte sich einmal von ihr zum Narren machen lassen, ein zweites Mal würde ihm das nicht passieren!
Zum Glück rief gerade der Wirt nach ihr, so dass sie schon wieder verschwand.
»Auf die Freundschaft!«, sagte Robert und prostete Henri zu.
»Auf die Freundschaft!«
Nachdem sie getrunken hatten, mischte Henri sich wieder unter seine Gäste. Wie konnte ein Mensch nur zwei so unterschiedliche Gesichter haben? Robert war froh, dass sie sich wieder versöhnt hatten. Er hatte schon einmal einen Freund verloren, und sie hatten Jahre gebraucht, um wieder zusammenzufinden.
»Gott wird Euch verzeihen«, sagte Orlando. »Er sieht in Euer Herz und weiß, wie zuwider Euch das hier alles ist.«
»Wovon redet Ihr?«, fragte Robert. »Was soll mir zuwider sein?«
»Ihr braucht Euch nicht zu verstellen«, sagte Orlando mit einem wissenden Lächeln. »Ich kann in den Gesichtern der Menschen lesen wie Gott in ihren Herzen. Und in Eurem Gesicht steht geschrieben, dass Ihr Euch gar nicht wohl fühlt bei diesem frevlerischen Fastenbrechen. Wie denn auch? Ihr habt nicht nur einen scharfen Verstand, sondern auch eine tugendsame Seele, die sich nach einem Leben in der Furcht Gottes sehnt. Umso mehr erfüllt es mich mit Sorge«, fügte er mit ernster Miene hinzu, »dass Ihr Euch offenbar Menschen anschließt, für die solches ganz und gar nicht gilt.«

»Wenn Ihr Henri de Joinville meint«, sagte Robert, »auf den lasse ich nichts kommen. Er ist mein Freund.«

Der Dominikaner machte eine wegwerfende Handbewegung. »Den Dummkopf meine ich nicht. Ich rede von Victor d'Alsace.«

»Was habt Ihr gegen ihn einzuwenden? Victor ist einer der angesehensten Magister der Pariser Universität!«

»Ja, er kann mit Engelzungen reden, aber nur, um das süße Gift des Bösen in die Herzen seiner Schüler zu träufeln.« Orlando beugte sich zu ihm, und mit vertraulich leiser Stimme fuhr er fort: »Ich hoffe, im Sommer einen Lehrstuhl der theologischen Fakultät zu besteigen. Wenn Gott will, dass mein Wunsch in Erfüllung geht, würde ich mich freuen, Euch als meinen ersten Schüler zu unterrichten.«

Ein Schatten verdunkelte plötzlich die Sonne. »Hältst du es jetzt mit den Pfaffen?«, fragte LeBœuf, der sich vor ihm aufgebaut hatte. »Dann hoffe ich, dass du bald dein Keuschheitsgelübde ablegst!«

»Bist du betrunken?«, fragte Robert. »Was soll der Unsinn?«

»Ich will, dass du Suzette in Ruhe lässt! Oder glaubst du, ich sehe nicht, wie sie dir schöne Augen macht?«

»Ich ... ich habe sie nicht angerührt.«

»Untersteh dich!« LeBœuf packte ihn am Kragen und zog ihn in die Höhe. »Wenn ich dich auch nur einmal mit ihr erwische, drehe ich dir die Gurgel um!«

Ihre Gesichter waren einander so nah, dass Robert den Wein in LeBœufs Atem roch. Wollte der Versemacher sich wirklich mit ihm prügeln?

»Glaub mir, Suzette und ich, wir haben nicht das Geringste ...« Während er sprach, wurde plötzlich Hufgetrappel laut. Ohne Robert loszulassen, drehte LeBœuf sich um. Aus einer Gasse am anderen Ende des Platzes kam ein Pulk Reiter herangaloppiert.

»Verflucht – Soldaten!«

LeBœuf rannte los, als wäre der Teufel hinter ihm her. Während Orlando eilig hinkend hinter einem Karren in Deckung ging, starrte Robert wie angewurzelt auf die Reiter. Angeführt vom Stadtpräfekten, einem Mann mit riesigem Knebelbart, der im Sattel eines Rapphengstes saß, galoppierten sie auf den Platz. In panischer Angst stoben die Studenten auseinander. Ohne Rücksicht auf Leib und Leben trieben die Soldaten ihre Pferde in die Menge und schlugen mit ihren Schwertern auf die Fliehenden ein.

Endlich löste Robert sich aus seiner Erstarrung. Auf dem Absatz machte er kehrt und rannte davon. Wenn er Glück hatte, schaffte er es in die Kirche, die nur einen Steinwurf entfernt war. Dort war er in Sicherheit.

»Halt!«

Jemand packte ihn am Arm. Ohne sich umzudrehen, riss Robert sich los und stolperte weiter. Doch im nächsten Moment bekam er einen Schlag ins Genick, und ehe er sich's versah, verdrehte ein Soldat ihm den Arm so schmerzhaft auf den Rücken, dass er laut aufschrie.

»Lasst den nicht entwischen!« Von einem Misthaufen herab zeigte der Schankwirt auf Robert.

»Ich habe nichts getan!«

Der Soldat drehte den Arm noch mehr in die Höhe. »Das behaupten sie alle!«

Während Robert vor Schmerz kaum atmen konnte, blickte er sich um. Der Platz war inzwischen ein einziges Schlachtfeld. Wie Heuschrecken hatten die Soldaten sich ausgebreitet, überall prügelten sie auf die Studenten ein. Klingen blitzten im Sonnenlicht, Blut spritzte, Pferde bäumten sich wiehernd auf und schlugen mit den Hufen in der Luft.

Der Präfekt kam auf seinem Rappen herbeigeritten. »Erkennst du den Mann?«, fragte er den Wirt.

»Und ob!«, bestätigte der. »Er war bei der Eselsmesse dabei. Sie haben ihn sogar zu ihrem Narrenbischof gemacht. Und den da«, aufgeregt zeigte er auf LeBœuf, der sich wenige Schritte entfernt mit einem Bratspieß gegen mehrere Angreifer gleichzeitig zur Wehr setzte, »den müsst Ihr auch verhaften!«

»Keine Sorge«, sagte der Präfekt. »Uns entkommt keiner.«

»Und den mit dem Pferdegesicht!« Jetzt zeigte der Wirt auf Henri, der den selben Gedanken gehabt hatte wie Robert und gerade die Treppe zur Kirche hinauflief, um sich in Sicherheit zu bringen.

»Schließt das Tor!«, rief der Präfekt.

Der Befehl war noch nicht verklungen, da schlug das Portal zu. Im selben Moment warfen sich zwei Soldaten auf Henri.

»Rührt mich nicht an! Ich bin der Vicomte de Joinville!«

Als der Präfekt den Namen hörte, stutzte er. »Joinville?«, wiederholte er und strich sich über die Enden seines Knebelbarts. »Wie der Minister?« Er stellte sich in den Steigbügeln auf. »Bringt den Mann her!«

Die zwei Soldaten nahmen Henri in die Mitte und schleppten ihn durch das Getümmel zu ihrem Befehlshaber.

»Kann jemand bezeugen, wer Ihr seid?«, fragte der Präfekt.

Henri deutete mit dem Kopf auf Robert. »Er wird Euch die gewünschte Auskunft geben.«

Der Präfekt wandte sich an Robert. »Wenn dieser Mann wirklich derjenige ist, der er zu sein behauptet, und Ihr ihn kennt – wie lautet sein voller Name?«

»Pierre Henri Bernard de Joinville«, erklärte Robert. »Wie der Minister des Königs!«

Der Präfekt nickte. »Gut.« Dann befahl er den zwei Soldaten: »Geleitet den Vicomte in die Kirche. Niemand rührt ihn an. Er steht unter meinem Schutz.«

»Aber er war der Anführer!«, protestierte der Wirt.

»Halt's Maul«, warf der Präfekt ihm über die Schulter zu.

»Ihr müsst ihn verhaften! Er schuldet mir fünf Fässer Wein!«

»Maul halten, hab ich gesagt. Oder du kommst auch ins Loch!«

Nur mit Mühe gelang es dem Wirt, seine Empörung herunterzuwürgen, während Henri in Sicherheit gebracht wurde.

»Und was ist mit dem hier?«, fragte der Soldat, der Robert immer noch mit eisernem Griff am Arm hielt.

»Das ist ein Mann Gottes«, rief Orlando und kam aus seiner Deckung hervor. »Ich verbürge mich für ihn. Im Namen der heiligen Kirche.«

Ohne den Dominikaner zu beachten, drängte der Präfekt ihn mit seinem Hengst beiseite und blickte auf Robert herab. »Euer Name!«

»Robert.«

»Und wie weiter?«

»Robert de Sorbon ...«

»Seid Ihr auch ein Edelmann?«

»Nein. Ich heiße. Robert Savetier, aus Sorbon.«

Abschätzig musterte der Präfekt ihn von Kopf bis Fuß. »Abführen!« Auf der Hinterhand warf er seinen Rappen herum und sprengte davon.

9

Jean Baptiste de Joinville, seines Zeichens königlicher Minister, schäumte vor Wut.

»Seid Ihr von Sinnen?«, rief er, hochrot im Gesicht. »Euer Vater hat Euch zum Studium nach Paris geschickt, damit Ihr eines Tages Bischof werdet oder Kardinal. Nicht aber, um einen Krieg anzuzetteln!«

»Mir blieb keine andere Wahl«, erwiderte Henri und kratzte sich an seinem Verband.

»Weil man Euch beim Karneval eins hinter die Löffel gegeben hat?«, fragte sein Großvater. »Dafür hetzt Ihr Studenten gegen brave Bürger auf?«

»Wie kommt Ihr darauf, dass ich Studenten aufgehetzt hätte?«

»Macht mir nichts vor, ich weiß Bescheid. Die Königinmutter hat mich Euretwegen bereits zur Rede gestellt. Den ganzen Tag habe ich vergeblich nach Euch geschickt! Es musste Euch erst der Stadtpräfekt aufgreifen, damit Ihr mir die Güte erweist!«

»Ich habe mir nicht das Geringste vorzuwerfen«, protestierte Henri. »Im Gegenteil. Das Pack hat sich erdreistet, Euren Enkel mit Kuhfladen zu bewerfen – einen Vicomte de Joinville!«

»Erdreistet habt Ihr Euch selbst! Als Ihr zusammen mit einem versoffenen Versemacher Jauche über die Leute gespritzt habt. Und da wundert Ihr Euch, wenn sie sich zur Wehr setzen?«

»Das war doch nur ein harmloser Scherz. Wir haben Karneval gefeiert.«

»Für solche Scherze hättet Ihr noch viel mehr Prügel verdient. Doch anstatt froh und glücklich zu sein, dass Ihr mit einem blauen Auge davongekommen seid, führt Ihr einen Rachefeldzug! Da musste der Präfekt ja einschreiten!«

»Aber die Ehre der Familie stand auf dem Spiel!«

Der alte Vicomte rang um Fassung. »Ihr wagt es, von der Ehre unserer Familie zu sprechen? Ausgerechnet Ihr? Der Ihr sie mit Füßen getreten habt? Seht Euch nur an, wie Ihr ausseht! Wie ein muselmanischer Pirat! Man sollte Euch in Ketten legen!« Er war so in Rage, dass er um Luft rang. »Mein Gott, wenn die Königinmutter erfährt, dass Ihr nur mit knapper Not einer Verhaftung entkommen seid – nicht auszudenken!«

Henri verstand die Welt nicht mehr. Er hatte doch alles richtig gemacht – er hatte gehandelt, wie es sich für einen Ritter und Ehrenmann ziemte. Aber sein Großvater kanzelte ihn ab wie ein Pfarrer einen Messdiener, der bei der Wandlung vergessen hatte zu bimmeln. Warum hatte der Präfekt ihn nicht einfach laufenlassen, als alles vorbei war? Stattdessen hatte der Dummkopf darauf bestanden, ihn bei seinem Großvater abzuliefern, um sich vom Minister des Königs die Angaben zu seiner Person bestätigen zu lassen. Als wäre es nicht genug gewesen, dass er ihm schon die ganze Feier verdorben hatte ... Das Schlimmste von allem aber war: Ganz tief in seinem Innern hatte Henri den Verdacht, dass sein Großvater recht hatte. Er war schon immer das schwarze Schaf der Familie gewesen, der faule Apfel im Korb, und was er auch tat, er bereitete sich und seinem Namen Schande.

Warum wollte ihm in seinem Leben einfach nichts gelingen?
Wieder erhob der Minister des Königs seine Stimme. »Ich befehle Euch, dass Ihr Euch künftig von solchem Gesindel fernhaltet.«
»Ihr meint, von den Bauern und Tagelöhnern?« Jean Baptiste de Joinville verdrehte die Augen. »Selbst das dümmste Eurer Pferde besitzt mehr Verstand als Ihr!«, sagte er.
»Nein, ich rede von diesem Versemacher und seinesgleichen!«
»Aber das sind doch meine Freunde!«, rief Henri.
Sein Großvater verzog nicht einmal mehr das Gesicht. »Kein weiteres Wort«, entschied er. »Ich hoffe, Ihr wisst Euch in Zukunft so zu benehmen, wie es Eure Herkunft und die Ehre der Familie erfordern.«

10

Es war so dunkel in der Zelle, dass man kaum die Hand vor Augen sah.
»Henri wird uns hier rausholen«, sagte Robert.
»Wer's glaubt, wird selig«, brummte LeBœuf, der an seiner Seite hockte. »Dafür ist er viel zu feige.«
»Er *muss*! Schließlich hat er uns die Suppe eingebrockt.«
»Aber auslöffeln werden wir sie.«
»Da kennst du Henri schlecht. Er lässt uns nicht im Stich.«
»Bist du dir da so sicher?«
In der Finsternis konnte Robert das Gesicht des Versemachers nur ahnen, genauso wie die Gesichter der übrigen Gefangenen. Das Verlies von Saint-Marcel befand sich im Keller unter dem Rathaus, zwischen der Taverne und der Stiftskirche, und maß keine fünf Schritt im Quadrat. Auf diesem engen Raum drängten sich nun mehr als zwei Dutzend Männer. So wahllos, wie die Soldaten auf die Studenten eingeprügelt hatten, ohne nach Schuld oder Unschuld zu fragen, so willkürlich hatten sie ihre Gefangenen gemacht und in das kalte, feuchte Loch gesteckt, das nur vom Schein

einer Kerze erleuchtet war. Wer hier saß, galt als Rädelsführer – gleichgültig, ob er an dem Überfall auf die Taverne beteiligt gewesen war oder nicht. So hatte es der Präfekt entschieden.

»Wenn ich nur wüsste, was sie mit uns vorhaben«, sagte Robert. »Glaubst du, sie stellen uns vor Gericht?«

LeBœuf zuckte die Schultern. »Wenn wir Glück haben, vielleicht.«

»Glück?«

»*Großes* Glück. Weil, wenn wir keins haben, machen sie kurzen Prozess.« Er fuhr sich mit der Handkante an der Kehle entlang.

Robert spürte, wie die Angst ihm in den Nacken kroch. »Aber warum sollten sie das tun? Wir haben doch nichts verbrochen!«

»Das ist denen scheißegal. Ein halbes Dutzend haben sie ja schon abgemurkst.«

Im flackernden Schein der Kerze sah Robert, wie der Versemacher sich mit einem Stöckchen die Nägel reinigte.

»Wenn du glaubst, dass sie uns umbringen – wie kannst du dann hier so seelenruhig sitzen? Warum hast du keine Angst?«

Wieder zuckte LeBœuf die Schultern. »Weil ich nichts zu verlieren habe«, sagte er, ohne aufzuschauen. »Ich bin nur ein Säufer, der sich für andere zum Idioten macht, damit er weitersaufen kann. Wäre nicht weiter schade um mich.« Er sagte das in einem so gleichgültigen Ton, als spräche er nicht von sich selbst, sondern von irgendeinem Fremden, dessen Schicksal ihn nicht das Geringste anging.

»Und Suzette?«, fragte Robert. »Du wolltest dich ihretwegen mit mir prügeln.«

LeBœuf hob den Kopf. »Willst du mich also doch beerben?«, fragte er mit einem spöttischen Grinsen. »Dann solltest du dir lieber keine allzu großen Hoffnungen machen. Mitgefangen, mitgehangen! Oder glaubst du vielleicht, dass du als Einziger hier ungeschoren ...«

»Pssst!«, machte Robert.

Der Versemacher verstummte, und auch die anderen Gefangenen unterbrachen ihre Gespräche und lauschten in die Dunkelheit hinein. Draußen auf dem Gang näherten sich Schritte, und gleich darauf hörte man, wie der Türriegel zurückgeschoben wurde.

LeBœuf warf Robert einen höhnischen Blick zu. »Jetzt werden wir ja bald wissen, wer von uns beiden recht hat. Du oder ich.«

11

Nachdem Paul zusammen mit den anderen Kopisten Feierabend gemacht hatte, war Marie als Einzige in der Schreibstube zurückgeblieben, um noch ein wenig zu arbeiten. Sie wollte einen Bogen beenden, der zu den Mitschriften von Victors Disputation gehörte. Darin erörterte der Magister eine Frage, die, so hatte Jacques am Rand des Manuskripts notiert, Robert Savetier gestellt hatte, Pauls alter Freund aus Sorbon. Ob man mit Wissenschaft Handel treiben dürfe, hatte Robert wissen wollen, oder ob das eine Sünde sei ... Marie setzte die Feder ab. Warum hatte Paul ihr nie von seinem Jugendfreund erzählt? Und warum begegnete dieser Robert ihr mit so offenkundiger Abneigung? ... Sie tauchte ihre Feder in das Tintenfass und setzte die Arbeit fort. Sie war gespannt, wie Victor die Frage entscheiden würde. Sie betraf ja auch ihr eigenes Geschäft, auch Paul und sie verdienten ihr Geld mit der Verbreitung von Wissen. Aber wie so oft brach der Text vor der *Responsio* ab, und da am nächsten Morgen nicht sie, sondern jemand anderes die letzte Partie zur Abschrift bekommen würde, würde sie wohl einmal mehr ohne Antwort bleiben.

Sie löschte das Licht und nahm die fertigen Bögen vom Pult, um sie ihrem Mann zu bringen. Paul behielt es sich vor, alle Originale und Kopien eigenhändig über Nacht wegzuschließen. Sollte sie ihn fragen, ob er ihr die *Responsio* zu lesen gab? Vielleicht würde er ja eine Ausnahme machen, wenn sie ihm sagte, dass sein Freund die Frage gestellt hatte.

Als sie die Schreibstube verließ, kam Paul gerade die Treppe herunter. Auf dem Rücken trug er einen Sack, in dem sich etwas bewegte.

Im selben Moment begriff sie, was er vorhatte.

»Bitte, tu das nicht!«

»Warum nicht?«, erwiderte er. »Es ist doch nur eine Katze.«

»Aber deshalb musst du sie doch nicht ersäufen!«

Paul ließ den Sack zu Boden. »Jetzt nimm doch Vernunft an. Eine Katze, die keine Mäuse jagt, hat im Haus nichts verloren.«

»Bitte, Paul. In ein paar Tagen ist sie wieder gesund und braucht nicht mehr gefüttert zu werden. Da – sieh nur!«

Vorsichtig lugte Minou aus der Öffnung. Nachdem sie sich vergewissert hatte, dass keine Gefahr drohte, huschte sie ins Freie und verschwand die Treppe hinauf.

Paul schüttelte den Kopf. »Darum geht es nicht, es geht ums Prinzip. Ich dulde keine unnützen Fresser im Haus.«

»Meinst du das bisschen Milch, das ich ihr gebe?«

»Nein, nicht die Milch.« Er zögerte einen Moment, dann sagte er: »Weißt du, was ich manchmal glaube? In Wahrheit geht es dir gar nicht um die Katze, sondern um ...«

»Sondern um was?«, fragte sie, als er den Satz in der Schwebe ließ.

Unwillig erwiderte er ihren Blick. »Du tust so, als wäre das Tier dein Kind«, sagte er schließlich. »Sogar einen Namen hast du dem dummen Vieh gegeben – *Minou*. Ich glaube, wenn du Kinder hättest, würdest du so was nicht machen.«

Marie strich sich eine Locke aus der Stirn. War das die Strafe dafür, dass sie sich ihm verweigert hatte? Nein, Paul hatte ganz ruhig gesprochen, ohne jede Häme oder Boshaftigkeit. Aus seiner Stimme hatte kein Vorwurf geklungen, eher Trauer. Und seine Narbe hatte kein einziges Mal gezuckt.

»Ist ... ist das der Grund, warum es so mit uns gekommen ist?«, fragte sie. »Weil wir keine Kinder haben?«

Bevor er antworten konnte, klopfte es an der Tür. Paul blickte sie fragend an. Als sie mit den Schultern zuckte, machte er auf.

Draußen stand ein Mann, der einen Verband um den Kopf trug und dessen Gesicht Marie an ein Pferd erinnerte.

»Vicomte de Joinville?«, sagte Paul. »Was verschafft uns die Ehre? Bitte, tretet ein!«

Er öffnete die Tür, doch der Gast blieb auf der Schwelle stehen.

»Ich wollte nur fragen, ob Robert hier ist. Robert Savetier.«

»Nein, tut mir leid. Aber warum sucht Ihr ihn bei mir? Wohnt er nicht mehr in Eurem Haus?«

»Doch, aber er ist noch nicht zurück.«

»Zurück? Woher?«

»Aus Saint-Marcel, wir waren heute zusammen dort, um unseren Sieg zu feiern. Und weil er mir erzählt hat, dass Ihr sein Freund seid, dachte ich ...« Der Vicomte unterbrach sich und blickte Paul an. »Ich mache mir Sorgen. Er ... er wurde verhaftet!«

»Verhaftet? Robert?«

»Ja, heute Nachmittag. Wir haben ganz friedlich gefeiert, als plötzlich Soldaten den Platz stürmten. Sie haben Robert ins Verlies gesteckt, zusammen mit LeBœuf und anderen Studenten. Ich hatte gehofft, dass sie ihn inzwischen wieder freigelassen hätten und er vielleicht jetzt bei Euch ist.«

»Wo befindet sich das Verlies?«, fragte Paul.

»Unter dem Rathaus«, antwortete der Vicomte.

Paul griff nach seinem Mantel, der an einem Haken neben der Tür hing.

»Wo wollt Ihr hin?«

»Nach Saint-Marcel.«

»Das würde ich Euch nicht raten. Ich weiß nicht, was passiert, wenn Ihr Euch für einen verhafteten Rädelsführer verwendet. Womöglich sperren sie Euch auch ein.«

»Mir passiert schon nichts. Euch haben sie ja auch laufen lassen.«

Der Vicomte kratzte sich am Kopf. »Ich glaube, das haben sie nur getan, weil mein Großvater ein königlicher Minister ist.«

»Dann muss ich wohl aufpassen, dass mich keiner nach meinem Großvater fragt.«

»Aber wie stellt Ihr Euch das vor? Ihr könnt Robert nicht befreien. In Saint-Marcel wimmelt es von Soldaten!«

»Soll ich deshalb einen Freund im Stich lassen? *Primum vivere, deinde philsophari.*«

Paul wollte zur Tür, aber Marie hielt ihn zurück.

»Monsieur de Joinville hat recht. Das ist zu gefährlich.«

Ihr Mann schüttelte den Kopf. »Das kannst du nicht verstehen, Marie. Ich *muss* Robert helfen. Ich stehe in seiner Schuld.«

»Was für einer Schuld?«

Paul zögerte. »Ich hab dir doch gesagt, das ist eine lange Geschichte ...« Er deutete mit dem Kinn auf die Bögen in ihrer Hand. »Ist das die Abschrift von Victors Disputation? Gib her, ich schließe sie schnell weg, bevor ich mich auf den Weg mache.«

Während er mit dem Bündel in der Bücherstube verschwand, sah der Vicomte Marie an, als wäre sie eine Erscheinung.

»Dieser Victor, von dem Euer Gatte sprach – meinte er damit Victor d'Alsace?«

»Ja, warum?«, fragte Marie.

Der Vicomte strahlte über sein ganzes Pferdegesicht. »Ich glaube, ich habe eine Idee.«

12

»*Cum deo!*« Wie stets, wenn er mit der Niederschrift eines neuen Werks begann, schrieb Victor diese zwei Worte auf den jungfräulich frischen Bogen: »Mit Gott!«

Er war beim Studium auf eine Schrift mit dem Titel »Leben und Meinungen der Philosophen« von einem gewissen Diogenes Laertios gestoßen. Darin berichtete der Autor von einer Akademie, die Aristoteles einst in Athen betrieben hatte. In dieser Akademie, *Peripatos* mit Namen, hatte der Philosoph Gelehrte und Schüler unterschiedlichster Herkunft um sich geschart, um zusammen mit ihnen den gesamten Kosmos möglicher Erkenntnis zu erkunden:

Mathematik und Sternkunde, Logik und Philosophie, Ethik und Rhetorik, Dichtkunst und Musik. Niemand brauchte für den Unterricht zu bezahlen, alle Mitglieder der Akademie besaßen die gleichen Rechte, kein noch so kühner Gedanke war verboten. Sogar Lehren, die von denen des Lehrmeisters abwichen, wurden im freien Austausch der Argumente diskutiert. Den Sieg trug stets allein derjenige davon, der das Höchstmaß an Vernunft auf seiner Seite hatte. Und keine Obrigkeit hemmte den Fluss der Gedanken, weder Könige noch Priester mischten sich in die Disputationen ein.

Victor war von der Lektüre berauscht wie von einem Krug Wein. Bis zum heutigen Morgen war er der Überzeugung gewesen, dass es für einen Gelehrten keinen besseren Ort auf der Welt geben könnte als Paris. Doch wie weit war die *Universitas magistrorum et scholiarum Parisiensis* noch von dem Ideal entfernt, das Aristoteles bereits vor über tausend Jahren verwirklicht hatte. Gewiss, solange ein Pariser Magister Lehren verkündete, die im Einklang mit dem Willen des Königs und den Geboten der Kirche standen, konnte er in der Hauptstadt des französischen Königreichs so frei forschen und lehren wie einst die Griechen in der *Res publica* Athens. Aber was, wenn man mit seinen Gedanken Pfade und Wege betrat, die über diese Grenzen hinausführten? Die Folgen hatte Victor selbst schon zu spüren bekommen. Allein die Tatsache, dass er sich in seinen Vorlesungen nicht auf jene Werke des Aristoteles beschränkte, die der heidnische Philosoph zur Logik und Rhetorik verfasst hatte, sondern auch dessen Schriften zur Naturlehre, Ethik und Metaphysik vortrug, hatte genügt, dass Kanzler Philipp ihm mit dem Entzug der Lehrerlaubnis gedroht hatte. Dabei, so vermutete Victor, hatte Philipp dies nicht auf Geheiß des Königs oder der Königinmutter getan, sondern auf Drängen der Dominikaner, die in ihrem fanatischen Eifer den Glauben zu erneuern trachteten, indem sie die Vernunft unterdrückten, um jede Form möglicher Ketzerei im Keim zu ersticken.

War es da Zufall oder Fügung, dass Victor auf diesen Text gestoßen war?

Als er den Kopf hob und in das Auge Gottes sah, das von der Fensterwand auf ihn herabblickte, wusste er die Antwort. Nein, das konnte kein Zufall sein, dies war das Werk der Vorsehung – so klar und deutlich hatte er plötzlich seine Mission vor Augen. Gott hatte ihn, Victor d'Alsace, an diesen Ort gestellt, damit er in Paris einen zweiten *Peripatos* erschuf. Eine Akademie, in der Glaube und Vernunft nicht in Widerspruch standen, sondern einander ergänzten wie Mann und Weib.

In dem beglückenden Bewusstsein, seiner Bestimmung zu folgen, tauchte Victor die Feder in die Tinte, um einige Leitsätze für eine solche Schule zu formulieren. An den Beginn setzte er die Vorläufigkeit jedweden Wissens.

Ziel allen Strebens ist die Wahrheit. Doch wir werden diese niemals finden, wenn wir uns auf das bereits Gefundene beschränken. Die vor uns waren, sind nicht unsere Herren, sondern unsere Führer, mit deren Hilfe wir zu Erkenntnissen vordringen wollen, zu denen sie selber noch nicht gelangten. Die Wahrheit steht allen offen, sie ist noch nicht vollständig in Besitz genommen ...

Victor hielt inne. Sollte er an dieser Stelle vielleicht einen Gedanken über das Wesen des Denkens selbst einfügen? Dass das Denken eine Form von Tätigkeit sei, mit welcher wir nicht nur im Lichte Gottes die Welt begreifen, sondern sie sogar nach seinem Willen verändern und vervollkommnen können?

Er überlegte gerade, in welche Worte er die Idee kleiden sollte, damit sie keinen Anstoß erregte, da klopfte es an der Tür.

»Herein!«

Ein Mann betrat den Raum, dessen Arbeit Victor zwar schätzte, doch dessen Person ihm weit weniger angenehm war.

»Paul Valmont? Wenn Ihr gekommen seid, um mir abermals Euren Vorschlag zu unterbreiten, hättet Ihr Euch den Weg sparen können. Wie Ihr seht, arbeite ich.«

Statt ihn hereinzubitten, behielt Victor den Gänsekiel in der Hand, darauf hoffend, dass der ungebetene Gast sich möglichst rasch verabschiedete. Der Kopist hatte ihn vor ein paar Wochen auf der Straße angesprochen und vorgeschlagen, dass Victor die Mitschriften seiner Vorlesungen, die er in der Rue des Pailles vervielfältigte, persönlich autorisierte, um die so ausgezeichneten Kopien zu einem höheren Preis verkaufen zu können. Den dadurch erzielten Gewinn wollte er mit ihm teilen. Für Victor kam ein solches Geschäft nicht in Frage. Es widersprach den Prinzipien, die er erst in seiner letzten Disputation über den Handel mit Wissenschaft öffentlich dargelegt hatte.

Der Kopist schüttelte den Kopf. »Nie hätte ich mir erlaubt, aus einem so nichtigen Grund in Euer Haus einzudringen«, erwiderte er. »Doch vielleicht verzeiht Ihr meine Unhöflichkeit, Domine Magister, wenn ich Euch sage, dass der Vicomte de Joinville mich drängte, Euch aufzusuchen. Es ist etwas Fürchterliches geschehen. Einer Eurer Schüler, Robert Savetier ...«

»Robert Savetier?« Als Victor den Namen hörte, legte er die Feder beiseite und winkte den Besucher zu sich. »Bitte kommt näher!«

13

»Der nächste Mann vortreten!«

Jedes Mal, wenn ein neuer Gefangener aufgerufen wurde, zuckte Robert zusammen. Einzeln wurden die Häftlinge aus der Zelle geführt, einer nach dem anderen und jeder im Geleit eines Soldaten, damit keiner von ihnen auf dem Weg ins Freie entkam. Der befehlshabende Sergeant, ein grobknochiger Kerl mit bärtigem Gesicht, der offenbar lesen und schreiben konnte und jeden Gefangenen beim Verlassen der Zelle schriftlich erfasste, hatte angekündigt, dass man sie in den Louvre überführen würde, um sie später vor Gericht zu stellen.

»Immerhin gibt es einen Prozess«, sagte Robert, der zusammen mit LeBœuf das Ende der Schlange bildete.

»Ja und?« Der Versemacher zuckte die Schultern. »Das heißt nur, dass sie uns nicht *sofort* umbringen. Sie wollen ihre Macht noch ein bisschen länger genießen.«

Um das Gespräch zu beenden, verkniff Robert sich die Antwort. Allem, was er sagte, gab LeBœuf eine solche Wendung, dass jede Hoffnung erstarb. Doch seine eigene Angst wurde durch das Schweigen nicht besser. Während die Reihe Mann für Mann aufrückte, fragte auch er sich insgeheim, was die Verbringung in den Louvre bedeutete. Die Festung am rechten Ufer der Seine war eine finstere Trutzburg, und ihr Verlies galt als das sicherste Gefängnis von ganz Paris. Wer einmal darin eingesperrt war, dessen letzter Weg führte meist direkt zum Galgen.

Inzwischen waren alle Gefangenen fort, bis auf Robert und LeBœuf.

»Der Nächste«, befahl der Sergeant, ohne von seiner Liste aufzuschauen.

»Wen zuerst?«, fragte der zum Abführen bereitstehende Soldat.

»Egal«, brummte der Sergeant. Als der Soldat zögerte, hob er den Kopf und deutete mit dem Kinn auf LeBœuf. »Den in dem bunten Wams.«

Der Versemacher zog seine Kappe und verbeugte sich vor Robert. »Verzeih, dass ich dir den Vortritt genommen habe. Aber tröste dich – nur die dummen Schafe drängen sich vor, wenn's zur Schlachtbank geht.«

14

An wen sollte Victor sich wenden, um seinen Protest gegen den Überfall auf die Studenten vorzubringen? In Frage kamen nur drei Amts- und Würdenträger: der Pariser Ortsbischof, Wilhelm von Auvergne, der Stadtpräfekt und

Philipp, der Kanzler der Universität. Der Präfekt schied als Erster aus – er hatte zwar das Gemetzel befehligt, aber gewiss nicht in eigener Verantwortung, sondern auf Geheiß der Königinmutter. Also Wilhelm oder Kanzler Philipp. Der Bischof war der Erzieher des Königs und hatte großen Einfluss auf die Regentin. Allerdings lag darum die Vermutung nahe, dass er das Vorgehen der Soldaten befürwortet und wahrscheinlich sogar selber empfohlen hatte.

Blieb also nur noch der Kanzler. Victor wusste, dass er kaum auf Philipps Wohlwollen zählen konnte, immerhin hatte der Kanzler ihm wegen vermeintlicher aristotelischer Irrlehren mit dem Entzug der Lehrbefugnis gedroht. Doch andererseits – wenn es einen Menschen gab, den der Kanzler von Herzen hasste, dann war es der Erzieher des Königs, Wilhelm von Auvergne. Als vor einem Jahr der Bischofsstuhl von Paris neu besetzt werden musste, waren Philipp und Wilhelm erbitterte Rivalen gewesen. Zuerst hatte das Wahlkapitel Philipp auf die Cathedra erhoben, doch durch eine Eingabe beim Papst in Rom war es Wilhelm gelungen, das Blatt im letzten Moment zu wenden und die Bischofswürde doch noch für sich zu gewinnen. Das war für einen so ehrgeizigen Mann wie Philipp ein harter Schlag gewesen, und wenn sich ihm nun eine Gelegenheit bot, seinen alten Rivalen in Misskredit zu bringen, würde er sie sich nicht entgehen lassen. Als Kanzler der Universität besaß er als einziger Würdenträger die nötige Amtsgewalt, um Wilhelm die Stirn zu bieten. Insofern war er Victors natürlicher Verbündeter.

Obwohl es schon Abend war, entschloss er sich, den Kanzler noch heute im Kloster von Notre-Dame aufzusuchen, wo Philipp wie alle seine Vorgänger seit Gründung der Universität seine Wohnung genommen hatte.

Philipp, ein Mann mittleren Alters von untersetztem Wuchs und einem Gesicht wie ein Brotfladen, empfing ihn nicht in der Bibliothek, wie Victor erwartet hatte, sondern in seinem Privatgemach, ein Saal von der Größe einer Kapelle, in dem es säuerlich nach

Schweiß roch und der außer mit kostbaren Bildern und Teppichen mit so viel goldenem Messgerät ausgestattet war, dass es darin funkelte wie in einer Schatzkammer.

»Um aufrichtig zu sein«, sagte er, »ich hatte Euren Besuch schon erwartet.«

»Dann seid Ihr also im Bilde?«, erwiderte Victor und setzte sich auf den Stuhl, den Philipp ihm anbot.

Auch der Kanzler nahm wieder Platz. »Ja, in groben Zügen. Der Minister des Königs, Monsieur de Joinville, hat mich unterrichtet. Sein Enkel war wohl auch in die Unruhen verwickelt. Er bat mich, Gnade vor Recht ergehen zu lassen. Ich habe dem alten Mann die Bitte gerne erfüllt. Nicht, um einem Minister des Königs einen Gefallen zu tun, sondern weil es der Gnade gar nicht bedurfte. Es war ein Gebot des Rechts selbst.«

Victor horchte auf. »Dann seid Ihr also über das Vorgehen des Stadtpräfekten ebenso empört wie ich?«

Der Kanzler blickte auf seine teigige Rechte, deren Fingernägel auffallend lang und spitz geformt waren. »Ich vermute, Wilhelm von Auvergne steckt hinter der Sache. Seit er im Amt ist, lässt er keine Gelegenheit aus, mich in meiner Arbeit zu behindern. Ständig mischt er sich in meine Belange ein und versucht, in die Fakultäten hineinzuregieren, als unterstehe die Universität dem Bischofsstuhl. Dabei beruft er sich ausgerechnet auf das Privileg, das König Philipp-August im Jahr 1200 den Angehörigen der Universität verliehen hat.«

»Ihr meint die Gleichstellung der Magister und Scholaren mit den Geistlichen?«

»Richtig. Dieses Privileg sollte sie vor der Willkür der Obrigkeit schützen. Doch was tut der neunmalkluge Wilhelm? Er zieht aus der Gleichstellung den Schluss, dass folglich die Professoren und Studenten wie jeder Dorfpfarrer der Jurisdiktion des Bischofs unterstellt seien, also seiner persönlichen Amtsgewalt. Allein aus diesem Grund hat er das Privileg, kaum, dass er sich die Cathedra erschlichen hatte, durch seinen Zögling Ludwig bestätigen lassen.

Dabei übersieht er jedoch geflissentlich, dass Philipp-Augusts Edikt den Angehörigen der Universität ausdrücklich ein Appellationsrecht an den König einräumt.«

Erleichtert lehnte Victor sich zurück. Sein Kalkül ging auf. »Ich freue mich, dass wir eines Sinnes sind, Magnifizenz«, sagte er. »Die Universität darf einen solchen Übergriff, wie er sich heute in Saint-Marcel zugetragen hat, nicht hinnehmen. Ich bin sicher, Ihr sprecht im Namen des gesamten Lehrkörpers, wenn Ihr die Freilassung der gefangenen Studenten fordert sowie die Bestrafung aller, die für das Gemetzel Verantwortung tragen.«

Philipp blickte von seiner Hand auf und stieß einen tiefen Seufzer aus. »Wenn das nur so einfach wäre. Noch heute würde ich bei unserem jungen König vorstellig werden! Doch leider habe ich Rücksichten zu nehmen.«

»Rücksichten?«, wiederholte Victor. »Auf wen solltet Ihr Rücksicht nehmen außer auf Gott und das Recht?«

»Auf Blanka von Kastilien, die Königinmutter. Es heißt, dass die Regentin es war, die die Bestrafung der Studenten angeordnet hat.«

»Aber doch nur auf Wilhelms Betreiben!«

»Gewiss. Der schlaue Fuchs streckt ja niemals selbst den Kopf aus seinem Bau.«

»Dann muss man ihn daraus hervorlocken, um ihn zu stellen.«

»Ich bezweifle, dass dieser Vorfall dazu geeignet ist.« Der Kanzler verzog das Gesicht, als hätte er Zahnschmerzen. »Ich meine – *Gemetzel* ist ja wohl doch ein wenig übertrieben, nicht wahr?«

»Keineswegs, Magnifizenz!«, erwiderte Victor. »Es hat Tote gegeben! Wollt Ihr Wilhelm das durchgehen lassen? Als Kanzler seid Ihr der Schutzherr der Universität und all ihrer Angehörigen.«

Während er sprach, läutete es von der Klosterkirche zur Komplet, der letzten Andacht des Tages.

Philipp hob ohnmächtig die Arme. »*Oremus!*«, sagte er und erhob sich von seinem Platz. »Lasset uns beten.«

15

Jetzt waren nur noch Robert und der Sergeant in dem Verlies von Saint-Marcel.

»Name?«

»Robert.«

Der Sergeant hob die Brauen. »Ach ja, Robert Savetier. Ihr habt Euch ja bereits dem Präfekten persönlich vorgestellt. – Fakultät?«

»*Artes liberales.*«

»So, ein Artist?« Der Sergeant trug die Antwort in seiner Liste ein. Dann packte er Robert am Arm, um ihn abzuführen. »Mitkommen!«

Am Ende des Ganges schloss sich eine Treppe an, die so schmal war, dass sie nur hintereinander gehen konnten. Um Robert an der Flucht zu hindern, schritt der Sergeant voran. Gab es irgendeine Möglichkeit, zu entkommen? Nach ein paar Stufen, so hatte Robert in Erinnerung, würde es eine Verzweigung geben. Der eine Gang führte ins Freie, hinaus auf den Kirchplatz, der andere war mit einer Tür versperrt. Robert hatte keine Ahnung, wohin die Tür führte. Da der Sergeant das wenige Licht, das von außen hereindrang, mit seinem Körper fast vollständig verdeckte, musste Robert sich im Dunkeln an den Wänden entlang die Treppe hinauftasten.

Als der Sergeant ihn auf dem Treppenabsatz wieder am Arm packte, hörte Robert ein leises Geräusch, wie von einem zu Boden fallenden Kiesel. Unwillkürlich warf er einen Blick über die Schulter. Täuschte er sich, oder stand die Tür auf? Hinter dem winzigen Spalt glaubte er einen Schatten zu sehen.

»Vorwärts!«

Der Sergeant stieß ihn in die Rippen. Robert stolperte weiter. Aber nach ein paar Schritten hörte er wieder ein leises Geräusch, diesmal ein Zischen.

Jetzt wurde auch der Sergeant stutzig und blieb stehen. »Was war das?«

Angestrengt schaute er zur Tür, doch schien er nichts Verdächtiges erkennen zu können. Vielleicht, weil seine Augen weniger an die Dunkelheit gewöhnt waren? Während der Gedanke Robert durch den Kopf schoss, sah er plötzlich, wie der Schatten im Türspalt sich bewegte.

Im selben Moment riss er sich los.

16

Es war schon einige Jahre her, dass Victor zum letzten Mal die Komplet in einem Kloster gebetet hatte. Umso schwerer fiel es ihm, sich in Geduld zu fassen, bis all die Hymnen und Psalmen, Lesungen und Responsorien ein Ende hatten und die Mönche die Klosterkirche wieder verließen, um sich für die Nacht in ihren Zellen einzuschließen.

»Ich sagte doch, mir sind die Hände gebunden«, erklärte Philipp, als er und Victor endlich in das goldfunkelnde Gemach des Kanzlers zurückgekehrt waren, um ihr Gespräch fortzusetzen. »Natürlich steckt Wilhelm hinter der ganzen unguten Angelegenheit, doch den Befehl hat die Regentin gegeben. Ihr kann ich mich nicht widersetzen.«

Victor holte tief Luft. Stets redete Philipp sich auf irgendwelche Rücksichten hinaus, die er angeblich zu nehmen hatte, genauso wie im Streit um Aristoteles' Schriften. Während er sich unter Gelehrten gern als Verehrer des Philosophen zu erkennen gab, verbot er in Ausübung seines Amtes dessen wichtigste Bücher, aus Angst vor den Dominikanern, die ihn beim Bischof und der Königinmutter anschwärzen könnten.

»Ihr habt soeben das königliche Privileg erwähnt«, setzte Victor erneut an. »Darin werden die Studenten, wie Ihr zutreffend sagt, rechtlich den Priestern gleichgestellt. Aber folgt daraus nicht auch, dass ein Angriff auf einen Studenten wie ein Angriff auf einen Priester geahndet werden muss?«

»Ja, ja, ich weiß«, bestätigte Philipp. »Wenn es nach Geist und Buchstaben des Privilegs ginge, müssten die Verantwortlichen von Saint-Marcel mit der Exkommunikation bestraft werden. Aber die Studenten haben leider auch gegen das Recht verstoßen. Es heißt, sie seien bewaffnet gewesen, manche sogar mit einem Schwert. Und darauf steht ebenso schwere Strafe.«

»Gilt darum das Gesetz des Alten Testaments?«, fragte Victor. »Auge um Auge, Zahn um Zahn?«

Philipp warf ihm mit seinen kleinen Augen einen bösen Blick zu. »Zweifelt Ihr an meiner Amtsführung?«

»Keineswegs, Magnifizenz. Ich ... ich hoffte nur, mit Rücksicht auf Wilhelms Anmaßung, in Euch einen Verbündeten gegen das Unrecht ...«

»Wilhelm! Wilhelm! Wilhelm«, unterbrach ihn der Kanzler und schlug mit der Hand auf die Stuhllehne. »Ich will diesen Namen nicht mehr hören!«

Victor verstummte. Philipp war ein ebenso eitler wie auffahrender Mann – wenn er ihn noch mehr reizte, würde er ihn sich zum Gegner machen. Also beschloss er zu warten, bis der Kanzler das Gespräch fortsetzte.

Eine Weile waren nur die Schlafgeräusche der Ordensbrüder zu hören, die von den Fluren in die Wohnung des Kanzlers drangen.

»Habt Ihr sonst noch etwas vorzutragen?«, brummte Philipp irgendwann.

»Nein, Magnifizenz. Das heißt ...«

»›Deine Rede sei ja ja, nein nein!‹«

»Ich ... ich möchte Euch um eine Auskunft bitten.«

»Sprecht!«

Victor räusperte sich. »Habt Ihr vielleicht Kenntnis, wo Robert Savetier sich aufhält?«

Bei der Nennung des Namens verfinsterte sich das Gesicht des Kanzlers noch mehr. »Ihr redet von Eurem neuen Schüler?«

»Ja, Magnifizenz. Mir wurde zugetragen, dass er heute in Saint-Marcel verhaftet wurde. Ich mache mir Sorge um sein Wohl.«

Philipp schüttelte unwillig den Kopf. »Dieser Robert Savetier hat Euer Wohlwollen nicht verdient«, erklärte er. »Der königliche Minister de Joinville hat mir versichert, dass er einer der Haupträdelsführer der Studenten war. Zur Stunde wird er in den Louvre gebracht. Man wird ihn vor Gericht für seine Missetaten zur Verantwortung ziehen.«

»Um Himmels willen!« Victor schlug das Kreuzzeichen. »Glaubt Ihr, dass man ihn hinrichten wird?«

Philipp breitete die Arme aus. »Unser Schicksal liegt in Gottes Hand«, erwiderte er, während der säuerliche Schweißgeruch, den seine Soutane verströmte, sich verstärkte. »Aber gewiss tut Ihr gut daran, wenn Ihr für sein Seelenheil betet.«

17

Robert saß in der Falle. Suzette war der Schatten gewesen, der ihm zur Flucht verholfen hatte. Doch noch während er von innen die Tür verriegelt hatte, die den Weinkeller der Taverne, in den er geflohen war, von dem angrenzenden Gefängnisgang trennte, hatte er gehört, wie auf der anderen Seite der Sergeant mit lauter Stimme Befehl gegeben hatte, das Wirtshaus zu durchsuchen, das als einziges Gebäude in direkter Nachbarschaft mit dem Gefängnis lag. Suzette hatte gerade noch rechtzeitig entwischen können, bevor die Soldaten in das Haus eingedrungen waren. Für Robert aber war die Zeit zu knapp gewesen. Jetzt polterten die Männer die Kellertreppe herunter.

Sein Fluchtweg war versperrt.

Panisch blickte er sich um. Suzette hatte gesagt, er solle im Wald hinter der Kirche auf sie warten, dort gebe es eine Jagdhütte, am Rand einer Lichtung. Doch wie in aller Welt sollte er aus diesem Kellerloch entkommen? Sich zwischen den Weinfässern und Kohlköpfen zu verstecken, hatte keinen Sinn.

Es gab nur zwei Fluchtmöglichkeiten: den Kamin, in dessen

Rauchfang ein paar Schinken hingen – und einen Brunnen. Der Brunnen kam nicht in Frage. Wenn er darin untertauchte, brauchten die Soldaten nur zu warten, bis ihm die Luft ausging.

Also der Kamin! Eilig nahm er die Schinken vom Haken, um Platz zu schaffen. Doch verflucht, der Spalt zwischen dem Kamin und dem Rost, auf dem der Wirt seine Würste räucherte, war so eng, dass kein Mann hindurchpasste.

»Da!«, rief eine Stimme. »Da ist er!«

Robert fuhr herum. Am anderen Ende des Kellers sah er den ersten Soldaten. Mit einer Pike in der Hand kam er im Laufschritt auf ihn zu.

Verzweifelt rüttelte Robert an dem Rost. Aber das Gitter saß so fest in dem Mauerwerk, dass er seine Hände blutig schrammte, ohne dass es sich bewegte. Der Soldat war nur noch wenige Schritte entfernt, und hinter ihm stürmten weitere Soldaten heran, auch sie mit Piken bewaffnet.

»Los! Packt ihn!«, rief der Präfekt.

Jetzt gab es nur noch eine Möglichkeit! Auf dem Absatz machte Robert kehrt, hechtete auf den Brunnenrand und stürzte sich in die Tiefe.

18

ast du dem Mistkerl geholfen?«, fragte Père Gustave.

»Nein«, erwiderte Suzette, noch ganz außer Atem. »Wie kommt Ihr darauf?«

»Weil du im Keller warst. Das ist doch kein Zufall!!«

»Ich weiß überhaupt nicht, wovon Ihr redet.«

»Der Kerl ist den Soldaten durch die Lappen gegangen, weil jemand im Keller für ihn die Tür aufgemacht hat.«

»Ich habe nur Wein geholt«, sagte Suzette. Zum Beweis hielt sie den Krug in ihrer Hand hoch. »Wer weiß, vielleicht habt Ihr ja selber vergessen, den Riegel vorzuschieben? So was kommt in Eurem Alter schon mal vor.«

»Willst du dich über mich lustig machen? Als hätte ich nicht schon Sorgen genug! Herrjeh, wenn das so weitergeht, bin ich bald ruiniert!«

Überall im Haus wüteten die Soldaten. Jeden Kasten rissen sie auf, jedes Bett drehten sie um auf der Suche nach dem Flüchtling. Auch in Suzettes Kammer waren sie schon gewesen. Ob Robert es wohl ins Freie geschafft hatte? Suzette war froh, dass sie daran gedacht hatte, einen Krug Wein aus dem Keller mit hinaufzunehmen. Der Patron hätte ihr sonst nie und nimmer geglaubt.

Während Père Gustave sich wieder um die Bauern und Handwerker kümmerte, die seit dem Nachmittag in der Taverne die Niederschlagung der Studenten feierten, stellte Suzette den Krug ab, um das schmutzige Geschirr zu spülen, das sich auf dem Tresen türmte. Es war gar nicht ihre Absicht gewesen, Robert zur Flucht zu verhelfen – sie hatte sich in den Keller gestohlen, um für LeBœuf die Tür zu entriegeln. Aber jetzt sorgte sie sich fast mehr um diesen Studenten, den sie kaum kannte, als um ihren Verlobten. Um LeBœuf musste man sich keine Sorgen machen. Egal, in welcher Klemme er steckte – er hatte noch immer einen Ausweg gefunden. Aber Robert sah nicht aus wie einer, der sich zu helfen wusste, wenn er in Gefahr geriet.

War es Zufall, dass er anstelle ihres Verlobten entkommen war? Obwohl Suzette nicht an die Vorsehung glaubte, erschien es ihr fast wie ein Fingerzeig.

Sie tauchte gerade einen Stapel Teller in den Wasserbottich, als ein Soldat aus dem Keller in die Schankstube kam.

»Habt ihr ihn?«, fragte der Wirt.

»Nein. Er ist in den Brunnen gesprungen.«

»Dann muss er ja wohl irgendwann wieder auftauchen.«

»Das dachten wir auch. Aber er ist wie vom Erdboden verschwunden.«

Père Gustave schüttelte verwundert den Kopf. »Aber das kann

doch gar nicht sein, kein Mensch säuft freiwillig ab!« Plötzlich schlug er sich gegen die Stirn. »So ein gerissener Hund! Los«, wandte er sich an den Soldaten, »hol den Präfekten. Er soll raufkommen. Sofort!«

19

Robert hatte das Gefühl, ihm würde die Lunge platzen, so groß war der Druck in seiner Brust. Wie lange würde er es noch unter Wasser aushalten, ohne neuen Atem zu schöpfen?

Kaum war er in den Brunnen gesprungen, hatten die Soldaten mit ihren Piken in dem Schacht nach ihm gestochert. Um ihnen auszuweichen, war er immer tiefer hinabgetaucht, bis er plötzlich Boden unter den Füßen spürte.

Mit beiden Händen tastete er um sich. Da! Was war das? Eine Öffnung in der Wand?

Eine aberwitzige Hoffnung keimte in ihm auf. Gab es vielleicht einen zweiten Brunnen, der sich aus derselben Quelle speiste und mit dem in der Taverne durch eine unterirdische Ader verbunden war?

Wieder blickte er in die Höhe. Durch das schwarze Wasser sah er den flackernden Schein einer Fackel, in dem er schemenhaft die Gesichter der Soldaten sah. Was sollte er tun? Fieberhaft dachte er nach. Wenn er auftauchte, würden sie ihn vielleicht am Leben lassen. Wenn er versuchte, durch die Öffnung zu entkommen und es gab keinen zweiten Brunnen, würde er absaufen wie eine Ratte.

Er ging in die Hocke und stieß sich mit beiden Füßen ab.

Im nächsten Augenblick war alles so schwarz um ihn her, dass er am liebsten wieder kehrtgemacht hätte. Doch dafür war es zu spät, sein Talar hatte sich verfangen. Ohne zu überlegen, riss er sich den Stoff vom Leib. Zum Glück war die Ader breit genug, um sich mit Armen und Beinen voranzubewegen. Doch der Druck im

Brustkorb wurde immer unerträglicher, viel länger hielt er ihn nicht mehr aus, das Blut hämmerte so sehr in seinem Schädel, dass ihm ganz schwindlig war.

Vater unser, der du bist im Himmel ...
Plötzlich ein schwacher Schimmer in der Finsternis. War das ein Licht? Robert strengte seine letzten Kräfte an, noch fünf, noch vier, noch drei, noch zwei Züge, dann ein allerletzter Zug – und auf einmal sah er durch das Wasser über sich den Mond am Himmel stehen.

Gerettet!
Er drückte sich vom Boden ab und schoss in die Höhe.
Prustend tauchte er aus dem Wasser auf. Während er nach Luft schnappte, hörte er die Stimme des Wirts.
»Was habe ich gesagt? Da ist er!«

20

Mit ihrer Katze auf dem Schoß wartete Marie auf die Rückkehr ihres Mannes. Nach seinem Besuch bei Victor, hatte Paul gesagt, wolle er gleich weiter nach Saint-Marcel. Henri de Joinville hatte ihm dringend davon abgeraten, stattdessen solle er abwarten, was Victor ausrichtete. Wenn der berühmteste Magister der Stadt sich für Robert verbürge, würden sie ihn bestimmt laufenlassen. Doch darauf hatte Paul sich nicht verlassen wollen – lieber ging er die Gefahr ein, selber verhaftet zu werden.

Primum vivere, deinde philosophari ...
Obwohl Marie ihren Mann kannte und wusste, dass er vor keiner Gefahr zurückschreckte, wenn es um seine Interessen ging, hatte sie sich über sein Verhalten gewundert. Paul hatte außer den Kopisten und ein paar Wirtshausbekanntschaften keine wirklichen Freunde, und noch nie hatte er für einen anderen Menschen so viel aufs Spiel gesetzt wie jetzt für Robert. Die einzige Ausnahme war

sie selbst gewesen, damals auf dem Jahrmarkt von Saint-Sépulcre, als er sich für sie dem Bären entgegen geworfen hatte.

Konnte es sein, dass Paul durch seinen alten Freund wieder ein bisschen so wurde wie früher? Sie hatte das Gefühl, dass zwischen ihrem Mann und Robert irgendetwas vorgefallen war, was Paul ihr verschwieg. Hatte es vielleicht mit der Schuld zu tun, von der er gesprochen hatte? Sie nahm sich vor, ihn bei Gelegenheit danach zu fragen.

Draußen näherten sich Schritte. Das musste er sein! Eilig brachte sie Minou zur Treppe, damit sie hinauf in die Wohnung verschwand, bevor Paul sie sah.

Doch als sie das Tor öffnete, stand draußen nicht ihr Mann, sondern Victor d'Alsace. Sein Gesicht versprach nichts Gutes.

»Ist Euer Gatte aus Saint-Marcel zurück?«, fragte er.

»Nein«, erwiderte sie. »Als ich Eure Schritte hörte, hatte ich gehofft, er würde es sein.«

Victors Miene verfinsterte sich noch mehr. »Dann betet zu Gott, dass ihm mehr Erfolg beschieden ist als mir.«

21

Als Robert aus dem Brunnen kletterte, stand das halbe Dorf Spalier, um ihn zu empfangen.

»Aha, der Student Savetier«, sagte der Stadtpräfekt und strich sich über seinen Bart. »Aber wo habt Ihr denn Euren Talar gelassen?«

Während die Soldaten und Dörfler lachten, schloss Robert die Augen. War das alles ein böser Traum? Im nassen Unterzeug stand er vor seinen Verfolgern, zitternd vor Kälte am ganzen Leib, und seine Lunge schmerzte, als würde ihm bei jedem Atemzug ein Messer durch die Brust fahren. Hoffentlich wachte er gleich auf, und alles war vorbei ...

Die Stimme des Präfekten holte ihn in die Wirklichkeit zurück.

»Abführen!«

Zwei Soldaten nahmen Robert in die Mitte. »Wohin sollen wir ihn bringen?«, fragte der Ältere der beiden. »Oder wollt Ihr, dass wir ihn wie die anderen ...« Er sprach die Frage nicht aus.

Der Präfekt schüttelte den Kopf. »Nein, der muss vor Gericht. Als abschreckendes Beispiel. Steckt ihn ins Verlies und gebt ihm eine Decke, damit er nicht erfriert. Aber passt auf, dass er nicht noch mal abhaut!«

»Ihr könnt Euch auf uns verlassen. Wir werden die ganze Nacht vor der Tür wachen.« Er stieß Robert in den Rücken. »Vorwärts!«

Während die Soldaten ihn abführten, kehrten die anderen in die Taverne zurück. Im Fortgehen hörte Robert noch, wie der Präfekt den Wirt fragte, woher er gewusst habe, dass der Flüchtling aus dem Brunnen auftauchen würde.

»Von meiner guten Jeanne, Gott hab' sie selig«, sagte Père Gustave. »Sie war die beste Wünschelrutengängerin weit und breit. Sie hat gewusst, dass die Brunnen durch eine Wasserader miteinander verbunden sind.«

»Potztausend«, rief der Präfekt. »Und ich dachte immer, das wäre nur Hokuspokus.«

Die Antwort des Wirts kam Robert vor wie blanker Hohn. Eine Tote hatte seine Flucht vereitelt ... Wenn der Präfekt vor Gericht aussagte, dass er versucht hatte zu fliehen, würde der Richter das als Eingeständnis seiner Schuld auslegen. Und dann ... Hätte Suzette ihm nur nicht die Tür aufgemacht!

»Was ist das?«

Die beiden Soldaten blieben plötzlich stehen. Vor ihnen lag ein Gegenstand auf dem Boden, den Robert nicht erkennen konnte. Der jüngere Soldat ließ seinen Arm los, um sich danach zu bücken.

»Ein Geldbeutel«, sagte er. »Den muss jemand verloren haben.«

»Dann schau mal nach, was drin ist!«, sagte der Ältere. »Aber unauffällig, damit niemand was sieht.«

Während er um sich spähte, ob sie beobachtet wurden, hob sein Kamerad den Beutel vom Boden.

»Ist auf jeden Fall ziemlich schwer.« Mit einem Grinsen öffnete er die Schnürung. »Dann wollen wir mal sehen.« Als er in den Beutel blickte, verschwand das Grinsen aus seinem Gesicht. »Verflucht! Das sind ja nur Kiesel!«
»Was sagst du da?« Jetzt ließ auch der Ältere Robert los. »Willst du mich verarschen?« Verärgert griff er nach dem Säckchen. »Zeig her!«
»Da! Sieh selber. Ich bescheiße keinen Kameraden.«
Während die beiden sich über ihren Fund beugten, sah Robert plötzlich im Schatten ein Gesicht: Paul. Einen Finger seiner Linken an den Lippen, hob er die Rechte und zählte mit Daumen, Zeige- und Mittelfinger ab.
Eins ... zwei ... drei ...
Robert begriff. Während Paul aus dem Schatten hervorschnellte, schlug Robert die Köpfe der zwei Soldaten so fest gegeneinander, wie er nur konnte.

22

Kaum war dem Präfekten gemeldet worden, dass sein Gefangener ein zweites Mal entkommen war, hatte er seinen Männern Befehl gegeben, das Dorf und den angrenzenden Wald nach dem Entflohenen zu durchkämmen. Als die Soldaten ausgeschwärmt waren, hatten die Dörfler sich ihnen freiwillig angeschlossen. Sogar Père Gustave hatte seine Taverne im Stich gelassen. Er war wie besessen darauf, diesen Robert Savetier einzufangen, als könne dessen Bestrafung ihm den Schaden wiedergutmachen, den die Studenten während der letzten Tage in seinem Wirtshaus angerichtet hatten.

Suzette war als Einzige in der Taverne zurückgeblieben. In der Schankstube sah es aus, als wäre ein Wirbelsturm hindurchgefegt. Während sie die Scherben vom Boden kehrte, hoffte sie inständig, dass die Suche der Soldaten und Dörfler vergeblich blieb. Wenn sie

Robert erwischten, würden sie ihn in ihrer Wut am nächsten Baum aufknüpfen.

Mit ihrem Reisigbesen fegte sie die Scherben auf eine Schaufel und füllte sie in einen Holzeimer. Der Eimer war so schwer, dass sie ihn mit beiden Armen hinaustragen musste. Als sie auf den Flur trat, zuckte sie zusammen. Unter der Treppe, die zu den Schlafkammern hinaufführte, kam ihr ein Mann entgegen: Paul Valmont, der Kopist, der sie bei der Eselsmesse angeschaut hatte, als wolle er sie mit seinen Blicken ausziehen.

»Hab keine Angst«, sagte er leise. »Ich brauche deine Hilfe.«

»Hilfe?«, fragte sie. »Wofür?«

»Um Robert zu verstecken.«

»Robert Savetier?« Suzette stellte den Eimer ab.

»Ja«, sagte Paul, »dem du bei der Flucht geholfen hast.«

»Seid Ihr verrückt? Wie könnt Ihr so etwas behaupten?«

»Du brauchst dich nicht zu verstellen, ich weiß Bescheid«, sagte Paul. »Du hast ihn zu einer Hütte im Wald geschickt, aber da kann er nicht hin. Der Wald ist voll von Leuten, die ihn auf der Stelle totschlagen, wenn sie ihn erwischen.«

Suzette blickte ihn misstrauisch an. »Und da seid ihr ausgerechnet hierher zurückgekommen?«

»Allerdings.« Paul grinste. »Hier ist der einzige Ort, wo ihn garantiert keiner mehr sucht.«

23

Marie wusste nicht, wem ihre größere Sorge galt: ihrem Mann oder dessen Freund?

Während sie Minou auf ihrem Schoß streichelte, musste sie an ihr Gespräch mit Victor d'Alsace denken. Der Magister hatte ihr von seinem Besuch beim Kanzler der Universität erzählt. Philipp hatte gesagt, Robert drohe der Galgen, wenn man ihn vor Gericht stellte. Marie sah Pauls Freund vor sich, wie er zum ersten Mal vor ihrer Tür gestanden hatte: sein braunes Haar mit der Tonsur, das Aschekreuz auf der Stirn, die grünblauen Augen ... Wie ein Jüngling hatte er ausgesehen. Und so jemanden wollten sie hinrichten? Nur weil er sich an ein paar dummen Karnevalsspäßen beteiligt hatte?

Victor hatte in den höchsten Tönen von seinem Schüler gesprochen. Robert habe, so hatte er erzählt, die sieben freien Künste schneller absolviert als jeder andere Student der Artistenfakultät und sollte nach dem Willen des Magisters Theologie studieren. Seltsam, gab es kein Mädchen, das er heiraten wollte? Darüber hatte Victor nichts gesagt, er hatte nur von Roberts Leistungen beim Studium gesprochen. Er traute seinem neuen Schüler zu, dass er eines Tages sogar selbst einen Lehrstuhl besteigen und an der Universität unterrichten würde. Die Vorstellung versetzte Marie einen Stich. Obwohl Robert genauso arm gewesen war wie Paul, war er offenbar unbeirrt den Weg gegangen, den Paul verlassen hatte ... Wie würde es sein, mit ihm zu reden? Würde er versuchen, Antworten auf die Fragen zu geben, denen Paul immer auswich? Während Minou auf ihrem Schoß leise schnurrte, spürte Marie, wie sie rot wurde. Auch wenn es nur ein Gedanke war, kam es ihr vor, als würde sie ihren Mann im Geiste betrügen.

Von Saint-Geneviève schlug es Mitternacht. Mit einem Seufzer ließ sie ihre Katze vom Schoß und nahm den Leuchter vom Kamin, um hinauf in die Schlafkammer zu gehen. Paul würde heute nicht mehr kommen, die Stadttore waren längst geschlossen.

24

Nur mit Mühe konnte Robert ein Niesen unterdrücken. Er hatte sich erkältet, und LeBœufs Wams und Hose, die Suzette ihm gegeben hatte, damit er seine nassen Kleider ausziehen konnte, hingen ihm so lose vom Körper herab, dass sie kaum wärmten. Doch er wusste, ein Niesen konnte genügen, um ihn zu verraten. Und dann gnade ihm Gott!

Wann würde Suzette mit der Arbeit fertig sein? Während Robert in ihrer Kammer auf sie wartete, drang unten aus dem Schankraum immer noch Lärm herauf, und durch die Türritzen schimmerte Licht. Die Dörfler hatten nicht allzu lange nach ihm gesucht und waren in die Taverne zurückgekehrt, um weiter die Niederlage der Studenten zu feiern, und auch die Soldaten waren inzwischen abgezogen – Robert hatte den Befehl des Präfekten gehört. Er musste an LeBœuf und die anderen Studenten denken, die mit ihm gefangengenommen worden waren. Waren sie wohl noch auf dem Weg nach Paris, oder hatte man sie schon im Louvre eingesperrt? Er konnte kaum glauben, dass er als Einziger davongekommen war.

Als der Lärm in der Schenke endlich verebbte, schlich Robert sich ans Fenster. Draußen verabschiedete der Wirt die letzten Gäste.

»Dem Studentenpack haben wir's gegeben.«

»Die sollen ja nicht wagen, sich hier noch mal blicken zu lassen.«

»Und den einen kriegen wir auch noch!«

Während der Wirt ins Haus zurückkehrte, knarrte auf dem Gang vor der Kammer eine Bohle. Robert versteckte sich hinter dem Schrank. Doch als die Tür aufging, sah er, dass es nur Suzette war, die mit einem Licht in den Raum gehuscht kam.

»Die Luft ist rein«, flüsterte sie und stellte den Leuchter ab.

Robert nahm ihre Hand. »Danke. Das werde ich dir nie vergessen.«

Sie schüttelte den Kopf. »Du brauchst dich nicht zu bedanken.«

»Doch. Du hast dich für mich in Gefahr gebracht.« Als er ihre Hand drückte, spürte er, dass sie von der Arbeit fast so rau war wie die eines Mannes.

Suzette zuckte die Schulter. »Ich hatte den Kellerschlüssel. Da war es keine große Tat.«

Ihre schlichte Ehrlichkeit rührte ihn. »Wenn LeBœuf der Letzte gewesen wäre? Wäre er dann jetzt hier an meiner Stelle?«

»Ist das so wichtig?«, fragte sie. »Jetzt ist es so, wie es ist. Und es ist doch gut so, oder?«

Er betrachtete im Mondschein ihr Gesicht. Sie war so jung. Und so hübsch. Und sie lächelte. Nur für ihn.

»Ich ... ich weiß gar nicht, wie ich das gutmachen kann«, stammelte er.

Statt ihm eine Antwort zu geben, stellte sie sich auf die Zehenspitzen. Während ihre Lippen sich einen Spalt weit öffneten, kam sie ihm mit dem Gesicht so nah, dass er ihren Atem spürte.

»Ich schon«, flüsterte sie.

25

Paul hatte am Stadttor einen Nachtwächter bestochen, um trotz der späten Stunde noch eingelassen zu werden.

Er wollte diese Nacht in keiner Herberge verbringen, er wollte bei Marie sein, seiner Frau. Er wusste selbst nicht, warum, aber er konnte es gar nicht erwarten, ihr von Roberts Befreiung zu erzählen. Endlich würde sie wieder stolz auf ihn sein.

In der Ferne ragten die beiden Türme von Notre-Dame in den nächtlichen Himmel empor. Während Paul durch die Dunkelheit lief, verspürte er eine Zufriedenheit, wie er sie lange nicht mehr empfunden hatte. Heute hatte er die Schuld zurückgezahlt, die seit Jahren auf ihm lastete und die auch die zwei Écu, die er Robert gegeben hatte, nicht hatten begleichen können. Jetzt waren sie quitt. Paul wunderte sich nur, wie energisch Robert im entscheidenden Augenblick gehandelt hatte, das hätte er ihm gar nicht zugetraut. Und noch mehr staunte er darüber, wie leicht Suzette sich hatte überreden lassen, ihm Unterschlupf zu gewähren. Sicher, es war unwahrscheinlich, dass man Robert bei ihr suchen würde, sie hatten das Wirtshaus ja schon vom Keller bis zum Dach auf den Kopf gestellt und waren auch in ihrer Kammer gewesen, aber ausgeschlossen war es nicht, und wenn man ihn bei ihr fand, würde das ganze Dorf über sie herfallen. Trotzdem hatte sie keinen Augenblick gezögert. Hatte sie etwa Gefallen an Robert gefunden? Die Vorstellung, dass die beiden sich jetzt vielleicht in ihrer Kammer das Bett teilten, machte Paul eifersüchtig.

»Hey, pass doch auf.«

Ein Betrunkener, den er im Dunkeln nicht bemerkt hatte, torkelte über den Weg. Wahrscheinlich kam er aus dem Roten Hahn, der nur einen Steinwurf entfernt war. Paul blickte hinüber zu dem geduckten Gebäude, das am Ufer der Seine lag, im Schatten der Brücke, die über den Fluss zur Île de la Cité führte. In der Taverne flackerte noch Licht, und das helle Lachen von Frauen drang aus dem Innern hinaus in die Nacht.

Paul blieb stehen und lauschte. Wieder hörte er das Lachen einer Frau, ein Lachen voller Lebenslust. Mit Bitterkeit musste er daran denken, wie Marie beim letzten Mal in seinem Arm gelegen hatte. Ohne jede Regung hatte sie es über sich ergehen lassen, dass er sein Begehren an ihr stillte. Wie ein totes Stück Holz.

Kein Wunder, dass ihr Schoß ein Friedhof war ...

Plötzlich war es mit seiner Zufriedenheit vorbei. Nein, er würde diese Nacht nicht zu Hause verbringen. Statt zur Brücke ging er hinunter zum Ufer und klopfte an die Tür des Roten Hahn.

26

Endlich – endlich war Robert ein Mann! Doch nicht dem Sieg über die Soldaten verdankte er dieses Ereignis, sondern Suzette. Noch Stunden, nachdem sie an seiner Seite eingeschlafen war, war er so aufgewühlt, dass er nicht aufhören konnte, ihren Leib zu betrachten. Nackt, wie der Herrgott sie erschaffen hatte, schlummerte sie im Mondschein. Warum hatte er die Freuden der Liebe so lange verschmäht? In den Armen dieses Mädchens hatte er eine Seligkeit erfahren, die er höchstens im Paradies, nicht aber in diesem Leben für möglich gehalten hätte und die ihn für einen wunderbaren Augenblick alles andere hatte vergessen lassen – den Wirt, den Präfekten und Sergeanten, die Soldaten und Dörfler, die nach ihm suchten, ja sogar Victor d'Alsace und all die wunderbaren Hoffnungen, die der Magister ihm gemacht hatte.

Im Schlaf drehte Suzette sich zu ihm herum und streckte ihre Hand nach ihm aus. »Bist du es, LeBœuf?«

Als sie den Namen murmelte, wurde Robert jäh bewusst, dass es nur diese eine Nacht geben würde – schon morgen würde Suzette wieder in den Armen ihres Verlobten liegen. Bei der Vorstellung wurde das Glück, das ihn eben noch durchströmt hatte, auf einmal ganz schal. Der Unterschied war so groß, wie wenn man eine köstliche Speise vor oder nach der Mahlzeit betrachtet.

Etwas kitzelte in seiner Nase, und bevor er den Reiz unterdrücken konnte, musste er niesen.

»Robert?« Verwundert blinzelte Suzette ihn an. »Du bist noch da?«

»Hast du gedacht, ich schleiche mich fort?«, fragte er.

Sie richtete sich im Bett auf und stützte sich auf ihre Ellbogen. »Du kannst nicht länger hierbleiben.«

»Nicht mal bis morgen früh?« Unwillkürlich bedeckte er seine Blöße.

Sie schüttelte den Kopf. »Hast du keinen Freund, bei dem du unterkommen kannst?«

Während sie sprach, warf draußen jemand Steinchen gegen das Fenster.

»Pssst«, machte Robert.

Er stand auf und schlüpfte in seine Kleider. Vorsichtig, damit man ihn nicht sah, lugte er hinaus. Im Hof stand ein Student und winkte mit den Armen zu der Kammer hinauf. Robert glaubte, ihn bei Henris Gelage gesehen zu haben, doch im Mondschein war das Gesicht nur undeutlich zu erkennen.

War das eine Falle?

Er drehte sich zu Suzette herum. »Da unten ist jemand, der irgendwas von dir will.«

»Um diese Zeit? – Warte, ich schaue nach.«

Sie verließ das Bett und zog sich an. Während Robert sich unsichtbar machte, öffnete sie das Fenster und beugte sich hinaus.

»Wer bist du?«

»Frédéric«, rief leise eine Männerstimme zurück.

»Ich kenne dich nicht.«

»Das ist jetzt nicht wichtig. Komm runter.«

»Warum?«

»Wegen LeBœuf!«

Als Robert den Namen hörte, schrak er zusammen.

»Warum kommt er nicht selber?«, fragte Suzette. »Ist er betrunken?«

»Wenn du runterkommst, bringe ich dich zu ihm.«

Sie bückte sich und suchte nach ihren Holzpantinen.

»Was hast du vor?«, fragte Robert.

»Nachsehen.«

»Soll ich verschwinden?«

»Nein, komm mit. Vielleicht brauche ich deine Hilfe.«

»LeBœuf wird mir die Gurgel umdrehen.«

Suzette lächelte ihn an. »Keine Angst, du bist nicht der Erste von seinen Freunden, den ich bei mir verstecke. Jetzt komm endlich. Wahrscheinlich ist er betrunken und braucht Hilfe.«

Mit den Pantinen in der Hand verließ sie die Kammer. Robert folgte ihr nach. Er konnte nur hoffen, dass sie recht hatte.

Als sie an der Kammer des Patrons vorüberkamen, hörte er ein Schnarchen. Gott sei Dank, Père Gustave schlief tief und fest! Auf der Treppe zuckte er zusammen. Unter seinen Füßen knarrte eine Bohle.

»Pass doch auf!«

Auf Zehenspitzen schlich er hinunter zur Tür.

Suzette schlüpfte als Erste ins Freie.

»Da bist du ja endlich!«, sagte der fremde Student. Dann sah er Robert in ihrem Schatten. »Was macht der denn hier?«

»Das geht dich nichts an«, erwiderte Suzette. »Sag lieber, wo LeBœuf steckt.«

»Kommt mit!«

Er führte sie zu einer Hecke hinter dem Haus. »Da ist er.«

Als Erstes sah Robert zwei Schuhsohlen, die unter dem Gebüsch hervorschauten, dann zwei Beine in Lederhosen, dann LeBœufs buntes Wams, umgeben von Schneeglöckchen, die im Schutz der Hecke bereits aus dem Winterboden gewachsen waren.

Suzette hatte recht, er musste sturzbetrunken sein.

»Pack mit an«, forderte Robert den Studenten auf.

Als er sich umdrehte, sah er Suzette. Ihr Gesicht war wie aus Wachs. Mit aufgerissenen Augen starrte sie auf den am Boden liegenden LeBœuf.

»Ist – er – tot?«, fragte sie, ohne die Augen von ihrem Verlobten abzuwenden.

»Tot?«, wiederholte Robert. »Wie kommst du darauf?«

Er bückte sich, um den Versemacher an den Beinen unter der Hecke hervorzuziehen. Doch als er seine Waden umfasste, spürte er durch das lederne Beinkleid, dass der Körper ganz steif war. Entsetzt fuhr er zurück.

»Ja, er ist tot«, erklärte der Student. »Wir haben ihn auf dem Heimweg im Straßengraben gefunden. Zusammen mit fünf anderen. Sie haben sie alle erschlagen.«

Suzette stieß einen Schrei aus, der Robert durch Mark und Bein ging. Schluchzend warf sie sich über die Leiche ihres Verlobten.

»Verzeih mir, bitte, verzeih.« Unter Tränen küsste sie sein Gesicht. »Ich wollte dich nicht betrügen ... Ich liebe dich doch ... immer nur dich ... dich ganz allein ...«

DRITTER TEIL

Paris, 1229

Invocabit

»*Wir schrien zum Herrn, dem Gott unserer Väter.*«

5 MOS 26,7

I

Wen Gott liebt, den straft er!

Dankbar für den Schmerz, den seine schiefe Hüfte ihm bereitete, kniete Pater Orlando vor dem Altar der Klosterkirche von St.-Jacques nieder und faltete die Hände. Geborgen in der schlichten Heiligkeit des kleinen Gotteshauses, versuchte er, die Ereignisse der vergangenen Tage im Licht der himmlischen Vorsehung zu deuten. Folgte man blind dem äußeren Augenschein, so mochte man erschaudern angesichts des blutigen Gemetzels, das der Stadtpräfekt mit seinen Männern angerichtet hatte. Doch dank seines eigenen Gebrechens hatte Orlando gelernt, den Willen Gottes, der doch allem Geschehen zugrunde lag, auch dort aufzuspüren, wo er anderen Menschen verborgen blieb. Er war sicher, dass die Studenten, die in Saint-Marcel zu Tode gekommen waren, nicht umsonst ihr Leben gelassen hatten. *Mors porta vitae*: Durch ihren Tod sollte neues Leben entstehen, so wie alles Leben Wiedergeburt im Tode war. Dies war schließlich die Botschaft, die Jesus Christus selbst seinen Jüngern am Kreuz gegeben hatte, bevor er zu seinem himmlischen Vater eingegangen war.

»Dein Wille geschehe, wie im Himmel, also auf Erden.«

Während er die heiligen Worte flüsterte, sah Orlando das Wirken der Vorsehung in dem Gemetzel von Saint-Marcel so deutlich vor sich wie das Muster in einem kunstvoll gewobenen Tuch. Hatte nicht einst in Jerusalem auch der Tempel der Juden zerstört werden müssen, damit auf seinen Trümmern ein neuer, besserer Tempel errichtet werden konnte? Ja, wenn die *Universitas magistrorum et scholiarum Parisiensis* jetzt in ihren Grundfesten erbebte, dann nur, um sich an Haupt und Gliedern zu erneuern. Indem die Vorherrschaft der Weltgeistlichen gebrochen und durch das Regiment der Ordensleute ersetzt wurde, auf dass der wahre Glaube im Gewand einer geläuterten Lehre wiederauferstand.

»Amen!« Orlando schlug das Kreuzzeichen. »So soll es sein!«

2

Einsam bimmelte die Glocke der Friedhofskapelle in der kalten Morgenluft. Der Winter war noch einmal zurückgekehrt, in weißen Wölkchen zerstob Suzettes Atem, als sie an das Grab ihres Verlobten trat. Nur Père Gustave, der Tavernenwirt, war an ihrer Seite, um mit ihr dem Toten das letzte Geleit zu geben. Von den vielen Freunden aber, die LeBœuf zu Lebzeiten so oft zum Lachen gebracht hatte, ließ sich zu seiner Beerdigung kein einziger blicken, aus Angst vor Spitzeln des Präfekten.

Während der Sarg in die Gruft hinabgelassen wurde, sprach der Priester den Segen. »Der allmächtige Gott, der dich geschaffen hat, ruft dir zu: Fürchte dich nicht, denn ich habe dich erlöst! Ich rufe dich bei deinem Namen, du bist mein!«

Der Prior der Stiftskirche hatte sich zuerst geweigert, den Mann, der ihn ans Kreuz gebunden hatte, in geweihter Erde zu bestatten. Doch Henri de Joinville hatte ihn mit einer Geldspende dazu gebracht, die Beisetzung vorzunehmen. Der Vicomte hatte auch den Sarg und die Grabstelle auf dem Friedhof von Saint-Marcel bezahlt, so dass LeBœuf ein Armenbegräbnis erspart geblieben war und er wie ein anständiger Mensch seine letzte Ruhe fand. Aber den Mut, an der Trauerfeier teilzunehmen, hatte auch Henri nicht aufgebracht. Für einen Moment wünschte Suzette sich Robert an ihrer Seite, um nicht so entsetzlich allein zu sein. Doch nur für einen Moment. Sie hatte LeBœuf mit Robert betrogen, in derselben Nacht, in der ihr Verlobter erschlagen worden war. Er hatte hier nichts verloren.

Der Priester nahm eine Handvoll Lehm und warf sie auf den Sarg. »Von Erde bist du genommen. Zu Erde wirst du wieder werden. Gott selbst wird dich auferwecken am Jüngsten Tag.«

Suzette spürte, wie ihr die Tränen kamen. LeBœuf war ein elender Hurenbock gewesen, der sie unzählige Male betrogen hatte, ein so treuloser Mistkerl, dass sie morgens nie hatte wissen können, ob sie ihn am Abend wiedersehen würde – oder überhaupt noch mal im Leben. Trotzdem war er der einzige Mann gewesen, den sie je geliebt hatte. So oft er sie zum Weinen gebracht hatte – noch öfter hatte er sie zum Lachen gebracht. Nur in seinen Armen hatte sie gespürt, dass es im Leben auch noch andere Dinge gab als Arbeit und Not und Entbehrung. Sie hatte am Morgen die Schneeglöckchen gepflückt, zwischen denen seine Leiche gelegen hatte. Als sie die Winterblumen nun auf seinen Sarg warf, sah sie LeBœuf noch einmal vor sich, sein platzrundes, lachendes Gesicht, das enge, bunte Wams, unter dem sich seine Muskeln so deutlich abzeichneten. Würde sie je wieder einen Mann so lieben wie ihn?

»Herr, gib ihm die Erfüllung seiner Sehnsucht und vollende sein Leben in dir. Lass ihn dein Angesicht schauen.«

Als der Prior den Schlusssegen sprach, hatte Suzette auf einmal das Gefühl, LeBœuf würde von irgendeinem Ort auf sie herabschauen. Im selben Moment glaubte sie, sein Lachen zu hören, dieses helle, herzbefreiende Lachen, mit dem er früher alle Menschen in seiner Gegenwart angesteckt hatte. Dass der Prior, der noch nach der Jauche stank, die er bei der Eselsmesse abbekommen hatte, jetzt seine Leiche mit Weihwasser segnete, war ein Spaß, der ganz nach seinem Herzen gewesen wäre. Wie früher fiel sie in sein Lachen ein, musste so laut lachen, dass der Geistliche ihr einen bösen Blick zuwarf. Im selben Augenblick wurde ihr bewusst, dass sie LeBœufs Gesicht nie wiedersehen, seine Stimme nie wiederhören würde. Bei dem Gedanken verging ihr das Lachen so plötzlich, wie es gekommen war.

Nein, es war vorbei. Die Totengräber würden das Grab zuschaufeln, noch bevor es zum Angelus läutete, und dann war ihr Verlobter von dieser Erde verschwunden. Für heute und immer und alle Zeit.

»Ich freue mich, dass du schon wieder so fröhlich sein kannst«, sagte Père Gustave, nachdem sie den Friedhof verlassen hatten.

»Habt Ihr Euch Sorgen gemacht, dass ich bei der Arbeit Euren Gästen ein langes Gesicht ziehen würde?«, fragte Suzette.

»Nein, nicht deswegen«, erwiderte Père Gustave. »Sondern weil es Zeit ist, nach vorn zu blicken.« Er blieb stehen und nahm ihre Hände. »Jetzt, da du endlich frei bist, Suzette, frage ich dich noch einmal: Willst du meine Frau werden?«

3

Vom Friedhof hörte Robert das Totenläuten, ein zartes, zerbrechliches Bimmeln, das der kalte Winterwind zu der Jagdhütte herüberwehte, in der er sich seit drei Tagen versteckt hielt. Beim Klang der einsamen Glocke lief ihm ein Schauer über den Rücken. War LeBœuf an seiner Stelle gestorben? Es war ja nur ein Wimpernschlag gewesen, der über Leben und Tod entschieden hatte, der eine, winzige Augenblick, in dem der Sergeant dem Soldaten befohlen hatte, zuerst den Versemacher abzuführen.

Während das Läuten in der Ferne verklang, blickte Robert an sich herab. Plötzlich war ihm, als habe er sein eigenes Leben verloren und würde nun das Leben des anderen weiterleben – sogar die Kleider, die er am Leibe trug, hatten ja LeBœuf gehört. Suzette, die ihn noch in derselben Nacht, in der ihr Verlobter erschlagen worden war, hierhergebracht hatte, hatte gesagt, er solle sie behalten – LeBœuf brauche sie nicht mehr.

Würde Robert wohl je wieder seinen Studententalar tragen, um an einer Lehrveranstaltung teilzunehmen? Er war dem Tod entronnen, doch sein Leben war zerstört – der Stadtpräfekt kannte seinen Namen und sein Gesicht. Nein, er machte sich keine falschen Hoffnungen. Er würde nie wieder studieren, nie das Examen machen, sich nie in der theologischen Fakultät einschreiben, nie den Lehrstuhl besteigen, von dem Victor gesprochen hatte … Er konnte froh sein, wenn er sich überhaupt wieder auf der Straße blicken lassen konnte, ohne Angst haben zu müssen, dass man ihn aufgriff und ihm den Prozess machte.

Der Hunger lenkte ihn von seinen trüben Gedanken ab. Zum Glück hatte Suzette ihn mit dem Nötigsten versorgt. Er griff nach dem Beutel, den sie ihm dagelassen hatte, um einen Kanten Brot zu essen, da wurden im Wald Stimmen laut. Vorsichtig trat er an das Fensterloch und spähte hinaus. Einen Steinwurf entfernt sah er zwei Wildhüter, die sich mit einem erlegten Reh näherten. Eilig verwischte er alle Spuren, die ihn verraten konnten, nahm seinen Beutel, und kletterte zum rückwärtigen Fenster hinaus, um sich vor den fremden Blicken zu verstecken.

Wie lange würde das noch gutgehen? Suzette war gestern in Paris gewesen, bei Paul. Er hatte versprochen, einen sichereren Unterschlupf für ihn zu besorgen. Hoffentlich hatte er Erfolg.

4

Paul hätte gern an LeBœufs Beerdigung teilgenommen, er hatte den verrückten Versemacher wirklich gemocht, doch dafür war keine Zeit. Er musste ein Versteck für Robert finden, und zwar so schnell wie möglich. Die Jagdhütte, in der sein Freund hauste, war keine Lösung. Suzette hatte gesagt, dass es in dem Wald von Kräuterweibern und Wildhütern nur so wimmelte, und wenn jemand Robert entdeckte, würde er sofort wieder verhaftet. Statt nach Saint-Marcel war Paul darum an diesem Vormittag in die Rue St.-Jacques gegangen, wo Victor d'Alsace seine Wohnung hatte.

Ob Robert wohl mit Suzette geschlafen hatte?

Eine Magd öffnete die Tür. Erneut stellte Paul voller Befriedigung fest, dass sein Haus prächtiger war als das des berühmten Magisters. In der Eingangshalle gab es anstelle von Bildern nur ein Auge Gottes an der Wand, und die Fenster waren nicht aus Glas, sondern mit Pergament bespannt.

Im Gegensatz zu seinem ersten Besuch empfing Victor ihn diesmal mit zuvorkommender Höflichkeit.

»Habt Ihr Nachricht von Robert Savetier?«, fragte er, kaum, dass sie einander begrüßt hatten.

»Ja, Domine Magister. Er lebt und ist unverletzt.«

»Gelobt sei der allmächtige Gott!« Victor bekreuzigte sich.

»Wo steckt er? Ist er in Sicherheit? Bitte, Ihr müsst mir alles erzählen.«

Aufmerksam hörte er dem Bericht zu. Als Paul auf sein Anliegen zu sprechen kam, runzelte er jedoch die Brauen.

»Ihr erwartet, dass ich ihn bei mir aufnehme, nicht wahr?«

»Ihr habt ein großes Haus«, sagte Paul.

Victor stieß einen Seufzer aus. »Wie gern würde ich Robert helfen. Doch zu viele Menschen wissen, dass er mein neuer Schüler ist. Mein Haus wird eines der Ersten sein, in dem man nach ihm suchen wird. – Was ist mit seinem Freund, Vicomte de Joinville?«

»Den habe ich schon gefragt. Aber sein Großvater, der Minister, lässt sein Haus Tag und Nacht beobachten. Ein halbes Dutzend Spitzel, die sich vor dem Tor ablösen. Niemand kann unbemerkt hinein oder hinaus.«

»Und Ihr selbst?«, fragte Victor. »Könnt Ihr ihm keine Unterkunft geben? Ihr seid weder ein Magister noch ein Student, sondern ein unbescholtener Bürger. Euch wird man kaum mit ihm in Verbindung bringen.«

»In meinem Haus geht es zu wie in einem Taubenschlag«, erwiderte Paul. »Ich beschäftige zwei Dutzend Kopisten, dazu kommen die Kunden und Lieferanten. Da ist es nur eine Frage der Zeit, bis jemand ihn entdeckt.« Er machte eine Pause und blickte den Magister an. »Habt Ihr denn wirklich keine Möglichkeit?«

Victor schüttelte den Kopf. »Es tut mir aufrichtig leid.«

»Aber warum? Euch wird man nicht belangen, dafür seid Ihr zu berühmt.«

»Ihr missversteht mich. Um meine Sicherheit mache ich mir keine Sorgen.«

»Worum sorgt Ihr Euch dann?«

Victor holte tief Luft. Dann sagte er: »Es gibt Dinge, die sind wichtiger als das Schicksal einzelner Menschen, und Roberts Anwesenheit unter meinem Dach würde sie aufs höchste gefährden. Ich bin sicher, er selbst wäre der Letzte, der das wollte.«

»Bitte entschuldigt meine Begriffsstutzigkeit, aber das verstehe ich nicht.«

»Es geht um das Wohl und die Zukunft der Universität«, erwiderte Victor. »Robert gilt als Rädelsführer der Studenten. Wenn er in meinem Haus entdeckt wird, wird das unabsehbare Folgen haben, für uns alle. Dann wird Kanzler Philipp, der als Einziger die Amtsgewalt besitzt, unsere Sache bei Hof zu vertreten, sich der Haltung des Bischofs und der Regentin anschließen. Wilhelm und Blanka aber werden die Vorfälle von Saint-Marcel zum Vorwand nehmen, uns mit Verboten zu überziehen. Statt unsere Freiheiten auszuweiten, werden sie sie einschränken. Sie halten die Universität für eine Brutstätte des Aufruhrs und fürchten die Professoren und Studenten fast so sehr wie die rebellischen Vasallen. Deren Anführer, Graf Raimund von Toulouse, droht die Exkommunikation, der Ausschluss aus der heiligen Kirche.«

Paul blickte ihn ungläubig an. »Dafür wollt Ihr Roberts Leben aufs Spiel setzen?«, fragte er. »Für die Freiheit Eurer Gedanken?«

Victor nickte. »Die Vorsehung hat mir einen Auftrag gegeben«, sagte er. »Und diesen Auftrag muss ich erfüllen. Allein deshalb hat Gott mich an diesen Platz gestellt.«

Während er sprach, betrat seine Magd den Raum.

»Draußen ist der Stadtpräfekt. Er will Euch dringend sprechen.«

»Hat er gesagt, was er will?«

»Ja. Er sucht einen Eurer Schüler.«

Victor schloss kurz die Augen. Dann wandte er sich wieder an die Magd. »Sag ihm, er soll sich einen Moment gedulden.« Mit einer Handbewegung bedeutete er ihr zu gehen. »Seht Ihr?«, flüsterte er, kaum dass sie fort war. »Ich schwöre bei Gott, ich werde alles tun, was in meiner Macht steht, damit die Mörder von Saint-

Marcel bestraft und die Studenten freigesprochen werden. Aber das kann ich nur, wenn ich selber frei von jedem Verdacht bin.«

Paul zögerte. Hatte die Magd an der Tür gelauscht? Aufmerksam musterte er Victors Gesicht. Doch der erwiderte seinen Blick mit solcher Festigkeit, dass Paul sich für seinen Verdacht schämte. Nein, das war kein abgekartetes Spiel. Draußen wartete wirklich der Präfekt, und er suchte Robert.

»Gut«, sagte er. »Er kann vorerst bei mir bleiben.«

Victor nickte. »Der Herr wird es Euch danken. Und ich will es auch tun«, fügte er hinzu. »Seid Ihr noch an einer Beglaubigung Eurer Mitschriften interessiert?«

Die Frage kam so unverhofft, dass Paul nicht gleich verstand. »Redet Ihr von dem Geschäft, das ich Euch neulich vorschlug?«

»Allerdings«, sagte Victor mit einem Lächeln. »Ich denke, angesichts der Nächstenliebe, die Ihr für Euren Freund beweist, wird Gott nichts dagegen haben, wenn ich Euch schon auf Erden ein wenig belohne.«

5

»Du brauchst dich nicht zu bedanken«, sagte Paul. »Erstens sind wir Freunde, und zweitens ziehe ich ja auch einen Vorteil aus der Sache. Victors Autorisierung der Kopien bedeutet für mich bares Geld!«

»Aber was sagt Marie dazu, wenn du mich hier versteckst?«

»Sehe ich aus wie ein Mann, der seine Frau um Erlaubnis fragt, wenn er einem Freund aus der Klemme hilft?«

Einer von Pauls Papierlieferanten hatte Robert auf seinem Karren in die Stadt gebracht. Sie hatten gewartet, bis es dunkel geworden war, und nachdem die Kopisten Feierabend gemacht hatten und kein Fremder mehr im Haus war, hatte Paul ihn zur Hintertür hereingelassen und hinauf unters Dach in einen Verschlag geführt, in dem Robert sich versteckt halten sollte, bis die Wogen sich ge-

geglättet hatten. Der Verschlag war so niedrig, dass sie kaum aufrecht darin stehen konnten. Im Schein von Pauls Leuchter sah Robert auf dem Boden einen Strohsack.

»Das ist deine Schlafstatt. Das Wichtigste ist, dass du dich bei Tage nicht im Haus blicken lässt. Von meinen Leuten darf keiner wissen, dass du hier bist. Sonst könnte jemand auf dumme Gedanken kommen.«

»Und was ist, wenn ich mal – du weißt schon ...?«

»... scheißen oder pinkeln musst?«, ergänzte Paul. »Am besten, du verkneifst es dir bis zum Abend. Sobald die Schreiber fort sind, kannst du runterkommen. Der Abort ist hinterm Haus. Und wenn du es gar nicht aushältst, nimm einfach die Dachrinne. Aber pass auf, dass du keinen Lärm machst. Beweg dich nicht mehr, als unbedingt nötig. Die Bohlen knarren ziemlich laut.« Er machte ein paar Schritte, um es zu beweisen. »Essen und Trinken bringt dir Marie, zweimal am Tag. Das fällt weniger auf, als wenn ich mit Geschirr durchs Haus laufe.«

»Ich würde mich gerne nützlich machen«, sagte Robert.

»Keine Sorge«, erwiderte Paul. »Ich habe an alles gedacht.« Er leuchtete in einen Winkel, wo sich unter der Dachschräge ein kleines Sitzpult befand. »Tinte und Papier bringe ich morgen früh, zusammen mit dem ersten Manuskript. Gibt es noch irgendetwas, das du brauchst?«

»Nein, ich habe unterwegs gegessen.«

»Dann wünsche ich dir eine gute Nacht.« Paul öffnete die Tür. Bevor er jedoch die Kammer verließ, drehte er sich noch einmal um. »Hat Suzette dir eigentlich gesagt, ob sie Père Gustaves Antrag annehmen will?«

»Nein«, erwiderte Robert. »Ich weiß nur, was ich dir schon erzählt habe. Aber warum fragst du?«

Paul grinste. »Nur so. Aus reiner Neugier.«

6

Es war nicht viel, was Suzette besaß. Zwei leinene Kittel und zwei Unterkleider, zwei graue, ärmellose Überwürfe, die sie wie die Kittel und die Unterkleider abwechselnd von Waschtag zu Waschtag trug, sowie eine rote Tunika mit ebenfalls roten Schnürstrümpfen für den Kirchgang am Sonntag und zum Tanz an den wenigen freien Tagen. Hinzu kamen zwei Hauben, ein Kamm, ein Schal, ein Gürtel sowie, zusätzlich zu den Holzpantinen, die sie täglich an den Füßen trug, ein Paar weiche lederne Schuhe, die sie erst ein einziges Mal getragen hatte, bei der Kirchweih von Saint-Marcel letzten Sommer. LeBœuf hatte sie ihr geschenkt, und sie hatte darin mit ihm die ganze Nacht getanzt. Alle Mädchen und Frauen hatten sie um ihre Schuhe beneidet, genauso wie um den Kamm, den sie im Haar getragen hatte. Auch der Kamm war ein Geschenk von ihrem Verlobten gewesen. Er hatte ihr nie etwas Nützliches geschenkt, keinen Kittel und keine Unterkleider und keine Holzpantinen. Immer nur Dinge, die überflüssig waren. Aber genau diese Dinge hatten das Leben schön gemacht.

Mit dem Handrücken wischte Suzette sich über die Augen, dann legte sie die Lederschuhe zusammen mit dem Kamm und dem Schal und dem Gürtel, die gleichfalls Geschenke ihres Verlobten waren, in ein eigenes Bündel und verschnürte die zwei Enden.

Wo würde sie diese Nacht schlafen?

Nachdem Père Gustave um ihre Hand angehalten hatte, hatte sie ihn um Bedenkzeit gebeten. Drei Tage und drei Nächte hatte sie nachgedacht, ohne sich entscheiden zu können, dann hatte die Vernunft über ihr Herz gesiegt und sie hatte ihm ihr Jawort gegeben. Er war sofort zur Kirche gelaufen, um dem Priester Bescheid zu sagen, doch als er zurückkam und sie umarmte und küsste und immer wieder seine Lippen auf ihr Gesicht presste und sie seinen Atem roch und die Zahnstummel in seinem Mund sah, hatte es ihr den Magen umgedreht, und sie hatte es gerade noch bis zur Tür geschafft, bevor sie sich erbrach. Père Gustave hatte sie eine lange Weile wortlos angestarrt. Dann hatte er einen Kübel Wasser geholt, um ihr Erbrochenes vor der Taverne fortzuspülen, und ihr gesagt, sie solle ihre Sachen packen und sich eine neue Stelle suchen.

Am liebsten wäre sie in ihr Dorf zurückgekehrt. Aber das ging nicht. Ihre Mutter war tot, und ihr Vater hatte, wie sie von einem durchreisenden Hausierer wusste, eine neue Magd ins Pfarrhaus aufgenommen und mit dieser Frau schon zwei oder drei Kinder gezeugt. Suzette hatte darum beschlossen, es in Paris zu versuchen. In der großen Stadt gab es Hunderte von Tavernen. In einer davon würde sie schon Arbeit finden.

Sie machte gerade einen Knoten in ihr Bündel, als sie plötzlich eine Stimme hörte.

»Suzette?«

Überrascht drehte sie sich um. »Paul?« In der Tür stand der Kopist aus Sainte-Geneviève. »Wo kommst du denn her?«

»Ich habe gehört, du suchst Arbeit.«

»Woher weißt du das?«

»Père Gustave erzählt überall herum, dass er dich rausgeworfen hat. Angeblich hast du versucht, ihn zu bestehlen.«

»So ein gemeiner Lügner!«

Paul runzelte die Stirn. »Dann stimmt es also nicht?«

»Nein! Er wollte mich heiraten, aber ich hab ihn nicht gewollt.«

Paul nickte. »So etwas hatte ich mir schon gedacht.«

»Das nützt mir nicht viel«, sagte Suzette. »Père Gustave ist ein angesehener Mann. Wenn er das Gerücht verbreitet, dass ich eine Diebin bin – wie soll ich dann Arbeit finden?«

»Vielleicht kann ich dir ja helfen«, sagte Paul.

Suzette schaute ihn an. Zum ersten Mal fiel ihr in seinem Gesicht die Narbe auf, die unter seinem Bart zuckte.

Obwohl sie sich kaum traute, schöpfte sie Hoffnung. »Kennst du jemanden, der eine Schankmagd braucht?«

Mit einem Lächeln zog Paul die Tür hinter sich zu. »Könnte schon sein …«

7

Jacques schmerzte vom Schreiben die Hand so sehr, dass er die Feder ablegen musste. Nachdem Victor d'Alsace versprochen hatte, die Abschriften seiner Werke aus Pauls Schreibstube zu autorisieren, wurde dort in fieberhafter Eile an ihrer Vervielfältigung gearbeitet. Paul versprach sich davon das Geschäft seines Lebens. Ob Doktor oder Student: Wer immer in Zukunft eine autorisierte Kopie von Victors Werken haben wollte, musste sie bei ihm erwerben.

Um sein Handgelenk zu lockern, schüttelte Jacques den Arm aus. Zum Glück war er gerade mit einem Bogen fertig geworden und konnte eine Pause machen. Doch kaum ordnete er den Stapel fertig beschriebener Blätter auf seinem Pult, stand Paul schon mit einem neuen Manuskript vor ihm.

»Ich bringe das nur schnell fort«, sagte Jacques.

»Aber nicht trödeln. Leg alles einfach auf den Tisch. Ich kümmere mich später darum.«

Jacques nahm den Stoß Blätter, um ihn in die Bücherstube zu bringen. Er hatte an diesem Morgen eine Quaestio aus Victors letzter Disputation kopiert: *Ist es überhaupt Gottes Wille, dass der Mensch arbeitet?* Solche Sorgen wie der Vicomte de Joinville, der die Frage gestellt hatte, hätte Jacques auch gern gehabt. Anne, seine Frau, der er nach nur einem Semester sein Studium geopfert hatte, weil sie die einzige Frau der Welt war, die ihn trotz seiner feuerroten Haare und der Eiterpickel im Gesicht jemals heiraten würde, war zwar schon seit fünf Jahren tot, doch sie hatte ihm sechs Kinder hinterlassen, vier Jungen und zwei Mädchen, die ihm die Haare vom Kopf fraßen und schneller aus ihren Kleidern herauswuchsen, als er neue kaufen konnte. Er stand darum bei seinem Brotherrn stets mit dem Lohn für ein oder zwei Monate in der Kreide und musste arbeiten, dass ihm das Blut unter den Nägeln hervorspritzte.

Als er seinen Stoß zu den übrigen Kopien auf den Tisch legte, stutzte er. Zwischen den Stapeln beschriebener Blätter lag ein Manuskript, das in einer Handschrift geschrieben war, die er noch nie gesehen hatte. Dabei kannte er die Handschrift der Kopisten, die bei Paul arbeiteten, besser als die meisten Gesichter.

Er nahm das oberste Blatt von dem Manuskript, um sich die Schrift genauer anzusehen. Sie zeugte von großer Fertigkeit und erinnerte mit ihrer flüssigen, klaren Linienführung ein wenig an die Schrift von Pauls Frau Marie, doch die Großbuchstaben waren so markant und energisch gesetzt, dass sie nur von einem Mann stammen konnten. Verwundert runzelte Jacques die Stirn.

Hatte Paul einen neuen Schreiber eingestellt, von dem er nichts wusste? Aber warum arbeitete er dann nicht im Skriptorium, wie alle anderen auch?

»Jacques! Verdammt nochmal, wo bleibst du?«

»Bin schon auf dem Weg!«

Eilig legte er das Blatt auf den Stapel zurück, um in die Schreibstube zurückzukehren. In der Halle stieß er um ein Haar mit Marie zusammen, die gerade aus der Küche kam. Sie trug ein Tablett, das sie nur mit knapper Not vor ihm retten konnte.

»Milch für das Kätzchen?«, fragte Jacques. Wie alle Kopisten hatte auch er seine klammheimliche Freude daran, dass Marie sich über den Willen ihres Mannes hinwegsetzte und das scheußliche Vieh verwöhnte wie eine Prinzessin.

»Nein, keine Milch«, sagte sie und wurde dabei rot bis unter die Haarspitzen.

Als Jacques einen Blick auf das Tablett warf, runzelte er die Stirn. Die Schale darauf enthielt keine Milch, sondern dampfenden Brei. »Oh, habt Ihr einen Gast?«

Statt zu antworten, verschwand Marie die Stiege hinauf.

Irritiert blickte Jacques ihr nach.

Für wen war der Brei bestimmt? Für den unbekannten neuen Schreiber?

8

Marie spürte Jacques' neugierige Blicke in ihrem Rücken, als sie mit dem Tablett die Treppe hinaufging. Hatte er Verdacht geschöpft? Sie ärgerte sich, dass sie ihm nicht geantwortet hatte – einen Gast im Haus zu haben war schließlich nicht verboten. Jetzt konnte sie nur hoffen, dass Jacques wirklich so dumm war, wie Paul immer sagte.

Im Dachgeschoss blieb sie auf dem Treppenabsatz stehen und lauschte hinunter ins Haus. Als sie hörte, wie Jacques in die Schreibstube zurückkehrte, trat sie an die Tür des Verschlags und klopfte leise an. Eine Bohle knarrte, und kurz darauf erschien Robert auf der Schwelle.

»Danke«, sagte er.

Wie immer nahm er ihr das Tablett bereits an der Tür ab. Er hauste inzwischen seit über einer Woche unter ihrem Dach, aber noch immer verhielt er sich so abweisend wie am ersten Tag. Marie wollte sich darum gleich wieder abwenden, um zurück in die Küche zu gehen, da fiel ihr Blick auf das Manuskript, das auf seinem Pult lag.

De vita beata. Vom glückseligen Leben.

»Hat Paul dir den Text gegeben?«

»Ja. Ich soll eine Abschrift davon machen.«

»Hast du ein Glück!«, platzte es aus ihr heraus.

»Glück? Warum?«

Marie zögerte. »Ich hatte gehofft, dass ich das Buch kopieren dürfte. Wenigstens einen Bogen.«

Robert zuckte die Schultern. »Vielleicht ist dein Interesse ja der Grund, warum Paul es dir nicht gegeben hat. Wenn ich ihn richtig verstanden habe, will er nicht, dass seine Kopisten sich für die Texte interessieren, an denen sie arbeiten.«

»Allerdings«, sagte Marie mit einem Seufzer. »Er meint, zu viel Denken schade nur beim Kopieren.«

Aufmerksam schaute Robert sie an. Dann sagte er: »Wenn du willst, kann ich dir das Manuskript heute Abend geben. Ich bin mit der Abschrift fast fertig.«

»Nein, das geht nicht.«

»Warum nicht? Wegen Paul?«

Marie schlug die Augen nieder. »Vielleicht kannst du mir ja erklären, was in dem Buch steht«, sagte sie leise. »Nur die allerwichtigsten Gedanken.« Sie hob den Kopf und blickte ihn an. »Würdest du das tun?«

Robert runzelte die Stirn. »Du meinst – jetzt gleich?«

»Bitte.«

Unentschlossen wiegte er den Kopf. »Gut«, sagte er schließlich. »Komm rein.«

Es war das erste Mal, dass er sie in seinen Verschlag ließ. Während er die Tür leise hinter ihr zuzog, sah sie sich um. Außer der Schlafstelle am Boden und dem Pult mit dem Schreibzeug gab es keine Möbel in der niedrigen Kammer.

»Leider kann ich dir keinen Platz anbieten«, sagte er und stellte das Tablett ab.

»Das macht nichts«, sagte sie, »ich bleibe ja nicht lange. – Darf ich?« Als er nickte, nahm sie das Manuskript von seinem Pult. Zu ihrer Überraschung bestand es nicht nur aus einem, sondern aus mindestens einem halben Dutzend Bündel. »Paul hat dir alle Kapitel gegeben?«, fragte sie. »Dann muss er großes Vertrauen zu dir haben.«

»Ich musste ihm hoch und heilig versprechen, den Text von A bis Z so abzuschreiben, wie er bei Seneca steht, ohne ein einziges Wort wegzulassen oder hinzuzufügen.« Ein verlegenes Lächeln huschte über Roberts Gesicht. »Ich glaube, er hat mir den Text nur gegeben aus Angst, dass ein anderer Schreiber die Kopie mit seinen eigenen Gedanken entstellen würde. Nach Glück streben schließlich alle Menschen.«

»Ist es das, was Seneca behauptet?«, fragte Marie. »Dass alle Menschen nach Glück streben?«

»Zumindest geht er davon aus«, sagte Robert. »Ob sie es seiner Meinung nach auch sollen, ist eine andere Frage.«

Wie gebannt schaute Marie auf das Manuskript in ihrer Hand. Mit den Fingerspitzen strich sie über das Deckblatt. »Sag, was ist das Geheimnis?«

»Welches Geheimnis?«

»Das Geheimnis des glückseligen Lebens. Was, glaubt Seneca, ist der Schlüssel?«

Robert dachte einen Moment nach. »In einem einzigen Wort zusammengefasst – Tugend«, sagte er. »›Tugend‹, schreibt Seneca, ›ist der Weg zur Glückseligkeit.‹«

»Das ist alles?«

Unwillig schüttelte Marie denn Kopf. Sie wusste selbst nicht, warum, aber irgendwie war sie von der Antwort maßlos enttäuscht. Schließlich war im Leben nichts schwerer zu erlangen als Glück.

»Aber das würde ja heißen«, sagte sie, »dass jeder Bettler, wenn er nur tugendsam lebt, so glücklich sein kann wie ein König.«

»Wenn man Seneca folgt, müsste es in der Tat so sein«, erwiderte Robert. »Und er nennt dafür auch einen Grund: ›Wo Tugend herrscht, ist Einheit. Das Laster aber gedeiht in Zwietracht.‹«

Die Begründung überzeugte Marie so wenig wie Senecas Antwort auf die Frage nach dem Glück. »Was meinst du«, sagte sie, »glaubst du auch, dass es so einfach ist?«

Robert zupfte sich am Ohr. »Ich will mir nicht anmaßen, einem so großen Philosophen wie Seneca zu widersprechen«, sagte er. »Aber, um ehrlich zu sein, ich glaube eher, was Victor d'Alsace lehrt.«

Neugierig hob sie die Brauen. »Und was lehrt Victor d'Alsace?«

»Dass es nicht nur einen richtigen Weg gibt, sein Leben zu führen. Victor behauptet vielmehr, dass es die Aufgabe eines jeden Einzelnen sei, selbst herauszufinden, welcher Weg für ihn der richtige ist, der Weg, der seiner von Gott gewollten Bestimmung entspricht.«

Während er sprach, lächelte Robert sie in einer Weise an, wie er es noch nie getan hatte. Dabei erschienen auf seinen Wangen zwei Grübchen.

Plötzlich hatte Marie das Gefühl, dass sie rot anlief. »Und«, wollte sie wissen, »hast du diesen Weg für dich schon gefunden?«

»Das fragst du ausgerechnet mich?« Lachend schüttelte er den Kopf. »Schau nur, wie ich lebe, und du weißt die Antwort!« Dann wurde er wieder ernst. »Ja, ich dachte tatsächlich, ich hätte meinen Weg gefunden, zumindest den Anfang. Aber jetzt – jetzt weiß ich es nicht mehr.«

9

Orlando wunderte sich einmal mehr, welches Ansehen der gottlose Seelenfänger Victor d'Alsace in der *Universitas magistrorum et scholiarum Parisiensis* genoss. Zu Invocabit, dem ersten Fastensonntag nach Aschermittwoch, hatte er eine Predigt dazu missbraucht, die Lehrenden aller vier Fakultäten zu einer Versammlung in die Pfarrkirche von Sainte-Geneviève zu laden, und heute, zwei Wochen später zu Oculi, waren von den dreihundertfünfzig Doctores der Pariser Universität über zwei Drittel seinem Aufruf in das Gotteshaus gefolgt und blickten nun zur Kanzel hinauf, als spräche dort der Erlöser.

»Ich habe eine Petition verfasst«, rief Victor den Magistern zu, »um beim König, der Regentin sowie Bischof Wilhelm gegen das Unrecht zu protestieren, das in Saint-Marcel geschehen ist. Acht Studenten, die sich nichts haben zuschulden kommen lassen, wurden von den Soldaten des Präfekten zu Tode geprügelt, unter schändlicher Missachtung der Privilegien, welche die Angehörigen der Universität genießen. Darum fordere ich den König und die Regentin auf, alle Verantwortlichen, die an diesem Gemetzel beteiligt waren, zur Rechenschaft zu ziehen, ohne Rücksicht auf Amt und Würden, und diejenigen Studenten, die noch in Haft sind oder von der Präfektur gesucht werden, von jeder weiteren Verfolgung zu verschonen. Im Namen der Gerechtigkeit!«

Orlando knirschte mit den Zähnen. Wie ein zweiter Moses, der das Volk der Juden aus der ägyptischen Knechtschaft zu befreien suchte, führte Victor sich auf. Dabei war seine Petition nichts anderes als ein Aufruf, sich dem Willen Gottes zu widersetzen! Die Studenten waren in Saint-Marcel gestorben, damit die Universitas sich durch ihren Tod erneuerte. Sollte ihr Opfer nun vergeblich sein? Obwohl Orlando das Blut in den Adern kochte, würgte er seine Empörung herunter. In der Zucht seines dominikanischen Glaubens hatte er Gehorsam vor dem Gesetz gelernt, und da er noch nicht promoviert worden war, hatte er kein Recht, seine Stimme im Kreis der Professorenschaft zu erheben.

»Dieses Schreiben«, rief Victor und hielt die Petition in die Höhe, »lege ich im Chorraum aus, zur Unterschrift durch einen jeden von Euch. Damit ich unseren Protest im Namen der gesamten Lehrerschaft bei Hofe vortragen kann.«

Während Orlando ein Stoßgebet zum Himmel sandte, dass der Heilige Geist die Versammlung daran hindere, sich dem Frevel anzuschließen, erhob sich vor ihm ein Vertreter der Juristenfakultät.

»Angenommen, wir unterschreiben Eure Petition – was wird geschehen, wenn Ludwig und die Regentin sich weigern, die Forderungen zu erfüllen? Laufen wir dann nicht Gefahr, selber in Ungnade zu fallen und eben jene Privilegien zu verlieren, die König Philipp-August uns gewährt hat?«

Ein beifälliges Raunen ging durch das Gotteshaus. Orlando atmete auf. Doch Victor hob bereits die Arme, um dem Einspruch zu begegnen.

»Ja, wer sind wir angesichts der Macht eines Königs?«, fragte er. »Wir sind keine Fürsten oder Grafen oder Barone wie Ludwigs Vasallen. Wir haben weder Waffen noch Heere und auch keine Gefolgschaft. Alles, was wir besitzen, ist unsere Wissenschaft, und unsere einzigen Verbündeten sind unsere Bücher. Doch sind wir darum wehrlos?«, fuhr er mit erhobener Stimme fort. »Ist unsere

Wissenschaft nicht auch eine Macht? Eine Macht, die zwar keine Mauern einreißen kann, dafür aber das Fundament bildet, auf dem das ganze Staatsgebäude ruht? Wie will der König Frankreich morgen regieren, ohne die Heerschar jener Getreuer, die heute durch unsere Schule gehen? Wie soll das Königreich fortbestehen, wie soll es wachsen und gedeihen ohne die Richter und Ärzte, die Priester und Lehrer, die in den Fakultäten unserer Universität ausgebildet werden?«

»Das sind doch alles nur leere Worte«, erwiderte der Jurist. »Entscheidend ist, wie Ihr Eure Forderungen durchsetzen wollt.«

Victor blickte dem Fragesteller fest ins Gesicht. »Hört mir eine kurze Weile zu, dann sollt Ihr es erfahren. Wenn wir nur einig und entschlossen handeln, verwandelt sich unsere Wissenschaft in ein scharfes Schwert, vor dem selbst ein König weichen muss.«

Voller Entsetzen verfolgte Orlando die Rede. Bei jedem Argument, das Victor anführte, hob er einen Finger in die Luft, doch beide Hände reichten nicht aus, um all die Ungeheuerlichkeiten aufzuzählen, die er in seiner finsteren Seele ausgebrütet hatte. Orlando schauderte – noch nie hatte man solches je vernommen! Wenn es Victor gelang, die hier versammelten Professoren hinter sich zu scharen und zusammen mit ihnen seine Drohungen wahr zu machen, geriet die von Gott gewollte Ordnung der Dinge in Gefahr.

Orlando beschloss, noch heute Bischof Wilhelm aufzusuchen, um ihn vor dem drohenden Unheil zu warnen. Hier war es mit Beten nicht getan – hier musste gehandelt werden!

10

Pierre Henri Bernard, Vicomte de Joinville, saß allein in seinem großen leeren Haus und betrank sich. Seit Robert nicht mehr bei ihm wohnte, wollte er keinen Menschen mehr um sich haben außer einem Diener, dessen einzige Aufgabe es war, ihn mit so viel Wein zu versorgen, dass er sein Gewissen darin ersäufen konnte. Inzwischen hatte er so viele Male die Fasten gebrochen, dass ihn der Ablass zu Ostern ein Vermögen kosten würde. Doch wie sollte er nüchtern die Schmach ertragen, die er sich selber zugefügt hatte?

Zweimal hatte er die Möglichkeit gehabt, Ehre einzulegen, und zweimal hatte er versagt. Es wäre ein Gebot der Ehre gewesen, an LeBœufs Beerdigung teilzunehmen. Der Versemacher hatte sein Leben gelassen, um gegen die Bauern von Saint-Marcel zu ziehen. Doch statt ihm zum Dank das letzte Geleit zu geben, hatte Henri sich mit Geld von seiner Pflicht freigekauft. Ebenso wäre es ein Gebot der Ehre gewesen, Robert in sein Haus aufzunehmen. Doch statt ihm Asyl zu gewähren, wie ein Schutzherr es einem treuen Vasallen schuldig war, hatte er ihm die Unterkunft verweigert.

Henri trank den letzten Schluck aus seinem Becher. Zweimal hatte er versagt, und beide Male aus dem schändlichsten Grund, den es für einen Mann von Ehre gab: Feigheit.

»Mehr Wein!«

Als er über die Schulter blickte, stutzte er. Statt des Dieners kam ein Mann in den Raum, den er noch nie in seinem Haus gesehen hatte.

»Victor d'Alsace?«

Mit einem Schlag nüchtern, sprang er von seinem Sessel auf. Während er versuchte, seiner Verwirrung Herr zu werden, trat der Magister auf ihn zu.

»Ich muss mit Euch reden.«

»Es ist mir eine Ehre«, sagte Henri. »Darf ... darf ich Euch etwas anbieten?«

Der Magister schüttelte den Kopf. »Ich halte die Fasten. Und wenn Ihr Durst habt, solltet auch Ihr lieber Wasser trinken statt Wein. Ich brauche Euch jetzt bei klarem Verstand.«

»Bitte sprecht!«

Victor wartete, bis Henri seinen Becher abgestellt hatte. Dann sagte er: »Mir ist zu Ohren gekommen, dass Ihr bei mir kanonisches Recht zu studieren wünscht.«

»Darum habt Ihr Euch herbemüht?« Henris Herz machte vor Freude einen Sprung.

Victor nickte. »Ich bin unter Umständen bereit, Eurem Wunsch zu entsprechen. Vorausgesetzt, Ihr tut mir einen Gefallen.«

Henri glaubte zu wissen, worauf der Magister hinauswollte. Eilfertig zückte er seinen Beutel. »Nennt Euren Preis.«

»Lasst Euer Geld stecken.« Victor schaute ihn an wie ein Lehrer einen Schüler, der eine falsche Antwort gegeben hat. »Es gibt bessere Möglichkeiten, um mich von Euren Fähigkeiten zu überzeugen.«

»Welche?«, fragte Henri beschämt und steckte den Beutel wieder ein. »Ich … ich hoffe, ich werde Euch nicht enttäuschen.«

II

Robert war noch keine zwanzig Jahre alt, aber sein Leben lag bereits in Scherben. Er wurde vom Präfekten gesucht und konnte sich nirgendwo blicken lassen. Er hatte keine Wohnung und hauste in einem Verschlag, in dem er nicht mal aufrecht stehen konnte. Er trug die Kleider eines Toten auf dem Leib und hatte die Frau, die ihn zum Mann gemacht hatte, schon in der ersten Nacht wieder verloren. Und was am allerschlimmsten war: Er würde nie wieder studieren, geschweige denn sein Examen machen, obwohl das sein größtes und einziges Ziel war, seit er überhaupt denken konnte.

Trotzdem war Robert nicht verzweifelt. Im Gegenteil. In seinem Verschlag erlebte er Augenblicke solch süßer Seligkeit, dass selbst das kurze Glück, das er in Suzettes Armen genossen hatte, davon nur ein schwacher Abglanz gewesen war.

Wie bei allen Heiligen und Erzengeln konnte das sein?

Solange genügend Licht durch das Giebelfenster fiel, saß er an dem kleinen Pult, das Paul für ihn gezimmert hatte, und fertigte Kopien an. Auf diese Weise vertrieb er nicht nur die Langeweile, sondern konnte auch ein wenig von dem Vorschuss abarbeiten, den sein Freund ihm gegeben hatte. Aber so sehr er sich bemühte, sich auf die Texte zu konzentrieren – er war unfähig, ihren Sinn zu erfassen. Denn während er schrieb, lauschte er immer wieder ins Haus hinunter, in der Hoffnung, Maries Stimme zu hören. Bei jedem Wort, bei jedem Lachen, das er von ihr aufschnappte, war es, als würde jemand ein Licht anzünden.

Die Höhepunkte des Tages aber waren ihre Besuche. Schon wenn sie die Stiege hinaufkam, erkannte er sie am Laut der Schritte, und sobald die Tür aufging und sie die Kammer betrat, um ihm einen Teller Fastenbrei oder einen Krug Wasser zu bringen, lösten sich seine Sorgen und Nöte auf wie Nebel in der Sonne, und die Zeit, die sich sonst oft ins Endlose zu dehnen schien, verging plötzlich wie im Flug. Robert wusste selbst nicht, woher dieser Zauber rührte. Sie taten ja nichts weiter als miteinander reden, meistens über irgendeine Frage, die Marie beim Kopieren eines Textes gekommen war. Doch seit ihrem ersten Gespräch hatte sein Leben nur noch einen einzigen Sinn: dass die Tür seines Verschlags sich öffnete, Marie hereinkam und sie miteinander sprachen.

»Ich kann nicht verstehen«, sagte sie, »warum Hieronymus das Lachen so sehr verteufelt. Jeder Mensch lacht doch! Da ist doch nichts dabei!«

»Aristoteles nennt den Menschen deshalb sogar das ›lachende Tier‹«, erwiderte Robert. »Er behauptet, dass die Götter uns das Lachen gegeben haben, damit wir uns von den Tieren unterscheiden.«

»Was für ein schöner Gedanke.«

Maries Augen strahlten, und die Sommersprossen tanzten auf ihrer Nase förmlich um die Wette. Noch nie hatte Robert eine Frau gekannt, die sich so sehr über einen Gedanken freuen konnte wie Marie. Selbst wenn sie fort war, erhellte das Strahlen ihrer

Augen noch seine Kammer, den ganzen Tag lang bis zum Abend und oft auch noch bis tief in die Nacht hinein, und wie Glühwürmchen tanzten ihre Sommersprossen in der Dunkelheit, während ihre Gespräche in ihm fortklangen und er sich überlegte, über welches Thema er am nächsten Morgen mit ihr sprechen könnte, falls sie ausnahmsweise nicht von sich aus eine neue Frage stellen würde.

Ihre Miene wurde wieder ernst. »Aber wenn das Lachen von den Göttern kommt, wie kann es dann Sünde sein?«

»Psssst«, machte Robert. »Das mit den Göttern darfst du nicht so laut sagen.«

»Warum nicht?«

»Die Stelle ist aus einer von Aristoteles' verbotenen Schriften. Dafür wurden schon Menschen umgebracht.«

»Willst du dich über mich lustig machen?«

Er schüttelte den Kopf. »In Italien gab es ein Benediktinerkloster, in dem ein Mönch nach dem anderen gestorben ist, ohne dass man wusste, warum. Am Ende kam heraus, dass die Toten vergiftet worden waren. Jemand hatte verhindern wollen, dass sie Aristoteles' Lehre über das Lachen verbreiteten.«

»Das ist ja furchtbar! Wie können Menschen so etwas tun?«

»Ganz einfach«, sagte Robert. »Aus Angst – Angst vor der Sünde. Viele Menschen glauben ja, dass Hieronymus recht hat und Gott nicht will, dass wir lachen.«

Marie, die unter der Dachschräge auf dem Boden hockte, zupfte an einem Strohhalm. »Vielleicht ist Angst ja überhaupt der Grund«, sagte sie mehr zu sich selbst als zu Robert.

»Was meinst du damit?«

»Ich meine, vielleicht ist Lachen ja gar keine Sünde, weil Gott es so beschlossen hat. Sondern nur, weil die Menschen sich vor ihrem eigenen Lachen fürchten.«

Robert verstand nicht. »Warum sollten sie davor Angst haben?«

»Ich weiß nicht, vielleicht, weil es ihnen unheimlich ist?« Marie hob den Blick. »Hast du schon mal erlebt, dass du plötzlich lachen musst, obwohl du es gar nicht willst?«

»Natürlich. Früher in Sorbon, wenn Paul und ich Abbé Lejeune bei der Messe ministrierten, konnten wir oft gar nicht mehr aufhören zu lachen, obwohl wir uns in die Fäuste gebissen haben, um uns zu beherrschen. Dafür haben wir vom Küster manches Mal Prügel bezogen.« Plötzlich fiel es Robert wie Schuppen von den Augen. »Du meinst, Lachen ist den Menschen unheimlich, weil es einfach über sie kommt und sie nichts dagegen tun können?«

Mit einem Lächeln zuckte sie die Schultern. »Glaubst du nicht, dass es so sein könnte?«

Der Gedanke war so einfach und zugleich so einleuchtend, dass Robert für einen Moment verstummte.

»Was ist?«, fragte sie. »Habe ich etwas Falsches gesagt?«

»Nein«, sagte er. Irgendwie hatte er das Gefühl, dass das, was sie eben über das Lachen gesagt hatte, auch für viele andere Dinge galt. Jedenfalls kam gerade etwas über ihn, was ganz und gar unheimlich war, und gleichzeitig wunderschön, aber wogegen er sich genauso wenig wehren konnte wie früher als Messdiener gegen das Lachen. Und es wurde immer stärker, je länger er in Maries grüne Augen sah.

»Hast du eigentlich nie den Wunsch gehabt zu studieren?«, fragte er.

»Ich?« Marie lachte. »Aber ich bin doch eine Frau!«

»Ich weiß. Aber – du bist viel klüger als die meisten Studenten, die ich kenne.«

Immer noch lachend schüttelte sie den Kopf. Doch als sie sah, dass er es ernst meinte, schwieg auch sie. Eine Weile blickten sie sich an, ohne ein Wort zu sagen, und dieses Schweigen war noch schöner als zuvor das Reden.

»Aber ist denn das überhaupt erlaubt?«, fragte sie leise.

Bevor Robert antworten konnte, ertönte von unten Pauls Stimme. In scharfem Ton schalt er einen Schreiber, der ein Tintenfass umgestoßen hatte.

»O Gott, jetzt ist dein Essen kalt geworden«, sagte Marie und deutete auf den Teller Brei, den sie auf dem Boden abgestellt hatte. »Höchste Zeit, dass ich gehe!«

Unwillkürlich reichte Robert ihr die Hand, um ihr aufzuhelfen. Doch sie erhob sich ohne seine Hilfe. Während er seine Hand verlegen wieder zurückzog, strich sie ihr Kleid glatt.

»Und wenn Lachen doch Sünde ist?«, fragte sie. »Ich meine – *wirklich* Sünde?«

Er schüttelte den Kopf.

»Bist du dir so sicher?«

»Ja. Nein. Ich weiß nicht.«

Eine Strähne hatte sich aus Maries Frisur gelöst. Sie strich sie aus der Stirn und ging zur Tür. Die Hand schon auf dem Griff, drehte sie sich noch einmal um. »Ich glaube, du würdest ein wunderbarer Lehrer sein«, sagte sie.

Das plötzliche Kompliment machte ihn so verlegen, dass er nicht wusste, was er erwidern sollte. »Ich ... ich bin Paul und dir sehr dankbar, dass ihr mich bei euch aufgenommen habt.«

»Psssst«, machte sie und berührte einmal ganz leicht mit ihrem Finger seine Lippen.

Dann öffnete sie die Tür, und bevor Robert wusste, wie ihm geschehen war, war sie hinaus.

12

Orlando knurrte vor Hunger der Magen, doch das focht ihn nicht an. Der Leib des Herrn war das einzige Frühstück, dessen er bedurfte, und dieses Frühstück genoss er jeden Morgen in der heiligen Messe. Solchermaßen gestärkt, versuchte er seit Tagen, zum Bischof von Paris vorzudringen, um ihn vor dem Unheil zu warnen, das sich im Herzen der Universitas zusammenbraute. Doch Tag für Tag wurde er von Wilhelms Sekretären abgewimmelt.

Orlando ahnte, warum man ihn nicht vorließ. Im Gegensatz zu Kanzler Philipp, der den Dominikanern gewogen war, wollte der Bischof nichts von Ordensgeistlichen in der Universität wissen und verweigerte ihnen bislang darum auch das Recht, einen eigenen Lehrstuhl zu besetzen. Nicht mal in der Theologie durften sie unterrichten. Als Erzieher des Königs war Wilhelm so weltlich geprägt, dass er blind wie ein Maulwurf war für die Gefahren, die von der Alleinherrschaft der Weltgeistlichen in den vier Fakultäten ausgingen. Doch jetzt hatte Orlando endlich die Möglichkeit, ihm die Augen zu öffnen. Victors Plan war der Beweis, dass Krone und Kirche die Ordensgeistlichen brauchten, um den Glauben vor den Anfechtungen der Welt zu schützen, dass sie gemeinsam ein Bollwerk bilden mussten gegen die immer dreisteren Angriffe Satans und seiner Jünger.

Um nicht wieder abgewimmelt zu werden, hatte Orlando bei seiner Ankunft am bischöflichen Palais beschlossen, sich nicht wie in den vergangenen Tagen in der Kanzlei anzumelden, sondern draußen vor der Freitreppe zu warten, wo in der Frühlingssonne schon zwei Sänftenträger mit dem Tragestuhl des Bischofs bereitstanden. Wilhelm musste also jeden Moment das Gebäude verlassen und auf die Straße treten, wo Orlando ihn abfangen konnte.

Tatsächlich dauerte es kaum eine Stunde, da ging das Portal auf, und Wilhelm erschien in seinem violetten Talar. So schnell er es mit seiner schmerzenden Hüfte vermochte, hinkte Orlando ihm entgegen.

»Ich habe keine Zeit«, wies Wilhelm ihn ab und bestieg die Sänfte. »Kommt morgen wieder.«

»Bitte leiht mir nur kurz Euer Ohr! Morgen ist es vielleicht schon zu spät!«

»Ich bin auf dem Weg zum König!«

»Umso dringender ist es, was ich Euch zu sagen habe.«

»Habt Ihr nicht gehört? Aus dem Weg! Ich kann Ludwig nicht warten lassen!«

Wilhelm schnippte mit dem Finger, und im Laufschritt trugen die Diener ihn davon.

Ohnmächtig schaute Orlando der Sänfte nach. Zum ersten Mal im Leben verfluchte er das Gebrechen, mit dem Gott ihn gestraft hatte.

13

Begleitet vom Frühlingsgezwitscher der Vögel, lief Victor den Hügel von Sainte-Geneviève hinab in Richtung des Petit Pont, der steinernen Brücke, die das lateinische Viertel mit der Île de la Cité verband. Henri de Joinville hatte für ihn um eine Audienz beim König ersucht, und dank seines Großvaters hatte man sie ihm gewährt.

Für die Unterredung mit Ludwig hatte Victor eigentlich seinen ältesten und schäbigsten Talar anziehen wollen. Je demütiger er dem jungen Herrscher entgegentreten würde, so seine Überlegung, umso eher würde dieser geneigt sein, ihm Gehör zu schenken. Doch aus einer Eingebung heraus hatte er sich beim Ankleiden anders entschieden. Anstelle des alten, von Motten zerfressenen Talars hatte er sein neuestes und prächtigstes Gewand übergestreift, eine schwarze Seidenrobe mit einem Kragen aus Hermelin, den zu tragen das Vorrecht der Reichen und Mächtigen war. Es gab keinen Grund, Demut zur Schau zu stellen. Nicht als Bittsteller, der um Gnade flehte, sondern als Vertreter der *Universitas magistrorum et scholiarum Parisiensis*, der verbrieftes Recht einforderte, wollte er dem König entgegentreten!

Von der Höhe des Hügels herab erschien die Hauptstadt wie eine einzige Baustelle. Seit der König Paris zur ersten Residenz erhoben hatte, begehrten immer mehr weltliche und geistliche Fürsten eine bleibende Unterbringung in der Kapitale. Überall wuchsen Häuser und Paläste aus dem Boden, Straßen wurden gepflastert, Brücken über die Seine geschlagen, Sümpfe trockengelegt. Aus all den Baustellen aber ragte eine übergroß empor: die seit einem halben Jahrhundert im Neubau befindliche Kathedralkirche von Notre-Dame, deren Türme von Monat zu Monat höher in den Himmel wuchsen – Sinnbild der fortgesetzten Schöpfung Gottes, die durch Menschenwerk ihrer Vollendung entgegenstrebte.

Würde Victor wohl einst den Tag erleben, an dem die Türme des Paripatos ebenso hoch in den Pariser Himmel ragten wie die Türme dieses Gotteshauses?

Der König empfing ihn nicht allein. Ludwig zur Seite saßen seine Mutter, die Königinwitwe und Regentin Blanka von Kastilien, sowie sein Erzieher, Bischof Wilhelm von Auvergne.

Victor beschloss, sich nicht einschüchtern zu lassen.

»Ich fordere die Bestrafung der Schuldigen, die das Gemetzel von Saint-Michel angerichtet haben«, erklärte er, kaum, dass das Begrüßungszeremoniell vorüber war. »Der Stadtpräfekt und die Soldaten, die an der Ermordung der Studenten beteiligt waren, müssen zur Rechenschaft gezogen werden. Die Verfolgung von Universitätsangehörigen hingegen, die noch in Haft sind oder nach denen gefahndet wird, muss sofort ein Ende haben.«

Während er sprach, richtete er seinen Blick fest auf den König, einen Jüngling von zarter Konstitution, der sowohl die helle Haut wie auch die schwarzen Haare und Augen von seiner spanischen Mutter geerbt hatte. Obwohl Ludwig ebenso anfällig für Krankheiten schien wie sein älterer Bruder, der im Alter von nur neun Jahren an einem Husten gestorben war, sagte man ihm nicht nur einen wachen Verstand, sondern auch einen starken Willen nach, mit dem er sich gegen die Bevormundung durch seine Mutter und seinen Erzieher zu behaupten trachtete.

Doch nicht Ludwig antwortete Victor, sondern Wilhelm von Auvergne. »In wessen Namen stellt Ihr Eure Forderung?«

»Im Namen der Gerechtigkeit!«

Der Bischof verzog spöttisch das Gesicht. »Das heißt – Ihr sprecht für Euch allein?«

»Keineswegs, Eminenz.« Victor holte eine Schriftrolle aus dem Ärmel seiner Robe hervor und reichte sie ihm. »Hier findet Ihr die Namen von zweihundertsiebenundzwanzig Magistern aller Fakultäten, die meine Forderungen unterstützen.«

»Forderungen«, wiederholte die Königinmutter mit säuerlicher Miene, während Wilhelm die Liste überflog. »Wenn Ihr Gehör finden wollt, solltet Ihr Euren Herrscher lieber um Gnade bitten.«

Mit diesem Einwand hatte Victor gerechnet. »Wer bin ich, um auf Gnade zu hoffen?«, erwiderte er, den Blick wieder auf den jungen König gerichtet. »Gnade bedarf einer Güte, die ich nicht verdiene. Gerechtigkeit hingegen bedarf nur der Vernunft.«

Während Ludwig scheinbar beeindruckt die Brauen hob, blickte Wilhelm unwillig von seiner Liste auf. »Wer Ihr seid – oder für wen Ihr Euch haltet –, erkennen wir an Euren Worten so unschwer wie an Eurem Gewand.«

»Ich bin bereit, meine Robe sofort gegen die Kutte eines Büßers zu tauschen, wenn Seine Majestät unserer Forderung nachkommt. Den Studenten wurde schweres Unrecht angetan. Es ist die Aufgabe des Königs, dafür zu sorgen, dass das Recht wieder hergestellt wird.«

»Was maßt Ihr Euch an?«, fuhr Wilhelm auf. »Wollt Ihr Seiner Majestät vorschreiben, was sie zu tun hat? Entweder, Ihr kleidet Euer Begehren in ein Gnadengesuch, oder die Audienz ist beendet.«

»Bei allem Respekt vor meinem König«, entgegnete Victor, »in diesem Fall geht es nicht um Gnade, sondern um Recht. Darum muss ich auf den Forderungen der Pariser Professorenschaft bestehen.«

»Dann geht Uns aus den Augen!«, befahl die Königinmutter.

Mit einer so barschen Abfuhr hatte Victor nicht gerechnet. Hatte er den Bogen überspannt? Plötzlich erschien ihm der Thron vor ihm wie ein uneinnehmbares Bollwerk, und er fühlte sich, wie David sich einst gefühlt haben musste, als er Goliath entgegengetreten war.

Doch hatte David mit seiner Steinschleuder nicht auch den Riesen besiegt?

Victor suchte noch nach einer Erwiderung, da winkte der junge König ihn zu sich heran. »Ich will Euch eine Frage stellen«, ergriff er zum ersten Mal das Wort. »Wenn Ihr von Recht redet – auf welches Recht beruft Ihr Euch?«

»Auf das Recht, das Euer Großvater, König Philipp-August, der Universität und ihren Angehörigen gab«, erklärte Victor.

»Ihr meint die Privilegien, durch die die Magister und Studenten den Priestern gleichgestellt sind?« Ludwig dachte einen Moment nach. »In dem Fall würde mich interessieren, wie viel sie Euch wert sind.«

»Pardon, Majestät. Ich verstehe nicht ganz.«

»Dann lasst mich anders fragen: Was würdet Ihr tun, wenn Wir diese Privilegien kassieren, um das Recht des Staates gegen die Untergrabung seiner Autorität zu schützen? Würdet Ihr für Eure Überzeugung kämpfen?«

»Was soll die Frage?«, fuhr die Regentin dazwischen. »Wollt Ihr zur Rebellion auffordern?«

»Ich möchte nur wissen«, erwiderte ihr Sohn, »ob ein Magister so mutig ist wie die Vasallen, die gegen Unsere Herrschaft aufbegehrt haben.«

Als Victor in das Gesicht des jungen Königs blickte, wusste er: Jetzt war der Moment gekommen, das Schwert zu zücken, von dem er bei der Versammlung in Saint-Geneviève gesprochen hatte.

Er warf den Kopf in den Nacken und sagte: »Für den Fall, dass den Opfern von Saint-Marcel bis Ostern keine Gerechtigkeit widerfährt, werden alle Magister und Professoren, die unsere Petition unterschrieben haben, ihre Lehrtätigkeit einstellen. Dann wird ab Ostern der gesamte Lehrbetrieb ruhen, an allen vier Fakultäten, so lange, bis die Gerechtigkeit wieder hergestellt ist. An Karsamstag erwarten wir Eure Antwort.«

Während Wilhelm und die Regentin vor Empörung nach Luft schnappten, runzelte Ludwig die Stirn. »Ihr droht, Eure Arbeit niederzulegen und in einen Ausstand zu treten?«, fragte er. »Mir ist kein Fall bekannt, dass so etwas je geschehen wäre, um einen Anspruch durchzusetzen. Interessant – wirklich interessant ... Aber«, fügte er nach einer kurzen Pause hinzu, »würdet Ihr auf diese Weise nicht vor allem jenen schaden, deren Rechte zu schützen Ihr vorgebt, nämlich den Studenten? Ich persönlich würde jedenfalls einen solchen Schritt sehr bedauern.« Wieder unterbrach er sich für einen Moment, um dann mit einem schüchternen Lächeln fortzufahren: »Ihr müsst wissen, dass ich mich selber seit einiger Zeit mit dem Gedanken trage, mich in die Schar Eurer Schüler zu reihen.«

»Schweigt still!«, unterbrach ihn seine Mutter, die endlich die Sprache wiedergefunden hatte.

Wilhelm bestätigte ihre Worte mit einem grimmigen Kopfnicken. »Ich bin dankbar, dass Ihr dem elenden Geschwätz Einhalt gebietet, Euer Gnaden, bevor Euer Sohn diesen Spartakus weiter zu seinen frechen Reden ermutigt.«

»Verzeiht, wenn ich Euch widerspreche, Eminenz«, sagte Victor. »Aber Euer Vergleich ist nicht korrekt. Spartakus war ein Sklave, der einen Aufstand anführte. Ich bin ein Magister, der sich nicht gegen seinen König wendet, sondern nur die Gerechtigkeit verlangt, für die der König selbst sich verbürgt.«

»Was führt Ihr im Schilde?« Die Regentin blickte ihn mit böse funkelnden Augen an. »Der Minister Joinville, dem Ihr diese Audienz verdankt, hatte uns versprochen, dass Ihr das Bemühen des Königs um Frieden unterstützen würdet. Jetzt stellen wir fest, dass Ihr im Gegenteil gekommen seid, um noch mehr Unfrieden zu schüren. Wollt Ihr, dass wir Euch in den Louvre werfen?«

Victor deutete eine Verbeugung an. »Wenn der Minister Joinville versprach, dass ich als Mann des Friedens vor meinen König trete, so hat er die Wahrheit gesagt. Doch bin ich weder willens noch befugt, auf dem Altar des Friedens die Rechte der *Universitas magistrorum et scholiarum Parisiensis* zu opfern. *Primum*«, sagte er und streckte den Zeigefinger in die Höhe, »König Philipp-August hat mit seinem Privileg die Angehörigen der Universität den Geistlichen gleichgestellt. *Deinde*: Dieses Privileg, das vor Jahresfrist Seine Majestät erneuerte, besagt, dass jeder Student der Pariser Universität den besonderen Schutz der Obrigkeit genießt und Angriffe auf einen Studenten wie Angriffe auf einen Priester geahndet werden müssen. *Deinde*: Dieses Recht wurde in Saint-Marcel durch den Präfekten und seine Soldaten auf das sträflichste gebrochen. *Conclusio* ...«

»Jetzt ist es aber genug!«, fuhr Wilhelm dazwischen. »Wir sind hier nicht in einer Eurer Vorlesungen, Ihr steht vor dem Thron des Königs von Frankreich!«

Er warf Victor einen wütenden Blick zu, dann beugte er sich zu dem jungen Herrscher, um flüsternd auf ihn einzureden. Dabei sprach er so leise, dass Victor kein einziges Wort verstand. An den Gesichtern konnte er jedoch unschwer erkennen, dass Wilhelm und sein Schützling uneins waren. Ludwig schien ganz und gar nicht einverstanden mit dem, was sein Erzieher sagte, doch immer, wenn er einen Einwand machen wollte, fuhren der Bischof oder die Regentin ihm über den Mund. Nur einmal gelang es ihm, das Wort für längere Zeit zu behaupten, bevor seine Mutter wieder zischend über ihn herfiel.

Es war Wilhelm, der das Ergebnis der Beratung verkündete.

»Seine Majestät weist Eure Forderungen ebenso entschieden zurück wie Eure unverschämte Drohung«, erklärte er. »Der König von Frankreich lässt sich nicht erpressen. Doch zum Beweis ihrer Güte«, fuhr er mit einem gequälten Seufzer fort, »ist Seine Majestät bereit, einen Gnadenerweis in Betracht zu ziehen. Allerdings nur unter einer Bedingung.«

»Nämlich?«

Der Bischof richtete sich in seinem Ornat zur vollen Größe auf und fixierte Victor mit einem harten Blick.

»Dass Ihr die Namen und den Aufenthalt der Rädelsführer preisgebt, die den Aufstand in Saint-Marcel vom Zaun gebrochen haben!«

14

Wer war der Mann, den Paul unter seinem Dach versteckte?

Seit Jacques beobachtet hatte, wie Marie mit ihrem Tablett die Treppe hinauf verschwunden war, wusste er, dass jemand sich im Haus verbarg. Zwar hatte er niemanden zu Gesicht bekommen, noch hatte er irgendwelche verdächtigen Geräusche gehört, so sehr er auch die Ohren spitzte. Doch in den Regalen der Bücherstube hatte er weitere Kopien von der fremden Handschrift entdeckt, und außerdem hatte er einmal gesehen, wie Paul mit einem Manuskript in der Hand die Stiege heruntergekommen war, obwohl er weder Originale noch Kopien in der Wohnung aufbewahrte.

Jacques zählte eins und eins zusammen. Wenn Paul sich solche Mühe gab, diesen geheimnisvollen neuen Schreiber vor Entdeckung zu schützen, musste irgendetwas faul sein.

Ließ sich daraus vielleicht Kapital schlagen?

Um der Sache auf den Grund zu gehen, bezog Jacques nach Feierabend Posten hinter dem Haus, wo sich der Abort befand. Wer immer der unsichtbare Fremde war, er war ein Mensch und hatte folglich menschliche Bedürfnisse. Spätestens zur Nacht, wenn niemand außer Paul und seiner Frau mehr im Haus war, würde er aus seiner Höhle kommen, um seine Notdurft zu verrichten.

Beim Warten knurrte Jacques der Magen. Er hatte den ganzen Tag noch nichts gegessen. Jeden Bissen, den er erübrigen konnte, sparte er sich vom Munde ab, um ihn seinen Kindern zu geben, damit wenigstens sie keinen Hunger leiden mussten. Warum zum Teufel reichte das Geld nie aus? Obwohl er als Oberkopist mehr verdiente als jeder andere Schreiber in der Werkstatt, fehlte es seinen Kindern am Nötigsten. Wann immer er ihre kleinen, ausgemergelten Gesichter sah, schämte er sich vor dem Andenken seiner Frau. Manches Mal träumte er deshalb davon, auf eigene Rechnung zu arbeiten, vielleicht sogar mit eigenen Angestellten. Paul war so zum reichen Mann geworden, der ein prächtiges Haus besaß, mit Platz für einen ganzen Stall voll Kindern. Warum sollte Jacques es ihm nicht gleichtun? Doch sobald er diesen Traum träumte, bekam er Angst vor der eigenen Courage. Paul war der einzige Kopist in der Stadt, der es mit dem Stationarius und der Universitätsbuchhandlung aufnehmen konnte. Ein anderer Kopist hätte nur eine Chance, wenn es die Schreibstube in der Rue des Pailles nicht mehr gab. Das aber würde erst am St.-Nimmerleinstag geschehen. Paul war fünfzehn Jahre jünger als Jacques, und freiwillig würde er die Werkstatt niemals schließen.

Von Sainte-Geneviève schlug es acht. Jacques musste nach Hause, sonst würden seine Kinder einmal mehr mit leerem Magen ins Bett gehen. Außerdem wollte er vor dem Schlafengehen noch mit ihnen Lesen und Schreiben üben, wie jeden Abend. Mit Gisbert, dem Erstgeborenen, übte er sogar Latein, damit er später studieren konnte. Vielleicht würde sein Sohn es ja einmal besser machen als er ...

Jacques wollte sich gerade auf den Heimweg machen, da hörte er plötzlich ein Geräusch. Als er sich umdrehte, sah er, wie die Hintertür des Hauses einen Spalt weit aufging. Eilig trat er hinter den Abort. Ganz langsam öffnete sich die Tür, dann streckte ein Mann seinen Kopf ins Freie und spähte in die Nacht hinaus.

Im Mondschein erkannte Jacques das Gesicht. Er hatte es schon viele Male gesehen, in den Straßen des lateinischen Viertels, vor allem aber in den Hörsälen der Universität. Es gehörte einem der eifrigsten Studenten der Artistenfakultät, Robert Savatier, dem neuen Schüler von Victor d'Alsace.

Jacques hielt den Atem an. Wurde der nicht von der Präfektur gesucht?

15

Die Abschriften von Victors Werken hatten sich in solcher Zahl vermehrt, dass Paul kaum noch wusste, wie er all die Bündel in den Regalen der Bücherstube unterbringen sollte, ohne die Übersicht zu verlieren. Sollte er vielleicht noch eine zweite Bücherstube einrichten? Die Mühe würde er gern in Kauf nehmen. Wenn das Geschäft mit den Abschriften wirklich so florierte, wie er es sich erhoffte, würde er schon bald sämtliche Schulden bezahlen können, die er bei den Lombarden in Saint-Sépulcre aufgenommen hatte, sogar die Schulden für die neuen Glasfenster. Er musste sich nur noch etwas einfallen lassen, wie Victor die Kopien autorisieren sollte. Allein auf sein Wort als Kopist hin würden die Kunden kaum glauben, dass der Magister sich für die Richtigkeit der Inhalte verbürgte.

Marie kam mit einer Abschrift in die Kammer. Während sie wortlos den Stapel fertig beschriebener Blätter auf dem Tisch ablegte, damit Paul sie einordnen konnte, beobachtete er sie aus den Augenwinkeln. Ihre ernste Miene verriet, dass sie eine Frage auf dem Herzen hatte. Wahrscheinlich war sie beim Kopieren mal wieder auf eine Stelle gestoßen, die sie nicht verstand.

Er hatte sich nicht getäuscht. Bevor Marie den Raum verließ, drehte sie sich in der Tür noch einmal um.

Doch ihre Frage betraf keinen Text, sondern ihn selbst.

»Was war das eigentlich für eine Schuld, von der du neulich gesprochen hast?«

»Schuld?«, fragte er irritiert zurück.

»Ja, diese alte Geschichte mit Robert. Du hast gesagt, du würdest sie mir erzählen. Als du ihm in Saint-Marcel zu Hilfe geeilt bist.«

»Ach so, *die* Geschichte meinst du.«

»Du hast an dem Abend gesagt, du wärst ihm deine Hilfe schuldig.«

»Das ... das habe ich nur so gesagt. Damit meinte ich, dass Robert eben mein Freund ist und ich ihm darum helfen muss.«

»Nein«, widersprach sie. »Du hast gesagt, du stehst in seiner Schuld – aber das sei eine lange Geschichte.«

Während sie ihn anschaute, als hätte er etwas verbrochen, verfluchte Paul ihr gutes Gedächtnis. Er hatte keine Lust, ihr von den zwei Écu zu erzählen. Sie würde ihn dann für jemanden halten, der seinen Freund verriet.

»Wie kommst du jetzt überhaupt darauf?«, fragte er, um das Thema zu wechseln.

»Robert war am Anfang so abweisend zu mir«, sagte sie, »dass ich dachte, sein Verhalten hätte vielleicht mit dem zu tun, was früher zwischen euch gewesen war.«

»Unsinn«, sagte Paul. »Wahrscheinlich verhält er sich allen Frauen gegenüber so. Er will ja Theologie studieren! Da übt er sich schon mal in Keuschheit!« Noch während er über seinen Witz lachte, kam ihm plötzlich ein Verdacht. »Du hast eben gesagt, *am Anfang* wäre Robert abweisend gewesen. Heißt das, inzwischen ist er es nicht mehr?«

»Ja«, sagte sie, »jetzt ist er wie verwandelt. Das heißt«, fügte sie hinzu, als sie sein Gesicht sah, »zumindest habe ich den Eindruck.« Unsicher strich sie sich eine Haarsträhne unter die Haube.

Paul schaute sie misstrauisch an. Konnte es sein, dass Robert versuchte, sich an seine Frau heranzumachen? Ihm war ein paarmal aufgefallen, dass Marie sich viel länger als nötig in Roberts Verschlag aufgehalten hatte, wenn sie ihm das Essen brachte. Er hatte sich darüber gefreut, er wollte, dass seine Frau und sein Freund sich vertrügen. Doch wenn er sich vorstellte, dass Robert seine Gastfreundschaft womöglich dazu missbrauchte, seine Frau zu verführen – kein Mann, der diesen Namen verdiente, würde auf Dauer eine solche Gelegenheit ungenutzt lassen ... Nein, Paul verwarf den Gedanken so schnell, wie er ihm gekommen war. Robert war nicht nur sein Freund, er war auch anders als andere Männer, keiner, der jedem Rockzipfel nachlief, dafür war er viel zu schüchtern. Wenn es überhaupt einen Grund gab, eifersüchtig zu sein, dann nicht wegen Robert, sondern wegen Marie. Marie glaubte ja, dass jeder Idiot, der in irgendeiner Weise der Universität angehörte, ein höheres Wesen sei, und Robert war nicht nur irgendein Student, er hatte die Artistenfakultät schneller durchlaufen als jeder seiner Kommilitonen und war sogar der neue Schüler des berühmten Victor d'Alsace.

»Also gut«, sagte er, »ich will dir erzählen, was damals war. Damit du weißt, dass es nichts auf der Welt gibt, was ich nicht für dich tun würde.«

16

Nach der Abendandacht in der Burgkapelle aß Ludwig mit seiner Mutter zur Nacht. Da in den dicken Mauern des Palas noch immer die feuchte Kälte des Winters hing, trugen die Diener die Speisen in der Kemenate auf, der Wohnung der Königinwitwe, die als einzige Wohnung in der ganzen Residenz durchgehend beheizt wurde. Während Blanka sich an einer gebratenen Scholle gütlich tat, begnügte Ludwig sich mit einem Stück trockenen Brot.

»Ihr müsst etwas Nahrhaftes essen«, sagte Blanka. »Sonst ergeht es Euch eines Tages wie Eurem verstorbenen Bruder. Einen weiteren Thronfolger haben wir nicht.«

»Ich habe an Aschermittwoch gelobt, die Fasten zu halten«, erwiderte Ludwig und trank einen Schluck Wasser.

»Aber Fisch ist doch auch in der Fastenzeit erlaubt.«

»Was sind die Fasten wert, wenn man kein Opfer bringt? Gott weiß, dass Fisch für mich keinen Verzicht bedeutet. Ich esse Fisch ja sogar lieber als Fleisch.«

Die Regentin stieß einen Seufzer aus. »Meint Ihr nicht, dass Ihr die Frömmigkeit ein wenig übertreibt? Fast könnte man glauben, Ihr wolltet als Ludwig der Heilige in die Geschichte eingehen.«

Ein Diener betrat den Saal, um einen Gast anzukündigen.

»Seine Magnifizenz, der Kanzler.«

Blanka tupfte sich mit ihrem Esstuch das Fett vom Mund. »Philipp?«, fragte sie. »Was führt Euch so spät noch zu uns?«

»Verzeiht meinen Besuch zu dieser ungebührlichen Stunde«, erwiderte der Kanzler und nahm auf dem Stuhl Platz, den Blanka ihm an der Längsseite der Tafel anwies. »Ich komme gerade aus dem Palais des Bischofs. Die Nachrichten, die ich dort zu hören bekam, bereiten mir große Sorgen.«

»Ihr meint die Petition der Professoren?«

»Die auch, Euer Gnaden. Aber mehr noch Wilhelms unnachgiebige Haltung.«

Ludwig horchte auf. »Wollt Ihr damit sagen, Ihr seid anderer Meinung als der Bischof?«

Philipp deutete eine Verbeugung an. »Wenn Majestät gütigst erlauben.«

Blanka zuckte die Achseln. »Alles andere hätte mich auch gewundert. Ihr könnt einfach nicht vergessen, dass Wilhelm Euch bei der Bischofswahl ausgestochen hat.«

Der Kanzler verzog beleidigt sein Gesicht. »Nie würde ich persönliche Interessen zur Richtschnur meines Handelns machen. Es ist allein die Sorge um das Wohl der mir anvertrauten Universität, die mich treibt.«

»Papperlapapp!«, fuhr Blanka ihm über den Mund. »Wilhelm hat vollkommen recht. Wir dürfen den unverschämten Forderungen der Magister nicht nachgeben. Sonst werden sie uns bald ebenso dreist die Stirn bieten wie die Vasallen.«

»Verzeiht, Euer Gnaden«, wandte Ludwig ein. »Sollten wir nicht wenigstens die Bedenken anhören, die Philipp vorzutragen hat?«

Er wusste, wie sehr seine Mutter es hasste, wenn man ihr widersprach, vor allem in der Öffentlichkeit. Aber sein Wunsch, bei Victor d'Alsace vielleicht einmal zu studieren, war größer als seine Furcht.

»Bitte, Mutter.«

»Nun gut«, seufzte sie. »Ich kann mir zwar nicht vorstellen, welche Bedenken mich umstimmen könnten, aber wenn Ihr unbedingt meint.« Mit einer Handbewegung wandte sie sich an den Kanzler. »Da der König so großen Wert auf Eure Meinung legt – bitte sprecht.«

17

Dann hast du also das Geld, das du für Robert gespart hattest, dazu benutzt, dieses Haus zu kaufen?«, fragte Marie.
Paul nickte. »Anders hätte dein Vater dich mir nie und nimmer in die Ehe gegeben. Ich musste ihm doch beweisen, dass ich dir ein standesgemäßes Leben bieten konnte.«

»Trotzdem, das hättest du nicht tun dürfen.«

»Was sollte ich denn machen? Ich hatte keine andere Wahl!«

»Warum nicht?«

Er fasste sie an den Schultern und schaute sie an. »Ich konnte nicht anders. Ich ... ich wollte dich nun mal. Dich oder keine! So sehr habe ich dich geliebt.«

Unsicher erwiderte Marie seinen Blick. War das, was Paul getan hatte, wirklich ein Liebesbeweis? Sie wusste es nicht. Während sie seine Hände auf ihren Schultern spürte, begriff sie nur, dass seine Schuld irgendwie auch ihre eigene war. Jedenfalls verstand sie jetzt Roberts Verhalten. Sie war für ihn die Frau gewesen, derentwegen sein Freund ihn im Stich gelassen hatte.

War sie in seinen Augen wohl noch immer diese Frau? Sie trat einen Schritt zurück, damit Paul seine Hände von ihren Schultern nahm.

»Übrigens«, sagte er, »damit du nicht glaubst, ich hätte Robert um sein Geld betrogen – ich habe ihm die zwei Écu inzwischen zurückgegeben. Trotz meiner Schulden. Damit sind wir quitt.«

»Glaubst du?«

»Sogar mehr als das. Schließlich habe ich ihn in mein Haus aufgenommen und riskiere für ihn Kopf und Kragen.«

Wie um das Gespräch zu beenden, nahm er die Kopien vom Tisch, die Marie dort abgelegt hatte, und trug sie zu einem Regal.

»Dann gehe ich in die Küche«, sagte Marie. »Zeit fürs Abendbrot.«

Paul schüttelte den Kopf. »Für mich brauchst du nicht zu decken.«

»Warum nicht?«, fragte sie. »Hast du keinen Hunger?«

»Nein«, sagte er. »Das heißt doch. Ich meine, ich muss nur noch mal aus dem Haus. Schulden eintreiben!«

18

Auguste Mercier war seinem äußeren Rang nach Stadtpräfekt von Paris – in seinem Herzen aber war er Soldat. Kein größeres Glück gab es für ihn auf Erden, als im Sattel zu sitzen und mit dem Säbel in der Hand die Ehre Frankreichs zu verteidigen. Schon als junger Mann war er unter König Philipp-August gegen Kaiser Otto zu Felde gezogen und hatte im Jahre 1214 bei Bouvines an jener Schlacht teilgenommen, die den Aufstieg Frankreichs zur vorherrschenden Macht Europas begründete. Er scheute keine Gefahr im Kampf und war jederzeit bereit, für seinen König das Leben zu lassen. Doch wenn er wie an diesem Abend zum Ortsbischof von Paris gerufen wurde, ohne dass er wusste, aus welchem Grund, überkam ihn eine Unruhe wie einen Rekruten vor dem ersten Gefecht. Schon die Einrichtung des Palais verunsicherte ihn. Statt Schwertern und Lanzen hingen an den Wänden Kruzifixe und Heiligenbilder.

Seine ungute Ahnung sollte ihn nicht trügen.

»Die Professoren der Universität verlangen vom König, dass Seine Majestät Euch zur Rechenschaft zieht«, eröffnete Wilhelm ohne Umschweife das Gespräch. »Auf diese Weise soll das Recht wieder gutgemacht werden, dass sie durch die Tötung der Studenten in Saint-Marcel gebrochen glauben.«

»In Saint-Marcel wurde kein Recht gebrochen«, erwiderte Auguste. »Ich habe mit meinen Männern nur die Befehle ausgeführt, die die Königinwitwe persönlich mir gab.«

»Ich weiß«, seufzte Wilhelm. »Die Regentin hat darum auch die Petition zunächst entschieden zurückgewiesen. Doch inzwischen neigt sie allem Anschein nach dazu, den Forderungen nachzugeben. Kanzler Philipp hat dafür gesorgt.«

»Euer alter Widersacher?«

»Immer derselbe«, bestätigte der Bischof. »Er hat Blanka in Angst und Schrecken versetzt. Weil die Magister, wenn sie ihren Willen nicht bekommen, damit drohen, ab Ostern den Unterricht einzustellen. Das hätte angeblich zur Folge, dass fünftausend Studenten Paris verlassen.«

»Das wäre ja der zehnte Teil der Bevölkerung!«

»Das jedenfalls behauptet Philipp. Ein wahrer Exodus, den die Regentin unbedingt vermeiden will. Blanka fürchtet, dass dann der Aufschwung, den Paris genommen hat, seit ihr Sohn hier residiert, schlagartig zum Erliegen kommt.«

»Warum wirft man die Professoren dann nicht einfach in den Louvre?«, fragte Auguste. »Dann kommen sie bis Ostern ganz von allein zur Besinnung.«

Wilhelm schüttelte sein kahlköpfiges Haupt. »Dafür fehlen selbst der Regentin die Mittel. Schuld daran ist ein Privileg, das König Philipp-August den Magistern und Studenten verliehen hat.«

»Dann muss man das Privileg eben wieder aufheben.«

»Das wird Ludwig nicht tun. Unser junger König hegt leider allergrößte Sympathien für die Professoren, insbesondere für ihren Wortführer, Victor d'Alsace. Am liebsten würde Seine Majestät höchstselbst bei dem Aufrührer in die Schule gehen.« Der Bischof stellte die Spitzen seiner Finger gegeneinander. »Ahnt Ihr allmählich, was das für Euch bedeutet?«

Nur mit Mühe gelang es Auguste, Wilhelms Ausführungen zu folgen. In Schlachten, wie er sie kannte, gab es stets zwei Parteien, die einander in zwei wohlgeordneten Reihen gegenüberstanden. In diesem Scharmützel jedoch war der Frontverlauf so unübersichtlich wie in einem Ameisenhaufen, und wie viele Parteien im Spiel waren, ließ sich nur erraten.

Es dauerte darum eine Weile, bis er begriff, was sich da zusammenbraute.

»Soll das heißen«, fragte er schließlich, »man wird mir den Prozess machen? Nur weil ich den Befehl meiner Regentin getreulich ausgeführt habe?«

19

Von Sainte-Geneviève schlug es zur neunten Abendstunde. Doch Robert konnte nicht schlafen. Noch immer spürte er Maries Finger auf seinen Lippen, die kleine, flüchtige, beinahe gar nicht stattgefundene Berührung, kaum mehr als ein Lufthauch, mit dem sie ihn gestreift hatte, als sie seine Kammer verließ. Die Erinnerung daran erfüllte ihn mit einer Seligkeit, die er kaum ertragen konnte. Und sie wurde umso größer, je mehr er sie sich verbot.

Denn Robert war verliebt. Verliebt in die Frau seines Freundes.

Die Erkenntnis traf ihn, als hätte jemand in seinem Innern eine Glocke angeschlagen. *Darum* horchte er von morgens bis abends in das Haus hinein, *darum* machte sein Herz vor Freude einen Sprung, wann immer er ihre Schritte hörte, *darum* empfand er die Gespräche mit ihr so beglückend, dass er jedes Mal hoffte, sie würden niemals aufhören, *darum* erleuchtete das Strahlen ihrer Augen seine Kammer, selbst wenn sie fort war, *darum* sah er noch in dunkler Nacht ihre tanzenden Sommersprossen ... Und darum wusste er nicht, wie er seinem Freund Paul, der ihm das Leben gerettet hatte, am nächsten Morgen in die Augen blicken sollte.

Warum hatte das Schicksal ihn hierhergeführt? Wollte Gott ihn prüfen?

Am liebsten hätte Robert auf der Stelle das Haus verlassen. Gleichzeitig fürchtete er nichts mehr als das. Wie sollte er Marie dann wiedersehen? Während er sich schlaflos auf seiner Bettstelle herumwarf, ging unten in der Halle die Tür. Das musste Paul sein. Robert wusste, warum sein Freund zu dieser späten Stunde noch einmal ausging. Paul hatte es ihm selbst verraten, als er ihn am Abend aus seinem Verschlag geholt hatte, damit er seine Notdurft verrichten konnte, nachdem die Schreiber fort waren. Paul hatte Suzette eine neue Stelle verschafft, in einer Taverne am rechten Ufer der Seine, und heute wolle er seinen Lohn kassieren. Robert war es unbegreiflich, wie ein Mann, der Marie zur Frau hatte, anderen Frauen nachstellen konnte. Wer Marie zur Frau hatte, der war doch im Paradies!

Ob sie wohl schon schlief? Oder lag vielleicht auch sie noch wach in ihrem Bett und starrte in die Dunkelheit?

Plötzlich wurde ihm bewusst, dass sie beide ganz allein in dem großen leeren Haus waren, und alles, was sie voneinander trennte, war eine Stiege. Bei der Vorstellung begann sein Herz zu rasen, und der Mund trocknete ihm aus. Nur ein paar Stufen, und er wäre bei ihr ... Er sah ihr Gesicht vor sich, die Sommersprossen auf ihrer hübschen kleinen Nase, die er so gerne küssen würde, ohne sie jemals küssen zu dürfen, ihren Mund, nach dem seine Lippen sich sehnten, der Blick ihrer Augen, der alles Glück dieser Erde für ihn bedeutete.

Ahnte sie, welche Gefühle sie in ihm auslöste?

Robert hielt es nicht länger im Bett aus. Er warf den Strohsack von sich und stand auf, er musste sich bewegen. Doch in der winzigen Kammer konnte er kaum einen Fuß vor den anderen setzen, ohne sich den Kopf anzustoßen. Als eine Bohle unter seinen Schritten knarrte, stellte er sich vor, wie Marie ihn hörte. Kein einziges Mal, seit er sich hier versteckt hielt, hatte er des Nachts aus ihrer Schlafkammer andere Geräusche vernommen als Pauls

Schnarchen. Warum? Die Fasten konnten dafür der Grund nicht sein – bei Suzette hatte Paul ja auch keine Angst vor der Sünde, und er glaubte nicht, dass Marie eine Frau war, die sich ihrem Mann aus Frömmigkeit verweigerte.

Plötzlich begann sein Herz zu klopfen, als wolle es ihm in der Brust zerspringen. War Marie vielleicht die Frau, von der Victor d'Alsace gesprochen hatte? Die Frau, die von der Vorsehung für ihn bestimmt war?

Ein leises Kratzen an der Tür ließ ihn zusammenzucken. Mit angehaltenem Atem lauschte er in die Stille hinein.

Da – da war es wieder!

Mit zitternder Hand öffnete er die Tür.

»Marie?«

Doch draußen war niemand. Nur die schwarze Stille des verlassenen Hauses.

Enttäuscht und erleichtert zugleich, wollte er die Tür wieder schließen, da sah er in der Dunkelheit zwei glühende Augen.

Maries Katze.

Robert musste daran denken, wie er Minou zum ersten Mal gesehen hatte – die scheußlichste Katze, die man sich vorstellen konnte, doch Marie hatte sie so behutsam und liebevoll vom Boden gehoben wie einen Säugling. Ganz langsam, um das scheue Tier nicht zu ängstigen, ging Robert in die Hocke. Unter dem Blick der grünen Augen, die aufmerksam jede seiner Bewegungen verfolgten, tastete er hinter seinem Rücken nach der Schale mit den Resten seines Breis, die in der Kammer auf dem Boden stand. Als er den Rand der Schale spürte, zog er den Brei vorsichtig zu sich heran und schob ihn ein Stück in die Richtung der Katze.

Ein leises Schnurren, dann plötzlich ein Satz – und lautlos huschte Minou in seine Kammer.

20

Die Kerzen waren schon heruntergebrannt, als Paul den Roten Hahn betrat, und nur noch ein paar wenige Tische waren in der rußigen Schankstube besetzt. Fastenzeit. Vor dem Kamin hockte einsam ein Lautenspieler, doch statt auf seinem Instrument zu spielen, starrte er mit leerem Blick ins Feuer, als würde er in den Flammen seine eigene Seele brennen sehen, während die einzige Hure sich an einem Ecktisch vergeblich um die Gunst zweier Kaufleute bemühte. Das Schankmädchen am Tresen schien im Stehen eingeschlafen zu sein.

Wo war Suzette?

Aus der Küche kam der Wirt. Er hatte genauso rote Haare wie sein Bruder und mindestens ebenso viele Pickel im Gesicht.

»Sie ist schon in ihrer Kammer«, sagte er.

Paul nahm einen Krug Wein und zwei Becher vom Tresen und ging die Stiege hinauf. Er hatte zuerst gezögert, ob er Jacques um den Gefallen bitten sollte, schließlich konnte der Dummkopf sich vor Marie verplappern. Doch er kannte niemanden, der ihm schneller hätte helfen können. *Primum vivere, deinde philosophari* ... Im Vertrauen auf Jacques' Begriffsstutzigkeit hatte er eine Nichte erfunden, die eine Anstellung als Schankmädchen suchte, und ihn gefragt, ob sie bei seinem Bruder unterkommen könnte. In seiner Einfalt hatte Jacques sich eingehend nach der Nichte erkundigt, ohne den Braten zu riechen, und Suzette die Stelle im Roten Hahn verschafft.

Leise klopfte Paul an die Tür. Im nächsten Moment hörte er ihre Stimme.

»Komm rein!«

Als er die Kammer betrat, stockte ihm der Atem. Suzette hatte sich schon ausgezogen und empfing ihn aufrecht sitzend in ihrem Bett. Wie Milch schimmerte ihr nackter Leib im Kerzenschein. Das blonde Haar wallte an ihren Schultern herab und umspielte ihre vollen, prallen Brüste. Mit einem Lächeln winkte sie ihn zu sich.

Paul spürte, wie ihm das Blut in die Lenden schoss. Herrgott – das war ein Weib, um Kinder zu zeugen!

21

Das Quartier des Pariser Präfekten befand sich wie die meisten Gebäude der Stadtregierung auf der Île de la Cité und lag von dem Palais des Bischofs nur wenige hundert Schritt entfernt. Doch an diesem Abend, an dem Auguste Mercier von der Unterredung mit dem Erzieher des Königs in sein Quartier zurückkehrte, erschien ihm der kurze vertraute Weg wie ein langer Marsch ins Ungewisse.

In was für eine gottverdammte Scheiße hatte man ihn da bloß hineingeritten? Der Einsatz in Saint-Marcel war ihm von Anfang an zuwider gewesen. Soldaten zogen gegen Soldaten zu Felde, nicht gegen Studenten. Doch wie es sich für einen Soldaten gehörte, hatte er den Befehl befolgt, ohne seine Bedenken zu äußern. War das ein Fehler gewesen? Fast bereute er seinen blinden Gehorsam. Jetzt sollte er die Suppe auslöffeln, die andere ihm eingebrockt hatten.

Während er durch die Dunkelheit lief, versuchte er, all die widersprüchlichen und verwirrenden Informationen, die er an diesem Abend erfahren hatte, in seinem Soldatenschädel zu ordnen. Doch wie er die Sache auch wendete und drehte, das Fazit blieb immer dasselbe: Wenn dieser Victor d'Alsace und sein verfluchtes Professorenpack ab Ostern keine Vorlesungen mehr hielten, würde die Regentin ihn, Auguste Mercier, dem Universitätsgesindel opfern, damit die Hauptstadt des französischen Königreichs keinen Schaden nahm, und sein Kopf, den er so viele Mal für Frankreich hingehalten hatte, würde rollen im Namen einer Gerechtigkeit, die jedem ehrlichen Recht Hohn sprach.

Zurück in seinem Quartier, warf er den Mantel über den Haken und ließ sich auf einen Schemel sinken. Er brauchte jetzt einen Branntwein. Aber noch bevor er sich auch nur die Stiefel ausziehen konnte, meldete sein Adjutant, dass in der Kanzlei ein gewisser Jacques Pèlerin warte, der eine wichtige Aussage machen wolle.

»Dann bring ihn her, in Gottes Namen!«

Kurz darauf erschien ein langer, dürrer Kerl mit roten Haaren und so vielen Pickeln im Gesicht, als hätte er die Nesseln. Auguste reichte ein Blick, um ihn zu taxieren. Den geflickten Lumpen nach war er einer von den Hungerleidern, die täglich auf der Präfektur irgendjemanden anzeigten in der Hoffnung auf eine Belohnung. Doch meistens hatten sie nichts zu bieten, was von Interesse war.

»Was willst du, Jacques Pèlerin?«

»Ich habe gehört, Ihr sucht Robert Savetier.«

»Kann schon sein. Warum?«

»Ich weiß, wo er sich aufhält.«

Auguste glaubte ihm kein Wort. Offenbar war dieser Jacques ein verkrachter Student. Wenn überhaupt, hatte er den Gesuchten vielleicht irgendwann einmal in einer Vorlesung oder in einer Taverne gesehen »Tatsächlich? Wo denn?«

»In der Rue des Pailles, im Haus des Kopisten Paul Valmont.«

»Das Haus mit den Glasfenstern?« Auguste horchte auf. Mit einer so präzisen Auskunft hatte er nicht gerechnet. »Woher willst du das wissen?«

»Ich arbeite dort in der Schreibstube. Ich habe Robert Savetier dabei beobachtet, wie er sich bei Nacht in den Hof geschlichen hat, um den Abort aufzusuchen.«

»Du hast den Mistkerl wirklich gesehen?« Auguste erhob sich von seinem Schemel.

»Mit meinen eigenen Augen.«

»Und Paul Valmont hält ihn versteckt?«

»In einem Verschlag unter dem Dach. Seine Frau bringt ihm morgens und abends zu essen.«

»Kannst du das beschwören?«

»So wahr mir Gott helfe!«

Auguste konnte sein Glück kaum fassen. Dieser Robert Savetier, der ihm zweimal durch die Lappen gegangen war, war der Rädelsführer von Saint-Marcel. Wenn er den an den Galgen lieferte, war er selbst gerettet!

Er griff zu seinem Mantel, um in die Rue des Pailles aufzubrechen, da fiel es ihm plötzlich wie Schuppen von den Augen. Roberts Verhaftung würde ihm ganz und gar nicht helfen, im Gegenteil. Wenn der entsprungene Rädelsführer gefasst war, würde Victor d'Alsace nur umso lauter nach Gerechtigkeit schreien, und ihm selbst ginge es an den Kragen, noch bevor die Karwoche anbrach.

»Gut, Jacques Pèlerin«, sagte er und hing den Mantel wieder an den Haken. »Behalte vorläufig für dich, was du weißt.«

»Ihr könnt Euch auf mich verlassen. Ich werde niemandem etwas verraten, kein Sterbenswörtchen. Bis Ihr Robert Savetier verhaftet habt.«

»Ob oder wann ich den Mann verhafte, steht noch nicht fest.«

Jacques schaute ihn ungläubig an. »Habt Ihr keine Angst, dass er Euch entwischt? Vielleicht bleibt er ja nur in der Rue des Pailles, bis er ein besseres Versteck hat.«

»Das lass meine Sorge sein. Wenn du auf eine Belohnung aus bist, solltest du jedenfalls weiter Augen und Ohren aufhalten. Mit Robert Savetier allein ist mir nicht gedient. Der Mann, auf den es viel mehr ankommt, ist Victor d'Alsace.«

»Der Doktor der Theologie?«

»Kennst du ihn?«

»Von seinen Vorlesungen. Wir kopieren gerade seine sämtlichen Werke.«

»Das ist ja interessant. Paul Valmont und Victor d'Alsace machen also miteinander Geschäfte?«

»Ja, sie haben eine Art Vertrag geschlossen. Warum?«

Auguste dachte nach. Dann sagte er: »Du hast eben die Möglichkeit erwähnt, Robert Savatier könnte sein Versteck wechseln. Wie wäre es, wenn du selber dafür sorgst?«

»Bitte verzeiht, Euer Gnaden«, erwiderte Jacques, »aber das verstehe ich nicht.«

»Dann hör gut zu. Ich werde es dir erklären.«

22

Suzette liebte Paul mit keiner Faser ihres Leibs, noch hegte sie die geringste Hoffnung, dass er für sie seine Frau verließ, um ihr ein Heim zu geben. Ja, sie mochte ihn nicht einmal besonders gut leiden. Paul war ein Aufschneider, der von jedermann bewundert werden wollte. Trotzdem gab sie sich ihm gerne hin, wann immer es ihn danach verlangte. Er hatte sie vor der Gosse bewahrt, und sie hatte nichts anderes, um es ihm zu danken. Vor allem aber half er ihr, die eine große Liebe zu bewahren, die sie vor Gott und der Welt verborgen in ihrem Herzen trug.

Nackt stand er vor ihrem Bett und starrte sie an. Die Augen sprangen ihm vor Lust fast aus den Höhlen. Sie nahm seine Hand und zog ihn zu sich auf ihr Lager.

»Komm«, flüsterte sie und öffnete ihre Schenkel. »Nimm dir alles, was du willst.«

Während er auf sie herabsank, bedeckte er ihr Gesicht mit Küssen. »Es soll mir ein Vergnügen sein ...«

Wie immer, wenn er in sie eindrang, schloss Suzette die Augen und dachte an LeBœuf. Kaum sah sie in ihrem Innern das geliebte Gesicht, war alles richtig und gut. Er war so zärtlich, so einfühlsam, so leidenschaftlich, so voller Hingabe und Liebe. Mit ihren Armen und Schenkeln umfing sie seinen Leib. Er fasste sie bei den Schultern, presste sie an sich, drang tiefer und tiefer in sie ein. In ruhigen, langsamen Wogen strömte seine Lust auf sie über, erfüllte jede ihrer Poren. Schneller und schneller ging ihr Atem, wieder und wieder stieß er zu, höher und höher trug er sie empor. Nie hatte ein Mann sie mit solcher Leidenschaft geliebt, nie würde ein Mann sie lieben wie er.

In einem Schrei entlud sich ihre Lust, und zusammen fielen sie zurück aufs Bett.

Eine Weile lagen sie wortlos nebeneinander, um wieder zu Atem zu kommen. Dann stand Paul auf und zog sich an.

»Soll ich morgen wiederkommen?«, fragte er.

Suzette hielt die Augen geschlossen. So lange hatte sie gehofft, dass er sich genauso nach ihr sehnte wie sie sich nach ihm, dass kein Tag vergehen sollte, ohne dass sie einander hatten. Jetzt endlich erwiderte er ihre Gefühle.

»Ja, mein Liebster«, flüsterte sie. »Komm morgen wieder. Und übermorgen auch. Jeden Tag. Ich kann doch ohne dich gar nicht sein.«

23

Seit Jacques in Pauls Schreibstube arbeitete, stellte er sich so dumm, wie er nur konnte, und obwohl er es oft als demütigend empfand, wie Paul ihn deshalb behandelte, hatte er seinen Brotherrn stets in dem Glauben gelassen, dass er ein ausgemachter Tölpel sei, der nicht den geringsten Anteil an seiner Arbeit nahm und stumpfsinnig seine Texte kopierte, ohne sich um die Bedeutung dessen, was er Buchstabe für Buchstabe abschrieb, auch nur im Geringsten zu kümmern. Er hatte im Leben immer wieder die Erfahrung gemacht, dass man es leichter hatte, wenn andere einen für dümmer hielten, als man in Wirklichkeit war. Und diese allgemeine Erfahrung galt ganz besonders, wenn man für Paul Valmont arbeitete. Paul hasste Kopisten, die klüger waren als er selbst, und Jacques würde einen Teufel tun, seinen Brotherrn durch die Demonstration allzu großer geistiger Fähigkeiten gegen sich aufzubringen.

Doch seit seinem Besuch bei dem Präfekten hatte er das Gefühl, wirklich dumm zu sein. Nach dessen Plan sollte Jacques bei Paul den Verdacht schüren, dass sein Haus in der Rue des Pailles unter Beobachtung des Präfekten stand, und ihn auf die Idee bringen, Victor d'Alsace um Unterschlupf für Robert Savetier zu bitten, damit dieser dort aufgegriffen würde. Für den Fall, dass der Plan aufging und Victor zusammen mit Robert dingfest gemacht würde, hatte Jacques zur Belohnung einen Wunsch frei – das hatte der Präfekt versprochen. Doch wie sollte er das anstellen, ohne seine bewährte Rolle als ausgemachter Dummkopf aufzugeben? Außerdem würde ein solcher Wechsel des Verstecks seinen eigenen Plänen ganz und gar zuwiderlaufen. Er hatte das Versteck unter Pauls Dach ja nicht darum dem Präfekten angezeigt, damit dieser Robert Savetier, dessen Schicksal ihm vollkommen gleichgültig war, oder Victor d'Alsace verhaftet wurde – sein Ziel war es vielmehr, dass durch seine Anzeige Paul Valmont als Komplize der Rebellen von Saint-Marcel hinter Schloss und Riegel kam. Denn nur wenn Paul aus dem Verkehr gezogen würde, konnte Jacques mit Aussicht auf Erfolg eine eigene Schreibwerkstatt eröffnen, um endlich so viel Geld zu verdienen, dass seine Kinder nicht länger Hunger leiden mussten.

Vom vielen Denken brummte ihm der Schädel. Als Paul mit einem Stoß fertiger Kopien die Schreibstube verließ, nutzte er darum die Gelegenheit, um ein bisschen frische Luft zu schöpfen.

Doch als er in der Halle durch die angelehnte Tür der Bücherstube hörte, wie Paul und seine Frau sich in der Kammer miteinander unterhielten, verharrte er auf seinem Weg ins Freie.

Die zwei sprachen über Victor d'Alsace!

Leise trat er an die Tür, um zu lauschen.

»Es dauert nicht mehr lange, und ich bin reicher als dein Vater«, hörte er Paul sagen. »Die Leute werden mir die Kopien nur so aus den Händen reißen.«

»Weißt du schon, wie du die Beglaubigung anzeigen willst?«, fragte seine Frau.

»Das Beste wäre wahrscheinlich, Victor würde sich öffentlich für die Korrektheit der Abschriften verbürgen. Zum Beispiel bei einer Predigt. Dann wüsste mit einem Schlag das ganze Viertel, dass unsere Kopien denen der Universitätsbuchhandlung nicht nachstehen, obwohl sie nur ein Drittel so viel kosten.«

»Ich kann mir nicht vorstellen, dass Victor bereit sein wird, so etwas von der Kanzel herab zu verkünden.«

»Warum nicht?«

»Wegen der Evangelien. Jesus hat die Händler und Geldverleiher aus dem Tempel vertrieben, um das Haus seines Vaters für das Gebet zu schützen.«

»Hast du eine bessere Idee?«

Jacques blickte durch den Türspalt und sah, wie Marie über ihre Antwort nachdachte.

»Vielleicht bittest du Victor einfach, die Kopien zu signieren?«, sagte sie schließlich.

»Du meinst, mit seiner Unterschrift?«

»Ja, auf jedem Bündel.«

Für einen Moment schien Paul irritiert. Dann strahlte er über das ganze Gesicht. »Verflucht, warum bin ich nicht selbst darauf gekommen?« Er schlug sich mit der Hand vor die Stirn. »Allerdings hat die Sache einen Haken.«

»Nämlich?«

»Ich müsste Victor bitten, sich hierher zu bemühen. Bei der Menge von Manuskripten bräuchte ich sonst ein ganzes Fuhrwerk, um sie zu ihm nach Hause zu bringen!«

Jacques trat von der Tür zurück. War das die Möglichkeit, den Knoten zu durchschlagen?

24

Fast zwei Wochen lang hatte Orlando sich vergeblich um eine Audienz bei Bischof Wilhelm bemüht. Jetzt endlich wurde er vorgelassen.

»Ich hatte Euch warnen wollen, Eminenz«, sagte er, »aber Ihr schenktet mir ja kein Gehör. So musste der Herr Euch selbst die Augen öffnen, wie weit die Weltgeistlichen es treiben, um die Schule Christi in eine Schule des Teufels zu verwandeln.«

»Seid Ihr gekommen, um mir eine Predigt zu halten?«, fragte Wilhelm, während sein Blick unter den buschigen Augenbrauen sich bedrohlich verfinsterte.

»Nein, Eminenz, natürlich nicht«, beeilte Orlando sich zu versichern. »Und bitte verzeiht, falls ich es in meinem Eifer an dem gebührenden Respekt habe mangeln lassen. Aber es ist allein die Sorge um das Wohl des Glaubens, die mich treibt.«

»Dann sagt endlich, was Ihr wollt!«

Orlando hielt kurz inne, um seine Gedanken zu ordnen. »Ich bin gekommen, um Euch die Hilfe meines Ordens anzubieten«, erklärte er. »Die Professoren wollen den König erpressen, indem sie damit drohen, den Unterricht niederzulegen, und aus Angst um den Aufschwung seiner Hauptstadt neigt Ludwig dazu, ihnen nachzugeben. Aber es gibt einen Weg, die Forderungen zurückzuweisen, ohne das Wohl der Kapitale zu gefährden.«

»Und wie stellt Ihr Euch einen solchen Ausweg vor?«

»Die Macht der Professoren besteht in der Annahme, dass sie unersetzlich sind«, erwiderte Orlando. »Allein darauf stützt Victor d'Alsace seine Drohung. Er glaub fest daran, dass die Universität sich auflösen wird, wenn er und seinesgleichen ihre Tätigkeit einstellen, und dass dann fünftausend Studenten Paris verlassen. Aber in seiner eitlen Verblendung sieht er nicht, dass andere längst bereitstehen, in die Bresche zu springen.«

»Und wer sind diese anderen?«

»Die Jünger des Dominikus«, erklärte Orlando. »Wenn Ihr und der König erlaubt, Eminenz, führen meine Glaubensbrüder und ich den Lehrbetrieb in allen vier Fakultäten weiter. So wird die Universität in Paris bestehen bleiben, ohne dass Ihr dazu auch nur einen einzigen Weltgeistlichen braucht.«

Während Wilhelm die Brauen hob, spielte um seine Lippen ein Lächeln, das Orlando nicht zu deuten wusste. War es Spott, der daraus sprach? Oder – er wagte es kaum zu hoffen – Anerkennung für die Kühnheit seines Gedankens?

»Das habt Ihr Euch fein ausgedacht«, erklärte der Bischof schließlich mit einer Stimme, die alle Hoffnung auf Beifall im Keim erstickte. »Euer Angebot ist eine dreiste Frechheit. Ihr wollt die missliche Lage des Königs schamlos dazu nutzen, Euch eben jenen Platz in der Universitas zu erschleichen, nach dem Ihr schon so lange strebt, obgleich Ihr so gut wie ich wisst, dass Euch ein solcher Platz nicht zusteht. Doch Ihr habt Euch verrechnet. Wir werden der Schlange auch ohne Eure Hilfe den Kopf austreten. Noch heute wird Victor d'Alsace verhaftet, und bevor die Osterglocken läuten, wird er als Verschwörer vor Gericht gestellt.«

25

Als Victor sein Haus in der Rue St.-Jacques verließ, um die Kopieranstalt in der Rue des Pailles aufzusuchen, hatte er das ungute Gefühl, dass die Zusage, die er Paul Valmont gegeben hatte, ein Fehler gewesen war, und dieses Unbehagen wuchs mit jedem Schritt, den er sich seinem Ziel näherte.

Immerhin hatte der Bischof verlangt, ihm Roberts Aufenthalt zu verraten, sobald er davon Kenntnis erlange, als Voraussetzung dafür, dass der König Gnade vor Recht ergehen lasse. Doch jetzt war es zu spät, um seine Zusage zurückzunehmen, ein Wort war ein Wort, und Victor blieb nichts anderes übrig, als dem Wunsch des

Kopisten zu folgen und die fertigen Abschriften in seinem Haus zu signieren.

Wie war es Robert in der Zwischenzeit wohl ergangen? Für einen so ehrgeizigen und wissbegierigen Studenten wie ihn musste es eine Tortur sein, untätig in einem Versteck auszuharren, während seine Kommilitonen die Vorlesungen besuchten und sich auf ihre Prüfungen vorbereiteten. Trotz seines Unbehagens freute Victor sich darauf, ihn wiederzusehen. Er hatte seine Gedanken für eine Akademie auf ein paar Bögen niedergeschrieben, und war gespannt, welche Meinung Robert dazu hatte.

Zum Glück hatte Victor es vermieden, Wilhelm sein Wort zu geben, so dass sein Gewissen vor Gott rein war, wenn er ihm Roberts Aufenthalt verschwieg. Doch schützte ihn ein reines Gewissen auch vor der Regentin? Wenn herauskam, dass er in dem Haus, in dem einer der angeblichen Rädelsführer von Saint-Marcel sich versteckt hielt, ein- und ausgegangen war, ohne ihn anzuzeigen, würden die Professoren, die seine Petition unterschrieben hatten, ihm den Rücken kehren, und Wilhelm würde triumphieren. Jetzt konnte er nur darauf hoffen, dass Ludwig den Forderungen nachgab, bevor Roberts Aufenthalt entdeckt wurde. Zu dieser Hoffnung gab es einigen Grund. In den fast dreißig Jahren ihres Bestehens hatte die Universität eine so große Bedeutung erlangt, dass der junge König kaum ihr Ende riskieren würde. Paris war nicht mehr der einzige Ort auf dem Kontinent, der die fahrenden Scholaren anlockte – auch im italienischen Bologna, auch im englischen Oxford gab es inzwischen Universitäten, sogar im Süden Frankreichs, in Toulouse und Montpellier, waren ähnliche Schulen im Entstehen, um der Hauptstadt Konkurrenz zu machen.

»Platz da! Aus dem Weg!«

Zwei Soldaten ritten in so scharfem Trab vorbei, dass der Morast der vom Tauwetter aufgeweichten Straße von den Hufen ihrer Pferde aufspritzte. Eilig trat Victor beiseite und ließ die Schriftrolle, die er Robert zum Lesen geben wollte, im Ärmel seines Talars verschwinden.

26

Früher hatte Marie die Vormittage gehasst, weil sie in den Morgenstunden ihre Hausarbeit erledigen musste. Doch seit Robert unter ihrem Dach lebte, waren sie ihr zur liebsten Tageszeit geworden. Kaum war Paul in der Schreibstube verschwunden, holte sie Roberts Essen aus der Küche und brachte es hinauf in seinen Verschlag. Doch nur selten gelang es Robert, eine Speise anzurühren, bevor sie kalt geworden war – so lange dauerten die Gespräche, die sie miteinander führten und über die Marie jede Hausarbeit vergaß.

Minou, die ihr in die Kammer gefolgt war, sprang ihr auf den Schoß. Während sie die Katze streichelte, zitierte sie drei rätselhafte Sätze, über die sie am Vortag beim Kopieren gestolpert war und die ihr seitdem nicht mehr aus dem Kopf gingen.

»›Glücklich, wer liebt. Glücklicher, wer vor Liebe dahinschmachtet. Am glücklichsten aber, wer vor Liebe stirbt.‹«

Als sie die Worte in Roberts Gegenwart wiederholte, spürte sie, wie sie rot wurde. Aus ihrem Munde hörten sie sich wie etwas Verbotenes an, wie ein Bekenntnis zur Sünde. Doch Marie wusste, das konnte nicht sein. Die Worte mussten eine andere Bedeutung haben – schließlich stammten sie, so hatte Jacques am Rand seiner Mitschrift notiert, aus einer Predigt von Victor d'Alsace.

»Er hat sie zur Eröffnung des neuen Semesters gehalten, vor den Magistern und Studenten aller vier Fakultäten«, sagte Robert. »Ich war bei der Messe dabei und habe sie gehört.«

»Aber was meint Victor damit?«, fragte Marie, während Minou leise unter ihrer Hand schnurrte. »Wie kann ein Mensch glücklich sein, wenn er stirbt?«

Sie hatte erwartet, dass Robert die Antwort ebenso schwerfallen würde wie ihr, doch zu ihrer Überraschung brauchte er keinen Augenblick lang zu überlegen.

»Ganz einfach«, sagte er. »Weil er dann für immer dem Wesen

nahe ist, das er wie kein anderes liebt. So nahe, dass beide miteinander verschmelzen.«

»Miteinander verschmelzen?«, wiederholte sie irritiert.

Jetzt war es Robert, der rot wurde. »Ja«, sagte er. »Wie ... wie ...« Offenbar hatte er Mühe, einen Vergleich zu finden. »Wie die Flammen zweier Kerzen, wenn man sie zusammenhält«, sagte er schließlich. Verlegen lächelte er sie an.

»Trotzdem«, sagte Marie. »Wie kann man jemanden lieben, wenn man tot ist? Und dabei auch noch glücklich sein?«

»Zwischen Menschen ist das unmöglich«, erwiderte Robert. »Aber was, wenn der Geliebte gar kein Mensch ist?«

»Gar kein Mensch?«, fragte sie verwundert. Aber noch während sie sprach, ging ihr ein Licht auf. »Jesus Christus, der Bräutigam! Natürlich! Victor meint die Liebe zu Gott! Im Tod ist der Mensch mit ihm vereint! Und das ist das höchste Glück.«

Robert strahlte. »Ich wusste, dass du es herausfindest.«

Es war, als hätte sie versucht, einen festsitzenden Knoten zu lösen, und plötzlich ging er ganz von allein auf. Doch kaum hatte sie die Antwort auf ihre Frage gefunden, kam ihr eine zweite.

Und die war so traurig, dass sie sie kaum stellen mochte.

27

Normalerweise ließ Auguste Mercier seine Soldaten im Freien antreten, um ihnen vor einem Einsatz den Marschbefehl zu geben. Doch die Männer, mit denen er an diesem Morgen das Haus des Kopisten Paul Valmont in der Rue des Pailles stürmen würde, hatte er nicht auf den Hof, sondern in die Stallgasse beordert. Der Einsatz stand unter höchster Geheimhaltung, nicht mal die Regentin durfte davon erfahren. Sie sollte erst unterrichtet werden, wenn die Verschwörer Robert Savetier und Victor d'Alsace gemeinsam gefasst waren und bei Hofe vorgeführt werden konnten. Sicher war sicher – nur wenn der Einsatz gelang, hatte Bischof Wilhelm gesagt, konnte Auguste seinen Kopf retten. Ansonsten würde Blanka ihn einer angeblichen Gerechtigkeit opfern, die jedem Recht Hohn sprach, damit die Professoren nach Ostern ihren Unterricht fortsetzten.

Während die bereits gesattelten Pferde in ihren Verschlägen mit den Hufen scharrten, wartete Auguste noch auf seine zwei besten Männer, die er vom Louvre herbeibefohlen hatte – zwei alte Haudegen, die schon an der Schlacht bei Bouvines unter seinem Kommando gekämpft hatten und auf die er sich blind verlassen konnte. Zwar glaubte Jacques Pèlerin, dass Victor d'Alsace wohl den ganzen Tag brauchen würde, um die vielen Manuskripte zu signieren, die er in der Schreibstube beglaubigen sollte, doch Auguste wollte sich nicht auf die Mutmaßungen eines sichtlich beschränkten Kopisten verlassen, sondern die Verhaftung der beiden Delinquenten noch vor dem Angelus durchführen. Schließlich ging es bei dem Einsatz um seinen eigenen Kopf!

Hufgetrappel im Hof kündigte an, dass die zwei noch fehlenden Soldaten endlich kamen, und als sie kurz darauf in der Stallgasse erschienen, hob Auguste seine Stimme, um seinen Soldaten ihre Aufgaben zu erklären.

»Drei Mann sichern jeweils den vorderen und hinteren Eingang des Hauses. Die anderen teilen sich, sobald wir in der Halle sind. Der vordere Haufen geht hinauf ins Dachgeschoss, wo sich der Student versteckt hält. Mit dem Rest kümmere ich mich um den Magister. Entscheidend ist, dass wir die zwei zur selben Zeit unter einem Dach erwischen. Nur so können wir beweisen, dass es sich um eine Verschwörung handelt.«

»Und was tun wir, wenn sie sich wehren?«, fragte ein Soldat.

»Den Magister dürft ihr nur unschädlich machen«, erwiderte Auguste. »Den brauche ich lebend.«

»Und was ist mit dem Studenten?«

»Mit dem könnt ihr tun, was ihr wollt. Hauptsache, er entkommt uns kein drittes Mal.«

28

Marie wusste selber nicht, warum. Aber Robert brauchte sie mit seinen grünblauen Augen nur anzuschauen, und schon traute sie sich, Fragen zu stellen, die sie keinem anderen Menschen gestellt hätte.

»Heißt das, man muss sterben, um durch Liebe glücklich zu werden?«

Beim Sprechen schaute sie nicht Robert, sondern die Katze auf ihrem Schoß an. Erst als sie zu Ende geredet hatte, hob sie den Kopf. Robert erwiderte ihren Blick mit einem Lächeln, und auf seinen Wangen erschienen die zwei Grübchen, die sie so sehr mochte.

»Nein«, sagte er. »Das gilt nur für das vollkommene Glück, das Einswerden mit Gott. Aber das ist nicht das einzige Glück, das es in der Liebe gibt. Victor sagt in seiner Predigt: ›Zu den Menschen, die teilhaben am Glück, gehören auch die, die nur ein bisschen lieben.‹«

»Schon wieder so ein Satz, den ich nicht verstehe.«

»Aber natürlich verstehst du ihn. Er bedeutet doch nur, dass es verschiedene Grade von Liebe gibt. Und darum auch verschiedene Grade von Glück. Je nachdem, wie stark und rein die Liebe ist.«

»So wie Wein? Je nachdem, mit wie viel Wasser er vermischt ist?«

Robert lachte. »Dann panschst du also den Wein für deine Gäste? Da kann ich ja froh sein, dass ich die Fasten halte.«

Sie fiel in sein Lachen ein, doch sofort wurde er wieder ernst.

»Vielleicht kann man es so ausdrücken: Die Gottesliebe ist die reinste und stärkste Form der Liebe, sozusagen ihre Essenz, wie unvermischter Wein. Darum macht sie so glücklich wie keine andere. Doch ein paar Tropfen von dieser Essenz findet sich in jeder Form von Liebe wieder, weil wir in allem, was wir lieben, Gott lieben. Und wie Wein unterschiedlich wirkt, je nachdem, wie viel Wasser ihm beigemischt wurde, umso glücklicher macht die Liebe, je reiner sie ist.«

»›Glücklich, wer liebt‹«, wiederholte Marie. »›Glücklicher, wer vor Liebe dahinschmachtet. Am glücklichsten aber, wer vor Liebe stirbt.‹« Victors rätselhafte Sätze erschienen ihr nun in völlig neuem Licht. »Aber – gilt das auch für die Liebe zwischen Mann und Frau?«

»Ja«, bestätigte Robert. »Für die sogar ganz besonders. Die Liebe zwischen Eheleuten ist ja nichts anderes als ein irdisches Abbild der Gottesliebe.«

»Zwei Flammen, die miteinander verschmelzen ...« Marie dachte an Paul, ihren Mann. Genauso hatte sie es empfunden, wenn er zu ihr gekommen war, früher, in der ersten Zeit ihrer Ehe, und hätte man sie damals gefragt, wie sie sich das Paradies vorstellte, hätte sie vielleicht gesagt, dass sie sich nichts Schöneres vorstellen könnte als solche Liebe, die sie in der Ehe erfuhr ... Doch dann fiel ihr die letzte Nacht in Pauls Armen ein, wie ihr Mann mit Gewalt von seinem Recht an ihr Gebrauch gemacht hatte. Im selben Moment erlosch das Bild vor ihren Augen.

»Und was ist, wenn zwei Menschen sich lieben, die keine Eheleute sind?« Die Frage war ihr schneller über die Lippen gekommen, als sie denken konnte.

Robert runzelte die Stirn. »Du meinst, wie Geschwister sich lieben? Oder Freunde?«

Marie schüttelte den Kopf.

»Oder wie Kinder und ihre Eltern?«

Obwohl sie wusste, dass es falsch war, verneinte sie erneut.

Wieder schaute Robert sie an. »Du meinst – ein Mann und eine Frau, die nicht verheiratet sind?«

29

Mit mulmigem Gefühl stieg Henri de Joinville im Hof der königlichen Residenz von seinem Schimmel und gab die Zügel einem Stallknecht in die Hand. Wenn Jean-Baptiste de Joinville ihn in seine Kanzlei bestellte statt in sein

Privathaus, bedeutete das, dass er ihn nicht als sein Großvater, sondern als Minister des Königs sprechen wollte.

Henri ahnte den Grund nur zu gut. Er hatte sich bei seinem Großvater dafür verwandt, dass der König Victor d'Alsace eine Audienz gewährte, und weil der Magister nicht, wie erhofft, gekommen war, um sich mit einer Huldigungsadresse für die Vorfälle in Saint-Marcel zu entschuldigen, sondern die Unterredung dazu genutzt hatte, der Regierung mit der Einstellung des Lehrbetriebs zu drohen, würde der Minister seinen Enkel nun zur Rechenschaft ziehen. Die Strafe, die Henri am meisten fürchtete, war zugleich die wahrscheinlichste. Schon mehrmals hatte sein Großvater ihm angedroht, ihn dem König als Kammerherrn vorzuschlagen, um ihn so unter Kuratel zu stellen. Als Ludwigs Kammerherr müsste Henri in die Residenz einziehen, und mit dem fröhlichen und unbeschwerten Studentenleben wäre es dann für immer vorbei.

Während er überlegte, wie er das Unheil abwenden konnte, verließ ein Trupp berittener Soldaten unter dem Kommando des Präfekten den Hof. Als die Pferde seinen Weg kreuzten, schnappte er in dem Hufgetrappel ein paar Gesprächsfetzen auf.

»Wie heißt der Magister?«

»Victor d'Alsace.«

»Und der Student?«

»Robert.«

»Und der Nachname?«

»Den habe ich vergessen.«

Fieberhaft überlegte Henri, was das zu bedeuten hatte. Ihm fiel nur eine mögliche Antwort ein: Sie hatten herausgefunden, wo Robert sich versteckt hielt.

30

Ein Mann und eine Frau, die nicht verheiratet sind ...
Während die Worte in Roberts Kopf widerhallten, war Marie nur eine Armeslänge von ihm entfernt. Sie war ihm so nah, dass er nicht nur jede einzelne Sommersprosse auf ihrer Nase sah, sondern auch die winzig feinen, fast unsichtbaren blonden Härchen, die auf ihrer Oberlippe flimmerten, über ihrem halb geöffneten Mund.

Und doch war sie ihm so fern wie die Sonne.

Nein, sosehr es ihn auch danach drängte, mit jeder Faser seines Leibes – er durfte nicht den Arm nach ihr ausstrecken, durfte nicht über ihre Wange streichen, nicht mit der Hand und erst recht nicht mit seinen Lippen, durfte sie weder liebkosen noch küssen. Sie war Pauls Frau, die Frau seines Freundes, und ehe er diese Freundschaft missbrauchte, wollte er eher für alle Zeit auf die Liebe einer Frau verzichten.

Aber war es nicht schon Sünde, nur daran zu denken, welche Seligkeit eine Berührung, welche Seligkeit ein Kuss bedeuten würde?

Quia peccavi nimis cogitatione, verbo, opere ... Ich habe gesündigt in Gedanken, Worten und Werken ...

So hieß es im Schuldbekenntnis, das der Priester zusammen mit der Gemeinde zur Eröffnung der heiligen Messe sprach, und nie zuvor hatte dieses Bekenntnis größere Gültigkeit für Robert gehabt als in diesen Tagen und Wochen. Ja, er hatte gesündigt, sündigte in einem fort, nicht in seinen Werken, aber in jeder Stunde, die er an Marie dachte, in jedem Augenblick, den er mit ihr teilte. Jedes Wort, das sie miteinander sprachen, war eine Berührung, jeder Blick ein Kuss, und in Gedanken war sie längst schon seine Frau.

Deo precor, beatam Maríam semper Virginem, omnes Sanctos, et vos, fratres, orare pro me ad Dominum Deum nostrum ... Dar-

um bitte ich die selige Jungfrau Maria, alle Engel und Heiligen, und euch, meine Brüder, für mich zu beten bei Gott, unserem Herrn ...

31

Jacques hätte sich nicht träumen lassen, dass das Leben einmal so einfach sein konnte. Als folgten alle Beteiligten einem verabredeten Plan, verhielten sie sich genau so, wie er es dem Präfekten vorausgesagt hatte. Seit seiner Ankunft in der Rue des Pailles signierte Victor d'Alsace die Abschriften seiner Werke, und kaum hatte er einen Stapel mit seiner Unterschrift beglaubigt, schleppte Paul auch schon die nächsten Bündel herbei. Trotzdem würden noch Stunden vergehen, bis er den letzten Bogen mit seinem Namen gezeichnet hatte, während Marie, die wie jeden Morgen mit einem Tablett die Stiege hinauf verschwunden war, um dem heimlichen Gast im Haus das Frühstück zu bringen, keinerlei Anstalten machte, aus der Dachkammer zurückzukehren.

»Und hier die *Quaestio* über das Lachen«, sagte Paul und türmte einen besonders hohen Stapel vor dem Magister auf. »Davon habe ich hundert Abschriften fertigen lassen. Ich bin sicher, die gehen weg wie die Fladenbrote unseres Nachbarbäckers.«

Während Victor mit einem Seufzer zur Feder griff, rieb Paul sich aufgeräumt die Hände. Wenn er wüsste, dass vielleicht schon in diesem Augenblick die Truppen des Königs sich in Marsch setzten, um ihn zu verhaften ... Die ahnungslose Freude seines Brotherrn versetzte Jacques einen Stich. Wie viele Jahre würde er wohl für diesen Verrat im Fegefeuer büßen? Nein, die Vorstellung durfte ihn nicht schrecken. Was er tat, tat er für seine Kinder. Dafür, dass sie satt zu essen und Kleider bekamen, für die sie sich nicht zu schämen brauchten, und sein Ältester vielleicht sogar dermaleinst die Universität besuchen würde – dafür war Jacques Pèlerin bereit, jede Strafe auf sich zu nehmen. Wenn er sich heute versündigte, dann darum, dass seine Kinder sich niemals versündigen mussten wie er.

»Soll ich die fertigen Bögen in die Bibliothek bringen?«, fragte er.

Bevor Paul antworten konnte, klopfte es draußen am Tor.

Erschrocken fuhr Victor von seiner Arbeit auf, und auch Paul wurde blass.

War der Moment gekommen?

32

Während Marie die Katze auf ihrem Schoß streichelte, beobachtete sie Robert aus den Augenwinkeln. Eine Strähne war ihm ins Gesicht gefallen und zitterte über seiner Nasenwurzel in der Luft.

Dachte er wohl gerade dasselbe wie sie?

Ein Mann und eine Frau, die nicht verheiratet sind ...

Als sie die Augen niederschlug, fiel ihr Blick auf das Tablett am Boden. Der Brei war längst kalt geworden. Obgleich Paul sie kaum vermissen würde, weil Victor unten bereits begonnen hatte, die Kopien seiner Werke zu signieren, sollte sie nicht länger hier oben bleiben. Wenn sie dem hohen Besuch so lange fernbliebe, konnte einer der Kopisten Verdacht schöpfen. Jacques hatte ihr schon ein paarmal seltsame Fragen gestellt, wenn sie Robert das Essen brachte – vielleicht war er ja gar nicht so dumm, wie er immer tat. Außerdem konnte Victor selbst sie jederzeit in dem Verschlag überraschen. Er hatte den Wunsch geäußert, Robert zu sehen, sobald die Arbeit es erlaube, und da Robert sich vor den Schreibern nicht blicken lassen durfte, würde Victor ihn vermutlich hier in seinem Versteck aufsuchen.

Trotzdem schaffte Marie es nicht, die Kammer zu verlassen.

»Kennst du die Geschichte von Abélard und Héloise?«, fragte Robert in die Stille hinein.

»Nein«, sagte sie. »Erzählst du sie mir?«

Robert räusperte sich. »Abélard war ein Magister, der vor vielen Jahren hier in Paris lebte. Da er als der beste Lehrer in der ganzen Stadt galt, nahm der Domkanonikus Fulbert ihn in sein Haus auf – Abélard sollte seine Nichte unterrichten, Héloise. Doch dann passierte etwas, was nicht sein durfte. Die beiden verliebten sich ineinander.«

»Warum durfte das nicht sein?«, fragte Marie. »Weil er ihr Lehrer war?«

»Nein, nicht darum.«

»Sondern?«

Robert strich sich die Strähne aus der Stirn. »Abélard war nicht nur ein Magister, sondern auch ein Priester.«

Marie nickte. »Dann hat er ihr seine Liebe also nie gestanden?«

Während sie sprach, sprang Minou von ihrem Schoß. Marie beugte sich vor, um die Schale mit dem Brei vom Boden zu heben, aber Minou huschte achtlos an dem Tablett vorbei.

»Doch«, sagte Robert, den Blick auf die Katze gerichtet. »Er hat ihr seine Liebe gestanden. Die zwei haben sogar geheiratet.«

»Dann sind sie also trotz allem glücklich geworden?«, fragte Marie überrascht.

Ohne den Blick zu heben, schüttelte Robert den Kopf. »Nein, glücklich wurden sie nicht. Ihre Liebe nahm kein gutes Ende. Gerade dadurch, dass Abélard Héloise seine Liebe gestand, hat er ihrer beider Unglück besiegelt.«

»Aber hätte er ihr darum seine Liebe verschweigen sollen? Das wäre doch eine Lüge gewesen. Außerdem hat Victor gesagt, dass jeder Form von Liebe ein Quäntchen Glück innewohnt.«

»Nur wenn die Liebe ein Abbild der Gottesliebe ist«, erwiderte Robert mit einer Stimme, als fiele es ihm schwer zu sprechen. »Sonst ist sie wie gepanschter Wein, der nicht mit Wasser vermischt wurde, sondern mit fauligen und übelriechenden Säften, die ihn ungenießbar machen.«

Marie dachte nach. »Du meinst, so wie die Liebe zwischen

einem Mann und einer Frau, die nicht verheiratet sind?«, flüsterte sie.

Robert nickte.

Marie musste schlucken. Obwohl sie gehofft hatte, sich zu irren, hatte sie die Antwort befürchtet.

»Erzählst du mir trotzdem, wie die Geschichte der beiden ausging?«

»Soll ich das wirklich? Sie geht nämlich sehr traurig aus.«

»Bitte. Ich möchte sie trotzdem hören.«

»Also gut.« Robert holte tief Luft. »Fulbert entdeckte die Liebe der beiden, als Héloise schwanger wurde. Abélard entführte sie deshalb zu seiner Schwester in die Bretagne, wo sie einen Sohn zur Welt brachte. Nachdem das Kind geboren war, kehrte Abélard nach Paris zurück und bat Fulbert um Héloises Hand. Er wollte sie zur Frau nehmen, um das Unrecht, das er ihr angetan hatte, wiedergutzumachen. Fulbert willigte ein. Damit Abélard weiter Priester bleiben konnte, vereinbarten sie, die Ehe geheim zu halten. Weil Fulbert sich aber nicht an die Vereinbarung hielt und ihre sündige Verbindung dadurch ruchbar wurde, ging Héloise nach Argenteuil ins Kloster, damit die Gerüchte verstummten. Fulbert jedoch wusste nicht, dass Héloise den Schleier genommen hatte, und glaubte stattdessen, Abélard habe sich seiner Nichte entledigt. Also schickte er Häscher aus, die Abélard überfielen und entmannten.«

»Das ist ja entsetzlich!«

»Pssssst!«, machte Robert und hielt sich einen Finger vor die Lippen. »Man kann uns hören.«

Eine Weile schwiegen sie, ohne einander anzuschauen. Obwohl Marie fast zwanzig Jahre in Argenteuil gelebt hatte, vielleicht sogar noch zu Lebzeiten der zwei Liebenden geboren worden war, hatte sie noch nie von der Geschichte gehört. War es Zufall oder Fügung, dass sie am selben Ort zur Welt gekommen war, an dem Héloise sich vor der Welt zurückgezogen hatte? Während sie sich fragte, ob Robert wohl wusste, woher sie stammte, huschte Minou, die sonst jedem Fremden scheu aus dem Weg ging, zu ihm und schmiegte sich an sein Bein.

»Du hast recht«, sagte Marie. »Das ist wirklich eine traurige Geschichte. Aber – warum hast du überhaupt davon angefangen?«

»Ich ... ich weiß nicht«, antwortete Robert. »Vielleicht, weil ich Abélard immer bewundert habe und ich früher selber so sein wollte wie er.«

»Obwohl er so unglücklich war?«

»Nein, nicht deshalb. Sondern weil er als Sohn eines Ritters auf sein Erbe verzichtet hatte, um sich ganz der Wissenschaft zu widmen.«

Marie begriff. »Du liebst die Wissenschaft genauso wie er, nicht wahr?« Sie zögerte einen Moment, dann fügte sie hinzu: »Wärst du auch bereit, ein solches Opfer zu bringen?

Irritiert runzelte er die Stirn. »Was für ein Opfer?«

»Auf alles zu verzichten«, erklärte sie. »Nur für die Wissenschaft.«

Robert zuckte die Schultern. »Das kann man nicht vergleichen«, sagte er. »Mein Vater war ja kein Ritter, sondern nur ein einfacher Flickschuster, der nichts besaß, was er mir hätte vererben können. Ich brauchte also kein Opfer zu bringen, um zu studieren.«

Marie schüttelte den Kopf. »Das meinte ich nicht.«

»Was meinst du dann?«

Als er den Kopf hob, sah sie, dass sein Gesicht vor Scham rot angelaufen war.

»Ich glaube, du weißt, welches Opfer ich meine«, flüsterte sie.

»Ja«, sagte er. Obwohl er immer verlegener wurde, erwiderte er ihren Blick. »Aber ich glaube, dafür braucht man mehr Mut, als ich besitze.«

Nein, es gab keinen Zweifel, er hatte sie verstanden. Marie wusste selber nicht, warum, aber aus irgendeinem Grund wollte sie, dass er es aussprach. Vielleicht, damit sie es nicht selber tun musste.

»Sag, wofür brauchst du so viel Mut?« Ihre Stimme klang so rau, dass sie ihr selber fremd war.

Robert sah sie nur an. Während sein Gesicht noch röter wurde, streckte er den Arm nach ihr aus. »Dafür ...«

Mit einer Entschlossenheit, die sie ihm kaum zugetraut hätte, nahm er plötzlich ihre Hand. Bei der unverhofften Berührung lief ihr ein Schauer über den Rücken, den sie bis in die Haarspitzen spürte. Warm und fest umschloss seine Hand die ihre, während er sie weiter unverwandt mit seinen grünblauen Augen anschaute und dabei so zärtlich anlächelte, dass auf seinen Wangen die beiden Grübchen erschienen.

Mit pochendem Herzen hoffte Marie, der Augenblick würde nie zu Ende gehen.

»Ich würde dich gern küssen.«

Hatte wirklich er das gesagt – oder war es ihr Herz gewesen, das gesprochen hatte? Marie wollte es gar nicht wissen, sie wollte nur noch sein Gesicht sehen, die grünblauen Augen, die Grübchen auf seinen Wangen, den Mund, der sich ihr näherte ...

Sie schloss die Augen und öffnete die Lippen, um seinen Kuss zu erwidern.

Als ihre Münder sich berührten, wurden draußen auf der Treppe Schritte laut. Erschrocken fuhren sie auseinander – gerade noch rechtzeitig, bevor die Tür aufflog.

33

Seit seinem ersten Einsatz als junger Soldat in der Schlacht bei Bouvines wusste Auguste Mercier, dass der Erfolg eines militärischen Kommandos vor allem von der Vorbereitung und planmäßigen Durchführung der flankierenden Maßnahmen abhing. Darum hatte er sowohl den Vorder- wie auch den Hinterausgang des Gebäudes mit jeweils einem Dreierposten gesichert, bevor er mit den übrigen Männern in das Haus des Kopisten Paul Valmont eingedrungen war, damit keiner der Gesuchten dem Zugriff entkommen konnte.

Wie Jacques Pèlerin, der rothaarige Schreiber, vorausgesagt hatte, befand Victor d'Alsace sich im Skriptorium, um im Beisein des Hausherrn und dessen Angestellten Kopien seiner Werke zu signieren.

»Im Namen des Königs«, erklärte Auguste dem Magister, »Ihr seid verhaftet.«

»Verhaftet? Aus welchem Grund?«

Victor d'Alsace schien eher amüsiert als empört. Doch Auguste war entschlossen, ihm seinen Hochmut rasch auszutreiben.

»Ihr seid einer Verschwörung gegen die Krone angeklagt. Zusammen mit Eurem Schüler Robert Savetier, der sich unter dem Dach dieses Hauses versteckt hält.«

»Ich protestiere!«, rief Paul Valmont. »Wie könnt Ihr es wagen, derartige Behauptungen aufzustellen? Ich kenne keinen Robert Savetier!«

Auguste warf ihm nur einen abschätzigen Blick zu. »Das werden wir ja gleich wissen.« Dann wandte er sich an die beiden Soldaten, die er aus dem Louvre angefordert hatte. »Passt auf, dass die zwei sich nicht vom Fleck rühren!«

In der Gewissheit, dass weder Victor d'Alsace noch der Hausherr sich der Obhut seiner besten Männer entziehen konnten, verließ Auguste den Raum, um in das oberste Stockwerk hinaufzueilen, wo Robert Savetier sich laut Auskunft des Zeugen aufhalten musste. Auf der Treppe kam ihm eine Frau entgegen – Paul Valmonts Eheweib. Sie schien völlig aufgelöst, wahrscheinlich wusste sie, welches Verbrechen ihr Mann begangen hatte, und fürchtete nun die Folgen. Auguste schob sie beiseite, und zwei Stufen auf einmal nehmend, lief er weiter. Er konnte es gar nicht erwarten, den Einsatz abzuschließen. Sobald er Robert Savetier dingfest gemacht hatte, war Victor d'Alsace der Verschwörung überführt, und er, Auguste Mercier, brauchte nicht länger um seinen Kopf zu fürchten.

Als er das Dachgeschoss erreichte, drängten sich auf dem Treppenabsatz die Soldaten, die er für die Verhaftung des Studenten abkommandiert hatte.

»Wo ist Robert Savetier?«

Die Männer blickten schweigend zu Boden.

»Ich will wissen, wo der Mistkerl ist!«

Wieder keine Antwort.

»Sagt ja nicht, er ist schon wieder entkommen!«

Das Schlimmste befürchtend, riss Auguste die Tür des Verschlags auf. Doch von der Anwesenheit des Gesuchten zeugten nur noch eine verlassene Schlafstelle und ein kleines Schreibpult sowie ein Tablett mit einer Schale Brei auf dem Boden. Ansonsten war die Kammer so leer wie das Grab Jesu am Ostersonntag. Nur eine Katze, die sich im Schatten unter der Dachschräge verkrochen hatte, huschte durch den Raum.

»Wir haben überall nach ihm gesucht«, sagte einer der Soldaten. »Aber er muss schon fort gewesen sein, als wir kamen.«

Obwohl seinem Soldatenschädel das Denken nicht leichtfiel, begriff Auguste, was die leere Kammer bedeutete. Ohne Robert Savetier konnte Victor d'Alsace keiner Verschwörung überführt werden, und noch bevor der Tag zu Ende ging, würden die Professoren lauter denn je den Kopf des Stadtpräfekten fordern, um den Tod ihrer Studenten zu rächen.

Als Auguste sich umdrehte, blickte er in das picklige Gesicht des Kopisten Jacques Pèlerin.

»Wie zum Teufel konnte das passieren?«

VIERTER TEIL

Paris, 1229

Pascha

*»Darum kehrt den alten Sauerteig aus,
auf dass ihr ein neuer Teig seid.«*

1 KOR 5,7

I

Das Ostergeläut von Notre-Dame war kaum verklungen, als Pierre Henri Bernard, Vicomte de Joinville, seines Zeichens frisch ernannter Kammerherr des Königs, am Portal der Residenz den berühmtesten Magister von Paris empfing, um ihn zur Audienz in den Thronsaal zu geleiten. Vor nunmehr zwei Wochen hatte sein Großvater ihn in sein neues Amt gezwungen, und jeder Tag, den er es bislang ausgeübt hatte, war ihm eine Qual gewesen, da der Dienst am Hofe ihn seines alten Lebens und seiner Freunde beraubte. Doch heute war er ihm Freude und Ehre zugleich.

»Dass ich als freier Mann meinem König entgegentreten kann, ist Euer Verdienst«, sagte Victor d'Alsace, als sie durch die Flure der düsteren Burg schritten. »Hättet Ihr uns nicht vor dem Zugriff des Präfekten gewarnt, säße ich als Gefangener im Louvre, zusammen mit unserem Freund Robert.«

»Ich habe nur gehandelt, wie jeder Ehrenmann gehandelt hätte«, erwiderte Henri so bescheiden wie möglich. Tatsächlich platzte er vor Stolz. Zum ersten Mal in seinem Leben hatte er das Gefühl, etwas ganz und gar richtig gemacht zu haben. Dieser Triumph über Feigheit und Zweifel war wertvoller als jeder Sieg über einen äußeren Feind und entschädigte ihn für all die dunklen Stunden, in denen er nichts empfunden hatte als seine eigene Nichtsnutzigkeit.

»Falls Ihr Euch noch mit dem Gedanken tragt, Kirchenrecht zu studieren«, sagte Victor, als sie die Treppe zum Thronsaal hinaufgingen, »würde es mich mit Stolz erfüllen, Euer Lehrer zu sein.«

»Ihr könnt nicht ermessen, was Eure Worte mir bedeuten. Auch wenn mein Dienst am Hofe mir vorerst kaum erlaubt, Euer Angebot anzunehmen, macht Ihr mich zu einem glücklichen Mann.« Henri spürte, wie ihm die Tränen kamen. Um sich nichts anmerken zu lassen, schnäuzte er sich in seinen Ärmel.

Auf dem Treppenabsatz blieb Victor noch einmal stehen.

»Ihr wisst, warum ich heute hier bin?«

Henri nickte. »Die Frist ist abgelaufen. Ihr erwartet die Antwort auf Eure Forderungen.«

Victor nickte. »Sagt – wie ist Ludwigs Stimmung? Wird der Gerechtigkeit heute wohl Genüge getan?«

»Ich bin mehr als zuversichtlich«, erwiderte Henri. »Nach der Messe äußerte Seine Majestät die Ansicht, dass die Forderungen der Professoren nur recht und billig seien.«

»Und die Regentin?«

Henri zögerte einen Moment, um seiner Antwort größeres Gewicht zu verleihen. »Blanka ist sich bewusst, welchen Schaden eine Auflösung der Universität für die Hauptstadt des Königreichs bedeuten würde. Ich kann mir nicht vorstellen, dass sie eine solche Gefahr eingehen wird, nur um dem Bischof zu Willen zu sein.«

»Danke.« Victor drückte seine Hand. »Ich werde nie vergessen, was Ihr für unsere Sache geleistet habt.« Dann straffte er sich und wandte sich zur Tür. »Bitte meldet mich meinem König.«

2

Ein lindgrüner Schleier hatte sich über die Wiesen und Felder von Argenteuil gelegt, jenem von Gott gesegneten Ort im Norden von Paris, der für seinen süßen, schweren Wein ebenso berühmt war wie für das Kloster, dem Karl der Große einst den Rock Christi zur Aufbewahrung anvertraut hatte. An den Zweigen der Rebstöcke trieben hier und da die ersten Knospen, und die seidige Luft war erfüllt vom Zwitschern der Vögel, als wolle die Schöpfung selbst die Auferstehung des Herrn preisen, zusammen mit den Menschen.

Die Sonne schien so warm vom Himmel herab, dass der Patron des Gasthofs am Marktplatz zum ersten Mal in diesem Jahr die Tische hinausgestellt hatte, um seine Gäste zwischen Basilika und

Rathaus im Freien zu bewirten. Hierher hatte Paul zum Mittagsmahl geladen, nicht nur zur Feier des Osterfests, sondern auch der geglückten Flucht seines Freundes Robert, der in der Apotheke von Maries Vater Albert unerkannt Unterschlupf gefunden hatte, bis der König den Forderungen der Professoren nachgeben würde und er sich wieder in Paris auf offener Straße zeigen konnte.

»Ahhhh!«, machte Paul, als der Wirt den Hammel auftrug.

Doch außer ihm schenkte dem prachtvollen Braten, der, in mundgerechte Stücke zerlegt, samt Hirn und Hoden auf einer kupfernen Schale prangte, niemand Beachtung. Während Marie den Wein einschenkte, setzten Pauls Schwiegervater und sein Freund das Gespräch fort, das sie bereits auf dem Weg begonnen hatten. Kaum hoben sie die Köpfe, um mit ihm anzustoßen, als Paul sie zum Trinken aufforderte.

»Ich weiß gar nicht, wie ich Euch danken soll«, sagte Robert, während er ein Bratenstück zum Mund führte.

»Ihr braucht Euch nicht zu bedanken«, erwiderte Albert und zupfte sich dabei mit seinen feinen Apothekerhänden am Spitzbart, der so weiß war wie sein sorgfältig gescheiteltes Haar, das ihm auf die schmalen Schultern fiel. »Wenn ein Freund in Not ist, ist es doch selbstverständlich, ihm zu helfen.«

»Aber Ihr kanntet mich ja gar nicht.«

»Meine Tochter hat sich für Euch verbürgt, das genügte.«

»Ohne Euch hätte ich nicht gewusst, wo ich hätte bleiben sollen. Ich bin Euch für immer verpflichtet.«

»Eure Gesellschaft ist mir der schönste Lohn. Als einsamer, alter Witwer weiß ich die Gesellschaft eines aufgeweckten jungen Mannes wie Euch sehr zu schätzen.«

Die Art und Weise, in der die zwei ihre Komplimente tauschten, vergällte Paul die Festtagsstimmung. In all den Jahren seiner Ehe hatte sein Schwiegervater noch nie so mit ihm gesprochen wie jetzt mit seinem Freund.

»Hauptsache, Ihr könnt bald wieder studieren«, sagte Albert.

»Meine Tochter hat mir erzählt, dass Ihr Euch nach dem Examen in den *Artes* der Theologie zuwenden wollt?«

»So Gott will«, bestätigte Robert. »Victor d'Alsace hat sich bereit erklärt, mich als Schüler anzunehmen.«

»Das ist eine Auszeichnung, auf die Ihr sehr stolz sein könnt. Victor steht in dem Ruf, nur die Besten der Besten um sich zu scharen.«

Jetzt war es aber genug! Paul hatte nicht nur den gebratenen Hammel bezahlt und den Wein, den die zwei sich auf seine Kosten schmecken ließen, es war auch seine Idee gewesen, Robert als Bettler verkleidet nach Argenteuil zu bringen, damit er in Sicherheit war. Doch davon war mit keinem Wort die Rede, weder von seiner Großzügigkeit noch von den Gefahren, die er für Robert in den letzten Wochen immer wieder auf sich genommen hatte. Aber er wusste, wie er die Aufmerksamkeit auf sich lenken konnte.

»Hat Marie Euch auch erzählt«, fragte er seinen Schwiegervater, »dass Victor alle Kopien, die in meinem Skriptorium von seinen Werken angefertigt werden, mit seinem Namenszug beglaubigt?«

»So, tut er das?« Mit einem Tuch tupfte Albert sich das Kinn ab, um sich dann, ohne weiter auf die Bemerkung einzugehen, erneut Robert zuzuwenden. »Wenn ich in meiner Jugend die Wahl gehabt hätte, ich glaube, ich hätte auch die Theologie studiert. Die Gotteswissenschaft ist doch die Königin der Wissenschaften. Aber leider musste ich in das Geschäft meines Vaters eintreten, so dass nur ein Apotheker aus mir wurde.«

Paul ballte unterm Tisch die Faust. Victors Schüler zu sein war offenbar mehr wert, als mit ihm Geschäfte zu machen! Um seinen Ärger hinunterzuspülen, leerte er einen Becher Wein. Er hatte sich so sehr auf diesen Tag gefreut. Er hatte von dem Geld sprechen wollen, das er mit den autorisierten Kopien verdienen würde, von den gläsernen Fenstern, die er in allen drei Stockwerken seines Hauses hatte einsetzen lassen und um die ihn die ganze Nachbarschaft beneidete. Doch sein Schwiegervater war so sehr mit Robert beschäftigt, dass er ihn überhaupt nicht wahrnahm. Und Marie saß nur dumm und stumm am Tisch und stocherte in ihrem Essen herum, ohne sich an dem Gespräch zu beteiligen, oder schaute abwesend in die Ferne, wo sich vor dem blauen Himmel das Kloster mit seinen düsteren Mauern erhob. Paul nahm sein Messer und spießte einen gebratenen Hoden auf. Zum Glück kehrte er heute Abend wieder zurück nach Paris. Er konnte es gar nicht abwarten, Suzette in ihrer Kammer aufzusuchen, um sich in der Nacht für diesen Tag schadlos zu halten.

»Na ja, jedem das Seine«, sagte er und steckte sich den Hoden in den Mund. »Aber was mich angeht, für mich käme die Theologie nicht in Frage. Was ist denn das für ein Leben – ganz ohne Weiber.« Er füllte seinen Becher nach und prostete Robert zu. »Aber dafür habt ihr Pfaffen ja wenigstens den Messwein für euch allein.«

»Was hat das denn miteinander zu tun?«, fragte sein Schwiegervater mit sichtlichem Unwillen.

»Sagt bloß, das wisst Ihr nicht? Früher, als die Pfaffen noch Weiber haben durften, mussten sie den Messwein mit der Gemeinde teilen. Erst seit ihnen die Heirat verboten ist, brauchen sie das nicht mehr. Das hat vor hundert Jahren ein Papst Benedikt angeordnet. Wahrscheinlich, damit ihm seine Truppen nicht von der Fahne gingen.«

Triumphierend schaute Paul in die Runde. Doch sein Schwiegervater schüttelte nur missbilligend sein weißhaariges Haupt, bevor er sich wieder zu Robert umdrehte.

»Und wann, glaubt Ihr, wird der König seine Entscheidung treffen?«

»Ich hoffe, noch heute«, sagte Robert. »Dann falle ich Euch nicht länger zur Last.«

3

Der Thronsaal war ein kaltes, ungeheiztes Gemäuer, in dem immer noch der Winter zu hausen schien, und das Licht, das durch die Rundbogenfenster fiel, reichte kaum aus, das Innere zu erhellen. Unbeeindruckt von der Unwirtlichkeit des Ortes, der wahrscheinlich der kälteste Ort von ganz Frankreich war, durchquerte Victor den von einer Arkadenreihe in zwei Schiffe geteilten Saal, um vor dem jungen König, dem links und rechts seine Mutter Blanka sowie sein Erzieher Wilhelm von Auvergne zur Seite saßen, das Knie zu beugen. Obwohl er die feindseligen Blicke der Regentin und des Bischofs auf sich spürte, wusste er, dass er an diesem Tag für die Universitas einen entscheidenden Sieg erringen würde. Auch wenn Wilhelm und Blanka mit Sicherheit nach Mitteln und Wegen getrachtet hatten, dass Ludwig die Forderungen der Pariser Magister zurückwies – dem König würde nichts anderes übrigbleiben, als sie zu akzeptieren. Ohne die Professoren und Doktoren gab es keine Universität, und ohne Universität würde die Hauptstadt des Königreichs ausbluten wie ein geschächtetes Osterlamm.

Mit einer Handbewegung, die von einem scheuen Lächeln begleitet war, forderte Ludwig ihn auf zu reden.

»Danke, Majestät«, sagte Victor mit einer Verbeugung. Wie sollte er das Gespräch beginnen? Indem er sich nach dem Befinden des Königs erkundigte? Als Ludwig ihm aufmunternd zunickte, beschloss er, auf Floskeln zu verzichten, um gleich die alles entscheidende Frage zu stellen: »Habt Ihr Euer Urteil gefällt?«

Bevor der König etwas erwidern konnte, ergriff seine Mutter das Wort. »Auch wenn Euch die Frage nicht zusteht«, erklärte sie, die schwarzen Augen auf Victor gerichtet, »sollt Ihr die Antwort bekommen: Seine Majestät lehnt Eure Forderungen ab!«

»Wie bitte?« Die unerwartete Eröffnung kam so überraschend, dass Victor zu keiner vernünftigen Entgegnung fähig war.

»Ihr selbst habt mit Eurem Verhalten bewiesen, dass Gnade in diesem Fall fehl am Platz wäre«, fuhr die Regentin fort und rückte das schwarze Gebende fest, das zusammen mit dem Stirnband ihr weißes Gesicht einrahmte. »Statt uns die Rädelsführer von Saint-Marcel anzuzeigen, wie Euch aufgetragen war, habt Ihr mit ihnen gemeinsame Sache gemacht. Nein, versündigt Euch nicht auch noch durch eine Lüge«, schnitt sie ihm das Wort im Munde ab, bevor er etwas einwenden konnte, »wir wissen, dass in demselben Haus in der Rue des Pailles, in dem Ihr Abschriften Eurer Werke signiert habt, sich seit Wochen der von der Stadtpräfektur gesuchte Student Robert Savetier versteckt hielt. Dass er seiner Verhaftung entkam, ist nur ein weiterer Beweis der Arglist, mit der Ihr Euch Unseren Befehlen entzogen habt. Allein dafür hättet Ihr den Tod verdient, genauso wie für Euren schamlosen Versuch, Euren König zu erpressen, und wenn Ihr mit dem Leben davonkommt, so habt Ihr dies allein Seiner Majestät zu verdanken, die in Ihrer heiligmäßigen Güte Euch die verdiente Strafe erlässt.«

Victor warf Henri einen hilfesuchenden Blick zu, doch dessen Miene verriet, dass er von der Auskunft der Regentin ebenso überrascht war wie er selbst. Plötzlich überfiel Victor ein so heftiges Frösteln, dass er die Hände in den Ärmeln seiner Robe verbarg, damit man deren Zittern nicht sah. Mit allem hatte er gerechnet, mit Verhandlungen, mit Einwänden, mit Auflagen, mit Bedingungen, mit Drohungen – aber nicht damit, dass der *Universitas magistrorum et scholiarum Parisiensis* einfach der Garaus gemacht würde.

»Dann ... dann nehmt Ihr also in Kauf, dass die Professoren den Lehrbetrieb einstellen und die Hauptstadt des Königreichs ihre vornehmste Schule verliert?«

Blanka hob nur eine Braue. »Nein«, sagte sie. »Das tun wir keineswegs.«

Irritiert versuchte Victor in ihrer reglosen Miene zu lesen. War ihre Antwort vielleicht eine Aufforderung, ihr ein Angebot zu machen? Um die Verhandlungen zu beginnen? Wieder lächelte der König ihn an. Aber bevor Victor Hoffnung schöpfen konnte, dass die Audienz doch noch ein gutes Ende nehmen würde, machte Wilhelm sie zunichte.

»Die Pariser Universität braucht Euch so wenig wie all die anderen zweihundertsechsundzwanzig Magister, die sich durch ihre Unterschrift mit Euren Unverschämtheiten gemeingemacht haben. Die Brüder der dominikanischen Ordensgemeinschaft werden sie ersetzen und an ihrer Stelle dafür sorgen, dass der Unterricht nach Ostern fortgeführt wird, zunächst in der Theologie, später auch in den übrigen Fakultäten.«

»Aber Ihr habt doch selber stets davor gewarnt, die Universität den Bettelmönchen zu öffnen und sie am Unterricht der Studenten zu beteiligen«, wandte Victor ein.

Wilhelm zuckte die Achseln. »Wollt Ihr Seiner Majestät verdenken, dass sie in die Jünger des Dominikus größeres Vertrauen setzt als in selbstherrliche und anmaßende Professoren, die gegen die Ordnung Gottes und des Königs aufbegehrt haben?« Mit seinen großen, fleischigen Händen ordnete er die Falten seines violetten Seidengewandes. »Ihr habt die Wahl: Entweder Ihr zieht Eure Forderungen zurück und unterwerft Euch dem Willen Eures Königs. In dem Fall dürft Ihr auf Euren Lehrstuhl zurückkehren und weiterhin unterrichten. Oder aber ...«

»Oder?«, fragte Victor mit trockenem Mund.

Wilhelm legte die Spitzen seiner Finger gegeneinander und runzelte seine buschigen Brauen. »Oder aber Ihr werdet, wie alle Magister und Studenten, die sich unserem Willen widersetzen, aus der Gemeinschaft der Gläubigen und von allen Sakramenten der heiligen katholischen Kirche ausgeschlossen. Auf dass Ihr für ewige Zeiten in der Hölle für Euren Frevel büßt.«

4

Marie wartete, bis die Tinte auf dem Papier getrocknet war, dann ordnete sie die Bögen der soeben beendeten Abschrift und brachte sie in die Bücherstube, damit Paul sie am Abend mit den übrigen Teilen des Manuskripts vereinen konnte. Sog sie sonst die Lehren der Texte, die sie abschrieb, wie ein Schwamm in sich auf, hatte sie den Inhalt der Seiten, die sie an diesem Nachmittag kopiert hatte, bereits vergessen, kaum dass sie das Skriptorium verließ. Nicht mal an den Titel erinnerte sie sich, als sie den Stapel in der Bibliothek ablegte.

Sie wollte den Raum schon verlassen, da fiel ihr ein Manuskript von Roberts Hand in die Augen: *De vita beata*, stand auf dem Deckblatt, »Vom glückseligen Leben« ... Der Anblick versetzte ihr einen Stich. Drei Wochen waren seit Ostern vergangen, drei Wochen, seit sie Robert zum letzten Mal gesehen hatte. Bei dem Ostermahl hatte sie sich gewünscht, sie wäre unsichtbar. Während Paul bei Tisch voller Argwohn abwechselnd sie und ihren Vater beäugt hatte, der sich ausschließlich mit Robert unterhielt, ohne seinem Schwiegersohn die geringste Beachtung zu schenken, hatte Robert immer wieder mit so traurigen Augen zu ihr herübergesehen, dass es ihr noch bei der Erinnerung das Herz zerriss. Die ganze Zeit hatte sie das Gefühl gehabt, dass die drei Männer ihrem Gesicht angesehen hatten, was in ihrem Innern vorgegangen war – sie hatte sogar die aberwitzige Angst gehabt, Paul könnte auf irgendeine geheime Weise ihre Gedanken belauschen. Denn ihre Gedanken waren bei Robert gewesen, bei ihm ganz allein, so wie sie auch jetzt bei ihm waren.

Mit den Fingerspitzen strich sie über die vertraute Schrift, um die Buchstaben zu berühren, die er mit seiner Hand geformt hatte. Sie vermisste ihn so sehr, dass sie es kaum aushielt, vermisste die Gespräche mit ihm, seine Fragen und seine Antworten, das Lächeln, mit dem er ihr zuhörte, die Grübchen auf seinen Wangen.

Ihre Gespräche waren wie Erkundungsreisen in fremde, ferne Länder gewesen. Zusammen hatten sie Wege und Pfade entdeckt, die noch nie ein Mensch betreten, hatten Berge und Gipfel erklommen, von denen aus sie in Täler blickten, die kein Auge vor ihnen je gesehen hatte. Was immer sie tat, stets musste sie an die wunderbaren, unwiederbringlichen Stunden denken, die sie miteinander verbracht hatten – morgens, wenn sie das Frühstück bereitete genauso wie wenn sie mittags allein in der Wohnung war oder sich abends an der Seite ihres Mannes zur Ruhe legte, die sie dann oft stundenlang nicht fand.

»Ist dir nicht gut?«

Marie fuhr herum. In der Tür stand Paul.

»Du siehst ja ganz bleich aus«, sagte er. »Bist du vielleicht krank? Oder hast du Sorgen?«

Sie sah die Narbe unter seinem Bart und musste schlucken. Es hatte Zeiten gegeben, da hatte sie diese Narbe das Mal seiner Liebe genannt.

»Nein, nein, es ist nichts«, behauptete sie. »Ich ... ich habe mich nur gerade gefragt, ob wir jetzt wohl noch unsere Schulden zurückzahlen können.«

Paul blickte sie stirnrunzelnd an. »Wie kommst du denn darauf?«

»Ich meine, wenn die Magister keine Prüfungen mehr abhalten – wer wird dann noch die Kopien ihrer Vorlesungen brauchen?«

Ihre Antwort schien ihn zu erleichtern. »Glaubst du, dass sie deinen Mann in den Schuldturm stecken?«, fragte er lachend. »Keine Angst, das musst du nicht! Die Herrn Professoren werden schon bald zu Kreuze kriechen, darauf gehe ich jede Wette ein. Wovon sollen die Klugscheißer denn leben, wenn sie ihre Privilegien verlieren? Sie sind doch sonst zu nichts zu gebrauchen und nicht imstande, selbständig Geld zu verdienen. Nein, was mir viel mehr Sorgen bereitet, ist etwas anderes«, fügte er hinzu. »Ich würde zu gerne wissen, wer dem Präfekten verraten hat, dass Robert sich unter unserem Dach versteckt hielt. Die Vorstellung, einer der Schreiber spioniert uns womöglich aus, lässt mir keine Ruhe.«

Sollte Marie ihm von ihrem Verdacht berichten? Während sie noch überlegte, steckte Jacques seinen roten Schopf durch den Türspalt.

»Ihr habt gesagt, ich soll Euch an Eure Verabredung erinnern.«

»Richtig!«, bestätigte Paul. »Das hätte ich ja fast vergessen!«

Irritiert schaute Marie ihn an. »Was für eine Verabredung?« Es war nicht das erste Mal, dass Jacques ihren Mann an eine Verabredung erinnerte, von der sie nichts wusste.

»Ach, habe ich dir etwa nicht davon erzählt?«, fragte Paul, während die Narbe unter seinem Bart deutlich zuckte. »Ein Papierhändler aus Valencia. Er will mir ein Angebot machen und lädt mich dazu in die Taverne ein, die neulich in Saint-Bartholomé eröffnet hat. Warte also nicht mit dem Abendessen auf mich, es kann spät werden.«

5

Wir bitten dich, heiliger Hieronymus, Schutzpatron der Gelehrten, trage unsere Gebete vor den Thron Jesu Christi, unseres Herrn. Auf dass Gottes Wille geschehe und wir das Rechte tun und das Falsche lassen.«

»Amen.«

»Wir bitten dich, heiliger Nikolaus, Schutzpatron der Scholaren, trage unsere Gebete vor den Thron Jesu Christi, unseres Herrn. Auf dass Gottes Wille geschehe und wir das Rechte tun und das Falsche lassen.«

»Amen.«

»Wir bitten dich, heiliger Damian, Schutzpatron der Ärzte und Heiler, trage unser Flehen vor den Thron Jesu Christi, unseres Herrn. Auf dass Gottes Wille geschehe und wir das Rechte tun und das Falsche lassen.«

»Amen.«

»Wir bitten dich, heilige Katharina, Schutzpatronin der Philosophen, trage unser Flehen vor den Thron Jesu Christi, unseres Herrn. Auf dass Gottes Wille geschehe und wir das Rechte tun und das Falsche lassen.«

»Amen.«

»Wir bitten dich, heiliger Markus, Schutzpatron der Rechtsgelehrten und Notare, trage unser Flehen vor den Thron Jesu Christi, unseres Herrn. Auf dass Gottes Wille geschehe und wir das Rechte tun und das Falsche lassen.«

»Amen.«

»Wir bitten dich, heiliger Augustinus, Schutzpatron der Skribenten und Bibliothekare, trage unser Flehen vor den Thron Jesu Christi, unseres Herrn. Auf dass Gottes Wille geschehe und wir das Rechte tun und das Falsche lassen.«

»Amen.«

»Wir bitten dich, heiliger Cassian, Schutzpatron der Lehrer und Erzieher, trage unser Flehen vor den Thron Jesu Christi, unseres Herrn. Auf dass Gottes Wille geschehe und wir das Rechte tun und das Falsche lassen.«

»Amen.«

Die Kirche von Saint-Geneviève, in der Victor d'Alsace sämtliche Schutzpatrone der Wissenschaften um ihren Segen und Beistand anrief, quoll über von Professoren und Studenten, die jede seiner Fürbitten mit einem laut schallenden *Amen* bekräftigten. Nicht nur die zweihundertsiebenundzwanzig Magister, die seine Petition unterschrieben hatten – nahezu alle Mitglieder der vier Fakultäten schienen in dem Gotteshaus zusammengekommen zu sein, um an diesem Tag gemeinsam über das Schicksal der *Universitas magistrorum et scholiarum Parisiensis* zu beschließen. Der Streit, den sie mit dem König und dem Bischof austrugen, war ein Machtkampf, wie die Hauptstadt Frankreichs seit dem Aufstand der Vasallen keinen mehr erlebt hatte. In diesem Streit würde sich nicht nur entscheiden, ob den in Saint-Marcel ermordeten Studenten Gerechtigkeit widerfahren würde, sondern auch, ob es der Universität gelang, sich aus der Bevormundung durch die Krone und die Kirche zu befreien, um sich als eine neue, dritte Macht im Staate zu behaupten – eine Macht, die nicht wie die Krone auf dem Schwert oder die Kirche auf dem Glauben gründete, sondern sich allein der Gelehrsamkeit der Männer verdankte, die hier versammelt waren.

Seit drei Wochen hatten die Professoren keine Vorlesungen mehr gehalten, seit drei Wochen war kein Student mehr zur Prüfung gelangt, doch weder der König noch der Bischof ließen irgendwelche Zeichen von Nachgiebigkeit erkennen. Offenbar war es den Dominikanern gelungen, die Regentin davon zu überzeugen, dass sie den Lehrbetrieb in vollkommener Weise gewährleisten konnten, ohne dass die Universität oder die Stadt Paris durch den Ausstand der ordentlich bestellten Magister Schaden nehmen würde. Doch Victor war bereit, die Machtprobe anzunehmen. Um der Königinmutter die Entschlossenheit der Professoren und Doktoren zu beweisen, den Kampf bis zum Ende zu führen, hatte er eine Eidesformel vorbereitet, durch die sich die Magister aller vier Fakultäten verpflichteten, jedwede Lehrtätigkeit so lange ruhen zu lassen, bis ihre Forderungen erfüllt waren. Allein, angesichts der Zweifel, die ihm nach den Fürbitten entgegenschlugen, schwand seine Zuversicht.

»Was soll aus uns werden, wenn wir unsere Lehrstühle aufgeben?«, fragte John of Garland, der hakennasige Dekan der Artisten, der mit Abstand größten Fakultät, ein eitler Mensch mit silbergrauen Locken, der in Paris als einer von Victors ärgsten Neidern galt. »Mit den Lehrstühlen verlieren wir auch unsere Privilegien. Wovon sollen wir ohne Einkünfte leben?«

Auf diese Frage war Victor vorbereitet. »Paris ist zwar die erste, aber längst nicht mehr die einzige Universität im Königreich«, erklärte er. »In Toulouse, in Reims, in Montpellier, in Angers, in Orléans – überall entstehen neue Schulen, die sich glücklich schätzen werden, Lehrer aus unseren Reihen zu gewinnen. Sogar König

Heinrich von England wirbt bereits um unsere Dienste.« Zum Beweis hielt er einen Brief in die Höhe. »Mit diesem Schreiben lädt der englische Gesandte uns ein, auf Kosten Seiner Majestät nach Britannien zu reisen, um an den Universitäten von Oxford und Cambridge zu unterrichten, und fordert uns auf, auch unsere Schüler mitzubringen.«

»Aber was ist mit den Examina, die wir hier erworben haben?«, fragte ein dicklicher, schon in die Jahre gekommener Student. »Sind sie in anderen Städten oder Ländern überhaupt noch etwas wert?«

»Darüber macht Euch keine Sorgen!«, erwiderte Victor. »Akademische Examina, an welcher Universität Europas sie auch abgelegt wurden, werden künftig in allen Ländern der Christenheit Gültigkeit haben. Diese Regelung gehört zu den Forderungen, die wir mit unserem Ausstand durchsetzen wollen.«

»Eine solche Regelung kann aber nicht der König, sondern nur der Papst verfügen«, gab ein junger Kanonikus mit Hakennase und unangenehm stechendem Blick, dem der Ehrgeiz aus jeder Pore des Gesichts sprach, zu bedenken. »Ohne Rom wird sich ihr kein Herrscher unterwerfen.«

»Dessen sind wir uns bewusst«, bestätigte Victor. »Darum werden wir den päpstlichen Legaten bitten, unser Gesuch an den Heiligen Vater weiterzuleiten.«

Kaum hatte er ausgesprochen, meldete sich ein magerer, kleinwüchsiger Professor der Medizin zu Wort, unter dessen Talar sich ein unförmiger Buckel abzeichnete. »Aber wenn wir Paris verlassen, um andernorts zu unterrichten – können wir dann je wieder hierher zurückkehren?«

Das lebhafte Gemurmel, das sich im Anschluss an seine Frage erhob, verriet, dass viele Anwesende seine Befürchtung teilten.

»Wenn wir jetzt unsere Arbeit niederlegen«, rief Victor, »dann nicht, um die Auflösung der Pariser Universität zu betreiben. Unser Ziel ist vielmehr ihre Wiedergeburt im Zeichen der Gerechtigkeit und Freiheit. ›Kehret den alten Sauerteig aus‹, mahnt Christus seine Jünger, ›auf dass ihr neuer Teig seid.‹ Sobald die Täter von Saint-Marcel bestraft sind und der König das Recht wieder hergestellt hat, kommen wir zurück und führen hier unsere Arbeit fort.«

Ein weiterer Doktor der Rechte mit einem gänzlich kahlrasierten Kopf erhob sich von seinem Platz. »Blanka von Kastilien und Bischof Wilhelm werfen uns vor, selber das Recht zu brechen. Die Auflösung des Lehrbetriebs kommt in ihren Augen einer Erpressung gleich.«

»Richtig«, pflichtete der junge Kanonikus ihm bei. »Die Regentin wird eine solche Auflehnung gegen die Autorität ihres Sohnes so wenig hinnehmen wie das Aufbegehren der Vasallen nach dem Tod ihres Mannes. Wer Ludwig jetzt die Gefolgschaft verweigert, dem wird sie die Rückkehr verweigern.«

Das Raunen in dem Gotteshaus wurde noch lauter, und viele Köpfe nickten, um ihren Beifall zu bekunden. Victor hob die Arme, um für Ruhe zu sorgen.

»Dürfen wir auf unser Wohlergehen schauen«, fragte er, »wenn Menschen durch Willkür und Gewalt zu Tode gekommen sind? Wie wollen wir dermaleinst vor den ewigen Richter treten, wenn wir jetzt nicht alles daransetzen, das in Saint-Marcel vergossene Blut zu sühnen? Jesus Christus sagt: ›Gehet ein durch die enge Pforte. Denn die Pforte ist weit, und der Weg ist breit, der zur Verdammnis abführt, und ihrer sind viele, die darauf wandeln. Und die Pforte ist eng, und der Weg ist schmal, der zum Leben führt; und wenige sind ihrer, die ihn finden.‹ Nur wer dem Herrn auf diesem harten, steinigen Weg folgt, der wird mit ihm eingehen zum Vater. Wer aber zögert und zaudert, solche Beschwernis auf sich zu nehmen, dem bleibt das Himmelreich verwehrt.«

Die Unruhe legte sich, betroffen blickten die Zuhörer sich an. Die Vorstellung, dass ihnen das Paradies womöglich verschlossen blieb, wenn sie den Eid verweigerten, wog offenbar schwerer als alle Vernunftgründe, die Victor angeführt hatte.

Nur ein Doktor der Theologie, ein Hüne mit flammend rotem

Bart, schüttelte unwillig sein mächtiges Haupt. »Ihr fürchtet um Euer Seelenheil? Dazu habt Ihr gewiss allen Grund! Was, wenn wir Eurem Aufruf folgen, Bischof Wilhelm uns aber wegen unseres Ungehorsams exkommuniziert? Dann helfen uns weder die Fürbitten der Heiligen noch die Gnade der Jungfrau Maria – und erst recht nicht Eure spitzfindigen Argumente, mit denen Ihr uns zum Widerstand gegen die von Gott eingesetzte Regierung verführen wollt. Dann werden alle, die mit Euch den Eid leisten, der ewigen Verdammnis anheimfallen.«

Aufgeregtes Stimmengewirr war die Antwort. Aus allen Gesichtern, in die Victor blickte, schlug ihm das blanke Entsetzen entgegen. Was sollte er zur Antwort geben? Wenn er zugab, dass Wilhelm ihn bei Hofe mit der Drohung der Exkommunikation verabschiedet hatte, würde sich keiner mehr finden, den Eid mit ihm zu teilen. Sollte er aber darum die Wahrheit verschweigen? Nein, die Akademie, für die er kämpfte, der Peripatos, würde außer Gott allein der Wahrheit verpflichtet sein. Also galt diese Verpflichtung auch für ihn. Hier und jetzt.

Während er überlegte, wie er den verängstigten Gelehrten Mut machen konnte, ohne seine eigenen Prinzipien zu verraten, wogte unter ihm die Erregung wie ein Meer bei Sturm.

Wie ein Meer bei Sturm?

Auf einmal wusste er, welche Worte er sagen musste.

»Habt Ihr die Lehre der Hoffnung und Zuversicht vergessen, die uns der Herr gab, als er sich mit seinen Jüngern auf dem See Genezareth anschickte, ans andere Ufer überzusetzen? Wahrlich, so steht es im heiligen Evangelium nach Matthäus geschrieben: ›Als er in das Boot gestiegen war, folgten ihm seine Jünger. Und siehe, es erhob sich ein heftiger Sturm auf dem See, so dass das Boot von den Wellen bedeckt wurde, er aber schlief. Und sie traten hinzu, weckten ihn auf und sprachen: Herr, rette uns, wir kommen um! Und er sprach zu ihnen: Was seid ihr furchtsam, Kleingläubige? Dann stand er auf und bedrohte die Winde und den See, und es entstand eine große Stille. Die Menschen aber wunderten sich und sagten: Was für einer ist dieser, dass auch die Winde und der See ihm gehorchen?‹« Victor machte eine Pause, damit die Worte Eingang in die Herzen und Köpfe finden konnten. Dann fuhr er fort: »So, wie einst die Jünger um ihr Leben bangten, weil sie an der Allmacht ihres himmlischen Vaters zweifelten, so verzagt auch ihr. Doch ich sage euch: Ebenso wie einst die Jünger wird Jesus Christus auch uns aus unserer Not befreien, wenn wir nur in dem Sturm, der uns erfasst hat, auf ihn vertrauen, so hoch die Wogen auch schlagen und so sehr unser Schiff schwanken mag. Nein, er lässt nicht zu, dass wir in den Strudel hinabgerissen werden, er wird die Wogen glätten und dem Sturm gebieten zu schweigen. Selbst wenn Bischof Wilhelm damit droht, uns zu exkommunizieren, vertraue ich auf unseren Heiland und Gott. Denn über Wilhelm steht der Erzbischof von Sens, der Primas von Frankreich, und über diesem steht der Papst, der Heilige Vater in Rom. Und sollte Wilhelm es jemals wagen, aus eigener Kraft die Exkommunikation auszusprechen, haben beide die Macht, sie wieder aufzuheben. Darum rufe ich euch zu, wie einst der Engel des Herrn den Hirten auf dem Felde zugerufen hat: ›Fürchtet euch nicht!‹«

Als Victor verstummte, war es in dem Gotteshaus so still, dass man durch das offene Portal das Gurren der Tauben draußen auf dem Platz hören konnte. Unschlüssig blickten die Professoren sich an, hin und her gerissen von den widerstreitenden Kräften in ihren Herzen.

Welchem Antrieb würden sie folgen? Ihrer Angst vor der Verdammnis? Oder der Hoffnung auf Freiheit und Gerechtigkeit?

Victor wollte gerade ein Stoßgebet zum Himmel senden, damit Gott ihnen den Mut gab, sich für die Hoffnung zu entscheiden, da kam eine Taube von draußen hereingeflogen. Ohne Scheu vor der Menschenmenge glitt sie über die Köpfe hinweg, kreiste einmal über dem Chorraum und ließ sich dann auf dem Altar nieder.

Wie gebannt starrten die Professoren und Studenten auf den gurrenden Vogel.

»Ein Zeichen!«, zerschnitt plötzlich eine Stimme die Stille. »Gott hat uns ein Zeichen gesandt! Der Heilige Geist ist mit uns!«

»Hallelujah!«, fiel eine andere Stimme ein. »Lobet und preiset den Herrn unsern Gott!«

»Hallelujah! Hallelujah!«

Mit ungläubigem Staunen sah Victor, wie in dem Gotteshaus die Hoffnung über die Angst siegte. Einem Funken gleich, sprang sie von Seele zu Seele und erhellte die Gesichter. Hatte Gott ein Wunder gewirkt?

Ihm blieb keine Zeit, die Frage zu ergründen. »Wer an den Herrn glaubt«, rief er entschlossen, »der hebe die Hand zum Schwur und spreche mir nach.«

Voller Anspannung wartete er, was geschah. Erst zögernd, dann immer schneller, gingen die Hände in die Höhe. Artisten und Mediziner, Philosophen und Juristen: Sie alle waren bereit, den Eid mit ihm zu leisten, um sich der Willkür des Bischofs und der Regentin zu widersetzen – sogar der ehrgeizige Kanonikus und der kahlköpfige Jurist wie auch der Dekan der Artisten, John of Garland, schlossen sich an.

Wie würden sich die Theologen entscheiden?

Als auch der rotbärtige Hüne die Hand zum Schwur hob, wusste Victor, dass er am Ziel war.

»Im Vertrauen auf die Güte des allmächtigen Gottes ...«, sprach er die Eidesformel vor.

»Im Vertrauen auf die Güte des allmächtigen Gottes ...«, sprach die Versammlung ihm nach.

»... geloben wir, Paris zu verlassen und nicht eher zurückzukehren ...«

»... geloben wir, Paris zu verlassen und nicht eher zurückzukehren ...«

»... als bis der König unsere Forderungen erfüllt ...«

»... als bis der König unsere Forderungen erfüllt ...«

»... indem er die Schuldigen bestraft ...«

»... indem er die Schuldigen bestraft ...«

»… und die Privilegien der Universität und ihrer Angehörigen wieder herstellt.«

»… und die Privilegien der Universität und ihrer Angehörigen wieder herstellt.«

»So wahr uns Gott helfe!«

»So wahr uns Gott helfe!«

»Amen!«

»Amen!«

6

Mit dem Handrücken wischte Suzette sich über die Stirn, dann nahm sie die Becher aus dem Regal und stellte sie auf den Tresen, um sie mit Wein zu füllen. Obwohl es noch früher Nachmittag war, hatte sie im Roten Hahn schon alle Hände voll zu tun. Das lag nicht nur an den vielen Handwerkern und Tagelöhnern, die sich nach dem Ende der Fastenzeit wieder an den Tischen drängten, sondern mehr noch an den Studenten, die zu dieser Tageszeit sonst die Vorlesungen besuchten, heute aber in das Wirtshaus geströmt waren, um sich die Köpfe heiß zu reden. Wenn sie die Fetzen, die sie beim Bedienen aufschnappte, richtig verstand, wollten die Magister ihre Arbeit niederlegen, um den König zu zwingen, die Morde von Saint-Marcel zu sühnen. Ansonsten würden sie Paris verlassen, und viele der Studenten würden ihnen folgen.

Suzette schüttelte den Kopf. Würde das auch nur einen der Toten wieder lebendig machen?

Während der Lärm für einen Moment zu verstummen schien, sah sie plötzlich ihren Verlobten vor sich, wie er in seinem bunten Wams zwischen den Schneeglöckchen gelegen hatte. Zwei Monate war LeBœuf tot, und doch begann die Erinnerung bereits zu verblassen, so dass Suzette manchmal Mühe hatte, sich sein Gesicht vorzustellen oder sein Lachen zu hören, wenn sie nachts allein in ihrem Bett lag. Was hätte sie darum gegeben, wenn er noch leben würde. Nie hatte sie ihn so sehr vermisst wie in diesen Tagen.

»Pass doch auf!«, raunte der Wirt ihr im Vorbeigehen zu. »Der Becher läuft ja schon über!«

Erschrocken setzte sie den Krug ab und wischte mit einem Lappen die Pfütze vom Tresen.

»Wo bleibt der Wein?«, rief ein Student. »Wir verdursten!«

»Erst sind wir dran!«, protestierte ein Gerber, der mit ein paar Zunftgesellen am anderen Ende des Schankraums saß.

»Nein, wir haben vor euch bestellt!«

»Wir warten auch schon eine Ewigkeit!«, behaupteten zwei Kaufleute.

Plötzlich schienen alle Gäste gleichzeitig etwas zu wollen. Suzette wusste kaum, wo sie anfangen und aufhören sollte. Vor lauter Eile stieß sie einen bereits gefüllten Becher um.

»Jetzt reiß dich aber zusammen«, fuhr der Wirt sie an. »Was ist denn los mit dir? Seit Tagen scheinst du nur noch zu träumen.«

Suzette stieß einen Seufzer aus. Sie wusste ja, was mit ihr los war. Sie war so verzweifelt, dass sie nicht wusste, wie sie allein weiterleben sollte. Allein und ohne Liebe. Allein und ohne Mann.

Mit einem Kind im Bauch.

»Wird's bald?«, rief der Gerber.

»Ich komme ja schon!«

Sie nahm ein Tablett, stellte so viele Becher darauf, wie sie nur tragen konnte, und eilte damit zu den Gästen. Doch sie hatte den ersten Tisch noch nicht erreicht, da ging die Tür auf, und Paul kam in den Schankraum.

»Was ist das denn für ein Gesicht, mit dem du mich empfängst?«, fragte er. »Freust du dich denn gar nicht, mich zu sehen?«

7

Der Kräutergarten, den der Apotheker hinter dem Haus angelegt hatte, war sein ganzer Stolz. Jeden Nachmittag inspizierte er mit Robert die sorgsam gepflegten Beete, um das Wachstum der Pflanzen und Pflänzlein zu überwachen, die er inmitten der Einfriedung zog und aus denen er seine Arzneien gewann. Während er die Namen der Kräuter und Blumen nannte und ihre Wirkung beschrieb, zupfte er hier und da ein Unkraut aus, lockerte den Boden, wässerte neu angelegte Saaten oder mischte Dünger unter das Erdreich, wo immer es ihm nötig schien.

»Vieles habe ich mir von den Klostermönchen abgeschaut«, sagte er. »Doch noch mehr habe ich aus den Büchern des persischen Arztes Ibn Sina gelernt. Zum Glück wurden sie ins Lateinische übersetzt. Ihr kennt Ibn Sina vermutlich besser unter seinem europäischen Namen – Avicenna. Soviel ich weiß, hat er unter diesem Namen bedeutende Kommentare zu den Schriften des Aristoteles verfasst.«

Robert hörte nur mit halbem Ohr zu. Immer wieder wanderte sein Blick hinüber zu dem Kloster, das sich jenseits der Mauer erhob und in dem einst Héloise als Priorin gelebt hatte, nachdem sie von Abélard getrennt worden war.

»Würdet Ihr mir bitte den Eimer reichen?«

»Den Eimer? Natürlich, gewiss«, sagte Robert und beeilte sich, der Bitte des Apothekers nachzukommen. »Ich bewundere, wie Ihr die vielen Kräuter voneinander unterscheidet. Habt Ihr keine Angst, einmal eine Heilpflanze mit einer giftigen zu verwechseln?«

Albert tauchte seine Hand in den Eimer und versprengte ein wenig Wasser über einer Saat. »Die Heilkunst lehrt: ›Alle Dinge sind giftig, und es ist nichts ohne Gift. Allein die Dosis macht, dass ein Ding kein Gift ist.‹«

»Aber woher wisst Ihr dann, welche Dosis einen Patienten heilt und welche ihn tötet?«

Lächelnd wiegte der Apotheker den schlohweißen Kopf. »Genau darin besteht unsere Kunst«, sagte er. »In der richtigen Dosis verabreicht, gibt es für nahezu jedes Leiden ein Kraut, das es kuriert.«

Robert betrachtete die Beete, auf denen manche Pflanzen schon in bunten Farben blühten, während andere gerade erst die Spitzen ihrer Blätter aus dem Boden trieben.

Ob es wohl auch ein Kraut gab, das von der Liebe heilte?

Seit dem unwirklichen Augenblick, in dem er Marie beinahe geküsst hätte, versuchte er sich mit dem Gedanken zu trösten, dass Gott genau in diesem Moment Henri geschickt hatte, damit es zu diesem Kuss nicht gekommen war. Die Vorsehung hatte ihn vor der Sünde bewahrt! Aber so oft er diesen Gedanken auch dachte, ihn in seine Seele träufelte wie eine bittere Medizin, um sich von seiner Sehnsucht nach Marie zu kurieren – die Arznei bewirkte so wenig gegen sein Leiden wie ein Tropfen Wasser in der Wüste.

Nein, gegen seine Liebe war kein Kraut gewachsen. Es gab nur eine Möglichkeit, sich von ihr zu befreien: Er musste sie sich aus dem Herzen reißen!

»Oh, seht nur – wir haben Besuch!« Der Apotheker ließ Robert stehen und eilte einem hochgewachsener Mann entgegen, der durch das Tor der Umfriedung den Kräutergarten betrat. »Victor d'Alsace – welche Ehre! Was führt Euch zu uns?«

Der Magister erwiderte den Gruß mit einem Lächeln und schloss das Tor hinter sich. »Ich bin gekommen, um meinen Schüler zu holen. Ich werde Paris verlassen, um fortan in Toulouse zu unterrichten.«

8

Toulouse?«, fragte die Regentin. »Victor d'Alsace will nach Toulouse?«

Kardinal Santangelo, seines Zeichens päpstlicher Legat am französischen Hof, der Blanka an der Tafel gegenübersaß, wischte sich mit einem Tuch den Bratensaft vom Mund. »So wurde es mir berichtet.«

Ludwig tauschte einen Blick mit seinem neuen Kammerherrn, der die Diener an der Tafel beaufsichtigte. Der Vicomte de Joinville hatte ihm anvertraut, dass er lieber studieren würde als Dienst am Hof zu leisten. Er war der einzige Mensch in der kalten, riesigen Burg, der seine Sorgen um das Schicksal der Universität teilte.

»Wir hätten den Forderungen der Magister nachgeben sollen«, erklärte Ludwig, »zumindest aber sollten wir verhandeln.«

»Schweigt still von Dingen, von denen Ihr nichts versteht!«, wies seine Mutter ihn zurecht.

»Aber wenn Victor Paris verlässt, wird kein einziger Magister von Rang in der Hauptstadt bleiben.«

»Die Magister können gehen, wohin sie wollen, wir brauchen sie nicht!« Die Regentin war so erregt, dass selbst aus ihren Lippen das Blut gewichen zu sein schien. »Toulouse«, schnaubte sie, während ihre spanischen Augen Funken sprühten. »Ausgerechnet Toulouse! Der Rädelsführer der Vasallen ruft den Rädelsführer der Professoren in sein Land. Dabei ist der Vertrag, mit dem Raimund sich Uns unterwarf, kaum unterschrieben!«

Das Mahl, dem Ludwig vorsaß, hatte seine Mutter zum Abschied des päpstlichen Gesandten ausgerichtet, eines kleinen, hageren Greises, der in den Falten seiner purpurfarbenen Robe fast zu verschwinden schien. Kardinal Santangolo wollte in wenigen Tagen nach Rom reisen, um dem Heiligen Vater vom glücklichen Ende der Albigenserkriege durch Abschluss des Unterwerfungsvertrags mit dem Grafen von Toulouse zu berichten. Als einfacher Pilger war Raimund nach Paris gekommen, um mit einem Strick um den Hals auf den Stufen der Kathedrale von Notre-Dame um Absolution und Wiederaufnahme in die Gemeinschaft der Gläubigen zu flehen. Blanka hatte auf Ludwigs Teilnahme an der Zeremonie bestanden, und erst nachdem der Graf sich in öffentlicher Reue selber gegeißelt hatte, war sie bereit gewesen, den Vertrag zu unterschreiben, mit dem Raimund Ludwigs Herrschaft über sein okzitanisches Reich anerkannte.

»Und jetzt erhebt er schon wieder sein Haupt?«, schäumte sie. »Nun gut, wir werden dafür sorgen, dass er keine Freude an seinem neuen Verbündeten haben wird. – Einen Boten!«, befahl sie. »Auf der Stelle! Es eilt!«

»Was habt Ihr vor?«, fragte Ludwig.

»Ich werde dem Primas einen Brief nach Senlis schicken«, erwiderte seine Mutter. »Um sicherzugehen, dass die Synode die richtige Entscheidung fällt.«

»Mit Verlaub«, ergriff Henri de Joinville das Wort, »wenn Euer Gnaden erlauben, werde ich für Euch nach Senlis reiten.«

Während die Regentin ihn mit ihren schwarzen Augen musterte, sandte Ludwig ein Stoßgebet zum Himmel, dass sie das Angebot annahm. Vielleicht konnte er die Pläne seiner Mutter durchkreuzen.

»Ich danke für Eure Bereitschaft, Vicomte«, sagte Blanka. »Aber ich werde einen Teufel tun, meine Botschaft einem Mann anzuvertrauen, der sein Leben dafür geben würde, bei Victor d'Alsace zu studieren.«

9

Es war Feierabend in der Rue des Pailles. Wie immer, wenn ihr Mann außer Haus war, wachte Marie darüber, dass die Abschriften in der Bibliothek getrennt voneinander abgelegt wurden, damit es zu keinen Fehlern kam, wenn Paul sie später einordnen würde. Geduldig wartete sie ab, bis das letzte Manuskript versorgt war und die Kopisten in der Halle nach ihren Jacken und Mänteln griffen, um sich für diesen Tag zu verabschieden.

Als auch Jacques sich anschickte, das Haus zu verlassen, bat sie ihn, noch einen Moment zu bleiben.

»Weißt du, mit wem mein Mann sich heute verabredet hat?«, fragte sie, als die anderen fort waren.

Jacques verzog das Gesicht zu einem unsicheren Grinsen. »Ich ... ich glaube, mit irgendeinem neuen Schreiber.«

»Seltsam«, sagte Marie. »Mir hat er gesagt, er wolle sich mit einem Papierhändler aus Valencia treffen.«

»Natürlich – ein Papierhändler! Ihr habt recht, Herrin. Wie konnte ich das nur verwechseln?« Ohne sich die Jacke zuzuknöpfen, wandte Jacques sich zur Tür, um zu verschwinden.

Marie hielt ihn zurück. »Das war heute nicht das erste Mal, dass du meinen Mann an etwas erinnert hast, wovon ich nichts wusste.«

Der Kopist zuckte die Schultern. »Ich tue nur, was man mir sagt. Und wenn Euer Mann mir sagt, dass ich ihn an etwas erinnern soll, dann erinnere ich ihn daran.« Er versuchte, ihren Blick zu erwidern, doch er schaffte es nicht. Hochrot im Gesicht, senkte er den Kopf.

»Warum lügst du mich an?«

»Herrin – wie könnt Ihr behaupten, dass ich lüge?«

»Weil es dir im Gesicht geschrieben steht.« Sie fasste nach seinem Arm. »Ich will wissen, mit wem mein Mann sich trifft.«

»Ich habe nicht die geringste Ahnung.«

»Nein?«, fragte sie. »Dann schau mich an und sag das noch mal.«

Ängstlich schielte er zu ihr auf. Doch er brachte keinen Ton über die Lippen.

»Nun? Worauf wartest du?«

»Ich ... ich weiß es wirklich nicht. Das müsst Ihr mir glauben, Herrin!«

»Gar nichts glaube ich dir, du Verräter!«

»Verräter?« Jacques wurde noch röter, als er schon war.

»Ja, Verräter!«, wiederholte sie. »Oder meinst du, ich habe nicht gemerkt, wie du immer hinter mir her geschnüffelt hast?«

»Wovon redet Ihr?«

»Davon, dass du uns den Präfekten auf den Hals gehetzt hast.«

»Wie ... wie kommt Ihr darauf?«

»Wie viel haben sie dir gezahlt? Raus mit der Sprache! Oder willst du, dass ich meinem Mann sage, was du getan hast?«

»Um Himmels willen, Herrin, nur das nicht!«, rief Jacques.

»Dann antworte auf meine Frage!«

»Bitte, hört auf, mich zu quälen. Ich muss doch nach Hause. Meine Kinder haben noch nichts gegessen und warten auf mich.«

»Du kannst sofort zu deinen Kindern«, erwiderte Marie, »aber nur, wenn du endlich die Wahrheit sagst.« Sie packte ihn an beiden Schultern und schüttelte ihn. »Zum letzten Mal – wo ist mein Mann?«

10

Aus dem ersten Stock, wo die Mädchen des Roten Hahn ihre Freier empfingen, drang das Lachen und Grunzen betrunkener Männer ins Treppenhaus, als Suzette die Stiege zu ihrer Schlafkammer hinaufging. Wahrscheinlich wartete Paul schon voller Ungeduld auf sie. Obwohl der Patron ihr freigegeben hatte, kaum dass er in der Taverne erschienen war, hatte sie so lange wie möglich gewartet, ihm zu folgen.

Sollte sie ihm sagen, dass sie schwanger war?

Die Vorstellung machte ihr Angst. Als Pfarrerstochter hatte sie oft genug erlebt, wie es unverheirateten Frauen erging, die Kinder bekamen, für die es keinen Vater gab. Diese Kinder hatten ihren Müttern nur Unglück und Elend gebracht, und einmal war es sogar vorgekommen, dass ein Mädchen aus der Gemeinde ihres Vaters, das nur zwei Jahre älter gewesen war als sie, sich noch am Tag ihrer Niederkunft im Viehteich hinter der Kirche ertränkt hatte, mitsamt ihrem neugeborenen Sohn. Damals war Suzette noch zu jung gewesen, um zu begreifen, wie jemand so etwas tun konnte. Heute wusste sie es besser. Auch ihr Leben würde zu Ende sein, bevor es wirklich begonnen hatte, wenn sie das Kind in ihrem Bauch zur Welt brachte.

Nein, sie würde Paul nicht sagen, dass sie schwanger war, zumindest heute noch nicht. Vielleicht hatte sie ja Glück und würde den Balg ganz von allein verlieren, bevor es so weit war.

Paul hatte bereits ein Licht angezündet.

»Da bist du ja endlich!«, empfing er sie.

Als sie die Kammer betrat, stellte sie sich für einen Moment vor, nicht Paul, sondern LeBœuf stünde vor ihr im Kerzenschein. Als er sie sah, lächelte er sie zärtlich an, und seine Augen strahlten vor Freude.

»Wir bekommen ein Kind ...«

Die Worte waren ihr ganz von allein über die Lippen gekommen, ohne ihren Willen, als hätte jemand anders an ihrer Stelle gesprochen.

»Was sagst du da?«, fragte Paul und starrte sie an.

Unwillkürlich machte sie einen Schritt zurück, aus Angst, er würde sie schlagen. Im selben Augenblick trat er auf sie zu. Sie riss die Arme in die Höhe und hielt die Hände vors Gesicht, um sich zu schützen.

»Nein! Bitte nicht!«

Doch statt sie zu schlagen, nahm er sie bei den Handgelenken, und während sie ihre Arme sinken ließ, bedeckte er ihr Gesicht mit Küssen.

»Du bekommst ein Kind?«, flüsterte er. »Von mir? Das ist ja wunderbar!«

11

Dunkle Nacht umhüllte die Kathedrale von Senlis, als Orlando sich mit seinen ungleichen Beinen die Treppe hinaufmühte, die zu dem noch im Bau befindlichen Gotteshaus führte. Vor dem Portal, das Stationen aus dem Leben der heiligen Jungfrau zierten, verharrte er einen Augenblick, um mit einem stummen Gebet die Gottesmutter um Beistand zu bitten. Dann betrat er die von Fackeln und Kerzen erleuchtete Kathedrale, in der sich die Synode der französischen Bischöfe versammelt hatte, um ihr Urteil über die abtrünnigen Professoren und Studenten der Pariser Universität zu verkünden.

Wie hatten die Bischöfe entschieden? Waren sie Wilhelms Antrag gefolgt und würden an diesem Abend das große Anathema aussprechen, um den Seelenfänger Victor d'Alsace und alle, die sich ihm auf dem Weg der Sünde und des Ungehorsams angeschlossen hatten, aus der Gemeinschaft der Gläubigen auszuschließen? Oder würde die Synode sich über den Willen Gottes hinwegsetzen und dem Bischof von Paris die Gefolgschaft verweigern? Orlando hegte keinen Zweifel, dass auch die Magister bei ihrem gottlosen Eid den Himmel um Hilfe angefleht hatten, doch hoffte er mit der ganzen Inbrunst seines frommen Herzens, dass die Gebete der Rechtgläubigen stärker waren und der dreifaltige Gott allein ihnen Gehör schenken würde.

Seit dem frühen Morgen hatten die Kirchenfürsten getagt. Orlando, der als einfacher Mönch von den Beratungen ausgeschlossen war, war voller Zuversicht gewesen, dass der Heilige Geist über die Einflüsterungen des Teufels siegte und die Versammlung der Bischöfe den Weg freimachen würde für die dominikanische Glaubensbruderschaft, damit die Universität sich wieder von einer Schule des Teufels in die Schule Christi verwandelte, die zu sein sie ausersehen war. Doch am Mittag hatte sich unter den Wartenden vor der Kathedrale plötzlich das Gerücht verbreitet, dass Kanzler

Philipp, zusammen mit den Bischöfen von Le Mans und Senlis sowie dem Erzdiakon von Châlons-sur-Marne, den Antrag gestellt habe, mit der Exkommunikation der Magister zu warten und noch einmal mit Victor d'Alsace zu verhandeln. Dafür konnte es nur einen Grund geben: Philipp wollte Wilhelm den Sieg nicht gönnen, zu bitter war die Niederlage gewesen, die er bei der Wahl zum Bischof von Paris erlitten hatte.

Jetzt kam alles auf den steinalten Erzbischof von Sens an. Er war der Primas der französischen Christenheit, ihm unterstanden alle Bischöfe des Königreichs. Nur wenn er den Kirchenbann verfügte, würden Victor und die Seinen aus dem Schoß der Kirche ausgespien werden, wie sie es verdienten.

Glockengeläut kündigte das Erscheinen des Erzbischofs an. Orlando betete ein Ave Maria. Mit wem würde der Primas vor die versammelte Geistlichkeit treten, um das Ergebnis der Beratungen zu verkünden – mit Wilhelm oder mit Philipp?

Als Orlando an der Seite des greisen Primas den Pariser Bischof sah, sandte er ein Dankgebet zum Himmel. Die Jungfrau hatte ihn erhört! Noch während er sich mit jubelndem Herzen und schmerzender Hüfte den Weg durch das Mittelschiff bahnte, erhob Wilhelm von Auvergne seine kraftvolle Stimme, um die erlösenden Worte zu sprechen.

»Die Ausgestoßenen seien verflucht in der Stadt und außerhalb der Stadt, verflucht auf dem Land und allerorts.«

»Amen!«, erscholl die Antwort aus so vielen Kehlen, dass die Mauern des Gotteshauses davon erbebten.

»Der Herr schlage sie mit Geschwüren und Räude, mit Wahnsinn und Blindheit.«

»Amen!«

»Der Herr möge sie strafen mit Hunger und Durst, Armut, Kälte und Fieber, bis sie zugrunde gehen.«

»Amen!«

»Der Herr möge sie von der Erde vertilgen.«

»Amen!«

»An ihrem Leichnam mögen sich alle Vögel des Himmels und die wilden Tiere der Felder gütlich tun.«

»Amen!«

Es war, als würden die himmlischen Heerscharen selbst die Verwünschungen aussprechen. Während Orlando sich in der Vorstellung erging, wie sie sich an Victors Leib und Seele erfüllten, traten aus dem Dunkel des Hauptaltars ein Dutzend Priester hervor, die mit brennenden Kerzen in den Händen im Chorraum einen Halbkreis um Wilhelm und den Primas bildeten.

»Die Kirche Gottes sei den Sündern für immer verschlossen, Friede und Gemeinschaft mit den Christen verwehrt. Nicht mal am Tag ihres Todes sollen sie den Leib des Herrn empfangen. Vielmehr sollen sie ewigem Vergessen anheimfallen, wie Staub im Wind. Mit dem Teufel und dessen Engeln sollen sie dem ewigen Feuer übergeben und ausgelöscht werden.«

Bei den letzten Worten warfen die Priester ihre Kerzen zu Boden und traten mit den Füßen die Flammen aus.

»So sollen ihre Seelen im Gestank der Hölle untergehen.«

»Amen!«

Während die Synode mit vielen hundert Stimmen die letzte Verfluchung bestätigte, schlug Orlando das Zeichen des Kreuzes.

»So soll es sein!«

12

Obwohl Paul an diesem Abend nur wenig Wein getrunken hatte, kehrte er wie berauscht in der Nacht zurück nach Hause. Endlich, endlich sollte doch noch einer seiner größten Wünsche in Erfüllung gehen, ein Wunsch, der schon zweimal so schmerzlich enttäuscht worden war: Er wurde Vater – Suzette gebar ihm einen Sohn! Er konnte es gar nicht erwarten, das Kind in den Armen zu halten, in seine Kulleraugen zu schauen, das Näschen zu küssen, das schreiende Mündchen, das ganze zappelnde kleine Wesen an sich zu drücken und zu herzen.

Ja, er hatte es gewusst: Suzette war ein Weib, um Kinder zu zeugen ...

Als er die Rue des Pailles erreichte, erkannte er trotz der Dunkelheit sein Haus schon von weitem. Es war das einzige Haus, in dessen Fenstern sich das Licht des Mondes spiegelte, alle anderen Fenster in der Nachbarschaft waren dunkel und stumm. Während er auf die schimmernden Lichter zuging, fasste er einen Entschluss. Hier und nirgendwo anders sollte sein Sohn aufwachsen, hier in der Rue des Pailles, in dem schönsten und prächtigsten Haus der Straße, dem einzigen Haus mit gläsernen Fenstern! Bei der Vorstellung lachte sein Herz vor Freude. Seine eigene Jugend war nichts als Mühe und Arbeit gewesen. Sein Sohn würde es tausendmal besser haben.

Als er in sein Haus trat, stutzte er. Warum brannte in der Halle noch Licht?

Im nächsten Moment wusste er die Antwort.

Vor ihm stand Marie. Mit ihrer Katze auf dem Arm schaute sie ihn an, als hätte sie den ganzen Abend auf ihn gewartet.

»Du bist noch auf?«, fragte er entgeistert.

»Ich war neugierig, was für ein Angebot der Spanier dir gemacht hat«, erwiderte sie.

»Spanier?« Paul verstand nicht, was sie meinte. Dann fiel ihm seine Ausrede ein, mit der er sich davongestohlen hatte. »Ach so – der Papierhändler aus Valencia. Nein, aus dem Geschäft wird nichts.«

»Dann hoffe ich, dass sich wenigstens das Gespräch mit dem Schreiber gelohnt hat.«

»Mit welchem Schreiber?«

»Dem Schreiber, mit dem du dich heute Nachmittag getroffen hast.«

»Was redest du da? Ich habe mich mit keinem Schreiber getroffen.«

»Aber natürlich hast du das! Jacques hat dich doch extra daran erinnert.«

»Jacques hat mich an den Spanier erinnert, verflucht nochmal. Und wenn er dir irgendetwas anderes gesagt hat, dann muss er entweder betrunken gewesen sein, oder aber ...« Mitten im Satz verstummte er. Marie hatte ihm eine Falle gestellt, und er war wie ein Idiot hineingetappt.

Voller Verachtung blickte sie ihn an. »Warum belügst du mich?« Wortlos schob er sie beiseite und ging in die Küche. Er hatte keine Lust, sich seine Hochstimmung verderben zu lassen.

»Du warst bei einer anderen, nicht wahr?«

Statt ihr zu antworten, nahm er in der Küche einen Krug Wein vom Tisch und schenkte sich einen Becher ein.

»Versuch erst gar nicht, es abzustreiten. Ich habe es dir am Gesicht angesehen, gleich, als du zur Tür reinkamst. Du hast gegrinst, als wärst du in einen Honigtopf gefallen.«

Paul hörte nicht hin. Egal, was sie sagen würde, er war entschlossen, sich nicht provozieren zu lassen. Als wäre sie gar nicht da, nahm er den Becher und trank.

Doch Marie gab keine Ruhe. »Wenn du den Abend mit einer Hure verbringst, warum bleibst du nicht auch über Nacht bei ihr?«

»Hure?« Als hätte ihm jemand einen Schlag verpasst, fuhr er herum. »Was fällt dir ein, so zu reden? Ich war bei keiner Hure!«

»Nein?«, fragte sie. »Wie nennst du dann die Weiber, mit denen du dich im Roten Hahn vergnügst?«

Ohne ein Wort zu sagen, schaute sie ihn an. Doch die Ruhe, die aus ihren grünen Augen sprach, war schlimmer als jeder Vorwurf. Während nur das leise Schnurren ihrer Katze zu hören war, hob sie eine Augenbraue. Was für ein hochmütiger, selbstgerechter Blick ... Am liebsten hätte er sie links und rechts geohrfeigt.

Um nicht die Fassung zu verlieren, kehrte er ihr den Rücken zu. Doch es hörte nicht auf. Der Becher in seiner Hand zitterte so sehr, dass der Wein darin überschwappte.

Warum zum Teufel war es ihm nicht vergönnt, auch nur einen einzigen Tag in diesem Scheißleben glücklich zu sein?

»Du kannst die Kammer für dich alleine haben«, sagte Marie. »Ich schlafe in der Stube.«

Das war zu viel! Während sie die Halle durchquerte, warf er den Becher zu Boden, so dass er in tausend Scherben zerbrach.

»Schlaf doch, wo du willst!«, rief er. »Schlaf von mir aus unter der Brücke! Hauptsache, ich muss deinen Anblick nicht länger ertragen!«

Marie hatte die Treppe schon erreicht. Jetzt blieb sie noch einmal stehen und drehte sich um. Wieder sagte sie kein Wort, sondern schüttelte nur stumm den Kopf und schaute ihn mit ihren grünen Augen an. Dabei wirkte sie so traurig, dass er endgültig die Beherrschung verlor.

»Ja«, schrie er, »ja, ja, ja! Ich war bei einer anderen, damit du's nur weißt! Warum auch nicht? Du lässt mir ja keine Wahl!« Bevor er wusste, was er tat, stürzte er sich auf sie. Mit einem ängstlichen Schrei sprang die Katze von ihrem Arm und floh die Treppe hinauf.

Doch Marie entkam ihm nicht.

»Du bist ja keine Frau!«, schrie er und presste sie gegen die Wand. »Da – spürst du das?« Ohne auf die Schläge zu achten, mit denen sie sich zur Wehr setzte, griff er unter ihren Rock und schob eine Hand zwischen ihre Schenkel. »Du bist so trocken, dass es einem Mann weh tut – ein ausgetrockneter Brunnen bist du! Es gibt keine Liebe in dir! Dein Schoß ist ein Friedhof!«

13

»Köstlich«, sagte Orlando und nippte an seinem Becher. »Einen solchen Wein habe ich mein Lebtag nicht getrunken. So süß wie Nektar.«

»Heute nur das Beste vom Besten«, erwiderte Bischof Wilhelm.

»Wein aus Argenteuil, ich führe auf Reisen immer ein Fässchen davon bei mir. Aber an einer solchen Gottesgabe nur zu nippen ist eine Sünde. Nehmt einen kräftigen Schluck.« Er hob seinen Becher und prostete ihm zu. »Auf unseren Sieg!«

Orlando, der sonst nur trank, um die Schmerzen in seiner Hüfte zu lindern, fügte sich in sein Schicksal. »*Ad maiorem dei gloriam!*«

Nach dem Nachtgebet in der Kathedrale hatte Wilhelm ihn in das Bischofspalais von Senlis eingeladen, wo nur die vornehmsten Kirchenfürsten untergebracht waren, die an der Synode teilgenommen hatten, um zusammen mit ihm die Exkommunikation des Seelenfängers Victor d'Alsace und seiner Jünger zu feiern.

»Es war eine schwere Schlacht«, sagte Wilhelm. »Der Kanzler hätte uns fast einen Strich durch die Rechnung gemacht. Der Erzbischof von Sens war schon geneigt, Philipps Vorschlag zu folgen und über die Forderungen der Magister zu verhandeln.«

»Wie habt Ihr seinen Sinneswandel herbeigeführt?«, fragte Orlando.

»Es war nicht mein Verdienst«, erwiderte Wilhelm, »sondern das der Regentin. Sie hat eine Depesche geschickt. Um die Synode aufzuklären, was für ein Verräter Victor ist. Stellt Euch vor, dieser niederträchtige Mensch will sich in den Dienst des Grafen von Toulouse stellen! Diese Provokation hat dem Primas die Augen geöffnet.«

»Gelobt sei Jesus Christus!« Orlando bekreuzigte sich.

»Doch nun zu Euch«, sagte Wilhelm und schaute ihm in die Augen. »Steht Ihr mit Euren Truppen bereit?«

»Ihr könnt auf die dominikanische Bruderschaft zählen. Allerdings gilt es noch eine Festung zu nehmen, bevor wir den ersten Lehrstuhl erobern können.«

»Ihr meint – Euer Doktorexamen?«

Orlando nickte. »Das Prüfungsrecht liegt beim Kanzler.«

»Ihr fürchtet, Philipp könnte Euch Steine in den Weg legen?«

Wilhelm lachte. »Darum macht Euch keine Sorge. Der Kanzler ist ein Fähnchen im Wind. Und jetzt, da der Wind sich gedreht hat ...« Der Bischof schüttelte den Kopf. »Nein, Philipp wird es nicht wagen, sich uns in den Weg zu stellen.«

14

ein Schoß ist ein Friedhof ...

Längst hatte die Glocke von Sainte-Geneviève zur Mitternacht geschlagen, aber statt sich schlafen zu legen, saß Marie noch immer in der dunklen Stube und dachte an ihren Streit mit Paul. Wieder und wieder hallten seine Worte in ihr nach, doch seltsam, obwohl sie in ihrem Kopf nicht verstummten, rührten sie nicht an ihr Herz. Viel schmerzlicher als die Beleidigung, mit der er sie hatte verletzen wollen, war die Erinnerung an die zwei Kinder, die er in ihr wachgerufen hatte.

Ein ausgetrockneter Brunnen bist du ...

Sie waren kaum verheiratet gewesen, als sie das erste Mal schwanger geworden war. Aber sie hatte beide Kinder verloren, einen Jungen und ein Mädchen, noch bevor sie laufen oder sprechen konnten. Im Geiste rechnete sie nach – drei und vier Jahre würden die zwei heute sein. Wie wäre ihre Ehe wohl verlaufen, wenn ihre Kinder noch lebten? Wäre Paul dann der Mann geblieben, den sie einst so sehr geliebt hatte?

So trocken, dass es einem Mann weh tut ...

Marie hatte nach ihrem Streit noch eine Weile seine Schritte im Haus gehört, auch hatte unten einmal eine Tür geschlagen. Vielleicht war er zurück in die Küche gegangen, um weiter Wein zu trinken, vielleicht war er aber auch in den Roten Hahn zurückgekehrt. Für einen Moment stellte sie sich vor, wie er in die nackten Arme eines fremden Mädchens sank. Die Vorstellung ließ sie so gleichgültig, dass das Bild vor ihrem inneren Auge gleich wieder erlosch.

Du bist gar keine Frau ... Es gibt keine Liebe in dir ...
Zwei grüne Augen schauten aus der Dunkelheit zu ihr auf. Mit leisem Schnurren rieb Minou sich an ihrem Bein. Marie spürte das warme Fell an ihrer Haut. Draußen auf dem Flur knarrte eine Bohle, offenbar war Paul doch zu Hause geblieben und ging nun zu Bett. Während sie seine Schritte hörte, wurde ihr fast schmerzlich bewusst, wie viel Liebe in ihr war – mehr Liebe, als sie je zuvor empfunden hatte. Doch sie galt nicht Paul, sondern Robert. Lange hatte sie versucht, diese Liebe zu leugnen. Aber es hatte keinen Sinn. Wie konnte man die Sonne am Himmel leugnen, die einen mit ihren Strahlen erwärmte und den Tag erhellte?

Dadurch, dass Abélard Héloise seine Liebe gestand, hat er ihrer beider Unglück besiegelt ...

Noch bei der Erinnerung an Roberts Erklärung empörte sich alles in ihr. Nein, nicht das Eingeständnis ihrer Liebe hatte Abélard und Héloise um ihr Glück gebracht, sondern ihr Mangel an Mut. Sie waren an ihrer Angst gescheitert, an ihrer Angst vor Gott und den Menschen. Hätten sie den Mut gehabt, sich zu ihrer Liebe zu bekennen statt zu ihrer Angst, wer weiß, vielleicht wären sie glücklich geworden.

Marie lief ein Schauer über den Rücken. Sie wusste, allein der Gedanke war Sünde. Aber sollte sie darum ihr Glück unversucht lassen? Aus Angst vor dem Gerede der Menschen und einem Jenseits, das sie gar nicht kannte?

Noch während draußen der neue Tag zu dämmern begann und die Vögel zwitschernd den Aufgang der Sonne ankündigten, dachte sie über die Frage nach. Doch wie auch immer sie ihre Gedanken drehte und wendete – es gab nur einen Weg, die Antwort herauszufinden.

Bevor sie es sich anders überlegen konnte, zog sie ihren Mantel über und verließ das Haus.

15

Mit dumpfem Kopf und quälenden Bildern halb entschwundener Träume erwachte Paul aus dem Schlaf. Er hatte sich im Traum mit Marie gestritten. Sie hatte verlangt, dass er ihre Katze fütterte, doch stattdessen hatte er das Tier an den Pfoten gepackt und so lange gegen einen Türpfosten geschleudert, bis das Blut spritzte und der tote Leib nicht länger zuckte.

Er öffnete die Augen und schaute auf seine Hände. Nein, kein Blut, nur ein paar verschmierte Tintenreste befleckten seine Haut. Erleichtert atmete er auf. Von draußen schien die Morgensonne durchs Fenster, und auf der Straße pfiffen die Bäckerjungen.

Plötzlich fiel ihm alles wieder ein. Er wurde Vater – Suzette bekam einen Sohn!

Es hielt ihn nicht länger im Bett, eilig sprang er auf, um sich anzuziehen. Warum war er die Nacht nicht bei Suzette geblieben? Er konnte es gar nicht erwarten, sie wiederzusehen – seit Jahren war er nicht mehr so glücklich gewesen. Während er die Riemen seiner Lederschuhe schnürte, kam ihm ein wunderbarer Gedanke. Sobald sein Sohn alt genug war, würde er ihm nicht nur Lesen und Schreiben beibringen, sondern auch Latein, damit er die Universität besuchen konnte. Sein Sohn sollte später nicht die Bücher irgendwelcher Hohlköpfe kopieren, er sollte selber ein Gelehrter werden, ein richtiger Gelehrter, wie es noch keinen je zuvor gegeben hatte, ein Doktor und Magister, der nicht leeres Stroh drosch, sondern Bücher schrieb, die so nützliches Wissen enthielten, dass sich die Menschen um die Kopien prügeln würden!

Warum waren die Kinder, die Marie ihm geboren hatte, zu schwach für dieses Leben gewesen?

Ihr Bett war unberührt. Seit sie miteinander verheiratet waren, war es das erste Mal, dass sie nicht an seiner Seite geschlafen hatte.

Paul zuckte die Schultern. Zum Glück kamen die ersten Schreiber meistens schon, wenn er und Marie noch beim Frühstück saßen. Bis dahin würde er so tun, als wäre nichts gewesen. Frauen waren manchmal komisch und taten Dinge, die ein Mann nicht verstand – wahrscheinlich hatte das mit ihren Blutungen zu tun. Am besten, man ließ sie dann in Ruhe und wartete ab, bis sie wieder zur Vernunft kamen.

Als er sich fertig angezogen hatte, verließ er die Kammer und lief die Treppe hinunter.

»Marie?«

Er steckte den Kopf durch die Küchentür, doch niemand war da.

»Marie?«

Er schaute im Skriptorium nach, dann in der Bibliothek. Aber weder hier noch da eine Spur von seiner Frau.

»Verflucht nochmal, wo steckst du?«

Obwohl er selber nicht wusste, warum, wurde er unruhig. Was fiel Marie ein, einfach so zu verschwinden? Als er in die Halle zurückkehrte, hockte auf dem Boden ihre Katze. Mit rundem Buckel und aufgestelltem Schwanz beäugte sie ihn.

Paul bückte sich, um sie zu streicheln, »Sag, wo ist das Frauchen?«

Fauchend schlug Minou mit der Tatze nach ihm.

»Verfluchtes Mistvieh!«

Ein Tropfen Blut quoll aus seiner Hand, mit ihren Krallen hatte Minou seine Haut geritzt. Bevor Paul sie strafen konnte, war sie fort. Verärgert leckte er sich das Blut ab.

Da sah er, dass die Haustür einen Spalt weit aufstand.

Erleichtert atmete er auf.

Natürlich – Marie war in der Morgenandacht.

16

Froh, dass die Zeit des Hoffens und Bangens ein Ende hatte, betrat Auguste Mercier die Kanzlei der Präfektur, um sein Tagwerk zu beginnen. Als er am Morgen die Messe besuchen wollte, war ein Diener der Regentin bei ihm erschienen, um ihn an den Hof zu rufen. Auf dem Weg hatte Auguste mit dem Schlimmsten gerechnet. Umso größer war seine Erleichterung gewesen, als die Königinmutter ihm mitgeteilt hatte, dass alle gegen ihn erhobenen Vorwürfe zu den Akten gelegt würden. Zwar hatten die Magister ihre Drohung wahrgemacht und würden Paris tatsächlich verlassen, doch dank der Dominikaner war der Fortbestand der Universität gesichert. Auguste war von der Audienz direkt in die Kathedrale geeilt, um zum Dank für seine Errettung vier Dutzend Kerzen vor dem Hauptaltar anzuzünden – für jedes seiner Lebensjahre eine. Das Geschrei nach Gerechtigkeit hatte ein Ende, und sein Kopf saß wieder so sicher und fest auf seinen Schultern wie vor dem vermaledeiten Einsatz in Saint-Marcel.

Auf seinem Pult sah es aus wie auf einem Schlachtfeld, so viele unbearbeitete Akten und Pläne hatten sich in den letzten Wochen darauf angehäuft. Auguste hasste diese Art von Arbeit, die eine Arbeit für Stubenhocker war, nicht für einen Soldaten wie ihn, doch er durfte sie nicht länger vor sich herschieben, ohne zu riskieren, sich erneut die Unbill der Regentin zuzuziehen. Paris nahm einen solchen Aufschwung, dass die Stadt aus allen Nähten platzte. Um neuen Baugrund zu schaffen, war die Trockenlegung der Sumpfgebiete links und rechts der Seine erforderlich. Nicht weniger dringlich war der Ausbau des Wegenetzes, sonst brach in wenigen Jahren der Verkehr zusammen. Straßen und Plätze mussten gepflastert werden, damit die Fuhrwerke nicht im Morast versanken, und gleich mehrere Viertel benötigten eigene Märkte, um die stetig wachsende Bevölkerung mit Obst und Gemüse, Fleisch und Fisch, Eiern und Würsten, Butter und Käse und allem, was die Menschen sonst noch zum Leben brauchten, zu versorgen.

Ein Klopfen an der Tür unterbrach ihn.

»Herein!«

Ein dürrer Mensch mit rotem Haar betrat den Raum. Auguste erkannte ihn sofort: Jacques Pèlerin.

»Was zum Teufel willst du?«

Der Kopist nahm seine Mütze vom Kopf und drehte sie in der Hand. »Ihr hattet mir einen Wunsch freigegeben. Zur Belohnung für meine Anzeige.«

Auguste schnappte nach Luft. »Du wagst es, mich daran zu erinnern? Obwohl du mir nichts als Scherereien bereitet hast?«

Die Augen des Kopisten flackerten vor Angst. Trotzdem erwiderte er Augustes Blick. »Ihr habt mir Euer Wort gegeben«, sagte er. »Jetzt müsst Ihr es auch halten.«

17

Nein, es war kein Kraut gegen die Liebe gewachsen, noch gab es sonst ein Mittel, um sich von ihr zu befreien. Wie sollte Robert leben ohne Marie? Wie einen Tag beginnen, ohne ein Lächeln, wie einen Tag beenden, ohne ein Wort von ihr? Victors Aufforderung, ihn nach Toulouse zu begleiten, war ein Strohhalm, an den er sich wie ein Ertrinkender klammerte. Ja, er würde seinem Lehrer in den Süden folgen. Je weiter er von Marie entfernt war, so seine Hoffnung, umso eher würde die Zeit seinen Schmerz wenn nicht heilen, so doch wenigstens lindern – irgendwann.

Während er seine Taschen für die Reise packte, wich der Apotheker nicht von seiner Seite.

»Toulouse – wie ich Euch beneide! Ich war als junger Mann einmal dort. Diese Farben! Das Flimmern der Berge im gleißenden Sonnenlicht, das kristallklare Türkis der Garonne, und über allem das tiefe Blau des Himmels, an dem die weißen Wolken aussehen, als wären sie für immer stehengeblieben.«

Robert konnte die Begeisterung des Apothekers kaum ertragen. Was bedeuteten ihm Sonne, Himmel und ein Fluss, wenn Marie in Paris lebte, Hunderte von Meilen fern von ihm?

»Aber ich weiß«, wechselte Albert das Thema, »nicht wegen der Herrlichkeit der Natur folgt Ihr Eurem Lehrer, sondern wegen der Wissenschaft.« In einer plötzlichen Aufwallung ergriff er Roberts Arm. »Wie sehr hätte ich mir einen solchen Mann für meine Tochter gewünscht. Schon als kleines Mädchen war sie voller Wissbegier, sie konnte kaum sprechen, da hat sie mich schon nach den Namen aller Gräser und Blumen in meinem Garten gefragt. Aber dann hat sie diesen Banausen geheiratet – einen Kopisten!« Er sprach das Wort mit solcher Verachtung aus, dass sein mildes Gesicht für einen Moment zur Fratze wurde.

Robert war von der unerwarteten Bekundung so überrascht, dass er nicht wusste, was er darauf antworten sollte.

Mit einem Seufzer schüttelte der Apotheker den Kopf. »Aber Marie hat es selbst so gewollt, und ich ... ich habe mich blenden lassen, von dem vielen Geld und dem großen Haus. Wie jeder Vater erhoffte ich mir für meine Tochter ein Leben frei von Sorgen. Was für ein Irrtum.«

Robert schmerzte jedes einzelne Wort. Warum sagte Maries Vater ihm das? Wollte er Salz in seine Wunden reiben?

»Ich würde meinen ganzen Besitz hergeben«, fuhr der Apotheker fort, »könnte ich meinen Fehler rückgängig machen. Aber jetzt ist es zu spät. Marie und Paul wurden von einem Priester getraut, und was Gott verbunden hat, das darf der Mensch nicht scheiden.«

Während er sprach, wurden auf der Treppe Schritte laut, und im nächsten Moment ging die Tür auf.

»Marie?« Das Gesicht des Alten strahlte. »Bei allen Engeln und Heiligen – wo kommst du denn her?«

18

Immer wieder unterbrach Paul seine Arbeit und blickte zur Tür. Normalerweise war Jacques sein pünktlichster Mann – der Erste, der am Morgen kam, und der Letzte, der am Abend ging. Doch ausgerechnet heute kam er nicht zur Arbeit. Dabei war schon fast der halbe Tag herum!

Bevor Victor d'Alsace nach Toulouse aufbrechen würde, wollte Paul von dessen Werken noch so viele Kopien wie möglich anfertigen lassen. Der Stationarius und die anderen Schreiber in der Stadt hatten Angst, dass der Exodus der Professoren ihr Geschäft ruinieren könnte. Doch Paul teilte diese Angst nicht, im Gegenteil. Wenn die Klugscheißer erst fort waren und keine Vorlesungen mehr hielten, würden ihre Manuskripte sich besser verkaufen denn je.

Als er seine Feder in die Tinte tauchte, sah er Maries leeres Pult. Seltsam, die Morgenandacht musste längst vorüber sein, aber sie war immer noch nicht zurück. War sie nach dem Gottesdienst auf den Markt gegangen, um Besorgungen zu machen? Wieder befiel ihn die seltsame Unruhe, die ihn bereits am Morgen überfallen hatte. Vor Ärger setzte er die Feder so hart auf, dass ein dicker Tintenklecks aus der Feder rann. Mit einem Lumpen wischte er den Fleck fort. Wenn Marie mit ihrem Fortbleiben bezweckte, dass er sich um sie sorgte, hatte sie sich geschnitten! Die Frau, die ihm Vorschriften machen durfte, musste erst noch geboren werden! Sollte sie doch hingehen, wo der Pfeffer wächst! Er vermisste sie nicht im Geringsten!

Obwohl sie ihm keine Nachricht hinterlassen hatte, konnte er sich auch so denken, wo sie steckte. Wenn sie nicht auf dem Markt war, war sie vermutlich in Argenteuil. Alle Weiber, die Streit mit ihren Männern hatten, heulten sich bei ihren Müttern aus, und wenn sie keine Mütter mehr hatten, dann eben bei ihren Vätern. Das war schon immer so gewesen, da würde Marie keine Ausnahme machen. Paul ärgerte nur, dass sie nicht die Aufsicht über seine Schreiber übernehmen konnte. Solange Jacques ausblieb, konnte er nicht aus dem Haus.

»Da bist du ja endlich!«, rief er, als sein erster Kopist endlich in der Schreibstube erschien. »Wo hast du denn die ganze Zeit gesteckt?«

»Meine Jüngste ist krank«, antwortete Jacques und schlich mit rotem Kopf an sein Pult. »Ein schlimmes Fieber. Sie hat die ganze Nacht nicht geschlafen.«

»Hauptsache, du bist jetzt da«, brummte Paul. »Du musst die Aufsicht übernehmen. Ich muss dringend jemanden treffen.«

19

Die Glocken von Notre-Dame d'Argenteuil läuteten in der Abenddämmerung. Während sich in der Kapelle der alten Priorei die Nonnen zur Vesper versammelten, saßen Marie und Robert unter einer Ulme am Ufer der Seine, die das Kloster von der Ortschaft trennte. Lastkähne trieben auf den trägen, grauen Fluten vorbei, die Paris mit dem fernen Meer im Norden verbanden.

»Du willst also wirklich fort?«

Aus den Augenwinkeln sah Marie, dass Robert nickte.

»Es ist die einzige Möglichkeit, meine Studien zu beenden.«

»Aber warum studierst du nicht weiter in Paris? Es heißt doch, die Dominikaner würden die Magister ersetzen.«

»Die Dominikaner sollen Victor d'Alsace ersetzen?«, erwiderte Robert. »Wie stellst du dir das vor? Nein, das können sie nicht. Für sie zählt doch nur der Glaube, Wissenschaft ist in ihren Augen Teufelswerk.«

Marie wusste, was seine Antwort bedeutete. »Dann hast du dich also entschieden?«

Endlich drehte er sich zu ihr herum. Dabei schaute er sie so traurig an, dass es ihr den Hals zuschnürte. Ohne den Blick von ihr zu wenden, griff er in den Ärmel der geflickten Scholarenrobe, die er inzwischen wieder anstelle von LeBœufs buntem Wams trug, und reichte ihr einen Brief.

»Den wollte ich deinem Vater geben. Für Paul und dich.«
»Zum Abschied?«
Er nickte.

Marie nahm den Brief und las. Darin dankte Robert ihr und ihrem Mann, dass sie ihn bei sich aufgenommen hatten – nur ihrer Hilfe, schrieb er, verdanke er sein Leben. Auch pries er die Freundschaft, die er und Paul erneuert hatten, und versprach, jeden Monat einen Brief aus Toulouse zu schicken. Doch mit keinem einzigen Satz kam er auf den wirklichen Grund zu sprechen, warum er Paris verlassen und Victor folgen würde, nur eine vage Andeutung am Schluss.

Obwohl Seneca ein Heide war, will ich mich an seine Lehre halten und versuchen, auf seine Weise zur Glückseligkeit zu gelangen. Gott gebe mir die Kraft, seinem Beispiel zu folgen ...

Marie ließ den Brief sinken. Waren das die Worte, auf die sie gehofft hatte? Als Robert sie geschrieben hatte, musste er an ihr erstes Gespräch gedacht haben. *De vita beata ...* Sie hatte damals so darauf gebrannt zu erfahren, worin die Glückseligkeit bestehe. Und wie enttäuscht war sie gewesen, als sie Senecas Antwort erfahren hatte: Allein die Tugend, behauptete der Philosoph, mache das glückselige Leben aus. Robert hatte ihre Zweifel geteilt, er hatte sogar gesagt, jeder Mensch müsse selber herausfinden, was das richtige Leben für ihn sei, indem er die Zeichen deute, die Gott ihm sandte. Warum hielt er sich jetzt nicht daran? Warum hatte er seine Meinung geändert und berief sich ausgerechnet auf Seneca, um seine Flucht zu rechtfertigen?

»Der Himmel hat sich zugezogen«, sagte Robert. »Ich glaube, es gibt Regen.«

Marie ging auf seine Bemerkung nicht ein. Was sollte sie auch erwidern? Sie hatte alles über Bord geworfen und war zu ihm geeilt, doch er hatte sich gegen sie entschieden. Müde rieb sie sich die Waden, die ihr von dem langen Fußmarsch schmerzten. Auf der anderen Seite des Flusses erhob sich dunkel und schwer das Kloster, hinter dessen Mauern einst Héloise Zuflucht gesucht hatte, weil sie und Abélard nicht mutig genug gewesen waren, sich zu ihrer Liebe zu bekennen.

»Und sonst wolltest du mir nichts sagen?«

»Doch«, antwortete er. »Aber ich wusste nicht, wie. Du ... du warst ja nicht die Einzige, die den Brief zu lesen bekam.«

Sie griff nach seiner Hand. »Dann sag es mir jetzt. Bitte!«

Er wich ihrem Blick aus, doch ohne seine Hand zurückzuziehen. Die Augen in die Ferne gerichtet, sagte er: »Als Victor mich aufforderte, ihm nach Toulouse zu folgen, war das für mich wie ein Zeichen.«

»Zeichen?«

»Das zu tun, was ich aus eigener Kraft nicht schaffte.«

Marie verstand. »Ist das der Grund, warum du mich verlassen willst?«

»Bitte, sag so etwas nicht.« Er schaute sie an. In seinen Augen schimmerten Tränen. »Was kann ich denn anderes tun?«

Wie gern hätte Marie ihm darauf eine Antwort gegeben. Aber welche? Sie war aus Paris hierhergekommen, um das Schweigen, in dem sie gefangen waren, zu durchbrechen, doch jetzt, da sie an seiner Seite saß, musste sie sich eingestehen, dass ihre Hoffnung vergebens gewesen war. Sie wusste ja selbst keinen Ausweg. Robert blieb keine Wahl, er musste diesen Weg, den er beschritten hatte, zu Ende gehen, er war für die Wissenschaft bestimmt, sein ganzes Leben war auf dieses eine Ziel ausgerichtet, alles hatte er dafür geopfert, wie einst Abélard. Und sie selbst war ja auch nicht frei, auch wenn sie das bei ihrer Flucht geglaubt hatte, sie war eine verheiratete Frau, verheiratet mit Paul, Roberts ältestem und bestem Freund. Wenn sie tat, was sie wollte, war es um ihre Seele für immer geschehen. Sie musste sich an Robert ein Beispiel nehmen und ihm auf jenem steinigen und beschwerlichen Pfad folgen, den Seneca ihnen gewiesen hatte, um sich nicht ins Unglück zu stürzen.

Plötzlich bewegte sich seine Hand in der ihren, ein leises, fast unmerkliches Zucken. Ein Schauer lief durch ihren Körper, eine Aufwallung von Gefühlen, in der Schmerz und Glück nicht voneinander zu unterscheiden waren. Würde es in ihrem Leben je wieder etwas geben wie diesen Augenblick, diese zarte, kaum spürbare Berührung seiner Hand?

Während sie mit ganzer Seele wünschte, dass dieser Augenblick niemals aufhören, seine Hand für immer in der ihren ruhen würde, erhob sich auf der anderen Seite des Flusses eine Reihe Vögel, formierte sich über den Mauern und Dächern des Klosters und flog höher und höher in den grauen Abendhimmel hinauf, um sich dort oben, aufgereiht wie eine fromme Pilgerschar, zu verlieren in unendlich fernen Weiten.

»Ich liebe dich«, flüsterte sie.

»Was ... was sagst du da?«

Sie führte seine Hand an ihren Mund und streifte sie mit ihren Lippen. »Ja, Robert, ich liebe dich. Und was immer sein wird – ich werde nicht aufhören, dich zu lieben.«

Es war wie ein Wunder. Während sie sprach, wich alle Verzweiflung aus seinem Gesicht, und aus seinen Augen sprach nichts als zärtliche Liebe. Sie verstand alles, alles, was er sagte, verstand es, ohne dass er auch nur ein einziges Wort sprach. Die Zeit schien stillzustehen, und als könne es gar nicht anders sein, nahm Robert ihr Gesicht zwischen seine Hände und beugte sich über sie. Dann spürte sie nur noch seinen Mund, seine Lippen, seinen Kuss.

Er liebte sie, und sie liebte ihn, und zusammen waren sie im Paradies.

Als sie sich aus der Umarmung lösten, sah Marie, dass es begonnen hatte zu regnen. Dicke, schwere Tropfen fielen durch das noch lichte Laub der Ulme auf Robert und sie herab und rannen über ihre Gesichter.

»Mein Gott«, flüsterte er. »Was haben wir getan?«

Mit der Spitze ihres Fingers wischte Marie die Regentropfen von seinen Lippen. »Bereust du es, mein Liebster?«

20

Es war zu schön, um wahr zu sein. Um sich zu vergewissern, dass sie nicht träumte, kniff Suzette sich in den Arm. Aber nein, sie träumte nicht. Pauls Gesicht zeugte von so grimmiger Entschlossenheit, dass kein Zweifel möglich war, auch wenn das Kerzenlicht in ihrer Kammer flackerte.

»Du willst, dass unser Kind in deinem Haus aufwächst?«.

»Sehe ich aus wie ein Mann, der seinen Sohn verleugnet?«

»Aber was, wenn es ein Mädchen wird?«

»Mach dir darum keine Sorgen – ich *weiß*, dass es ein Junge wird!« Fast verärgert schüttelte er den Kopf. »Und wenn nicht, probieren wir es wieder. *Primum vivere, deinde philosphari.*« Er packte ihre Handgelenke und zog sie zu sich.

»Au, du tust mir weh!«

»Nur weil ich dich liebe.« Lächelnd gab er ihr einen Kuss. »Weißt du was? Ich hätte am liebsten einen ganzen Stall von Kindern mit dir. Und sie sollen alle bei mir wohnen, genauso wie du, in meinem Haus, unter meinem Dach – eine richtige Familie.«

Suzette rieb sich die Handgelenke. Warum konnte sie sich nicht freuen? Sie hatte doch allen Grund dazu. Wenn ihr Kind bei einem so reichen Vater aufwuchs wie Paul Valmont, würde es für alle Zeit versorgt sein, und ihr selber blieb das Schicksal erspart, vor dem sie sich so sehr gefürchtet hatte. Trotzdem stellte sich keine wirkliche Freude ein. Und sie wusste insgeheim auch den Grund.

Paul liebte sie nicht, so wenig wie sie ihn liebte. Sie taten beide nur so.

»Und was ist mit deiner Frau?«, fragte sie.

Das Lächeln verschwand so plötzlich aus seinem Gesicht, wie es darin erschienen war. »Kümmere du dich nicht um meine Frau! Die hat damit nichts zu tun!« Seine Augen blitzten einmal kurz auf, und die Narbe unter seinem Bart zuckte. »Ich werde eine Lösung finden, das lass nur meine Sorge sein! Aber stell mir keine Fragen nach Marie. Verstanden? Nie wieder!«

»Was ist denn in dich gefahren? Ich wollte doch nur wissen, was deine Frau sagt, wenn du mich und unser Kind …«

»Hast du nicht gehört? Du sollst Marie nicht erwähnen!«

»Ist ja schon gut.«

»Na also«, sagte er, schon wieder versöhnlicher, und nestelte am Bund seiner Hose. »Komm, wir wollen uns amüsieren.« Er öffnete die obersten Knöpfe, doch als er ihr Gesicht sah, stutzte er. »Was hast du? Was schaust du mich so an?«

»Wie … wie kommst du darauf, dass ich etwas habe?«

»Dann sieh mal in einen Spiegel.« Er hob ihr Kinn, so dass sie seinen Blick erwidern musste. »Ich dachte, du würdest dich freuen, aber du siehst nicht gerade glücklich aus.«

»Doch, doch«, stammelte sie. »Natürlich bin ich glücklich.«

»Und warum ziehst du dich dann nicht aus?«

Obwohl ihr nicht danach zumute war, löste sie die Schnürung ihrer Bluse.

Glücklich, wer war schon glücklich?

»Ich weiß gar nicht, wie ich dir danken soll«, sagte sie.

»Nein?«, fragte er. »Ich glaube, dann habe ich eine Idee.«

Mit einem Grinsen nahm er ihre Hand und führte sie an seinen halb geöffneten Hosenlatz.

»Der schläft ja noch«, sagte Suzette beinahe überrascht.

»Dann wird es Zeit, dass du ihn aufweckst. Am besten mit einem Kuss.«

21

Vom Glockenturm des Klosters schlug es zur halben Stunde. Roberts Esel stand mit gepackten Satteltaschen vor der Apotheke zur Reise bereit. Marie hoffte, dass der Abschied sich nicht in die Länge zog. Sie wusste nicht, ob sie ihn sonst überstand. Erst am Morgen hatten Robert und sie den Entschluss gefasst – am Grab der ehemaligen Priorin Héliose, die das Kloster nach ihrem Eintritt in den Orden nie wieder verlassen hatte.

»Ihr müsst wirklich heute schon aufbrechen?«, fragte ihr Vater. »Ich hatte gehofft, Ihr würdet noch ein paar Tage mein Gast sein.«

»Ich wäre gern länger geblieben«, sagte Robert. »Aber Victor wartet bereits in Neuilly.«

»Dann möge Gott Euch beschützen und Euch und Euren Lehrer sicher nach Toulouse geleiten.«

»Ich danke Euch für Euren Segen.«

Nachdem die Männer sich umarmt hatten, wandte Robert sich zu Marie herum. »Adieu«, sagte er und reichte ihr die Hand.

»Adieu«, sagte auch sie.

Ohne ein weiteres Wort raffte er seine Soutane und stieg in den Sattel. Dann nahm er die Zügel auf und gab dem Tier die Fersen. »Hüh!«

»Grüßt Toulouse von mir«, rief Maries Vater ihm nach.

»Das will ich gerne tun«, rief Robert zurück, ohne sich umzudrehen, und trabte davon.

Seite an Seite winkten sie ihm nach, bis er auf seinem Esel hinter der Kirche verschwunden war. Endlich, es war geschafft! Marie hatte selbst auf den plötzlichen Aufbruch gedrängt. Sie wollte keinen Tag länger als nötig in dieser Ungewissheit verbringen.

»Woher hast du eigentlich gewusst, dass Robert heute abreisen würde?«, fragte ihr Vater.

»Er hatte Paul und mir einen Brief geschrieben«, sagte sie. Das war zumindest nicht ganz und gar gelogen.

»Und du hast den langen Weg eigens auf dich genommen, um dich von ihm zu verabschieden?«

Marie nickte.

»Aber was ist mit deinem Mann? Wollte er seinem Freund nicht auch adieu sagen?«

»Paul hatte keine Zeit. Er will noch möglichst viele Kopien herstellen, die Victor vor seiner Abreise beglaubigen soll.«

Ihr Vater runzelte die Brauen. »Hat Robert nicht gesagt, Victor warte bereits in Neuilly?«

Marie wusste nicht, wohin sie schauen sollte.

»Du brauchst nicht rot zu werden«, sagte er. »Ich verstehe dich ja. Aber jetzt ist es nun mal so, wie es ist, und wir müssen uns fügen. So schwer es auch fallen mag. Anders geht es nicht.«

Zärtlich strich er ihr über den Scheitel. Ahnte ihr Vater, was sie für Robert empfand? Obwohl sie bei der Vorstellung am liebsten im Boden versunken wäre, war sie ihr zugleich ein Trost. Wenn er um ihre Gefühle wusste, würde er später vielleicht verstehen, warum sie ihn getäuscht hatte, und ihr eines Tages verzeihen.

»Komm, lass uns reingehen.«

Sie wandte sich zum Haus, doch ihr Vater hielt sie zurück.

»Übrigens, da du schon mal hier bist – könntest du mir einen Gefallen tun?«

»Natürlich. Gerne.«

»Ich muss nach Saint-Sépulcre, auf den Markt. Die ersten Frühjahrskräuter aus Italien sind angeblich eingetroffen. Könntest du auf die Apotheke aufpassen, bis ich wieder zurück bin?«

22

Auguste Mercier, der ohnehin lieber im Sattel eines Pferdes als auf einem gepolsterten Stuhl saß, nahm nur widerwillig auf dem mit rotem Samt bespannten Sessel Platz, den der Bischof ihm im Empfangssaal seines Palais angewiesen hatte.

Er hasste es, jemanden um einen Gefallen zu bitten, und Wilhelms bärbeißiger Blick machte es ihm nicht leichter, sein Ansinnen vorzutragen. Doch er hatte sein Wort gegeben, und als alter Soldat war es gewohnt, sein Wort zu halten. Auch wenn es ihm noch so sauer aufstieß.

»Wie war der Name des Mannes, für den Ihr sprecht?«, wollte Wilhelm wissen.

»Jacques Pèlerin«, sagte Auguste. »Ein Kopist in Diensten von Paul Valmont.«

»Dem Mistkerl, der mit Victor d'Alsace und den Studenten unter einer Decke steckt?«

»Eben darum will er seinen Dienst quittieren.«

»Ja, ja, natürlich ...« Der Bischof verzog das Gesicht zu einem Grinsen. »Und allein aus diesem Grund bewirbt er sich nun um das Amt des Stationarius.«

Auguste überhörte den spöttischen Unterton. »Nach allem, was über den Mann bekannt ist, scheint er in höchstem Maße geeignet, die Universitätsbuchhandlung zu führen.«

»Nun gut.« Wilhelm lehnte sich in seinem Sessel zurück und stellte die Fingerspitzen gegeneinander. »Welche Verdienste hat dieser Jacques Pèlerin erworben, um für ein so einträgliches Amt in Betracht zu kommen?«

»Es heißt, er habe eine vorzügliche Handschrift. Obwohl er einen Text schneller kopiert als irgendjemand sonst in der Stadt.«

»Ich fragte nach Verdiensten, nicht nach Gottesgaben!«

Auguste brauchte einen Moment, um herauszufinden, worin der Unterschied bestand. »Der Mann hat uns das Versteck des Studenten Robert Savetier verraten«, erklärte er dann. »Außerdem hat er uns den Hinweis gegeben, zu welchem Zeitpunkt wir Victor d'Alsace in dem Haus antreffen würden, um die Verschwörung aufzudecken.«

Die Miene des Bischofs verfinsterte sich. »Wie Ihr selbst am besten wisst, wurde die Verschwörung nie aufgedeckt«, erwiderte er. »Der Einsatz ging ins Leere. Robert Savetier war längst ausgeflogen, als Ihr mit Euren Männern in der Rue des Pailles eintraft.«

»Trotzdem bleibt das Verdienst des Mannes bestehen«, beharrte Auguste. »Jacques Pèlerin hat Kopf und Kragen riskiert, um uns zu helfen. Ich denke, die Erfüllung seines Begehrens wäre der angemessene Lohn für seinen Eifer.«

»Papperlapapp!« Wilhelm schüttelte den Kopf. »Warum sollte ich den guten Willen für die Tat nehmen und einen Mann belohnen, der uns in keiner Weise genutzt hat? Abgesehen davon wendet Ihr Euch an den Falschen. Für die Ernennung des Stationarius bin nicht ich zuständig, sondern Kanzler Philipp.«

»Ich weiß, Eminenz«, pflichtete Auguste ihm bei. »Aber ich dachte, wenn Eminenz sich beim Kanzler verwenden würden, oder vielleicht auch bei der Regentin, beziehungsweise bei Seiner Majestät höchstselbst? Wie jedermann weiß, nimmt König Ludwig ja reges Interesse an den Belangen der Universität …«

Als er den ungnädigen Blick des Bischofs sah, verstummte er.

»Es gibt nur einen Grund, warum wir uns vielleicht Eure Sache zu eigen machen könnten«, erklärte Wilhelm.

»Nämlich?«, fragte Auguste.

Der Bischof hob seine buschigen Brauen. »Um diesem Verschwörer Paul Valmont einen Denkzettel zu verpassen.«

23

Während es draußen von Notre-Dame zum Angelus läutete, saß Paul in einer Taverne von Saint-Geneviève und starrte in seinen leeren Becher. Obwohl seine Kopisten, die er am Vortag unter Jacques' Aufsicht zurückgelassen hatte, seit dem Morgen ohne Arbeit waren, war er auf dem Weg vom Roten Hahn zur Rue des Pailles in jede Schenke eingekehrt, um die Schmach zu vergessen, die er in der letzten Nacht erlitten hatte. Suzette hatte getan, was eine Frau nur tun konnte, um einen

Mann glücklich zu machen, sie hatte all ihre Kunst und Erfahrung aufgeboten, hatte ihre Hände, ihre Lippen, ihre Zunge zu Hilfe genommen – doch vergebens. Zum ersten Mal in seinem Leben hatte er, Paul Valmont, in dessen Armen die Weiber sonst schrien vor Lust, versagt wie ein Eunuch.

Wie konnte das passieren?

Suzette war ein Prachtexemplar von einem Weib – alles, was ein Mann nur begehrte! Sie war jung, sie war hübsch, sie war willig, und in der ersten Nacht, in der Paul ihr beigewohnt hatte, hatte er ein halbes Dutzend Mal den Gipfel der Glückseligkeit erklommen. Doch seltsam, es war nicht Lust, sondern nur sein Wille gewesen, der ihn gestern zu ihr getrieben hatte, und der Wille hatte die Lust nicht zwingen können. Nicht mal die Vorstellung, dass sie ihm bald einen Sohn gebären würde, hatte geholfen. Kaum hatte Suzette angefangen, von Marie zu reden, war selbst die winzig kleine Flamme, die sich bei der ersten Berührung in ihm geregt hatte, erloschen, und trotz aller Bemühungen war es ihr nicht gelungen, das Elend, das saft- und kraftlos zwischen seinen Schenkeln baumelte, zu neuem Leben zu erwecken.

Warum, zum Teufel, warum?

Auch wenn er es selbst nicht wahrhaben wollte, konnte es dafür nur eine Erklärung geben: Er hatte Suzette nicht lieben können, weil er immer noch Marie liebte, seine Frau.

Ja, er liebte Marie, liebte sie mehr denn je, das war ihm in der letzten Nacht wie Schuppen von den Augen gefallen, und wie sehr er sich auch gegen diese Erkenntnis wehrte und wie viel Wein er herunterstürzte – es hatte keinen Sinn, die Wahrheit blieb die Wahrheit. Was immer er seit Maries Verschwinden versucht hatte, sich einzureden – dass ihr Schoß ein Friedhof sei, dass er sich glücklich preisen könne, sie nicht länger ertragen zu müssen, dass er jetzt freie Bahn habe, um mit Suzette eine richtige Familie zu gründen, eine Familie, wie er sie sich schon so lange wünschte und ersehnte – sein Versagen hatte all die Lügen, mit denen er sich selber hatte täuschen wollen, widerlegt.

Er liebte Marie. Sie war die Frau seines Lebens. Sie wollte er, mit Leib und Seele – sie oder keine.

»Zahlen!«

Er warf dem Wirt eine Münze zu und verließ die Taverne. Draußen tauchte die untergehende Sonne die Häuser in ein tiefgelbes Licht. Genauso wie damals, als er Marie zum ersten Mal gesehen hatte, auf dem Markt von Saint-Sépulcre. Es war Liebe auf den ersten Blick gewesen. Mein Gott, wie hatte er diese Frau nur betrügen können, noch dazu mit einer kleinen Hure wie Suzette, die jeder hergelaufene Student haben konnte, der nur ein bisschen nett zu ihr war ... Er beschloss, noch an diesem Abend nach Argenteuil aufzubrechen, um Marie um Verzeihung zu bitten und sie wieder in sein Haus zurückzuholen. Zuvor musste er nur noch schnell in die Rue des Pailles, um Jacques Anweisungen für die Arbeit zu geben.

Als er sein Haus betrat und in der Halle das vertraute Kratzen der Gänsekiele aus dem Skriptorium hörte, stutzte er. Hatte Jacques etwa ohne seine Anweisungen den Schreibern Arbeit gegeben? Das hätte er dem Dummkopf gar nicht zugetraut.

Er durchquerte gerade die Halle, um nach dem Rechten zu schauen, da hörte er plötzlich eine Stimme in seinem Rücken.

»Gott sei Dank, da bist du ja!«

Überrascht fuhr er herum. Aus der Küche kam ihm Maries Vater entgegen. Sein Gesicht versprach nichts Gutes.

»Monsieur Albert?«, fragte er. »Ihr seid in der Stadt?«

»Ich muss mit Euch reden«, sagte der Apotheker. »Wegen Marie. Und wegen Eurem Freund Robert.«

24

Nein, Robert bereute nichts, weder den Kuss, den er mit Marie getauscht hatte, noch das Eingeständnis ihrer Liebe. Was zählte die Wissenschaft, ja, was zählte selbst die Angst vor Sünde und Verdammnis im Vergleich zu der himmlischen Glückseligkeit, die ein einziger Kuss von ihr ihm bereitet hatte? Seit gestern Abend hoffte er nicht länger auf ein Paradies im Jenseits – er hatte es hier schon auf Erden gefunden. *Glücklich, wer liebt. Glücklicher, wer vor Liebe dahinschmachtet. Am glücklichsten aber, wer vor Liebe stirbt* ... Marie war die Frau, die die Vorsehung ihm geschickt hatte, mit ihr wollte er sein Leben teilen, und nicht mal der Tod sollte sie scheiden. Doch er konnte nicht aufbrechen, nicht sein neues Leben beginnen, ohne sich zuvor von Victor zu verabschieden. Er war seinem Lehrer eine Erklärung schuldig, warum er auf alles verzichtete, was ihm bis gestern das Heiligste gewesen war.

Als Robert das Stadttor von Paris passierte, trug er weder die alte Scholarenrobe noch LeBœufs buntes Wams, sondern einen Überwurf aus braunem Leinen, eine grobwollene Mütze und über der Schulter einen mit Lumpen gefüllten Sack, mit dem er aussah wie ein Bauer auf dem Weg zum Markt. Die Sachen hatte er sich in Argenteuil besorgt, um in der Stadt nicht aufzufallen. Obwohl er kaum glaubte, dass man noch nach ihm suchte, würde er im Louvre landen, falls ihn auf der Straße jemand zufällig erkannte und zur Anzeige brachte. Noch mehr aber fürchtete er eine Begegnung mit Paul. Wie ein Dieb in der Nacht zog er sich darum die Mütze in die Stirn, als er die Seine überquerte. Am linken Ufer des Flusses, im lateinischen Viertel, konnte er seinem Freund auf Schritt und Tritt in die Arme laufen, und er wusste nicht, wie er ihm dann in die Augen schauen sollte.

Zum Glück war es bis zur Rue St.-Jacques kaum weiter als einen Steinwurf. Trotzdem schwitzte Robert vor Aufregung, als er endlich vor dem Haus des Magisters stand.

Auf sein Klopfen öffnete Victors rotbackige Magd. Wie immer roch sie nach frisch gewaschener Wäsche. Verwundert musterte sie sein Gewand.

»Was willst du?«, fragte sie.

»Ich möchte mit Eurem Herrn sprechen.«

»Wenn du Eier oder Speck in deinem Sack hast, zeig her.«

Robert nahm die Mütze vom Kopf. »Ich bin kein Bauer. Ich bin Victors Schüler.«

»Dass ich nicht lache!«

»Bitte, sagt Victor Bescheid. Mein Name ist Robert Savetier.«

»Jetzt erkenne ich Euch!« Die Magd schüttelte den Kopf. »Trotzdem kann ich Euch nicht vorlassen. Mein Herr ist bei Kanzler Philipp.«

»Wisst Ihr, wann er wieder zurück sein wird?«

»Nein, tut mir leid.«

Nervös schaute Robert sich um. Wo konnte er auf Victor warten? Auf der anderen Straßenseite war eine Taverne, in die gerade ein paar Viehhändler einkehrten. Wenn er sich unter die Gäste mischte, würde er kaum auffallen, und vom Schankraum aus konnte er Victors Haus bis zu dessen Rückkehr im Auge behalten.

Er wollte sich gerade verabschieden, da sah er am Ende der Straße einen Mönch, der beim Gehen ein Bein nach sich zog.

Verflucht – Pater Orlando!

»Ich warte im Haus.«

»Was fällt Euch ein?«

Ohne auf die Magd zu achten, schob Robert sie beiseite und stolperte in die Halle.

25

»Wir müssen den Heiligen Vater in Rom anrufen«, erklärte Victor d'Alsace.

»Papst Gregor?«, erwiderte Kanzler Philipp.

»Noch ist Kardinal Santangelo in der Stadt. Ihr solltet dringend mit dem Nuntius seiner Heiligkeit sprechen, bevor er zurück nach Rom reist.«

»Zu welchem Zweck sollte ich das tun?«

»Papst Gregor ist der Stellvertreter Gottes. Vor seiner Macht müssen auch die mächtigsten Herrscher der Welt ihre Häupter beugen – sogar der König von Frankreich.«

»Ich weiß nicht.« Mit den langen, spitzen Nägeln seiner kleinen, rosafarbenen Hände kratzte Philipp sich die kurzen Oberschenkel. »Man hätte einen Kompromiss suchen müssen, als noch Zeit dafür war, einen Ausgleich der Interessen. Das habe ich von Anfang an gesagt. Stattdessen habt Ihr die Magister aufgehetzt und versucht, die Regentin zu erpressen.«

»Von Erpressung kann keine Rede sein«, widersprach Victor. »Wir haben nur auf unserem Recht bestanden.«

»Und jetzt«, fuhr Philipp unbeirrt fort, »da Blanka sich nicht erpressen lässt, weil die Dominikaner sich auf ihre Seite geschlagen haben, ruft Ihr nach dem Papst, damit er den Schaden, den Ihr selber angerichtet habt, wiedergutmacht. Aber dafür ist es zu spät, jetzt ist der Kampf verloren.«

Mit einem Gesicht, als wäre Karfreitag, verstummte er. Seine Verzagtheit stand in groteskem Gegensatz zu dem goldfunkelnden Gepränge seines Gemachs. Säuerlich roch es nach Schweiß.

»Wollt Ihr wirklich so schnell aufgeben?«, fragte Victor. »Und zulassen, dass Bischof Wilhelm fortan schalten und walten kann, wie es ihm beliebt?«

»Was soll ich denn tun?«, entgegnete der Kanzler. »Es hat keinen Sinn, den Heiligen Vater anzurufen. Wilhelm ist sein erklärter Günstling. Oder was glaubt Ihr, warum dieser ungebildete Mensch Bischof von Paris werden konnte? Obwohl das Domkapitel doch mich bereits auf die Cathedra berufen hatte?«

»Ich bin sicher, der Heilige Vater hat seinen Irrtum inzwischen erkannt und bereut ihn zutiefst.«

»Das sagt Ihr ja nur, um mir zu schmeicheln.«

»Warum sollte ich das tun, Magnifizenz? Die ganze Pariser Geistlichkeit war damals empört über Roms Entscheidung.«

»Nun ja«, ein kleines, eitles Lächeln zupfte an Philipps Lippen, »schließlich hatten sie mich ja auch gewählt. Ich war ihr Favorit.«

»Der seid Ihr noch! Außerdem«, Victor schaute ihm tief in die Augen, »wusstet Ihr eigentlich, dass Papst Gregor in jungen Jahren selber ein Student der Pariser Universität war?«

Der Kanzler hob überrascht die Brauen. »Tatsächlich?«

Victor nickte. »Und nach allem, was aus Rom zu hören ist, hängt er seiner alten *Alma Mater* noch immer mit ganzem Herzen an.«

»Interessant.« Als wäre er plötzlich erwacht, richtete Philipp sich im Sessel auf. »Glaubt Ihr, dass wir das für unsere Zwecke nützen könnten? Um Wilhelm in die Schranken zu weisen?«

Statt eine Antwort zu geben, zitierte Victor die Heilige Schrift: »›Wenn ihr Glauben habt wie ein Senfkorn, so könnt ihr sagen zu diesem Berge: Hebe dich von hinnen!, und so wird er sich heben, und euch wird nichts unmöglich sein.‹«

»Das heilige Evangelium nach Matthäus«, murmelte Philipp, wie zu sich selbst, und begann, seine Nägel zu betrachten. Hatte das Argument verfangen? Eine lange Weile dachte der Kanzler nach.

»Also gut!« Auf die Lehnen seines Sessels gestützt, stemmte er sich in die Höhe. »Ich werde mit Kardinal Santangelo reden, bevor er zum Heiligen Vater nach Rom zurückkehrt.«

»Gelobt sei Jesus Christus«, sagte Victor und erhob sich gleichfalls, um sich zu verabschieden.

Als er sich zur Tür wandte, hielt Philipp ihn zurück. »Noch eins, bevor Ihr geht«, sagte er. »Wilhelm hat mich um einen Gefallen gebeten. Er möchte das Amt des Stationarius mit einem neuen Mann besetzen. Was haltet ihr davon?«

»Hat er gesagt, um wen es sich handelt?«

»Den Namen habe ich vergessen. Aber wenn ich richtig verstanden habe, geht es um einen Kopisten, der bislang in der Rue des Pailles gearbeitet hat.«

Victor horchte auf. »In der Werkstatt von Paul Valmont?«

Der Kanzler nickte. »Offenbar ein unzufriedener Angestellter. Angeblich zahlt dieser Valmont seinen Leuten nur einen Bruchteil dessen, was er selber an den Kopien verdient. Ach ja, jetzt fällt mir auch wieder der Name des Schreibers ein. Jacques Pèlerin.«

Victor hatte den Namen nie gehört. Was steckte dahinter? Da er sich keinen Reim auf die Sache machen konnte, wollte er Philipp abraten – schließlich hatte Paul Valmont Robert wochenlang in seinem Haus versteckt. Doch dann kam ihm ein Gedanke. Wer immer dieser Jacques Pèlerin war: Wenn der Bischof sich für ihn einsetzte, musste er ihm aus irgendeinem Grund zu großem Dank verpflichtet sein.

»Was habt Ihr Wilhelm zur Antwort gegeben?«, fragte er.

»Bis jetzt noch gar nichts«, erwiderte der Kanzler. »Aber offen gestanden habe ich wenig Lust, ihm einen Gefallen zu tun. Schon aus Prinzip.«

Victor schüttelte den Kopf. »Auch wenn es mir schwerfällt, Euch zu widersprechen, Magnifizenz – ich glaube, es wäre besser, Ihr erfüllt Wilhelm die kleine Bitte.«

»Warum sollte ich das tun?«

»Um ihm den Eindruck zu vermitteln, dass Ihr Euch auf seine Seite geschlagen habt. Ihr müsst ihn in Sicherheit wiegen, bevor Ihr Orlando das Examen verweigert.«

»Was sagt Ihr da?«, fragte Philipp mit sichtlichem Unwillen. »Ich soll Orlando das Examen verweigern?«

»Allerdings«, bestätigte Victor. »Wie wollt Ihr sonst die Dominikaner aufhalten?«

»Aber ich will die Dominikaner doch gar nicht aufhalten!«

»Auch nicht, wenn Sie Eurem Widersacher den Rücken stärken?«

Wieder blickte der Kanzler auf seine gefeilten Nägel. »Nein, das geht nicht«, sagte er dann. »Was für einen Eindruck würde das in Rom machen? Wie Ihr wisst, gelte ich als Freund und Förderer der Dominikaner. Die Brüder haben sich unverzichtbare Verdienste um den Glauben erworben. Sie nehmen sich der Kranken und Armen an. Das hat Seine Heiligkeit in mehreren Sendschreiben gelobt.«

»Und jetzt wollen sie sich unverzichtbare Verdienste um die Universität erwerben, indem sie sich der Wissenschaft annehmen«, erklärte Victor. »Ja, versteht Ihr denn nicht? Wenn Orlando als erster Bettelmönch einen Lehrstuhl besteigt, brechen alle Dämme. Und Ihr habt Euren Kampf gegen Bischof Wilhelm auf immer und ewig verloren!«

26

Als wäre es nur für ihn in den Putz gemalt, ruhte das Auge Gottes auf Robert. Wie würde Victor reagieren, wenn er ihm die Wahrheit sagte? Über zwei Stunden hatte er voller Anspannung auf den Magister gewartet und sich dabei immer wieder vorgestellt, was passieren würde. Victor würde ihm Undank und Treulosigkeit vorwerfen, vielleicht würde er ihn sogar aus dem Haus werfen. Ganz sicher aber würde er unendlich enttäuscht von ihm sein.

Jetzt war der Augenblick der Wahrheit gekommen, Victor war von seinem Besuch beim Kanzler zurückgekehrt. Noch bevor er seinen Talar ablegen konnte, nahm Robert seinen ganzen Mut zusammen und sagte: »Ich werde Euch nicht nach Toulouse begleiten.«

»Macht Ihr Scherze?«

Robert hatte sich Dutzende von Argumenten überlegt, um seine Entscheidung zu begründen. Doch was immer er vorbringen konnte, letztlich gab es nur einen einzigen Satz, der die Wahrheit enthielt, und diesen einen Satz war er entschlossen auszusprechen, was immer danach geschehen mochte.

»Ich liebe eine Frau.«

Robert war auf das Schlimmste gefasst. Doch seltsam, keine seiner Befürchtungen ging in Erfüllung. Victor warf ihm weder Undank noch Treulosigkeit vor, noch jagte er ihn aus dem Haus – nicht mal Enttäuschung gab er zu erkennen. Stattdessen trat er ans

Fenster und blickte in den Abend hinaus, ohne ein einziges Wort zu sagen. Während die hereinbrechende Dämmerung allmählich das Licht des Tages auffraß, hörte Robert in der Stille seinen eigenen Atem.

»Wer ist die Frau, die Ihr liebt?«, fragte Victor irgendwann.

Robert zögerte, so schwer fiel ihm die Antwort. Aber er hatte sich geschworen, in dieser Stunde die Wahrheit zu sagen, nichts als die Wahrheit, und die Antwort auf Victors Frage gehörte dazu.

»Marie Valmont, Pauls Frau.«

»O Gott«, flüsterte Victor, den Blick immer noch auf die Straße gerichtet. »Und – was sind Eure Pläne?«

Robert zögerte nicht länger. Jetzt, da das Schlimmste überstanden war, hatte er nur noch das Bedürfnis, sein Herz auszuschütten.

»Wir werden in eine andere Stadt ziehen. Vielleicht gelingt es mir, Schüler zu finden. Oder ich verdinge mich als Schreiber. Aber selbst, wenn wir hungern und uns in Lumpen kleiden müssen – wir werden zusammen glücklich sein.«

Victor nickte. »Ich weiß, wie Euch zumute ist.« Während Robert überlegte, was er damit meinte, drehte Victor sich mit einem Lächeln zu ihm herum. »Ja, Ihr habt richtig gehört. Auch ich habe einmal eine Frau geliebt, in meiner Jugend, vor vielen Jahren, und auch sie war verheiratet wie Marie Valmont. Ich stand damals an demselben Scheideweg wie Ihr.«

Robert spürte, wie Zentnerlasten von ihm abfielen. »Dann ... dann könnt Ihr mir also verzeihen?«

Das Lächeln verschwand aus Victors Gesicht, und seine Miene wurde zu Stein. »Nein«, sagte er mit harter, kalter Stimme. »Verstehen heißt nicht verzeihen.«

Plötzlich verengten sich seine Augen, und solcher Zorn sprühte aus ihnen hervor, dass Robert unwillkürlich einen Schritt zurückwich.

»Seid Ihr von allen guten Geistern verlassen?«, herrschte Victor ihn an. »Habt Ihr das Lukasevangelium vergessen, über das wir bei unserer ersten Begegnung sprachen? Damals habe ich versucht, Euch die Augen zu öffnen, wie reich Gott Euch beschenkt hat. Doch meine Worte waren in den Wind gesprochen, all die Talente, mit denen der Herr Euch segnete, werft Ihr achtlos fort, schleudert sie in den Dreck, für die billigen Freuden, die Ihr in den Armen eines Weibes zu erlangen hofft! – Nein!«, schnitt er Robert das Wort ab, als dieser etwas einwenden wollte. »Was bedeutet die Liebe zu einem Weib im Vergleich zur Wahrheitsliebe? Ihr seid auserkoren, Euer Leben dieser Liebe zu weihen. Doch statt Euch glücklich zu preisen, zu den wenigen zu gehören, die nicht nur berufen, sondern auserwählt sind, wollt Ihr Euch an der Vorsehung versündigen. Indem Ihr mit der Frau Eures Freundes die Ehe brecht, Euch mit ihr in der Sünde wälzt wie Säue in der Suhle. Doch wehe – einst kommt der Tag, da werdet Ihr vor den Richterstuhl des Allmächtigen treten, um Rechenschaft abzulegen, wie Ihr mit Euren Talenten gewuchert habt, und niemand wird da sein, Euch zu helfen. Denn Ihr habt Gott selbst beleidigt.«

Als könne er seinen Anblick nicht länger ertragen, wandte Victor sich ab und schaute wieder hinaus in die Nacht. Was sollte Robert auf diese Anklage erwidern? Victor, sein Lehrer, den er mehr bewunderte und verehrte als sonst einen Menschen – er hatte ihn verdammt, vernichtet, zerstört. Wie gelähmt stand Robert da, gelähmt von all den Antworten, all den Entgegnungen, die sich gleichzeitig in ihm regten und von denen ihn doch keine einzige aus der Schuld retten konnte, in der er versank wie in einem Ozean.

Als er den Kopf hob, sah er das Auge Gottes auf sich gerichtet. Ein Schauer lief ihm über den Rücken. Welcher Gott sah in diesem Augenblick auf ihn herab? Der strafende Gott des Alten Testaments? Oder der liebende Gott des Neuen Bundes?

Es war wie eine Erleuchtung. »›Glücklich, wer liebt‹«, sagte er. »›Glücklicher, wer vor Liebe dahinschmachtet. Am glücklichsten aber, wer vor Liebe stirbt.‹«

Wie von einer Hornisse gestochen, fuhr Victor herum. »Was sagt Ihr da?«

»Erinnert Ihr Euch an die Worte?«, fragte Robert.

»Natürlich«, sagte Victor. »Ihr habt sie aus meiner Predigt, die ich zu Beginn des Semesters in Notre-Dame hielt. Aber was haben sie hier zu suchen? Ich sprach damals von der Gottesliebe, der vollkommensten Liebe, die einem Menschen möglich ist, der Verschmelzung mit Jesus, dem Bräutigam. Nicht von der Liebe zu einem gemeinen Weibe.«

»Ich weiß«, erwiderte Robert. »Aber habt Ihr in derselben Predigt nicht auch gesagt, dass jeder Form von Liebe ein Funke dieser vollkommenen Liebe innewohnt? Und dass es verschiedene Grade von Glück gibt, so wie verschiedene Grade der Liebe? Und dass darum auch derjenige, der nicht zur vollkommenen Liebe fähig ist, dennoch teilhaben kann an der Glückseligkeit, welche die Liebe den Menschen spendet? Es war ein ganz einfacher Satz, den Ihr damals sagtet, doch er hat sich mir unauslöschlich eingeprägt. ›Zu den Menschen, die teilhaben am Glück ...‹«

»... ›gehören auch die, die nur ein bisschen lieben‹«, führte Victor den Satz zu Ende. »Ihr braucht mich nicht an meine eigenen Worte zu erinnern. Und ich verbiete Euch, sie in solcher Weise gegen Eure Bestimmung zu verwenden.«

»Woher wollt Ihr wissen, was meine Bestimmung ist?«, widersprach Robert und wunderte sich selbst, mit welcher Entschlossenheit er seinem Lehrer entgegentrat. »Unser Leben, so habt Ihr gesagt, als ich zum ersten Mal in diesem Raum vor Euch stand, sei die Verwirklichung der göttlichen Vernunft. Und jetzt wollt Ihr, ausgerechnet Ihr, mich verdammen, weil mir die Liebe in Gestalt einer Frau begegnet ist? Kann es denn nicht sein, dass Gott mir Marie gesandt hat, damit ich durch sie meine Bestimmung erkenne? Ja, ich erinnere mich an das Gleichnis von den Talenten, von dem Ihr damals spracht, wie ich mich auch an Eure Mahnung erinnere, diese Talente nicht zu vergeuden, weil wir später Rechenschaft ablegen müssen. Doch in demselben Gespräch habt Ihr mich gelehrt, dass niemand sich anmaßen soll, andere wegen ihrer Entscheidungen auf dem Weg zum Heil zu richten, dass vielmehr jeder Mensch selbst die Zeichen deuten müsse, die der Himmel ihm sendet, damit er den Weg zum Heil beschreitet, den die Vorsehung für ihn bestimmt hat.« Robert machte einen Schritt auf Victor zu und blickte ihm fest in die Augen. »Sagt, warum zieht Ihr die Liebe, die ich für Marie empfinde, in den Schmutz? Weil Ihr an die Liebe, die Ihr predigt, selbst nicht glaubt?«

Noch während er redete, wurde ihm plötzlich bewusst, was er tat, und zitternd am ganzen Leib verstummte er. War er von Sinnen, so mit seinem Lehrer zu sprechen – mit Victor d'Alsace, dem berühmtesten Magister des Königreichs?

Inzwischen war es fast vollkommen dunkel geworden. Nur hin und wieder leuchtete von der Straße der Schein einer Laterne herauf, mit der der Nachtwächter einem verirrten Passanten heimleuchtete, ein schwaches, vorüberhuschendes Licht, in dem Victor wie ein übermächtiger, bedrohlicher Schatten erschien.

Eine lange Weile standen sie einander schweigend gegenüber. Sie hatten sich alles gesagt. Der Abgrund, der sich zwischen ihnen aufgetan hatte, war nicht mehr zu überbrücken, und er, Robert, hatte diesen Abgrund geschaffen, mit ein paar wenigen, hochmütig dahingeworfenen Worten.

Er wandte sich zum Gehen. Doch die Stimme seines Lehrers hielt ihn zurück.

»Ihr seid ein gelehriger Schüler«, sagte Victor, »der gelehrigste, den ich je hatte.« Er trat aus dem Schatten und ergriff Roberts Arm. »Ja, Ihr habt recht – wer bin ich, dass ich über Euch richte, wie ich über mich selbst nie gerichtet habe? Wenn der Tag kommt, wird Gott allein entscheiden, wer von uns gesündigt hat. Bis dahin wollen wir versuchen, allein seinen Geboten und unserem Gewissen zu folgen. – Sein Wille geschehe!«

27

Paul war aus dem Haus gestürmt, kaum dass der Apotheker ihm den Grund seines überraschenden Besuchs erklärt hatte. Er wollte nach Argenteuil, auf der Stelle! Nur mit Mühe war es seinem Schwiegervater gelungen, ihn davon abzuhalten. Er solle erst darüber schlafen, wenigstens eine Nacht, bevor er eine falsche Entscheidung treffe.

Um seiner Erregung Herr zu werden, lief Paul am Ufer der Seine entlang, flussaufwärts und flussabwärts, hin und her, ohne Ziel, stundenlang. Er musste laufen, sich bewegen, bis zur Erschöpfung! Nur so konnte er die Nachricht verkraften, ohne verrückt zu werden: Marie, seine Frau, deren Liebe er so lange verschmäht hatte – sie wollte ihn verlassen, sich heimlich aus dem Staub machen, aus seinem Haus und seinem Leben verschwinden, für immer, zusammen mit Robert, seinem Freund.

Irgendwo zwischen zwei Anlegestellen blieb er stehen, um auf seinen Schwiegervater zu warten, der ihm atemlos hinterherstolperte. »Und Ihr seid wirklich sicher, dass sie sich geküsst haben?«, fragte er, obwohl er dieselbe Frage schon ein Dutzend Mal gestellt hatte.

»Glaubt mir, ich wollte, es wäre nicht geschehen«, erwiderte der Apotheker. »Aber es gibt keinen Zweifel, ich habe es mit eigenen Augen gesehen. Ich kam aus dem Kräutergarten, da saßen sie unter einer Ulme, Arm in Arm.«

»Wenn ich den Mistkerl erwische, breche ich ihm alle Knochen im Leib!« Paul hob einen Ast vom Boden, den der Fluss ans Ufer geschwemmt hatte, ließ ihn zwischen beiden Händen in der Luft zersplittern und schleuderte ihn in den Fluss. »Aber eins müsst Ihr mir erklären. Warum seid Ihr damit zu mir gekommen? Ausgerechnet zu mir?«

»Was für eine seltsame Frage«, erwiderte der Apotheker. »Ihr seid Maries vor Gott angetrauter Ehemann.«

Paul schüttelte den Kopf. »Ihr habt mich nie gemocht. Ich war Euch nicht gut genug, weder für Euch noch für Eure Tochter, das habe ich von Anfang an gespürt. Ihr habt Euch immer einen anderen Mann für Marie gewünscht, und Euch selber einen anderen Schwiegersohn, so einen wie Robert. – Nein, streitet es nicht ab, ich habe gesehen, wie prächtig Ihr Euch zu Ostern mit ihm verstanden habt.« Er packte den Apotheker am Kragen. »Warum habt Ihr die beiden verraten? Warum? Sagt es! Sonst muss ich glauben, dass Ihr mich belügt.«

»Ach, Paul, die Antwort ist doch so einfach, sie steht schon in der Bibel: ›Was Gott verbunden hat, das darf der Mensch nicht scheiden.‹«

»Und deshalb stellt Ihr Euch gegen Eure eigene Tochter?«

»Ich bin ein gläubiger Mensch. Ich habe Angst, dass Marie einst im Jenseits büßen muss, wenn ich sie nicht daran hindere, ihre Pläne auszuführen.«

Alt und grau wirkte sein Gesicht im Mondschein, und aus seinen Augen sprach Angst. Als Paul diese Angst sah, ließ er ihn los.

»Bitte sagt mir, was ich tun soll.«

Sein Schwiegervater schaute ihn eine lange Weile an. »Wollt Ihr wirklich wissen, was ich denke?«

»Ja. Ich brauche Eure Hilfe.«

»Aber nur, wenn Ihr mir versprecht, mir meine Worte nicht übelzunehmen.«

»Ich verspreche es.«

»Also gut.« Der Alte dachte einen Moment nach, dann sagte er: »Ich erinnere mich, wie Marie früher von Euch sprach, ganz am Anfang, als Ihr noch nicht verheiratet wart. Sie sagte damals, sie habe noch nie einen Mann gekannt, der so kühne Gedanken hatte wie Ihr. Ich glaube, sie hat Euch vor allen wegen dieser Gedanken geliebt. Und wegen Eurer Träume.«

Paul musste schlucken. Sein Schwiegervater sprach aus, was er schon seit langer Zeit auf unbestimmte Weise geahnt, doch sich selber niemals eingestanden hatte.

»Aber ... aber warum Robert?«

»Muss man so alt sein wie ich, um das zu sehen?« Der Apotheker stieß einen Seufzer aus. »Ich glaube, Robert ist so, wie Ihr einmal wart. Er ist den Weg gegangen, den Ihr selber gehen wolltet, doch vor dem Ihr zurückgescheut seid.«

»Wollt Ihr damit sagen, dass ich ein Feigling bin?«

»Nein, wie könnte ich so etwas behaupten?«, entgegnete sein Schwiegervater. »Ihr habt Euch einem Bären entgegengeworfen, um Marie zu beschützen, so etwas tut kein Feigling. Aber es gibt noch eine andere Art von Mut als den, den Ihr damals bewiesen habt, einen Mut, an dem es oft sogar den kühnsten Männern fehlt. Diesen Mut haben nur ganz wenige Menschen, ich selber besitze ihn auch nicht, natürlich nicht.«

»Ihr sprecht in Rätseln. Was für ein Mut soll das sein?«

»Ich weiß nicht, wie ich es am besten sagen soll.« Der Apotheker ließ die Enden seines Spitzbarts zwischen den Fingern entlanggleiten. »Vielleicht der Mut, sich seine eigene Angst einzugestehen und sich trotzdem selber treu zu bleiben?« Ein verlegenes Lächeln huschte über sein welkes Gesicht. »Verzeiht die armseligen Worte. Aber besser kann ich es nicht ausdrücken. Leider.«

Paul schaute auf die vorüberziehenden Fluten. *Der Mut, sich selber treu zu bleiben ...* Hatte es ihm an diesem Mut gefehlt? Wenn es so war, dann war er feiger als jeder Feigling – egal, ob er gegen Bären kämpfte oder nicht. Er musste an den Ast denken, den er in den Fluss geworfen hatte. Jetzt trugen die Fluten ihn mit sich fort, immer weiter und weiter, einem Meer entgegen, das er nie gesehen hatte und vielleicht auch niemals sehen würde ... Ja, sein Schwiegervater hatte recht. Er, Paul Valmont, der früher in Sorbon so oft gepredigt hatte, dem Mutigen gehöre die Welt – er war seinen großspurigen Reden zum Trotz vor dem Weg zurückgescheut, den Robert gegangen war. Er hatte nicht nur sich selbst, sondern auch die Träume verraten, wegen derer Marie ihn einst geliebt hatte, hatte sie mit dem Geld gewinnen wollen, das er als Kopist fremder Bücher verdiente, statt selber Bücher zu schreiben, mit denen er schon geprahlt hatte, auf dem Felsenthron, hoch oben in den Lüften über seinem Heimatdorf, bevor er nur eine einzige eigene Zeile zu Papier gebracht hatte. Das alles begriff er in diesem Augenblick – doch wie sollte er das Rad wieder zurückdrehen? Wie an den Anfang des Weges zurückkehren? Das Leben war doch ein Fluss, genauso wie die Seine, und alle Menschen, die in seinen Fluten trieben: Marie und er selbst, Robert und Suzette, ja sogar das Kind, das Suzette von ihm empfangen hatte und jetzt unter ihrem Herzen trug – sie alle strebten immer nur in eine Richtung, vom Anfang auf das Ende zu.

»Ich glaube, Ihr habt nur eine Möglichkeit«, sagte der Apotheker.

»Welche?«, fragte Paul.

»Sorgt dafür, dass Marie wieder den Mann bekommt, den sie einst liebte.«

Paul spürte, wie sein Herz zu klopfen begann. »Glaubt Ihr, dass das möglich ist?«

»Das«, erwiderte sein Schwiegervater, »könnt Ihr nur herausfinden, indem Ihr es versucht. Aber wenn Ihr Euch dazu entschließt, will ich Euch gern dabei helfen.«

28

»Genau so handelt ein Ehrenmann!«, rief Henri voller Begeisterung.

»Dann willst du uns also helfen?«, fragte Robert.

»Glaubst du, ich lasse einen Freund im Stich? Es wird mir nicht nur eine Ehre, sondern auch ein Vergnügen sein! So ein Glück, dass ich heute nicht bei Hofe war. Ich hätte sonst ein wunderbares Abenteuer verpasst!«

Henri strahlte über sein ganzes Pferdegesicht. Obwohl Robert kaum Hoffnung gehabt hatte, den Kammerherrn des Königs in seinem Haus anzutreffen, hatte er nach dem Gespräch mit Victor noch am Abend in der Stadtresidenz der Joinvilles vorgesprochen, wo Henri bei seiner Ankunft wie in alten Zeiten mit einer Schar von Studenten zechte. Sobald Robert erschienen war, hatte er die Gäste fortgeschickt, damit sie ungestört miteinander reden konnten.

»Und ich hätte nicht gewusst, an wen ich mich sonst hätte wenden können«, sagte Robert und steckte sich ein Stück Braten in den Mund. Er hatte noch nichts gegessen und war froh, mit den Resten des Spanferkels, die von dem Gelage übrig waren, seinen Hunger stillen zu können.

»Eine Fügung des Himmels! Ein Wink des Schicksals!« Henri prostete ihm zu. »Ich kann dir gar nicht sagen, wie ich dich beneide. Eine richtige Entführung! Mein ganzes Erbe gäbe ich dafür her!« Er trank einen Schluck und wischte sich den Mund ab. »Aber jetzt sag – was soll ich tun? Brauchst du Geld?«

Robert hatte gehofft, dass Henri die Frage nicht stellen würde. »Ich habe noch die zwei Écu, die Paul mir gegeben hat«, sagte er und spürte, wie er rot wurde.

Sein Freund runzelte die Stirn. »Und die willst du dazu benutzen, mit seiner Frau durchzubrennen? – Hm, ich weiß nicht ...«

»Das Geld war ein Vorschuss«, verteidigte sich Robert, »und einen großen Teil davon habe ich ja auch schon abgearbeitet – ich habe Dutzende von Manuskripten für Paul kopiert! Außerdem, wenn man es genau betrachtet, hat er mir ja nur das Geld zurückgegeben, das er mir von früher schuldete.«

Die Furchen auf Henris Stirn wurden noch tiefer. »Ich dachte, genau betrachtet hätte das Geld diesem Abbé Lejeune gehört, eurem Dorfpfarrer, oder noch genauer der Gemeinde.«

»Paul hatte versprochen, mich damit auszulösen!«, protestierte Robert. »Das hat er aber nicht getan. Also steht *er* in *meiner* Schuld, nicht umgekehrt!«

»Trotzdem.« Henri schüttelte den Kopf. »Hast du keine Angst, dass das Geld dir Unglück bringt?«

»Unsinn!«, schnaubte Robert. »Oder glaubst du an Hexerei?«

Henri zuckte die Achseln. »Man kann nie wissen. Ich jedenfalls hätte an deiner Stelle ein komisches Gefühl.«

»Du vielleicht. Ich bin zu arm, um mir solche Gefühle leisten zu können.«

»Also, wenn du willst, gebe ich Paul die zwei Écu in deinem Namen zurück und borge dir, was du für die Flucht brauchst. Mit der Rückzahlung kannst du dir so viel Zeit lassen, wie du willst.«

Robert griff nach seinem Wein. »Warum zum Teufel soll ich das Geld nicht behalten?« Er trank einen Schluck und knallte den Becher auf den Tisch. »Paul hat mich in Sorbon sitzenlassen, ohne sich darum zu kümmern, was aus mir wurde. Von ihm aus hätte ich verrecken können, keinen Finger hat der Verräter gerührt, um sein Versprechen einzuhalten. Wenn Abbé Lejeune nicht gewesen wäre, würde ich heute in den Ardennen Schweine hüten oder Schuhe flicken wie mein Vater.«

Henri hob abwehrend die Hände in die Höhe. »Ist ja schon gut. Ich will ja nur, dass du später kein schlechtes Gewissen bekommst.« Er nahm den Krug und schenkte ihnen beiden nach. »Und jetzt erklär mir deinen Plan.«

»Plan?«, fragte Robert. »Welchen Plan?«

29

Durch die offene Tür schienen die ersten Sonnenstrahlen des neuen Tages in die Schankstube des Roten Hahn. Suzette stellte die Schemel auf die Tische, um den Boden zu kehren, bevor die ersten Gäste kamen. Sie hatte außer der Tür auch sämtliche Fenster geöffnet, um frische Luft in den niedrigen, dunklen Raum zu lassen, doch der säuerliche Geruch von verschüttetem Bier und Wein wollte einfach nicht weichen. Obwohl Suzette seit ihrer Erstkommunion als Schankmagd arbeitete, stieß der Gestank ihr heute so übel auf, dass sie glaubte, sich übergeben zu müssen.

Sie stellte den Reisigbesen ab und trank einen Schluck Wasser, doch die Übelkeit blieb. Mit einem Seufzer fasste sie sich an den Bauch. Würde ihr Kind nun doch ohne Vater aufwachsen? Und sie selber in Armut und Schande leben wie all die anderen unverheirateten Mädchen und Frauen, die einen vaterlosen Balg zur Welt brachten?

Noch gestern hatte sie so hoffnungsvoll in die Zukunft geschaut. Paul hatte sich zu ihrem Kind nicht nur bekannt, er wollte es sogar in sein Haus holen und selber großziehen. Aber seit letzter Nacht hatte sich alles verändert. Paul hatte sich mit Gewalt aus ihren Armen gerissen und ihre Kammer verlassen, als müsse er vor ihr fliehen. Jetzt wusste sie nicht, ob sie ihn jemals wiedersehen würde. Was hatte sie nur falsch gemacht? Paul hatte stets vor ihr mit seiner Manneskraft geprahlt, einmal hatte er sogar einen Henkelkrug an sein aufgerichtetes Glied gehängt, um ihr zu beweisen, wozu er fähig war. Suzette machte sich keine falschen Hoffnungen. Ein Mann mochte einer Frau vielleicht einen Fehler verzeihen, den sie an ihm beging, doch wenn eine Frau Zeugin einer Blöße oder Schwäche wurde, für die ein Mann sich selber schämte – das, so hatte sie schon allzu oft erfahren, verzieh ein Mann einer Frau niemals!

»Suzette?«

Ihre Übelkeit war wie weggeblasen, als sie so unverhofft seine Stimme hörte.

»Paul?«

Seine massige Gestalt füllte fast den gesamten Türrahmen aus. Eilig ließ sie alles liegen und stehen. Sie würde ihn mit einem Kuss empfangen, dass ihm Hören und Sehen verging.

Doch als sie ihn umarmen wollte, wehrte er sie ab. »Ich bin nur gekommen, um dir eine Frage zu stellen«, sagte er.

Beim Klang seiner Stimme bekam sie Angst. »Was ... was willst du wissen?«

Während er reglos auf der Türschwelle verharrte, schaute er sie mit seinen blauen Augen so eindringlich an, als wolle er sich mit seinem Blick in sie hineinbohren. »Hast du Robert Savetier in dein Bett gelassen?«

30

Es war ein milder Frühlingsabend in Argenteuil, als Marie vors Haus trat, um die Läden der Apotheke zu schließen. Zwei Tage und eine Nacht war ihr Vater inzwischen fort. Doch deswegen machte sie sich keine Sorgen – ihr Vater war früher manchmal eine ganze Woche lang ausgeblieben, wenn er in Saint-Sépulcre auf eine Lieferung aus Italien wartete. Sorgen machte sie sich um ganz andere Dinge. Robert und sie – sie hatten einander zwar ihre Liebe gestanden, doch einen Plan hatten sie nicht. Wohin würde ihr Weg sie führen? Ins Paradies? Oder in die Hölle? Während sie beide im Begriff standen, für ein unbestimmtes Glück, das sie nicht kannten, die schlimmsten Sünden wider Gott und den Glauben auf sich zu nehmen, wussten sie nicht einmal, wo sie in Zukunft leben, geschweige denn wovon sie ihr Leben bestreiten sollten. Robert war nach Paris gegangen, um sich von Victor d'Alsace zu verabschieden, erst danach würden sie entscheiden, wie es weitergehen sollte. Warum hatte Robert seinem Lehrer nicht einfach einen Brief geschickt? Bis zu seiner Rückkehr konnte noch so viel passieren. Mit jeder Stunde Warten fiel es ihr schwerer, die Ungewissheit zu ertragen. Auch wenn sie nicht wusste, wie ihre Zukunft aussehen würde – sie wollte, dass sie endlich begann!

Sie schloss gerade den letzten Fensterladen, da kam ein Reiter mit einem Beipferd am Zügel in scharfem Tempo herangetrabt. Vor der Apotheke parierte er durch und sprang aus dem Sattel.

Marie traute ihren Augen nicht.

»Seigneur de Joinville?«

»Nicht so laut!« Henri hielt sich einen Finger an die Lippen. »Ist Euer Vater im Haus?«

»Nein, er ist für ein paar Tage fort, auf dem Markt von ...«

»Umso besser!«, schnitt Henri ihr das Wort ab. »Packt Eure Sachen!«

»Was? Jetzt gleich?«

»Fragt nicht! Robert hat mich geschickt.« Henri nahm die Satteltaschen vom Rücken des Beipferdes und eilte damit ins Haus. »Wo ist Eure Kammer?«

»Im ... im ersten Stock«, stammelte Marie. »Warum? Was habt Ihr vor?«

Ohne eine Antwort zu geben, lief er die Treppe hinauf. Ihr blieb nichts anderes übrig, als ihm in die Kammer zu folgen.

»Packt nur das Nötigste ein«, sagte Henri. »Aber beeilt Euch. Es ist besser, Ihr seid fort, wenn Euer Vater heimkehrt.«

»Seid Ihr von Sinnen? Ich muss mich doch von ihm verabschieden!«

»Nein, keinen Abschied!« Voller Ungeduld nestelte Henri an den Satteltaschen, um die Riemen zu öffnen. »Wenn Euer Vater erfährt, was Ihr vorhabt, wird er versuchen, Euch davon abzuhalten.«

Marie wurde ganz flau im Magen. »Aber er wird sich zu Tode ängstigen, wenn er zurückkommt und ich bin nicht da.«

»Bitte tut, was ich sage!« Henri trat an eine Kiste und öffnete den Deckel. »Sind das Eure Sachen?«

Sie warf einen Blick auf die Kleider in seiner Hand. »Nein, die gehören noch meiner Mutter. Meine Sachen sind in dem Bündel da auf dem Bett.«

»Mehr habt Ihr nicht dabei?«

Marie zuckte die Achseln. »Ich ... ich hatte ja nicht gewusst, dass Ihr hier auftaucht.«

Henri nahm das Bündel und stopfte den Inhalt in die Satteltaschen. »Kennt Ihr das Dörfchen Versailles?«

Sie schüttelte den Kopf.

»Ein Flecken auf dem Weg nach Orléans, kaum mehr als ein paar Hütten. Dort wartet Robert auf Euch.« Henri schaute sich um. »Gibt es sonst noch etwas, was Ihr mitnehmen möchtet?«

Marie versuchte nachzudenken, aber in der Aufregung fiel ihr nur der silberne Armreif ein, den sie auf dem Fensterbrett abgelegt hatte. Doch als sie ihn sich über das Handgelenk streifte, wurde ihr bewusst, dass der Reif ein Geschenk ihres Mannes war. Paul hatte ihn ihr zur Hochzeit geschenkt.

Bei der Erinnerung zog sich ihr der Magen zusammen. Und jetzt wollte sie ihn verlassen? Ohne ein einziges Wort? Sie schloss die Augen, um zu überlegen, doch sie war viel zu verwirrt, um einen klaren Gedanken zu fassen. Stattdessen sah sie Roberts Gesicht vor sich, wie er von ihr Abschied genommen hatte, bei seinem Aufbruch nach Paris. Auch er hatte in diesem Augenblick Angst gehabt, genauso wie sie selbst. Doch er hatte seine Angst überwunden und ihr versprochen, nach seiner Rückkehr nie wieder von ihrer Seite zu weichen, was auch immer passieren möge.

Marie legte den Reif zurück auf das Fensterbrett. »Nein«, sagte sie, »ich habe alles, was ich brauche.« Obwohl sie selbst kaum glauben konnte, was sie tat, war sie entschlossen, es zu tun.

»Gut«, sagte Henri. »Ich gehe schon mal zu den Pferden und versorge Eure Sachen.«

Er warf die Satteltaschen über die Schulter und verschwand. Während seine Schritte auf der Treppe verhallten, ließ Marie noch einmal den Blick über die Möbel in der Kammer schweifen, über das Bett, den Nachtkasten, die Kleiderkiste ... Auf einmal kamen ihr diese Dinge, zwischen denen sie gelebt und die ihr so vertraut waren wie ihr eigenes Spiegelbild, so fremd vor, als würde sie sie zum allerersten Mal sehen. Ein Kloß würgte in ihrem Hals. Mit einem Ruck wandte sie sich ab und eilte die Treppe hinunter. In der Kammer hinter dem Laden, in der ihr Vater seine Arzneien herstellte, bewahrte er auch sein Schreibzeug auf. Wenn sie Paul schon ohne Erklärung verließ, wollte sie wenigstens ihrem Vater ein paar Zeilen schreiben, in der Hoffnung, dass er ihr irgendwann verzieh.

Als sie die Apotheke betrat, erstarrte sie.

Vor ihr stand Paul.

»Was ... was machst du denn hier?«

Mit einem unsicheren Lächeln, das sie nicht an ihm kannte, trat er auf sie zu. »Ich bin gekommen, um dich um Verzeihung zu bitten.«

»Was sagst du da?«

Er streckte die Arme nach ihr aus. »Bitte, Marie. Ich liebe dich.«

Während sie einen Schritt zurückwich, blickte sie auf seine Narbe. Doch sie sah nicht das leiseste Zucken.

Vom Glockenturm der Klosterkirche schlug es zur vollen Stunde.

31

Laut hallten die Wände der Residenz von den Schritten des Königs wider, als Ludwig auf der Suche nach der Regentin durch die Flure eilte. Gerade hatte er von seinem Kammerherrn erfahren, dass die seit Wochen befürchtete Katastrophe eingetreten war – und seine eigene Mutter hatte sie bewirkt!

Er fand Blanka in der Kapelle ihrer Kemenate, zusammen mit Wilhelm von Auvergne. Seite an Seite knieten sie vor dem Altar. Der Bischof hatte ihr offenbar gerade die Beichte abgenommen.

»Victor d'Alsace hat Paris heute Morgen verlassen!«, erklärte Ludwig.

Seine Mutter warf ihm über die Schulter einen skeptischen Blick zu. »Wer behauptet das?«

»Mein neuer Kammerherr.«

»Vicomte de Joinville?«

»Er hat Victor persönlich verabschiedet.«

Die Regentin bekreuzigte sich. »Gelobt sei Jesus Christus.«

Ludwig konnte es nicht fassen. »Der größte Gelehrte der Stadt kehrt uns den Rücken, und Ihr frohlockt?« Seine Stimme bebte vor Zorn.

»Natürlich.« Mit Hilfe des Bischofs erhob sich seine Mutter von der Gebetsbank. »Habt Ihr denn noch immer nicht begriffen, wie gefährlich dieser Mann ist? Er hat sich Eurem ärgsten Widersacher angeschlossen, dem Grafen von Toulouse!«

»Das ist Euer Werk. Ihr habt die Synode dazu gebracht, Victor zu exkommunizieren. Jetzt werde ich nie bei ihm studieren können. Das werde ich Euch nicht verzeihen.«

Die Regentin zuckte die Achseln. »Ich habe Euch schon mal gesagt, Ihr sollt kein Gelehrter werden, sondern ein *Prud'homme*.«

»Und ich habe Euch schon mal gesagt, ein König ohne Bildung ist ein gekrönter Esel!«

»Was erlaubt Ihr Euch, so mit mir zu sprechen?«, rief Blanka mit funkelnden Augen.

»Bitte, beruhigt Euch, Euer Gnaden«, sagte Wilhelm. »Wir sind in einem Gotteshaus.« Dann wandte er sich an Ludwig. »Statt Euch zu beklagen, Majestät, solltet Ihr lieber Eurer Mutter dafür danken, dass sie Euch vor den Fängen dieses Ketzers bewahrte. Victor d'Alsace ist kein Gelehrter, sondern ein Verräter. Ich weiß aus sicherer Quelle, dass er sogar versucht, den Papst gegen die Regentin aufzuhetzen, obwohl die Kirche von Frankreich ihn in Senlis verdammt hat.«

»Was hat Victor mit dem Papst zu tun?«, fragte Ludwig irritiert.

»Das will ich Euch gerne erklären.« Wilhelm warf die Falten seiner Soutane hinter sich. »Statt um sein Seelenheil zu beten, wie er es bitter nötig hätte, hat Victor Kanzler Philipp dazu angestiftet, dem Legaten Seiner Heiligkeit, Kardinal Santangelo, eine Depesche nach Rom mitzugeben. Dreimal dürft Ihr raten, was darin steht.«

Während er den Blick des Bischofs erwiderte, versuchte Ludwig zu begreifen. Wenn der Kanzler sich an den Heiligen Vater in Rom wandte, konnte das nur eins bedeuten: Der Papst sollte den Streit mit den Magistern schlichten.

Gab es also noch Hoffnung?

Statt dem Bischof Antwort zu geben, verneigte er sich vor seiner Mutter. »Euer Gnaden.«

»Ihr verabschiedet Euch?« Blanka hob überrascht die Brauen. »So plötzlich? Was habt Ihr vor?«

»Beten«, sagte Ludwig und verließ die Kapelle.

32

Robert hatte immer wieder nach dem Weg fragen müssen, um von Paris nach Versailles zu gelangen, kaum jemand hatte das kleine Nest an der Straße nach Orléans gekannt, das nur aus ein paar ärmlichen Hütten bestand, in denen leibeigene Bauern und Tagelöhner mit ihren Familien lebten. Im Morast spielten halbnackte Kinder, Hühner liefen gackernd auf der Suche nach ein paar Körnern umher, und in einer Suhle wälzte sich, behütet von zwei in Lumpen gehüllten Halbwüchsigen, die Robert bei seiner Ankunft misstrauisch beäugten, eine so magere Sau, dass man durch ihr dreckstarrendes Borstenfell die Rippen sah.

Eine Kirche gab es in dem Flecken nicht, doch immerhin ein Wirtshaus, zu dem die Sau vermutlich gehörte. Hier, hatte Henri gesagt, solle Robert warten, bis er zusammen mit Marie eintraf. Weil Robert der einzige Gast war, hatte der Wirt den Ausschank erst geöffnet, als er versprochen hatte, außer einem Krug Bier auch eine Mahlzeit zu bestellen. Beides war ungenießbar. Den verschimmelten, von Würmern wimmelnden Schinken hatte Robert so wenig angerührt wie das schale, sauer riechende Bier. Stattdessen lief er immer wieder hinaus ins Freie, um Ausschau zu halten.

Herrgott, wo blieben die beiden nur?

Bei seiner Ankunft hatte die Sonne noch hoch am Himmel gestanden, jetzt senkte sie sich über die Wiesen und Felder, die sich an das Dorf anschlossen, aber noch immer war von Marie nichts zu sehen. Robert kehrte in die Schankstube zurück. Wenn sie nicht bald kam, schafften sie es heute nicht mehr bis Viroflay, dem nächsten Marktflecken auf dem Weg nach Süden. Die Vorstellung, dass er die erste Nacht mit Marie womöglich in dieser Kaschemme verbringen musste, ließ ihn schaudern. Warum bei allen Heiligen hatte Henri nur diesen gottverlassenen Ort als Treffpunkt ausgewählt? War das, was sie taten, so schändlich und verdammungswürdig, dass sie sich vor der ganzen Welt verstecken mussten? Zur

Heiligkeit, hatte Victor einmal den Kirchenvater Augustinus zitiert, gelange nicht, wer sein Leben lang von der Sünde unberührt bleibe – heilig könne vielmehr nur werden, wer die Sünde kenne, sie aber überwinde … Mit dem Gedanken wollte Robert sich eigentlich trösten, tatsächlich aber verstärkte er nur seine schlimmsten Befürchtungen.

Hatte Marie es sich im letzten Moment anders überlegt und war bei ihrem Mann geblieben?

Plötzlich hörte Robert von draußen Hufgetrappel, dann das Schnauben eines Pferdes. Im selben Moment sprang er auf.

Er war noch nicht bei der Tür, da sah er Marie.

»Gott sei Dank! Da bist du ja!«

Er wollte sie küssen, doch als er ihr Gesicht sah, wagte er nicht, sie anzurühren.

»Kennst du eine Schankmagd namens Suzette?«, fragte Marie. »Sie arbeitet im Roten Hahn.«

»Suzette?« Die Frage kam so überraschend, dass Robert ins Stottern geriet. »Ja, nein, ich … ich war noch nie im Roten Hahn. Die einzige Schankmagd mit diesem Namen, die ich kenne, hat früher in der Taverne von Saint-Marcel gearbeitet. Aber warum fragst du?«

Marie schaute ihn an. »Bekommt diese Suzette ein Kind von dir?«

Noch bevor Robert ihr eine Antwort geben konnte, tauchte in ihrem Rücken Paul auf, ihr Mann.

FÜNFTER TEIL

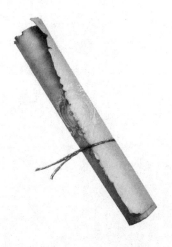

Paris–Toulouse–Rom, 1229–1230

Dies Nativitatis

»Um Zions willen will ich nicht schweigen, und um Jerusalems willen will ich nicht innehalten, bis seine Gerechtigkeit aufgehe wie ein Glanz und sein Heil brenne wie eine Fackel, dass die Heiden sehen deine Gerechtigkeit und alle Könige deine Herrlichkeit.«

JES 62,1–2

I

Die weihevolle Stille der Heiligen Nacht umfing Paris wie ein tiefer, dunkler Traum. Während vom Himmel lautlos der Schnee auf die Türme und Dächer der Stadt rieselte, strömten am linken Ufer der zugefrorenen Seine, auf dem Hügel von Saint-Geneviève, dick vermummte Menschen in ihre Pfarrkirche, um zusammen das Fest der Geburt Christi zu feiern.

Das Innere des Gotteshauses erstrahlte im Lichterglanz vieler Hundert Kerzen. Marie hatte in einer der vorderen Reihen Platz gefunden, an der Seite ihres Mannes Paul, und lauschte nun der für das Hochfest vorgeschriebenen Lesung. Der Priester, der die Verse des Propheten Jesaja vortrug, wies sich durch sein schwarz-weißes Habit als Mitglied der dominikanischen Glaubensbruderschaft aus. Marie kannte den kleinen, ein wenig verwachsenen Mann, so wie ihn jeder im lateinischen Viertel kannte: Pater Orlando, der Mönch, der im letzten Sommer als erster Angehöriger eines Bettelordens einen Lehrstuhl der Pariser Universität bestiegen hatte.

»Um Zions willen will ich nicht schweigen, und um Jerusalems willen will ich nicht innehalten, bis seine Gerechtigkeit aufgehe wie ein Glanz und sein Heil brenne wie eine Fackel.«

Während Orlando mit lauter Stimme die Prophezeiung von der Ankunft des Herrn verkündete, fiel sein Augenpaar auf Marie. Der Blick traf sie in ihrem Innersten, und für einen Moment hatte sie das Gefühl, dass die Botschaft niemandem sonst galt außer ihr in dem dicht gefüllten Gotteshaus. Wie das Volk Zion hatte auch sie ihre Augen verschlossen vor der Gerechtigkeit und dem Heil des Herrn, als sie sich angeschickt hatte, ihren vor Gott ihr angetrauten Mann zu verraten, doch der Herr selbst hatte ihr den Weg zurück zum Heil und zur Gerechtigkeit gewiesen, durch die Schwangerschaft eines Schankmädchens, das sie nicht einmal kannte, um ihre Seele vor der ewigen Verdammnis zu retten.

Ob Robert sein Kind wohl schon aus der Taufe gehoben hatte?

»Und du sollst mit einem neuen Namen genannt werden, welchen des Herrn Mund nennen wird. Und du wirst sein eine schöne Krone in der Hand des Herrn und ein königlicher Reif in der Hand deines Gottes.«

Bei den letzten Worten griff Paul nach ihrer Hand, und während er sie drückte, schaute er sie an. Trotz der eisigen Kälte durchströmte Marie ein warmes Gefühl. Wollte ihr Mann mit dieser kleinen Geste ihr noch einmal bekunden, dass er ihr verziehen hatte?

»Man soll dich nicht mehr nennen ›Verlassene‹ und dein Land nicht mehr ›Einsame‹, sondern du sollst heißen ›meine Lust‹ und dein Land ›liebes Weib‹. Denn der Herr hat Lust an dir, und dein Land hat einen lieben Mann.«

In tiefer Dankbarkeit erwiderte Marie den Druck von Pauls Hand und den innigen Blick ihres Mannes. War diese Nacht, in der der Heiland geboren war, zugleich auch die Nacht ihrer eigenen Wiedergeburt? Während sie den wollenen Schal, den Paul ihr zum Fest geschenkt hatte, enger um den Hals schloss, versprach sie dem Heiland und Erlöser, ihrem Mann fortan stets ein gutes und getreues Weib zu sein, und wenn der Himmel ihre Gebete erhören und ihre Ehe mit einem Kind segnen würde, war sie bereit, auf alles zu verzichten, was ihr bislang das Teuerste auf Erden gewesen war.

»Wie ein junger Mann eine Jungfrau freit, so wird dich dein Erbauer freien, und wie sich ein Bräutigam freut über die Braut, so wird sich dein Gott über dich freuen.« Orlando hob das Buch, aus dem er die Worte des Propheten verlesen hatte, an den Mund und küsste die Heilige Schrift. »Amen!«

»Amen!«, wiederholte Marie und klopfte sich an die Brust. »So soll es sein!«

2

Wie das Züngeln der Schlange spürte Orlando den Kitzel der Superbia, der Sünde des Hochmuts wider den Heiligen Geist, als gleich mehrere Diener ihn an der Tafel des Königs mit Wildbret und Wein bewirteten. Es war das erste Mal, dass er an den Hof geladen worden war, und diese Ehre zählte doppelt, da Ludwig und seine Mutter Blanka heute im Kreis nur einiger weniger Vertrauter den ersten Tag des Weihnachtsfestes feierten. Womit hatte Orlando diese Auszeichnung verdient? Als würde die Regentin seine Gedanken erraten, gab sie selbst ihm die Antwort.

»Seine Majestät der König ist sehr zufrieden mit Euch«, erklärte sie, ohne dass sich auch nur eine Miene in ihrem marmorweißen Gesicht regte, dem das schwarze, straff um Kinn und Ohren geschnürte Gebende den Ausdruck unbeirrbarer Glaubensstrenge verlieh. »Ihr habt Euer Wort gehalten. Dank Eures und Eurer Brüder Eifer hat der Lehrbetrieb kaum Schaden erlitten.«

»Ich bin nur ein bescheidener Arbeiter im Weinberg des Herrn«, erwiderte Orlando mit einer angedeuteten Verbeugung. Er hegte ehrliche Bewunderung für die Königinmutter, deren Kleidung und Gebaren ihm äußerer Widerschein innerer Selbstzucht schien.

»Stellt Euer Licht nicht unter den Scheffel«, entgegnete Bischof Wilhelm, der an Blankas Seite saß. »Kanzler Philipp hegte anfangs größte Bedenken, ob Ihr und Eure Ordensbrüder die Lücke würdet schließen können, die der Exodus der Weltgeistlichen hinterließ, und riet uns eindringlich, den Forderungen der Professoren nachzugeben. Jetzt lobt sogar er Euch in den höchsten Tönen.«

»Wie Ihr wisst, war ich schon immer ein Freund und Förderer der Dominikaner«, protestierte der Angesprochene, der Wilhelm gegenüber ein Stück Fleisch aufspießte.

Und ein Fähnchen im Wind, ergänzte Orlando im Geiste. Ja, Bischof Wilhelm hatte mit seiner Prognose recht behalten: Kaum hatte die Stimmung am Hofe sich zugunsten der Ordensgeistlichen gedreht, hatte Philipp ihn nicht nur *summa cum laude* zum Doktor der Theologie promoviert, sondern ihn noch am Tag der bestandenen Prüfung zum Magister erhoben und auf einen Lehrstuhl berufen.

»Unser aller Streben muss es sein«, erklärte Orlando, »die Schule des Teufels, zu der die *Universitas magistrorum et scholiarum Parisiensis* durch das Treiben der hochmütigen und über alle Maßen geltungssüchtigen Weltgeistlichen verkommen war, wieder in eine Schule Christi zu verwandeln.«

»Sehr recht«, befleißigte Philipp sich zu erklären. »Und ich werde nicht müde, Euch darin zu unterstützen.«

»So, tut Ihr das?«, fragte die Regentin mit erhobener Braue.

»Gott ist mein Zeuge! Erst neulich habe ich in einer Predigt in Orléans die dorthin abgewanderten Studenten aufgerufen, an ihre alte *Alma Mater* zurückzukehren. Nur hier, in Paris, gelangen sie in den Genuss jener Geistesgüter und seelischen Geborgenheit, derer junge Menschen bedürfen, um zur wahren Bildung heranzureifen.«

Obwohl er wusste, dass es Hochmut war, empfand Orlando ein heimliches Triumphgefühl. Es war noch kein Jahr her, da waren er und seine Ordensbrüder noch Bittsteller gewesen, die sich glücklich preisen durften, wenn sie zum Studium zugelassen wurden, und jetzt genossen sie das Vertrauen der Regentin Blanka und des Ortsbischofs von Paris, des mächtigen Wilhelm von Auvergne.

Der Einzige an der Tafel, der nicht in das Lob der Dominikaner einstimmte, war der junge König selbst. »Ich wünschte«, sagte Ludwig und ließ dabei die schwarzen Augen, die er von seiner spanischen Mutter geerbt hatte, ruhelos über die Anwesenden wandern, »Victor würde noch in Paris unterrichten, um den Glanz Unserer Hauptstadt zu mehren. Stattdessen verbreitet er sein Wissen nun in Toulouse, der Residenz Unseres ärgsten Widersachers.«

»Was Ihr Wissen nennt«, wies sein Erzieher ihn zurecht, »ist in Wahrheit nur Abfall vom Glauben. Seid froh, dass er mit seinen Irrlehren nicht länger die Luft in Eurer Hauptstadt verpestet.«

Noch während Wilhelm sprach, betrat Ludwigs neuer Kammerherr den Saal, ein Mann, den Orlando noch aus seiner Studienzeit kannte: Vicomte de Joinville – ein glühender Verehrer des Seelenfängers Victor d'Alsace.

»Was gibt's?«, fragte die Regentin, als der Kammerherr sich mit einem Hüsteln bemerkbar machte.

»Kardinal Santangelo begehrt Seine Majestät zu sprechen.«

»Der Nuntius des Heiligen Vaters?«, fragte Bischof Wilhelm überrascht.

»Er ist soeben aus Rom eingetroffen«, erwiderte Henri de Joinville mit einem so freudig erregten Gesicht, dass es nichts Gutes bedeuten konnte. »Er möchte Seiner Majestät eine Botschaft des Papstes überbringen, die Streitigkeiten der Universität betreffend.«

3

Hell und warm wie im Frühling schien die Sonne durch das offene Fenster, als Suzette das Essen in die Kammer brachte, wo Robert über seinen Mitschriften von Victors Vorlesungen saß. Gleich nachdem sie von der Messe in ihre kleine, ebenerdige Wohnung zurückgekehrt waren, die Suzettes Patron ihnen im Hinterhof der Taverne als Lohn für ihre Arbeit überlassen hatte, hatte Robert das Manuskript aus dem Kasten geholt, der zusammen mit einem Tisch und zwei Stühlen sowie einer Bettstatt aus Stroh die Einrichtung der Kammer ausmachte, um die Zeit, die seine Frau in der angrenzenden Küche zum Kochen brauchte, für das Studium zu nutzen.

»Musst du wirklich auch an Weihnachten lernen?«

»Du weißt doch, um eine feste Anstellung zu bekommen, muss

ich beim Examen als Bester abschneiden. Nur dann können wir von meiner Arbeit leben.«

Ohne von seinen Unterlagen aufzusehen, wusste er, was es zum Essen gab: Blumenkohl. Es gab jeden Tag Blumenkohl, das einzige Gemüse, das sie sich leisten konnten, weil es in Toulouse sogar noch im Winter wuchs. Doch plötzlich glaubte er, in dem sattsam vertrauten Geruch einen anderen Duft zu ahnen.

»Fleisch?«

Verwundert hob Robert den Kopf. Doch die noch größere Überraschung als das Essen war seine Frau.

»Du hast dich umgezogen?«

»Ja, um mit dir zu feiern. Weihnachten ist doch ein besonderer Tag.«

Robert erkannte Suzette kaum wieder. Die Schankmagd im sackleinernen Überwurf und Holzpantinen, mit der er das Hochamt besucht hatte, hatte sich in eine wunderschöne Frau verwandelt, die jeder Mann begehren musste. Zur Feier des Tages hatte sie eine weite, rote Tunika angezogen, unter der ihr Bauch fast völlig verschwand – ihr einziges Kleid, das sie in Toulouse noch nie getragen hatte, so wenig wie die weichen, ledernen Schuhe, die sie an den Füßen trug, oder den beinernen Kamm, der jetzt in ihrem blonden Haar steckte. Die dampfende Schüssel in den Händen, lächelte sie ihn so zärtlich an, dass Robert ein schlechtes Gewissen bekam. Nein, sie hatte sich nicht für Weihnachten so hübsch gemacht, sondern für ihn, ihren Mann.

»Woher hast du das Fleisch?«, fragte er, um irgendetwas zu sagen.

»Der Patron hat mir gestern ein paar Reste von dem Lammeintopf geschenkt«, antwortete Suzette. »Dafür musste ich ihm versprechen, heute Abend in der Taverne auszuhelfen.«

»Am ersten Weihnachtstag?«

»Hauptsache, wir haben bis dahin ein paar schöne Stunden. Nur du und ich. Vielleicht können wir nach dem Essen ja ein wenig an den Fluss gehen. Was meinst du?«

Robert musste schlucken. Warum gab sie sich nur bei allem, was sie tat oder sagte, so große Mühe, ihm zu gefallen? Sie wusste doch, dass er sie nicht berühren durfte, ohne alles zu gefährden.

»Du hast recht«, sagte er und legte sein Manuskript beiseite. »Genug studiert für heute! Ich hole die Essbretter.«

Froh, den Raum verlassen zu können, ging er in die Küche. Da die Taverne auf einem Hügel lag, konnte er durch die offene Hoftür die ganze Stadt überblicken. Die Landschaft war genauso, wie Maries Vater sie in Paris beschrieben hatte: das Flimmern der Berge im gleißenden Sonnenlicht, das kristallklare Türkis der Garonne, und über allem das tiefe Blau des Himmels, an dem die weißen Wolken aussahen, als wären sie stehengeblieben. Bei der Ankunft in Toulouse war Robert von all der Schönheit überwältigt gewesen. Noch nie hatte er eine solche Landschaft gesehen. Doch jetzt, da er mit Suzette im hellen, warmen Sonnenschein Weihnachten feiern sollte, hatte er nur noch das Gefühl, dass hier alles falsch war und verkehrt.

Als er mit den Tellern in die Kammer zurückkam, war seine Frau verschwunden. Einsam und verlassen stand das Essen auf dem Tisch, die beiden Stühle waren leer.

»Suzette?«

Ein leises Wimmern antwortete ihm.

Erschrocken fuhr er herum. »Um Gottes Willen, ist es so weit?«

Sie lag auf der Bettstatt und hielt sich den gewölbten Bauch. Ihr Kleid war auf der Höhe der Schenkel so nass, als hätte jemand einen Kübel Wasser über sie geschüttet.

»Ich hole die Hebamme.«

Mit schmerzverzerrtem Lächeln schüttelte sie den Kopf. »Nein, die kostet zu viel Geld.«

»Denk jetzt nicht ans Geld!«

»Glaub mir, ich schaffe es auch allein.«

»Du vielleicht«, sagte Robert. »Aber was ist mit unserem Kind?«

4

Ist das Kleid jetzt für immer verdorben?

Das war Suzettes erster Gedanke gewesen, als das Wasser so plötzlich aus ihr hervorgebrochen war, als wäre etwas in ihrem Innern geplatzt, ein einziger übermächtiger, überbordender Schwall, kaum dass die Wehen eingesetzt hatten. Jetzt kamen sie in immer neuen, immer rascher aufeinanderfolgenden Wogen – Schmerzen, als würde ein Fuhrwerk über ihren Rücken rollen und ihr das Kreuz brechen, während sich in ihrem Leib alle Gedärme auf unerträgliche Weise gleichzeitig zusammenzogen. Trotzdem hörte das Denken nicht auf. Obwohl ihr schon schwarz vor Augen war, hallten in ihrem Schädel zwei kleine gemeine, böse Wörter wie das Echo ihrer Schmerzen, wieder und wieder und wieder.

Selber schuld … Selber schuld … Selber schuld …

So unverhofft, wie sie gekommen waren, hörten die Schmerzen plötzlich auf. Am ganzen Leib zitternd wie bei einem kalten Fieber, wollte Suzette von ihrem Lager aufstehen. Sie musste doch heißes Wasser aufsetzen und frische Tücher bereitlegen! Die Hebamme konnte jeden Augenblick kommen, und je schneller es ging, desto weniger Geld würde sie verlangen. Aber so sehr Suzette sich auch mühte, sie schaffte es noch nicht einmal, sich auf ihren Ellbogen aufzustützen, so sehr hatten die Wehen sie geschwächt. Mit einem Seufzer sank sie auf den Strohsack zurück.

Unser Kind, hatte Robert gesagt, *unser Kind …*

Wie glücklich war sie gewesen, als er an Pauls Stelle getreten war, um sie zur Frau zu nehmen. Durch die Ehe mit ihm, so hatte sie gehofft, würde nicht nur ihr Kind versorgt sein, ein Leben mit Robert versprach auch die Aussicht auf Liebe, das Einzige, woran sie je geglaubt hatte. Sie hatte Robert gemocht, seit sie ihn zum ersten Mal gesehen hatte, bei der Eselsmesse in Saint-Marcel. Er war nicht nur ein hübscher, sondern auch ein anständiger Kerl, und die zwei Grübchen, die bei dem kleinsten Lächeln auf seinen

Wangen erschienen, wollte sie am liebsten immerzu küssen. Doch während er es an Fürsorge nie hatte fehlen lassen, hatte die Ehe sich als bittere Enttäuschung erwiesen. Robert hatte sie kein einziges Mal berührt. Alles, was er für sie tat, schien er aus Pflicht zu tun, nichts jedoch aus Liebe. Warum? Um sein Studium der Theologie nicht zu gefährden, wie er behauptete? Das glaubte sie nicht. Robert war doch kein Heiliger, er war ein Mensch aus Fleisch und Blut. Als er mit ihr geschlafen hatte, hatte er ja auch keine Angst vor der Sünde gehabt, obwohl sie nicht verheiratet gewesen waren.

Suzette schloss die Augen. Was hätte sie darum gegeben, wenn LeBœuf noch am Leben wäre, um in dieser Stunde bei ihr zu sein. Sie wäre die glücklichste Frau der Welt gewesen. Waren die Schmerzen, die sie litt, womöglich die Strafe dafür, dass sie die Schuhe und den Kamm trug, die er ihr einst geschenkt hatte?

Während sie versuchte, sich LeBœufs Gesicht vorzustellen, hörte sie Stimmen. Das mussten Robert und die Hebamme sein.

Im selben Moment setzten die Wehen wieder ein, und bevor sie es verhindern konnte, entfuhr ihr ein Schrei, als sei sie die Buhle des Leibhaftigen.

5

Am Horizont versank die Sonne bereits über den Bergen, aber das Kind war immer noch nicht da. Robert hielt es längst nicht mehr im Haus, Suzettes Schreie hatten ihn ins Freie getrieben. Warum hatte Gott es nur so eingerichtet, dass die Geburt eines Menschen unter so entsetzlichen Schmerzen geschah? Weil das ganze Leben ein einziger langer Weg der Schmerzen und der Leiden war, wie in den Psalmen geschrieben stand?

Und ist es auch köstlich gewesen, so war es nur Mühe und Arbeit ...

Seit die Hebamme in Suzettes Kammer verschwunden war, lief Robert im Hof auf und ab in der Hoffnung, dass sie endlich mit einem kleinen schreienden Bündel auf dem Arm erschien. Wie würde das sein – Vater? Obwohl sein Kind jeden Moment auf die Welt kommen musste, konnte er es sich nicht vorstellen. Würde er sich überhaupt darüber freuen? Nie und nimmer hatte er damit gerechnet, dass die eine Nacht, die er in Suzettes Armen verbracht hatte, solche Folgen haben würde. Wenn die Geburt sich bis in die Nacht hinein zog, hatte die Hebamme gesagt, würde die Entbindung das Doppelte kosten. Robert mochte gar nicht daran denken. Von den zwei Écu, die er von Paul bekommen hatte, waren nur noch ein paar wenige Sous übrig, und die brauchte er für sein Examen. Victor hatte zwar versprochen, auf seine Gebühren zu verzichten, doch die anderen Magister, die Robert examinierten, würden kaum so großzügig sein. Außerdem musste jeder Kandidat, der das Examen bestand, ein großes Sauf- und Fressgelage ausrichten, als Voraussetzung dafür, dass er Aufnahme im Kreis der Doctores und Magister fand.

Wieder drang aus dem Haus ein langer, qualvoller Schrei. Suzettes Leiden gingen Robert so nah, dass ihm ein seltsamer Gedanke kam. Vielleicht war sie ja die Frau, die die Vorsehung ihm geschickt hatte ... Doch so plötzlich, wie der Gedanke ihm gekommen war, so schnell verwarf er ihn auch wieder. Nein, Marie war die Frau gewesen, die durch die Vorsehung in sein Leben getreten war: Mit ihr hatte Gott ihn prüfen wollen, und er hatte die Prüfung bestanden, wenn auch um den Preis eines Verlustes, den er bis zu seinem Tod nicht würde verwinden können. Suzette hingegen war die Arznei, um seine Wunden zu heilen. Mit ihr konnte er Senecas Pfad der Tugend beschreiten, um vom Unglück der Liebe zu einem neuen Glück zu finden, dem Glück der Weisheit und Gelehrsamkeit. Aber warum überkam ihn, obwohl er Suzette doch gar nicht liebte, manchmal der Wunsch, ihr beizuwohnen? Er war froh, dass ihm die Antwort auf diese Frage erspart blieb. Victor hatte ihm den Weg gewiesen, den er beschreiten musste, indem er ihm geraten hatte, die Ehe mit Suzette nicht zu vollziehen, sie niemals anzurühren, nach dem Vorbild des heiligen Joseph, um sich die Möglichkeit zu bewahren, trotz Frau und Kind dermaleinst einen Lehrstuhl der Theologie zu besteigen.

Ein kleines leises Krähen weckte Robert aus seinen Gedanken, und nur kurz darauf trat die Hebamme ins Freie. Auf ihrem Arm trug sie das lang ersehnte Bündel.

»Ihr habt einen Sohn«, sagte sie. »Wisst Ihr schon, wie er heißen soll?«

6

»Und? Was hat der Papst geschrieben?«, fragte Henri. »Welcher Seite neigt der Heilige Vater zu?«

Vor lauter Aufregung vergaß er den Respekt, den er seinem König schuldete, als dieser am Abend in seine Privatgemächer zurückkehrte, wo Henri schon seit dem Mittagsmahl voller Ungeduld auf ihn wartete.

»*Unserer* Seite«, erwiderte Ludwig mit einem Funkeln in seinen schwarzen Augen. »Der Heilige Vater fordert Bischof Wilhelm auf, den Magistern Genugtuung zu schaffen und die Verantwortlichen für das Gemetzel von Saint-Marcel zur Rechenschaft zu ziehen. Aber hört selbst, was Papst Gregor geschrieben hat.« Er faltete die Depesche, die der Nuntius aus Rom gebracht hatte, auseinander und las vor: »›Ein kluger Kirchenfürst ist wie der Morgenstern, der inmitten des Nebels erstrahlt; sein Amt ist es, seine Heimat durch den Glanz der Heiligen zu erleuchten und Zwistigkeiten zu befrieden. Doch Du, Wilhelm von Auvergne, hast nicht nur diese Deine Pflicht vernachlässigt, vielmehr ist in Folge Deiner Machenschaften, wie mir von vertrauenswürdiger Seite kundgetan wurde, der Strom der Lehre, der dank der Gnade des Heiligen Geistes das Paradies der Weltkirche so wunderbar bewässert und befruchtet hat, aus seinem Bett, das heißt: der Stadt Paris, getreten, wo er sich bis dahin kraftvoll ausgebreitet hatte, so dass er nun, an mehrere Orte zerteilt, im Sande versickert gleich einem aus seinem Bette getretener machtvoller Strom, der in mehrere kleine und unbedeutende Bäche zerrinnt, um schließlich ganz auszutrocknen.‹«

Henri brauchte eine Weile, bis die kompliziert aneinandergereihten Wörter und Sätze sich in seinem Kopf zu einem Bild und sodann zu einem Sinn formten. Doch schließlich hatte er begriffen: »Was für eine Ohrfeige für Bischof Wilhelm!«

»Ja, mein Erzieher schäumt vor Wut«, bestätigte der König voller Triumph. »Dabei war er sich nach der Synode von Senlis so sicher, die ganze Kirche hinter sich zu haben.«

»Aber wer hat den Heiligen Vater von den Vorgängen unterrichtet?«, fragte Henri. »Wer ist die ›vertrauenswürdige Seite‹, von der Papst Gregor spricht?«

»Das weiß niemand. Der Bischof vermutet, dass Victor d'Alsace dahintersteckt, und hat befohlen, mögliche Helfershelfer ausfindig zu machen. Groß sind die Aussichten nicht, es kommen zu viele Personen in Frage, Professoren, aufmüpfige Geistliche – Wilhelm hat zahllose Widersacher. Doch wenn herauskommt, wer es war, möchte ich nicht in seiner Haut stecken.«

»Ich auch nicht«, bestätigte Henri. »Was sagt die Regentin dazu?«

Ludwigs Miene verdunkelte sich. »Meine Mutter ist außer sich. Sie hat Wilhelm angewiesen, noch heute einen Protestbrief aufzusetzen, den sie mit einem Kurier nach Rom schicken will. In meinem Namen und mit meiner Unterschrift.«

Henri verzog das Gesicht. »Werdet Ihr Eurer Mutter Gehorsam leisten?«

»Sie besteht darauf«, erklärte Ludwig.

Henri nickte. »Das hatte ich befürchtet.«

»Fehlt es Euch am Respekt, dass Ihr Euren König so vorschnell unterbrecht?« Auf Ludwigs jungem Gesicht breitete sich ein Grinsen aus, das von einem Ohrläppchen zum anderen reichte. »Einen

Teufel werde ich tun!«, rief er. »Ich werde im Gegenteil die Privilegien, mit denen mein Großvater die Universität und ihre Angehörigen ausgestattet hat, abermals und unwiderruflich bestätigen.«

»Gegen den Willen Eurer Mutter?«

Ludwigs Grinsen wurde noch eine Spur breiter. »Ist der Papst nicht Gottes Stellvertreter auf Erden? Wenn nicht ihm, wem dann schulden wir Gehorsam?«

»Das nenne ich wahrhaft königlich gesprochen!«, erwiderte Henri.

»Nur eine Sorge treibt mich um«, fuhr Ludwig fort. »Wird die Erneuerung der Privilegien reichen, um Victor d'Alsace zur Rückkehr zu bewegen?«

Henri hätte seinem König gern die Antwort in Form eines Syllogismus gegeben. Doch da ihm so schnell keiner einfiel, sagte er nur: »Mit Eurer Majestät Erlaubnis – es würde mir eine Ehre sein, dies für Euch in Erfahrung zu bringen.«

7

Paul konnte sich nicht erinnern, sich in seinem Haus je so wohl gefühlt zu haben wie an diesem Weihnachtsabend, als er mit seiner Frau in der Küche beim Nachtmahl saß. Nach der Vesper in Sainte-Geneviève hatten sie zusammen ein Schauspiel besucht, das die Franziskaner auf dem Vorplatz der Kirche im Schnee aufgeführt hatten. Verkleidet als biblische Figuren, hatten die Bettelmönche den Stall von Bethlehem nachgestellt, samt Ochs' und Esel, um den Gläubigen in Erinnerung zu rufen, in welche Armut und Not hinein der Heiland einst geboren worden war. Jetzt standen auf dem Tisch Schüsseln mit den köstlichsten Speisen: Fleisch und Fisch, Linsen und Bohnen, und zum Nachtisch lagen in einer Schale blank polierte Äpfel bereit.

»Möchtest du noch von den Heringen?«, fragte Marie.

»Aber nur, wenn für dich genug übrig bleibt.«

»Keine Sorge. Ich habe im Keller noch eine Schüssel.«

Während Marie seinen Teller füllte, beobachtete Paul sie aus den Augenwinkeln. Wusste sie, dass manche Männer Hering aßen in der Hoffnung, dass ihre Frauen dann leichter schwanger wurden? Marie hatte das ganze Haus mit Tannengrün geschmückt, auch hatte sie ein paar Zweige ins Herdfeuer gegeben, die nun knisternd einen wunderbaren Duft verströmten. Angeblich hielt das immerjunge Grün Glück und Gesundheit im Haus. Paul nahm einen Schluck Wein. Nicht mal die gläsernen Fenster, die doch ein Vermögen gekostet hatten, hatten ihm mehr Freude bereiten können als die stille Behaglichkeit, die Marie ihm an diesem Abend bescherte. Vielleicht stimmte es ja, was manche Leute sagten, dass wahres Glück nicht mit Geld zu erlangen war, sondern allein durch Liebe. Er war so froh, dass er seinem Antrieb widerstanden hatte, Marie für ihren Verrat zu strafen, und stattdessen dem Rat seines Schwiegervaters gefolgt war. Seit er wieder versuchte, der Mann zu sein, in den Marie sich einst verliebt hatte, war sie wie verwandelt – wann immer die Gebote der Kirche es erlaubten, empfing sie ihn des Nachts in ihren Armen. Fast konnte Paul darüber vergessen, dass er sein wiedergewonnenes Eheglück einer Lüge verdankte.

Marie griff zu der Schale mit den Äpfeln. »Wollen wir den Nachtisch in der Schlafkammer essen?«

Paul schaute auf die blank polierte Frucht, dann in Maries Augen. »An einem so hohen Feiertag?«

Mit einem Lächeln erhob sie sich von ihrem Stuhl und reichte ihm den Apfel. »Wer weiß, vielleicht soll es ja gerade heute sein.«

»Glaubst du?«, sagte Paul und nahm den Apfel. »Ich ... ich könnte mir nichts Schöneres wünschen!«

8

Obwohl Jacques das Amt des Stationarius seit seiner Bestallung durch Kanzler Philipp schon über ein halbes Jahr ausübte, konnte es bisweilen geschehen, dass er sich, wenn er bei der Arbeit die Augen schloss und das gleichmäßige Kratzen der Federn hörte, wieder in der Rue des Pailles wähnte, in der Schreibstube seines einstigen Brotherrn Paul Valmont. Umso schöner war es dann, wenn er die Augen wieder aufschlug und feststellte, dass er sich wirklich und wahrhaftig in seinem eigenen Reich befand, im Skriptorium der Universität Paris, umgeben von einem Dutzend Kopisten, die nun bei ihm, Jacques Pèlerin, einem ehemals gescheiterten Studenten, Witwer und Vater von sechs Kindern, in Lohn und Brot standen.

Womit hatte er solches Glück verdient?

Als Stationarius genoss er dieselben Privilegien wie die Professoren der vier Fakultäten. Dazu gehörte nicht nur eine feste Besoldung, mit deren Hilfe er endlich die Mäuler seiner Kinder stopfen konnte, ohne selbst Hunger leiden zu müssen, sondern auch die Zuweisung einer Dienstwohnung auf der Île de la Cité. Diese war so großzügig bemessen, dass seine Kinder, die früher allesamt in einem einzigen winzigen Raum hatten schlafen müssen, jetzt jeweils ein eigenes Bett besaßen. Außerdem kam morgens nach der Frühmesse eine Zugehfrau, die ihm den Haushalt führte und sich während seiner Abwesenheit um die Kleinen kümmerte. Nicht mal im Paradies konnte das Leben schöner sein. Manchmal, wenn Jacques abends bei einem Becher Wein leichtsinnigen Träumen nachhing, dachte er sogar daran, sich wieder zu verheiraten.

»Entschuldigt, dass ich Euch störe.«

Jacques schaute von seinem Pult auf. Vor ihm stand Gisbert, sein Ältester, der seit Fronleichnam das Handwerk des Kopisten bei ihm erlernte. Der Junge war sein ganzer Stolz und seine ganze Freude. Gisbert hatte nicht nur die braunen Locken und feinen

Gesichtszüge seiner Mutter geerbt, sondern auch deren wachen Verstand. Im Lateinischen war er inzwischen so weit fortgeschritten, dass er sich schon bald in der Artistenfakultät einschreiben konnte, falls die Dominikaner ihn zum Studium zuließen.

»Was ist denn, mein Sohn?«

»Pater Orlando möchte Euch sprechen. Er wartet auf dem Flur.«

»Pater Orlando?« Verwundert legte Jacques die Feder ab. Der Dominikaner suchte ihn für gewöhnlich nur dann im Skriptorium auf, wenn es galt, neue Abschriften auf ihre Richtigkeit hin zu überprüfen. Zur Zeit aber hatte Jacques weder eine Vorlesung noch sonst ein Werk des Mönches in Arbeit.

»Gelobt sei Jesus Christus«, begrüßte Orlando ihn, als er auf den Flur trat.

»In Ewigkeit amen«, erwiderte Jacques. »Womit kann ich Euch dienen?«

Wie um sich zu vergewissern, dass sie keine Zuhörer hatten, schaute der Pater sich um. Dann sagte er leise: »Ich bin gekommen, um Euch einen Vorschlag zu machen.«

»Bitte sprecht.«

Orlando senkte abermals die Stimme. »Ich möchte Euch mit dem Privileg ausstatten, als einziger Kopist in der Stadt meine Werke sowie die meiner dominikanischen Brüder zu vervielfältigen. Auf diese Weise könntet Ihr Euren Sold beträchtlich aufbessern.«

»Wie ... wie komme ich zu einer solchen Bevorzugung?«, wollte Jacques wissen.

Ein sanftes Lächeln trat auf das Gesicht des Dominikaners. »Seit ich Euch kenne, beobachte ich mit Freuden, wie sehr Ihr um das Wohl Eurer Kinder besorgt seid. Es ist mir ein Bedürfnis, Euch darin zu unterstützen.«

Das Angebot traf Jacques so unverhofft, dass er nicht gleich zu antworten wusste. Einerseits machte sein Herz vor Freude einen Sprung, wenn er an die Zukunft seiner Kinder dachte, die sich mit solcher Unterstützung vor ihnen auftat. Doch andererseits ... Wenn er das Angebot annahm, würde sein alter Brotherr kaum genug Arbeit mehr haben, um zu überleben. Er würde sein Haus aufgeben und die Schreibwerkstatt schließen müssen. Außer den Dominikanern gab es so gut wie keine Professoren mehr in Paris, nach deren Schriften die Studenten verlangten. Wenn er nun das Privileg besaß, als einziger die Werke der Ordensgeistlichen zu kopieren, trieb er Paul Valmont in den Ruin.

Konnte er eine solche Schuld auf sein Gewissen laden?

»Nun?«, fragte Orlando

Jacques räusperte sich. »Was erwartet Ihr als Gegenleistung?« Wieder lächelte der Dominikaner. »Nur Eure Treue. Es ist nicht auszuschließen, dass Victor d'Alsace den Ausstand beendet und mit ihm die Weltgeistlichen an die Pariser Universität zurückkehren. Der junge König zeigt leider bedenkliche Neigung, ihren Forderungen nachzukommen, und da der Papst ihn darin unterstützt, rechne ich mit dem Schlimmsten. In dem Fall müssen wir unsere Reihen schließen zum Kampf.« Orlando trat so nah an Jacques heran, dass dieser seinen Atem roch. »Wenn ich Eure Unterstützung in diesem Kampf brauche – kann ich mich dann auf Euch verlassen?«

9

Robert konnte sich an dem kleinen, ernsten Gesichtchen nicht sattsehen. Aus zwei himmelblauen Augen schaute sein Sohn ihn an, als wüsste er schon ganz genau, wer sein Vater war. Robert kitzelte mit der Fingerspitze die winzige Stupsnase, gleich drauf krauste sich die kleine Stirn, legte sich in Falten wie bei einem Greis. Lachend küsste Robert das Näschen, die Stirn, die zwei prallen, festen Wangen und das herzförmige Mündchen, das noch nach der süßen Muttermilch duftete.

Gab es etwas Schöneres auf Erden, als seinen neugeborenen

Sohn auf den Armen zu halten? Robert hätte sich nicht träumen lassen, wie dieses kleine Wesen sein Leben verändern würde. Nichts schien ihm mehr wichtig, was ihm früher so wichtig erschienen war: sein Studium, das Examen, die Aussicht auf einen Lehrstuhl. Seit Weihnachten gab es für ihn nur noch dieses niedliche Gesichtchen, diesen winzigen Körper, der auf drollige Weise schon der eines vollständig ausgebildeten Menschen war, einschließlich fünf schrumpeliger Finger an jeder Hand, mit fertig geformten Nägeln, in denen sich das ganze, mit dem Verstand nicht fassbare Wunder der göttlichen Schöpfung offenbarte.

Während Suzette in der Taverne arbeitete, kümmerte Robert sich um den Kleinen. Er hatte, nachdem Suzette ihm am Morgen die Brust gegeben hatte, nicht nur dafür gesorgt, dass er sein Bäuerchen machte, er hatte ihn sogar ohne Hilfe gewickelt, als die Windel verdächtig gerochen hatte. Jetzt trug er ihn auf dem Arm über den Hof. Er konnte gar nicht früh genug damit anfangen, seinem Sohn die Welt zu zeigen: die ersten Blumen und Gräser, die in der Frühlingssonne sprossen, die Büsche und Bäume, die aus rotem und rosa Stein erbauten Häuser im Tal, vor allem aber in der Ferne das Gebirge, über dem sich der strahlend blaue Himmel wölbte. Sie hatten ihn auf den Namen Jean-Marie getauft, im Gedenken an Abbé Lejeune, Roberts ersten Lehrer in Sorbon, dem er vielleicht noch mehr verdankte als dem berühmten Victor d'Alsace.

Er bückte sich gerade zu Boden, um eine Pusteblume zu pflücken, da fing Jean-Marie aus Leibeskräften an zu schreien. Hatte er schon wieder Hunger? Robert steckte ihm behutsam die Spitze seines kleinen Fingers in den Mund, doch er wollte sich nicht beruhigen. Kaum hatte er ein wenig an dem Finger genuckelt, erkannte er den Betrug und schrie umso lauter.

»Na, gib schon her«, sagte Suzette, die das Geschrei in der Taverne gehört und herbeigeeilt war.

»Gut, dass du da bist.« Erleichtert reichte Robert ihr das schreiende Bündel. »Ich glaube, jetzt kann nur noch die Mutter helfen.«

Suzette knöpfte sich die Bluse auf, um Jean-Marie zu stillen. »Hast du etwa den ganzen Morgen mit ihm hier draußen verbracht?«, fragte sie, während sie den Kleinen anlegte.

»Er war wach, da konnte ich ihn doch nicht allein in seinem Körbchen liegen lassen. Aber schau nur, wie selig er trinkt.«

Tatsächlich. Kaum ahnte Jean-Marie die Brust seiner Mutter, hatte er mit geschlossenen Augen zu saugen begonnen. Dabei klammerte er sich mit seinen zwei Händchen an den Busen, als habe er Angst, die Quelle seiner Seligkeit könne versiegen.

»Aber was ist mit deinem Examen?«, fragte Suzette. »Es sind nur noch wenige Wochen bis zur ersten Prüfung.«

»Hast du Angst, dass ich nicht bestehe?«

Sie schüttelte den Kopf. »Nein. Aber hast du nicht immer gesagt, du musst als Bester abschneiden, damit wir von deiner Arbeit leben können?«

Robert wich ihrem Blick aus. Das Examen war eine höhere Hürde, als er wahrhaben wollte. Er hatte keine Sorge, das Examen zu bestehen, aber nur zu bestehen, reichte nicht. Victor erwartete von ihm einen glanzvollen Abschluss, er musste besser sein als jeder andere Student seines Jahrgangs, und zwar ohne dass sein Lehrer ihm beim Examen half, sonst würde Verdacht auf Begünstigung entstehen, und damit würde er Robert nur schaden. Außerdem hatte Raimund von Toulouse seine Absicht erklärt, dem Schlussexamen beizuwohnen. Der Graf war für seine Fragen gefürchtet, und nur, wenn Robert sie beantworten konnte, durfte er sich Hoffnungen auf eine feste Anstellung in der Artistenfakultät machen, damit er in den langen Jahren seines Theologiestudiums seine Familie versorgen konnte.

»Na gut«, sagte er. »Wenn Jean-Marie schläft, setze ich mich wieder an die Bücher.«

»Versprochen?«, fragte Suzette.

»Versprochen!«

10

Von Sainte-Geneviève läuteten die Glocken zum Angelus. Marie legte ihre Näharbeit beiseite, um ins Skriptorium hinunterzugehen. Wie sehr hatte sie sich früher jeden Mittag gefreut, wenn die verhasste Hausarbeit ein Ende hatte und sie mit der Schreibarbeit beginnen konnte. Doch jetzt hätte sie am liebsten bis zum Abend weiter genäht und gestopft und gewaschen.

Mit einem Seufzer verließ sie die Stube. Als sie die Treppe herunterkam, blieb sie verwundert stehen. Durch die offene Küchentür sah sie, wie Paul vor dem Herd am Boden hockte, um ihrer Katze Milch zu geben.

»Miez, miez, miez ...«

Vorsichtig näherte Minou sich der Schale und begann zu trinken. Marie wusste selbst nicht, warum, aber der Anblick rührte sie zutiefst. War das wirklich ihr Mann? Seit sie aus Versailles zurück waren, begehrte Paul sie nicht nur wieder mit alter Leidenschaft, er war auch sonst fast so wie früher, ganz zu Beginn ihrer Ehe. Wenn sie Fragen hatte, hörte er ihr aufmerksam zu, und ganz gleich, wie lange es dauerte und ihn bei der Arbeit aufhielt, versuchte er stets, eine Antwort zu finden. Beinahe war er wieder der Mann, in den sie sich einst so sehr verliebt hatte, dass sie sich gar nicht hatte vorstellen können, je einen anderen zu heiraten. Doch dass er Minou, die er vor nicht langer Zeit noch in der Seine hatte ersäufen wollen, jetzt mit einer Schale Milch fütterte, obwohl sie immer noch keine Mäuse fing, war vielleicht der größte Beweis seiner wiedererwachten Liebe.

Um sich bemerkbar zu machen, räusperte sie sich.

Paul hob den Kopf und schaute sie an. »Siehst du, wie zutraulich sie geworden ist?«, fragte er mit sichtlichem Stolz.

»Ich kann es kaum glauben.«

»Nicht wahr? Ich darf sie sogar anfassen.« Er strich Minou über den Kopf und kraulte ihren Nacken. Die Katze quittierte es mit einem zufriedenen Schnurren. »Übrigens«, sagte er, während er sich erhob. »Ich habe über deinen Wunsch nachgedacht.«

»Welchen Wunsch?«

»Die Hausarbeit aufzugeben und nur noch im Skriptorium zu arbeiten. Ich habe mich in der Nachbarschaft umgehört und eine Magd gefunden, die dir die Arbeit abnehmen kann. Die Tochter des Krämers. Wenn du willst, kann sie schon morgen anfangen.«

Marie zögerte. »Ich weiß nicht«, sagte sie. »Um ehrlich zu sein, ich ... ich wollte dich eigentlich fragen, was du davon hältst, wenn ich mit der Schreibarbeit ganz aufhöre.«

Paul stutzte. »Warum das denn?«

Marie zuckte die Achseln. »Es bleibt im Haushalt immer so viel liegen. Und – ich möchte dir doch ein gutes Weib sein.« Das war nicht einmal gelogen, es war wirklich ihr innigster Wunsch, Paul auf diese Weise zu danken. Doch es gab noch einen anderen, viel stärkeren Grund, warum sie die Arbeit im Skriptorium nicht mehr mochte. Aber den konnte sie Paul unmöglich verraten.

»Und was ist, wenn ich dich darum bitte?«, fragte er.

»Dass ich den ganzen Tag in der Werkstatt arbeite?«

Er nickte. »Seit Jacques das Recht hat, als einziger Kopist in der Stadt die Texte der Dominikaner zu vervielfältigen, haben sich unsere Einnahmen fast halbiert. Und eine Magd kommt uns billiger zu stehen als ein Schreiber.«

»Gehen die Geschäfte denn so schlecht?«

»Leider.« Er fasste sie bei den Schultern und schaute sie an. »Bitte«, sagte er, »du würdest uns damit sehr helfen.«

11

Wäre es ihm vergönnt gewesen, einen Sohn zu haben – Victor hätte sich keinen anderen gewünscht als Robert. Er erkannte sich in seinem Schüler wieder, als wäre er sein leibhaftiger Vater. Sie waren beide in ärmlichen Verhältnissen aufgewachsen, sie hatten beide nur durch ein Studium die Möglichkeit gehabt, die engen Grenzen ihres Standes zu überwinden. Ihnen war beiden die Versuchung in Gestalt einer Frau begegnet, beide hatten sie widerstanden und ihre Liebe auf dem Altar der Wissenschaft geopfert. Und so wie einst Victor als junger Mann bei seinem Examen hatte beweisen müssen, der Beste der Besten zu sein, ging es nun auch für Robert um viel mehr als das Bestehen einer Prüfung: Es ging um den großen Traum, von der Arbeit des Denkens sein Leben zu bestreiten.

So nervös wie der Prüfling selbst, fieberte Victor darum mit seinem Schüler, als Robert nun die Examina zum Abschluss seines Artistenstudiums ablegte, um den Grad eines Magister Artium zu erlangen, als Voraussetzung dafür, fortan an der theologischen Fakultät das Studium fortsetzen zu dürfen. Die ersten Hürden hatte er mit Bravour genommen, sowohl die *Responsiones*, in denen er sich der Debatte mit einem Doktor der Artistenfakultät hatte stellen müssen, als auch das *Examen Determinantium*, in dem er vor einer mehrköpfigen Prüfungskommission den Nachweis erbracht hatte, mit allen Autoren des Kanons hinreichend vertraut zu sein. Die öffentlichen Vorlesungen hatte er auf Victors Anraten dazu genutzt, seine Eignung für höhere Aufgaben zu demonstrieren, indem er vor Mitgliedern aller Fakultäten so schwierige *Quaestiones* erörterte wie die Frage, ob Lachen Sünde sei oder ob man mit Wissenschaft Geld verdienen dürfe. Durch die Antworten, die er gegeben hatte, hatte er seine Befähigung zur Lehre auf so eindrucksvolle Weise unter Beweis gestellt, dass das Schlussexamen, das zur Erteilung der Lizenz führte, nur noch eine Formsache zu sein schien. In dieser Prüfung musste er seine Kenntnisse in allen sieben Künsten nachweisen, also in Grammatik, Rhetorik und Dialektik, die zusammen das Trivium bildeten, wie auch in den Fächern des Quadriviums, sprich: in Arithmetik und Geometrie, Musik und Astronomie.

Vor den Fragen der Magister, die unter dem Vorsitz ihres Kanzlers John of Garland die Prüfung vornahmen, war es Victor nicht bange, wohl aber vor möglichen Fragen des Grafen von Toulouse, der sich als Landesherr das Recht herausnahm, in ein Examen einzugreifen. Offiziell hatte Raimund zwar die Universität auf Anordnung des Papstes zur Abwehr der albigensischen Ketzer gegründet, tatsächlich aber nutzte er sie, um dem König in Paris auch nach seiner demütigenden Unterwerfung in der Kathedrale von Notre-Dame weiter die Stirn bieten zu können. Aus seiner privaten Schatulle bezahlte er darum das Salär für vier Doctores der Theologie, zwei Kanoniker sowie sechs Magister der *Artes* und zwei Grammatiker. Außerdem ließ er durch Kanzler John of Garland, einen englischen Rhetoriker, der früher an der Pariser Artistenfakultät gelehrt hatte, überall im Land verkünden, dass jedem Lehrer und Studenten, der dem Ruf nach Toulouse folgte, ein Ablass auf seine Sünden gewährt würde. Wenn ein Prüfling Ambitionen zeigte, nach dem ersten Examen unterrichten zu wollen, bestand er deshalb darauf, sich höchstpersönlich von der Eignung des Kandidaten zu überzeugen, um sicherzugehen, dass dieser im Zweifelsfall die Sache des Grafen von Toulouse und nicht die des Königs von Frankreich vertrat.

Das Examen fand im Chorraum der erst vor wenigen Jahren aus rotem Stein erbauten Basilika statt, die sich mit ihrem achteckigen Glockenturm über dem Grab des heiligen Saturnius erhob. Unter den Augen der steinernen Apostel und Erzengel, die den Chorumgang zierten, hatten sich vor der weißen Marmormensa zwei Doctores der Theologie sowie zwei Magister der Artistenfakultät versammelt, die von ihnen vorbereiteten Fragen aber stellte allein Kanzler John of Garland, ein hakennasiger Mann mit silbergrauen Locken, der von der Höhe seiner Cathedra wie ein Raubvogel auf den Prüfling herabblickte. Victor, der, zusammen mit über hundert Professoren und Studenten, als einfacher Zuhörer der Disputation beiwohnte, war über den Prüfungsvorsitzenden alles andere als glücklich. John of Garland war in Paris einer seiner ärgsten Neider gewesen und hatte sich aus diesem Grund dem Kampf der Magister gegen Wilhelm und die Regentin nur mit sichtlichem Zähneknirschen angeschlossen.

Würde Robert jetzt diese Rivalität zu spüren bekommen?

Mit klopfendem Herzen verfolgte Victor die Eröffnung des Verfahrens. Nachdem John mit der gebotenen Gründlichkeit Roberts Kenntnisse in Grammatik, Rhetorik und Dialektik überprüft hatte, übersprang er zum Missvergnügen der Artisten das Quadrivium, um sich sogleich den anspruchsvolleren philosophischen Themen zuzuwenden. Victor vermutete, dass dies auf Veranlassung des Grafen geschah, der breitschultrig und bärtig auf einem erhöhtem Gestühl thronte, den wachen, strengen Blick auf den Kandidaten gerichtet. Schließlich hatte Robert angekündigt, nach erfolgreich bestandenem Examen im Falle einer festen Anstellung Philosophie unterrichten zu wollen.

»Was ist besser – dass die Philosophen ledig bleiben? Oder dass sie eine Ehe eingehen?«

Gleich die erste Frage, die John of Garland stellte, war dazu geeignet, Robert in Bedrängnis zu bringen. Galt sie der Erforschung der Sache – oder war sie ein Angriff auf den Kandidaten? Voller Sorge sah Victor, wie Raimund die Brauen hob. Vermutlich hatte der Graf selbst die Frage vorgegeben.

Robert musste eine Weile überlegen, bevor er eine Antwort gab. »Der Philosoph soll nach der Erkenntnis der Wahrheit streben«, erklärte er schließlich. »Das Ziel der moralischen Tugenden aber sind die geistigen Tugenden. Das Wissen um die Wahrheit ist also das höchste Ziel des Menschen. Daraus folgt, dass der Philosoph besser ledig bleibt, statt eine Ehe einzugehen.«

»Und mit welcher Autorität könnt Ihr diesen Schluss begründen?«

»Mit der Autorität des Philosophen Seneca«, erwiderte Robert. ›Tugend‹, schreibt er in *De vita beata*, ›ist der Weg zur Glückseligkeit.‹«

Victor nickte ihm unauffällig zu. Besser hätte auch er die Frage nicht beantworten können.

»Und warum sind die geistigen Tugenden das höchste Ziel des Menschen?«, fragte John weiter.

»Weil alles für den Menschen erreichbare Gute in den geistigen Tugenden liegt«, antwortete Robert mit fester Stimme.

»Was aber setzt den Geist instand, die geistigen Tugenden zu erkennen?«

»Seine natürlichen Gaben. Der Geist ist so beschaffen, dass er zu jeder Wirkung eine Ursache benennen kann. Bis zurück zur Erstursache aller Dinge. Und diese ist zugleich sein letzter Zweck.«

War die Klippe umschifft? In je höhere Sphären der Philosophie die Diskussion gelangte, umso geringer wurde die Gefahr, dass Robert in Widerspruch zu den Niederungen seines Lebens geriet. Dennoch traute Victor dem Braten nicht. Während sein Schüler sich bereits entspannt zurücklehnte, fürchtete er, dass John ihn gerade in eine Falle lockte.

Er hatte sich nicht getäuscht.

»Wollt Ihr damit behaupten«, fragte der Kanzler, »die Philosophie als Erkenntnis der Wahrheit sei der Theologie als Erkenntnis Gottes überlegen?«

Trotz der unüberhörbaren Schärfe in Johns Stimme ließ Robert sich nicht beirren.

»Jesus sagt: ›Ich bin der Weg und die Wahrheit und das Leben; niemand kommt zum Vater außer durch mich. Wenn ihr mich erkannt habt, werdet ihr auch meinen Vater erkennen.‹ Das heilige Evangelium nach Johannes, Kapitel vierzehn, Vers sechs. Daraus folgt nach den Regeln der Logik, dass die Theologie als Erkenntnis Gottes die Philosophie als Erkenntnis der Wahrheit in sich einschließt, so wie die geschlossene Faust die fünf Finger einer Hand in sich einschließt oder der dreifaltige Gott die Wahrheit.«

Die Prüfer zeigten sich von der Antwort beeindruckt. Nur John of Garland runzelte noch immer die Brauen.

»Wie rechtfertigt Ihr dann«, wollte er wissen, »dass Ihr Weib und Kind Euer eigen nennt? Obwohl Ihr die Gotteswissenschaft zu studieren trachtet?«

Robert zuckte zusammen. Erst jetzt wurde ihm offenbar bewusst, dass er in eine Falle getappt und diese soeben zugeschnappt war. Unsicher zupfte er an seinem Ohrläppchen.

»Als Rhetoriker würde ich erwidern, dass ein solches *argumentum ad hominem* keinen Bestand als *argumentum ad rem* haben kann – Euer Einwand betrifft nicht die Sache, sondern nur meine Person. Auch wenn diese mit noch so vielen Fehlern behaftet sein mag, hat sie auf jene keinen Einfluss.«

Während im Publikum ein paar Studenten kicherten, verfinsterte sich Johns Miene noch mehr. »Ich habe Euch nicht als Rhetoriker, sondern als künftigen Philosophen und Theologen gefragt«, erklärte er. »Vorausgesetzt, Ihr besteht diese Prüfung und werdet nicht nur von Eurem Förderer Victor d'Alsace, sondern von der gesamten Fakultät als Student angenommen. Wisst Ihr, was der heilige Apostel Paulus im ersten Brief an die Korinther über die Ehelosigkeit schreibt?«

»Gewiss«, erwiderte Robert leise.

»Könnt Ihr auch die Stelle nennen?«

»Siebtes Kapitel, Vers eins.«

»Und?«, drängte der Kanzler. »Würdet Ihr die Güte haben, die Worte des Apostels zu zitieren?«

»Sehr wohl, Magnifizenz.«

»Worauf wartet Ihr dann noch?«

Robert räusperte sich. »›Es ist dem Menschen gut, dass er kein Weib berühre.‹«

»Lauter!«

»›Es ist dem Menschen gut, dass er kein Weib berühre!‹«, wiederholte Robert.

»Na endlich!« John stieß einen gequälten Seufzer aus. »Aber sagt, wenn Ihr die Lehre des Apostels so genau kennt, warum haltet Ihr Euch nicht daran?«

Während Robert unruhig auf seinem Stuhl hin und her rutschte, warf er seinem Lehrer einen ratsuchenden Blick zu. Victor sah die Schweißperlen auf seiner Stirn, doch er konnte ihm nicht helfen. Wenn er seinem Schüler jetzt zur Seite sprang, würden John und die gesamte Prüfungskommission ihm dies zu seinen Ungunsten auslegen. Und erst recht der Graf von Toulouse, der Roberts Replik offenbar mit derselben Spannung erwartete wie Victor.

Zum Glück ließ Robert sich nicht einschüchtern. »›Viele sind berufen, aber nur wenige sind auswählt‹, heißt es bei Matthäus. Dieselbe Unterscheidung trifft auch Paulus in Bezug auf die Ehelosigkeit. ›Ich wollte wohl lieber, alle Menschen wären, wie ich bin. Doch ein jeglicher hat seine eigene Gabe von Gott, einer so, der andere so.‹ Daraus aber folgert der Apostel: ›Um der Unkeuschheit willen habe ein jeglicher seine eigene Frau, und eine jegliche habe ihren eigenen Mann.‹«

John verzog unwillig das Gesicht. Kein Zweifel, eine falsche Antwort wäre ihm lieber gewesen. »Und welche Regeln stellt der heilige Paulus für den Umgang der Eheleute untereinander auf?«

»›Die Frau ist ihres Leibes nicht mächtig, sondern der Mann. Desgleichen ist der Mann seines Leibes nicht mächtig, sondern die Frau. Entziehe sich nicht eins dem andern, es sei denn mit beider Bewilligung eine Zeitlang, dass ihr zum Beten Ruhe habt; und dann kommt wieder zusammen, auf dass euch der Satan nicht versuche, weil ihr euch nicht enthalten könnt. Solches aber sage ich als Erlaubnis, nicht als Gebot.‹«

Robert zitierte den Korintherbrief in so vollkommener Weise, dass das Gesicht des Kanzlers mit jedem Wort, mit jedem Buchstaben länger zu werden schien. Angesichts solcher Bibelfestigkeit fiel offenbar auch ihm kein Einwand mehr ein, und er streckte die Waffen.

»Ich denke, wir haben uns ein hinreichendes Bild von Euren Kenntnissen gemacht und werden uns nun beraten.«

Er wollte Robert schon aus der Prüfung entlassen, da erhob sich Graf Raimund von seinem Stuhl.

»Die Einsicht in Eure Fehlbarkeit ehrt Euch«, sagte er zu Robert. »Sie schützt Euch immerhin gegen die Superbia, die Sünde wider den Heiligen Geist. Doch schließt Ihr daraus, dass die Bescheidenheit eine Tugend ist?«

Victor spürte, wie ihm vor Aufregung das Herz bis zum Halse klopfte. Die Frage, die der Graf gestellt hatte, schien harmlos, doch in Wirklichkeit war es unmöglich, sie zu beantworten. Kam Robert zu dem Schluss, dass Bescheidenheit eine Tugend sei, beleidigte er den Landesherrn, der bekannt war für seine Großmannssucht. Sprach er aber der Bescheidenheit die Tugendhaftigkeit ab, konnte seine Antwort unmöglich vor den Theologen unter den Prüfern bestehen.

War dies das Ende von Roberts großem Traum?

Victor versuchte, im Gesicht seines Schützlings zu lesen, ob er sich der Fallstricke bewusst war, die der Graf ihm mit seiner Frage gelegt hatte. Mit regloser Miene dachte Robert nach, ohne zu erkennen zu geben, was in ihm vorging. Nach einer Weile, die sich immer mehr in die Länge zu ziehen schien, erhob er endlich seine Stimme.

»*Videtur*«, setzte er zur Erörterung der Frage mit dem ersten Scheinargument an, wie es sich für die Beantwortung einer so heiklen und schwierigen *Quaestio* gehörte, »im Evangelium nach Lukuas sagt der Herr: ›Wer sich selbst erniedrigt, wird erhöht.‹ Demnach scheint die Bescheidenheit zweifellos eine Tugend zu sein. *Praeterea videtur*«, fuhr Robert fort, während Raimund von Toulouse bereits die Stirn in Falten legte, »auch die Sprüche Salomos warnen vor der Sünde des Hochmuts, wenn sie die Demut der Hoffart entgegensetzen: ›Die Hoffart des Menschen wird ihn stürzen; der Demütige aber wird Ehre empfangen.‹ *Praeterea*: Schließlich mahnt uns das Beispiel Ahabs im ersten Buch der Könige zur demütigen Unterwerfung unter den Willen Gottes: ›Hast du nicht gesehen‹, fragt der Herr Elia, ›wie Ahab sich vor mir gedemütigt hat? Weil er sich aber vor mir gedemütigt hat, will ich das Unheil nicht kommen lassen zu seinen Lebzeiten.‹ Die Demut ist somit eine wesentliche Eigenschaft des wahren Gläubigen und muss darum als Tugend bezeichnet werden.«

Victor schielte zu dem Grafen hinüber. Als er Raimunds Gesicht sah, schrak er zusammen. Aus den Augen des Landesherrn sprühte der Zorn in hellen Funken, und seine mächtige Brust hob und senkte sich, so schwer ging sein Atem. Robert hatte den Bogen überspannt und sich in seinen eigenen Argumenten gefangen. Wie sollte er sich aus dieser Zwickmühle wieder befreien?

»*Sed contra*«, hob er zum Gegenargument an, »Bescheidenheit ist nicht Demut, und Demut ist nicht Bescheidenheit. Beide Begriffe gilt es sorgfältig voneinander zu scheiden, und zwar nach Maßgabe ihres Bezugs. ›Sei demütig vor deinem Gott‹, sagt der Prophet Micha. Das heißt, die Demut bezieht sich auf den Herrn unseren Schöpfer, der die Welt erschaffen hat und alles, was auf ihr ist. Sie bezeichnet folglich die Unterwerfung unter Gott, die alle Menschen ihrem Schöpfer schulden, ohne Ausnahme, denn so heißt es in den Sprüchen Salomos: ›Ein stolzes Herz ist dem Herrn ein Gräuel‹. Bescheidenheit hingegen bezeichnet die Unterwerfung des Menschen unter andere Menschen. Sie kann eine Tugend, muss aber nicht zwingend eine solche sein, ja, sie kann sogar im Widerspruch zur Tugend stehen, sofern sie nämlich einen Menschen, von dem Gott Großes will, in dessen Streben nach Großem behindert. ›Ich habe dich genommen von den Schafhürden‹, verkündet der Herr im zweiten Buch Samuel dem jungen David, ›damit du Fürst über mein Volk Israel sein sollst. Und ich will dir einen großen Namen machen.‹«

Ein Raunen breitete sich unter den Zuhörern aus, und die Magister und Doctores der Prüfungskommission wiegten ihre Köpfe, während die Miene des Grafen von Toulouse noch dessen Unschlüssigkeit verriet.

Robert richtete sich auf seinem Stuhl auf. »*Respondeo*«, rief er. »Aus alledem schließe ich, dass die Demut vor Gott eine Tugend ist, derer jeder wahrhaftige Christenmensch sich befleißigen muss – gleichgültig, ob er hoch oder niedrig sei, Herr oder Knecht, König oder Sklave. Die Bescheidenheit hingegen, die ein Mensch anderen Menschen schuldet, bemisst sich allein nach dem Rang, den Gott ihm auf Erden zugewiesen hat. ›So gebet nun jedermann, was ihr schuldig seid‹, fordert der Apostel Paulus die

Römer auf, ›Steuer, dem die Steuer gebührt; Zoll, dem der Zoll gebührt; Furcht, dem die Furcht gebührt; Ehre, dem die Ehre gebührt.‹«

Robert hatte noch nicht zu Ende gesprochen, da erhob sich Raimund von seinem Platz, um Beifall zu spenden. Fast im selben Moment taten es ihm die Magister gleich, und während das ganze Gotteshaus applaudierte, stand auch John of Garland endlich von seinem Stuhl auf.

»Robert Savetier, Ihr habt die Prüfung bestanden«, verkündete der Kanzler, ohne sich mit seinen Kollegen zu beraten. »Damit seid Ihr berechtigt, fortan den Titel Magister Artium zu führen.«

12

Voller Sorge blickte Paul auf die überbordenden Regale in der Bücherkammer, die unter der Last der unverkäuflichen Manuskripte schier einzubrechen drohten. Seine schlimmsten Befürchtungen hatten sich erfüllt: Seit sein ehemaliger Angestellter Jacques Pèlerin das Privileg besaß, als einziger Kopist in der Stadt die Werke der Dominikaner zu vervielfältigen, verirrten sich kaum noch Kunden in die Rue des Pailles, um ein Manuskript auszuleihen oder gar zu erwerben. Von welchen Autoren auch? Pauls Hoffnung, dass Victors Werke nach dessen Fortgang aus Paris sich womöglich noch besser verkaufen würden als zuvor, weil die Studenten seine Texte umso begieriger zu lesen begehrten, wenn sie seine Vorlesungen nicht mehr hören konnten, hatte sich nur in den ersten Wochen erfüllt. Kaum hatten die Ordensgeistlichen die Inhalte der Prüfungen neu bestimmt, brach der Absatz mit Werken der weltgeistlichen Autoren ein. Dieselben Studenten, die früher ein Vermögen dafür gezahlt hätten, um den Zipfel von Victors Robe berühren zu dürfen, gaben jetzt für seine Gedanken keinen Sou mehr aus. Paul hatte im Laufe des Frühjahrs mehr als der Hälfte seiner Schreiber kündigen müssen, und selbst für die diejenigen von ihnen, die er in der Hoffnung behalten hatte, dass die Zeiten sich wieder bessern würden, reichte die Arbeit kaum aus, um sie mehr als fünf oder sechs Stunden am Tag zu beschäftigen.

Auch heute würde Paul seine Leute schon vor dem Angelus in den Feierabend entlassen.

Er wollte gerade ins Skriptorium zurückzukehren, da kam Marie mit einem Manuskript herein. Wie so oft in letzter Zeit, wenn sie ihn sah, schenkte sie ihm ein Lächeln. Doch als sie ihren Papierstoß auf dem Tisch ablegte, huschte ein Schatten über ihr Gesicht. Paul ahnte den Grund. Im Regal lag ein Manuskript von Roberts Hand. Die Vorstellung, dass seine Frau immer noch um ihn trauerte, war unerträglich.

»Möchtest du, dass ich dir mein Ablagesystem erkläre?«, fragte er, einer plötzlichen Eingebung folgend, um ihre Stimmung aufzuhellen.

Überrascht schaute Marie ihn an. Lange Zeit hatte sie sich nichts sehnlicher gewünscht, als dass er sie in sein System einweihte, doch jetzt, da er ihr den Wunsch erfüllen wollte, schien sie eher misstrauisch als erfreut.

»Das würdest du tun?«, fragte sie. »Ich dachte, das System ist dein streng gehütetes Geheimnis.«

»Dann wird es höchste Zeit, dass ich es lüfte.« Verunsichert wich er ihrem prüfenden Blick aus. »Weil, es könnte mir ja etwas zustoßen, und wie willst du dann ohne mich die Geschäfte weiterführen?«

»Ach so«, sagte Marie, offenbar enttäuscht von seiner Auskunft.

»Außerdem bist du meine Frau«, fügte er rasch hinzu, »und Eheleute sollten keine Geheimnisse voreinander haben.« Bevor sie etwas erwidern konnte, nahm er ihre Hand und führte sie zu einem Regal. »Bist du bereit?«

Sie nickte. Paul atmete auf. War es ihm doch gelungen, ihre Neugier zu wecken? Einen Moment überlegte er, wie er anfangen sollte. Dann sagte er: »Vielleicht ist dir aufgefallen, dass wir immer nur fünf Texte auf einmal in Arbeit haben.«

Marie zuckte die Achseln. »Aufgefallen ist es mir nicht, aber jetzt, wo du es sagst ...«

»Und jeden Text gliedere ich stets in fünf Teile«, fuhr er fort. »Fünf mal fünf – macht zusammen fünfundzwanzig Fächer für jedes Regal. Das ist das Grundprinzip.«

»Aber in welcher Reihenfolge legst du die Bündel ab?«, fragte sie. »Ich habe nie eine Ordnung erkannt, weder von rechts nach links noch von oben nach unten.«

Ihre Frage verriet, dass sie es wirklich wissen wollte.

»Ein Schlüsselwort bestimmt die Reihenfolge«, erwiderte Paul. »von links nach rechts die Reihenfolge der fünf Texte, und darunter, von oben nach unten, die Reihenfolge der jeweils den Texten zugehörigen fünf Teile, doch immer versetzt um ein Fach, damit sie nicht alle untereinanderliegen, und außerdem abwechselnd einmal von vorn nach hinten und dann wieder von hinten nach vorn.«

Marie dachte nach. »Das Schlüsselwort ersetzt also die Zahlen eins bis fünf?«

»Richtig, und zwar in der Reihenfolge des Alphabets. Dadurch entsteht eine Ordnung der Fächer, und somit der Bündel, die nur nachvollziehen kann, wer das Schlüsselwort kennt.«

Sie nickte. »Ich begreife.«

»Noch nicht ganz«, widersprach Paul. »Erst, wenn du weißt, wie das Schlüsselwort heißt. Nur dann kannst du die Bündel eines Buchs selbst zusammenfügen.«

»Das hatte ich mir immer gewünscht«, sagte Marie so leise, als spräche sie zu sich selbst, und senkte den Blick.

Paul hob mit der Hand ihr Kinn, so dass sie ihn anschauen musste. »Kannst du erraten, wie das Schlüsselwort heißt?«

»Wie ... wie sollte ich?«

»Es ist doch ganz einfach.« Er musste grinsen. »Zumindest für dich.«

»Warum? Es kann doch jedes Wort mit fünf Buchstaben sein.«
»Nein, das kann es nicht. In Wirklichkeit kommt nämlich nur ein einziges dafür in Frage.«
»Ein einziges Wort?«
»Verstehst du immer noch nicht? Das Schlüsselwort heißt genauso wie du – *Marie*!«
Ungläubig blickte sie ihn an. »Wirklich? Du hast meinen Namen für dein System gewählt?«
»Damit hast du nicht gerechnet, oder?« Ihr Staunen über die gelungene Überraschung machte ihn so glücklich, dass er kaum wusste, wohin mit sich. »Pass auf, ich zeige dir, wie's geht.« Statt lange zu überlegen, welches Beispiel er wählen sollte, griff er kurz entschlossen zu dem erstbesten Bündel, das ihm ins Auge sprang. »Waagerecht unter R, weil es das dritte Buch im Regal, und senkrecht unter M, weil es das erste Bündel des Manuskripts ist.« Während er sprach, holte er die weiteren vier Bündel aus den Fächern und legte sie zu einem Stapel zusammen. »Und schon haben wir das ganze Buch. Seneca, *De vita beata*.«
Voller Spannung sah er sie an. War es Zufall oder Fügung, dass er ausgerechnet zu diesem Titel gegriffen hatte?
Eine lange Weile erwiderte Marie seinen Blick, ohne ein Wort zu sagen. Dann begannen ihre Lider zu zucken. Täuschte er sich, oder waren das wirklich Tränen, die in ihren grünen Augen glänzten?
»Ach, Paul«, sagte sie und strich ihm über die Wange.
Nur diese zwei Wörter, mehr nicht. Doch dabei sah sie ihn mit ihren schimmernden Augen so liebevoll an, dass er gar nicht anders konnte, als sie zu küssen.
»Ich liebe dich«, flüsterte er.
Statt etwas zu erwidern, schloss sie die Augen und öffnete einen Spaltbreit ihren Mund. Überwältigt von seinen Gefühlen, beugte er sich zu ihr. Doch kaum berührten seine Lippen die ihren, wich sie so plötzlich zurück, dass sein Kuss ins Leere ging.
»Um Gottes willen, was hast du?«

»Ich weiß nicht«, sagte sie und hielt sich die Hand vor den Mund. »Mir ist auf einmal ganz übel.«

»Übel?«, wiederholte Paul. »Hast du etwas Verdorbenes gegessen?«

Mit einem Lächeln schüttelte sie den Kopf.

»Nein?« Auf einmal fing sein Herz wie wild an zu schlagen. »Bist du sicher?«

»Ganz sicher!«, bestätigte sie, immer noch lächelnd. »Ich habe doch dasselbe gegessen wie du.«

Paul wagte kaum, an sein Glück zu glauben. »Aber ... aber das würde ja heißen, dass du ... dass wir ...«

»Ja«, nickte Marie. »Ich glaube, wir bekommen ein Kind.«

13

Während die Sonne wie ein Feuerball am Horizont versank, zog am Ufer der Garonne eine so seltsame Prozession entlang, dass die Fischer sich die Augen rieben und den Marktweibern der Mund vor Staunen offen stehen blieb. Bewaffnet mit Schwämmen und Eimern, Scheren, Messern und Feilen, vor allem aber mit wohlgefüllten Weinschläuchen, geleiteten Professoren aller Fakultäten in wehenden Talaren den frischgebackenen Magister Robert Savetier, der, in groben Holzpantinen und einen vor Dreck starrenden Kittel gewandet, einen mit Hörnern bewehrten Strohwisch auf dem Kopf trug und dazu an beiden Ohren bunte Gehänge aus Leinen und Leder, die ihm im Wind um die Schultern flatterten. Während die Professoren ihr Opfer im Kreise drehten oder zwischen sich hin und her stießen, so dass Robert sich kaum auf den Beinen halten konnte, brachen sie immer wieder in Freuden- und Jubelgesänge aus, um vor aller Welt seine herrliche, alles überragende Gelehrsamkeit zu preisen.

Denn Robert hatte es geschafft – er hatte das Examen nicht nur bestanden, sondern als einziger Kandidat das Prädikat *summa cum laude* erhalten. Nachdem er am Vorabend in einer letzten Disputation noch einmal seine Kenntnisse unter Beweis gestellt und am Morgen in einer feierlichen Zeremonie aus den Händen des Kanzlers die Lizenz empfangen hatte, stand seiner Anstellung in der Artistenfakultät nichts mehr im Wege. Zu Beginn des neuen Semesters würde er nicht nur das Studium der Theologie aufnehmen, sondern auch als Universitätslehrer die ersten eigenen philosophischen Übungen abhalten.

Doch zuvor galt es, ihn von seiner Herkunft und Vergangenheit zu läutern, um ihn für die Aufnahme im durchlauchten Kreise der Doctores und Magister würdig zu machen: ein Examensbrauch, der schon an der Pariser Universität mit Freuden geübt worden war und hier in Toulouse nun fröhliche Urständ feierte. Sogar der berühmte Victor d'Alsace sowie Kanzler John of Garland nahmen daran teil.

Während Robert sich auf das Schlimmste gefasst machte, trat sein Lehrer, einen Kübel Wasser schwenkend, aus der Menge hervor und rief mit angewiderter Miene: »Was ist das hier für ein Gestank?«

Der Kanzler zeigte auf Robert. »Der da ist's – Euer Schüler!«

»Puuuh«, machte Victor und hielt sich die Nase zu. »So ein Stinktier!«

»Als wäre er der Kloake entstiegen!«

»Ein wandelnder Misthaufen!«

»Die ganze Luft verpestet er!«

Kaum wurden die Rufe laut, bildete sich ein Kreis um Robert, aus dem immer mehr empörte Anschuldigungen auf ihn niederprasselten.

»Und wie er aussieht!«

»Wie ein Vieh mit seinen Hörnern!«

»Und dieser wirre Blick!«

»Eine Schande für jede Fakultät!«

»Wir müssen ihn waschen und rasieren!«

»Und ihm die Haare schneiden!«

»Und die Schlappohren stutzen!«
»Vor allem die Zähne müssen wir ihm feilen!«
»Ja, weg mit den Hauern!«
»Damit aus dem Vieh ein Mensch wird!«
»Ein Gelehrter!«
»Ein Magister!«
»Einer von uns!«

Als wäre er in den Fängen eines Kraken, griffen hundert Arme gleichzeitig nach Robert, hoben ihn in die Luft und setzten ihn auf einen Baumstumpf. Im nächsten Moment ging ein Schwall Wasser auf ihn nieder. Doch weil die Feier schon am Mittag begonnen hatte, war er inzwischen so betrunken, dass er alles willenlos mit sich geschehen ließ. Während er das Rufen und Lachen wie aus weiter Ferne hörte, während tausend Hände sich an ihm zu schaffen machten, ihm die falschen Hörner und Ohren kappten wie auch die unsichtbaren Hauer, während man ihm den Strohwisch vom Kopf und den Kittel vom Leibe riss, um ihn zu bürsten und zu schrubben, als gelte es, ihn in ein anderes Wesen zu verwandeln, dachte er nur mit dumpfem Schädel daran, wie viel ihn das alles kosten würde. Denn der Wein, den die Professoren und Doctores aus den mitgeführten Schläuchen in solchen Mengen tranken, als litten sie seit Tagen Durst, ging genauso auf seine Kosten wie das Gelage, das er nach Empfang seiner Bestallungsurkunde auf dem Platz vor der Basilika gegeben hatte.

Nachdem man ihn in eine saubere Robe gekleidet hatte, befahl ihm sein Lehrer Victor d'Alsace, auf dem Boden niederzuknien, um ihm im Angesicht seiner neuen Kollegen die Beichte abzunehmen.

»Gestehe, dass du ein Vieh warst!«, forderte er ihn auf.

Robert erwiderte mit stieren Augen seinen Blick und hob die Hand zum Schwur. »Ich gestehe ...«, brachte er lallend hervor.

»Gestehe, dass du in einem Schweinekoben gelebt hast!«
»Ich gestehe ...«
»Gestehe, dass dein Badezuber die Suhle war!«

»Ich gestehe ...«

»Gestehe, dass du weder schreiben noch lesen konntest, sondern nur grunzen!«

»Ich gestehe ...«

»Gestehe, dass du ohne uns zugrunde gegangen wärest, wie du zur Welt gekommen bist – als ein Vieh!«

»Ich gestehe!«

Nachdem Robert die Sünden seiner Vergangenheit gebeichtet hatte, trat Victor beiseite, um für das nun folgende Gelöbnis dem Kanzler Platz zu machen.

»Gelobe«, sprach John of Garland vor, »das du deine viehische Herkunft für immer hinter dir lässt!«

Wieder hob Robert die rechte Hand. »Ich gelobe ...«

»Gelobe, dass du allem entsagst, wonach das Vieh in dir begehrt!«

»Ich gelobe ...«

»Gelobe, dass du dich an Leib und Seele erneuerst, um fortan ein wahrer Mensch zu sein!«

Bevor Robert auch das dritte Gelöbnis bekräftigen konnte, hörte er plötzlich eine vertraute Stimme.

»Das ist eine Feier nach meinem Geschmack! Ich glaube, hier bin ich richtig!«

Als er sich zur Seite wandte, glaubte er zuerst an eine Erscheinung. Während John of Garland und die übrigen Professoren zurückwichen, näherte sich ein herrlich gekleideter Ritter, mit einem himmelhohen Federbausch auf dem Helm. Sein Gesicht erinnerte an das eines Pferdes.

Mit einem Mal war Robert hellwach.

»Henri?«, rief er und sprang von dem Baumstumpf. »Was zum Teufel machst du denn hier?«

Sein Freund grinste über das ganze Gesicht. »Der Heilige Geist hat mich zu dir geschickt«, erwiderte er. »Oder genauer gesagt, sein Stellvertreter – der Heilige Vater in Rom!«

14

Im Skriptorium der Rue des Pailles herrschte gespenstische Stille. Nur an vier Pulten wurde noch gearbeitet, die übrigen Plätze waren verwaist. Der Anblick des leeren Saals, in dem früher zwei Dutzend Kopisten in Lohn und Brot gestanden hatten, wirkte auf Marie genauso bedrückend wie das Schweigen, in dem das Kratzen der wenigen Federn fast überdeutlich zu hören war. Wie lange würde es noch dauern, bis Paul das Haus verkaufen musste?

Sie legte die Feder beiseite und trat ein paar Schritte auf der Stelle. Vom langen Stehen waren ihre Beine angeschwollen und ihre Waden hart wie Stein. Doch kaum hatte sie damit begonnen, verspürte sie ein Ziehen im Unterleib, gefolgt von einem leichten Stechen. Unwillkürlich fasste sie sich an den Bauch. Konnte es sein, dass sich in ihr schon etwas regte?

Bei dem Gedanken hellte sich ihre Stimmung im Nu wieder auf. Nein, sie hatte sich nicht getäuscht, sie spürte es ganz genau, und auch die Hebamme hatte es ihr bestätigt: Sie trug ein Kind unter dem Herzen, vermutlich schon im dritten oder vierten Monat. Gott hatte ihre Gebete erhört und ihre Ehe gesegnet. Obwohl sie es sich gar nicht leisten konnten, zündeten Paul und sie fast jeden Sonntag eine Kerze vor dem Hauptaltar von Sainte-Geneviève an. Noch bevor das Kind auf der Welt war, verband es sie beide in einer so innigen Weise, wie Marie es nicht für möglich gehalten hätte. Es war, als hätte das winzig kleine Wesen, das da irgendwo im Dunkel ihrer Gedärme nistete, sie und ihren Mann ein zweites Mal miteinander vermählt. Schon jetzt zählte sie die Tage, da sie es auf dem Arm halten würde. Es half ihr zu vergessen, woran sie sich nicht mehr erinnern wollte.

Da die Schwellung ihrer Waden nicht nachließ, beschloss sie, einen Gang vor das Haus zu machen, um sich ein wenig die Beine zu vertreten. Wie immer vermied sie beim Verlassen des Raums, auf das eine leere Pult zu schauen, das gleich neben dem ihren stand. Der Anblick tat immer noch weh.

Als sie die Tür zur Halle öffnete, hörte sie eine aufgebrachte Männerstimme.

»Wenn Ihr nicht zahlt, bringe ich Euch in den Schuldturm. Mein letztes Wort!«

Bevor Marie den Mann erkennen konnte, war er auf der Straße verschwunden. Paul, der hinter dem Fremden die Haustür schloss, schrak bei ihrem Anblick sichtlich zusammen.

»Wer war das?«, fragte sie.

»Ach, nicht so wichtig«, erwiderte er.

»Aber der Mann hat dich bedroht. War das einer von den Gläubigern?«

Paul nagte an seiner Lippe. »Ja, ein Lombarde. Aber hab keine Angst«, fügte er rasch hinzu, als er ihr Gesicht sah, »ich werde es schon irgendwie schaffen, die nächste Rate zu zahlen.«

Er gab sich sichtliche Mühe, ein sorgloses Gesicht zu ziehen, aber Marie glaubte unter seinem Bart zu erkennen, dass die Narbe zuckte.

»Und woher willst du das Geld nehmen?«, fragte sie. »Wir haben doch kaum noch Einnahmen.«

Mit einem Lächeln trat er auf sie zu und nahm sie in den Arm. »Und wenn ich dir verspreche, dass trotzdem alles wieder gut wird?«

Marie schmiegte sich an seine Brust. »Ach, Paul«, flüsterte sie. »Wie gern würde ich das glauben. Aber das sagst du doch nur, um mich zu trösten.«

»Nein, das tue ich nicht«, erwiderte er. »Es ist nur eine Durststrecke, die wir gerade durchmachen. Die ist bald überstanden. Dann wird das Geld wieder sprudeln, genauso wie früher.«

Marie trat einen Schritt zurück und schaute ihn an. »Glaubst du wirklich?«

»Ja, das tue ich.«

»Aber warum?«

Paul grinste. »Weil der König es so will.«

»Der König?«

»Hast du es noch nicht gehört?«, fragte Paul. »Das ganze lateinische Viertel redet doch davon. Ludwig hat einen Boten nach Toulouse geschickt, um Victor d'Alsace nach Paris zurückzuholen. Du kennst den Boten sogar – es ist Ludwigs neuer Kammerherr.«

»Vicomte de Joinville?«

»Genau der«, bestätigte Paul. »Und wenn Victor zurückkehrt, folgen die anderen Magister ihm auf der Stelle nach, und alles wird bald schon wieder so sein, wie es war. – Aber warum ziehst du so ein Gesicht? Glaubst du mir etwa nicht?«

»Doch«, sagte Marie und versuchte zu lächeln. Aber sie schaffte es nicht.

Paul verstand. »Ach so«, sagte er, »du hast Angst, dass Victor nicht allein nach Paris zurückkehren wird.«

Marie nickte. Sie wollte ihren Mann nicht belügen.

Pauls Miene verdüsterte sich. »Du liebst ihn also noch immer?«, fragte er mit rauer Stimme.

Marie zögerte. Um seinem Blick auszuweichen, schaute sie zu Boden. Wusste sie denn selbst, welche Gefühle sie für Robert empfand? Sie wusste nur, dass sie immer, wenn sie im Skriptorium das leere Pult an ihrer Seite sah, an ihn denken musste.

»Nein«, sagte sie schließlich. »Ich ... ich meine nur, es war leichter so, wie es bis jetzt war ...« Sie spürte, wie ihr die Tränen kamen.

Bevor ihr die Stimme versagte, machte sie kehrt und eilte hinauf in die Wohnung.

15

Wie ein Professor vor seinen Studenten hob Henri de Joinville den Daumen in die Luft. »*Hauptsatz*: Paris wird wegen seiner Universität die Rose der Welt genannt.« Er fügte den Zeigefinger hinzu. »*Untersatz*: Die schönste

Blüte dieser Rose ist der berühmte Magister der Theologie Victor d'Alsace.« Jetzt streckte er auch noch den Mittelfinger in die Höhe. »*Conclusio*: Ergo muss Victor d'Alsace zurück nach Paris, mitsamt seinen Schülern, die zu ihm gehören wie die Blätter einer Rose zu ihrer Blüte.«

Robert wollte seinen Freund darauf hinweisen, dass dies alles andere als ein korrekter Syllogismus sei, sondern reine Sophisterei, doch Henri ließ ihn nicht zu Wort kommen. Er sprudelte nur so vor Argumenten, warum Victor und sein Freund sich besser noch heute als morgen mit ihm auf die Reise machen sollten. Während er ihnen in den herrlichsten Farben ausmalte, welchen Empfang der König ihnen in der Hauptstadt bereiten würde, wurde Robert immer mulmiger zumute. Wollte er wirklich wieder zurück? Natürlich konnte Toulouse sich nicht mit Paris vergleichen, weder die Stadt noch die Universität – aber andererseits ... In Toulouse hatte Robert sein erstes Magister-Examen bestanden, hier konnte er, trotz Frau und Kind, Theologie studieren, in fester Anstellung und ausgestattet mit einem ausreichend großen Salär, um seine Familie zu ernähren, und hier würde er später, sofern er auch die Hürden des theologischen Examens überwand, einen Lehrstuhl besteigen, um sein künftiges Leben nicht nur der Wissenschaft zu weihen, sondern mit ihr auch seinen Lebensunterhalt zu bestreiten. Seine Zukunft in Toulouse stand ihm so klar vor Augen, als wäre sie in einem Buch vorgezeichnet. In Paris hingegen erwartete ihn ein Leben voller Ungewissheit. Denn dort war er nicht nur den Prüfungen der Wissenschaft ausgesetzt, sondern viel mehr noch den Prüfungen des Lebens, und er wusste nicht, ob er die Kraft haben würde, sie zu bestehen.

Victor schaute auf das Schreiben in seiner Hand, eine Abschrift des päpstlichen Mahnbriefs an Bischof Wilhelm, die Henri aus Paris mitgebracht hatte. »Die Verantwortlichen des Gemetzels sollen also zur Rechenschaft gezogen werden«, sagte er, während er mit den Augen die Zeilen überflog. »Das ist immerhin ein Anfang. Aber was ist mit unseren übrigen Forderungen?«

»Welche genau meint Ihr?«, fragte Henri.

»Vor allem die Forderung, dass der König die Unabhängigkeit der Universität vom Pariser Ortsbischof garantiert.«

»Ludwig hat sämtliche Privilegien erneuert. Damit ist Wilhelm entmachtet.«

»Von einer Garantie eigener Hoheitsrechte steht hier nichts«, erwiderte Victor und deutete mit dem Kinn auf das Schreiben. »Noch können meine Schüler darauf vertrauen, dass andernorts abgelegte Examina in Paris Anerkennung finden.«

»Wäre es darum nicht klüger, in Toulouse zu bleiben?«, fragte Robert. »Alle Rechte, die wir in Paris erst erstreiten müssten, räumt Raimund uns doch hier freiwillig ein.«

»Ich bin sicher«, erwiderte Henri, bevor Victor antworten konnte, »dass Ludwig sämtliche Rechte, die Ihr in Toulouse genießt, Euch in Paris gleichermaßen zugestehen wird.«

Doch Victor schüttelte den Kopf. »Darauf will ich mich nicht verlassen. Wenn wir jetzt zurückkehren, ohne sichere Garantien, wären wir auf die Gnade Seiner Majestät angewiesen. Doch wir wollen keine Gnade, sondern Recht.«

»Was wollt Ihr damit sagen?«, fragte Henri verblüfft.

Victor gab ihm den Brief zurück, dann drehte er sich zu Robert herum. »Seid Ihr bereit, mich zu begleiten?«

»Nach Paris?«, fragte Robert.

Wieder schüttelte Victor den Kopf. »Nein, nach Rom. Zum Heiligen Vater.«

16

Suzette schabte die Reste des Fleisches von den Essbrettern zurück in den Schmortopf, um sie über Nacht kalt zu stellen. Robert hatte mit den letzten Pfennigen, die ihm nach dem Examen geblieben waren, eine Hammelkeule gekauft, die sie am Abend zu dritt verspeist hatten. Er hatte es als Ehrensache betrachtet, seinem adligen Freund zum Abschied ein so kostspieliges Mahl auszurichten, bevor Henri zur Rückreise nach Paris aufbrach.

Während Suzette das Fleisch versorgte, sah sie durch die offene Küchentür, wie die beiden Männer im Hof miteinander Wein tranken. Versuchte der Vicomte immer noch, ihren Mann zur Rückkehr in die Hauptstadt zu überreden? Seit sie in Toulouse angekommen waren, lebte sie in der Angst, dass Robert nach Paris zurückkehren würde, in die Stadt, in der die Frau lebte, für die er bereit gewesen war, sein Studium zu opfern. Jetzt hatte er versprochen, selbst in dem Fall, dass der Papst nachgab und sein Lehrer Victor beschloss, wieder in der Hauptstadt zu unterrichten, er mit ihr in Toulouse bleiben wollte. Das war mehr, als Suzette je vom Leben erwartet hatte.

Konnte es sein, dass Robert sie liebte, obwohl er sie nicht berührte?

Eigentlich konnte sie sich das nicht vorstellen. Wenn man einen Menschen liebte, dann mit Haut und Haar. Dann konnte es doch gar nichts Schöneres geben, als einander zu umarmen und zu küssen, bis man nicht mehr wusste, wo der eine aufhörte und der andere anfing. So war es mit LeBœuf gewesen, zumindest in der Zeit, wenn sie einander gut gewesen waren – ihr Verlobter hatte dann nie genug von ihr bekommen können. Doch Robert war anders als LeBœuf, seine Studien waren ihm wichtiger als ihre Umarmungen, und der Verzicht darauf war der Preis, den er zahlen musste, um Magister werden zu können – so hatte er es ihr erklärt. Mit einem Seufzer verschloss sie den Topf. Nun gut, wenn es so war, wollte sie es zufrieden sein. Dass Männer sie begehrten, ohne sie zu lieben, hatte sie oft genug erlebt. Es hatte sie alles andere als glücklich gemacht.

Sie wollte gerade den Topf in den Keller bringen, als sie plötzlich ein leises Rascheln hörte. Jean-Marie war aufgewacht. Sofort ließ sie alles liegen und stehen und trat an sein Körbchen. Als sie sich über ihn beugte, strahlte er sie mit seinen großen blauen Augen an und gluckste vor Freude. Erkannte er sie oder hatte er nur Hunger und hoffte auf eine Mahlzeit?

Suzette hob ihn in die Höhe und knöpfte sich die Bluse auf. Wie immer, wenn sie ihn an die Brust legte, durchströmte sie ein Gefühl, für das sie keinen Namen hatte. War dies das Glück, dem alle Menschen nachjagten? Am Anfang hatte sie oft ein schlechtes Gewissen gehabt, weil ihre Ehe und alles, was sie dieser Ehe verdankte, auf einer Lüge beruhte, und manches Mal hatte es sie gedrängt, Robert die Wahrheit zu sagen. Sie wusste ja, dass er unmöglich Jean-Maries Vater sein konnte. Aber kam es darauf wirklich an? Nicht nur sie, auch Robert empfand den Kleinen als einziges Glück, und wenn es etwas gab, was ihr Glück zerstören konnte, war es die Wahrheit. Die Wahrheit hatte noch nie jemanden glücklich gemacht.

»Soll ich Marie Grüße von dir ausrichten?«, fragte draußen Henri.

Bei dem Namen zuckte Suzette zusammen. Sie wollte nicht hören, was die Männer sprachen, und beugte sich über ihr Kind, um Jean-Marie zuzuschauen, wie er an ihrer Brust trank. Doch nicht mal der Anblick seines Lächelns half. Die Worte waren stärker.

»Nein«, sagte im Hof ihr Mann. »Es ist jetzt so, wie es ist. Und anders soll es auch nicht sein.«

»Aber du liebst sie doch!«, fuhr Henri fort. »Wie oft hast du gesagt, dass du noch nie so glücklich gewesen bist wie mit ihr. Willst du darauf für immer verzichten? Dein ganzes Leben lang?«

»Gott hat es so gewollt.«

»So reden nur Feiglinge! Liebe ist ein Gebot der Ritterlichkeit! Ach, du weißt ja gar nicht, wie ich dich beneide! Wenn man das Glück hat, eine solche Liebe erleben zu dürfen, muss man für sie kämpfen!«

»Aber Marie ist eine verheiratete Frau!«, rief Robert. Verzweiflung klang aus seiner Stimme.

»Ist das ein Grund, dass ihr euch so quält?«, fragte Henri. »Ja, du hast richtig gehört, nicht nur du quälst dich«, fügte er hinzu, bevor Robert ihn unterbrechen konnte. »Marie verlässt das Haus nur noch, um die Messe zu besuchen oder zur Beichte zu gehen. Dabei hat sie jetzt eine Magd, die den Haushalt führt. Doch die freie Zeit nutzt sie angeblich einzig und allein dazu, in der Schreibstube zu arbeiten. Ich glaube fast, sie kann ihr Leben nur mit Arbeit ertragen.«

»Hör bitte auf«, sagte Robert. »Ich will von alledem nichts wissen.«

»Warum nicht?«

»Weil ich nicht daran erinnert werden will!«

»Lügner!«, erwiderte Henri. »Ich soll nur schweigen, weil du Marie immer noch liebst. Darum kannst du es nicht ertragen, ihren Namen zu hören. Darum willst du nicht wissen, wie es ihr geht. Darum verschließt du die Augen vor deinem und ihrem Unglück. Weil du zu feige bist, dich zu Marie und deiner Liebe zu bekennen.«

Jean-Marie hatte aufgehört zu trinken. Suzette hob den Kopf und schaute hinaus. Als sie Robert sah, verspürte sie einen Schmerz, als würde jemand mit einem Messer in ihrem Herzen wühlen. Wie von einem übergroßen Leid gebeugt, hockte ihr Mann in sich zusammengesunken auf einem Baumstumpf im Hof, beide Hände vors Gesicht geschlagen.

»*Hauptsatz*«, sagte Henri. »Wer die Liebe verrät, zerstört sein Leben. *Untersatz*: Mein Freund verrät seine Liebe. *Conclusio*: Mein Freund zerstört sein Leben.«

Während er sprach, wandte Robert den Kopf und blickte zum Haus. Suzette musste frösteln. Das Gesicht ihres Mannes war so blass, als wäre alles Blut daraus gewichen, und in seinen Augen standen Tränen.

»Was heißt schon Liebe?«, sagte er so leise, dass sie nicht wusste, ob sie die Worte wirklich hörte oder von seinen Lippen ablas. »Das Einzige, was zählt, ist die Pflicht – gegenüber meiner Frau und meinem Kind. Und die werde ich erfüllen, so wahr mir Gott helfe. Also lass mich endlich in Frieden!«

17

Bei strahlendem Sonnenschein waren sie in Toulouse aufgebrochen, doch als sie nun, siebzehn Tage später, vor Ostia an der italienischen Küste anlandeten, regnete es in solchen Strömen, dass sie als Erstes eine Herberge aufsuchen mussten, um ihre durchnässten Kleider zu trocknen und auf besseres Wetter zu warten, bevor sie ihre Reise nach Rom fortsetzen konnten.

Über die Via Aquitania, eine uralte Handelsstraße, die seit Menschengedenken die Meere im Norden und Süden Frankreichs miteinander verband, waren sie auf Eseln bis Narbonne geritten, um sodann an Bord eines mit Baumwolle und Getreide beladenen Frachtseglers in See zu stechen. Vor Marseille, wo sie frisches Wasser hatten aufnehmen wollen, waren sie in einen so heftigen Sturm geraten, dass der Kapitän es nicht geschafft hatte, das Schiff in den Hafen zu lenken. Die Folge war, dass bis zur Zwischenlandung an der Spitze Sardiniens die Besatzung mit einem Becher fauligen Wassers pro Mann und Tag hatte auskommen müssen. Die Einschränkung traf Robert besonders hart. Während der gesamten Überfahrt plagte ihn die Seekrankheit, mit unerträglicher Übelkeit und so starkem Durchfall, dass er sich auf dem letzten Teil der Reise kaum noch auf den Beinen halten konnte und die meiste Zeit unter Deck im Liegen verbrachte.

Jetzt dankte er Gott, endlich wieder ein richtiges Dach über dem Kopf und festen Boden unter den Füßen zu haben. Sie waren in einer halbwegs sauberen Osteria untergekommen, gleich in der ersten Häuserzeile am Hafen. Zum Glück war das Italienische nur eine drollige Abwandlung des Lateinischen, so dass sie sich mit dem Wirt, einem schnauzbärtigen, ebenso fettleibigen wie gutmütigen Menschen von polternder Fröhlichkeit, einigermaßen verständigen konnten. Victor hatte es sogar geschafft, eine Kammer nur für sie beide zu bekommen, so dass sie zum ersten Mal seit Beginn ihrer Reise die Nacht in eigenen Betten verbringen würden, statt sich mit fluchenden und schnarchenden Matrosen eine übelriechende, vollgestopfte Schiffskajüte zu teilen.

Nachdem sie gebadet hatten, saßen sie in trockenen Hemden und Hosen beim Nachtmahl. Behaglich knisterte ein Feuer im Kamin, vor dem ihre nassen Kleider hingen, und der Haferschleim, mit dessen Hilfe Robert wieder zu Kräften zu kommen hoffte, schmeckte ihm ebenso wie das lauwarme Bier, das er zur Schonung seines angegriffenen Magens dazu in kleinen, vorsichtigen Schlucken trank.

»Es hätte schlimmer kommen können«, sagte Victor, der, unberührt von Seekrankheit und Übelkeit, mit großem Appetit ein Stück Braten vertilgte und nach jedem Bissen dem dunkelroten Wein zusprach, den er in höchsten Tönen lobte.

»Ihr meint die korsischen Piraten?«, fragte Robert.

Sein Lehrer nickte. »Vermutlich hat der Sturm uns vor ihnen bewahrt. Möge Gott uns bei den Prüfungen, die in Rom auf uns warten, ebenso beistehen wie auf See.«

Robert wusste, welche Prüfungen Victor meinte. Hier, in Italien, würde der Papst über die Zukunft der *Universitas magistrorum et scholiarum Parisiensis* befinden. Doch zugleich würde sich in diesem fremden Land auch Roberts Schicksal entscheiden: Von dem Urteil, das der Papst über die Forderungen der Magister fällte, hing nicht nur die Zukunft der Pariser Schule ab, sondern auch, welchen Verlauf sein eigenes Leben nehmen würde. Er hatte Suzette zwar versprochen, zusammen mit ihr und ihrem Sohn in Toulouse zu bleiben – gleichgültig, wie die Verhandlungen in Rom ausgehen würden. Doch hier in Italien, am anderen Ende der Welt, überkamen ihn Zweifel. War sein Versprechen vielleicht ein Fehler gewesen? Es war ja nur Angst, die ihn verleitet hatte, es ihr zu geben, Angst vor einem Wiedersehen mit Marie, zu dem es unausweichlich kommen würde, wenn der Papst die Forderungen der Magister erfüllte und Robert seinem Lehrer zurück in die Hauptstadt folgte.

»Ihr hofft insgeheim, dass der Heilige Vater unsere Forderungen ablehnt, nicht wahr?«, fragte Victor in die Stille hinein.

Robert spürte, wie er rot anlief. Standen ihm seine Gedanken so deutlich im Gesicht geschrieben? Statt Antwort zu geben, nickte er nur stumm.

»Ihr braucht Euch nicht zu schämen«, sagte Victor. »Der Herr weiß, was Euch bedrückt. ›Und führe uns nicht in Versuchung, sondern erlöse uns von dem Übel‹ – so hat er selbst uns zu beten gelehrt.«

Unsicher hob Robert den Blick. »Dann versteht Ihr, warum ich in Toulouse bleiben muss?«

»Ich verstehe, warum Ihr *glaubt*, in Toulouse bleiben zu müssen«, erwiderte Victor mit einem Lächeln. »Doch habt Geduld, was wirklich Eure Bestimmung ist, wird sich erst noch zeigen. Oder wollt Ihr etwa der Vorsehung vorgreifen, indem Ihr selber eine Entscheidung trefft, noch bevor Ihr wisst, wie der Herr entschieden hat?«

Um dem forschenden Blick seines Lehrers auszuweichen, schaute Robert in den Kamin. Gleichmäßig und stetig leckten die Flammen an den aufgeschichteten Holzscheiten.

»Wie kann ich überhaupt Entscheidungen treffen, wenn Gott doch alles, was wir tun, im Voraus weiß und im Voraus festgelegt hat?«

Victor griff nach der Feuerzange, die vor dem Kamin am Boden lag. »Diese Frage«, sagte er, während er in der Glut stocherte, »ist vielleicht die schwierigste Frage der Philosophie überhaupt. Sie bedeutet: Entweder hat Gott von Anbeginn aller Zeiten bestimmt, was auf Erden geschieht – dann muss alles so geschehen, wie er es vorausgesehen hat; oder aber der Mensch verfügt über einen freien Willen – dann jedoch gibt es keine feste Ordnung der Dinge, und der Mensch selbst bestimmt sein Handeln. Aus diesem Widerspruch scheint es keinen Ausweg zu geben.«

»Manchmal fühle ich mich deshalb wie gelähmt«, sagte Robert, froh, dass sein Lehrer ihn nicht für wunderlich hielt. »Dann frage ich mich, ob es nicht vielleicht sogar Sünde ist, wenn ich einen eigenen Willen verspüre und etwas von ganzem Herzen will, ohne zu wissen, ob es auch Gottes Wille ist.«

»Ich verstehe Eure Not«, erwiderte Victor. »Doch wenn ich eben sagte, dass es aus diesem Widerspruch keinen Ausweg zu geben *scheint*, heißt das nicht, dass es keinen Ausweg *gibt*.« Im Kamin stob prasselnd ein Schwarm Funken in die Höhe. »Ich möchte Euch eine kleine Geschichte erzählen, aus dem Morgenland – Kreuzfahrer haben sie mir erzählt. Sie handelt von einem Sultan und dem Schicksal seiner Lieblingstochter.«

»Eine Geschichte von Muselmanen?«, fragte Robert überrascht.

Victor lachte. »Ja, von Irrgläubigen. Trotzdem enthält sie eine tiefe Wahrheit. Die Vorsehung ist ja auch Teil des muslimischen Glaubens – *Kismet* heißt sie dort.«

»Wie lautet die Geschichte?«

»Der Sultan und seine Tochter lebten glücklich und zufrieden zusammen, bis eines Tages ein Prophet bei Hofe erschien und weissagte, dass die Prinzessin schon bald am Biss einer giftigen Schlange zugrunde gehen werde. Aus Sorge um seine Tochter ließ der Sultan einen Turm vor der Küste seines Reiches im Meer errichten, wo sie fortan abgeschnitten von der Welt ganz allein lebte, so dass ihr niemand etwas antun konnte. Damit sie aber keine Not leiden musste, schickte er ihr täglich die köstlichsten Leckereien. Doch eines Tages gelangte, versteckt zwischen den Früchten eines Obstkorbs, eine Schlange auf die Insel, und wie das Orakel prophezeit hatte, biss sie die Prinzessin, so dass diese auf der Stelle starb und die Weissagung sich trotz aller Vorsicht des Sultans erfüllte.«

Robert starrte auf die stiebenden Funken. »Ihr wollt damit sagen, dass Gottes Vorsehung und die Freiheit des Menschen sich nicht ausschließen?«

»So ist es«, bestätigte Victor. »Auch wenn Gott allwissend ist, hat er uns nicht unseres freien Willens beraubt. Dem Sultan stand es frei, alles zu tun, was ihm nötig schien, um seine Tochter zu beschützen. Genauso hatte die Prinzessin die Freiheit, sich den Wünschen ihres Vaters zu fügen oder nicht. Also taten beide, was sie wollten, während ihr Schicksal sich erfüllte. So ist auch unser Leben – ein Flechtwerk von tausend und abertausend Entscheidungen, die wir treffen, in denen jedoch, wenn auch für uns Menschen unsichtbar, stets der Wille Gottes webt und waltet. Alles, was geschieht, geschieht in den Bahnen der Vorsehung.«

»Trotzdem«, beharrte Robert, »wie kann ein Mensch etwas wollen, wenn sein Wille doch dem Willen Gottes unterliegt?«

Victor warf ihm einen anerkennenden Blick zu. »Ich glaube, ich habe schon bei unserer ersten Begegnung gesagt, dass es vor allem die Zweifel sind, die mir an Euch gefallen.« Er legte die Feuerzange zu Boden und kehrte zurück zu seinem Schemel. »Die Antwort auf Eure Frage hat der heilige Augustinus gegeben. Gottes Wille ist stets und ausschließlich das Gute, der Wille des Menschen aber ist darin frei, sich mit Gott für das Gute oder gegen Gott für das Böse zu entscheiden.«

Robert runzelte die Stirn. »Soll das heißen – allein die Möglichkeit, mich für das Böse zu entscheiden, macht meine Freiheit aus?«

»Ich weiß«, erwiderte sein Lehrer, »der Gedanke ist nur schwer zu ertragen. Aber wäre der Tag ohne die Nacht denkbar? Das Helle ohne das Dunkle? Gott ohne den Teufel?«

»Haben das nicht die Manichäer gelehrt?«, fragte Robert. »Und wurden dafür verdammt?«

»Nein«, sagte Victor. »Die Manichäer wurden verdammt, weil sie das Böse und den Teufel zu einer eigenständigen Kraft erklärten. Augustinus hingegen lehrt uns, dass wir in unserer Freiheit nur die Möglichkeit haben, uns gegen das Gute zu entscheiden. Das Böse ist keine eigenständige Kraft, sondern nur ein Abfall vom Guten.«

»Den Unterschied erkenne ich an«, erwiderte Robert. »Aber wenn ich mich für das Böse entscheide, entspringt dann diese Entscheidung nicht auch der göttlichen Vorsehung? Gott hat doch von Anfang an gewusst, dass ich mich so entscheiden werde, wie ich mich entscheide.«

Victor strich sich über die Tonsur, bevor er eine Antwort gab, und seinen wachen, hellen Augen war anzusehen, wie es hinter seiner hohen Stirn arbeitete. »Angenommen«, sagte er schließlich, »Ihr und ich, wir gehen gemeinsam einen Weg, und ich ahne, dass Ihr gleich über eine Baumwurzel stolpern werdet. Wenn Ihr dann tatsächlich stolpert – ist meine Vorausahnung also die Ursache Eures Stolperns?« Er schüttelte den Kopf. »Nein, die Vorsehung enthebt uns nicht der Verantwortung für das, was wir tun, im Gegenteil, sie ist nicht die *Ursache*, sondern vielmehr der *Prüfstein* unseres Wollens – in der Wahl zwischen Gut und Böse. Diese Möglichkeit zur Entscheidung, uns entweder Gottes Willen zu fügen oder ihm zu widersetzen, ist das, was wir Freiheit nennen. Und nichts ist schwerer, als von ihr Gebrauch zu machen. Weil jede Entscheidung für einen Weg, den wir im Leben gehen, ja stets den Ausschluss zahlloser anderer Wege bedeutet, die wir auch hätten gehen können. Weshalb wir uns an jeder Weggabelung immer wieder aufs Neue die quälende Frage stellen, ob der linke oder rechte Weg der richtige ist, der Weg, von dem Gott will, dass wir ihn beschreiten.«

Roberts Übelkeit war inzwischen verflogen. Dafür schwirrte ihm jetzt der Kopf so sehr von Victors Gedanken, dass ihm davon schwindlig war. Auf einmal erschien ihm sein ganzes Leben als eine einzige Abfolge solcher Wegscheiden, angefangen in Sorbon. Sein sehnsüchtiger Wunsch, nach Paris zu ziehen, um dort zu studieren, statt in der Werkstatt seines Vaters zu arbeiten … Pauls und sein Betrug an Père Joseph, um sich die Mittel für die Reise zu verschaffen … Ihre Entdeckung durch Abbé Lejeune … Pauls Verrat und seine Befreiung aus der gemeinsamen Schuld … Die Freundschaft mit Henri … Victors wundersame Bereitschaft, ihn zu fördern … Das Wiedersehen mit Paul bei der Eselsmesse … Seine Nacht in Suzettes Armen … Die Verhaftung in Saint-Marcel … Die unwirkliche Begegnung mit Marie … Die Pläne zu ihrer

Flucht ... Suzettes Eröffnung, dass sie ein Kind von ihm bekam ... Ja, das Leben war, wie Victor sagte: ein Flechtwerk von Entscheidungen, von Irrungen und Wirrungen. Aber stimmte es darum auch, dass in allem darin der Wille Gottes wob? Beinahe kam es Robert wie ein Wunder vor, dass er gerade hier in dieser Kammer einer italienischen Herberge saß und nicht gefangen war in einem Turm inmitten des Bosporus.

»Sind es in Wahrheit nicht oft nur winzige Kleinigkeiten, die den Ausschlag geben, für welchen Weg wir uns entscheiden?«, fragte er. »Kleinigkeiten, derer wir uns oft nicht einmal bewusst sind?«

»Ein interessanter Gedanke«, sagte Victor. »Bitte nennt ein Beispiel.«

Robert dachte nach. »Angenommen, ich bereite mich auf ein Examen vor, aber immer wieder setzt sich eine Fliege auf meine Nase, um mich abzulenken, so dass ich genau die Stelle, nach der ein Prüfer mich später befragt, im Text nicht erfasse. Wenn ich deshalb durch das Examen falle – ist dies dann Ausdruck meiner Freiheit oder der Vorsehung?«

Victors hatte an der Frage sichtlich Gefallen. »Abgesehen davon«, erwiderte er mit einem Schmunzeln, »dass es Eure Entscheidung ist, ob Ihr der Fliege erlaubt, Euch auf der Nase herumzutanzen oder nicht – woher wollt Ihr wissen, dass es nicht Gott war, der sie veranlasst hatte, Euch ein wenig zu kitzeln? Oder glaubt Ihr, der Allmächtige sei zu groß und zu erhaben, um sich um solche Kleinigkeiten zu kümmern? – Seht Ihr?«, fuhr er fort, als Robert die Antwort schuldig blieb. »So lehrt uns auch Euer kleines Exempel, dass nichts, was uns trifft, Zufall ist. Alles, was uns auf unserem Lebensweg widerfährt, sei es groß oder klein, schön oder hässlich, willkommen oder widerwärtig – Gott hat es uns geschickt, damit wir uns daran bewähren.« Plötzlich wurde seine Miene ernst, und mit einer Strenge, die Robert erschrak, richtete er den Blick auf ihn. »Wollt Ihr mir helfen, so gut Ihr es vermögt, die Forderungen der Pariser Magister beim Heiligen Vater durchzusetzen? Ohne dass Ihr jetzt schon wisst, was Gott danach mit Euch vorhat?«

Die Frage erfolgte so unvermittelt, dass Robert keine Zeit zum Nachdenken hatte. »Ja«, sagte er darum nur, als könnte es gar nicht anders sein.

Sein Lehrer schlug ein Kreuzzeichen. »Ich kann Euch gar nicht sagen, wie sehr mich Eure Antwort freut. Dann lasst uns zusammen in den Kampf ziehen. Für Wahrheit und Gerechtigkeit! *Cum deo!*«

»*Cum deo!*«

»Und danach«, fügte Victor, schon wieder lächelnd, hinzu, »werden wir ja sehen, welche Fliege die Vorsehung Euch auf die Nase pflanzen wird.«

18

Suzette hob ihr schlafendes Kind aus dem Weidenkorb und schlug es in das Tuch ein, das sie als Tragehilfe um die Schultern gebunden hatte. Sie hatte sich in der Taverne eine Stunde frei genommen, um in die Stadt zu gehen. Auf dem Wochenmarkt gab es einen Lohnschreiber, der für Menschen wie sie gegen Zahlung eines Sou zu Papier brachte, was man ihm diktierte.

Sie hatte kaum die Tür hinter sich geschlossen, da fing Jean-Marie an zu weinen. Hatte er schon wieder Hunger? Das konnte doch gar nicht sein, es war kaum ein Ave Maria her, dass sie ihm die Brust gegeben hatte, und frisch gewickelt war er auch. Trotzdem jammerte er, als würde ihn etwas Schreckliches quälen.

Ahnte er, was in seiner Mutter vorging?

Seit Robert abgereist war, hatte Suzette kaum einen klaren Gedanken gefasst. Bei der Arbeit vergaß sie die Bestellungen ihrer Gäste, und in der Nacht fand sie keinen Schlaf. Immer wieder musste sie an das Gespräch zwischen ihrem Mann und Henri de

Joinville denken, dessen Zeugin sie gegen ihren Willen geworden war. Wie ein Echo hallten Roberts Worte in ihr nach. *Was heißt schon Liebe? Das Einzige, was zählt, ist die Pflicht* ... Die paar Worte hatten den einzigen Traum ihres Lebens zerstört. Allein aus Pflicht hatte Robert versprochen, mit ihr in Toulouse zu bleiben. Allein die Pflicht nötigte ihn, mit ihr zusammenzuleben – die Pflicht gegenüber einer Frau, die ihn belogen hatte, und gegenüber einem Kind, das nicht sein eigenes war. Eines Tages würde er den Trug begreifen, dass er das Kind eines anderen geliebt hatte – schon jetzt schlug Jean-Marie seinem wirklichen Vater nach, die breite, platte Nase hatte er von Paul. Dann würde es ihm das Herz zerreißen. Bei dem Gedanken überkam sie solche Scham, dass sie nicht wusste, wie sie Robert jemals wieder gegenübertreten sollte.

Von der Basilika schlug es zur halben Stunde. Obwohl sie wusste, dass das, was sie im Begriff stand zu tun, das Dümmste war, was sie je in ihrem Leben getan hatte, konnte Suzette nicht anders, konnte es so wenig, wie ein Mensch über seinen eigenen Schatten springen kann. Also drückte sie die Trage an sich und raffte den Rock. Sie musste sich beeilen, wenn sie zu spät zurück in die Taverne kam, würde der Patron ihr den Lohn kürzen. Und sie würde ab heute jeden Sou dringend brauchen, ab heute noch dringender denn je.

Im Laufschritt eilte sie durch die Gassen Richtung Markt. Immer wieder hatte sie versucht sich einzureden, dass nichts geschehen sei. Es waren doch nur Worte gewesen, die Robert gesagt hatte, noch dazu nach mehreren Bechern Wein – vielleicht war er ja betrunken gewesen. Das wollte sie glauben, wollte glauben, es sei nichts geschehen, damit sie nach der Rückkehr ihres Mannes so weiterleben konnte wie bisher. Doch sie wusste, dass diese Worte stärker waren als jeder Glaube, denn sie bedeuteten die Wahrheit, und vor der Wahrheit wollte sie nicht fliehen. Auch wenn die Wahrheit ihr Glück zerstörte – noch schlimmer war es, in der Lüge zu leben. Denn das Einzige, woran sie je geglaubt hatte, war die Liebe, und die gab es nicht in ihrer Ehe, hatte es nie gegeben und würde es niemals geben, das hatten Roberts Worte ihr noch deutlicher gemacht als sein Verzicht auf ihre Umarmungen. Darum musste sie tun, wozu sie auf dem Wege war.

Es war nur noch einen Steinwurf bis zum Marktplatz, die Rufe der Fischweiber hallten schon herüber, als Jean-Marie wieder anfing zu schreien. Suzette blieb stehen, um ihn zu beruhigen, streifte mit den Lippen über seine Stirn, seine Wangen, summte ein Lied und wiegte ihn auf dem Arm. Als alles nichts half, trat sie hinter eine Hecke, um ihm die Brust zu geben. Doch statt zu trinken, schrie er nur noch lauter. Suzette musste an die Frauen denken, die früher in ihrem Dorf Kinder zur Welt gebracht hatten, ohne einen Vater für sie zu haben. Nie hatte sie die Verzweiflung dieser Frauen so sehr empfunden wie in diesem Augenblick, sogar das Mädchen, das damals ins Wasser gegangen war, konnte sie verstehen. Ein kleiner, hinterhältiger Gedanke blitzte in ihr auf. Stand es ihr nicht frei, dasselbe zu tun? Sie blickte auf ihr hilflos schreiendes Kind, auf das leidende, dunkelrot angelaufene Gesichtchen. Nein, das durfte sie nicht. Jean-Marie brauchte sie. Er hatte ja niemanden auf der Welt außer ihr.

Als er sich wieder beruhigte, knöpfte Suzette die Bluse wieder zu und lief die wenigen verbleibenden Schritte zum Markt. Der Mann, den sie suchte, hatte seinen Tisch am anderen Ende der Hecke aufgestellt.

»Könnt Ihr einen Brief für mich schreiben?«, fragte sie.

Der Schreiber, ein Greis, zwischen dessen welken Lippen ein einziger Zahnstumpf hervorragte, blickte zu ihr auf.

»Gewiss kann ich das«, sagte er. »Aber zuerst das Geld.«

Suzette gab ihm die Münze, die sie schon bereitgehalten hatte. Der Alte prüfte sie mit einem Blick und ließ sie im Ärmel verschwinden. Dann griff er zu Feder und Papier.

»Wie lautet der Name der Person, an die Ihr Euren Brief richten wollt?«

19

Rom war der scheußlichste Ort, den Victor d'Alsace je gesehen hatte. Die wenigen Prachtbauten, die es in der Stadt gab, waren fast ausnahmslos Kirchen und wirkten zwischen den dreckigen, halb zerfallenen Steinhütten, in denen das Volk hauste, wie geile Sumpfblüten, die sich in falscher, ungesunder Schönheit aus einer Kloake gen Himmel reckten. Vor den Hauseingängen standen Bottiche mit fauligem Wasser, die eigentlich zum Löschen von Feuersbrünsten dienen sollten, tatsächlich aber von verrottenden Abfällen überquollen. Nur zwanzigtausend Menschen, nicht halb so viel wie in Paris, lebten in Rom, doch zusammen mit den Pilgern, die aus aller Herren Länder herbeiströmten, mussten hier täglich bis zu hunderttausend Münder gestopft und hunderttausend Därme entleert werden. Auf Schritt und Tritt stolperte man über Ratten, von denen es auf den Straßen und Plätzen ebenso wimmelte wie von streunenden Hunden und wilden Schweinen, die sich grunzend in den Schlaglöchern suhlten. Die engen Gassen waren so schlecht gepflastert, dass es für die Fuhrwerke und Karren kein Fortkommen gab, und während man in dem allgemeinen Lärmen und Schreien sein eigenes Wort nicht verstand, verbreitete der überall herumliegende Unrat, bestehend aus in der Sommerhitze verfaulenden Fisch- und Gemüseresten sowie den Eingeweiden von Tieren, die unter freiem Himmel geschlachtet wurden, einen so infernalischen Gestank, dass Victor sich nicht in der heiligen Stadt, sondern im Vorhof der Hölle wähnte.

Und hier residierte Papst Gregor IX., Herrscher der Christenheit, der Stellvertreter Gottes auf Erden?

Der Prälat, der Victor und Robert in ihrer Klosterunterkunft abgeholt hatte und sie nun durch das Gewühl führte, hatte erklärt, dass der Heilige Vater sie nicht im Vatikan erwarte, sondern im Lateranpalast, seinem Sitz als Bischof von Rom. Der Palast erwies sich als eine verwirrende Ansammlung ineinander verschachtelter Gebäudeteile, von Wohnräumen und Kapellen, Speisesälen, Kreuzgängen und Aulen, so dass Victor bald nicht mehr wusste, wo er sich befand. Auch Robert schien jede Orientierung verloren zu haben, als der Prälat plötzlich vor einer steil aufragenden Treppe zu Boden ging.

»Die Santa Scala«, flüsterte er, als er Victors und Roberts verständnislose Gesichter sah. »Sie schritt einst Jesus Christus hinauf, als er vor seinen Richter Pontius Pilatus trat. Helena, die Mutter des ersten christlichen Kaisers Konstantin, hat sie aus Palästina hierher geschafft. Jeder, der reuigen Herzens ihre Stufen erklimmt, erhält im Jenseits Ablass auf seine Sünden.«

Erst jetzt sah Victor die Inschrift, die zu ihren Füßen in eine marmorne Bodenplatte gemeißelt war: *Kein Ort auf dieser Welt ist heiliger als dieser.* Obwohl er Zweifel hegte, dass Gott sich auf einen solchen Ablasshandel einließ, sank er zu Boden, um wie der Prälat auf Knien die Treppe hinaufzusteigen. Robert tat es ihnen nach.

»*Omnibus vobiscum.*«

»*Et cum spiritu tuo.*«

Der Papst empfing sie in einem schmucklosen Raum, dessen Wände nur ein paar Teppiche sowie eine Darstellung des heiligen Franziskus von Assisi zierten, den Gregor erst im vergangenen Jahr heiliggesprochen hatte, und statt auf einem Thron saß er auf einem einfachen Lehnstuhl. Seinem runzligen Gesicht sah man an, dass er die Sechziger bereits überschritten hatte. Dabei war er so klein von Wuchs, dass die Füße in den roten Pantoffeln nicht bis zum Boden reichten und darum auf einem Fußbänkchen ruhten, während sein Körper in der weißen Soutane beinahe verschwand. Doch Victor ließ sich davon nicht täuschen. Hinter Gregors zerbrechlicher Erscheinung verbarg sich ein unbeugsamer Wille. Dieser unscheinbare Greis hatte sich nicht gescheut, Kaiser Friedrich zu exkommunizieren, als dieser einen Kreuzzug abgebrochen hatte, und nicht einmal die Eroberung Jerusalems zwei Jahre später hatte ihn dazu bewegen können, den Bann, der den Kaiser von allen heilsnotwendigen Sakramenten ausschloss, aufzuheben, weil Friedrich sich bei der Rückgewinnung der heiligen Stätten von den Muslimen diesen gegenüber als zu nachsichtig gezeigt hatte. Nein, die einzige wirkliche Schwäche, die Victor an diesem Mann erkennen konnte, war seine Eitelkeit, die der zur Schau getragenen Schlichtheit seiner Wohnung Hohn sprach. Davon zeugte nicht nur sein Spitzbart, sondern auch sein Haar, das in grauen Löckchen unter der Mitra hervorschaute: Er hatte es so frisiert, dass es wie ein Heiligenschein aussah, der seinen Kopf umschwebte.

Nach dem Handkuss kam der Papst ohne Umschweife auf das Anliegen der Pariser Magister zu sprechen, das Victor und Robert in den vergangenen Tagen bereits mehreren Sekretären, einem Bischof sowie einem Kardinal hatten vortragen müssen, bevor sie zur Audienz vorgelassen worden waren.

»Warum hast du dich auf die lange Reise gemacht?«, fragte er Victor. »Haben Wir nicht bereits mit Unserem Sendbrief dein wichtigstes Anliegen erfüllt, indem wir Bischof Wilhelm ermahnten, all jene zur Rechenschaft zu ziehen, die sich an deinen Studenten schuldig gemacht haben? Hoffst du, in Uns einen Verbündeten zu finden, der dir mehr gewährt, als dir zusteht? Bereits Kanzler Philipp wurde in seinem Schreiben nicht müde, Uns daran zu erinnern, dass ein gewisser Ugolino dei Conti di Segni einst die Pariser Universität besuchte. Doch wenn darauf deine Hoffnungen ruhen, müssen Wir dich enttäuschen – dieser Ugolino dei Conti di Segni existiert nicht mehr, Wir haben bei Unserer Erhebung auf den Stuhl Petri seine Existenz ebenso abgestreift wie seinen Namen und seine Kleider, um alle Entscheidungen, die Wir in Unserem heiligen Amt zu treffen haben, ohne Rücksicht auf persönliche Vorlieben und Neigungen zu fällen, damit der dreifaltige Gott seinen Willen rein und unverfälscht durch Uns der Menschheit kundtut.« Unwillig zupfte er erst an seinem Spitzbart, dann an den Ärmeln seiner Soutane. »Doch da du nun einmal hier bist –

was wünschst du noch außer der dir und den Deinen bereits zugestandenen Gerechtigkeit?«

»Wahrheit«, erwiderte Victor, der sich mit Roberts Hilfe auf die Audienz vorbereitet hatte und nicht gewillt war, sich einschüchtern zu lassen. »Die Freiheit des Denkens.«

»Kann es größere Freiheit geben, als die Freiheit, in die Gott Euch gestellt hat?«

»Nein, Ewige Heiligkeit, das ist unmöglich. Doch die Freiheit, die Gott der *Universitas magistrorum et scholiarum Parisiensis* durch König Philipp-August gab, wurde durch Bischof Wilhelm und die Regentin in solchem Maße beschnitten, dass wir uns gezwungen sahen, Paris zu verlassen, um sie andernorts zu suchen.«

Gregor runzelte die Stirn. »Und – hast du sie in Toulouse gefunden?«, fragte er. »Welche Freiheiten genießt du dort, die man dir in Paris verwehrt?«

»Alle Freiheiten, die nötig sind, um nach der Wahrheit zu streben«, erklärte Victor. »Die Freiheit, den gesamten Kosmos möglicher Erkenntnis zu erkunden. Die Freiheit, aus eigenem Recht die Universität zu regieren, im Zusammenschluss der Professoren und Doctores, ohne Einschränkungen durch den Bischof oder die Regentin. Die Freiheit, alle Bücher zu lesen, die der Erkenntnis und der Wissenschaft förderlich sind, einschließlich der Schriften des Aristoteles. Die Freiheit, nach eigenem Ermessen die Lehrstühle in den Fakultäten zu besetzen.«

Der Papst nickte. »Und wenn Wir befehlen, dass dir diese Freiheiten in Paris gewährt werden, kehrst du dann in die Hauptstadt deines Königs zurück?«

»Unter zwei Bedingungen«, erwiderte Victor. »Erstens verlangen wir von Bischof Wilhelm und der Regentin die Zusicherung, dass alle Titel, die unsere Schüler inzwischen andernorts erworben haben, in Paris Anerkennung finden – gleichgültig, an welcher Universität die Examina abgelegt wurden.«

»Ein billiges Verlangen«, sagte der Papst. »Und zweitens?«

»Zweitens fordern wir das Recht, jederzeit und ungestraft die Vorlesungen aussetzen zu können, sofern eines der obigen Rechte gebrochen wird.«

»Bist du dir bewusst, was diese Forderung bedeutet?«, fragte Gregor, plötzlich gar nicht mehr freundlich. »Damit stellst du die Hoheitsrechte von Krone und Kirche in Frage!«

Victor ließ sich nicht beirren. »Die Magister und Professoren verkörpern die Universität, nur durch sie findet der Lehrbetrieb statt. Sie müssen darum eigene Hoheitsrechte erhalten.«

»In welcher Gestalt? Wie stellst du dir das vor?«

»In Gestalt von Vertretungen, die selbständig Beschlüsse fassen können, wo immer ihre Belange auf dem Spiel stehen.«

»Also wie eine eigene Körperschaft?« Der Papst holte tief Luft. »Darüber, wie auch über deine weiteren Forderungen, werden Wir Uns gründlich beraten.« Er hob die Arme schon zum Segen, doch da kam ihm noch ein Gedanke. »Bevor Wir mit Gottes Willen eine Entscheidung treffen, haben Wir noch eine Frage.« Er beugte sich vor, und seine kleinen Augen verengten sich zu zwei Schlitzen. »Wenn du all die Rechte, die du begehrst, in Toulouse bereits genießt – warum willst du überhaupt zurück nach Paris?«

Victor hatte sich auf alle möglichen Fragen vorbereitet – nur nicht auf diese. Die aufrichtige Antwort wäre gewesen, dass er dem Grafen von Toulouse nicht traute. Raimunds Ziel war nicht die Verwirklichung einer freien Akademie, wie sie Victor nach dem Vorbild des aristotelischen Peripatos vorschwebte, ein Ort, der ausschließlich der Wahrheit verpflichtet war, der Graf von Toulouse sah in der Universität vielmehr ein Instrument im Kampf gegen die Krone. Er stärkte die Rechte der Professoren, um die Regentin zu schwächen – nicht philosophische Überzeugung leitete ihn, sondern die Verfolgung eigener Vorteile. Ein Haus aber, das auf so schwankendem Grund gebaut war, konnte jederzeit wieder einstürzen. Doch das konnte Victor dem Papst unmöglich sagen.

Also sagte er nur: »Es war Gottes Wille, dass die Universitas in Paris gegründet wurde. Darum muss sie nach Paris zurückkehren. Auf dass Sein Wille geschehe!«

Victor hatte noch nicht ausgesprochen, da sah er an Gregors Gesicht, dass seine Antwort ein Fehler war.

»Du berufst dich auf die Vorsehung?«, fragte der Papst mit deutlich erkennbarem Missmut. »Warum hast du dich dann gegen sie gestellt, indem du Paris verlassen hast?«

Während Victor fieberhaft überlegte, welche Antwort er geben konnte, um den angerichteten Schaden wiedergutzumachen, glaubte er plötzlich, auch hier den Gestank von Fäulnis und Verwesung zu riechen, der die ganze Stadt verpestete.

»Nun«, sagte der Papst, »hat die Superbia dir die Zunge gelähmt?«

Victor suchte immer noch nach Worten, da räusperte sich Robert an seiner Seite. »Ewige Heiligkeit mögen verzeihen, wenn ich ungefragt das Wort ergreife.«

»Wenn du etwas zu sagen hast, rede«, erwiderte Gregor säuerlich. »Wenn nicht, schweig.«

Aus den Augenwinkeln sah Victor, wie Robert sich unter seiner Soutane straffte. Was hatte er vor? Victor wusste, dass er nichts so sehr fürchtete wie die Rückkehr nach Paris. Wollte er jetzt die Gelegenheit nützten und dafür sorgen, dass sie ihm erspart blieb?

»Gottes Wege sind unergründlich«, sagte Robert. »Kein Mensch, außer Eurer Heiligkeit, kann sie erforschen. Wir aber, die wir nur unseren Verstand haben, können die Vorsehung nur erahnen, indem wir versuchen, uns ihr durch unsere Entscheidungen anzuverwandeln. Auf die Gefahr hin von Irrtum und Sünde, doch in der Hoffnung, dass der Herr uns im Dunkeln unseres Unverstands leitet.«

Die Miene des Papstes verfinsterte sich noch mehr. »Redest du im Fieber? Was hat das mit Unserer Frage zu tun?«

»Verzeiht die Wirrnis meiner Worte«, entgegnete Robert. »Ich will versuchen, mich besser auszudrücken: Indem Victor d'Alsace Paris verlassen hat, hat er sein Leben in Gottes Hand gelegt. Auf diese Weise hat die Vorsehung uns vor Euren Stuhl geführt, Ewige Heiligkeit. Auf dass sie sich uns durch Euren Mund offenbare.«

Victor sah, wie ein eitles Lächeln sich im Gesicht des Papstes regte. War es Robert mit seiner Schmeichelei gelungen, Gregor umzustimmen?

20

Ludwig wusste, es war eine Sünde wider die christliche Nächstenliebe, aber er konnte Pater Orlando nicht ausstehen, diesen selbstgefälligen Hinkemann, der, Demut heuchelnd, in Wahrheit vom Gefühl der eigenen Erwähltheit so tief durchdrungen war, dass er sich selbst seit einer Stunde schon als Werkzeug der Vorsehung pries, durch das diese die Schule des Teufels, welche die Weltgeistlichen angeblich in Paris hinterlassen hatten, jetzt in eine Schule Christi zurückverwandelte.

»Es ist eine Freude zu sehen«, erklärte er mit leiser, singender Stimme, »wie die Studenten sich dem Gebet und der geistigen Erbauung widmen, statt ihre Seele mit der Lektüre heidnischer Schriften zu besudeln.«

»Und im lateinischen Viertel herrscht wieder Friede«, fügte Auguste Mercier schnarrend hinzu. »Kein Aufruhr in den Straßen, keine Prügeleien in den Tavernen. Die Bürger leben so sicher wie in Abrahams Schoß.«

»Stimmt auch Ihr in das Lob der neuen Alma Mater ein?«, wandte Ludwigs Mutter sich an den Kanzler, den sie zusammen mit Pater Orlando und dem Präfekten zum Rapport bestellt hatte, um sich ein Bild vom Zustand der Universität zu machen.

Wie stets gab Philipp eine ausweichende Antwort. »Einerseits«, erwiderte er, »ist es erfreulich, dass wir den Lehrbetrieb dank der Ordensgeistlichen fortsetzen können. Andererseits bedauern wir natürlich den Schwund von Studenten, die im Gefolge ihrer Lehrer Paris verlassen haben. Von einstmals fünftausend Schülern, die in den vier Fakultäten bis zum Exodus der Magister studierten, ist nicht mal ein Fünftel übriggeblieben.«

»Also weniger als tausend?«, wiederholte Ludwig. »Welche Schande für die Hauptstadt Frankreichs! Tausend Studenten gibt es angeblich ja schon in Toulouse.«

»Es können auch fünfzig oder hundert mehr sein«, beeilte sich der Kanzler zu korrigieren. »Dennoch sollten wir vielleicht überlegen, ob wir nicht, im Sinne eines Ausgleichs der Interessen, womöglich gut daran täten ...«

Bevor er seinen Gedanken zu Ende führen konnte, ging die Tür auf, und herein trat ein Mann, der, seinen verschmutzten Kleidern und Stiefeln nach, gerade aus dem Sattel eines Pferdes gestiegen sein musste.

»Vicomte de Joinville«, rief Ludwig und sprang auf. »Ihr seid zurück aus Toulouse?«

»Mit Eurer Majestät Erlaubnis«, erwiderte der Kammerherr mit einer Verbeugung.

»Endlich! Wir erwarten Euch schon seit Tagen. Doch wo ist Eure Begleitung?«

Das Gesicht des Vicomte wurde noch länger, als es schon war. »Leider muss ich Euch enttäuschen, Majestät. Ich bin allein zurückgekehrt.«

»Ohne Victor d'Alsace?« Die Freude, die Ludwig bei Henris Anblick erfasst hatte, verflog so schnell, wie sie gekommen war. »Warum? Was sind die Gründe?«

»Victor ist nach Rom gereist. Um sich beim Heiligen Vater weitere Zugeständnisse zu sichern.«

»Beim Heiligen Vater?« Die Regentin war empört. »Was für eine Anmaßung!« Mit zornig funkelnden Augen wandte sie sich an ihren Sohn. »Ich hatte Euch gewarnt. Es war ein schwerer Fehler, diesen Menschen nach Paris zurückzurufen. Stattdessen hättet Ihr den Brief unterschreiben sollen, den ich in Eurem Namen für Seine Heiligkeit verfasst hatte.«

»Ich bin froh, dass ich mich nicht dazu verleiten ließ«, erklärte Ludwig.

»Das wagt Ihr, Eurer Mutter ins Gesicht zu werfen?«

»Pater Orlando hat soeben versucht, uns die Pariser Universität in den herrlichsten Farben zu malen. Doch das Bild, das ich sah, machte mir den erlittenen Verlust nur umso schmerzlicher bewusst. Der Garten Eden, den Victor d'Alsace und die übrigen Professoren hier geschaffen haben, ist in Wahrheit eine Ödnis, eine Schande für Frankreich und seinen König.«

Es entstand eine gefährliche Stille. Es war das erste Mal, dass Ludwig seiner Mutter so offen widersprach. Vor Aufregung schlug ihm das Herz bis zum Halse. Würde Blanka dulden, dass er ihre Macht vor fremden Augen und Ohren in Frage stellte? Während die übrigen Anwesenden verstört die Köpfe senkten, versuchte die Regentin ihn mit ihren schwarzen Augen unter ihren Willen zu zwingen. Doch er hielt ihrem Blick stand, mochte sein Herz noch so heftig klopfen. Er war der König und sie nur die Königinmutter.

»Warten wir doch ab, wie Gregor entscheidet«, empfahl der Kanzler. »Und fügen wir uns dem unfehlbaren Ratschluss Seiner Heiligkeit.«

»Gott bewahre!«, protestierte Bischof Wilhelm. »Gregor ist unberechenbar. Das sollte niemand besser wissen als Ihr!« Plötzlich verengten sich seine Augen, die Stirn legte sich in Falten, und während sein bulliges Gesicht rot anlief, trat er mit gesenktem Kopf auf den Kanzler zu, wie ein Stier beim Angriff. »*Ihr* seid der Verräter!«, schnaubte Wilhelm.

»Was ... was redet Ihr da?«, erwiderte Philipp entsetzt.

»Ihr seid die ›vertrauenswürdige Seite‹, von der Papst Gregor in seinem Mahnbrief gesprochen hat, Victors Helferhelfer, nach dem wir so lange vergeblich gesucht haben. Ihr habt Euch zum

Werkzeug der Professoren gemacht – zum Handlanger gottloser, exkommunizierter Aufwiegler.«

»Ich verbitte mir solche Anschuldigungen!«

»Es hat keinen Sinn zu leugnen! Ihr habt Euch in Victors Auftrag an Rom gewandt. Um Euch an mir zu rächen! Weil der Papst mich an Eurer Stelle auf den Bischofsstuhl von Paris berufen hat.«

Ein Blick auf den Kanzler genügte, und Ludwig wusste, dass Wilhelm ins Schwarze getroffen hatte. Philipps teigiges Gesicht war so blass, als wäre alles Blut aus den Adern gewichen, und aus seinen Augen sprach nichts als Angst.

»Ist es wahr, was Bischof Wilhelm sagt?«, fragte die Regentin. »Habt Ihr hinter unserem Rücken den Papst angerufen, um die Sache der Professoren zu betreiben?«

Philipp schluckte. Dann schüttelte er den Kopf. »Nein, Euer Gnaden. Ich bin ein treuer Untertan Seiner Majestät des Königs und habe mich keines Verrats schuldig gemacht.«

Blanka fixierte ihn mit ihren schwarzen Augen. »Könnt Ihr das beschwören?«

»Ja, Euer Gnaden.«

»Dann tut es!«

Philipp hob zögernd die Hand. »Ich schwöre«, sagte er so leise, dass Ludwig ihn kaum verstand.

»So wahr Euch Gott helfe!«, fragte die Regentin.

»So wahr mir Gott helfe ...«, wiederholte Philipp

»Ihr wagt es, Gott ins Antlitz zu lügen?«, brüllte der Bischof.

Die Regentin hob die Hand. »Der Kanzler hat einen Schwur geleistet, vor dem dreifaltigen und allmächtigen Gott. Also wollen wir ihm glauben. Um seines Seelenheils willen.«

»Ich ... ich danke Euch, Euer Gnaden«, stammelte Philipp, noch immer leichenblass.

Blanka warf ihm einen strengen Blick zu, dann wandte sie sich wieder an den Bischof. »Was schlagt Ihr vor?«

Wilhelm ordnete mit heftigen Armbewegungen die Falten seiner Soutane, um seiner Erregung Herr zu werden. »Lasst Kardinal

Santangelo rufen«, sagte er, als er sich beruhigt hatte. »Der Nuntius soll mit einer Botschaft von Euch nach Rom aufbrechen. Wir dürfen die Vorsehung nicht schutzlos den Einflüsterungen unserer Feinde aussetzen.«

21

Die Rückreise von Rom war ohne Zwischenfälle verlaufen. Die Fahrt übers Meer hatten sie bei Sonnenschein und gutem Wind in nur zehn Tagen hinter sich gebracht, und da ihr Boot dank der ruhigen See sowohl in Sardinien wie in Marseille hatte anlanden können, hatte es für jeden an Bord stets frisches Wasser zu trinken und frisches Fleisch und Gemüse zu essen gegeben. Sogar die Übelkeit war Robert erspart geblieben, so dass er die Reise beinahe als ein Vergnügen empfunden hatte, zumal sich trotz der Befürchtungen des Kapitäns keine Piraten blicken ließen.

Am Stadttor von Toulouse hatten sich ihre Wege getrennt. Nachdem sie ihre Maultiere, auf deren Rücken sie den letzten Teil der Strecke über Land geritten waren, für wenig Geld einem Weinbauern überlassen und in der Basilika Gott mit einem Gebet für ihre glückliche Heimkehr gedankt hatten, war Victor in sein Haus zurückgekehrt, das er am Ufer der Garonne erworben hatte, während Robert nun den hügeligen Weg hinauf zu der Taverne stieg. Nach dem dreitägigen Ritt in der Julisonne stank er wie ein Iltis, der getrocknete Schweiß klebte ihm auf der Haut und juckte am ganzen Körper. Jetzt freute er sich auf ein kühles Bad und frische Kleider. Vor allem aber freute er sich auf seinen Sohn.

Wie würde der Papst entscheiden? Robert wusste nicht, was er hoffen oder fürchten sollte. Wenn Gregor die Forderungen der Magister erfüllte, würde Victor nach Paris zurückkehren. Dann musste er entweder seine Studien ohne die Anleitung seines Lehrers fortsetzen oder aber das Versprechen brechen, das er Suzette gegeben hatte. Wies der Papst die Forderungen hingegen zurück und gab in dem Streit der Regentin und Bischof Wilhelm recht, konnte Robert in Toulouse bleiben, ohne sich in Paris Versuchungen auszusetzen, die womöglich seine Bestimmung gefährdeten. Dafür aber würde die Pariser Universität, die nicht wenige als Rose der Welt priesen, nach nur dreißig Jahren ihres Bestehens eingehen wie eine Blume ohne Dünger und Wasser. Durfte er das wirklich wünschen, ohne sich gegen alles zu versündigen, was ihm heilig war? Der Papst hatte sie mit der Auskunft entlassen, dass er vor einer endgültigen Entscheidung die Meinung von Victors Widersachern einholen wolle. Das aber konnte eine Ewigkeit dauern – auch der schnellste Kurier brauchte für die Reise von Rom nach Paris wie auch zurück von Paris nach Rom jeweils mindestens einen Monat.

Robert blieb also nichts anderes übrig, als sich in Geduld zu fassen. Er hatte seinen Beitrag geleistet, so gut er es vermocht hatte, um die Mission seines Lehrers zu unterstützen, und sich hoffentlich vor der Vorsehung bewährt, wie Victor es ihm angeraten hatte. Jetzt musste er abwarten, welche Fliege sich auf seine Nase setzen würde.

Er war nur noch einen Steinwurf von der Taverne entfernt, da hörte er das Wimmern eines Säuglings. Sein Herz machte vor Freude einen Sprung. Sein Sohn rief nach ihm! Im Laufschritt eilte Robert die letzten Schritte zum Haus. Er hatte gar nicht gewusst, wie sehr er Jean-Marie vermisste, und konnte es plötzlich gar nicht mehr erwarten, den geliebten Winzling auf dem Arm zu halten und das rosige Gesichtchen zu küssen.

Als er durch das Hoftor schritt, stutzte er. Aus seiner Wohnung trat gerade eine junge, schwarzhaarige Frau, die er noch nie gesehen hatte, ins Freie. Über der Hüfte trug sie einen schreienden Säugling, und unter dem Arm einen leeren Korb.

»Was tut Ihr hier?«, fragte Robert.

»Kirschen pflücken«, sagte die Fremde und deutete mit dem Kinn auf einen Baum, von dessen Zweigen die dunkelroten Früchte überreif herabhingen. »Aber was geht Euch das an?«

»Das ist meine Wohnung«, erwiderte Robert. »Wo ist Suzette, meine Frau?«

Die andere runzelte die Stirn. »Seid Ihr Robert Savetier?«

»Ja, warum?«

»Euer Weib wohnt nicht mehr hier.«

»Was sagt Ihr da?«

»Eure Suzette hat gekündigt und ist fortgezogen, ich arbeite jetzt für sie in der Taverne. Aber wartet, ich habe etwas für Euch.« Sie stellte den Korb ab und verschwand in der Küche. Einen Moment später kehrte sie mit einem Brief zurück. »Den hat Suzette mir für Euch gegeben.«

»Aber sie kann doch gar nicht schreiben!«

»Mag sein.« Die Fremde zuckte die Schultern. »Ich tue nur, worum sie mich gebeten hat.«

Ohne zu begreifen, was das alles zu bedeuten hatte, nahm Robert den Brief und faltete ihn auf. Die Schrift verriet eine geübte Hand, wahrscheinlich stammte sie von einem Lohnschreiber. Während die Fremde ihn mit ihrem Kind auf dem Arm beäugte, überflog Robert die Zeilen.

Als er den Inhalt begriff, war es, als würde sich der Boden unter seinen Füßen auftun.

Ich habe Dich belogen, Jean-Marie ist nicht Dein Sohn. Paul Valmont ist der Vater. Ich hatte Angst, dass ich es allein nicht schaffe, darum ließ ich Dich in dem Glauben, dass Du der Vater bist. Aber Du liebst mich nicht, Du liebst immer noch die andere – ich habe gehört, wie Du mit Deinem adligen Freund gesprochen hast.

Darum habe ich beschlossen, Dich zu verlassen, bevor es vielleicht zu spät ist. Du bist ein anständiger Kerl, Du hast einen solchen Betrug nicht verdient.

Lebwohl, Robert. Gott segne Dich.

Suzette

Post scriptum. *Ich weiß, dass Du den Kleinen ins Herz geschlossen hast, viel mehr als mich. Aber versuche deshalb nicht, uns zu finden, ich habe niemandem gesagt, wohin ich mit Jean-Marie gehe.*

SECHSTER TEIL

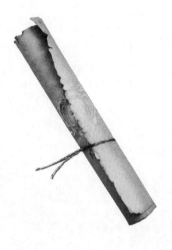

Paris, 1230

𝔗RANSFIGURATIO

»Er stieg mit ihnen hinauf, um zu beten. Und da er betete,
ward das Aussehen seines Angesichts anders,
und sein Kleid ward weiß und glänzte.«

LK 9,28–29

I

Die dominikanische Glaubensbruderschaft wurde Predigerorden genannt, weil die Jünger des Dominikus sich die Verbreitung des einen und wahren, sprich: katholischen Glaubens wie kein zweiter Orden auf die Fahnen geschrieben hatten und die Predigt als einziger Akt im Ablauf der Messe, in dem der Priester die Sprache des Volkes sprach, das vornehmste Mittel dazu war. Erfolgte die Verkündigung der Evangelien auf Latein, so hatte der Priester in der Predigt die Möglichkeit, das geoffenbarte Wort Gottes in allgemeinverständlichem Französisch auszulegen, so dass auch denjenigen Gläubigen, die der Sprache des Heiligen Geistes nicht mächtig waren, die wahre Bedeutung der Heiligen Schriften zuteilwerden konnte.

Pater Orlando legte darum größte Sorgfalt auf die Ausarbeitung seiner Predigten. Noch größere Mühe aber gab er sich mit seinen Vorlesungen, die zu halten er seit Erlangung eines Lehrstuhls an der theologischen Fakultät der *Universitas magistrorum et scholiarum Parisiensis* befugt war. Erreichte er mit seinen Predigten Hunderte von Gläubigen, so wurden seine Vorlesungen von Hunderten künftiger Seelsorger gehört, die dermaleinst Tausenden und Abertausenden von Gläubigen die frohe Botschaft verkünden würden – eine Glaubensvermehrung, die an die wundersame Brotvermehrung gemahnte.

Wie vor jeder Vorlesung hatte Orlando sich auch an diesem Nachmittag in seine karge Zelle zurückgezogen, um vor der Vesper seine Gedanken ungestört zu ordnen. Es galt, seinen Studenten die *transformatio domini* begreiflich zu machen, die Verklärung des Herrn, die die Christenheit kommenden Sonntag feiern würde, jenes denkwürdige Offenbarungsereignis, das die Evangelisten Lukas, Matthäus und Markus bezeugten und bei dem Jesus sich seinen Jüngern in der Gestalt gezeigt hatte, in der er zum himmlischen Vater eingehen würde.

Während Orlando die Aussagen der drei Evangelisten miteinander verglich, stieß er einen Seufzer aus. Würde der Papst in Rom es dem Gottessohn gleichtun und sein Gesicht erstrahlen lassen wie das Antlitz des Herrn? Oder würde bei den Entscheidungen, die Gregor in dieser schweren Zeit zu treffen hatte, hinter der Maske des Heiligen Vaters die Fratze Satans zum Vorschein gelangen?

Orlando war sich keineswegs sicher, zu welcher Seite der Papst in dem Streit neigte, den Wilhelm von Auvergne und die Regentin seit nunmehr über einem Jahr mit den Magistern austrugen. Zwar hatte Gregor den Bischof auf die Pariser Cathedra berufen, auch galt er als Freund der Armutsbewegung und stand angeblich im Begriff, nach dem ersten Franziskaner aus Assisi auch den Gründer des Predigerordens heiligzusprechen. Doch Gregor war ein Alumnus, ein ehemaliger Schüler der Pariser Universität, und wenn die Zahl der Lehrer und Studenten an seiner alten Alma Mater weiter so schrumpfte wie bisher, würde er diesem Schwund Einhalt gebieten – das hatte er mit seinem Mahnbrief an Bischof Wilhelm bereits deutlich zu verstehen gegeben.

Heiliger Zorn regte sich in Orlando. Wie hatte Kanzler Philipp es wagen können, einen solchen Verrat zu begehen! Trotz des Eides, den Philipp bei Hofe geleistet hatte, war Orlando sicher, dass niemand anderer als dieser Mann, der in seinem Glauben so schwankend war wie ein Rohr im Wind, den Papst im Namen der Magister angerufen hatte, und nur dank der Selbstzucht, in der er sich seit Jahren übte, gelang es ihm, seine Wut zu bezähmen.

Die Glocke der Klosterkapelle läutete gerade zum Gebet, da schlurfte der Kustos, ein alter, von den Jahren gebeugter Laienmönch, in Orlandos Zelle.

»Was gibt es, Bruder Sébastian?«

»Ein Besucher begehrt Euch zu sprechen.«

»Ich erwarte niemanden«, erwiderte Orlando verwundert. »Hat der Mann seinen Namen genannt?«

»Ja, ehrwürdiger Vater«, erwiderte der Kustos. »Er nennt sich Robert – Robert Savetier.«

2

Paul nahm den Krug Wein vom Küchentisch und füllte seinen Becher. Er hatte am Morgen die Vorlesung eines jungen, überaus begabten Grammatikers besucht, der in diesem Sommer zum ersten Mal an der Artistenfakultät unterrichtete, um eine Mitschrift anzufertigen. Vielleicht würde er später als einziger Schreiber der Stadt Kopien der Vorlesung anbieten können – die Geschäfte gingen so schlecht, dass er sich an jeden Strohhalm klammern musste. Tatsächlich hatte er unter den Zuhörern weder den neuen Stationarius Jaques Pèlerin noch dessen Sohn oder sonst einen der bekannten Kopisten entdeckt. In der Hoffnung, eine neue Quelle für seine versiegenden Einnahmen gefunden zu haben, hatte er sich auf den Heimweg gemacht. Doch plötzlich, er hatte gerade den Petit Pont überquert, überkam es ihn wie eine Erscheinung: Auf der Straße vor ihm, nur einen Steinwurf entfernt, hatte Robert Savetier seinen Weg gekreuzt. Er war so überrascht gewesen, dass er für einen Moment wie angewurzelt stehen geblieben war. Robert war offensichtlich in Eile, ohne nach links oder rechts zu schauen, lief er den Hügel in Richtung Sainte-Geneviève hinauf. Noch während Paul überlegt hatte, ob er seinen ehemaligen Freund ansprechen sollte, hatte sich ein Fuhrwerk zwischen sie gedrängt, und danach war Robert in der Menge verschwunden.

Warum war Robert nach Paris zurückgekehrt? Eigentlich konnte es dafür nur eine Erklärung geben: Papst Gregor hatte sein Urteil gefällt, der Streit zwischen Victor d'Alsace und der Regentin war beigelegt! Bei der Vorstellung schöpfte Paul Hoffnung. Wenn Victor aus Toulouse nach Paris zurückgekehrt war, würden auch die anderen Professoren bald folgen, samt ihren Studenten, die Geschäfte würden blühen wie früher, und Paul könnte den Lombarden, die ihm seit Monaten zusetzten wie der Teufel der armen Seele, seine Schuld zurückzahlen und sein Haus behalten, für das er so lange und hart gearbeitet hatte.

Doch kaum keimte die Hoffnung in ihm auf, kam ihm eine ganz andere Frage in den Sinn, eine viel drängendere Frage, vor der alle Hoffnung auf bessere Geschäfte verblasste.

Wusste Marie, dass der Mistkerl wieder in der Stadt war?

Paul brach kalter Schweiß aus. Vielleicht hatte ja jemand, der Robert kannte, es ihr verraten, ein ehemaliger Schreiber oder ein Student, der eine Kopie in der Rue des Pailles ausgeliehen hatte. Und wenn es so war – was war dann? In der Zeit von Roberts Abwesenheit war es Paul gelungen, alle quälenden Gefühle zu unterdrücken. Er hatte Marie keine Vorwürfe gemacht, kein einziges Mal in all den Wochen und Monaten, seit er der geplanten Entführung zuvorgekommen war, in diesem Drecksnest von Versailles. Ja, er hatte Marie verziehen, hatte sich sein Verzeihen selbst abgerungen, weil er wusste, dass er sie nur zurückgewinnen konnte, wenn alles wieder so würde wie früher, ganz zu Beginn ihrer Ehe. Und sie hatten es tatsächlich geschafft, waren wieder einander gut gewesen, so viele Wochen und Monate, hatten miteinander geredet und gearbeitet und geschlafen, während Robert im fernen Toulouse gewesen war. Doch jetzt hatte sich mit einem Schlag alles verändert. Robert war nicht mehr in Toulouse, er war in Paris, und zusammen mit ihm war die quälende Eifersucht zurückgekehrt, die Eifersucht und das Misstrauen und die Wut. Hatten Robert und Marie sich vielleicht schon wiedergesehen und hinter seinem Rücken getroffen? Paul sah die zwei vor sich, wie sie miteinander redeten ... Sich zärtlich ansahen und einander anlächelten ... Sich berührten und küssten ... Es war mehr, als er ertragen konnte. Er nahm den Becher, stürzte den Wein hinunter und schenkte sich gleich wieder von neuem ein. Er wusste nicht, was er tun würde, wenn Robert noch einmal sein Glück zerstörte.

»Du trinkst am helllichten Tag?«

Paul fuhr herum. Er hatte gar nicht gehört, dass Marie in die Küche gekommen war.

Mit ihren grünen Augen schaute sie ihn an.

»Das ist nicht gut«, sagte sie.

»Was ... was ist nicht gut?«, stammelte er.

»Dass du bei Tage trinkst.«

Um nichts Falsches zu sagen, biss er sich auf die Lippe. »Manche Dinge kann man nur mit einem Becher Wein ertragen.«

»Ach, Paul ...«, sagte sie, und ihre Stimme drückte Mitgefühl aus. »Ist es wegen der Schulden, dass du dir solche Sorgen machst?«

Er nickte, froh, dass sie nur den geringeren Teil der Wahrheit erriet. »Wenn die Geschäfte weiter so schlecht gehen, müssen wir unser Haus aufgeben.«

Mit einem nachsichtigen Lächeln schüttelte sie den Kopf. »Hast du davor solche Angst?«

»Du etwa nicht? Ich meine, ausgerechnet jetzt, da wir endlich eine richtige Familie werden? Ich hatte mir immer ausgemalt, wie unser Sohn hier aufwächst. Doch nun weiß ich nicht mehr, ob – ach verflucht!«, unterbrach er sich. Damit sie nicht sah, wie seine Narbe zuckte, nahm er den Becher und trank noch einen Schluck.

»Ich weiß, wie viel das Haus dir bedeutet«, sagte Marie. »Aber hängt denn wirklich unser Glück davon ab? Mir macht es nichts aus, in eine andere Wohnung zu ziehen, auch wenn wir dann keine gläsernen Fenster mehr haben, um die uns die Nachbarn beneiden. Hauptsache ist doch, dass unser Kind keine Not leiden muss.«

Paul hob den Kopf und sah ihr ins Gesicht. War es wirklich Mitgefühl, das aus ihren grünen Augen sprach? Oder heuchelte sie das nur, um ihn zu beruhigen, während sie sich in Wahrheit lustig über ihn machte, weil sie längst andere Pläne hatte? Er konnte die Antwort in ihrem Gesicht nicht finden. Obwohl sie seine Frau war, wusste er nicht, was in ihr vorging – so wie man niemals wissen konnte, was in einem anderen Menschen vorging. Er wusste ja nicht mal, ob sie wirklich schwanger war, wie sie behauptete, oder ob sie ihn auch darin belog. Noch war nicht die geringste Wölbung unter ihrer Schürze zu erkennen.

»Gib zu, dass du es weißt«, platzte er heraus.

Irritiert erwiderte sie seinen Blick. »Was soll ich wissen?«

»Tu nicht so unschuldig!« Voller Wut knallte er seinen Becher auf den Tisch. »Dass Robert wieder in Paris ist – dein Geliebter!«

3

Der Kustos hatte Robert zum Kreuzgang geführt, unter dessen Gewölbe zu dieser Stunde nur einige wenige Brüder in Andacht und Gebet wandelten. Pater Orlando erschien bald darauf, Robert erkannte ihn schon von weitem an seinem hinkenden Gang, als er aus dem Halbdunkel des Hauptgebäudes trat.

»Was führt Euch her?«, fragte er, nachdem sie einander begrüßt hatten. »Ich wähnte Euch in Toulouse.«

»Ihr hattet einmal gefragt, ob ich Euer Schüler sein möchte«, erwiderte Robert. »Erinnert Ihr Euch?«

»Gewiss.« Orlando nickte. »Letztes Jahr in Saint-Marcel, bei dem Gelage Eures Freundes Henri de Joinville mitten in der Fastenzeit. Ich versuchte Euch damals vor Eurem Lehrer zu warnen. Leider vergebens.« Er hielt für einen Moment inne, dann fügte er hinzu: »Ist es möglich, dass Ihr dank der Gnade des Herrn inzwischen anderen Sinnes seid?«

Robert zögerte. Wie sollte er Orlando seine Rückkehr erklären? Er beschloss, sich einfach an die Wahrheit zu halten.

»Victor d'Alsace hat mir geraten, meine Studien bei Euch fortzusetzen.«

»Der Seelenfänger selbst treibt Euch in meine Arme? Gelobt sei der Allmächtige Gott – es geschehen noch Zeichen und Wunder!« Orlando versuchte erst gar nicht, seine Überraschung zu verbergen. »Das müsst Ihr mir erklären! Doch setzen wir uns«, fügte er hinzu und deutete auf eine Bank in dem mit Blumen und Zierbüschen bepflanzten Innenhof. »Mit meinen Beinen ist das Gehen kein Vergnügen.«

Ein Frater, der leise murmelnd die Perlen eines Rosenkranzes zwischen seinen Fingern gleiten ließ, kreuzte ihren Weg, ohne sie zu bemerken. Als er vorüber war, traten sie zu der Bank und nahmen Platz.

»Worauf wartet Ihr?«, fragte Orlando, als Robert zögerte. »Wie kam es zu diesem Wunder?«

»Ich ... ich weiß nicht, wo ich beginnen soll.«

»Dort, wo jedes Wunder beginnt – am Anfang.«

»Nun gut.« Robert gab sich einen Ruck. »Noch bevor ich in Toulouse meine Prüfungen ablegte, bin ich dort in den Stand der Ehe getreten.«

»Ihr seid ein verheirateter Mann?«, rief Orlando so laut, dass einige Mönche aus ihrer Andacht aufschraken und sich verwundert nach ihnen umdrehten. »Und wollt trotzdem Theologie studieren? Soll ich mich Euretwegen versündigen?«

»Bitte lasst mich aussprechen.«

Der Dominikaner holte tief Luft. »Nun gut, ich höre zu. Sagt, was Ihr zu sagen habt.«

»Ja, ich habe in Toulouse geheiratet«, bestätigte Robert, »aber nur, weil die Frau, mit der ich vor den Altar trat, ein Kind bekam. Ich hielt es für meine Pflicht, für sie und das Kind zu sorgen. Doch die Ehe habe ich nie vollzogen. Mein Lehrer erlegte mir Enthaltsamkeit auf, als Voraussetzung dafür, mich zum Studium der Gotteswissenschaft zuzulassen.«

»Eine Josephsehe, um den Heiligen Geist zu betrügen?«, unterbrach Orlando. »Was für eine Hinterlist!«

»Ein Ausweg, den das kanonische Recht erlaubt.«

»Wir werden das prüfen«, knurrte der Dominikaner. »Fahrt fort.«

»Die Ehe hielt nur wenige Monate«, sagte Robert. »Die Frau, die ich geheiratet habe, hat mich verlassen, zusammen mit dem Kind.«

»Warum?«

»Weil ich nicht der Vater war. Sie und der wirkliche Vater hatten mich getäuscht, um mich zur Ehe zu nötigen. Das hat sie mir in einem Brief gestanden.«

»Aber ihr hattet diesem Weib vor Eurer Ehe beigewohnt, oder?« Robert nickte.

»Ein Kuckucksei!«, feixte Orlando. »Das geschieht Euch recht! – Nur, warum seid Ihr dann nicht in Toulouse geblieben, nachdem Victor alles mit solcher Schläue für Euch ausgedacht hatte? Eure Geschichte liefert keinen Grund, Toulouse zu verlassen und nach Paris zurückzukehren.«

»Victor deutete den Fortgang meiner Frau wie Ihr – als ein Zeichen«, sagte Robert. »Ein Zeichen, dass die Stunde meiner Bewährung gekommen sei.«

»Bewährung? Wofür?«

»Um herauszufinden, was meine wahre Bestimmung ist. Und dann zu entscheiden, welchen Weg ich gehen soll.«

Der Dominikaner schüttelte den Kopf. »Je länger Ihr redet, umso weniger begreife ich. Wie kann Victor wollen, dass Ihr ausgerechnet bei mir studiert? Einem Ordensgeistlichen? Er muss doch fürchten, dass gerade ich Euch vom rechten Weg abbringe? Vom rechten Weg, wie er ihn versteht, wohlgemerkt.«

Robert schaute zu Boden, wo sich vor seinen Füßen zwei Feuersalamander paarten. Nicht derjenige, hatte Victor beim Abschied gesagt, der die Versuchung meide, handle nach dem Gesetz Gottes, sondern derjenige, der sich der Versuchung aussetze und sich in ihr bewähre. Deshalb könne Robert nicht in Toulouse seine Bestimmung erfahren, sondern allein in Paris, der Stadt, wo die Versuchung auf ihn warte. Dort müsse er sich der Prüfung stellen – und sei es um den Preis, dass er dafür bei den Dominikanern studiere.

Laut sagte er: »Victor will, dass ich mich selbst entscheide.«

»Was für eine Anmaßung!« Orlando zog ein Gesicht, als hätte er in ein Stück verdorbenes Fleisch gebissen. »Dieser gottlose Mann stachelt nur Euren Hochmut an! Wie sollt denn Ihr, ein Student, der kaum an der Theologie geschnuppert hat, wissen, was die Vorsehung will?«

Robert versuchte, sich so genau wie möglich an die Worte zu erinnern, die Victor ihm in Toulouse mit auf den Weg gegeben hatte. »Er sagt, dass die Vorsehung für uns Menschen im Dunkeln liege. Doch vollkommen blind seien wir darum nicht. Gott hat uns mit dem Verstand ausgestattet – als Verbindung der Seele zu Gott, der Funke, der Licht in das Dunkel der Vorsehung bringt.« In der Hoffnung, das Argument seines Lehrers richtig wiedergegeben zu haben, wartete Robert auf die Antwort des Dominikaners.

Dessen Gesicht drückte nichts als Verachtung aus. »Ihr erdreistet Euch, Verstand für Euch zu reklamieren?«, schnaubte er. »Dann war es dieser Funke wohl auch, der Euch vor Jahr und Tag erleuchtete, an dem widerlichen Karneval in der Stiftskirche von Saint-Marcel mitzuwirken?«

Die Erinnerung traf Robert so unverhofft, dass er ins Stammeln geriet. »Ihr ... Ihr meint – die Eselsmesse?«

»Allerdings!«, bestätigte der Dominikaner. »Ich habe mit eigenen Augen gesehen, wie Ihr Euch von dem Versemacher LeBœuf zur Sünde locken ließet. Auch damals standet Ihr am Scheideweg, tapptet wie heute im Dunkeln nach dem Weg, den die Vorsehung für Euch bestimmt hat, nur um Euch für den falschen Weg zu entscheiden. Glaubt Ihr im Ernst, dass der himmlische Vater solche Lästerung ungestraft hinnimmt?«

Orlandos Worte waren eine unverhohlene Drohung. Sollte sich jetzt bewahrheiten, was Robert schon damals befürchtet hatte? Er erinnerte sich, wie er sich in den hintersten Winkel der Kirche verkrochen hatte, aus Angst, jemand könne ihn bei dem Höllenspektakel sehen und dem Kanzler anzeigen, um seine Aussichten auf ein Studium der Theologie und einen späteren Lehrstuhl ein für alle Mal zu zerstören. Jetzt holte das Schicksal ihn ein. In Gestalt dieses Gnoms, der, geduldig wie eine Spinne in ihrem Netz, so viele Monate drauf gelauert hatte, ihn zu vernichten.

»Ihr seid ja ganz bleich im Gesicht«, sagte Orlando. »Warum? Fürchtet Ihr Euch? Dann tut Ihr gut daran, schließlich steht Eure unsterbliche Seele auf dem Spiel. ›Furcht dem, dem Furcht gebührt!‹ Doch nicht mich sollt Ihr darum fürchten, sondern Gott! Den Gott, der Euch mit Seiner Liebe überströmte und Euch doch die Freiheit gab, diese seine Liebe auszuschlagen. Steht für Eure Verfehlungen ein! Auf dass sein Wille geschehe!« Vor Erregung zitternd, verstummte der Dominikaner. Aber der Zorn, der aus seinen Blicken sprühte, sagte mehr als alle Worte.

Robert senkte den Kopf. Sein Traum, mit der Arbeit des Denkens einmal sein Leben zu bestreiten, war für immer dahin. Die Rückkehr nach Toulouse hatte Victor ihm verboten, und Orlando wies ihn ab. Für einen Moment glaubte er plötzlich wieder auf dem Felsenthron zu sitzen, zusammen mit Paul, hoch oben über ihrem Dorf. Und wie früher überkam ihn beim Gedanken an die Zukunft ein Gefühl grenzenloser Ohnmacht und Verzagtheit.

»Das heißt, Ihr verweigert mir das Studium?«, fragte er mit rauer Stimme.

»›Furcht ist nicht in der Liebe‹«, erwiderte Orlando, »›vielmehr treibt die völlige Liebe die Furcht aus.‹«

Robert kannte den Vers, er stammte aus dem heiligen Evangelium nach Johannes. Aber warum zitierte Orlando ihn? Ausgerechnet jetzt?

Unsicher hob er den Blick.

Als er den Dominikaner sah, traute er seinen Augen nicht. Orlando war wie verwandelt. Der Zorn war aus seinem Gesicht verschwunden und hatte einem milden, fast zärtlichen Ausdruck Platz gemacht. »Die Narrheit ist dem Menschen angeboren als seine zweite Natur, und Ihr seid ihr zum Opfer gefallen«, erklärte er mit einem Lächeln. »Ich glaubte schon damals in Saint-Marcel zu erkennen, dass Ihr Euch nur widerwillig habt verführen lassen. Nein, Eure Seele ist noch nicht verloren, Ihr habt eine zweite Bewährung verdient. Auf dass Ihr die Zeit der Irrungen und Wirrungen hinter Euch lasst wie die sündigen Possen, die Ihr beim Karneval getrieben habt, um Euch fortan mit doppeltem Eifer den Studien als Eurem Gottesdienst zu weihen.«

Noch während Orlando sprach, schlug er das Kreuzzeichen. Robert tat es ihm ungläubig nach.

»Wollt Ihr ... wollt Ihr damit sagen, Ihr nehmt mich trotz allem zum Schüler?«

»Ich werde Euch ein besserer Lehrer sein als dieser Seelenfänger«, erklärte Orlando.

»Und ich darf bei Euch Theologie studieren?«

»Wie steht bei Lukas geschrieben?«, fragte Orlando. »›Freut euch mit mir, denn ich habe mein Schaf gefunden, das verloren war. Also wird im Himmel auch Freude sein über den einen Sünder, der Buße tut, mehr als über neunundneunzig Gerechte, die der Buße nicht bedürfen.‹« Er unterbrach sich und dachte eine Weile nach. »Wisst Ihr schon, wo Ihr künftig wohnen werdet?«

»Nein«, sagte Robert. Er konnte kaum fassen, wie ihm geschah.

»Das habe ich mir gedacht.« Der Dominikaner nickte. »Bei Eurem Freund, dem Vicomte de Joinville, könnt Ihr ja schwerlich unterkommen.«

»Woher wisst Ihr das?«, wunderte sich Robert schon wieder.

»Ich habe tatsächlich im Stadthaus seiner Familie vorgesprochen, aber man sagte mir, sein Vater habe ihn aufs Land befohlen.«

»Die Regentin hat ihn aus Paris verbannt«, erklärte Orlando. »Aber kommt, ich will Euch etwas zeigen.«

So mühelos, als wäre er plötzlich frei von seinen Gebrechen, verließ er die Bank und durchquerte den Garten. Robert folgte ihm nach.

Auf der anderen Seite des Kreuzgangs trat Orlando an ein großes Tor mit zwei Flügeln, das mit einem schweren Riegel gesichert war. Nachdem er den Riegel zur Seite geschoben hatte, öffnete er das Tor.

»Der Schlafraum unserer Studenten.«

Robert erkannte in dem Dämmerlicht einen großen, aufgeräumten Saal, dessen Boden mit mehreren Dutzend sauberer Strohsäcke belegt war.

»Kein Palast wie das Stadthaus Eures adeligen Freundes«, sagte

Orlando, »aber gewiss ein guter Ort, um sich auf den Weg zum Heil zu machen.«

Robert musste an seine erste Unterkunft in Paris denken, in der er gehaust hatte, bevor er bei Henri untergekommen war: ein dunkles, fensterloses Rattenloch mit verschimmelten Wänden und undichtem Dach, vor dessen Tür die Nachbarn ihre Jauchekübel ausgeleert hatten.

»Wenn Ihr wollt, könnt Ihr hier Wohnung nehmen«, sagte Orlando. »Und auch um das Essen braucht Ihr Euch nicht zu sorgen. Es gibt morgens und abends für jeden eine kostenlose Mahlzeit. Es gehört zu den Regeln unserer Gemeinschaft, alles, was wir besitzen, untereinander zu teilen.«

Robert drehte sich zu dem Dominikaner herum. »Ihr erwartet, dass ich in Euren Orden eintrete?«

Orlando schüttelte lächelnd den Kopf. »Nein«, sagte er, »meine Brüder und ich, wir zwingen niemanden zu seinem Heil. Aufnahme erlangt bei uns nur, wer diese selbst begehrt.«

4

Marie räumte die Reste ihres Frühstücks vom Küchentisch und brachte sie zurück in den Schrank. Sie hatte bereits die Messe besucht, ihre Katze gefüttert, Strümpfe gestopft und sogar ein Kapitel aus der Vorlesung eines Grammatikers abgeschrieben, mit deren Kopien sie zur Zeit die meisten ihrer spärlichen Einkünfte erzielten. Doch Paul war noch immer nicht aufgestanden. Wahrscheinlich hatte er sich in der Nacht wieder betrunken und war erst am Morgen in diesen bleiernen Schlaf gefallen, aus dem er meistens erst am Mittag erwachte.

Ihre Katze kam schnurrend in die Küche, das Maul noch weiß von der getrunkenen Milch. Marie hob sie auf den Schoß. Wäre Robert doch nie zurückgekommen ... Während sie Minou den

Nacken kraulte, dachte sie an den Nachmittag zurück, als Paul sie erstmals nach Robert gefragt hatte. Ob sie gewusst habe, dass er wieder in der Stadt sei ... Ob sie ihn sehe, sich mit ihm treffe, mit ihm rede ... Ob sie sich küssten oder sich über ihn lustig machten und über ihn lachten ... Immer wieder stellte er ihr dieselben aberwitzigen Fragen, und immer wieder stritt sie die Verdächtigungen und Beschuldigungen ab, mit denen er sie überhäufte, weil es doch die Wahrheit war. Herrgott, sie war keine Hure, sondern eine schwangere Ehefrau, die sich nichts sehnlicher wünschte, als ihrem Mann ein gesundes Kind zu schenken ... Aber Paul glaubte ihr einfach nicht mehr, glaubte, dass sie ihn belüge und betrüge und sich heimlich hinter seinem Rücken mit Robert treffe und Pläne mit ihm schmiede. Und nach jedem dieser Gespräche verließ er das Haus, um sich in irgendeiner Schenke zu betrinken.

Auf diese Weise war der August vergangen, und so würde auch der September vergehen, wenn kein Wunder geschah. Nichts war mehr wie früher. Die stille Zufriedenheit, die sie am Heiligen Abend empfunden hatte, in der Mitternachtsmesse mit ihrem Mann, das unverhoffte Glück nur wenige Monate später, als sie spürte, dass Gott ihre Gebete erhört und ihre Ehe gesegnet hatte, die Zuversicht, dass Paul und sie durch das Kind wieder zusammenfinden würden – das alles schien ihr so fern, als wäre es nur Lug und Trug gewesen. Wie konnte sie ihrem Mann ihre Unschuld beweisen, wenn er ihr nicht glauben wollte? Nacht für Nacht grübelte sie darüber nach, aber eine Antwort fiel ihr nicht ein. Es war ja ihre eigene Schuld, dass Paul so über sie dachte, sie hatte ihn ja wirklich belogen und betrogen – mit Robert. Wie sollte er ihr da je wieder vertrauen?

Mit einem Seufzer ließ sie Minou zu Boden und ging ins Skriptorium, um ein weiteres Kapitel der Grammatikvorlesung zu kopieren. Bis Mittag würde sie hier allein sein. Die wenigen Schreiber, die sie in der Hoffnung auf bessere Zeiten behalten hatten, kamen aus Mangel an Arbeit nur noch nachmittags in die Schreibstube. Sie trat an ihr Pult und schraubte das Tintenfass auf. Wie stets vermied sie dabei unwillkürlich, auf den leeren Platz zu ihrer Linken zu schauen – wie ein scheuendes Pferd. Der Anblick tat ihr immer noch weh. Um ihre Gefühle zu überwinden, zwang sie sich, den Blick zur Seite zu richten. Sie zählte bis sieben, dann brach sie die Übung ab.

Als sie zur Feder griff, um mit der Arbeit zu beginnen, klopfte es draußen am Tor. Wer war das? Ein Student, der eine Kopie ausleihen wollte? In der Hoffnung auf ein bisschen Geld wollte sie in die Halle eilen, doch dann hielt sie inne. Paul hatte ihr verboten, ohne ihn das Tor zu öffnen, so wie er ihr auch verboten hatte, allein das Haus zu verlassen, und sie war gewillt, ihm zu gehorchen, zum Zeichen ihrer Treue.

Ohne sich vom Fleck zu rühren, lauschte sie ins Haus. Da klopfte es erneut, noch lauter als zuvor. Plötzlich durchzuckte sie ein blitzartiger Gedanke: War das vielleicht Robert? Die Vorstellung machte ihr Angst. Sie beschloss, Paul zu wecken, damit er nachsah. Aber sie hatte die Halle noch nicht erreicht, da klopfte es zum dritten Mal, so laut, dass sie unwillkürlich verharrte.

Und wenn es doch ein Kunde war?

Rasch trat sie ans Tor und schob den Riegel zurück.

5

Ein Klopfen, das immer näher zu kommen schien, weckte Paul aus tiefen, dumpfen Träumen. Einmal, zweimal, dreimal, dann war es wieder still. Während er mit qualvoll schmerzendem Schädel zu begreifen versuchte, was das Klopfen zu bedeuten hatte, hörte er leise flüsternde Stimmen, die von irgendwoher an sein Ohr drangen.

Ein Mann und eine Frau.

Mit einem Mal war er hellwach. Er hatte Marie doch verboten, ohne ihn das Tor zu öffnen! Eilig sprang er aus dem Bett, sammelte die Kleider auf, die am Boden verstreut lagen, stolperte in die

Hose und streifte sich die Jacke über, während er mit bloßen Füßen die Treppe hinunterlief.

Die Halle war leer.

»Marie?«

Er schaute in der Küche nach, in der Bibliothek, im Skriptorium – doch von seiner Frau keine Spur. Er lief wieder die Treppe hinauf, riss in allen drei Stockwerken die Türen auf, stieg hinunter in den Keller, ohne sie zu finden.

»Marie?«

In der Halle stolperte er über die Katze. War das ein Zeichen? Da sah er, dass der Torriegel zurückgeschoben war und das Tor einen Spalt weit auf stand. Wütend gab er Minou einen Tritt, so dass sie gegen die Wand prallte, schlüpfte in seine Holzpantinen, und während er seine Hose gürtete, eilte er hinaus ins Freie.

Wo war Marie?

Auf der Straße herrschte solcher Betrieb, dass er nicht wusste, wo er mit der Suche anfangen sollte. Wohin er blickte, überall wimmelte es von Menschen. Bauern auf dem Weg zum Markt. Frauen und Mägde, die Besorgungen machten. Handwerker und Kaufleute, die ihre Waren auslieferten. Dazwischen Fuhrwerke und Karren, lärmende Kinder, lamentierende Greise.

Paul schwirrte der Kopf. Wein! Er brauchte einen Schluck Wein!

Er winkte einen fliegenden Händler herbei, der ein kleines Fass an seinem Schulterriemen trug, da sah er Marie. Am anderen Ende der Straße lief sie den Hügel hinauf. Er stieß den Händler beiseite und stürzte ihr nach.

»Marie!«

Ein Karren, der sich an einem Randstein verkeilt hatte, versperrte ihm den Weg. Er setzte zum Sprung über die Deichsel an, als ihn plötzlich jemand am Arm packte.

»Hier steckt Ihr also!«

Paul drehte sich um. Vor ihm stand ein bärtiger Mann mit einer grünen Samtkappe auf dem schwarz gelockten Kopf: Ludovico Sogna, einer seiner Gläubiger.

»Was fällt Euch ein! Seid Ihr verrückt geworden?«

Der Lombarde griff nur umso fester zu. »Ich war gerade bei Euch. Doch Euer Weib hat Euch verleugnet. Ich will mein Geld!«

»Nicht jetzt.«

»Ich lass mich nicht länger vertrösten.«

»Später!«

Paul schlug ihm mit der Faust ins Gesicht. Der Lombarde ließ ihn los und stürzte zu Boden.

Ohne sich um ihn zu kümmern, sprang Paul auf den Karren, um nach Marie Ausschau zu halten.

Doch so sehr er sich auch den Hals verrenkte – sie war in der Menge verschwunden.

Während er fluchend von dem Karren stieg, erhob Ludovico Sogna sich wieder vom Boden. Mit gefährlicher Ruhe klopfte er den Staub von seiner Kappe, die ihm beim Sturz vom Kopf gefallen war, und warf Paul einen finsteren Blick zu.

»Das werdet Ihr noch bereuen!«

6

Der Anblick der Manuskripte, die wohlsortiert in unterschiedlich hohen Stapeln zur Ausleihe bereitlagen, machte Marie Hoffnung. Während sie darauf wartete, dass Jacques' Sohn, der sie im Laden der Universitätsbuchhandlung empfangen hatte, den Stationarius holte, hörte sie aus dem angrenzenden Skriptorium das vertraute Geräusch von kratzenden Federn auf Papier, das sie in der Rue des Pailles schon so lange vermisste. Dabei versuchte sie anhand der ausliegenden Bücher zu ermitteln, wie groß der Bedarf an Kopien wohl war.

»Was wollt Ihr, Herrin?«, fragte Jacques, als er den Raum betrat. Sowohl seine Stimme als auch sein Gesicht drückten unverhohlenes Misstrauen aus.

»Du sollst nicht Herrin zu mir sagen«, erwiderte Marie. »Das bin ich nicht mehr.« Sie zögerte einen Augenblick, dann sagte sie: »Ich habe eine Frage. Oder vielmehr eine Bitte.«

»Eine Bitte?« Sein Misstrauen wurde noch größer.

Marie hatte nicht erwartet, dass Jacques sie mit offenen Armen empfangen würde. Er hatte Paul verraten, und er wusste, dass sie es wusste. Doch als heute Morgen der Lombarde in der Rue des Pailles aufgetaucht war, war ihr als einziger Mensch, der ihnen aus der Klemme helfen konnte, nur noch ihr ehemaliger Schreiber eingefallen. Jacques war der Stationarius der Universität, der einzige Kopist in ganz Paris, der wirkliche Einkünfte hatte.

»Ja, eine Bitte«, bestätigte sie. »Ich wollte dich fragen, ob du Paul vielleicht einen Teil deiner Arbeit abgeben kannst.«

Jacques' Misstrauen verwandelte sich in offenkundigen Widerwillen. »Warum sollte ich das tun? Paul hat mir nie etwas geschenkt. Ich war immer nur der Dummkopf, der für ihn die Arbeit machte.«

Marie wusste, dass er recht hatte. Doch darum gab sie nicht auf. »Vielleicht, um wiedergutzumachen, was du getan hast?«, erwiderte sie. »Du hast uns dem Stadtpräfekten angezeigt.«

Sie schaute ihn an. Seine wässrigen Augen erwiderten unsicher ihren Blick. Er hatte verstanden.

»Ich hatte ein halbes Dutzend Mäuler zu stopfen und musste außerdem einen Arzt bezahlen«, sagte er. »Es war meine einzige Möglichkeit, aus dem Elend zu kommen.«

»Wir sind auf deine Hilfe angewiesen«, sagte Marie. »Keiner will mehr die alten Kopien.«

»Was kann ich dafür, dass die Magister Paris verlassen haben?« Jacques zuckte die Achseln. »Wenn Ihr glaubt, ich schwimme im Geld, irrt Ihr. Die Studenten werden von Tag zu Tag weniger, inzwischen sind keine achthundert mehr an den vier Fakultäten eingeschrieben. Das bekomme ich genauso zu spüren wie Ihr. Dabei muss ich sparen, mein Ältester will studieren.«

»Aber du hast das Privileg, als einziger Kopist in der ganzen Stadt.« Marie machte einen Schritt auf ihn zu. »Bitte!«

Jacques kratzte sich die Schläfe, auf der ein eitriger Pickel blühte. »Steht es wirklich so schlimm?«

Sie nickte. »Paul steckt bis über beide Ohren in Schulden. Seine Gläubiger geben ihm eine Frist von einem Monat. Wenn er bis dahin nicht die nächste Rate zahlt, ist es aus. Wir müssen unser Haus verlassen, und Paul kommt in den Schuldturm. Dabei erwarte ich im Winter ein Kind.«

Überrascht hob er die Brauen. »Ihr seid in Hoffnung?«

»Ja«, sagte sie. »Obwohl – Hoffnung ...« Sie verstummte.

Jacques trat ans Fenster und blickte hinaus auf die Straße. Marie spürte, wie ihre Hände feucht wurden. Alles hing jetzt von seiner Antwort ab. Nur wenn er ja sagte, gab es Hoffnung. Hoffnung, dass sie die nächste Rate zahlen konnten. Und Hoffnung für ihre Ehe. Weil Paul dann vielleicht begreifen würde, dass sie zu ihm hielt.

Mit einem Seufzer drehte Jacques sich wieder zu ihr herum. »Richtet Eurem Mann aus, dass ich ihn erwarte«, sagte er. »Euch zuliebe.«

»Du wirst uns also helfen?« Mit beiden Händen drückte sie seine Hände. »Danke, Jacques. Das werde ich dir nie vergessen.«

7

Mit wehender Robe eilte Robert den Hügel von Sainte-Geneviève hinauf. Wie stets bei warmem und trockenem Wetter würde Orlando von Cremona seine Mittagsvorlesung nicht in der Kirche, sondern unter Gottes freiem Himmel halten. Inzwischen hatte Robert schon über ein Dutzend Vorlesungen seines neuen Lehrers gehört, und je besser er den Dominikaner kennenlernte, umso mehr Respekt flößte dieser kleine, verwachsene Mann ihm ein. Orlando war ein Soldat Gottes, und seine Streitaxt war das Wort. Doch gemäß seiner philosophischen Glaubensgewissheit, dass die Seele eines Menschen zu seinen Lebzeiten untrennbar an den Leib gebunden war, ließ er es nicht mit Worten bewenden – vielmehr beglaubigte er diese durch seine Taten. Er pflegte Kranke, speiste Hungrige und gab Durstigen zu trinken. Auf diese Weise trat er nicht nur dem Vorwurf entgegen, dem er wie jedes Mitglied eines Bettelordens ausgesetzt war: dass nämlich niemand von Almosen leben dürfe – auf diese Weise stellte er sich zugleich so eindrücklich in die Nachfolge Christi, dass Robert Zweifel an seiner eigenen Bestimmung kamen.

War es nicht viel wichtiger, was ein Mensch tat, als das, was er sagte? *An ihren Früchten sollt ihr sie erkennen* – so stand es bei Matthäus geschrieben.

In diese Gedanken vertieft, hatte er den Platz fast erreicht, wo die Studenten auf Strohballen sitzend schon auf den Beginn der Vorlesung warteten, als er sie plötzlich im Gewühl erblickte.

Marie!

Sie kam gerade aus der Universitätsbuchhandlung. Ohne ihn zu bemerken, lief sie in die Richtung der Rue des Pailles. Damit ihre Wege sich nicht kreuzen, wollte Robert sich in eine Seitengasse verdrücken, aber dann hielt er inne.

Wozu hatte Victor ihn nach Paris geschickt? Damit er die Versuchung mied? Oder damit er sich ihr aussetzte, um sich zu bewähren?

Der Augenblick der Wahrheit war da. Also fasste er sich ein Herz und trat auf sie zu.

»Guten Tag, Marie.«

Beim Klang seiner Stimme schrak sie zusammen.

»Robert?« Mit ihren grünen Augen schaute sie ihn an, erst überrascht, dann abweisend, fast böse. »Was ... was willst du?«

Robert wusste nicht, was er erwidern sollte. Er selbst war ja genauso überrascht wie sie, dass er sie angesprochen hatte. Er wusste nur, dass er sie nicht hätte wortlos passieren lassen dürfen. Das wäre falsch gewesen. Und feige.

Doch jetzt, da er sah, in welche Verlegenheit er sie brachte, und er selbst unfähig war, eine Antwort auf ihre einfache Frage zu geben, wünschte er fast, er wäre es gewesen.

»Hast du Angst, dass uns jemand sieht?«, fragte er.

Marie nickte. Dann schüttelte sie den Kopf. Um gleich darauf wieder zu nicken, während sie über und über rot wurde.

»Das ... das will ich nicht«, stammelte er.

»Ich ... ich auch nicht.«

»Aber wenn du Angst hast, dann ...« Er sprach den Satz nicht zu Ende. Irrte er sich, oder hatte sich der Ausdruck ihres Gesichts tatsächlich verändert? Das Abweisende schien auf einmal aus ihrer Miene verschwunden, genauso wie die Rötung ihrer Haut, während ihre Augen nach wie vor auf ihm ruhten. Fast glaubte er, ein Lächeln um ihren Mund zu erkennen. Herrgott, wie sehr hatte er sie vermisst! Diese grünen Augen, die sich kräuselnden Fältchen auf der kleinen, hübschen Nase, die tanzenden Sommersprossen ...

Es war ein Gefühl, als träfe ihn eine Faust in der Magenkuhle. *Genug!*, schrie eine Stimme. *Hau ab! Du hast die Prüfung bestanden! Also verschwinde! Bevor es zu spät ist!*

Doch statt zu gehen, hörte er sich sagen: »In der Nähe des Petit Pont, ungefähr hundert Schritte flussabwärts, gibt es einen kleinen verwilderten Garten, wo wir ungestört reden können. Dort warte ich auf dich.«

8

Robert kehrte ihr den Rücken zu, und ohne sich noch einmal umzudrehen, lief er den Hügel hinunter zum Fluss. Was war geschehen? Warum hatte er sie angesprochen? Was wollte er von ihr? Er wusste doch, dass sie ihm nicht folgen würde, sie war eine ehrbare Frau, keine Hure, die sich hinter dem Rücken ihres Mannes mit einem anderen Mann traf. Nie und nimmer würde sie das tun!

Bis zur Rue des Pailles hatte sie denselben Weg wie Robert, sie hatte also gar keine andere Wahl, als ihm zu folgen, wenn sie nach Hause ging ... Hoffentlich war Paul inzwischen aufgewacht. Sie konnte es gar nicht erwarten, ihm die gute Nachricht zu bringen. Was für eine wunderbare Überraschung, die sie ihm bereiten konnte! Wenn Jacques bereit war, ihm einen Teil seiner Arbeit abzugeben, gelang es vielleicht ja doch noch, den Lombarden rechtzeitig die nächste Rate zu zahlen und das Unglück abzuwenden. Und, was noch wichtiger war, Paul würde begreifen, dass sie zu ihm hielt und er ihr wieder trauen konnte.

Marie wartete, bis Robert in der Menge verschwunden war, dann lief auch sie den Hügel hinab, doch so langsam, dass der Abstand zwischen ihnen sich mit jedem Schritt vergrößern musste. Obwohl sie es nicht wollte, hob sie beim Gehen immer wieder die Augen, um einen Blick auf ihn zu erhaschen. Manchmal glaubte sie für einen winzigen Moment seinen Kopf in der Menge zu sehen, seine Schulter oder einen Arm, aber vielleicht täuschte sie sich ja – bei den vielen Menschen war das kaum zu unterscheiden. Dann wieder verschwand er so lange vor ihren Augen, dass sie fast glaubte, sie wäre ihm gar nicht wirklich begegnet, als wäre das Wiedersehen nur eine Erscheinung gewesen, die ihr die Hitze vorgegaukelt hatte.

Warum drehte er sich kein einziges Mal nach ihr um? War er sich seiner Sache so sicher?

Nein, niemals würde sie ihm weiter folgen als bis zur Rue des Pailles! Sollte er doch in dem Garten warten, bis er schwarz wurde – sie wollte nicht mit ihm reden! Eher würde sie sich ein Ohr abreißen, als Paul noch einmal zu hintergehen!

Wo, hatte Robert gesagt, würde sie den Garten finden? Hundert Schritt flussabwärts?

Sie erreichte die Kreuzung, von der die Rue des Pailles abzweigte. Endlich! Am anderen Ende der Gasse sah sie ihr Haus, das einzige Haus weit und breit mit gläsernen Fenstern, in denen sich die Sonnenstrahlen brachen. Das blinkende Licht erschien ihr wie ein vertrauter, freundlicher Gruß.

Ob Robert sie wohl noch liebte?

Eine Nachbarin, die mit einem Korb in der Hand vom Markt kam, blieb grüßend stehen, um einen Schwatz mit ihr zu halten, doch Marie nickte ihr nur kurz zu. Um ihr aus dem Weg zu gehen, eilte sie weiter hinunter zum Fluss. Sie konnte nicht anders.

Warum nicht? Was wollte sie ihm überhaupt sagen?

Plötzlich wusste sie den Grund: Es gab eine Frage, die sie ihm stellen *musste*. Damit sie ruhig schlafen konnte.

»Hast du Suzette geheiratet?«

Robert, der am Flussufer auf sie gewartet hatte, erwiderte verstört ihren Blick.

»Ja«, sagte er, »aber ... warum fragst du?«

»Und hat sie ein gesundes Kind zur Welt gebracht?«, fragte sie unbeirrt weiter.

Wieder nickte er.

»Gott sei gelobt!«

Sie war so erleichtert, dass sie plötzlich ohne jeden Grund lachen musste, wie ein Kind in der Kirche. Doch als sie Roberts ernste Miene sah, blieb ihr das Lachen im Hals stecken.

»Warum bist du zurückgekommen?«, fragte sie.

»Wozu willst du das wissen?«

»Das weißt du ganz genau.«

Robert zögerte. Dann sagte er. »Ich bin hier, um Theologie zu studieren.«

»Bei den Dominikanern? Ausgerechnet? Das kann ich nicht glauben!« Sie machte einen Schritt auf ihn zu. »Sag, was ist der wirkliche Grund?«

Er wich ihrem Blick aus. »Ich habe es dir doch gesagt«, erwiderte er. »Orlando von Cremona ist jetzt mein Lehrer.«

»Das verstehe ich nicht«, sagte Marie. »Victor d'Alsace ist dein Lehrer. Du warst so stolz darauf, sein Schüler zu sein. Warum bist du nicht bei ihm geblieben?«

Robert schaute auf den Fluss, auf dem die Lastkähne an ihnen vorübertrieben. Vom Wasser wehten die Rufe der Schiffer und Flößer herbei.

»Suzette hat mich verlassen.«

»Mit deinem Kind?«, fragte Marie überrascht.

Ein warmer Wind strich über das Ufer. Robert fuhr sich mit der Hand durchs Haar, und während er sich am Ohr zupfte, drehte er sich wieder zu ihr herum.

»Es war nicht mein Kind.«

Marie schluckte. »Nicht dein Kind?«

Er schüttelte den Kopf.

Fassungslos starrte sie ihn an. »Aber ... aber das heißt ja, dass wir ... dass du und ich ... ich meine, damals ... in Versailles ... wir hätten ...«

Sie verstummte. Auch Robert schwieg, als könne es keine Worte geben, die ihnen helfen könnten. Plötzlich, Marie wusste selbst nicht, wie ihr geschah, war es wie in jenen unwirklichen Tagen, in jener überirdisch schönen Zeit, als sie zusammen unter einem Dach gelebt und stundenlang miteinander geredet hatten, über all die Fragen, auf die sie beide keine Antwort wussten, doch die sie zusammen erkundeten wie zwei Menschen, die ferne, fremde Länder miteinander durchstreifen und erforschen, Länder, die noch nie jemand sonst betreten oder gesehen hatte ... Sie schaute in seine grünen Augen und hoffte, dass dieser Moment nicht enden würde. Zaghaft, fast schüchtern lächelte er, und als sie die zwei Grübchen auf seinen Wangen sah, die sie früher so sehr geliebt hatte, wurde es ihr so warm ums Herz, dass sie sich nicht länger mehr belügen konnte.

Ja, sie liebte ihn, liebte ihn immer noch, und auch er liebte sie, das sagten ihr seine Augen, genauso, wie sie ihn liebte und immer weiter lieben würde, auf ewig und alle Zeit.

»Abélard und Héloise ...«

Auch wenn sie so leise sprach, dass sie ihre eigenen Worte kaum hörte, hoffte sie, dass er sie verstand.

Doch er verstand sie nicht.

»Was hast du gesagt?«

Marie schloss die Augen. Warum machte er es ihr so schwer? Ein Seufzer stieg in ihr auf. Wenn er den Schlussstrich nicht zog, musste sie es tun.

»Du musst etwas wissen, Robert.«

»Was?«

Sie zögerte. Dann strich sie sich über den Bauch und sagte: »Ich bin in Hoffnung.«

»Du bist – *was*?«

Er brauchte eine Weile, um sich zu fassen. Marie kam es vor wie eine Ewigkeit.

Dann endlich nickte er.

»Das ist gut«, sagte er. Seine Stimme klang, als stünde er an der Bahre eines Menschen, den Gott nach allzu langem Leiden zu sich genommen hat. »Ja, das ist gut.«

Obwohl er die Worte noch einmal wiederholte, sah sie seinem Gesicht an, wie es in Wirklichkeit um ihn stand. Er musste genauso mit sich kämpfen wie sie selbst, wie sie die Gefühle in seinem Innern mit Gewalt niederringen, um das Richtige zu tun – das, was Gott und das Gewissen verlangten. Die Grübchen auf seinen Wangen waren verschwunden, und seine Augen waren trüb.

Sein Anblick zerriss ihr das Herz. »Ich wollte dir nicht weh tun«, flüsterte sie. »Aber ich musste es dir doch sagen!«

»Ja, das musstest du, und ich bin dir dafür dankbar. Wirklich. Jetzt ... jetzt ... weiß ich, was ich tun muss.«

»Was meinst du damit?«, fragte sie, als er zögerte.

»Du hast es doch selbst gesagt«, erwiderte er. »Abélard und Héloise.«

Sie verstand. Er würde denselben Weg gehen, den einst Abélard gegangen war.

Er versuchte zu lächeln, doch er schaffte es nicht. »Leb wohl, Marie. Ich ... ich wünsche dir alles Glück dieser Welt.«

Bevor sie antworten konnte, wandte er ihr den Rücken zu und ging davon.

9

Die Hitze des Sommers drückte mit solcher Macht durch die Fugen und Ritzen der klafterdicken Mauern in den Königspalast, dass Ludwig unter dem Hermelin, den er zu Ehren des päpstlichen Gesandten angelegt hatte, zum ersten Mal in diesem Jahr schwitzte. Am Vorabend erst war Kardinal Santangelo aus Rom zurückkehrt, doch kaum hatte sich die Nachricht von seiner Ankunft in Paris verbreitet, hatte die Regentin ihn zur Audienz befohlen, um Gregors Entscheidung im Streit mit den Magistern zu erfahren, auf die der Hof und die Stadt seit Wochen warteten.

Zu der Audienz waren außer Ludwig und seiner Mutter nur Bischof Wilhelm und Kanzler Philipp geladen. In seiner Aufregung wünschte Ludwig sich Henri de Joinville zur Seite, doch die Regentin hatte seinen Kammerherrn vom Hof verbannt, damit er in Zukunft keine Reisen mehr wie die nach Toulouse machen konnte, die er in Ludwigs Auftrag unternommen hatte, um den Magistern einen Vorteil zu verschaffen. Aber darum schienen Wilhelm und der Kanzler nicht weniger aufgeregt zu sein als er. Nur seine Mutter zeigte sich so reglos wie stets. Während der Bischof ungeduldig an den Ärmeln seiner violetten Robe zupfte, und Philipp sich in einem Moment, da er sich unbeobachtet glaubte, sogar mit einem seiner spitzen Nägel in der Nase bohrte, nahm sie die Ehrenbezeigungen des greisen Legaten entgegen, ohne auch nur eine Braue zu heben.

Die Auskunft, die der Nuntius nach der Begrüßung gab, war eine Überraschung. Statt in dem nun seit über einem Jahr währenden Streit ein Urteil zugunsten der einen oder anderen Partei zu sprechen, vertagte Gregor die Entscheidung.

»Der Heilige Vater wünscht die Einsetzung einer Untersuchungskommission«, sagte Kardinal Santangelo mit seiner leisen, brüchigen Stimme.

»Soll das ein Scherz sein?«, polterte Bischof Wilhelm.
Die Regentin gebot ihm mit der Hand zu schweigen.
»Welchem Zweck soll eine solche Kommission dienen?«
»Der Heilige Vater will wissen, ob die Ermahnungen, die Seine Heiligkeit Eurem Bischof letzten Winter schickte, auf fruchtbaren Boden fielen.«
Ludwig witterte Morgenluft. »Keineswegs«, erklärte er. »Die Verantwortlichen des Massakers von Saint-Marcel wurden immer noch nicht zur Rechenschaft gezogen. Der Präfekt erfreut sich nach wie vor seines Amtes. Und was den Niedergang der päpstlichen *Alma Mater* betrifft ...«
»Wer soll der Kommission angehören?«, schnitt seine Mutter ihm das Wort ab.
»Die Bischöfe von Le Mans und Sens sowie der Erzdiakon von Châlons-sur-Marne.«
Ludwig musste sich beherrschen, um seine Freude nicht laut herauszuschreien. Würde es endlich Gerechtigkeit geben? Die drei Kirchenfürsten, die der Papst für die Kommission benannt hatte, hatten sich auf der Synode von Senlis allesamt gegen die Exkommunikation der Magister ausgesprochen. Mit ihrer Ernennung gab der Heilige Vater überdeutlich zu erkennen, zu welcher Partei in dem Streit er neigte.
Dessen war sich offenbar auch Wilhelm bewusst, sein Gesicht hatte sich bei der Aufzählung der drei Namen immer weiter in die Länge gezogen. Jetzt wühlte er in den Falten seiner Soutane, als wolle er sich das Gewand vom Leibe reißen. »Beten wir zum Heiligen Geist, dass er sie erleuchte«, schnaubte er. »Damit die heilige Mutter Kirche auch künftig ihren Mantel über die vier Fakultäten der Universität ausbreiten kann.«
»Ich bin gewiss, dass der Heilige Geist das Seine tun wird«, erwiderte der Nuntius mit feinem Lächeln, um sich sodann an den Kanzler zu wenden, der, ohne sich zu Wort zu melden, auf seinem Stuhl in sich zusammengesunken war, als fürchte er ein Unwetter.

»Übrigens, der Heilige Vater lässt Euch Seinen Dank ausrichten.«

Philipp wurde noch kleiner auf seinem Stuhl. »Dank?«, fragte er unsicher. »Wofür?«

»Dass Ihr den Mut hattet, Seine Heiligkeit anzurufen.«

»Ich bin nur ein einfacher Arbeiter im Weinberg des Herrn«, erwiderte der Kanzler mit kaum hörbarer Stimme.

Ludwig verstand nicht, was der kurze Wortwechsel zu bedeuten hatte. Seiner Mutter schien es nicht anders zu ergehen. Voller Verwunderung ließ sie ihren Blick von Santangelo zu Philipp wandern und wieder zurück.

»Wovon redet Ihr?«

»Von dem Schreiben, dass der Kanzler vor einem Jahr nach Rom geschickt hat, um dem Heiligen Vater die Haltung der Magister kundzutun«, erklärte der Nuntius. »Als Alumnus der Pariser Universität war Gregor zutiefst erschrocken über die Vorgänge an seiner *Alma Mater*.«

Wilhelm sprang von seinem Platz auf und schoss auf den Kanzler zu. »Ihr habt einen Meineid geleistet!«, brüllte er. »Wie konntet Ihr es wagen, Euch eine solche Eigenmächtigkeit herauszunehmen? Das ist Hochverrat!«

Wie ein Turm ragte er vor Philipp in die Höhe. Der traute sich kaum, ihn anzuschauen.

»Antwortet«, befahl die Regentin, ihre schwarzen Augen funkelten vor Wut.

Der Kanzler schien zu ahnen, welchen fürchterlichen Fehler er begangen hatte. Er war so blass, als wäre alles Blut aus seinen Adern gewichen.

»Ich tat nur, was mein Gewissen mir befahl«, flüsterte er. »Gott ist mein Zeuge.«

10

*A*ufnahme erlangt bei uns nur, wer diese selbst begehrt ... Wie ein Echo hallten Orlandos Worte in Robert nach. Ohne nach links und rechts zu schauen, ohne auch nur ein Gesicht inmitten all der Menschen wahrzunehmen, die seinen Weg kreuzten, eilte er zurück nach Sainte-Geneviève, wo Orlando seine Vorlesung hielt. Die Worte des Dominikaners waren seine einzige Hoffnung, seine einzige Zuflucht, um den Teufeln seiner Seele zu entkommen.

Er hatte sich der Versuchung ausgesetzt, und die Versuchung hatte ihn übermannt. Eine einzige Begegnung hatte genügt, und die Liebe, die er in so qualvoller Anstrengung niedergerungen hatte, war wieder entfacht, wie manchmal ein Luftzug genügt, um eine schwelende Glut aufs Neue zu entfachen. Wie ein Gaukelwerk tanzten im verzehrenden Feuer des Begehrens die Bilder der Erinnerung. Der Blick aus ihren grünen Augen, der ihn wie eine Berührung liebkoste ... Ihr lächelnder Mund ... Die zum Kuss geschürzten Lippen ...

Gegrüßet seist du, Maria, voll der Gnade, der Herr ist mit dir. Du bist gebenedeit unter den Weibern, und gebenedeit ist die Frucht deines Leibes, Jesus. Heilige Maria, Mutter Gottes, bitte für uns Sünder, jetzt und in der Stunde unseres Todes ...

Wieder und wieder flüsterte Robert das Gebet, um die Flammen in seinem Herzen zu ersticken, bis er den Kirchplatz von Saint-Geneviève erreichte. In der Menschenmenge erkannte er Orlando sogleich an seinem schwarzweißen Habit. Der Dominikaner hatte seine Vorlesung gerade beendet, die ersten Studenten verließen bereits den Ort.

Als Orlando ihn sah, erschrak er.

»Was ist geschehen, mein Sohn? Bist du in Not?«

Robert sank auf die Knie. »Ich begehre Aufnahme in die dominikanische Glaubensbruderschaft.«

Ein Leuchten ging durch Orlandos Gesicht, das strahlend helle Licht reinen, gottgefälligen Glücks. Beide Arme ausbreitend, hieß er den verlorenen Sohn willkommen. »Hast du endlich auf den rechten Weg gefunden?«

Robert warf sich zu Boden und umfasste seine Waden. »So Gott will, ehrwürdiger Vater. So Gott will.«

11

Zweimal schon hatte es zur vollen Stunde geschlagen, doch Marie war immer noch nicht zurück. Paul hatte alle Straßen und Gassen des lateinischen Viertels nach ihr abgesucht, ohne sie zu finden. Jetzt saß er zu Hause in der Küche und trank. Aus Angst, noch einen Tritt abzubekommen, hatte Maries Katze sich unter der Ofenbank verkrochen. Während sie ihn von dort aus misstrauisch beäugte, starrte er selbst unablässig auf die Haustür, in der verzweifelten Hoffnung, dass Marie endlich heimkehrte.

Er nahm den Krug und schenkte sich nach. Dabei zitterte seine Hand so heftig, dass der Wein überschwappte. Um sich zu beruhigen, trank er den Becher in einem Zug leer. Ganz bestimmt gab es für Maries Ausbleiben einen harmlosen Grund. Wahrscheinlich war sie auf dem Markt, um Besorgungen zu machen … Vielleicht war sie auch zur Spätmesse gegangen … Oder sie war bei einer Nachbarin, die sie um Hilfe gebeten hatte … Doch welche Erklärung er für ihr Ausbleiben auch immer fand, er konnte selbst nicht daran glauben. Marie war ohne Einkaufskorb aus dem Haus gegangen. Sie besuchte nie die Spätmesse, sondern immer die erste oder zweite Messe am Morgen. Und die Stimme an der Tür, die er beim Aufwachen gehört hatte, war nicht die einer Frau, sondern eines Mannes gewesen.

Nein, es gab nur einen Grund, warum Marie fort war. Robert. Sie hatte das Haus verlassen, um sich mit ihm zu treffen.

Paul schaute in seinen leeren Becher. Warum tat Marie ihm das an? Begriff sie nicht, dass sie in seiner Schuld stand?

Der Wein drückte ihm auf die Blase. Er stand auf, um im Hof sein Wasser abzuschlagen. Da hörte er von draußen Schritte. Eilig räumte er den Krug und den Becher fort. Marie brauchte nicht zu sehen, dass er bei Tage getrunken hatte.

Als er aus der Küche kam, stand sie schon in der Halle. Sie war ganz rot im Gesicht, als wäre sie bei der Hitze zu schnell gelaufen.

Oder als hätte sie ein schlechtes Gewissen.

»Wo warst du?«, fragte er.

Marie zuckte zusammen. Offenbar hatte er ins Schwarze getroffen.

»Bei Jacques«, sagte sie zögernd.

»Jacques Pèlerin?«

»Ja, bei deinem ehemaligen Kopisten.«

»Dass ich nicht lache!« Er machte einen Schritt auf sie zu. »Warum lügst du?«

»Ich lüge nicht«, erwiderte sie und wurde gleichzeitig noch ein bisschen röter. »Ich ... ich habe Jacques um einen Gefallen gebeten.«

»Willst du mich für dumm verkaufen? Was für ein Gefallen sollte das sein?«

»Ich habe Jacques gefragt, ob er Arbeit für uns hat. Damit wir unsere Schulden bezahlen können.«

Paul hatte erwartet, dass seine Frage Marie aus der Fassung bringen würde. Doch sie hatte schneller geantwortet, als ein Mensch lügen kann.

Sagte sie vielleicht doch die Wahrheit?

»Wie kannst du es wagen, ohne Erlaubnis das Haus zu verlassen?«, wechselte er das Thema.

»Du hast noch geschlafen, als der Lombarde ans Tor klopfte, und bist nicht aufgewacht.«

»Welcher Lombarde?«

»Ludovico Segna, einer deiner Gläubiger. Er hat gedroht, dich in den Schuldturm werfen zu lassen, wenn du nicht diesen Monat noch die nächste Rate zahlst. Da kam mir plötzlich die Idee, dass Jacques uns vielleicht helfen könnte.«

Paul versuchte, sich an den Wortwechsel mit Segna zu erinnern. Der Lombarde hatte gesagt, Marie habe ihn verleugnet. Demnach könnte er wirklich der Mann gewesen sein, mit dem sie am Morgen gesprochen hatte.

»Ausgerechnet Jacques«, schnaubte er. »Ist dir eigentlich klar, wie du mich damit demütigst? Paul Valmonts Frau bettelt um Arbeit! Bei einem seiner ehemaligen Angestellten!«

»Aber Jacques ist bereit, mit dir zu reden. Er erwartet dich.«

»Welche Gnade! Lieber will ich verrecken, als von diesem Pickelgesicht Almosen anzunehmen!«

Marie schüttelte den Klopf. »Denk jetzt nicht an deinen Stolz, Paul. Bitte! Denk an unser Kind.«

Was die übrigen Argumente nicht vermocht hatten, bewirkte die Erinnerung an seinen Sohn. Endlich schien Paul sich zu beruhigen.

»Warum hast du mich nicht erst gefragt?«, fragte er. »Dann hätte ich wenigstens selbst mit Jacques reden können.«

»Das hättest du ja doch nicht getan«, erwiderte Marie. »Ich kenne doch deinen Stolz.« Sie nahm seine Hand und führte sie an ihren Bauch. »Ich weiß, wie viel das Haus dir bedeutet, Paul, ich wollte nicht einfach tatenlos zusehen, wie du es verlierst. Und ich ... ich möchte ja auch, dass wir hier bleiben können, genauso wie du, und in unserem Haus zusammen glücklich sind. Wir alle drei. Du und ich und unser Kind.«

Er sah in ihr Gesicht. In ihren Augen standen Tränen.

War es der Anblick ihrer Tränen? Oder die Berührung ihres Leibs? Trotz des Drucks auf seiner Blase spürte er plötzlich, wie sich etwas zwischen seinen Schenkeln regte.

Er nahm ihr Kinn und küsste sie auf den Mund.

»Begreifst du endlich?«, flüsterte sie. »Ich habe es für dich getan. Für uns. Damit du weißt, dass ich zu dir halte. Und du dich auf mich verlassen kannst.«

12

Marie spürte die Erregung ihres Mannes, spürte sein Geschlecht an ihrem Bauch.

»Heißt das – du liebst mich?«

Was hätte sie darum gegeben, wenn er ihr die Frage erspart hätte. Nein! Nein! Nein! Sie liebte ihn nicht, sie liebte Robert, das hatte sie bei ihrem Wiedersehen mit solcher Macht gespürt, dass ihr jetzt noch schwindlig davon war, würde nie einen anderen Mann lieben als ihn, und wenn sie ein Dutzend Kinder von Paul bekam.

Doch Paul schien so erleichtert, so froh über das Ende ihres Streits, dass sie nickte.

»Ach, Marie.«

Er nahm ihr Gesicht zwischen die Hände, um sie noch einmal zu küssen. Während sie seine fordernde Zunge spürte, roch sie den Wein, den er getrunken hatte. Der säuerliche Geruch bereitete ihr solche Übelkeit, dass sie nicht wusste, wie sie den Ekel vor ihm verbergen sollte. Hoffentlich musste sie sich nicht erbrechen.

Mit aufgerissenen Augen und angehaltenem Atem ertrug sie den Kuss.

Als seine Lippen sich von ihren lösten, hätte sie sich am liebsten den Mund abgewischt. Nicht nur, um ihn von seinem Kuss zu reinigen, sondern auch von ihren eigenen Lügen.

Damit er nicht merkte, was in ihr vorging, wandte sie sich zur Treppe. »Höchste Zeit für den Haushalt.«

Paul hielt sie am Arm zurück. »Sag mal, glaubst du wirklich, dass Jacques uns helfen könnte?«

»Ja, ganz bestimmt...« Während sie sprach, sah sie plötzlich Minou. Auf nur drei Pfoten kam sie aus der Küche gehoppelt, ein Vorderbein war seltsam verdreht und hing reglos vom Rumpf herab.

»Um Himmels willen!«

Sie ließ Paul stehen und hob Minou vom Boden. Bei der Berührung jaulte die Katze vor Schmerz so laut auf, dass Marie sie gleich wieder absetzte.

»Mein armer kleiner Liebling. Hast du dich verletzt?«

Sie bückte sich hinunter. Vorsichtig, um ihr nicht weh zu tun, streichelte sie das Fell.

»Was ist mit ihr passiert?«, fragte sie Paul.

Der zuckte die Achseln. »Keine Ahnung. Vielleicht wieder ein Hund?«

Er versuchte, sie mit einem Lächeln aufzumuntern, doch sein Lächeln war falsch, und die Narbe unter seinem Bart zuckte.

Plötzlich wusste Marie, was passiert war.

»Das hast du getan!«

»Was soll ich getan haben?«, fragte er.

»Das!« Sie zeigte auf Minou, die das verdrehte Bein leckte. »*Du* hast das mit ihr gemacht!«

»Ich?«, protestierte Paul. »Wie zum Teufel kommst du darauf?«

»Du hast sie schon immer gehasst. *Immer*! Von Anfang an.«

»Bist du verrückt geworden? Ich habe nichts damit zu tun!« Wie um seine Unschuld zu beweisen, hob er die Arme.

Marie drehte sich fast der Magen um. »Ich kann dir gar nicht sagen, wie sehr ich dich verachte!«

»Ich schwöre dir! Ich war es nicht!« In seine Stimme mischte sich Verzweiflung, und Verzweiflung sprach auch aus seinem Gesicht. »Bitte, Marie! Glaub mir!«

Sie hörte nicht auf ihn. »Komm, Minou, ich kümmere mich um dich.« So behutsam, wie sie nur konnte, nahm sie die Katze auf den Arm und ging die Treppe hinauf, um ihr in der Wohnung einen Verband anzulegen.

Doch nach ein paar Stufen drehte sie sich noch einmal um.

»Ich ... ich habe noch eine Frage.«

»Ja?«, sagte Paul.

Marie wusste, wenn sie die Frage stellte, würde es ein Unglück geben. Aber sie musste es tun. Wenn sie es nicht tat, würde ihr weiteres Leben eine einzige Lüge sein.

»Bist du der Vater von Suzettes Sohn?«
Paul erstarrte. »Suzette ... Suzette hat einen Sohn?«, brachte er stammelnd hervor. »Welche Suzette? Wie ... wie kommst du überhaupt darauf?«
Er war so durcheinander, dass er nur noch Unsinn sprach.
»Robert hat es mir gesagt«, erwiderte Marie. »Suzette hat ihr Kind bekommen, einen Sohn. Aber Robert ist nicht der Vater. Sie hat es ihm selbst gestanden.«
»Das hat Robert dir gesagt?« Pauls Augen verengten sich zu zwei Schlitzen, und sein Mund war nur noch ein Strich. »Ich habe es gewusst«, zischte er. »Du hast dich mit ihm getroffen.«
»Wir sind uns zufällig begegnet«, sagte Marie. »Ich konnte dafür so wenig wie er. Ich kam gerade von Jacques, als wir uns über den Weg liefen, vor der Universitätsbibliothek.«
Während sie sprach, wurde Pauls Gesicht immer größer, er riss die Augen auf, seinen Mund, als könne er nicht fassen, was sie sagte, seine Nase, seine Wangen, seine Kiefer zitterten, bebten, genauso wie seine breite, mächtige Brust.
»Du Hure!«, brüllte er. »Du gottverdammtes Stück Dreck!«
Beide Fäuste erhoben, stürzte er sich auf sie. Mit einem Schrei wich sie zurück, so dass seine Schläge ins Leere gingen. Mit wutverzerrtem Gesicht setzte er ihr nach. Plötzlich spürte sie nur noch Angst – er war nicht mehr Herr seiner Sinne! Schützend hob sie einen Arm.
Aber sein Angriff galt gar nicht ihr, er galt Minou.
Bevor Marie begriff, was geschah, riss Paul die Katze an sich, packte sie mit beiden Händen an den Hinterbeinen, wirbelte sie einmal über dem Kopf durch die Luft und schleuderte sie dann mit seiner ganzen Kraft gegen die Wand.
»Nein!«
Voller Entsetzen starrte Marie auf das Blut, das an der weiß gekalkten Wand herablief. Wo war Minou?
Als sie zu Boden schaute, sah sie ihre Katze. Sie lag keine zwei Schritte vor ihren Füßen, mit zertrümmertem Schädel und auf-

geplatztem Leib, aus dem die Eingeweide schleimig hervorquollen.

»Ja, du hast richtig geraten!«, schrie Paul mit überschnappender Stimme. »Ich habe Suzette das Kind gemacht! Der Balg ist mein Sohn!« Plötzlich fing er an zu lachen. »Und du hast geglaubt, Robert wäre der Vater? Das hast du wirklich geglaubt? Dass dieser Schlappschwanz ein Kind gezeugt hat? Was für ein Witz! Was für ein unglaublicher, gottverdammter Witz!«

Immer lauter und lauter lachte er, konnte gar nicht mehr aufhören zu lachen. Fassungslos sah Marie sein Gesicht, das dunkelrot anlief, sah die sich blähenden Nasenflügel, die tanzenden Härchen in den Höhlen, den aufgerissenen Mund mit den großen, schartigen Zähnen, die auf und nieder gehenden Kiefer, während ihm vor Lachen die Tränen aus den Augen quollen und an seinen Wangen herunterliefen, um im Gestrüpp seines Barts zu verrinnen.

War diese Fratze ihr Mann?

Auf dem Absatz machte sie kehrt und stürzte hinaus.

13

Das Abendgebet war gesprochen, doch die Patres und Fratres von St.-Jacques blieben auch nach der gemeinsamen Vesper noch in der Klosterkapelle versammelt. Es galt, an diesem Abend einen Postulanten in die dominikanische Glaubensbruderschaft aufzunehmen, den Magister Artium und Studenten der Theologie Robert Savetier.

Im Chorraum vor dem Altar lag das Habit schon auf einem Schemel bereit. Für gewöhnlich musste ein Postulant zehn Tage an der Klosterpforte ausharren und jeden vorübergehenden Mönch um Aufnahme bitten. Um seine Berufung zu prüfen, wiesen die Brüder ihn während dieser Zeit immer wieder zurück und verweigerten ihm den Zutritt zu ihrer Gemeinschaft, oft verbunden mit dem Ausdruck größter Verachtung. Auf diese Weise wollten sie sicherstellen, dass ein Kandidat nicht aus leichtfertigen Gründen die Aufnahme begehrte, statt um der mönchischen Tugenden der Armut, der Keuschheit und des Gehorsams willen.

In diesem drängenden Fall hatte Orlando jedoch bei den Ordensoberen eine Ausnahme erwirkt. Obwohl Robert erst vor wenigen Stunden um Aufnahme gebeten hatte, durfte diese noch am selben Tage erfolgen. Der Konvent war übereingekommen, dass es wohl kaum einen Postulanten gab, der je so hohe Hürden hatte überwinden müssen, um vor Gott und der Bruderschaft seine Berufung zu beweisen. Die Ehe, die er in Toulouse geschlossen hatte, war, weil nicht vollzogen, für null und nichtig erklärt worden, so dass Robert Savetier als Novize in die Ordensbruderschaft eintreten durfte, als habe die Trauung niemals stattgefunden.

Konnte es einen größeren Beweis für Gottes Allmacht geben? Sogar der Seelenfänger Victor d'Alsace hatte sich ihr gebeugt und sich zum Werkzeug der Vorsehung gemacht, indem er Robert nach Paris zurückgeschickt hatte.

Es war Orlando darum eine Herzensfreude, die feierliche Aufnahme des Postulanten in Vertretung des Abts persönlich vorzunehmen.

»Wer da?«, fragte er, als sein Schüler, noch im Gewand des Studenten, im Chorraum vor ihn hintrat.

»Robert«, erwiderte dieser und warf sich der Länge nach zu Boden, wie das Ritual es verlangte. »Ich bitte um die Barmherzigkeit Gottes und Aufnahme in eure Gemeinschaft.«

»Bist du bereit, dich dem Willen Gottes und der Regel unserer Gemeinschaft zu unterwerfen, vollständig und immerdar?«

»Ja, das bin ich.«

»Dann wirst du heute, mit dem Segen des Herrn, den ersten Schritt in unsere Gemeinschaft tun.« Orlando breitete die Arme aus und hob seine Stimme zum Gebet. »Lebendiger Gott, immer wieder berufst du Menschen, dass sie aufbrechen und dich suchen. So wie einst Abraham und viele andere nach ihm mit offenem Ohr dein Wort gehört und mit ihrem Leben Antwort auf deinen Ruf gegeben haben, so hat auch dein Sohn Robert dein Wort mit offenem Ohr gehört und will mit seinem Leben Antwort auf deinen Ruf geben.«

»Gott, du bist groß«, sangen die Brüder im Chor. »Wir preisen dich!«

Orlando nahm das gefaltete Habit vom Schemel und sagte: »Robert, empfange nun diese Kleider als Zeichen der Gemeinschaft, die wir dir gewähren.«

Auf seinen Wink erhob Robert sich auf die Knie und entledigte sich seines alten, weltlichen Gewands. Orlando streifte ihm die weiße Tunika über, gürtete ihn und heftete an seinen Gürtel den Rosenkranz, bevor er ihm das ebenfalls weiße Skapulier sowie die weiße Kapuze anlegte. Dann befestigte er die schwarze Kappa an seinen Schultern und beendete schließlich die Einkleidung, indem er die weiße Kapuze mit der schwarzen bedeckte.

»Erhebe dich!«

Angetan mit dem Habit des Ordens, richtete Robert sich als neuer Mensch auf. Als Orlando in das Gesicht seines Schülers sah, war es, als sehe er in dessen verklärtes Antlitz. Nie hatte er in diesem Gesicht ein so herrliches, ein so strahlendes Licht erblickt wie in diesem Augenblick der Gnade.

In der Freude Gottes umarmte er den Novizen, um mit ihm den Bruderkuss zu tauschen. Ja, er hatte es gewusst, von der ersten Begegnung an: Diese Seele war zu retten.

»Der Friede des Herrn sei alle Zeit mit dir.«
»Und mit deinem Geiste.«

14

Die Sonne war über dem Kloster von Argenteuil schon untergegangen, als Paul auf seinem Esel den Ort erreichte. In raschem Trab überquerte er den Marktplatz, der menschenleer und verlassen in der Abenddämmerung lag. Vor der

Apotheke parierte er sein Tier und stieg aus dem Sattel. Während er die Zügel an einen Balken festband, betete er zu Gott, dass Marie hier Zuflucht genommen hatte. Wenn sie nicht hier war, bei ihrem Vater, dann ... Der Gedanke war so entsetzlich, dass er ihn nicht weiter zu denken wagte.

Den ganzen Weg lang hatte er Ausschau nach seiner Frau gehalten. Es gab nur eine Straße von Paris nach Argenteuil, und wenn sie zu Fuß gegangen war, war es nur eine Frage der Zeit, bis er sie mit seinem Reittier einholen musste. Doch er hatte sie nicht eingeholt, Meile für Meile war seine Hoffnung geschwunden. Jetzt konnte er nur noch darauf bauen, dass sie sich auf einem der Lastkähne eingeschifft hatte, die von Paris die Seine flussabwärts fuhren und für geringes Geld Passagiere mitnahmen. Das hatte Marie schon manches Mal getan, wenn sie ihren Vater besuchte. Wenn es so war, musste sie bereits in der Apotheke sein. Bei normaler Strömung dauerte die Kahnfahrt keine drei Stunden, also weniger Zeit, als er mit seinem Esel gebraucht hatte.

Vor der Ladentür spürte er, wie ihm vor Aufregung der Mund austrocknete. Würde man auf sein Klopfen öffnen und ihn ins Haus lassen?

Primum vivere, deinde philosophari ...

Mit der Faust pochte er an die Tür.

Es dauert eine Weile, dann hörte er Schritte und gleich darauf die Stimme des Apothekers.

»Wer da?«

»Ich bin's, Euer Schwiegersohn.«

Innen knirschte ein Riegel, dann ging die Tür auf.

»Paul?«, fragte der Apotheker. »Was verschafft mir die Freude?«

»Lasst mich rein.« Ohne die Erlaubnis abzuwarten, trat er ins Haus, durchquerte den Laden und eilte die Treppe hinauf. »Wo ist sie?«

»Wer? Von wem sprichst du?«, fragte der Apotheker, der ihm die Stufen hinauf folgte.

»Marie!«

»Wie kommt Ihr darauf, dass sie hier ist?«

»Sie *muss* hier sein!«, rief Paul und riss die Tür zu ihrer alten Kammer auf.

Doch die Kammer war leer.

Er fuhr herum und packte den Apotheker am Kragen. »Los, sagt – wo habt Ihr sie versteckt!«

»Seid Ihr von Sinnen?«

Paul blickte seinem Schwiegervater in die Augen. Aber alles, was er darin lesen konnte, war Ratlosigkeit.

Als er diese Ratlosigkeit sah, wusste er, dass er umsonst gekommen war.

Marie war nicht hier, war nie hier gewesen.

Sie war in Paris.

Bei Robert.

»Bitte verzeiht«, sagte er und ließ den Apotheker los.

Dem war der Schrecken so in die Glieder gefahren, dass er am ganzen Körper zitterte. Mit angstvoller Sorge schaute er Paul an.

»Sagt, was ist mit meiner Tochter passiert?«

15

Auguste Mercier sog witternd die Luft ein. Frischer Schweiß zierte den Soldaten, doch der säuerliche Gestank, der in den Privatgemächern des Kanzlers hing und einem Soldaten wie ihm so zuwider war wie der überall ausgestellte weibische Zierrat aus Gold und Seide, ließ eher darauf schließen, dass der Hausherr seit Wochen kein Bad mehr genommen hatte.

»Warum habt Ihr mich rufen lassen?«, fragte er.

Statt seinen Blick zu erwidern, schaute Philipp auf die gespreizten Finger seiner Rechten, deren Nägel auffallend lang und spitz waren. »Ich brauche Eure Hilfe.«

»Zu Befehl, Magnifizenz.« Auguste schlug die Hacken seiner Stiefel zusammen. »Womit kann ich dienen?«

»Ihr habt von der Forderung des Papstes gehört?«, erwiderte der Kanzler, ohne den Blick von seinen Fingern zu lassen.

»Ihr meint die Einsetzung einer Untersuchungskommission?« Der Kanzler nickte. »Die Regentin schiebt mir die Schuld dafür in die Schuhe, weil ich den Heiligen Vater um Rat angerufen habe, und will mich nun zur Strafe meines Amtes entheben und mich aus der Hauptstadt verbannen. Gleichzeitig droht ihr Leib- und Magenfreund Wilhelm mir mit der Exkommunikation.«

»Grundgütiger Himmel!«

»Und es gibt nur einen Weg, dieser Strafe zu entkommen«, fuhr Philipp fort, »und zwar, indem ich dafür sorge, dass die Kommission im Streit zwischen der Regentin und den Magistern in Blankas Sinn entscheidet. Sie fürchtet den Einfluss der Weltgeistlichen auf ihren Sohn wie die Pest und will darum mit allen Mitteln verhindern, dass es zu einer Rückkehr der Aufrührer kommt.«

»Ich begreife«, sagte Auguste. »Aber was zum Teufel, pardon: bei allen Heiligen, habe ich damit zu tun?«

»Muss ich Euch das wirklich erklären?« Philipp hob den Blick von seinen Händen und schaute ihn an. »Wir beide, Ihr und ich, wir sitzen im selben Boot. Durch die Besetzung der Kommission hat der Papst unmissverständlich zu erkennen gegeben, welches Urteil Seine Heiligkeit am Ende der Untersuchung zu hören wünscht, und wenn dieses Urteil erfolgt, werdet Ihr zusammen mit mir untergehen. Ihr habt den Einsatz in Saint-Marcel durchgeführt, und es ist der Wille des Heiligen Vaters, dass alle, die für den Tod der Studenten verantwortlich waren, zur Rechenschaft gezogen werden. Bedürft Ihr noch deutlicherer Worte?«

Als Auguste in die trüben Augen des Kanzlers sah, glaubte er plötzlich einen Strick um seinen Hals zu spüren. Unwillkürlich rieb er sich den Nacken.

»Habt Ihr ... habt Ihr schon eine Idee, auf welche Weise sich ein anderes Ergebnis herbeiführen ließe?«

»Nur *in abstracto*«, erwiderte Philipp.

»Wenn Ihr mich bitte aufklären würdet?«

Der Kanzler schaute wieder auf seine Hand. »Nun, wenn man einen Beweis *ex positivo* nicht führen kann, dann vielleicht *ex negativo* ...«

Auguste brauchte einen Moment, bis er verstand. »Ihr meint«, sagte er dann, »für den Fall, dass es sich als unmöglich erweisen sollte, Seine Heiligkeit von den unverzichtbaren Vorzügen der Dominikaner zum Wohle der Universität zu überzeugen, dass es in diesem Fall vielleicht von Vorteil sein könnte, die Verderbtheit und Niedertracht ihrer Widersacher zu demonstrieren, um weiteren Schaden von seiner alten *Alma Mater* fernzuhalten?«

»Ich wusste, dass ich mich auf Euch verlassen kann«, lächelte der Kanzler zufrieden. »Ich bin zuversichtlich, dass Ihr die nötigen Maßnahmen ergreifen werdet.« Noch einmal hob er den Blick, dann fügte er mit ernstem Nachdruck hinzu: »*In concreto!*«

16

Ein leises Plätschern weckte Marie. Nass und schwer klebten die Kleider an ihrem Leib. Obwohl ihre Lider drückten wie Blei, schlug sie die Augen auf. Um sie herum war tiefschwarze Nacht, und es dauerte eine Ewigkeit, bis sie begriff, wo sie war. Sie lag am Ufer der Seine, halb auf der Böschung, halb im Wasser, während über ihr am Himmel ab und zu das silberne Licht des Mondes zwischen den Wolken hervorlugte.

Was war mit ihr geschehen?

Quälend langsam kehrte die Erinnerung zurück. Am Petit Pont hatte sie einen Lastkahn bestiegen, um nach dem Streit mit Paul bei ihrem Vater Zuflucht zu suchen. Zum Glück hatte sie noch ein paar Münzen im Gürtel gefunden für die Fahrt. Doch plötzlich, sie hatten Argenteuil schon fast erreicht, war etwas in ihr geplatzt. Als hätte sich eine Schleuse geöffnet, war es aus ihr herausgeströmt, und als sie an sich heruntergeschaut hatte, war alles voller Blut gewesen, ihre Kleider, ihre Füße, sogar die Planken des Kahns. Im nächsten Moment war sie in Ohnmacht gesunken.

Hatten die Schiffer sie hier ausgesetzt?

Marie versuchte sich aufzurichten, doch sie schaffte es nicht mal, sich auf die Ellbogen aufzustützen. Kraftlos sackte sie wieder zusammen. Während Angst sie ergriff, dass sie die Nacht vielleicht nicht überleben würde, hörte sie plötzlich von irgendwoher Stimmen.

»Hi ... Hilfe ...« Sie versuchte zu rufen, doch sie war so schwach, dass nur ein Röcheln dabei herauskam.

»Psst«, machte jemand. »Was war das?«

»Ich hab nichts gehört«, sagte ein anderer.

Mühsam gelang es ihr, den Kopf herumzudrehen. In der Dunkelheit glaubte sie zwei Kapuzenmänner zu erkennen, nur wenige Schritte entfernt.

Wer waren die Männer? Mönche oder Strauchdiebe?

Sie hatte keine Wahl, sie musste sich bemerkbar machen, sonst würde sie hier liegenbleiben und sterben. Zu schwach, um zu rufen, wollte sie winken. Aber ihre Kraft reichte nicht aus, um in den nassen, schweren Kleidern den Arm vom Boden zu heben.

»Ich glaube, da drüben hat sich was bewegt.«

»Wo? Ich kann nichts sehen.«

»Am Ufer. Komm, wir schauen mal nach.«

»Wozu? Da ist niemand.«

»Und wenn doch?«

17

Im hellen Glanz der Morgensonne erstrahlte der Altar der Klosterkirche von St.-Jacques, vor dem sich die Mitglieder der dominikanischen Glaubensbruderschaft zum ersten Gotteslob des Tages versammelt hatten.

»Herr, öffne meine Lippen!«

»Damit mein Mund dein Lob verkünde!«

»Halleluja. Lobet im Himmel den Herrn, lobet ihn in der Höhe!«

Der morgendliche Lobpreis des einen und dreifaltigen Gottes war für Orlandos Seele, was das Frühstück für seinen Leib war. Doch zur Stärkung der Seele kam an diesem Tag noch die Freude hinzu. Denn heute war der erste Tag im Noviziat seines Zöglings Robert.

Als Orlando sich zu ihm umdrehte, sah er hinter Robert, der, die Hände vor der Brust gefaltet, sich voller Inbrunst an den Responsorien beteiligte, in dem halbgeöffneten Portal Bruder Sébastian. Aufgeregt winkend versuchte der Kustos die Aufmerksamkeit auf sich zu lenken. Orlando schlug ein Kreuzzeichen und trat aus dem Kreis seiner Brüder, um den Grund in Erfahrung zu bringen.

»Auguste Mercier will dich sprechen, ehrwürdiger Vater.«

»Der Stadtpräfekt von Paris?«

Verwundert eilte Orlando zum Kreuzgang, wo der Besucher auf ihn wartete.

»Ich komme zwar ohne das Wissen, aber im Interesse der Regentin«, erklärte der Präfekt.

»Gott segne Blanka von Kastilien«, sagte Orlando. »Doch dunkel ist Eurer Rede Sinn.«

»Ihr habt recht«, pflichtete Auguste ihm bei. »Einem Soldaten wie mir ziemt nur das klare und offene Wort.« Er straffte sich und fasste mit beiden Händen sein Wams. »Ich bin gekommen, um mich mit Euch zu verbünden.«

»Ich bin ein Mann Gottes«, erwiderte Orlando. »Was haben wir miteinander gemein?«

»Ein Ziel.«

Orlando hob die Brauen. »Und – könnt Ihr dieses Ziel benennen?«

»Gewiss«, erklärte der Präfekt. »Dafür zu sorgen, dass Victor d'Alsace und die übrigen Professoren, die in Senlis vor Gott und der Welt aus der Gemeinschaft der heiligen Kirche ausgeschlossen wurden, nie wieder nach Paris zurückkehren.«

18

Als Paul an diesem Morgen das rechte Ufer der Seine erreichte, sah er, wie Jacques' Bruder zusammen mit einer Schankmagd vor die Tür des Roten Hahn trat, um die Läden der Taverne zu öffnen.

Jetzt ein Schluck Wein!

Die Versuchung war groß, doch Paul widerstand. Er wollte keine Zeit verlieren. Nach seiner Rückkehr aus Argenteuil hatte er auf freiem Feld übernachtet, und als endlich das Stadttor aufgegangen war, war er der Erste gewesen, der es durchquert hatte, noch vor den Bauern, die mit ihren Karren die Märkte belieferten. Er hatte nur ein Ziel: Er wollte zurück in die Rue des Pailles, zu seinem Haus, so schnell wie möglich. Das war der einzige Ort auf der Welt, wo er hoffen durfte, seine Frau wiederzufinden.

Im Laufschritt überquerte er die Brücke zur Île de la Cité, um an das linke Flussufer zu gelangen, dann eilte er den Hügel von Sainte-Geneviève hinauf. Zum Glück waren zu dieser frühen Stunde nur ein paar Betschwestern und Bäckerjungen auf den Straßen, so dass er sich nicht wie sonst durch den Verkehr wühlen musste. Vielleicht hatte er sich gestern ja geirrt. Vielleicht war Marie doch nur auf dem Markt oder in der Spätmesse oder bei einer Nachbarin gewesen und war inzwischen längst nach Hause zurückgekehrt und hatte die ganze Nacht auf ihn gewartet.

Oder aber sie war bei Robert. Und er würde sie niemals wiedersehen.

Als er in die Rue des Pailles einbog, schlug ihm der Duft von frisch gebackenem Brot entgegen. Der Bäcker, der ein paar Häuser weiter seine Backstube betrieb, war in ganz Paris für seine Fladen aus Weizenmehl bekannt. Obwohl sie sündhaft teuer waren, kaufte Paul einen, er hatte seit dem Frühstück am Vortag nichts mehr gegessen, und sein Magen knurrte.

»Da! Da ist er!«, rief plötzlich jemand in seinem Rücken.

Als Paul sich umdrehte, sah er in das Gesicht eines Mannes, der eine grüne Samtkappe auf dem schwarz gelockten Kopf trug: Ludovico Sogna.

Kaum hatte er den Lombarden erkannt, trat, flankiert von zwei Soldaten, der Stadtpräfekt auf ihn zu.

»Seid Ihr der Kopist Paul Valmont?«, fragte er.

Paul wusste sofort, was das zu bedeuten hatte. Doch es hatte keinen Sinn zu leugnen. Jeder in der Straße kannte ihn und würde seinen Namen bezeugen.

»Ja, der bin ich«, sagte er.

Der Präfekt packte ihn am Arm. »Im Namen des Königs – Ihr seid verhaftet!«

19

Die Nachricht von der Verhaftung des Kopisten Paul Valmont sprach sich im lateinischen Viertel mit solcher Windeseile herum, dass sie den Stationarius der Universitätsbuchhandlung erreichte, noch bevor dessen Schreiber zur Arbeit erschienen waren.

»Ist das gut für uns, dass sie ihn in den Schuldturm geworfen haben?«, fragte Gisbert, der zusammen mit seinem Vater im Skriptorium die an diesem Morgen zu kopierenden Texte auf den Schreibpulten verteilte.

Wie immer, wenn Jacques seinem Sohn ins Gesicht schaute, glaubte er, sein eigenes Jugendbild zu sehen. Gisbert hatte dieselben roten Haare wie er. Und leider auch dieselben zahllosen Pickel im Gesicht.

»Es ist gut für unser Geschäft«, sagte Jacques. »Paul Valmont ist unser einziger Konkurrent. Trotzdem tut es mir für ihn leid. Das hat er nicht verdient.«

»Aber wenn es gut für unser Geschäft ist«, erwiderte Gisbert, »kann ich dann früher studieren? Bitte, Vater, erlaubt mir, dass ich mich einschreiben darf.«

Während er sprach, klopfte es an der Tür.

»Herein«, rief Jacques verwundert. Es kam nur selten vor, dass seine Schreiber anklopften, wenn sie den Dienst antraten.

Als die Tür aufging, kam jedoch keiner der Kopisten, sondern Orlando von Cremona in die Schreibstube gehinkt.

»Kann ich Euch sprechen?«, fragte er. »Unter vier Augen?«

Mit einer Kopfbewegung bedeutete Jacques seinem Sohn, sie allein zu lassen.

»Was führt Euch zu mir?«, fragte er, nachdem Gisbert den Raum verlassen hatte.

»Ich brauche Eure Hilfe.«

»Ich bin Euer Diener«, erwiderte Jacques. »Worum geht's?«

Um sich zu vergewissern, dass niemand ihn hörte, schaute Orlando sich um. Dann trat er näher zu ihm heran, um ihm die Antwort ins Ohr zu flüstern.

Er sprach so leise, dass Jacques zuerst Mühe hatte, ihn zu verstehen. Doch als er begriff, was der Dominikaner wollte, war er entsetzt.

»Das ... das könnt Ihr nicht von mir verlangen!«

Mit erhobenen Brauen erwiderte Orlando seinen Blick. »Muss ich Euch daran erinnern, dass Ihr mir einen Gefallen schuldet? Für die Privilegien, mit denen wir Euch ausgestattet haben?«

»Trotzdem. Das ... das kann ich unmöglich tun.«

»Habt Ihr nicht gesagt, Euer Sohn will studieren? Ich denke, da ist es Eure Pflicht als guter Vater, alles dafür zu tun, ihm diesen Wunsch zu erfüllen.«

»Wollt Ihr mich erpressen?«

»Was für ein garstiges Wort.« Orlando schüttelte den Kopf. »Sagen wir lieber so: Wenn Ihr Euch sträubt, könnten wir uns gezwungen sehen, die Vergünstigungen, die wir Euch so großzügig gewährt haben, wieder zurückzunehmen.«

Jacques hatte keinen Zweifel, dass der Dominikaner die Drohung ernst meinte. Was sollte er tun? Angst stieg in ihm auf. Angst, in die alte Armut zurückzufallen. Angst, dass seine Kinder wieder hungern mussten. Angst, dass Gisbert vielleicht niemals würde studieren können.

Jacques schwankte. Aber nur für einen Moment. Nein, der Preis war zu hoch. Wenn er ihn zahlte, würde er jede Achtung vor sich selbst verlieren. Und müsste sich vor seinen Kindern schämen.

»Es tut mir leid«, sagte er mit rauer Stimme, »aber mein Gewissen verbietet mir zu tun, was Ihr wünscht.«

»Euer Gewissen?«, erwiderte Orlando höhnisch.

»Ja, mein Gewissen«, wiederholte Jacques.

Eine lange Weile schauten sie sich an. Dann wandte Orlando sich mit einem Ruck zur Tür.

Schon halb auf dem Flur, drehte er sich noch einmal um.

»Nun gut«, sagte er. »Ihr hattet die Wahl. Aber glaubt nicht, dass Eure Entscheidung ohne Folgen bleibt. Ich bin sicher, jemand anders wird sich erkenntlicher für meine Großzügigkeit zeigen und bereit sein, seiner Dankbarkeit den gehörigen Ausdruck zu verleihen.«

20

Obwohl Marie die Augen geschlossen hielt, drang das grelle Licht der Sonne unerträglich hell durch ihre Lider. Sie hatte so hitziges Fieber, dass sie keinen klaren Gedanken fassen konnte. Schweißgebadet lag sie auf einem Karren, der über irgendeine Straße rumpelte. Immer wieder sank sie in Schlaf, immer wieder schrak sie auf, so dass sie nicht mehr unterscheiden konnte, wann sie träumte oder wachte, während ihr Leib auf diesem Karren durchgerüttelt wurde und ihr Kopf sich anfühlte, als wäre er voller Kieselsteine, die hart und laut aneinanderschlugen.

Sie wusste immer noch nicht, ob die zwei Männer, die sie in der Nacht am Ufer des Flusses aufgelesen hatten, Mönche oder Diebe waren, noch hatte sie eine Ahnung, wohin sie sie brachten. Dunkel erinnerte sie sich nur, dass sie ihr Fragen gestellt hatten, auch hatte sie das Gefühl, ihnen irgendwelche Antworten gegeben zu haben. Doch worüber sie gesprochen hatten, das war verloren im Dunkel des Vergessens.

Was hatten die zwei mit ihr vor?

Unfähig, sich zu rühren oder auch nur den Mund aufzumachen, war sie in ihren Fieberträumen gefangen. Ihr blieb nichts anderes übrig, als sich in ihr Schicksal zu fügen und abzuwarten, was mit ihr geschah. Manchmal, wenn die fremden Männer miteinander redeten, glaubte sie, Roberts Stimme zu hören, dann wieder bildete sie sich ein, die ihres Mannes zu erkennen. Sie sah die zwei vor sich, Arm in Arm wie zwei Freunde gingen sie die Rue des Pailles entlang, wo in der Ferne die Fensterscheiben ihres Hauses die Sonnenstrahlen widerspiegelten. Robert trug ein seltsames, schwarzweißes Gewand, in dem er wie eine riesige Vogelscheuche aussah. Plötzlich schlug Paul seinem Freund ins Gesicht, Robert wehrte sich, prügelnd fielen die beiden übereinander her. Eine Katze sprang fauchend herbei. Paul packte sie an den Hinterläufen, wirbelte sie einmal durch die Luft und zerschmetterte sie an Roberts Kopf. Minou! Marie wollte schreien, aber sie konnte es nicht. Während Robert das Blut am Gesicht hinunterlief, ließ Paul mit einem bösen Grinsen die Katze aus der Hand fallen. Als sie auf dem Boden lag, sah Marie, dass der Leib aufgeplatzt war. Voller Schleim quollen die Gedärme hervor, darin zuckte der rosafarbene, nackte, winzig kleine Leib eines Kindes, das kaum größer war als eine Maus, schon Arme und Beine hatte ...

Irgendwo schlug eine Glocke.

Ding ... dong ... ding ... dong ...

Marie wachte auf.

Hatte sie wirklich ihr Kind gesehen? Oder war der Traum eine Ausgeburt ihres Fiebers gewesen?

Während die Glockenschläge noch in ihrem Kopf nachhallten, kam der Karren plötzlich zum Stehen.

Einer der Männer entfernte sich mit eiligen Schritten. Gleich darauf hörte sie, wie jemand ihren Namen rief.

»Marie!«

Blinzelnd öffnete sie die Augen.

»Du?«

Als sie das Gesicht des Mannes sah, der sich über sie beugte, wusste sie, dass sie immer noch träumte.

21

Ein sanfter Sommerabend senkte sich über den Klostergarten von St.-Jacques, wo Robert in der hereinbrechenden Dämmerung arbeitete. Vom Turm läutete es zur Komplet, der erste Tag seines Noviziats ging zur Neige. Obwohl er von der ungewohnten Tätigkeit an beiden Händen Blasen hatte, pflanzte er noch rasch die letzten Stauden in das Beet, das er, wie vom Novizenmeister befohlen, in geraden, parallelen Reihen angelegt hatte, befestigte das Erdreich und wässerte die Wurzeln. Erst dann räumte er sein Gerät fort, um den Patres und Fratres in die Kapelle zu folgen.

Ora et labora – bete und arbeite ...

In dem kleinen Gotteshaus war schon die gesamte Bruderschaft versammelt. Robert stellte sich zu den übrigen Novizen in die letzte Reihe, um das Nachtgebet zu verrichten.

»*Deus adiuterium meum intende*«, stimmte der Prior die Bitte um Gottes Segen an. »Oh, Gott, komm mir zur Hilfe.«

»*Domine, ad adiuvandum me festina*«, erwiderten die Brüder im Chor. »Herr, eile mir zu helfen.«

»*Gloria Patri et Filio et Spiritui Sancto, sicut erat in principio et nunc et semper et in saecula saeculorum*. – Ehre sei dem Vater und dem Sohn und dem Heiligen Geist, wie im Anfang, so auch jetzt und alle Zeit, und in Ewigkeit.«

Robert war so müde und erschöpft, dass er sich kaum auf den Beinen halten konnte, und von der Arbeit des Tages schmerzte ihn jeder einzelne Muskel im Leib. Doch als er im Kreis seiner Brüder in das Amen einfiel, spürte er, wie das Gebet seine Seele erhob, und auf einmal durchströmte ihn ein so tiefes Gefühl von Ruhe und Frieden und Geborgenheit, wie er es noch nie zuvor erfahren hatte, auch nicht in den höchsten Glücksmomenten geistiger Erkenntnis während seines Studiums. Es war, als wären endlich alle Zweifel verstummt, und mit ihnen die Angst, die er sein Leben lang empfunden hatte, wann immer er an die Zukunft dachte. Denn die ruhige, friedvolle Freude, die ihn durchströmte, als er mit seinen Brüdern in dieses große Amen einfiel, hatte ihren Ursprung nicht in der Vernunft, die doch nur wieder und wieder neue Zweifel gebar, sondern im Glauben an den dreifaltigen Gott, aus dem alle Gewissheit floss und in den alle Gewissheit zurückkehrte.

Ein heiliger Schauder erfasste Robert. War er hier, hinter den kalten, dunklen Mauern, die das Kloster von der Welt schieden, endlich an sein Ziel gelangt?

22

Seit vier Tagen und drei Nächten saß Paul im Schuldturm. Einen Monat, so hatte der Präfekt verfügt, sollte er hier in Beugehaft bleiben. Wenn er bis zum Ablauf dieser Frist seine Schuld beglich, war er frei, gelang ihm dies aber nicht, konnten seine Gläubiger ihre Ansprüche geltend machen. Dann würde sein Haus, das einzige Haus mit gläsernen Fenstern in der Rue des Pailles, nicht mehr dem Kopisten Paul Valmont gehören, sondern dem Lombarden Ludovico Sogna und seiner gottverdammten Sippe.

Paul ballte die Fäuste. Warum einen Monat? Warum nicht gleich ein Jahr? Oder sein ganzes Leben? Es war doch völlig gleichgültig, wie lange er im Schuldturm saß – so lange er hier schmorte, konnte er nie und nimmer das Geld auftreiben, das er brauchte! Sein Leben lag in Trümmern, seine Hoffnungen und Wünsche und Träume waren ein einziger Scherbenhaufen.

Eine Ratte huschte durch das Stroh, verharrte vor der Mauer und lugte zu ihm auf. Hätte er das verfluchte Haus nur niemals gekauft ... Sein ganzes Glück hatte er sich davon versprochen, doch es hatte ihm nur Unglück gebracht. Er nahm den verschimmelten Kanten Brot, den man ihm am Morgen durch die Zellentür zugeworfen hatte, brach ein Stück davon ab und warf es der Ratte zu. Fiepend stürzte das Tier sich darauf und verschwand mit seiner Beute in einem Mauerloch.

Sollte er einen Brief an seinen Schwiegervater schreiben und um Hilfe bitten?

Nein, das durfte er nicht – so groß konnte keine Verzweiflung sein, dass er sich dazu erniedrigen würde. Er hatte das Haus ja nur gekauft, um Eindruck auf den Apotheker zu machen und ihn davon zu überzeugen, dass für seine Tochter gesorgt war. Jetzt den Offenbarungseid zu leisten, wäre die schlimmste Demütigung seines Lebens. Während er der Ratte zusah, wie sie in ihrem Mauerloch das Stück Brot fraß, dachte er an sein früheres Leben zurück in Sorbon. Damals hatte Monsieur de Valmont, der Leibherr seines Vaters, ihn viele Male auspeitschen lassen, um seinen Willen zu brechen, doch er hatte es nie geschafft.

Wo Marie in diesem Augenblick wohl war?

Er hatte seinem Wärter einen Sou versprochen, wenn er in der Rue des Pailles nach ihr fragte. Doch statt sich auf den Handel einzulassen, hatte der Kerl ihn nur ausgelacht. Einer wie er, der im Schuldturm saß, hatte keinen Kredit.

Paul trat an das vergitterte Fenster. Da hörte er draußen Schritte. Gleich darauf ging die Zellentür auf, und herein kamen zwei Männer: Auguste Mercier und Orlando von Cremona – der Mann, der ihn verhaftet, und der Mann, der sein Geschäft zugrunde gerichtet hatte.

»Was wollt Ihr?«, fragte er.

»Es darbt mich, Euch hier zu sehen«, erklärte der Dominikaner mit falschem Lächeln.

»Ausgerechnet Euch? Ohne Euer Tun wäre ich nicht hier.«

»Der Herr hat es gegeben, der Herr hat es genommen – gelobt sei sein Name!«, sagte Auguste Mercier.

»Was wollt Ihr damit sagen?«, fragte Paul, irritiert, dass der Präfekt die Bibel zitierte.

»Wir sind gekommen, um Euch ein Geschäft vorzuschlagen«, erwiderte an dessen Stelle der Dominikaner.

»Ein Geschäft?«

»Allerdings, zu unserem beiderseitigen Vorteil. Wenn wir uns einigen, seid Ihr ein freier Mann und könnt diesen Turm wieder verlassen.«

Der Vorschlag kam so überraschend, dass Paul glaubte, nicht richtig zu hören. »Wollt Ihr mich zum Narren halten?«

»Was fällt Euch ein, so mit einem Gottesmann zu reden?«, herrschte der Präfekt ihn an.

Orlando machte eine beschwichtigende Handbewegung. »Nein, ich will Euch nicht zum Narren halten. Im Gegenteil. Wir kommen in sehr ernster Absicht.«

Unsicher schaute Paul die beiden Männer an, erst den Dominikaner, dann den Präfekten. Dieser nickte mehrmals mit dem Kopf, um die Worte des anderen zu bestätigen.

Paul holte tief Luft. »Nun gut«, sagte er. »Was verlangt Ihr von mir?«

23

Wie durch einen orangefarbenen Schleier sah Marie das Gesicht ihres Vaters.

»Abbé Colbert ...«, flüsterte sie, zu schwach, um einen ganzen Satz zu sagen.

Mit einem Tuch wischte ihr Vater ihr den Schweiß von der Stirn.
»Gib nicht auf, Kind. Irgendwann lässt das Fieber nach.«
»Die Sakramente ... Bitte ...«
War es Tag oder Nacht? Marie wusste nicht, wie lange sie schon im Fieber lag, sie wusste nur, dass ihre Kraft nicht mehr reichte. Nicht Mönche oder Diebe hatten sie aufgelesen, sondern zwei Fischer, die im Fluss Netze ausgelegt hatten. Sie hatten sich ihrer erbarmt und zu ihrem Vater gebracht.
»Ich ... will beichten ... Ich ... *muss* ... Bevor ich ...«
»Pssst«, machte ihr Vater und legte einen Finger auf ihre Lippen. »Alles, was du brauchst, ist Geduld. Glaub mir, die Arznei wirkt. Sie braucht nur ihre Zeit.«
Wann immer Marie aus ihrem ruhelosen Schlaf erwachte, saß ihr Vater an ihrem Bett. Um das Fieber zu senken, schlug er ihre Füße und Waden in kalte, feuchte Wickel, tauchte ihre Hände in kühlendes Wasser, wusch mit einem Schwamm ihre Arme und Schultern, lüftete die Kammer und tauschte immer wieder die durchgeschwitzten Laken gegen frische aus. Auch gab er ihr jede Stunde von einem bitteren Saft zu trinken und legte ihr erfrischende Pfefferminzblätter unter die Zunge. Doch es nutzte alles nichts, das Fieber wollte nicht sinken. Es war, als hätte sie mit dem Blut zugleich ihre Lebenskraft verloren.
Ihre Lebenskraft und ihren Glauben.
Nie wieder würde sie sich von diesem Lager erheben ...
»Abbé Colbert ... Bitte ...«
Ihr Vater hörte sie nicht.
Zu schwach, um ihre Bitte noch einmal zu wiederholen, schloss Marie die Augen.
Mochte Gott sich ihrer Seele erbarmen.

24

Das Schnarchen der Brüder riss Robert immer wieder aus dem Schlaf. Trotz der offenen Fenster war die Luft so stickig, dass er kaum atmen konnte. Das Dormitorium der Novizen, das im Klostervorhof zwischen den Wirtschaftsgebäuden lag, war erfüllt von den Ausdünstungen eines Dutzends junger Männer, in die sich der faulige Gestank aus der angrenzenden Küche sowie dem Necessarium, dem Abort auf der anderen Seites des Hofs, mischte.

Seit Robert in den Orden eingetreten war, hatte er keine einzige Vorlesung mehr besucht noch selbst eine Unterrichtsveranstaltung abgehalten. *Ora et labora* – bete und arbeite ... Trotz Orlandos Fürsprache hatte der Novizenmeister darauf bestanden, dass er sich zunächst mit Leib und Seele den Regeln der Gemeinschaft unterwarf, damit diese ihm zur zweiten Natur wurden, und in Demut und Gehorsam die Aufgaben erfüllte, die ihm aufgetragen wurden, bevor er seine Studien fortsetzen durfte. Um den Eigensinn und Hochmut der Novizen zu brechen, wurden ihnen vor allem solche Dinge befohlen, die ihrem Wesen zuwider waren. Neben der Arbeit im Garten gehörte zu Roberts Aufgaben der Dienst an den Reisenden, die im Kloster Asyl suchten, sowie die Pflege von Bettlern und Armen. Er musste sie nicht nur bewirten, sondern ihnen auch die Füße waschen, wie einst Jesus Chrstus seinen Jüngern die Füße gewaschen hatte, beim letzten Abendmahl, am Vorabend seines Kreuzestodes. All dem fügte Robert sich gern und ohne zu murren – ja, es bereitete ihm sogar eine freudvolle Befriedigung, wenn es ihm gelang, seine eigenen Bedürfnisse zu unterdrücken und sich der Ordensregel zu unterwerfen, um die Gaben, die Gott ihm gegeben hatte, ganz und gar in den Dienst der Gemeinschaft zu stellen. Viel schwerer als jede äußere Unterwerfung fiel ihm die innerliche Verpflichtung, dem Novizenmeister keinerlei Gedanken vorzuenthalten. Was immer ihm auf der Seele lag, was immer er dachte oder empfand, fürchtete oder hoffte – er musste es dem Vorsteher offenbaren.

Würde er Marie jemals wiedersehen? Bei dem Gedanken überkam ihn solcher Schmerz, dass er sich wünschte, schon morgen die Profess leisten zu dürfen, das endgültige Ordensgelübde, mit dem seine Aufnahme in die Klostergemeinschaft unwiderruflich würde. Doch darauf musste er noch ein Jahr warten. So lange war er gehalten, täglich aufs Neue seine Berufung zu prüfen, bevor er vor Gott, seinem Gewissen und den Ordensoberen ein Gelöbnis tat, das ihn bis zum Tode band. Bis zum Ende dieser Probezeit blieb sein weltliches Gewand, das er bei der Einkleidungsfeier abgelegt hatte, unter Verschluss des Novizenmeisters. Bewährte er sich in diesem Jahr, würde es an die Armen verschenkt. Bewährte er sich aber nicht oder wurde im Willen schwach und begehrte von sich aus die Entlassung, würde man ihm die alten Kleider wiedergeben und ihn der Gemeinschaft verweisen, auf dass er in die Welt zurückkehre.

Robert hoffte mit der ganzen Inbrunst seines Herzens, dass er sein altes Gewand nie wieder tragen musste.

Um endlich in den Schlaf zu finden, legte er sich auf die Seite. Doch er hatte sich kaum umgebettet, da hörte er plötzlich ein Geräusch, ein seltsames Rasseln und Scheppern, das aus dem Küchentrakt zu dringen schien.

Verwundert richtete er sich auf. Wer machte sich dort zu schaffen? Um diese Zeit?

Er wollte schon aufstehen, um nachzuschauen, als ihm einfiel, dass ohne Erlaubnis des Novizenmeisters niemand das Dormitorium verlassen durfte, nicht mal bei einem natürlichen Bedürfnis.

Er wartete, bis die Geräusche verstummten, dann legte er sich wieder auf seinen Strohsack. Endlich begannen die Bilder vor seinem inneren Auge zu verschwimmen, um in einen Traum hinüberzugleiten ... Klostergäste strömten auf den Hof, drängten sich um einen Haufen Möhren, die er im Garten gehackt hatte ... Alle griffen nach den roten Rüben, als würden sie verhungern ... Er ver-

suchte sie zurückzuhalten, jeder sollte zu essen bekommen, es war doch für alle genügend da ... Da schlugen Flammen aus dem Haufen, Qualm stieg auf, drang ihm beißend in die Nase ...
Im selben Augenblick war Robert wieder wach.
Auf den Ellbogen aufgestützt, schnupperte er in der Luft. Kein Zweifel, das war Rauch. Irgendwo brannte es.

25

In der Klosterküche war es so finster, dass Paul kaum die Hand vor Augen sah. Während durch die offenen Fenster der Nachtwind strich, wartete er, bis seine Augen sich an die Dunkelheit gewöhnt hatten, dann trat er an die ummauerte Herdstelle. Obwohl er sich Mühe gab, jeden Lärm zu vermeiden, rasselte die schwere Eisenkette, als er den Wasserkessel zur Seite hängte, und der Rost schepperte leise, als er ihn von der Auflage hob, um an die Glut zu gelangen.

Dunkelrot glomm sie unter der Asche. Paul warf eine Handvoll Stroh hinein und stocherte mit einem Schürhaken darin, bis die ersten Flammen hochschlugen.

Er hatte bis spät in der Nacht vor der Klosterpforte ausgeharrt, bis Pater Orlando ihn endlich eingelassen hatte. Auf dem Weg zu den Wirtschaftsgebäuden hatte der Mönch ihm leise flüsternd seinen Plan erklärt. Paul sollte zuerst in der Küche ein Strohfeuer entfachen, um danach im Abort mit einer Fackel die Kloake zur Explosion zu bringen, um die Fratres und Patres aus dem Schlaf zu wecken, und zwar bevor das Feuer in der Küche größeren Schaden anrichten konnte. Der Brandanschlag sollte die päpstliche Kommission zugunsten der Dominikaner umstimmen – mehr nicht. Wenn Paul sich danach aus dem Staub machte, würde Orlando als Erster am Tatort erscheinen, damit er später vor der Kommission bezeugen konnte, dass ein Student den Anschlag verübt habe. Zum Beweis würde er den abgerissenen Ärmel eines Talars vorzeigen, wie die Studenten ihn trugen und den er angeblich dem Flüchtigen abgerungen hatte. Dafür hatte der Dominikaner nicht nur beim Stadtpräfekten Pauls Entlassung aus dem Schuldturm bewirkt, sondern auch versprochen, ihm als einzigem Kopisten in der Stadt die Rechte zur Vervielfältigung seiner Werke zu übertragen.

Paul hatte keinen Moment gezögert, in den Handel einzuschlagen. Es war seine einzige Möglichkeit gewesen, sein altes Leben wieder zurückzugewinnen. Und vielleicht auch Marie.

In losen Büscheln verteilte er den Ballen Stroh, den er aus dem Stallgebäude geholt hatte. Dabei achtete er sorgfältig darauf, dass das Feuer nicht in die Nähe der offenen Ölfässer gelangen konnte. Wenn die Ölfässer in Brand gerieten, war das ganze Kloster in Gefahr.

Als alles vorbereitet war, nahm er die Fackel, die Orlando für ihn bereitgelegt hatte, und kehrte an die Herdstelle zurück. Sobald sie brannte, musste alles ganz schnell gehen.

Paul hielt einen Moment inne, um durchzuatmen, dann entzündete er die Fackel in der Glut.

Für Marie! Für Marie und sein Kind ...

Hell loderte die Flamme auf und tauchte die Küche in tanzende Schatten. Noch einmal zögerte er, bevor er die Fackel zu Boden senkte, um das Stroh zu entflammen. *Primum vivere, deinde philosophari ...* Gleich darauf brannten die ersten Büchel. Ein Windzug strich durch den Raum und fachte das Feuer an, im Nu breitete es sich in alle Richtungen aus.

Der erste Teil war geschafft. Jetzt hinaus in den Hof!

Mit der lodernden Fackel in der Hand wandte er sich zur Tür. Trotz der Eile zwang er sich zur Ruhe, damit die offene Flamme mit nichts Brennbarem in Berührung kam, bevor er die Küche verlassen hatte.

Er war noch keine fünf Schritte weit gekommen, da hörte er plötzlich eine Stimme seinen Namen rufen.

»Paul!«

Der Schreck fuhr ihm so in die Glieder, dass er auf der Stelle verharrte.
Die Stimme kannte er – so gut wie seine eigene.
Entsetzt blickte er auf.
Nein, er hatte sich nicht geirrt.
Vor ihm stand Robert.

26

Robert starrte seinen Freund an wie eine Erscheinung. Was zum Teufel hatte Paul hier zu suchen? Wie war er in die Küche gelangt? Was führte er mit seiner Fackel im Schilde? Vor lauter Verwirrung stand er wie angewurzelt da, unfähig, den Mund aufzumachen und laut die Fragen zu stellen, die ihm alle auf einmal durch den Kopf schossen. Auch Paul sagte kein Wort, noch rührte er sich vom Fleck. Offenbar war er genauso überrascht wie er.

Zu ihren Füßen breitete sich das Feuer immer weiter aus. Schon leckten die Flammen an den überall herumstehenden Fässern und Säcken.

Paul löste sich als Erster aus der Erstarrung.

»Hau ab!«, zischte er. »Verschwinde!«

Die Fackel immer noch in der Hand, stürzte er zur Tür. Endlich erwachte auch Robert. Er machte einen Satz auf Paul zu, um ihm den Weg zu versperren.

»Bist du wahnsinnig?«

»Aus dem Weg, sag ich!«

»Von wegen!« Ohne von der Stelle zu weichen, riss Robert sich die Kleider vom Leib. »Wir müssen das Feuer löschen! Los, hilf mit! Worauf wartest du?«

Während er Hemd und Hose über das brennende Stroh warf, sah er aus den Augenwinkeln seinen Freund. Es war ein Anblick des Grauens. Noch nie hatte er Paul so gesehen. Sein Gesicht, in dem die Schatten ihren wilden Tanz vollführten, war eine einzige Fratze – entstellt und verzerrt, als wüte ein Dämon darin.

»Wasser!«, rief Robert. »Wasser!«

Endlich kam Paul zur Besinnung. Als wäre der Dämon plötzlich ausgefahren, schien er zu begreifen, was er angerichtet hatte. Er warf die Fackel ins Herdfeuer, nahm den Kessel vom Haken und vergoss so viel Wasser um sich herum, dass ein großer Teil der Flammen auf der Stelle erlosch. Zum Glück hatten sie noch keine kräftigere Nahrung gefunden als das lose Stroh am Boden. Während Robert die hier und da noch züngelnden Flammen weiter mit seinen Kleidern erstickte, rannte Paul zwischen den Fässern und Säcken hin und her und leerte sämtliche Töpfe, Eimer und Tiegel, die irgendwelche Flüssigkeiten enthielten, auf seinem Weg aus und kippte dabei sogar ein ganzes Bierfass um, dessen Inhalt sich schäumend ausbreitete. In kürzester Zeit sah die Küche aus wie nach einer Schlacht, aber das Feuer war so gut wie gebannt. Nur auf dem Gang zwischen dem Herd und der Tür, wo sich die Mehlsäcke stapelten, brannte immer noch Stroh.

»Wo ist der Brunnen?«, fragte Paul, als er nichts Flüssiges mehr fand.

»Nicht nötig!« Robert griff nach einem Stapel leerer Säcke und warf sie ihm zu. »Nimm die!«

Paul fing die Säcke auf und machte sich ans Werk. Robert eilte zu ihm, um ihm zu helfen, da schlug plötzlich am anderen Ende der Küche eine mannshohe Stichflamme auf.

»Verflucht!«, schrie Paul. »Das Öl!«

»Bleib, wo du bist!« Robert nahm ein paar Säcke und stürzte in die Richtung der Fässer. »Ich kümmere mich darum!«

»Das schaffst du nicht allein!«

Paul hatte recht. Als Robert die Fässer erreichte, sah er, was passiert war. In der Nähe des Herds war ein Haufen Zunder in Flammen aufgegangen. Schon hatte das Feuer auf ein paar Spankörbe und Holzkisten übergegriffen.

Und gleich dahinter lagerte das Öl.
»Du musst mir helfen!«
Paul stürmte schon herbei.
»Aus dem Weg!«
Robert wich zurück. Paul hatte sich einen Mehlsack geschnappt und eilte ihm so schnell er konnte zur Hilfe. Mit beiden Armen stemmte er den Sack in die Höhe – offenbar wollte er damit die offenen Fässer abdecken, um das Öl vor den Flammen zu schützen.

Da sah Robert plötzlich den Riss in dem Leinen, das erste Mehl stäubte schon heraus und wirbelte in der Luft.

»Nein!«, schrie er.

Im selben Moment platzte der Sack. Ein Luftzug strich durch den Raum, und eine Wolke puffte auf, die heller war als das Licht der Sonne.

27

Es war ein weiter Weg von Paris die Seine flussabwärts bis nach Argenteuil, vor allem in den Hundstagen des August, wenn die Straßen staubig waren und einem vor Hitze die Kleider am Leibe klebten. Doch als Jacques den Ort endlich erreichte, wäre er gern noch mal so weit gelaufen. Er wusste nicht, wie er seiner ehemaligen Herrin berichten sollte, was er ihr zu berichten sich verpflichtet fühlte. Darum war er fast erleichtert, als er die geschlossenen Läden der Apotheke in der Abendsonne sah und auf sein Klopfen niemand öffnete.

War Marie vielleicht doch nicht bei ihrem Vater, wie er angenommen hatte?

Am liebsten hätte er auf der Stelle kehrtgemacht, um sich davonzustehlen. Aber nein, er konnte sich nicht einfach aus dem Staub machen, ohne sich vergewissert zu haben. Also ging er hinter das Haus, um nachzuschauen, ob er Marie vielleicht dort irgendwo fand.

Auf der Rückseite der Umfriedung, die den Apothekergarten einschloss, befand sich ein Tor. Er wollte es gerade öffnen, da hörte er Stimmen. Sie kamen jedoch nicht aus dem Garten, sondern vom Ufer des Flusses. Als er sich umdrehte, sah er Marie. Sie saß mit dem Rücken zu ihm auf einer Bank, zusammen mit ihrem Vater, das Gesicht dem Kloster zugewandt, das sich auf der anderen Seite der Seine in den Abendhimmel erhob.

»Ich danke Gott, dass er meine Gebete erhört hat«, sagte der Apotheker.

»Und ich danke dir für deine Medizin«, erwiderte Marie. »Und dafür, dass du die Hoffnung nicht aufgegeben hast.«

»Ach Kind, ich wusste doch, dass du es schaffst.«

Sie schmiegte den Kopf an die Schulter ihres Vaters »Es ist so schön, wieder hier draußen sein zu dürfen.«

Mit einem Räuspern machte Jacques sich bemerkbar.

Die beiden drehten sich um.

»Du?«, fragte Marie. »Was machst du hier?«

»Ich habe Euch gesucht, Herrin.«

»Du sollst mich doch nicht Herrin nennen«, sagte sie mit einem Lächeln. »Aber warum suchst du mich? Ist etwas passiert?«

Jacques zögerte. Ihr Anblick erschreckte ihn. Sie war abgemagert wie am Ende einer allzu langen Fastenzeit, ihre Wangen eingefallen, ihr Gesicht schien so blass und der Blick ihrer Augen, die ihn aus tiefen Höhlen anschauten, so stumpf, als wäre sie gerade erst von einer schweren Krankheit genesen. Aber er hatte keine Wahl. Er durfte ihr die Wahrheit nicht verschweigen.

»Euer Mann ist tot«, sagte er.

»Paul?«, fragte sie entsetzt.

Jacques nickte.

»Um Gottes willen!« Ihr Vater erhob sich von der Bank und trat auf ihn zu. »Jetzt sagt doch endlich, was geschehen ist!«

Jacques wusste nicht, wo er anfangen sollte. »Paul, ich meine, Euer Schwiegersohn – er ist bei einem Brand umgekommen.«

»In seinem Haus?«

»Nein. Im Kloster der Dominikaner.«

»Wie ist das möglich? Was hatte er dort zu schaffen?«

Jacques glaubte die Antwort zu wissen – Paul hatte offenbar die Tat ausgeführt, zu der Pater Orlando ihn selber hatte anstiften wollen. Aber er brachte die Worte nicht über die Lippen. Er würde sich damit nur selbst in Gefahr bringen.

»Es war ein Unfall«, sagte er nur. »Mehlstaub, der sich an einer Flamme entzündet hatte und explodierte. Ein Unglück.«

Während der Apotheker ihn verständnislos anstarrte, schlug seine Tochter die Hände vors Gesicht. Eine lange Weile sprach niemand ein Wort. Jacques glaubte, Marie weinen zu hören, ihre Schultern zuckten unter den Schluchzern.

Als ihr Vater zu ihr trat und ihr tröstend über den Kopf strich, wollte Jacques sich abwenden, um sich leise zu entfernen.

Da ließ Marie ihre Hände sinken.

Mit tränenverschmierten Augen sah sie ihn.

»Und was ist mit – Robert?«

SIEBTER TEIL

Paris, 1231

Pentecoste

»*Da kam plötzlich vom Himmel her ein Brausen, wie wenn ein heftiger Sturm daherfährt, und erfüllte das ganze Haus, in dem sie waren. Und es erschienen ihnen Zungen wie von Feuer, die sich verteilten, auf jeden von ihnen ließ sich eine nieder. Alle wurden mit dem Heiligen Geist erfüllt und begannen, in fremden Sprachen zu reden, wie es der Geist ihnen eingab.*«

Apg 2,1–4

I

Die Glocken von St.-Jacques läuteten zur Vesper. Wieder ging ein Tag zur Neige. Während draußen auf den Gängen und Fluren des Klosters Schritte laut wurden, trat Robert an das Fenster seiner Zelle. Durch das Gitter sah er, wie seine Brüder im Garten die Arbeit niederlegten, um zum Gebet in die Kirche zu eilen.

Ora et labora – bete und arbeite ...

Beten konnte Robert, wann immer es ihn nach der Zwiesprache mit Gott verlangte – doch Arbeit war ihm verwehrt. Noch bevor das Feuer, das Paul gelegt hatte, gelöscht war, hatte man ihn in den Schweigetrakt des Klosters gesperrt. Seitdem durfte er die Zelle nur verlassen, um im Necessarium seine Notdurft zu verrichten, und selbst dazu bedurfte er der Erlaubnis des Novizenmeisters sowie der Begleitung durch einen älteren Bruder.

Denn die Zelle war sein Gefängnis. Der Prior, der nach der Explosion als Erster in der brennenden Küche erschienen war, hatte ihn beschuldigt, zusammen mit Paul Valmont den Anschlag verübt zu haben. Wie die meisten der übrigen Mönche auch war er der Überzeugung, Robert habe mit Paul gemeinsame Sache gemacht und sich den Eintritt in den Orden nur zu dem Zweck erschlichen, das Kloster der Dominikaner in Schutt und Asche zu legen. Dass man ihn nicht in den Louvre geworfen hatte, hatte Robert allein Pater Orlando zu verdanken. Dieser hatte sich für ihn verbürgt und bei den Ordensoberen erwirkt, dass er bis zur Verkündung eines Urteils im Kloster bleiben durfte, zwar abgeschieden von der Gemeinschaft, doch wenigstens nicht zusammen mit Dieben und Mördern.

So hatte Robert den Herbst und den Winter in der Einsamkeit seines Herzens verbracht. Inzwischen war der Frühling da, und Pfingsten stand vor der Tür, doch die päpstliche Kommission, die über den Fall entscheiden sollte, hatte immer noch nicht ihr Urteil gefällt. Robert betete zu Gott, dass er freigesprochen würde – nicht, um in die Welt zurückzukehren, sondern um für immer hinter den schützenden Klostermauern bleiben zu dürfen. Anders als der Prior deutete Orlando, mit dem Robert als einzigem Bruder sprechen durfte, Pauls Tat als einen Akt der Rache: Paul, so die Vermutung des Paters, habe im Auftrag von Victor d'Alsace das Feuer gelegt, weil die Dominikaner das Geschäft zwischen ihm und dem Seelenfänger verdorben hätten. Robert glaubte nicht daran und schloss stattdessen Paul in seine Gebete ein. Trotzdem hoffte er, dass Orlando sich mit seiner Ansicht durchsetzen würde. Denn nur dann bestand Aussicht, dass er selbst von der Mittäterschaft an dem Brandanschlag freigesprochen würde.

Die Klosterglocke war noch nicht verklungen, da hörte Robert vor seiner Zelle ein Schlüsselrasseln.

War das Pater Orlando? Seit Wochen setzte sein Mentor sich dafür ein, dass er wieder am Stundengebet teilnehmen durfte. Vielleicht war es ihm gelungen, die Erlaubnis zu erwirken, und er war gekommen, um ihn zur Vesper abzuholen.

Als die Tür aufging, war die Überraschung so groß, dass Robert an seinen Sinnen zweifelte. Die Zelle betrat nicht Pater Orlando, sondern ein Mann, dessen längliches Gesicht ihm so vertraut war wie seine rechte Hand, doch das er schon seit einer Ewigkeit nicht mehr gesehen hatte.

»Henri – du? Woher, bei allen Heiligen, kommst du?«

»Du bist frei!«, rief Henri und strahlte über sein ganzes Pferdegesicht.

»Frei?«, wiederholte Robert wie ein Schwachsinniger.

»Ja«, bestätigte sein Freund. »Die Kommission des Papstes hat dich für unschuldig befunden!«

»Aber ... aber warum?«, stammelte er. Die Nachricht kam so überraschend, dass er sie nicht fassen konnte.

»Ein Zeuge hat zu deinen Gunsten ausgesagt. Jacques Pèlerin, der Stationarius der Universitätsbuchhandlung.«

»Pauls ehemaliger Kopist? Was hat der damit zu tun?«

»Er hat vor der Kommission geschworen, dass man ihn zu derselben Tat hatte anstiften wollen, die sein früherer Brotherr begangen hat. Paul hat offenbar gar nicht aus eigenen Stücken gehandelt, sondern im Auftrag eines anderen.«

»Aber wer soll das gewesen sein?«

»Das weiß man nicht. Jacques behauptet, den Mann nie zuvor gesehen zu haben. Doch allem Anschein nach war er ein Mitglied des dominikanischen Ordens – angeblich trug er ein schwarzweißes Habit.«

Ein unheimlicher, wenngleich aberwitziger Verdacht regte sich in Robert. »Wie sah der Mann aus?«, wollte er wissen. »Hat Jacques ihn beschrieben?«

»Keine Ahnung«, erwiderte Henri. »Aber was kümmert uns das? Hauptsache, du bist wieder frei!«

Er breitete die Arme aus, um ihn an sich zu drücken – da sah Robert, wie Pater Orlando die Zelle betrat. Vor der Brust trug er einen gefalteten Stapel mit Roberts weltlichen Kleidern.

Unwillkürlich trat er einen Schritt zurück.

»Ihr ... Ihr schließt mich aus der Gemeinschaft aus?«

Orlando nickte. »Die Ordensoberen haben so entschieden.«

»Trotz meiner Unschuld?«

»Der Freispruch ist das Urteil der päpstlichen Kommission. Der Orden aber hat seine eigene Gerichtsbarkeit. Und die hat sich anders entschieden.« Orlando reichte Robert den Stapel mit seinen Kleidern, dann hob er die Hand zum Segen. »Gehe hin in Frieden!«

»Dank sei Gott dem Herrn!«

Noch während Robert seine Antwort murmelte, verließ sein Lehrer die Zelle, ohne ein weiteres Wort der Erklärung.

»Was ziehst du für ein Gesicht!«, sagte Henri, als der Pater fort war. »Fast könnte man glauben, du würdest lieber hier in diesem Loch bleiben, statt deine Freiheit zu genießen. Dabei hast du allen Grund zur Freude!«

»Freude?«, wiederholte Robert abermals wie ein Idiot.

»Ja, Freude!«, bestätigte Henri. »Los, zieh endlich die Kutte aus! Und dann nichts wie raus hier!« Er machte eine Pause, und mit einem Grinsen fügte er hinzu: »Draußen gibt es jemanden, der auf dich wartet.«

2

Während die Glocken der Klosterkirche verhallten, wartete Marie vor der Pforte von St.-Jacques darauf, dass das Tor aufging und der Mann ins Freie trat, durch den ihr ganzes Leben aus den Fugen geraten war.

War es richtig gewesen, hierherzukommen?

Henri hatte sie hergeführt, Henri de Joinville. Völlig unverhofft war der Vicomte in der Apotheke ihres Vaters aufgetaucht und hatte ihr die Nachricht verkündet, dass die päpstliche Kommission Robert von jeglicher Schuld an dem Brandanschlag auf das Kloster der Dominikaner freigesprochen hatte.

Marie wünschte, er hätte es nicht getan. Was ging diese Nachricht sie noch an? Wozu sollte sie Robert wiedersehen? War nicht alles, was zwischen ihnen gesagt werden musste, längst gesagt und besprochen?

Je länger sie wartete, desto mehr bereute sie, dem Drängen des Vicomte nachgegeben zu haben. Henri hatte sie bestürmt, als ginge es um sein eigenes Leben, hatte sie beschworen, dass nur sie seinen Freund aus den Fängen der Dominikaner befreien könne, um ihn auf den Weg seiner wahren Bestimmung zurückzuführen. Als sie sich in ihrer Not an ihren Vater gewandt hatte, hatte der sich geweigert, ihr die Entscheidung abzunehmen. Er hatte ihr nur geraten, sie solle auf ihr Herz hören. Doch dieser Rat war ihr keine Hilfe gewesen. Ihr Herz hatte aufgehört, zu ihr zu sprechen. Nach all den fürchterlichen Dingen, die geschehen waren, nach all den fürchterlichen Dingen, die sie selber verschuldet hatte, war ihr Herz tot und stumm. Alles, was sie noch erhoffte, war, ihrem Vater eine gute Tochter zu sein, ihm in der Apotheke zu helfen und ihn später, wenn er alt und gebrechlich würde, zu pflegen, bis Gott ihn zu sich rief. Dann durfte auch sie ihr Leben beschließen, innerhalb der Mauern des Klosters von Argenteuil, wo einst schon Héloise ihr Leben beschlossen hatte.

Nein, es gab nur einen Grund, warum sie Henris Drängen nachgegeben hatte: Sie wollte wissen, wie ihr Mann gestorben war.

Bei dem Gedanken erinnerte sie sich daran, wie Paul sie nach der Hochzeit zum ersten Mal in sein großes, dreistöckiges Haus geführt hatte, erinnerte sich an den Stolz in seinen Augen, den Stolz eines Mannes, der alles getan hatte, was in seiner Macht stand, um die Frau seines Herzens zu erobern.

Dieses verfluchte Haus ... Dafür hatte Paul gelebt ... Dafür hatte er alles zerstört ... Jetzt gehörte es den Lombarden ...

Marie wollte sich abwenden, um zu ihrem Vater zurückzukehren, der am Petit Pont auf sie wartete, da ging die Pforte auf, und Robert trat ins Freie.

Während Henri hinter ihm das Tor schloss, schaute er sich um, als suchte er jemanden.

Hatte der Vicomte ihm nicht gesagt, dass sie hier auf ihn wartete?

Plötzlich trafen sich ihre Blicke.

Für einen Moment zuckte er zusammen. Dann war es, als stünde die Zeit still. Marie sah nicht das Kloster, nicht die Straße, nicht die Passanten – sie sah nur diesen Mann. Die schmächtige Figur, das ungekämmte braune Haar, die blaugrünen Augen, die leicht in die Höhe ragende Stupsnase, den vollen Mund. Und sie sah die zwei Grübchen auf seinen Wangen, als er sie mit einem Lächeln erkannte.

In diesem Augenblick erwachte ihr Herz, und sie machte einen Schritt auf ihn zu.

3

Die Brüder von St.-Jacques hatten die Klosterkirche verlassen, um nach der Vesper im Refektorium das Abendmahl miteinander zu teilen. Nur Orlando war in dem Gotteshaus zurückgeblieben. Allein mit Gott kniete er vor dem Altar, um im Gebet seinen Seelenfrieden zu finden. Warum durchkreuzte die Vorsehung immer wieder seine Pläne?

Er war bereit gewesen, seine unsterbliche Seele zu opfern, um der Schule des Teufels, in welche die Weltgeistlichen die *Universitas magistrorum et scholiarum Parisiensis* verwandelt hatten, den Garaus zu machen und der Schule Christi zum ewigen Triumph zu verhelfen. Dem Beispiel des Dominikus folgend, sollten die Schüler der neuen Universitas ausschwärmen in alle Welt, um den einen wahren Glauben auf doppelte Weise vor Gott und den Menschen zu bezeugen: durch die Worte der Verkündigung ebenso wie durch Werke der Barmherzigkeit, auf dass der Wille des Herrn geschehe. Dafür hatte Orlando gesündigt, wieder und wieder, hatte gelogen und betrogen und seine eigene Verdammnis heraufbeschworen. Doch Gott hatte sein Opfer nicht angenommen, hatte es zurückgewiesen wie einst das Opfer Kains.

Um seinen inneren Aufruhr niederzuringen, betete Orlando ein Vaterunser. Doch nicht mal in dem Gebet, das Jesus selbst seine Jünger zu beten gelehrt hatte, fand er die Ruhe, nach der er sich verzehrte. Wann immer er gelogen und betrogen hatte, hatte er dies im Dienst der ewigen Wahrheit getan! Konnte ein Mensch seine Gottesliebe eindrücklicher bekunden, als dass er für sie seine Seele ins Höllenfeuer warf? Schwankend zwischen Hader und Gebet empfand Orlando jene Verzweiflung, die Kain empfunden haben musste, als derselbe Gott, der sein Opfer verschmähte, das Opfer seines Bruders Abel angenommen hatte, und Lust überkam ihn, all jene zu erschlagen, die so viel unwürdiger waren als er und sich dennoch der Gnade des Herrn erfreuten.

Als der Prior die Klage gegen Robert Savetier erhoben hatte, hatte Orlando sich für seinen Schützling verbürgt. Er wusste, dass Robert mit Pauls Tat nichts zu tun hatte, und wollte ihn vor unverdienter Strafe bewahren. War dieses Bekenntnis zur Wahrheit sein Fehler gewesen? Eine Sünde des Hochmuts, mit der er sich gegen die Vorsehung aufgelehnt hatte? Nein, nicht die Vorsehung, sondern er selbst, Orlando von Cremona, hatte seine Pläne durchkreuzt. Das begriff er in dieser Stunde. Die Vorsehung hatte doch alles aufs beste gefügt, um die Dominikaner zum Triumph über ihre Widersacher zu führen, wenn er nur auf sie vertraut hätte, statt sich anzumaßen, selber in den Gang der Dinge einzugreifen. Ohne den Beweis führen zu müssen, dass ein Jünger des Seelenfängers Victor d'Alsace den Anschlag auf das Kloster verübt hatte, waren seine Brüder von selbst zu dem Schluss gelangt, dass Robert Savetier nicht Opfer, sondern Täter war. Konnte es einen besseren Beweis für die Verderbnis der Weltgeistlichen geben als diesen heimtückischen Anschlag auf die Dominikaner, ausgeführt durch einen Mann, der an allen vier Fakultäten als Victors Lieblingsschüler bekannt war? Hätte Orlando sich dem Urteil seiner Brüder angeschlossen, statt darauf zu bauen, dass Paul Valmonts Täterschaft reichte, um den Beweis zu erbringen, hätte die Kommission des Papstes keinen Zweifel mehr hegen können und hätte mit Sicherheit den Streit zugunsten der Dominikaner entschieden. Doch er hatte sich in seinem Hochmut vor Robert gestellt, hatte versucht, ihn zu beschützen, weil er diese eine Seele nicht verloren geben wollte, und bevor er zur Einsicht gelangt war, dass er nach dem Willen Gottes nicht nur bereit sein musste, sich selbst zu opfern, sondern auch das Leben seines Victor abgerungenen Schülers, nicht anders als Israels Stammvater Abraham, der bereit gewesen war, zum Beweis seiner Gottesfurcht seinen Sohn Isaak zu schlachten – da war plötzlich, wie aus heiterem Himmel, dieser Schreiberling, Jacques Pèlerin, ein Nichts, ein Wurm, der den Dominikanern alles verdankte, was er besaß, vor der Kommission erschienen, um mit seinem Schwur Robert und die Weltgeistlichen von jeglicher Schuld reinzuwaschen.

War damit der große Streit entschieden?

Trotz seiner bitteren Niederlage gab Orlando die Hoffnung nicht auf. Das letzte Wort war noch nicht gesprochen, noch hatte der Papst sein Urteil nicht gefällt. Die Hände vor der Brust gefaltet, blickte er hinauf zum Altar, auf dem die Hochzeit von Kana abgebildet war. Auf der mittleren Tafel drängte die Gottesmutter ihren Sohn, für neuen Wein zu sorgen.

Als Orlando die Augen schloss, glaubte er im Dunkel seiner Seele die Antwort des Gottessohns zu hören.

Meine Stunde ist noch nicht gekommen ...

Ergeben schlug er das Zeichen des Kreuzes.

»Amen«, flüsterte er. »So soll es sein.«

4

Zögernd, als bewege er sich auf fremdem Grund, trat Robert ins Freie. Während Henri hinter ihm mit lautem Knarren das Tor schloss, lief ihm ein Schauer über den Rücken. Die mächtigen Klostermauern, die ihn so lange vor den Wirrnissen der Welt beschützt und bewahrt hatten, gab es nicht mehr.

Suchend schaute er sich um.

Wen meinte Henri?

Wer würde hier auf ihn warten?

Als er sie sah, schrak er zusammen. Er hatte wider alle Vernunft gehofft, dass sie es war. Und er hatte nichts so sehr gefürchtet wie ein Wiedersehen mit ihr.

Was sollte er tun?

Was sollte er sagen?

Sie schien genauso unsicher wie er. Schweigend stand sie da und erwiderte seinen Blick. Als wäre sie in einem unsichtbaren Gefängnis gefangen.

Abélard und Héloise ...
Bei dem Gedanken musste er lächeln. Im selben Augenblick veränderte sich ihr Gesicht. Auch sie lächelte ihn an und machte einen Schritt auf ihn zu.

Wollte sie ihr Gefängnis verlassen?

Die Haut auf ihrer Nase kräuselte sich, und die Sommersprossen tanzten.

»Bist du wirklich meinetwegen gekommen?«, fragte er und zupfte sich am Ohr.

Die grünen Augen auf ihn gerichtet, nickte sie. »Ja, Robert. Das bin ich.«

Waren es ihre Worte? War es ihr Lächeln? Endlich fiel die Unsicherheit von ihm ab. Es gab weder Zweifel mehr noch Angst. Es gab nur noch sie.

Marie.

»Ich glaube«, sagte Henri in die Stille hinein, »ich lasse euch jetzt lieber allein.«

5

Was für ein wunderbares Abenteuer!

Kaum hatte Henri von Roberts Freilassung gehört, hatte er sich über den Befehl der Regentin hinweggesetzt und war trotz seiner Verbannung aus der Hauptstadt vom Landsitz seiner Familie nach Paris zurückgekehrt, um Marie ausfindig zu machen.

Wenn ihm schon selbst keine solche Liebe vergönnt war wie dem Glückspilz Robert, wollte er wenigstens dafür sorgen, dass sein Freund tat, was die Minne einem Ehrenmann gebot.

Kaum hatte er Robert und Marie sich selbst überlassen, war er zur nahe gelegenen Universitätsbuchhandlung geeilt, um dem Mann, dem sein Freund die Freiheit verdankte, eine Frage zu stellen, die ihm wie keine zweite auf der Seele brannte.

»War Orlando von Cremona der Dominikaner, der Euch zu dem Anschlag angestiftet hat?«, fragte er Jacques Pèlerin, nachdem dieser seine Schreiber aus dem Skriptorium geschickt hatte.

»Ich habe vor der Kommission ausgesagt, dass ich den in Frage stehenden Mönch nicht kenne«, erwiderte Jacques. »Dem habe ich nichts hinzuzufügen.«

»Und wenn Ihr noch so gedrechselt daherredet – ich glaube Euch kein Wort! Eine solche Teufelei kann sich nur dieser hinkende Teufel ausgedacht haben!«

Statt zu antworten, blickte Jacques beharrlich schweigend ins Ungewisse.

»Nun gut«, knurrte Henri. »Dann beantwortet mir wenigstens diese Frage: Warum gebt Ihr den Namen des Mannes, der Euch zu der Tat hat dingen wollen, die Paul Valmont begangen hat, nicht preis? Warum schützt Ihr ihn mit Eurem Schweigen? Womit hat er das verdient?«

Unschlüssig kratzte Jacques sich die von Pickeln übersäte Wange. »Ich habe diesem Mann viel zu verdanken. Vor allem, dass meine Kinder nicht mehr Hunger leiden müssen. Außerdem hat er versprochen, sich bei seinen Brüdern für Gisbert zu verwenden, meinen Ältesten. Damit er bei den Dominikanern studieren kann.«

»Das dürft Ihr nicht erlauben!«, protestierte Henri. »Dieser falsche Heilige hat es auf die Seele Eures Sohns abgesehen!«

»Er bietet freie Kost und Logis. Nicht mal Kolleggelder will er verlangen.«

Henri sah dem Stationarius in die Augen. Obwohl er wusste, dass es Jacques gewesen war, der vor zwei Jahren Roberts Unterschlupf in der Rue des Pailles verraten hatte, glaubte er nicht, dass er ein schlechter Kerl war. Es war die Not, die ihn so handeln ließ, wie er es tat.

»Ich mache Euch einen Vorschlag. Gleichgültig, wie die Kommission entscheiden wird – Euer Sohn soll studieren! Ich komme für die Kosten auf. Bis zum Examen!«

»Das ... das wollt Ihr wirklich tun?« Jacques' wässrige Augen leuchteten auf. Doch nur für einen Moment. Dann verfinsterte sich sein Blick. »Was verlangt Ihr dafür? Dass ich meinen Wohltäter verrate? Damit man ihn aus der Universität entfernt?«

Nichts Besseres konnte Henri sich wünschen. Orlando von Cremona gehörte ans Ende der Welt verbannt, damit er keinen weiteren Schaden mehr anrichten konnte! Doch als er das traurige Gesicht des Stationarius sah, besann er sich. Jacques war zwar nur ein Skribent, ein Mann von niederem Stand, aber seine Haltung war die eines Edelmanns, der weiß, was Ehre bedeutet.

»Nein«, sagte Henri. »Ihr sollt niemanden verraten. Ich werde Eurem Sohn auch so helfen. Schließlich habt Ihr meinem besten Freund das Leben gerettet.«

6

Ohne einander zu berühren, gingen sie am Ufer der Seine entlang. Obwohl es erst ein halbes Jahr her war, dass sie sich zum letzten Mal gesehen hatten, waren sie einander so fremd geworden, dass keiner von ihnen den Mut hatte, nach der Hand des anderen zu greifen. Auch wenn sie es sich vielleicht beide wünschten.

»Warum bist du ins Kloster gegangen?«, fragte Marie.

»Ich glaube, ich wollte fliehen«, erwiderte Robert so leise, dass sie ihn kaum verstand

»Fliehen? Vor wem? Vor mir?«

»Nein, nicht vor dir.« Er hielt für einen Moment inne, dann fügte er hinzu: »Vor uns. Ich dachte, dass ich in der Gemeinschaft der Brüder meinen Frieden finden würde.«

»Und – hast du ihn gefunden?«

Aus den Augenwinkeln sah sie, dass er den Klopf schüttelte. Stumm lief er weiter, ohne sie auch nur anzuschauen. Als er aus der Klosterpforte getreten war, hatte sie für einen Augenblick geglaubt, alles wäre wieder wie früher, als bräuchten sie bloß einander die Hand zu reichen, um sich wieder in ihrer Liebe zu verbinden. Doch jetzt erkannte sie, dass das ein Irrtum war. Zwar sah Robert immer noch aus, wie er früher ausgesehen hatte, aber er war nicht mehr derselbe. Damals war er ein Jüngling gewesen, jetzt war er ein Mann, und seine redselige Unbekümmertheit war diesem tiefen, ernsten Schweigen gewichen. Und auch sie war nicht mehr dieselbe – sie war eine Witwe, eine Frau, die nichts mehr vom Leben zu erwarten hatte. Voller Wehmut dachte sie an ihre schönsten Augenblicke zurück, in ihrer schönsten Zeit, nicht mal zwei Jahre war das her, in der Rue des Pailles, als sie mit Robert über all die Fragen geredet hatte, über die sie mit niemandem sonst hatte reden können. Ihre Gespräche über Bücher, die sie nicht zu lesen bekam und die sie nicht lesen durfte. Über das glückliche Leben, von dem sie keine Vorstellung hatte, aber von dem sie sich mit solcher Macht angezogen fühlte, dass sie an gar nichts anderes denken konnte. Und über das Lachen, warum es gottgefällig war und keine Sünde, und wie es die Menschen auf geheime Weise mit dem glücklichen Leben verband, auch wenn es das Glück vielleicht gar nicht gab ... Es waren Gespräche wie in einer anderen Welt gewesen, in einem anderen Leben.

Jetzt waren sie in dieser Welt. In diesem Leben. Und es gab keine Bücher, in denen sie Antworten auf ihre Fragen finden konnten.

Es gab nur noch sie beide.

»Ich hatte meinen Frieden gefunden«, sagte Marie. »Mein Herz war stumm und tot.«

Robert blieb stehen und blickte sie voller Verwunderung an.

»Aber – warum wolltest du mich dann wiedersehen?«

Auch sie blieb stehen. Doch sie schaffte es nicht, seinen Blick zu erwidern.

»Ich ... ich wollte wissen, wie Paul gestorben ist.«

Robert zögerte. »Hat Henri dir nicht gesagt, was passiert ist?«, fragte er.

»Du meinst den Brand?«, erwiderte sie. »Doch, das hat er, natürlich. Aber das meinte ich nicht.«

»Sondern?«

»Ich ... ich weiß nicht, wie ich es ausdrücken soll ...«

Sie hörte, wie Robert Luft holte. »Meinst du vielleicht – ob Paul als guter oder schlechter Mensch gestorben ist?«

Sie nickte. Ja, vielleicht waren das die Worte, nach denen sie gesucht hatte.

Robert räusperte sich. »Als ich Paul sah, war ich entsetzt«, sagte er. »Ich erkannte ihn zuerst kaum wieder. Er sah aus, als wäre er vom Teufel besessen, sein Gesicht war eine einzige Fratze. Er wollte mich fortjagen, aus Angst, ich würde ihn hindern, sein Zerstörungswerk zu vollenden, aber als ich versuchte, die Flammen zu ersticken, kam er plötzlich zur Besinnung. Auf einmal war er wieder Paul, mein alter Freund, wie ich ihn immer gekannt hatte. Er hat alles getan, um mit mir das Feuer zu löschen. Er hat gekämpft wie ein Löwe, ohne Rücksicht auf sich und sein Leben.«

Marie schloss die Augen. In ihrem Innern sah sie Paul, wie er sich in die Flammen warf. So, wie er sich vor einer Ewigkeit zwischen sie und den Bären geworfen hatte, auf dem Jahrmarkt von Saint-Sépulcre, an dem Tag, an dem sie einander zum ersten Mal begegnet waren.

»Fast kommt es mir vor, als hätte er sich selber richten wollen«, sagte sie leise. »Vielleicht wurde das Feuer, das er gelegt hat, ja zu seinem eigenen Fegefeuer.«

»Ich habe in meiner Zelle für ihn gebetet«, erwiderte Robert. »Dass Gott ihm seine Sünden erlässt und ihn erlöst. Ja, vielleicht hast du recht. Vielleicht hat Gott ihm schon vergeben, als er in den Flammen starb.«

Marie spürte, wie ihr die Tränen kamen. Sie dachte an das Leben, das sie nie gelebt hatten, doch das sie miteinander hätten führen können, wenn alles nur ein bisschen anders gekommen wäre. Warum hatte es nicht sein sollen? Weil Paul immer nur so und nicht anders hatte sein können, als er gewesen war? Er hatte ihr vor Jahren einmal erzählt, dass Monsieur Valmont, der Leibherr seines Vaters, dessen Namen er angenommen hatte, um sich von ihm zu befreien, ihn früher in Sorbon viele Male hatte auspeitschen lassen, zur Strafe für irgendwelche Missetaten, vor allem aber, um seinen Willen zu brechen. Paul war so stolz darauf gewesen, dass dies nie gelungen war, dass er stets standgehalten hatte, sich immer treu geblieben war, welche Schmerzen er auch hatte leiden müssen.

Robert hob ihr Kinn. Die winzige Berührung erfasste ihren ganzen Leib.

»Es stimmt ja gar nicht, was du sagst«, sagte er.

»Was stimmt nicht?«, fragte sie.

»Dass dein Herz tot ist. Sonst würdest du nicht weinen.«

Während seine Haut auf ihrer Haut brannte, sah sie in sein Gesicht. Noch nie war es so ernst gewesen wie in diesem Augenblick.

Wusste er, was in ihr vorging? Wusste es vielleicht besser als sie selbst?

Ohne dass sie es wollte, nahm sie seine Hand. »Mein Herz fing wieder an zu schlagen, als ich dich sah«, sagte sie.

Er schaute in ihre Augen, dann auf ihre Hand. Sein Adamsapfel ruckte.

»Dürfen ... dürfen wir das?«

»Ich weiß es nicht«, antwortete sie, ohne die Augen von ihm zu lassen.

Wieder ruckte es an seinem Hals, als er den Blick hob und sie ansah.

»Ich auch nicht«, sagte er.

Sie sah sein Lächeln, und ihr Mund trocknete aus. Das Paradies, die Hölle stand ihr offen.

»Trotzdem müssen wir es entscheiden.«

»Ja, das müssen wir.«

Er legte seine Hände auf ihre Wangen und liebkoste mit seinen Augen ihr Gesicht.

»Und wenn der Himmel uns für immer verdammt – ich liebe dich.«

»Ich ... ich liebe dich.«

Marie schloss die Augen. Eine Ewigkeit spürte sie nur seinen

Atem auf ihrem Gesicht. Dann endlich berührten seine Lippen die ihren, und während sie miteinander verschmolzen, verstummten die Fragen.

Ihr Herz aber schlug ihr bis zum Hals.

7

Die Türme von Notre-Dame erbebten unter dem Festgeläut, das der Wind von der Île de la Cité über die ganze Stadt trug. Der große und kleine Bourdain, der dunkle Gabriel und die helle Sophie, der dicke Denis und die volltönende Geneviève wie auch die beiden Nebenglocken, der schlanke Marcel und die hurtige Anne, die mit dünnem Klang sonst nur zur halben Stunde läuteten – sie alle schlugen an, um die Gläubigen zur Feier des Pfingstfestes in die Kathedrale zu rufen, von deren Kanzel heute der römische Nuntius und Legat, Kardinal Santangelo, die Bulle *Parens scientiarum* verlesen würde, die Seine Heiligkeit Papst Gregor IX. verfasst hatte, um endlich den Streit zu beenden, der seit Jahr und Tag die Hauptstadt und das Königreich in Bann hielt, den Streit zwischen Krone und Kirche auf der einen sowie den Magistern und Studenten der *Universitas Parisiensis* auf der anderen Seite.

In dem zum Bersten vollen Gotteshaus, in dem sich das ganze lateinische Viertel drängte, hatte Victor zusammen mit Robert einen Platz unter der Kanzel gefunden. Er war auf Befehl des Papstes aus Toulouse in die Hauptstadt gereist, um sich wie alle an dem Streit Beteiligten zur Urteilsverkündung einzufinden. Als Kardinal Santangelo mit einem Dutzend Priestern und Diakonen im Gefolge aus der Sakristei trat, um das Hochamt zu zelebrieren, tauschte Victor einen Blick mit seinem Schüler. Robert hatte gezögert, ihn zu begleiten, aus Rücksicht auf Pater Orlando. Doch Victor hatte ihn an die Worte der Offenbarung erinnert: *Weil du aber lau bist und weder kalt noch warm, werde ich dich ausspeien aus meinem*

Munde ... Jetzt verriet Roberts Miene, dass er der Verlesung der Bulle mit derselben Ungeduld entgegenfieberte wie er selbst. Wie würde der Schiedsspruch des Papstes lauten?

Die Anspannung war in der ganzen Kathedrale mit Händen zu greifen – wie vor einem Gewitter staute sie sich unter dem hohen Deckengewölbe, um sich jeden Moment zu entladen. Sie hatte sogar die Regentin erfasst, die zusammen mit ihrem Sohn und dem Hofstaat im Chorraum thronte. Noch bleicher als sonst, das Gesicht eingerahmt von ihrem schwarzen Gebende, verfolgte Blanka von Kastilien mit regloser Miene und zusammengekniffenen Augen den Beginn der Messe, während Ludwig, der zum Zeichen seiner Würde den Königspurpur trug, immer wieder nervös an seiner Krone rückte. Beide wurden flankiert von Bischof Wilhelm und Kanzler Philipp, der eine in violetter Soutane, der andere mit goldener Amtskette auf der Brust, die Blicke auf das Mittelschiff gerichtet, wo, durch eine unsichtbare Barriere voneinander getrennt, die Ordens- und Weltgeistlichen versammelt waren und sich gegenseitig voller Misstrauen beäugten, zur Linken die Magister und Studenten in ihren Talaren, zur Rechten die Dominikaner im schwarzweißen Habit ihres Ordens sowie die barfüßigen, mit einfachen Stricken gegürteten Franziskaner in ihren sackleinernen Kutten.

Einer der Mönche blickte über die Schulter und sah Victor direkt in die Augen: Orlando von Cremona. Triumph sprach aus seinem Gesicht, als sei er sich seines Sieges gewiss. War auch ihm zu Ohren gekommen, was Victor am Vorabend zugetragen worden war? Es hieß, im vatikanischen Palast sei die Decke des päpstlichen Studierzimmers eingestürzt, just in der Stunde, als Gregor eine Bulle zugunsten der Magister verfassen wollte. Ein Zeichen Gottes, um ihn zu warnen? Bei der Vorstellung, dass der Heilige Vater sich davon hatte beeindrucken lassen, kroch Victor die Angst in den Nacken. Wenn der Papst sich zugunsten der Dominikaner erklärte, würden die Regentin und Bischof Wilhelm nicht zögern, ihm und allen seinen Mitstreitern und Schülern den Prozess zu machen.

Hatte Gregor ihn darum nach Paris befohlen?
Verborgen auf einer Empore stimmte ein Kastrat das Kyrie an. Victor konnte seine Aufmerksamkeit darauf ebenso wenig richten wie auf die anschließende Lesung und das Evangelium. Abwesend murmelte er die vorgeschriebenen liturgischen Formeln mit der Gemeinde, ohne dass ihr Sinn in sein Bewusstsein drang.

Mit einem jubelnden Gloria beendete der Kastrat den Wortgottesdienst. Während der Gesang verhallte, richteten sich alle Augen auf Kardinal Santangelo. Endlich war es so weit! Gestützt auf einen Diakon bestieg der Greis die Kanzel. Als er die Schriftrolle aus dem Ärmel seiner Soutane hervorzog, war es so still in der Kathedrale, dass das Rascheln bis in die hintersten Winkel zu hören war, bevor er seine brüchige Stimme erhob.

»Seine Heiligkeit Papst Gregor, Bischof von Rom, Diener aller Diener Gottes, grüßt seine geliebten Söhne, die Magister und Studenten von Paris, und spendet ihnen seinen Segen.«

Victor sah, wie Robert an seiner Seite das Kreuzzeichen schlug, und tat es seinem Schüler gleich.

»Paris, Mutter der Wissenschaften, Stadt der Bücher, neues Kirjath-Sepher und Rose der Welt, erstrahlt in leuchtend hellem Glanz. Schon jetzt an Größe unvergleichlich, verheißt sie noch größere Größe dank jener Männer, die in ihren Mauern lernen und lehren. Sie wandeln Kupfer in Silber und Silber in Gold und Gold in Juwelen, zum Lobpreis des allmächtigen Gottes. Darum kann es keinen Zweifel daran geben, dass ein jeder, der, in welcher Weise auch immer, diese Herrlichkeit trübt oder sich solcher Trübnis nicht mit allen ihm zu Gebote stehenden Mitteln widersetzt – dass ein solcher dem himmlischen Herrscher wie auch den Menschen zutiefst missfällt. Aus diesem Grund haben Wir, nach sorgfältiger Prüfung der Missstände, die uns vorgetragen wurden und die von der Zwietracht zeugen, welche durch Anstiftung des Teufels in dieser Stadt entstand, um die Studien zu hintertreiben – aus diesem Grund also haben Wir es für richtig befunden, die genannten Missstände nicht durch einen einmaligen Schiedsspruch zu beheben, sondern diese, mit Hilfe des Rats Unserer Brüder, durch ein weises Regelwerk für jetzt und alle Zeit zu beenden.«

Der Legat hielt für einen Moment in seiner Rede inne, um neue Kraft zu schöpfen. Victor konnte es kaum erwarten, dass er weitersprach, so groß war seine Verwirrung. Statt des von allen Parteien erwarteten Schiedsspruchs verfügte der Papst ein Regelwerk? Was bei allen Erzengeln und Heiligen hatte das zu bedeuten?

»Folgende Bestimmungen treten hiermit in Kraft«, fuhr Santangelo in der Verlesung der päpstlichen Bulle fort. »*Primum*: Wer immer zum Kanzler der Universität von Paris gewählt wird, leistet bei seiner Einsetzung den Amtseid sowohl vor dem Bischof wie vor zwei Magistern als Vertreter der Universität und ihrer Gelehrten. *Deinde*: Der Kanzler schwört, nur solchen Kandidaten eine Lehrbefugnis zu erteilen, die sich gemäß der Statuten ihrer würdig erweisen, zum Ruhm und zur Ehre der Fakultäten, und sie jedem Unwürdigen zu verweigern, ohne Ansehen von Person und Herkunft. Dazu muss er die Magister um Rat fragen. Diese wiederum sind verpflichtet, stets ein wahrhaftiges Zeugnis über die Kandidaten zu geben. *Deinde*: Der Kanzler hat nicht das Recht, einem Magister, dem er die Lehrbefugnis erteilt hat, irgendwelche Zeichen der Unterwerfung abzuverlangen, noch darf er Geld von ihm zu seiner Einsetzung fordern. *Deinde*: Der Kanzler schwört, sich nicht über die Beschlüsse der Magister zu deren Schaden hinwegzusetzen, vielmehr soll er die Freiheiten und Rechte, die sie mit Erlangung ihrer Würde erworben haben, in vollem Umfang gewährleisten. *Deinde*: Lehrende und Lernende unterliegen allein der geistlichen Gerichtsbarkeit. Sie sind darin den Klerikern gleichgestellt. Dabei ist der Bischof gehalten, seine Gerichtsbarkeit in angemessener und zurückhaltender Weise auszuüben. *Deinde*: Die Fakultäten dürfen sich eine eigene Verfassung geben. Darin regeln sie selbst die Gepflogenheiten der Lehre, sowohl die Vorlesungen als auch die öffentlichen Disputationen betreffend, ferner die Vorschriften zum Tragen der Trachten und zur Form der Begräbnisse sowie die Stellung der Bakkalauren und schließlich die zu verhängenden Strafen bei Missbrauch der Einschreibung. *Deinde:* Den Studenten ist es verboten, innerhalb der Stadt Waffen mit sich zu führen. Auch ist ihnen untersagt, andere Studenten in ihren Studien zu behindern oder sie zu belästigen. *Deinde*: Kein Student darf wegen einer Geldschuld verhaftet werden, sofern die Bestrafung durch das Kirchenrecht geregelt ist. Weder der Bischof noch der Kanzler sind befugt, eine Geldbuße zu verhängen, um eine Exkommunikation oder sonstige Strafe durch die heilige Kirche aufzuheben. *Deinde*: Zum Schutz ihrer Schüler ist es den Magistern erlaubt, bei ungerechtfertigter Behandlung derselben oder grundloser Inhaftierung in den Ausstand zu treten und den Betrieb ihrer Vorlesungen und sonstigen Unterrichtsveranstaltungen einzustellen.«

Am Rande der Erschöpfung holte Kardinal Santangelo noch einmal tief Luft, um sodann mit letzter Kraft die abschließende Ermahnung des Papstes zu verkünden.

»Zum Wohle der heiligen Kirche ordnen Wir also an, dass die Missetäter mit einem Bußgeld belegt und alle Magister und Studenten, denen Unrecht oder Schaden zugefügt wurde, durch Unseren liebsten Sohn in Christo, den erlauchten König von Frankreich, in ihre Privilegien eingesetzt werden, auf dass sie ohne Verzug nach Paris zurückkehren, um ihre Studien wieder aufzunehmen. Niemandem aber sei es erlaubt, diese Unsere Bestimmungen zu verletzen oder gar zu brechen. Sollte dies dennoch jemand versuchen, muss er wissen, dass er dadurch den Zorn des allmächtigen Gottes sowie seiner Apostel Petrus und Paulus auf sich zieht. – Gezeichnet zu Rom, in den Iden des April, im fünften Jahr Unseres Pontifikats.«

Nachdem das letzte Wort verklungen war, starrte Victor mit offenem Mund zur Kanzel hinauf, wo Kardinal Santangelo die Bulle des Papstes wieder zusammenrollte. Hatte er wirklich mit eigenen Ohren gehört, was der Legat soeben verkündet hatte? Oder war dies alles nur ein Traum – ein Trug seiner eitlen Sinne?

Bevor er die Antwort wusste, brachen die Weltgeistlichen um

ihn herum in so lauten Jubel aus, als wollten sie mit Stimmengewalt die Mauern der Kathedrale zum Einsturz bringen. Die Mönche aber blickten einander voller Entsetzen an, zu keiner Regung fähig, so wenig wie die Regentin oder Bischof Wilhelm oder Kanzler Philipp im Chorraum, wo allein der junge König unverhohlen seine Freude zeigte, während Pater Orlando erst Victor, dann Robert einen Blick zuwarf, der einer Verwünschung gleichkam, und dann, ein Bein nach sich ziehend, wie von allen Teufeln gehetzt aus dem Gotteshaus strebte, in solcher Eile, dass er sogar vergaß, beim Verlassen der Kathedrale die Rechte in das Weihwasserbecken zu tauchen.

»Ja, begreift Ihr denn nicht? Ihr habt gesiegt! Gesiegt – vor Gott und der Welt!«

Als Victor sich aus seiner Erstarrung löste, sah er in das Gesicht seines Schülers. Roberts Augen strahlten, als hätte jemand darin ein Licht entfacht. Im selben Moment versagten ihm seine Beine den Dienst, die Knie knickten ein, und um nicht zu stürzen, sützte er sich auf die Schultern seines Schülers.

»Gelobt sei Jesus Christus«, flüsterte er, überwältigt von dem Sturm, der im Gotteshaus tobte.

Mit Tränen des Glücks in den Augen erwiderte Robert seinen Blick. »In Ewigkeit amen!«

8

Das Kloster von Argenteuil lag friedlich in der Abendsonne, als Marie ihrem Vater aus der Apotheke hinaus in den Kräutergarten folgte, um ihm beim Gießen der Pflanzen zu helfen. Das hatte sie schon als junges Mädchen getan, seit sie groß und stark genug war, einen Eimer Wasser zu tragen. Wie stolz war sie damals gewesen, denn in ihren Augen hatte es auf der ganzen Welt keinen klügeren Mann gegeben als ihren Vater, der alle Pflanzen, die Gott erschaffen hatte, beim Namen nennen konnte. Während er sich nun vor einem Beet niederhockte und ein paar Unkräuter ausrupfte, ging sie zum Ziehbrunnen am Ende des Gartens, um Wasser zu schöpfen.

Wie sollte sie ihm sagen, dass dies der letzte Abend war, an dem sie ihm bei seiner Arbeit half? Sie zog den Eimer aus dem Brunnen und löste ihn vom Haken. Er war so schwer, dass sie ihn mit beiden Händen tragen musste. Das Wasser schwappte bei fast jedem Schritt über, so dass ihre Tunika ganz nass war, als sie ihn bei den Beeten abstellte.

»Ich ... ich muss dir etwas sagen.«

Ihr Vater warf ihr über die Schulter einen fragenden Blick zu.

»Ja?«

Marie zögerte. Dann nahm sie ihren ganzen Mut zusammen.

»Robert und ich – wir werden heiraten.«

»*Was* sagst du da?«

»Ja, Vater. Wir lieben uns. Er hat mich um meine Hand gebeten, und ich habe ja gesagt.«

Die Hände auf die Knie gestützt, drehte ihr Vater sich zu ihr herum. »Du weißt, wie sehr ich Robert mag. Aber wie soll das gehen? Robert ist ein verheirateter Mann, auch wenn sein Weib ihn in Toulouse verlassen hat.«

»Er hat die Ehe nicht vollzogen«, sagte Marie.

»Und – was bedeutet das?«

»Dass Robert nie verheiratet war«, erwiderte sie. »Die Ehe wurde bereits für ungültig erklärt, als er in den Orden der Dominikaner eintrat.«

Ihr Vater sah sie so verständnislos an, als hätte sie in einer fremden Sprache gesprochen. Dann schüttelte er den Kopf und beugte sich wieder über das Beet.

Hatte er nicht verstanden, was sie gesagt hatte? Oder wollte er sie nicht verstehen?

Marie wünschte, er würde irgendetwas sagen. Selbst wenn er sie tadelte oder sich ihr widersetzte oder gar versuchte, ihr die Heirat zu verbieten – jede Reaktion wäre leichter zu ertragen gewesen als dieses vorwurfsvolle Schweigen. Doch statt ihr eine Antwort zu geben, griff er zu einer Hacke und fing an, in stummer Verbissenheit das Erdreich zwischen den Pflanzen zu lockern. Ab und zu schöpfte er mit der Hand ein wenig Wasser aus dem Eimer hinter sich und feuchtete damit den Boden an. Doch stets vermied er, sie dabei anzuschauen.

Immer noch mit dem Rücken zu ihr, hielt er eine Pflanze in die Höhe. »Was ist das?«

»Salbei. Warum?«

»Wozu wird Salbei verwendet?«, fuhr er er fort, ohne auf ihre Frage einzugehen.

»Zur besseren Verdauung.«

»In welcher Zubereitung?«

»Man kann die Blätter kauen, damit der Saft auf den Magen wirkt. Besser aber ist es, sie mit heißem Wasser aufzubrühen und als Tee zu trinken. Aber weshalb fragt Ihr mich das? Ihr wisst das alles doch viel besser als ich.«

Ihr Vater stieß einen Seufzer aus. »Du hast schon als Kind alle Kräuter und ihre Verwendung gekannt.« Und während er zwischen den Fingern das Salbeiblatt zerrieb, fügte er hinzu: »Ich hatte so sehr gehofft, du würdest bei mir bleiben. Für immer, bis ich nicht mehr da bin. Aber jetzt willst du mich zum zweiten Mal verlassen.«

Marie musste schlucken. »Ja, Vater«, sagte sie. »Ich bin gekommen, um Euch Lebwohl zu sagen.«

»Lebwohl?«

Sie sah die Angst, die das Wort in ihm auslöste, und wünschte sich, sie hätte es nicht gesagt. Doch sie hatte keine andere Wahl, es gab keine Möglichkeit, ihm die Wahrheit zu ersparen, auch wenn sie ihn schmerzte. Also zögerte sie nicht länger und sagte: »Robert und ich ziehen nach Italien.«

»Nach Italien? Um Gottes willen!« Ihr Vater wurde blass. »Dann ... dann verlässt du mich diesmal also für immer?« In seinen alten Augen schimmerten Tränen.

»Bitte! Macht mir den Abschied nicht noch schwerer, als er mir ohnehin fällt.«

»Was erwartest du? Dass ich mein einziges Kind frohgemut ziehen lasse, obwohl ich es dann vielleicht niemals wiedersehe?«

Der Anblick seines gequälten Gesichts zerriss ihr das Herz. »Was soll ich denn tun, Vater? Wollt Ihr, dass ich hier bleibe und an Eurer Seite sterbe, bevor ich tot bin?«

Er legte die Hacke fort und erwiderte ihren Blick. Eine lange Weile schaute er sie prüfend an. Dann streckte er ihr seine Hand entgegen, damit sie ihm aufhalf.

»Liebst du ihn so sehr?«, fragte er, nachdem er sich erhoben hatte.

Sie nickte. »So sehr, wie Ihr meine Mutter geliebt habt.«

Für einen Moment gingen seine Augen in die Ferne, wie um sich zu erinnern.

»Deine Mutter war das größte Glück meines Lebens«, sagte er. »Ich liebe sie noch immer.«

Er versuchte ein Lächeln, doch es gelang ihm nicht. In seinem Gesicht zuckte es wie bei einem Menschen, der im Schlaf von einem bösen Traum heimgesucht wird.

Was ging in ihm vor?

Nach einer Weile, die ihr endlos erschien, räusperte er sich.

»›Die Liebe höret nimmer auf‹«, sagte er »Erinnerst du dich an den Vers?«

»Wie könnte ich ihn je vergessen? Er stammt aus Paulus' erstem Brief an die Korinther. Er war nach Mutters Tod Euer ganzer Trost. Ihr habt ihn wieder und wieder aufgesagt.«

Ihr Vater nickte. »›Die Liebe ist langmütig und freundlich, sie eifert nicht, sie suchet nicht das Ihre, sie lässt sich nicht erbitten.‹«

Er hielt inne, und jetzt gelang ihm das Lächeln, das er zuvor vergeblich versucht hatte. »Nein, ich will nicht, dass du meinetwegen gegen deinen Willen bleibst. Heirate Robert und zieh mit ihm nach Italien, wenn Gott es so will und es nicht anders geht.«

Marie nahm seine beiden Hände und drückte sie. »Dann … dann könnt Ihr mich also verstehen? Und mir verzeihen?«

»Ach, Marie – du bist doch meine Tochter«, sagte er und erwiderte den Druck ihrer Hände.

Sie wollte ihn umarmen, aber er schüttelte den Kopf.

»Warte, ich möchte dir noch etwas mit auf den Weg geben, aus unserem Garten. Ein Andenken.« Er ließ seinen Blick eine Weile über die Beete schweifen, als suchte er nach etwas, doch ohne fündig zu werden. Plötzlich hellte sich seine Miene auf. Er bückte sich und zupfte einen kleinen, unscheinbaren grünen Stängel aus dem Boden, nicht aus einem der Beete, sondern aus der Wiese direkt vor seinen Füßen. »Das soll dir Glück bringen.«

»Was ist das?«, fragte sie.

»Ein Kleeblatt mit vier Blättern. Angeblich nahm Eva genau so eines als Andenken mit aus dem Garten Eden, als sie und Adam daraus vertrieben wurden. Ich weiß«, fügte er hinzu, als sie etwas erwidern wollte, »es ist nur ein kindlicher Aberglaube. Aber es heißt, wenn man ein solches Kleeblatt in seinen Mantel einnäht, schützt es einen auf Reisen vor dem Bösen.«

Marie war so gerührt, dass es ihr schwerfiel zu sprechen. »Danke«, sagte sie und küsste ihren Vater auf die Wange. Dann nahm sie den Stängel und steckte ihn in den Halsausschnitt ihres Kleids. »Ich ... ich werde tun, wie Ihr sagt, und Euer Geschenk in Ehren halten.«

9

Noch nie hatte Ludwig seine Mutter so außer sich gesehen wie an diesem Morgen. Gleich zu Beginn der Beratung, zu der sie außer ihm noch Bischof Wilhelm und Kanzler Philipp geladen hatte, hatte sie ihren Platz verlassen und durchmaß seitdem immer wieder der Länge und der Breite nach den Audienzsaal, während ihre schwarzen Augen Blitze schleuderten und die Worte aus ihr hervorplatzten wie kleine Explosionen.

»Wenn wir die Bulle des Papstes in Kraft setzen, tanzen uns die Magister auf der Nase herum!«

Kanzler Philipp hob ohnmächtig die Arme. »Was soll ich tun? Der Heilige Vater hat mir ja die Gerichtsbarkeit entzogen. Ich habe nicht mal mehr das Recht, einen betrunkenen Studenten zur Ausnüchterung einzusperren.«

»Die Gerichtsbarkeit ist bei mir in guten Händen«, erwiderte Wilhelm von Auvergne. »Viel schwerer wiegt, dass Gregor die Universität *de facto* zu einer unabhängigen Körperschaft erklärt hat, die sich eine eigene Verfassung geben darf. Ohne dass sie dazu der Zustimmung des Königs oder des bischöflichen Segens bedarf!«

»Das werden wir nicht dulden!«, erklärte Blanka.

»Wenn Ihr Euch den Anordnungen verweigert, lauft Ihr Gefahr, dass der Papst Euch exkommuniziert!«

»Dann werden nicht nur Euer Gnaden – dann werden wir alle von den Sakramenten ausgeschlossen«, fügte Philipp im Jammerton hinzu.

»Aber die Autorität der Krone steht auf dem Spiel! Die Autorität meines Sohns!«

Alle Augen richteten sich auf Ludwig, der bislang der Beratung schweigend beigewohnt hatte. Unter den erwartungsvollen Blicken erfasste ihn eine Unruhe, von der ihm fast schlecht wurde. War dies der Tag seiner wahren und wirklichen Thronbesteigung? Vor fünf Jahren, als sein Vater auf dem Kreuzzug im Süden an der Ruhr gestorben war, hatte man ihm zwar die Krone auf den Kopf gesetzt, doch seine Mutter hatte Frankreich seitdem regiert. Heute galt es, sich vor ihr und ihren Beratern als König zu beweisen, um aus eigenem Recht die Herrschaft über sein Reich zu erlangen. Beide Hände auf die Lehnen seines Throns gestützt, richtete er seinen Oberkörper zu voller Größe auf.

»Die Wissenschaft ist ein überaus kostbarer Schatz«, verkündete er. »Er ist zuerst von Griechenland nach Rom gezogen und von dort aus dem heiligen Dionysius nach Frankreich gefolgt, um in Unserer Hauptstadt endgültige Heimstatt zu finden. Ich bin fest entschlossen, diesen Schatz, den Gott in Unsere Hände gelegt hat, mit allen Uns zur Verfügung stehenden Kräften zu beschützen und zu wahren, wie der Heilige Vater in Rom es Uns aufgetragen hat!«

Er hatte mit solcher Entschiedenheit gesprochen, dass die Regentin für einen Moment nach Luft schnappte.

»Soll das heißen, Ihr wollt Euch den päpstlichen Bestimmungen fügen?«, fragte sie dann. »Das dürft Ihr nicht! Ihr ruiniert sonst selber den Schatz der Wissenschaft, von dem Ihr soeben spracht! Gregor hat die Magister berechtigt, jederzeit in den Ausstand zu treten, wann immer sich die Herren Doctores einbilden, sie oder ihre Schüler würden ungerecht behandelt. Das ist ungeheuerlich – eine Beschneidung Eurer königlichen Macht, die Ihr auf keinen Fall hinnehmen dürft! Auch die Gerichtsbarkeit, die der Papst dem Anschein nach Eurem Bischof unterstellt, ist in Wahrheit an die Magister gebunden, weil kein Schuldspruch ergehen darf, ohne dass diese sich einverstanden erklären. Außerdem ...«

»Genug!«, schnitt Ludwig ihr das Wort ab.

»Ihr wagt es, mich zu unterbrechen?« Die schwarzen Augen der Regentin wurden immer größer. »Obwohl ich noch nicht zu Ende gesprochen habe?«

»Ich bin der König!«

»Und ich bin Eure Mutter!«

»Zum letzten Mal – es ist genug! Schweigt!«

Er schlug so heftig mit der Hand auf die Armlehne seines Throns, dass Blanka verstummte. Wie versteinert stand sie da, ihre Miene eine Mischung aus Erstaunen und Empörung. Hatte sie endlich begriffen, dass er der Herrscher war? Bei dem Gedanken fiel die Unruhe von Ludwig ab, und ein Gefühl von Sicherheit durchströmte ihn, wie er es noch nie zuvor verspürt hatte. Ja, er war der König, der König von Frankreich, und allein seinem Herrgott Rechenschaft schuldig. Seine Mutter öffnete den Mund, um etwas zu sagen. Doch ein einziger Blick genügte, und sie senkte den Kopf wie ein Hund, der den Kampf aufgibt. Der Bischof und der Kanzler gafften sie mit blöden Augen an, ohne auch nur ein einziges Wort zu wagen.

»Der Papst ist der Stellvertreter Gottes auf Erden«, erklärte Ludwig in die Stille hinein. »Darum erteilen Wir Befehl, dass vom heutigen Tage an alle Verfügungen, die Gregor festgelegt hat, Punkt für Punkt nach dem Willen Seiner Heiligkeit befolgt werden. Die Magister sollen, und zwar so schnell wie möglich und ohne jedweden Verzug, in Unsere Hauptstadt zurückkehren, um an allen vier Fakultäten zusammen mit ihren Schülern den Lehrbetrieb wiederaufzunehmen. In Erfüllung ihrer Forderung, die Schuldigen von Saint-Marcel zur Rechenschaft zu ziehen, bestrafen Wir den Stadtpräfekten Auguste Mercier für seine Missetaten, indem Wir ihn verpflichten, den Opfern des Massakers oder ihren Hinterbliebenen ein Bußgeld zu entrichten. Ferner ist es ihm und seinen Leuten für alle Zukunft untersagt, Hand an einen Studenten oder Magister zu legen.« Ludwig machte eine Pause, um seine Worte wirken zu lassen. »Um sicherzugehen«, fuhr er dann fort, »dass diese Unsere Befehle in der gebotenen Gründlichkeit befolgt werden, beauftrage ich Unseren treuen Gefolgsmann Henri Vicomte de Joinville, in Unserem Namen für ihre Durchführung zu sorgen.«

»Euren verräterischen Kammerherrn?«, platzte Bischof Wilhelm heraus.

»Den hat Eure Mutter doch aus Paris verbannt!«, ergänzte der Kanzler.

Ludwig, der mit dem Einwand gerechnet hatte, überlegte, welcher Wochentag war. Und obwohl es ein Freitag war, erlaubte er sich ein Lächeln, bevor er die Antwort gab, die er sich mit Henris Hilfe zurechtgelegt hatte.

»*Hauptsatz*«, sagte er und streckte seinen Daumen in die Höhe. »Der König erlaubt mit dem Willen des Papstes die Rückkehr aller Magister und Studenten in Seine Hauptstadt.« Er hob den Zeigefinger. »*Untersatz*: Henri de Joinville ist ein eingeschriebenes Mitglied der *Universitas magistrorum et scholiarum Parisiensis*.«

Während er triumphierend in die Runde schaute, fügte er den Mittelfinger hinzu. »*Conclusio*: Henri de Joinville hat das Recht, in Paris zu leben.«

10

Ein letztes Mal spürte Robert das Auge Gottes auf sich ruhen, das die Fensterwand von Victors Studierstube zierte. Er war noch einmal in das Haus seines Lehrers gekommen, um sich von ihm zu verabschieden, bevor er sich auf die weite Reise machte.

»Ihr seid also wirklich entschlossen, nach Bologna zu ziehen?«, fragte Victor.

»Ja, um Recht zu studieren«, erwiderte Robert.

Sein Lehrer stieß einen Seufzer aus. »Euer Wechsel ist ein Verlust für die Theologie. Gibt es einen Grund, warum Ihr der Jurisprudenz den Vorzug gibt?«

»Die Bulle des Papstes war ein Sieg der Gerechtigkeit über die Willkür. Durch sie habe ich begriffen, welche Macht und Bedeutung das Recht hat.«

»Aber warum Bologna?«, fragte Victor. »In Paris könnt Ihr das Studium beider Wissenschaften miteinander verbinden – das der Gotteswissenschaft und das des Rechts. In Bologna hingegen gibt es nur eine juristische Fakultät, Theologie wird dort nicht gelehrt.«

»Ich weiß«, sagte Robert. »Aber mit seiner Bulle stellt der Papst die Pariser Studenten nicht nur in den Privilegien den Geistlichen gleich, sie müssen fortan auch wie diese ehelos leben. Wenn ich hier bliebe, müsste ich mich entscheiden – zwischen der Wissenschaft und der Ehe. In Bologna dürfen auch verheiratete Männer studieren.«

Mit einem Lächeln erwiderte Victor seinen Blick. »Dann hieß die Fliege, die sich auf Eure Nase setzte, wohl Marie, nicht wahr?«

Robert spürte, wie er rot anlief, und zupfte sich verlegen am Ohr.

»Dafür braucht Ihr Euch doch nicht zu schämen«, sagte Victor. »Die Liebe kann Berge versetzen – was ist im Vergleich dazu eine Reise über die Alpen?« Dann wurde er wieder ernst. »Ich brauche Euch wohl nicht zu sagen, wie sehr es mich schmerzt, Euch als Schüler zu verlieren. Und seid gewiss, gäbe es eine Möglichkeit, Euch zurückzuhalten, ich würde alles versuchen, was in meinen Kräften steht. Aber da es nun mal so ist, wie es ist, möchte ich Euch wenigstens eines noch ans Herz legen, bevor Ihr die Stadt verlasst.«

Er nahm eine Schriftrolle aus einem Regal und reichte sie Robert.

»Was ist das?«

»Meine Gedanken zu einer Akademie nach dem Vorbild des Aristoteles. Ich wollte sie Euch früher schon mal zu lesen geben. Jetzt sollt Ihr sie behalten.«

»Das ... das kann ich nicht annehmen«, stammelte Robert.

»Das habt Gott sei Dank nicht Ihr zu entscheiden«, sagte Victor mit einem Lächeln und drückte ihm die Rolle in die Hand. »Mit der Bulle des Papstes haben wir einen großen Sieg errungen. Doch täuschen wir uns nicht. Unsere Akademie ist noch längst nicht Wirklichkeit. Und selbst das, was wir mit unserem Ausstand erreicht haben, wird immer wieder aufs Neue gefährdet sein, sogar durch Gregor selbst. Was glaubt Ihr, warum der Papst die Studenten auf den Zölibat verpflichtet hat, als wären sie Priester? Nur um sie vor der Willkür der Krone zu schützen?« Victor schüttelte den Kopf. »Der Papst hat die Macht des Bischofs und des Königs beschnitten – und so zugleich seinen eigenen Einfluss gestärkt. Er hat die Universität aus der Kontrolle der Ortskirche gelöst – und sie damit enger an den Heiligen Stuhl gebunden. Er hat die Magister und Studenten begünstigt – und sie auf diese Weise zugleich bezähmt. Als Stellvertreter Gottes und Herrscher der Christenheit muss und wird er immer danach trachten, seine Herrschaft in den

Kathedralen des Wissens ebenso auszuüben wie in den Kathedralen des Glaubens. Ich bin sicher, das werdet Ihr auch in Bologna erfahren.« Er schaute Robert fest an. »Wann immer Ihr Zweifel habt, lest meine Zeilen. Damit unser Ideal nicht in Vergessenheit gerät.«

Robert sah in die Augen seines Lehrers, dann auf die Rolle in seiner Hand. »Ich danke Euch. Das ist das schönste Geschenk, das Ihr mir machen konntet.«

Wieder schüttelte Victor den Kopf. »Das ist kein Geschenk, sondern ein Auftrag. Wenn Ihr in Bologna seid, streitet für unsere Sache. Auch wenn Aristoteles' Ideal vielleicht nie ganz und gar erreicht werden kann – unsere Aufgabe ist es, die Freiheit des Denkens immer wieder aufs Neue zu verteidigen. Dafür sollt Ihr kämpfen.« Er legte ihm beide Hände auf die Schultern. »Wollt Ihr mir das versprechen?«

Robert spürte einen Kloß im Hals. »Ja«, sagte er. »Das verspreche ich. Und ich werde versuchen, Euch nicht zu enttäuschen.«

»Nichts anderes hatte ich von Euch erwartet«, erwiderte Victor. »Doch nun lasst uns Abschied nehmen.«

Er umarmte Robert, um den Bruderkuss mit ihm zu tauschen.

»Gehet hin in Frieden.«

»Dank sei Gott dem Herrn.«

Kurz und fest drückte er ihn an sich, dann löste er sich aus der Umarmung und trat an sein Pult, um sich über ein Manuskript zu beugen. Robert verstand. Ohne sich noch einmal nach seinem Lehrer umzudrehen, verließ er den Raum und ging hinunter in die Halle.

Als er das Haustor öffnete, empfing ihn draußen des Lebens bunte Fülle. Fliegende Händler buhlten im Sonnenschein mit lautem Geschrei um die Aufmerksamkeit der Passanten. Bauern brachten auf Eselskarren Obst und Gemüse zum Markt. Dienstmägde trugen in Körben ihre Besorgungen nach Hause. Handwerker lieferten ihre Waren aus. Und zwischen ihnen eilten überall Magister und Studenten mit Büchern unter den Armen zu ihren Vorlesungen, genauso wie früher, als hätte sich nichts verändert.

Der Augenblick des Aufbruchs war da. Um ihn nicht länger hinauszuzögern, entledigte Robert sich seines alten Talars und schenkte ihn einem Bettler, der neben dem Eingang einer Schenke am Boden hockte. Auf dem Leib trug er bereits sein neues Wams für die Reise, das fast so bunt war wie einst das Wams des Versemachers LeBœuf. Während er seine Schultern straffte und die frische Morgenluft in die Lungen strömen ließ, schaute er noch einmal hinunter auf die Île de la Cité, auf der sich, umspült von den Fluten der Seine, die Kathedrale von Notre-Dame in den blauen Himmel erhob, dann machte er kehrt und wandte sich in Richtung Süden.

An der Porte d'Orléans, dem südlichen Stadttor von Paris, erwartete ihn Marie, bereit, ein neues Leben mit ihm zu beginnen.

Post Scriptum

PARENS SCIENTIARUM

Die Bulle *Parens Scientiarum* (»Mutter der Wissenschaften«), von Papst Gregor IX. am 13. April des Jahres 1231 erlassen, gilt heute als die Magna Charta der Pariser Sorbonne. Diese war die erste Universität Europas, an der außer den *Artes liberales* der gesamte Kanon der damaligen Wissenschaft, also Theologie, Jurisprudenz und Medizin, gelehrt wurde. Aufgrund dieser herausragenden Stellung der Pariser Universität gilt die Bulle *Parens Scientiarum* darum heute zugleich als die Magna Charta der universitären Freiheitsrechte überhaupt. Freiheit von Forschung und Lehre – dieses Prinzip, das alle aufgeklärten modernen Gesellschaften auszeichnet, wurde mit diesem Akt begründet, als Ergebnis des ersten Streiks der Universitätsgeschichte, den die Pariser Magister und Studenten in den Jahren 1229 bis 1231 zur Durchsetzung ihrer Rechte gegen Staat und Kirche führten.

Die Freiheit der Wissenschaft ist heute ein so hohes Gut, dass sie Eingang in zahlreiche nationale und internationale Verfassungen gefunden hat. Dies gilt für den »Act for the Incorporation of Both Universities«, der im Jahre 1571 die Bedingungen von Forschung und Lehre an den englischen Universitäten Oxford und Cambridge festlegte, ebenso wie für den Code de l'éducation, der heute in Frankreich das nationale Bildungswesen regelt, oder das deutsche Grundgesetz, das nach dem ideologischen Missbrauch der Wissenschaft durch die Nazis die Freiheit von Forschung und Lehre sogar mit einer Ewigkeitsgarantie ausgestattet hat: »Kunst und Wissenschaft, Forschung und Lehre sind frei.« (§ 5 GG Abs. 3)

Weltumspannende Verbindlichkeit erlangte dieses Prinzip schließlich durch die Verfassung der International Association of Universities (IAU), die als eine der UNESCO angegliederte Organisation zur globalen Regelung des universitären Wissenschaftsbetriebs mit Mitgliedern aus über einhundertfünfzig Ländern im Jahre 1950 gegründet wurde. In ihrer Gründungsdeklaration heißt es:

Im Bewusstsein ihrer hohen Verantwortung als Hüter des geistigen Lebens;

Im Bewusstsein der fundamentalen Prinzipien, für die jede Universität eintreten sollte, nämlich: das Recht auf Streben nach Wissen um seiner selbst willen, wohin auch immer die Suche nach Wahrheit führen mag; die Duldung abweichender Meinungen und Freiheit von politischer Einmischung;

Im Bewusstsein ihrer Pflicht, als gesellschaftliche Institutionen durch Forschung und Lehre die Prinzipien von Freiheit und Gerechtigkeit, Menschenwürde und Solidarität voranzutreiben, um in internationaler Verflechtung materiellen und moralischen Fortschritt wechselseitig zu ermöglichen;

Im Bewusstsein all dessen beschließen hiermit die Universitäten der Welt, vertreten durch die Deputierten dieser Versammlung zu Nizza, einen internationalen Hochschulverband zu gründen.

(Nizza, den 9. Dezember 1950/letztmals novelliert in Utrecht, am 17. Juli 2008)

DICHTUNG UND WAHRHEIT

Bei der Recherche für meinen Roman ›Der Kinderpapst‹ stieß ich in einem Buch des französischen Mediävisten Jacques LeGoff durch Zufall auf ein paar Zeilen, die von einem Streik im Jahre 1229 an der Pariser Universität berichteten. Wie immer dankbar für jede Ablenkung von der Arbeit, ging ich der Spur nach. In kürzester Zeit hatte ich mich festgelesen. Was für eine unglaublich moderne Geschichte! Bei diesem Streik ging es um nichts weniger als um die Freiheit des Denkens, die Krone und Kirche den Magistern und ihren Studenten verwehrten. Doch nicht nur dieses Thema verband die scheinbar alte Geschichte in verblüffender Weise mit der heutigen Zeit, da, im Zeichen der Drittmittelwerbung, außer Kirche und Staat zunehmend auch die Wirtschaft Einfluss auf Lehre und Forschung zu nehmen versucht – nein, in ihr spiegelt sich vielmehr die Universität, wie wir sie heute noch erleben, bis in die Institutionen und Mentalitäten hinein. Ich las von behördlicher Willkür und rivalisierenden Fakultäten, die einander misstrauisch beäugen; von eitlen Professoren und ehrgeizigen Doktoranden, die einander auf Gedeih und Verderb ausgeliefert sind; von universitären Strebern, die sich weniger für Bildung als für ihre Karriere interessieren, und universitären Schmarotzern, die nur immatrikuliert sind, um die studentischen Sozialsysteme zu missbrauchen; von Streikführern und Streikbrechern, die einander aufs Blut hassen und bereit sind, für ihre jeweilige Ideologie über Leichen zu gehen; von orgiastischen Mensafesten und Straßenrevolten, in denen Widersprüche einer ganzen Gesellschaft ausgetragen werden; ja sogar von verkrachten Studenten las ich, die mit Kopieranstalten mehr Geld verdienen als ihre einstigen Professoren, wie auch von studentischer Wohnungsnot, die ominöse Bruderschaften nutzen, um mit günstigen Wohnheimplätzen Mitglieder zu ködern ...

Dies alles las ich und noch viel mehr, was mich auf fast unheimliche Weise an das Leben in meinem Wohnort Tübingen erinnerte – eine Stadt, die bekanntlich weniger eine Universität *hat* als vielmehr eine Universität *ist*. Noch mehr aber als diese zeitüberschreitenden Parallelen faszinierte mich der grenzüberschreitende Impetus, der sich in der Geschichte des Pariser Streiks verbarg. Nicht zuletzt ausgelöst durch diesen Konflikt, wurden damals sowohl in ganz Frankreich als auch überall in Europa Universitäten gegründet, Gelehrte zogen von Paris nach Oxford, von Oxford nach Cambridge, von Cambridge nach Toulouse und von Toulouse nach Bologna, um über alle Grenzen hinweg ihr Wissen auszutauschen und zu mehren, eine geistige Durchdringung und zugleich Umgestaltung eines ganzen Kontinents, in der manche Historiker die eigentliche Geburt Europas zu erkennen glauben und in der ein vollkommen neuer Menschentypus erstmals in Erscheinung trat: der moderne Intellektuelle, der kraft seiner geistigen Tätigkeit in der Lage ist, die Grenzen seiner Herkunft zu überschreiten, um allein mit der Arbeit des Denkens sein Leben zu bestreiten.

Kurz: Der Streik der Pariser Magister und Studenten von 1229 bis 1231 war weit mehr als nur eine interessante Episode der Universitätsgeschichte – er markiert eine geistige Wendezeit, die unsere heutige Wissensgesellschaft entscheidend präformiert hat und diese immer noch prägt. Ein perfekter Stoff also für meine »Weltenbauer-Dekalogie«.

In das Zentrum des Geschehens habe ich Robert Savetier gestellt, einen fiktiven Helden, den ich in seinen Grundzügen jedoch einem der ersten Vertreter des modernen Intellektuellen nachgebildet habe, Robert de Sorbon, der, wie mein Protagonist aus ärmlichsten Verhältnissen stammend, nur wenige Jahre nach dem Pariser Streik als Kanoniker zum Magister und Berater des Königs aufsteigen konnte und nach dem später die Pariser Universität benannt wurde. In Anspielung auf diese historische Figur habe ich meinen Helden Robert genannt und im selben Ort beheimatet, aus dem auch sein berühmtes Alter Ego stammte.

Folgende Ereignisse, die im Roman zur Sprache kommen, gelten in der Forschung als gesichert:

1200: Zusammenschluss der Pariser Schulen und Hochschulen zur *Universitas magistrorum et scholarium Parisiensis*; König Philipp-August stattet die Mitglieder der Universität mit Privilegien aus, wie sie sonst nur der Klerus genießt: Steuerfreiheit, Gerichtsbarkeit der Korporationen, Verantwortlichkeit gegenüber Bischöflichem Offizialat.

1215: erstes Statut für die Pariser Magister und Scholaren durch Papst Innozenz III.: Regelung aller studentischen Belange durch die Magister, Schwächung des Kanzlers; Herausbildung eines neuen Standes: eigene Rechte und Gerichtsbarkeit der Magister; Erteilung der *Licentia docendi* durch den Kanzler, aber nach Votum der Magister.

1218: Waffenverbot für Skribenten und Studenten bei Androhung der Exkommunikation.

1228: der spätere Kanzler Philipp unterliegt bei der Wahl zum Pariser Ortsbischof seinem Rivalen Wilhelm von Auvergne.

1228: Anschläge auf Priester und Priesterstudenten werden mit der Exkommunikation bestraft.

1229: Karnevalsdienstag: Prügelei zwischen Studenten und Bürgern im Faubourg Saint-Marcel, sie endet mit einer Niederlage der Studenten; Aschermittwoch: zweite Prügelei in Saint-Marcel, die Rache der Studenten an den Bürgern; Donnerstag nach Aschermittwoch: Anrufung der Staatsgewalt durch den Prior des Stiftskapitels von Saint-Marcel; die Regentin Blanka von Kastilien ordnet eine Strafaktion an, die der Stadtpräfekt befehligt und durchführt: mehrere Studenten kommen zu Tode, darunter auch an den Unruhen Unbeteiligte, andere werden verhaftet; Protest der Magister gegen das willkürliche Vorgehen der Polizei: Warnstreik und Drohung mit Sechs-Jahres-Streik, Katalog mit 24 Forderungen, u. a. nach Bestrafung der Verantwortlichen; Ultimatum bis Ostern; Karwoche: Verhandlungen zwischen Universität, Kirche und Königshaus; Kanzler Philipp als Mittler zwischen Universität, Bischof und königlicher Stadtverwaltung; Schwächung der Magister: die Dominikaner bringen sich als Garanten für die Aufrechterhaltung des Lehrbetriebs für den Streikfall ins Spiel; Ostern: Scheitern der Verhandlungen, Inkrafttreten des Streiks; Lockangebote von konkurrierenden Schulen und Universitäten aus dem In- und Ausland an die Magister und ihre Studenten; Mai: der Dominikaner Orlando von Cremona legt das Doktorexamen der Theologie ab und wird Lehrstuhlnachfolger seines Lehrers Basilius; Zerstreuung der Pariser Magister in alle Welt; eingeschränkte Fortsetzung des Lehrbetriebs durch die Dominikaner, auch für weltliche Studenten; Exkommunikation der streikenden Magister und ihrer Studenten durch die Synode von Sens; Folgen des Streiks für Paris: Entvölkerung des lateinischen Viertels, wirtschaftliche Einbußen; August: Ludwig bestätigt die durch seinen Großvater Philipp-August der Universität gewährten Privilegien; die Magister verweigern die Rückkehr in die Hauptstadt, weil nicht alle ihre Forderungen erfüllt werden, insbesondere nicht die nach Strafverfolgung der Verantwortlichen von Saint-Marcel; Streikbrecher: die Dominikaner als Nutznießer des Konflikts; Herbst: die Magister rufen Papst Gregor IX. um Schlichtung an; November/Dezember: Papst Gregor, Alumnus der Pariser Universität, tadelt in einem Mahnschreiben Bischof Wilhelm von Auvergne und befürwortet die Bestrafung der Schuldigen von Saint-Marcel.

1230: Unnachgiebigkeit der Krone: Konflikt zwischen Regentin Blanka und ihrem Sohn König Ludwig; Mai: Papst Gregor ruft die streikenden Magister und Studenten zur Anhörung nach Rom; Geoffroi de Poitiers und Guillaume d'Auxerre als Abgesandte der Streikenden beim Papst; Paris: Einrichtung kirchlicher Wohnheime für mittellose Studenten, Erteilung von Stipendien.

1231: 13. April: Zeichnung der Bulle *Parens Scientiarum* durch Gregor IX.; Appell des Papstes an den König zur Wiederaufnahme des Universitätsbetriebs; Ludwigs Emanzipation von seiner Mutter: Nachgeben der Krone zugunsten der Universität, Kanzler Philipp als Verlierer des Machtkampfes; April: neuerliche Bulle des Papstes zur Untersuchung der Vorfälle im Faubourg Saint-Marcel: Gerechtigkeit für die Studenten, Verhängung von Bußgeldern für die Verantwortlichen des Gemetzels; 5. Mai: neuerliche Bulle des Papstes: Anerkennung der an fremden Universitäten erworbenen Diplome; Sommer: der Großteil der Pariser Magister und Studenten kehrt an ihre *Alma Mater* zurück.

GLOSSAR

Alma Mater: lat., »nährende Mutter«, Universität

Angelus: Gebet, das morgens, mittags und abends gebetet wird; benannt nach der Anfangszeile »Angelus domini nuntiavit Mariae« (der Engel des Herrn brachte Maria die Botschaft).

Artes liberales: lat., die »sieben freien Künste«; Bezeichnung eines bereits in der Antike entstandenen und bis über das Mittelalter hinaus verbindlichen Kanons von sieben Studienfächern, unterteilt in Trivium (Grammatik, Rhetorik, Dialektik bzw. Logik) und Quadrivium (Arithmetik, Geometrie, Musik, Astronomie); als eine Art wissenschaftliches Propädeutikum oder Studium generale Voraussetzung zum Studium der eigentlich wissenschaftlichen Fächer Theologie, Jura und Medizin.

Bakkalaureat: akad. Grad; Zwischenexamen in den *Artes liberales* (s. d.); entspricht dem heutigen Bachelor.

Bettelorden: Bezeichnung christlicher Orden, insbesondere der Dominikaner und Franziskaner, die sich zur Armut und zum Verzicht auf jede Form persönlichen Eigentums verpflichtet haben und außer von ihrer Arbeit von öffentlichen Zuwendungen und Almosen leben.

Bulle: lat., »Urkunde«; päpstlicher Erlass mit kirchenrechtlich bindender Wirkung.

Disputatio: lat., »Erörterung«; in der mittelalterlichen Universität ein öffentliches Streitgespräch zur Untersuchung einer *Quaestio* (s. d.).

Doctor: höchster akad. Titel der mittelalterlichen Universität; qualifiziert zur Berufung auf einen Lehrstuhl in einem der drei wissenschaftlichen Fächer Theologie, Jura und Medizin; die Promotion zum Doctor entspricht der heutigen Habilitation.

Horen: gr., »die Zeiten«, s. Stundengebet.

Kapitel: Beschlussfassende Instanz einer kirchlichen oder klösterlichen Gliederung (z. B. Domkapitel, Ordenskapitel, Stiftskapitel).

Kapitelsaal: Versammlungsraum einer Ordensgemeinschft innerhalb des Klosters.

Kopist: ein Schreiber, der hauptberuflich mit der Vervielfältigung kirchlicher und wissenschaftlicher Texte beschäftigt ist.

Magister: lat., »Lehrer«; im weiteren Sinn mittelalterliche Bezeichnung für Hochschullehrer allgemein; im engeren Sinn akad. Titel nach bestandenem Examen in den sieben freien Künsten (s. d.) als Magister Artium; entspricht dem heutigen M. A.

Mendikanten: von lat. »mendicare«, betteln; s. »Bettelorden«.

Quadrivium: lat., »Vierweg«; die mathematisch ausgerichteten Fächer der *Artes liberales* (s. d.): Arithmetik, Geometrie, Musik, Astronomie.

Quaestio: lat., »Frage«; im regulären Unterricht als »quaestio disputata« eine Lehrmethode zur Wiederholung und Vertiefung eines in der Vorlesung vorgetragenen Stoffes; in der öffentlichen *Disputatio* (s. d.) als »quaestio quodlibet« eine Streitfrage, die, oft aus dem Publikum gestellt, der Magister (s. d.) in freier Rede erörtert und nach Abwägung aller Argumente verbindlich beantwortet.

Pecie: lat., »Stücke«; im Mittelalter entwickeltes Kopiersystem zur raschen und kostengünstigen handschriftlichen Vervielfältigung von Lehrbüchern und Vorlesungsmitschriften.

Peripatos: gr., »Wandelhalle«; Bezeichnung der aristotelischen Akademie in Athen.

Predigerorden: Bezeichnung für den Dominikanerorden, zur Betonung von dessen besonderem Bemühen um die Glaubensverkündigung.

Respondeo: lat., »ich antworte, erwidere«; Schlussantwort auf eine *Quaestio* (s. d.) nach Abwägung aller Argumente durch den vortragenden Magister (s. d.).

Responsorium: von lat. responsum, »Antwort«; Wechselgesang zwischen Vorbeter (i. d. R. Priester oder Diakon) und Gemeinde in der katholischen Messliturgie; pl. Responsorien.

Scholar: von lat. scola, »Schule«; im Mittelalter Bezeichnung für fahrenden Schüler oder Student.

Scholastik: von lat. scola, »Schule«; Bezeichnung der im Mittelalter maßgeblichen Methode zur Klärung wissenschaftlicher Fragen durch systematische Erörterung aller Pro- und Contra-Argumente und Überprüfung ihrer logischen und sachlichen Richtigkeit.

Sieben freie Künste s. *Artes liberales*.

Skriptorium lat., »Schreibstube«.

Stationarius: von lat. statio, »Werkstatt«; fest bestallter und vereidigter Leiter der Universitätsbuchhandlung; beauftragt mit der Beschaffung, Vervielfältigung und Ausleihe der für den Lehrbetrieb der Universität benötigten Schriften.

Stundengebete: Gebete zum Lobpreis Gottes, die innerhalb einer Klostergemeinschaft den Tagesablauf regeln: Vigil (erste Gebetszeit des liturgischen Tages, noch in der Nacht oder am sehr frühen Morgen), Laudes (Morgenlob), Prim, Terz, Sext, Non (die sogenannten »kleinen« Horen, s. d., zur ersten, dritten, sechsten und neunten Stunde), Vesper (Abendgebet), Komplet (Nachtgebet).

Trivium: lat., »Dreiweg«; die geisteswissenschaftlich ausgerichteten Fächer der *Artes liberales* (s. d.): Grammatik, Rhetorik, Dialektik bzw. Logik.

Universitas magistrorum et scholiarum Parisiensis: lat., »Universität der Pariser Magister (s. d.) und Studenten«; Zusammenschluss aller Hoch- und Ordensschulen von Paris im Jahr 1200; die erste Volluniversität Europas, an der außer den *Artes liberales* (s. d.) alle drei klassischen Fächer der mittelalterlichen Wissenschaft, also Theologie, Jura und Medizin, gelehrt wurden; als Institution ohne eigene Gebäude, war die Universitas eine Art »invisible college«; der Unterricht wurde in Kirchen und Kapitelsälen (s. d.) der Pariser Klöster oder auch unter freiem Himmel abgehalten.

DANKE

»Dem, der uns einen Gefallen getan hat«, mahnt Aristoteles, »dem sollen wir dafür einen Gegendienst leisten, um selbst wieder mit der Gefälligkeit den Anfang zu machen.« Trotz nicht geringer Zweifel, ob die Adressaten es als Gefälligkeit empfinden, hier genannt zu werden, fühle ich mich zu diesem kleinen Gegendienst nicht nur verpflichtet – er ist mir eine Herzensangelegenheit. Um all jenen zu danken, die an der Entstehung dieses Romans mitgewirkt haben. Dies sind namentlich:

Wiebke Lorenz: Sie hat mich auf dem entscheidensten Stück des Weges begleitet: dem ersten. Falls es gelungen ist, den Stoff in eine Geschichte zu verwandeln, ist das in besonderem Maß ihr Verdienst.

Dr. Cordelia Borchardt: Sie ist eine Lektorin, die einem Manuskript nicht ihren Stempel aufdrückt, sondern die Handschrift des Autors darin so deutlich macht, dass dieser sich manchmal selber wundert, wie schön er doch schreiben kann. Außerdem verbindet sie Gelehrsamkeit mit solcher Großzügigkeit, dass jeder Text davon profitiert.

Prof. Dr. Franz-Josef Bormann: Katholischer Dogmatiker von Rang wie aus Neigung, gilt sein besonderes wissenschaftliches Interesse Thomas von Aquin. Er hat mich mit den Regeln der scholastischen Disputation vertraut gemacht.

Prof. Dr. Franz Lebsanft: Als einer der renommiertesten Mediävisten der deutschen Romanistik hat er mir wertvolle Lektürehinweise gegeben. Und wird entsetzt sein, wie unvollkommen ich sie umgesetzt habe.

Prof. Dr. Azucena Adelina Fraboschi: Da das einzige in Europa vorliegende Exemplar ihrer Dissertation, »Crónaca de la universidad de Paris y de una huelga y sus motivos«, die wiederum die einzige wissenschaftliche Monographie zu meinem Thema weltweit ist, in Paris unter Verschluss liegt, hat sie mir großzügigerweise ein Exemplar aus ihrem Privatbestand in Buenos Aires geschickt, wo sie heute als Professorin an der katholischen Hochschule lehrt. Ihr Buch war mein tägliches Vademecum bei der Arbeit.

Prof. Dr. Dr. h. c. mult. Otfried Höffe: Selbst fest verwurzelt in der philosophischen Tradition des Aristoteles, hat er mich auf das Urbild der freien Universität hingewiesen: die aristotelische Akademie – nach der Wandelhalle, in der Lehrende und Lernende sich zum Unterricht trafen, auch Peripatos genannt.

Serpil Prange: Mit ihrer vollkommenen Unfähigkeit zur Gattenbewunderung hat sie für manchen Ehekrach gesorgt. Und dadurch für viele Verbesserungen am Manuskript.

Prof. Dr. Dr. h. c. Hans-Peter Zenner: Als Präsidiumsmitglied der Nationalen Akademie der Wissenschaft Leopoldina mit den Problemen der Wissenschaftspolitik bestens vertraut, hat er mich auf den besonderen Schutz hingewiesen, den Forschung und Lehre in Deutschland durch das Grundgesetz erfahren.

Dr. Martin Kayser: Richter und Dozent an der Hochschule St. Gallen, hat er mir eine solche Fülle von Quellen genannt, die sich in der internationalen Verfassungsgeschichte zur Sicherung der akademischen Freiheitsrechte finden, dass ich leider nur einen Bruchteil davon in mein Post Scriptum aufnehmen konnte.

Prof. Dr. Dr. h. c. mult. Hans-Ulrich Gumbrecht: Als ein veritabler Victor d'Alsace unserer Zeit im globalen Universitätsbetrieb, war er sich nicht zu schade, mich durch Vermittlung meiner Lektorin

Cordelia Borchardt zu unterstützen. Von ihm stammt vor allem der Hinweis auf die Gründungsdeklaration der International Association of Universities.

Roman Hocke: Als Freund und Agent hat er mir beim Schreiben die sogenannte Wirklichkeit vom Hals gehalten. Damit ich mich in gebotener Weise auf die Wirklichkeit meiner Geschichte konzentrieren konnte.

Dr. Julia Schade, Dr. Peter Sillem: Als Verlagsleiterin des FISCHER Scherz Verlags bzw. Programmgeschäftsführer der Fischer Verlage haben sie mir eine Perspektive gegeben, die weit über diesen Roman hinausgeht. Ich freue mich, dass ich in ihrem Haus eine neue geistige Heimat gefunden habe.

PETER PRANGE IM INTERVIEW

Herr Prange, Ihr Buch versetzt uns nach Paris, wo im Jahr 1200 mit Privileg des Königs die erste Voll-Universität der Welt gegründet wurde. Das scheint weit weg von uns zu sein. Weshalb geht es uns dennoch an?

Die Gesellschaft, in der wir leben, ist eine Wissensgesellschaft. Wissen war noch nie eine so bedeutende Macht wie heute – die größten Konzerne der Welt sind bekanntlich Informations- also Wissensunternehmen. Diese Entwicklung nahm mit der Gründung der ersten Universitäten ihren Anfang. Die Art und Weise, wie damals Wissen produziert und verbreitet wurde, hat die moderne Wissensproduktion und -verbreitung bis heute geprägt. Die Organisation von Forschung und Lehre, die Unterscheidung der Fakultäten, die akademischen Grade, die Internationalität der Scientific Community – alles war damals schon da. Sogar Copy-Shops gab es bereits, zur preiswerten Vervielfältigung von Lehrmitteln.

Studentenunruhen und ausschweifende Feste: Hat das etwa mit Ihren eigenen Studienerfahrungen zu tun?

Und ob! Ich gehöre ja noch einer Studentengeneration an, die zum Zweck der Meinungsbildung ebenso oft auf die Straße wie in den Hörsaal zog. Allerdings, was die Feste angeht – die waren oft sooo berauschend, dass ich sie komplett vergessen habe ...

Wie sind Sie auf das Thema Ihres Romans gekommen?

Wie bei den meisten meiner Romane bin nicht ich auf das Thema gestoßen – vielmehr hat das Thema *mich* entdeckt. Ich recherchierte für eine ganz andere Geschichte, als ich bei dem französischen Mediävisten Jacques LeGoff ein paar Zeilen über einen Streik las, den die Studenten und Professoren der Pariser Universität im Jahr 1229 vom Zaun gebrochen und zwei Jahre lang durchgehalten haben, um ihre Rechte gegenüber Krone und Kirche zu behaupten. Ich war sofort elektrisiert. Was mich hier angesprungen hatte, war nichts weniger als der erste Streik der europäischen Geschichte überhaupt!

Dieser erste Streik steht im Zentrum Ihres Romans. Worum ging es in diesem Machtkampf?

Alles begann mit einer Wirtshausschlägerei im Karneval des Jahres 1229, im Pariser Faubourg Saint-Marcel. Aus den Quellen geht hervor, dass es zu Streitigkeiten bei der Bezahlung der Zeche kam. Es folgten tagelange Krawalle zwischen Studenten und Bürgern. Als Soldaten des Stadtpräfekten mehrere Studenten zu Tode prügelten, forderten die Magister die Obrigkeit auf, die Verantwortlichen zur Rechenschaft zu ziehen, oder sie würden in den Streik treten.

Was macht diesen Konflikt in Paris so besonders und zukunftsweisend?

Als die Regentin und Königinmutter Blanka von Kastilien sich weigerte, die Forderungen der Magister zu erfüllen, spitzte der Streit sich sehr schnell zu einer sehr grundsätzlichen Frage zu: Wer hat die Rechtshoheit über die Universität und ihre Mitglieder? Die Krone? Die Kirche? Oder die Universität selbst? Durch den anschließenden Streik erstritten die Universitätsangehörigen grundlegende, zum Teil bis heute gültige Freiheitsrechte. Überspitzt könnte man sagen: Die Freiheit in Forschung und Lehre verdankt sich letztlich einer Pariser Wirtshausschlägerei aus dem Jahre 1229.

Kann man wirklich sagen, dass hier die Idee von der Freiheit des Denkens und der Wissenschaft erstmals formuliert wird?

Der Streik endete 1231 mit einer Bulle des Papstes. Darin beschnitt Papst Gregor IX. die Zugriffsrechte der Krone auf die Universität und sicherte dieser zugleich ein erstaunlich hohes Maß an Selbstverwaltung zu. Diese Bulle gilt darum heute als die Magna Charta der Pariser Sorbonne – und zugleich als Magna Charta der akademischen Freiheitsrechte überhaupt.

Uns erscheint dieser Gedanke inzwischen selbstverständlich. Ist diese Freiheit wirklich durchgesetzt, sind die Konflikte tatsächlich Geschichte?

Die Freiheit von Forschung und Lehre, ja die Freiheit des Denkens überhaupt ist eines der wichtigsten Güter, die eine moderne, aufgeklärte Gesellschaft auszeichnen. Doch sie ist alles andere als selbstverständlich, bis heute nicht. Quer durch die Jahrhunderte haben Kirche und Staat immer wieder versucht, Einfluss auf die Universitäten, sprich: die Produktion und Verbreitung von Wissen zu nehmen, um sie für ihre Zwecke zu instrumentalisieren. Eines der spektakulärsten Beispiele ist der Fall Galilei, dessen Weltbild nicht in das der Kirche passte – das Ende ist bekannt. Solche Auswüchse gibt es bis in die Neuzeit. Unter der Naziherrschaft wurde in Deutschland arische, in der DDR marxistisch-leninistische »Wissenschaft« betrieben. Heute kommt neben Kirche und Staat noch eine dritte Macht vermehrt ins Spiel: die Wirtschaft, die durch Vergabe sogenannter »Drittmittel« Einfluss auf Forschung und Lehre zu nehmen sucht. Kurz: Die akademische Freiheit ist ein Gut, das es immer wieder aufs Neue zu beschützen gilt, wenn wir nicht Gefahr laufen wollen, dass die Suche nach Wahrheit und Erkenntnis für wie auch immer geartete Ideologien missbraucht wird.

Die beiden Helden Ihres Romans, die Freunde Paul und Robert, kommen aus der Provinz, sie sind arm. Was bedeutet Paris für die beiden?

Mit drei Worten: ein besseres Leben! Die Öffnung der Universitäten bedeutete einen enormen Demokratisierungsschub der Gesellschaft. Zugang zum Unterricht hatte prinzipiell jeder, der des Lateinischen mächtig war – ob arm oder reich, hier zählte nicht der Adel der Geburt, sondern der Adel des Geistes. Die Ausbildung an einer Universität bot jungen Männern von niederer Herkunft die einzigartige Möglichkeit, Standesgrenzen zu überschreiten und Karriere zu machen, bis hinein in die Spitzen der Gesellschaft. Der spätere Namensgeber der Pariser Universität, Robert de Sorbon, ein Gelehrter des 13. Jahrhunderts, dem ich meinen Helden ein wenig nachgebildet habe, stieg als Sohn eines Bauern zum Magister und Berater des Königs auf! Das ist der Traum von Paul und Robert, als sie nach Paris aufbrechen.

Paul wird als Kopist erfolgreicher Unternehmer. Erklären Sie uns bitte das Geschäftsmodell.

Kopisten verdienten ihr Geld damit, dass sie Vorlesungen und Bücher mit prüfungsrelevantem Wissen vervielfältigten und die Kopien gegen Geld an Studenten ausliehen oder verkauften. Dazu entwickelten sie ausgeklügelte Methoden zur handschriftlichen Multiplizierung von Texten. Buchstäblich nicht umsonst: Die Buchproduktion war ein einträgliches Geschäft, manche Kopisten verdienten mit ihrem Gewerbe mehr Geld als Professoren. Dieser Verlockung erliegt Paul und bricht das Studium ab – mit allerdings für ihn dramatischen Folgen.

Kann man Robert, der danach strebt, Gelehrter zu werden, eigentlich als Intellektuellen bezeichnen?

Jacques LeGoff kennzeichnet mit dem Begriff des Intellektuellen einen Menschentypus, der mit der Entstehung der Universitäten erstmals in Erscheinung tritt: ein Gelehrter, der mit der Arbeit des Denkens, mit der Produktion von Erkenntnis und Wahrheit, nicht nur sein Leben verbringt, sondern auch seinen Lebensunterhalt bestreitet. Genau das ist Roberts großer Traum, um seiner niederen Herkunft zu entkommen.

Marie, die Ehefrau von Paul, interessiert sich für das, was an der Universität gelehrt wird. Ist sie damit für ihre Zeit untypisch?

Ich denke, wissenschaftliche Neugier ist an keine Zeit gebunden – und ganz bestimmt nicht an ein bestimmtes Geschlecht. Hildegard von Bingen etwa ist ein berühmtes Beispiel dafür, was wissenschaftlich interessierte Frauen im Mittelalter zu leisten imstande waren. Umso frustrierender mussten sie es darum empfinden, dass ihnen der Zugang zur Universität verwehrt war. Darauf gründet meine Liebesgeschichte im Roman. Während Paul seinen Traum vom Studium preisgegeben hat, stürzt seine Frau Marie sich zusammen mit seinem Freund Robert in das Abenteuer des Denkens ... Daraus entsteht eine »Abélard-und-Héloise«-Geschichte, im Schatten jenes Klosters, in dem die historische Héloise ihr Leben beschloss.

Die Wirtshausschlägerei, die Sie als Auslöser des Streiks erwähnten, brach während einer sogenannten »Eselsmesse« aus. Was hat man sich darunter vorzustellen?

Der Alltag wurde im Mittelalter durch den Glauben in einer Weise bestimmt, die uns heute kaum mehr vorstellbar ist. Die meisten Menschen besuchten jeden Morgen die Messe, täglich wurde mehrmals gebetet, die Fasten wurden streng befolgt –

nicht nur im Essen und Trinken, auch im Geschlechtsleben. Diese Unterdrückung der Triebe, die das ganze Jahr über währte, entlud sich im Karneval. Drei Tage und drei Nächte lang war alles erlaubt, was sonst verboten war. Orgiastische Höhepunkte der Feiern waren sogenannte Eselsmessen, die die Narren in den Kirchen abhielten. Unter Anleitung eines Narrenbischofs, kenntlich an einer Eselskappe, wurde im Chorraum getrunken und getanzt, Studenten grölten zotige Lieder, Diakone verhöhnten die Sakramente, nackte Weiber und Mönche wälzten sich auf den Stufen des Altars. Bei einer solchen Feier »explodiert« meine Geschichte.

Die wissenschaftliche Denkweise des Mittelalters, die Scholastik, zeigen Sie uns im Roman ganz konkret, sowohl die Themen, die damals erörtert wurden, als auch die Argumentationsweise, die oft verblüffend ist. Wie haben Sie sich in diese Denkformen eingearbeitet? Ist das schwer? Gehen Sie manche Alltagsfrage inzwischen auch nach scholastischem Muster an?

Als Student habe ich ein Seminar über Thomas von Aquin besucht und auch eine Arbeit über diesen großen mittelterlichen Theologen geschrieben. Schon damals faszinierte mich die Strenge der scholastischen Argumentation, mit der eine Frage in allen nur denkbaren Aspekten auf logische und sachliche Richtigkeit hin überprüft wird, bevor man eine These wagt. Wenn ich heute manche TV-Talkshow sehe, kann ich mir eine Wiederbelebung solcher Gedankenstrenge für unsere Debatten nur wünschen!

Was für Fragen wurden auf diese Weise verhandelt?

Fragen aus allen Bereichen der damaligen Wissenschaft. Ein theologisches Beispiel: »Ist Lachen des Teufels und darum eine Sünde?« König Ludwig, genannt der Heilige, der in meinem Roman, noch unmündig, im Konflikt mit seiner regierenden Mutter eine wichtige Rolle spielt, hat die Frage für sich so beantwortet, dass er sich an normalen Tagen ein Lachen erlaubte, es sich aber freitags und in der Fastenzeit verbot. In den öffentlichen Disputationen gelangten auch Fragen zur Erörterung, die heute in der Ratgeberliteratur verhandelt werden: »Was ist die wahre Liebe?« »Welchen Weg gibt es zum Glück?« »Ist Bescheidenheit eine Tugend?« Eine Frage, die ich bei meinen Recherchen aufgestöbert habe, war für das Leben meines Helden von so zentraler Bedeutung, dass ich sie seinen Lehrer stellen und von diesem ausführlich erörtern ließ. »Darf man mit Wissen Handel treiben und Geld verdienen?« Hintergrund ist dabei die Annahme, dass alles Wissen von Gott stamme, also diesem allein gehöre, man folglich von niemandem für dieses Wissen Geld verlangen dürfe. Das scheint uns heute abstrus. Und doch sind wir damit mitten in einer aktuellen Diskussion, wenn heute Menschen, geprägt durch die Umsonst-Mentalität des Internets, das Urheberrecht mit der Begründung in Frage stellen, dass alles Wissen doch in der Gesellschaft gründe, ein Autor also keine Tantiemen für seine geistigen Hervorbringungen »verdiene«. Wie Sie sehen, sind die »Piraten« scholastisch hervorragend geschult!

Ihr Roman zeigt Menschen und deren Schicksale, die in ihrem konkreten Handeln einem Ideal nachstreben: der Freiheit des Denkens. Ein solches epochenprägendes Grundmotiv finden wir nicht nur in »Die Rose der Welt«, sondern auch in Ihren anderen Romanen. Gibt es einen großen Zusammenhang, der Ihr Werk prägt? Und war das von Anfang an so geplant?

Ersteres ja, Zweiteres nein. Der große Zusammenhang, auf eine Formel gebracht, lautet: Tausend Jahre europäische Geschichte in zehn historischen Romanen. Jeder Roman spielt in einem anderen Jahrhundert und an einem anderen Ort, und jedes Mal dreht sich die Handlung um ein Ereignis, das unsere europäische Art zu denken und zu handeln bis heute prägt. Dass ich aber an einem solchen großen Plan arbeite, hat sich mir selbst erst beim Schreiben meines sechsten Romans im Rahmen der Dekalogie offenbart, zu meiner eigenen Überraschung. Da fiel es mir plötzlich wie Schuppen von den Augen, was meine Geschichten miteinander verbindet.)

Welche Jahrhunderte fehlen noch, um das Jahrtausend vollzumachen?

Nur noch das 12. und das 14. Die Themen stehen bereits fest, doch ich möchte sie noch nicht verraten – da bin ich abergläubisch.

Ideale und Ideen beschäftigen Sie immer wieder in Ihren Romanen, aber nicht nur dort. Wie kamen Sie auf das Thema Ihres Buches »Werte«?

Es ist für mich eine Riesenfreude, dass die »WERTE« am Erscheinungstag der »Rose der Welt« bei Fischer eine Neuauflage erleben. Dieses Buch, eine Art Reiseführer durch den europäischen Wertekosmos, erzählt im Grunde dieselbe Geschichte wie meine Romane, nur statt mit den Mitteln der Belletristik in einer Mischung aus Essays und Originaltexten über das, was Europa im Inneren zusammenhält. Es ist gleichsam die theoretische Beleuchtung meiner Dekalogie. Auf die Idee dazu kam ich, als ich einmal gefragt wurde, in welchem Jahrhundert und welchem Land ich als Autor von historischen Romanen am liebsten leben würde, und ich spontan sagte: »Mitten in Europa, zu Beginn des 21. Jahrhunderts.« In dem Moment begriff ich, dass meine Heimat weniger ein konkretes Land ist, sondern eher eine geistige Landschaft: die der europäischen Werte, die sich von der Antike bis heute in den verschiedenen Kulturen unseres Kontinents herausgebildet haben.

Peter Prange
Ich, Maximilian, Kaiser der Welt
Historischer Roman

€(D) 10,99 | €(A) 15,50
ISBN 978-3-596-19819-1

Peter Prange
Die Philosophin
Historischer Roman

€(D) 9,99 | €(A) 10,30
ISBN 978-3-596-03054-5

Peter Prange
Die Principessa
Historischer Roman

€(D) 9,99 | €(A) 10,30
ISBN 978-3-596-03055-2

Peter Prange

Werte

Von Plato bis Pop
Alles, was uns verbindet

Neuausgabe 2016
ISBN 978-3-596-03641-7
€(D) 14,99/€(A) 15,50

»Es ist wohl so, wie Peter Prange geschrieben hat: Alles, was wir Europäer je zustande gebracht haben, verdanken wir unserer inneren Widersprüchlichkeit«

*Bundeskanzlerin Angela Merkel
in ihrer Antrittsrede als Ratspräsidentin
vor dem Europaparlament in Straßburg*

Alle suchen nach Werten – dabei sind sie längst da! In zwanzig spannenden Entdeckungsreisen entführt uns Bestseller-Autor Peter Prange in den Wertekosmos der europäischen Geistesgeschichte – quer durch die Epochen und Nationen, durch Mythologie und Philosophie, Literatur und Theologie, Folklore und Popkultur.